한국일본학회 기획총서 2 – 문학편

일본
전후문학과
마이너리티문학의
단층

한국일본학회 편

서문

『일본 전후문학과 마이너리티문학의 단층』은 한국일본학회가 2016년 간행한 기획총서 『경쟁과 협력의 한일관계』(논형)에 이은 두 번째 기획총서이다. 첫 번째 총서가 일본 정치·경제·사회 등 일본학 전반을 다루었다면 이번 총서는 일본문학을 중심으로 다룬다. 특히 일본 근현대문학·문화에 초점을 맞춰 최근 한일 연구자들의 주목할 만한 연구 성과를 한데 묶었다. 한국일본학회 제93회 학술대회(2016.8), 제94회 학술대회(2017.2)에서 기획특집으로 발표된 일본 전후문학과 마이너리티문학 연구 성과를 토대로 관련 영역의 시사적인 논고들을 함께 수록하였다.

이번 총서가 일본문학 중에서도 '전후문학'과 '마이너리티문학'을 특집으로 다룬 것은 근현대 연구가 왕성해진 최근 일본연구 동향뿐만 아니라 학문과 사회의 유기적 연동성을 중시하는 학술계 전반의 지향성과도 다분히 호응한 결과다. 바꿔 말하면 본 총서는 문학 이전에 전후(戰後)와 마이너리티 존재 자체를 문제시한다. 갈등 일로의 한일 간 외교·정치뿐 아니라 혐한 헤이트 스피치 등에서 확인되는 일본 사회 전반의 우경화 기류는 그 견고함 이상으로 그것의 기원을 쉬 추론할 수 없음이 우리를 당혹케 한다. 다만 그 기원의 하나가 일본 근대의 제 문제를 중층적으로 압축한 아시아태평양전쟁이라는 사실은 부정하기 어렵다. '전후'는 전쟁이 끝나고 일정 시간이 경과된 1955년에도 1970년에도 완결되지 않은 현재진행형의 문제다. 아직 전후 이후는 오지 않았다.

한편 최근 들어 더욱 부각된 마이너리티 존재의 가시성은 현대 사회를 그 이전과 준별하는 뚜렷한 징후이다. 여성·재일코리언·LGBT·장애자·노인 등등 마이너리티 존재의 다양성이야말로 곧 현대 사회의 정체성이라 할 수 있다. 그들은 그간 타자로서 억압돼 왔던 주체로서의 목소리를 되찾는 과정을 통해 자신들을 소외해 왔던 주류 지배사회의 강고한 구심력에 균열을 초래한다. 전후와 마이너리티를 문제시하는 본 총서는 바로 지금 우리가 발 딛고 있는 현재를 탐구하고 성찰하고자 하는 시의성의 산물이다. 따라서 문학은 전후와 마이너리티 문제를 탐구하고자 하는 매개이자 플랫폼일 뿐 그 자체가 지향점이 아니다. 역사·사회·경제·문화 영역 등을 망라하는 융합적, 횡단적, 학제적 접근이 본 총서의 연구 방법론으로서 선택지가 아니라 필연일 수밖에 없는 이유도 여기에 있다.

이러한 작업의 의의는 '일본'이라는 대상을 제3자 관점에서 객관적으로 대상화하는 것과는 거리가 있다. '일본'이라는 대상 속에 '우리'는 이미 현저히 자리 잡고 있고, '일본'은 전혀 자명하지 않은 '우리'의 일부분이기 때문이다. '일본'과 '우리'를 선험적으로 나누는 발상은 역설적으로 양자 사이에 존재할 수도 있는 '경계'의 실체를 파악하는 데 장애가 될 뿐이다. 그러한 의미에서 '일본'은 실로 '우리'의 자화상이다. 역사적·현재적 모순과 균열, 변화의 가능성과 불확실성 모두에서 양자는 참으로 닮아 있다. 일본인 연구자와 한국인 연구자가 망라돼 있는 본 총서의 필진 구성은 이러한 가설을 검증하는 하나의 계기가 될 수 있을 것이다.

책의 구성은 제1부 '일본 전후문학의 단층', 제2부 '일본 마이너리티문학의 단층'의 2부 체재이다. 먼저 제1부는 일본 전후문학을 다양한 시좌에서 논하는 9편의 글들이 채운다. 아시아·아프리카 작가 회

의, 대중소설, 전쟁소설, 영화, 비평, 가스토리 잡지(カストリ雑誌), 만주 일본인 잡지 등등 연구 대상이 실로 전방위적이다. 연구대상 시기 또한 종전 직후의 1940년 중후반부터 2010년대까지 이른바 일본의 '현대'로 일컬어지는 모든 시기를 포괄하고 있다.

간략히 그 내용을 살펴보자. 먼저 곽형덕과 박이진은 일본 전후문학 혹은 전후인식의 가능성과 한계를 각각 드러내고 있다. 곽형덕이 일본 전후문학 최대의 이벤트였던 아시아·아프리카 작가 회의 도쿄대회(1961)의 의미를 분석해 국민문학의 경계를 넘어 제3세계와의 연대를 도모했던 전후문학의 가능성을 확인하였다면, 박이진은 1970년대 대중소설 분석을 통해 GHQ군정기와 같은 과거사의 기억을 선택적으로 전유하는 경향성을 포착함으로써 역사인식의 한계와도 연동되는 일본의 폐쇄적 전후인식을 놓치지 않는다. 이어 신하경과 이영재는 영화 분석을 통해 보수와 진보가 좌우 진영 논리를 넘어 맞닿는 구체상을 포착한다. 신하경이 1960년대 좌우 진영 모두를 아우를 수 있는 열정과 순수의 관점에서 미시마 유키오의 마지막 날들을 담아낸 와카마쓰 고지의 영화가 제기한 폭력의 윤리성 문제를 탐구했다면, 이영재는 1960~70년대 임협영화가 남성 주체의 나르시시즘을 매개로 전공투와 미시마 유키오로 상징되는 좌파와 우파의 행복한 공존이 가능했던 유일한 접점이었음을 논증하였다. 또한 심정명과 조정민은 아시아태평양전쟁을 소재로 한 전후소설에 주목한다. 심정명이 작가 자신의 필리핀 종군 체험에 바탕한 오카 쇼헤이의 전쟁소설에서 전쟁과 일상, 국가와 개인의 윤리가 어떻게 착종되고 또 구별되는지 그 경계선을 섬세히 응시했다면, 조정민은 다카미 준의 종군기록과 다케야마 미치오의 전쟁소설에서 버마가 여전히 남방 혹은 대동아라는 수사 장치가 작동하는 전형적 담론 속에서 '대상'으로서 소비되고 있음을 폭로하고 있다.

한편 쓰보이 히데토와 이시카와 다쿠미는 외지와 내지, 구 만주와 일본에서 전후에 발행된 잡지에 대한 자료조사와 분석을 시도한다. 쓰보이는 아시아태평양전쟁이 종전된 후에도 구 만주 도시 허강에 남게 된 일본인 노동자들의 삶과 문화활동을 담은 잡지『쓰루오카』 분석을 통해 사회주의화된 중국의 현실과 황민화되었던 과거의 기억 틈새에서 그들만의 '전후'를 영위할 수밖에 없었던 경계적 일본인들을 조명하였고, 이시카와는 전후 일본에서 폭발적으로 유행한 가스토리 잡지의 경향과 특징을 분석함으로써 전전 억압됐던 성과 욕망이 전후의 대중들에게 소비되는 양상을 치밀히 복원하고 있다. 마지막으로 이경희는 가토 노리히로의 비평『전후후론』를 해부한다. 전쟁세대 요시모토 다카아키의 한계를 극복해 정치와 문학을 일원화할 수 있는 가능성을 다자이 오사무의 전후소설에서 찾고자 했던 가토 비평의 성과와 한계를 엄정히 직시하고 있다.

제2부 '일본 마이너리티문학의 단층'에는 5편의 글이 수록되었다. 재일코리언 소설, 틴즈 러브(Teens Love) 만화, 퀴어 소설, 우생사상과 마이너리티문학, 2010년대 마이너리티소설 등을 연구대상으로 현대 일본 사회의 혼종성과 가능성/불가능성을 타진한다. 인종·성(性)·종(種)·우생학·혐오 폭력 등은 이들 텍스트 각각의 핵심요소이며 이들 모두를 관통하는 공통항은 '신체성'이다.

먼저 김환기와 히비 요시타카는 재일코리언이라는 일본 사회의 전통적 마이너리티와 2010년대 이후의 원전사고 피해자, 혐오행위 피해자와 같은 새로운 마이너리티를 문제시한다. 김환기가 김학영 소설 분석을 통해 일본에서 이방인으로 살아가는 재일코리언 1세대와 2세대 간의 세대 간 갈등과 고뇌를 실존적 관점에서 성찰했다면, 히비 요시타카는 2010년대 이후 뚜렷이 대두된 배제형 사회에서 새롭게 소외된 중하류 계층이 그 분노와 박탈감을 더 열악한 상황의 약자들에게 혐오 폭력의 형태로 분출하는 식의 확연히 그 이전의 차별 양상과는 준별되는 새로운 차별의 구조를 최근의 문제적 소설들을 통해 심구한다.

김효진과 다케우치 가요는 젠더와 신체 관점에서 매우 흥미롭고 논쟁적인 논의를 전개한다. 김효진이 여성에게 가학적인 연애와 섹스를 필수내용으로 하는 여성용 만화인 틴즈 러브 만화에서 되레 가부장제 비판이나 여성 주체성 강조와 같은 페미니즘적 의의를 발견하고 있다면, 다케우치는 여성이 수컷 개로 변신해 다른 여성과 깊은 친밀감을 형성해 간다는 마쓰우라 리에코 소설『犬身』분석을 통해 이성애적 가족주의가 야기한 상처를 치유할 수 있는 새로운 반려 관계의 가능성과 종(種)을 초월한 섹슈얼 마이너리티의 연대를 주창한다. 이지형은 일본 마이너리티문학 연구의 성과와 과제에 대해 총론적 고찰을 시도한다. 그간 국내 일본 마이너리티문학 연구 성과가 주로 재일코리언문학과 페미니즘문학에 편향돼 온 사실을 지적하고, 우생사상에 기초한 마이너 신체성의 낙인으로 말미암아 극심한 차별의 대상이 되어 온 체재 내부의 타자의 문학, 즉 한센병문학과 동성애문학을 새로이 주목할 필요가 있음을 주장한다.

이상에서 개관하였듯이 일본 전후문학과 마이너리티문학은 인종(민족)·젠더(섹슈얼리티)·계급(계층)을 코어로 하는 현대 사회의 제 요소들이 중층적으로 착종되어 있는 실상을 여실히 투영한다. 거기에는 내셔널리즘의 구심력과 탈내셔널리즘의 원심력 또한 여전한 영향력을 보다 복잡하고 정교한 양상으로 드리우고 있다. 전후문학과 마이너리티문학은 고정돼 있는 실체로 존재하는 것이 아니라 바로 이 순간에도 변화·생성·소멸하는 가능태로서 존재한다. 따라서 그 실체를 정합적으로 계보화하고 논리적으로 체계화하는 것은 불가능한 작업일 뿐 아니라 무의미한 일이다. 오직 가능한 것은 그것의 다양한 단층들을 결대로 '가능한' 드러내어 확인하고 축적해 가는 시도일 것이다. 일본 전후문학과 마이너리티문학의 세계는 긍정도 부정도 아닌, 낙관도 비관도 아닌 '열려 있음'의 가능태로서 존재한다. 그 단층의 일단을 드러내 보고자 한다.

본 총서가 나오기까지 주제 기획과 필진 구성 및 섭외에 애써 주신 선생님들께 지면을 빌어 감사드린다. 전후문학 기획을 구상해 주신 정병호·남상욱 선생님, 마이너리티문학 기획을 이끌어 주신 김환기 선생님의 수고가 없었다면 본 총서는 나올 수 없었을 것이다. 한국일본학회 회장으로서 총서 간행을 적극적으로 응원해 주신 이진원 선생님의 후의도 잊을 수 없다. 마지막으로 책의 교정과 편집을 담당해 주신 보고사 이경민 선생님의 헌신 그리고 물심양면으로 총서 간행을 후원해 주신 보고사 김흥국 사장님의 배려에 고개 숙여 감사드리고 싶다. 본 책이 일본 연구에 자그마한 동력이라도 보탤 수 있기를 희망한다.

2018년 2월
총서 기획자의 일인으로서 이지형

차례

페미니즘적 시각에서 본
틴즈 러브(Teens Love) 만화의 가능성 | 김효진

마쓰우라 리에코 『犬身』의 가능성 | 다케우치 가요(武内佳代)

일본 마이너리티문학 연구의 현재와 과제 | 이지형

배제형 사회와 마이너리티 | 히비 요시타카(日比嘉高)

제1부

일본 전후문학의 단층

아시아·아프리카 작가회의와 일본

제국주의와 내셔널리즘의 교차 지대

1. 제3세계문학의 출현

2차 세계대전 직후, 미소 냉전 구도가 굳어져 가자 제3세계의 신생 독립국들은 이에 편입되지 않는 독자적인 세력을 형성하려 했다. 냉전은 군사 동맹을 주축으로 핵이나 재래식 무기를 전략적으로 배치해 비동맹 세력과 대립했던 미소 주도의 새로운 세계 체제를 의미한다. 하지만 2차 세계대전 이후 제국주의 세력으로부터 독립하기 시작한 제3세계 많은 국가들은 비동맹주의와 중립을 내세워 냉전 체제로의 편입을 거부하려 했다. 이는 2차 세계대전 이후 새로운 세계 질서의 확립을 둘러싸고 미소 간의 대립이 전 세계 규모로 격화돼 가면서 신생 독립국들이 그로부터 벗어나려 했음을 잘 보여준다. 이제막 제국주의 종주국으로부터 독립을 달성한 제3세계 국가들의 입장에서는 냉전 체제에 편입되는 것이야말로 새로운 분쟁이나 전쟁으로가는 지름길로 인식됐기 때문이다.

주시하다시피 제3세계의 독자적인 움직임이 가시화된 것은 반둥회의(1955, Bandung Conference) 즈음이다. 당시 아시아 아프리카 지역의 많은 나라들이 식민지 상태에서 독립해 국민국가를 형성해 나

가는 과정에서 완전한 독립을 성취하는 것은 긴요한 과제 중 하나였
다. 이러한 흐름에 국공 내전을 끝낸 중국과 독립 인도가 적극적으로
참여하면서 세계 질서는 미국과 소련 간의 대립 구도로서만 파악할
수 없는 복잡하고 첨예한 양상을 띠기 시작했다. 미국이나 소련 어느
쪽으로 편입되는 것도 경제, 군사 방면에서의 의존이 심화되는 결과
를 낳기에 냉전 구도에 편입되지 않는 상태에서 독립 국가를 견고하
게 만들어가는 것은 최우선 과제였다. 더구나 이들 신생 독립국은 구
미 제국의 식민지 지배 하에서 오래도록 독립 투쟁을 전개했던 만큼,
2차 세계대전 이후 새롭게 대두된 미국의 세계 지배 전략에 반감을
지닐 수밖에 없었다. 이른바 제3세계 독립국들은 "직접적인 영토의
분할을 통한 식민지 지배 방식에서 제3세계에 대한 경제 원조나 합
작 투자 등을 통한 초과 이익의 획득에 목적을 두는 신식민지적 지
배"1) 방식인 미국의 세계 지배 방식을 신제국주의라고 받아들였다.

　　반둥회의는 이러한 미국의 신식민주의적 지배 방식 및 미소 냉전
이 야기한 냉전적 긴장(전쟁 위협)에 대응하기 위해 조직되면서 미소
주도의 국제 정치에 제동을 걸었다.2) 반둥회의가 조직돼 가자 미국
이 이를 공산주의의 위협이라 규정하여 동남아시아 조약기구
(SEATO)를 설립해 대응했던 것을 보더라도 이 회의가 미국의 세계
전략에 커다란 위협으로 다가왔음을 알 수 있다.3) 반둥회의는 2차

---

1) 임동욱, 『세계화와 문화제국주의』, 커뮤니케이션북스, 2012, 82쪽.
2) 물론 현재 시점에서 보면 반둥회의 자체가 지닌 역사적 과오 등도 명백하다. 반둥
　회의 회원국은 자국과 회원국의 비민주적 처사에는 눈을 감고 눈앞의 강대한 적에게
　비판을 집중시킨 결과 자국 내의 민주주의가 퇴행했다는 비난에 직면한다. 더구나
　1970년대 이후 세계 경제가 위기에 빠지면서 제3세계 국가들이 미국에 경제적으로
　종속되면서 제3세계 사이의 연대는 점차 약화된다.
3) 일본이 반둥회의에 참가한 경위에 대해서는 아래 책을 참고.
　宮城大藏, 『バンドン會議と日本のアジア復歸―アメリカとアジアの狹間で』, 草

세계대전 이후 새롭게 구축돼 가는 세계 질서 속에서 신생 독립국들이 냉전체제 바깥의 새로운 가능성을 모색해 새로운 세계 체제를 상상하고 실천하려 했다는 점에서 큰 의미를 지닌다.

하지만 한반도에서는 냉전이 굳어지는 계기를 만든 한국전쟁이 발발하고, 이후 미소 양측으로부터 자유로울 수 없는 상태에서 냉전과 분단이 고착화돼 반둥회의를 비롯한 '제3세계'의 반제국주의 흐름에 참여하지 못했다. 한국은 반둥회의는 물론이고 아시아・아프리카 작가회의(Afro-Asian Writers' Association, 이하 A・A작가회의)4)에도 한동안 초청받지 못하면서 아시아에서 고립돼 갔다. 물론 한국의 지식인들이 반둥회의나 A・A작가회의에 참여하려 하지 않았던 것은 아니지만, 한국전쟁과 4.19혁명을 겪은 후 군사독재가 지속되면서 제3세계와의 연대는 오랜 세월 동안 요원한 일이었다. 물론 김지하가 1975년 로터스상(특별상)을 수상하면서 한국 내에서 제3세계 문학 운동에 대한 관심이 높아지기는 했다. 이후 형성사 편집부에서 발행한 『제3세계의 이해』(1979)나 백낙청과 구중서가 펴낸 『제3세계 문학론』(한벗, 1982)은 김지하의 로터스상 수상과 직간접적으로 연관된 것이었다. 하지만 제3세계적인 성격을 띠면서도 한국이 A・A작가회의에 활발하게 참가하지 못했던 것은 큰 불행이었다고 말하지 않을 수 없다.5) 반공을 국시로 한 군사독재 아래에서 한국문학은 아시아 아프

思社, 2001.; Christopher J. Lee, "Making a World After Empire: The Bandung Moment and Its Political Afterlives (Paperback)", Ohio Univ Press, 2010.

4) A・A작가회의에는 1981년부터 라틴아메리카 작가들이 참가하기 시작해서 AALA 작가회의로 확대됐다.

5) 한국에서는 신경림 등이 일본 가와사키 시에서 열린 AALA문화회의에 참석한 적이 있다. 이 대회의 회의록을 신경림이 편역해서 『민중문화와 제3세계-AA문화회의 기록』(창작과비평, 1983.10)라는 제목으로 냈다.

리카의 문학자들과 연대할 기회를 상실하면서, 제3세계문학론과의 직접적인 접점을 잃은 채 민족문학론이나 분단문학론을 전개하게 된다. 그렇다 해도 한국이 제3세계의 새로운 세계 질서를 향한 정치적 상상력과 문화 운동으로부터 완전히 절연된 것은 아니었다. 오창은 이 분석하고 있는 것처럼 "1960년대 (한국의) 문인·지식인 사회는 '반둥회의'를 포함한 아시아·아프리카의 제3세계의 비동맹 회의에서 분단 극복의 가능성을 탐색"하면서 "4·19혁명으로 인해 '제3의 가능성'에 대한 탐색도 포기"하지 않고 전개했던 시기가 있었다.[6) 하지만 4·19혁명 정신이 군사독재로 좌절되자 한국문학이 제3세계와 접속할 수 있는 가능성은 현저히 낮아져 갔다. 한국문학이 이 시기 이후에도 제3세계 문학자들과 연대하며 한국문학을 비서구문학 속에서 볼 수 있는 기회를 1950년대부터 얻었다고 한다면 한국문학의 내실은 지금과는 달랐을 것이 틀림없다.

아이러니 하게도 제국주의 국가였던 일본은 반둥회의는 물론이고 A·A작가회의에 참가해 중요한 역할을 담당하면서 패전 이후 다시 국제 사회에 비중 있게 등장했다. 그렇다면 샌프란시스코 평화조약 (1952)으로 '독립'을 회복하기는 했지만 여전히 미국의 강대한 핵우산 아래에 있었던 일본이 두 회의에 참석할 수 있었던 배경은 무엇이었을까? 당시 일본 본토는 물론이고 오키나와에 미군이 주둔하고 있는 상황 하에서 반제국주의적 기치를 내세운 반둥회의에서 일본이 발언권을 얻기는 상당히 힘든 상황이었다. 게다가 2차 세계대전 당시 제국주의 세력으로 아시아를 지배했던 일본의 이력 또한 반둥회의에 참여한 신생 독립국과는 확연히 달랐다. 일본이 이처럼 곤란한 과거

---

6) 오창은, 「결여의 증언, 보편을 향한 투쟁」, 『한국문학논총』 72, 2016, 32쪽.

를 안고 있는 상황에서도 반둥회의에 참석할 수 있었던 것은 일본 국내에서 내셔널리즘의 고양되고 있었던 상황을 들 수 있다. 샌프란시스코 평화조약이 체결된 후, 일본은 국제 사회로 복귀할 수 있는 길이 열렸으며, 일본 국민들도 국제 사회의 일원으로 일본이 국제적 지위를 회복하기를 바랐다. 한국전쟁 이후로 일본경제가 급속도로 회복돼 가자 미군의 지배를 벗어난 '보통국가'를 향한 일본 국민의 열망은 더해져 갔다. 그런 상황이었던 만큼 정치가들도 미국의 눈치를 보면서 국민들의 끌어 오르는 열망을 충족시킬 길이 필요했다. 일본의 국내 상황과 국민들의 열망을 놓고 보면 반둥회의에 일본이 참석하는 것은 긴요한 과제였다. 다만 문제는 반둥회의 정신과 미국의 세계 전략이 배치되는 데 있었다. 그러므로 일본이 반둥회의에 참석하기 위해서는 미국의 허락이 필요했을 것이다. 최근의 연구에 따르면 일본은 일본 내 미국대사관과 긴밀히 협의하며 반둥회의에 참석했음을 알 수 있다.[7] 주권국인 일본이 참가 의사가 있음에도 이를 미국이 힘으로 억누르고 있다는 사실이 알려지면 미국으로서는 곤란한 일이었고, 일본은 다시 국제무대에 등장함으로써 자국민의 불만을 해소할 수 있었던 상황을 면밀히 검토할 필요가 있다. 또한 일본이 반둥회의에 참가해 중국과 인도를 견제해 줄 것을 미국 측에서 기대했던 것에서 알 수 있듯 일본이 이 회의에 참가하는 것은 미국의 이해관계와 완전히 배치되지는 않았다.

한편 A·A작가회의가 활발히 전개되기 시작한 1960년 무렵, 일본에서 안보투쟁이 맹렬하게 전개되면서 일본 작가들이 A·A작가회의에서 발언권을 얻을 수 있는 환경이 조성됐다. 안보투쟁이 절정을 이

---

7) 宮城大藏, 앞의 책 참고.

루고 있던 1960년, A·A작가회의 대표들은 안보 투쟁에 연대한다는
의미에서 일본에서 회의를 열 것을 의결하게 된다. 다만 내셔널리즘
과 제3세계의 연대가 강력히 대두되고 있었다 하더라도 과거(제국주
의)의 그림자는 전후 일본의 등 뒤에 짙게 드리워져 있었다. 1960년
무렵 일본은 물론이고 아시아 아프리카 전역에는 내셔널리즘과 (신/
구)제국주의가 교차되고 있었다. 그런 과정에서 1961년에 개최된 A·
A작가회의 도쿄대회(The Emergency Meeting of the Permanent Bureau
of Afro-Asian Writers)는 제국주의의 그림자를 걷어내고 제3세계와
연대하려 했던 일본 작가들의 소망이 담긴 모임이었다. 그렇다면 이
대회를 통해 일본 작가들은 과거로부터 탈피해 아시아 아프리카와
연대할 수 있었을까? 이 대회가 지니는 의의와 한계는 무엇이었을
까? 냉전 체제 하에서 제국주의와 내셔널리즘이 교차된 지점에서 일
본 작가들은 어떻게 대응했는가? 이 글은 이러한 질문에 대한 답을
찾아가면서 일본을 중심에 놓고 A·A작가회의가 지니는 의미를 안
보투쟁으로 요동치고 있던 1961년 일본에 초점을 맞춰서 고찰해 보
려 한다.

2. A·A작가회의의 역사

A·A작가회의는 1956년에 시작돼 냉전이 해체되는 1990년대 초까
지 계속되다 와해됐다. 하지만 일본에서는 이보다 늦은 1990년대 말
까지 라틴아메리카까지를 시야에 넣은 운동이 지속됐었다는 사실을
아는 사람은 그리 많지 않다. A·A작가회의는 장기간에 걸쳐 전개되
었으며 그 시기에 안보투쟁(일본), 중소대립, 베트남전쟁, 문화대혁

명을 비롯한 많은 역사적 사건들이 터졌던 만큼 이를 개괄하는 것은
좀처럼 쉬운 일이 아니다. 세계사의 격변에 A·A작가회의가 직접적
인 영향을 받았던 만큼 이를 분석하는 것은 어느 한 시기로 한정하거
나 혹은 나라별, 작가별로 연구를 진행해서 후일 이를 종합하는 방식
을 취할 수밖에 없다. 더구나 현재는 연구의 초기 단계인지라 이와
관련된 기록과 작품을 정리하는 서지학적인 방법론이 필요한 것도
사실이다. 그 방법 중 하나로, A·A작가회의에서 핵심적인 역할을
했던 인물들의 회고록이나 평론 등을 분석하는 방법론도 유효할 것
이다. 특히 A·A작가회의와 일본과의 관련을 살펴볼 때는 이 운동에
서 중추적인 역할을 담당했던 인물의 기록을 들여다보지 않을 수 없
다. 일본문학사에서 그리 비중 있게 다뤄지는 인물은 아니지만 신일
본문학회를 중심으로 활동했던 문예비평가 구리하라 요시오(栗原幸
夫)의 기록은 그런 의미에서 주목함 직하다. 구리하라는 A·A작가회
의의 일본 내 지부에 해당되는 A·A작가회의 일본협의회 시기부터
이 운동에 관여했으며 이와 관련된 다수의 기록을 남겼다. 우선 그가
개괄한 A·A작가회의와 일본과의 관련을 살펴보자.

　　하지만 "아시아·아프리카 시대"는 동시에 "중소 대립의 시대"이기
　도 했다. 이 대립 현장이 주로 제3세계였기에 이제 막 발족한 A·A작
　가운동도 바로 대립의 소용돌이에 말려들었다. 이는 또한 일본의 A·
　A작가회의(당시는 A·A작가회의 일본협의회)에도 공산당이 개입하
　면서, 직접적으로 파급돼 왔다. 1966년에는 국제 A·A작가회의가 중
　국파와 소련파로 분열해서, 그 다음 해에는 일본협의회도 세 개로 분
　해됐다. 이 시기의 노마 히로시는 이러한 조직의 분열이나 항쟁으로부
　터 몸을 빼고 소련과 중국의 작가와 개인적으로 직접 교류하는 길을
　택했다. 노마 히로시가 다시 국제 A·A작가운동에 힘을 기울이기 시

작한 것은 1973년에 로터스 상을 수상한 무렵부터다. (중략) 1970년대
가 되면 A·A에 속한 여러 나라들의 상황에 커다란 변화가 현저해져
서 작가 운동이 미묘하게 영향을 받기 시작했다. A·A 여러 나라들은
60년대를 통해서 기본적으로는 정치적 독립을 실현했음에도 불구하
고 경제적으로 독립하는 것에 실패해서 거꾸로 중심부 자본주의로 의
존하는 현상이 심화돼 갔으며…(후략)[8]

(밑줄은 인용자에 의함, 이하 동일)

구리하라는 1950년대 말부터 1970년대까지의 A·A작가회의와 일
본 사이의 관련을 알기 쉽게 정리하고 있다. 이를 간략히 정리하자면
A·A작가회의가 중소분쟁으로 대립하면서 일본 내의 관련 조직이
세 개로 쪼개졌고 이후 이것이 (인용문에는 나와 있지 않지만) 노마 히
로시를 중심으로 일본 아시아·아프리카 작가회의(1974)로 이어졌음
을 알 수 있다. 이를 구리하라가 남긴 기록을 중심으로 정리해 A·A
작가회의를 표[9]로 정리하면 다음과 같다.

[표1] A·A작가회의 간략 연표

대회	장소	일시	비고
제1회 아시아작가회의	뉴델리	1956.12. 23.~(1주간)	15개국 150여 명 참가
└ 국제준비위원회	모스크바	1958. 6.2.~6.5.	아랍연합, 중국, 소련, 인도, 일본이 참가해 제2회 회의 대회에 아프리카를 초청할 결의.
일본AA연대위원회 출범			후일 A·A작가회의 일본협의회로 명칭 변경

---

8) 栗原幸夫, 「AA作家運動と野間宏」, 『新日本文學』, 新日本文學會, 1991.
9). 栗原幸夫, 『歷史の道標から:日本的〈近代〉のアポリアを克服する思想の回路』, れんが書房新社, 1989 참조.

제1회 아시아아프리카 작가회의	타슈켄트	1958.10.7. ~(1주간)	35개국에서 약 200명의 대표가 참석
∟ 상임이사국회의	콜롬보	1961.1.3. ~(1주간)	실론, 중국, 인도네시아, 수단, UAE, 소련, 일본이 참가해 1961년 3월에 일본 도쿄에서 긴급회의를 개최하기로 결정함
∟ 도쿄대회	도쿄	1961. 3.28.~31.	20개국 84명이 참가 A·A작가회의 일본협의회가 준비
∟제2회 대회 준비위원회	카이로	1961. 2.27.~3.2	
제2회 아시아아프리카 작가회의	카이로	1962.2.12. ~(16일간)	43개국에서 약 250명 참가 중소 분쟁 본격화
∟ 상설서기국회의	콜롬보	1962. 10.4.~7.	베트남전쟁을 긴급 안건으로 다룸
∟ 카이로회의	카이로	1963. 6.29.~20.	중국에 비판적인 '협의회' 개최. 상설서기국을 카이로로 이전하기로 결의. 이에 맞서 콜롬보 상설서기국(실제로는 중국 북경이 주도) 회의에서 소련의 자격 박탈을 선언
∟ 북경긴급대회		1966. 6.27.~7.9.	53개국 161명 참가 중국 주도의 회의 카이로 측의 맹렬한 반대에 직면함
∟ 카이로서기국 베트남지원 긴급집회	카이로	1966. 8.30.~9.1.	소련 주도의 회의. 카이로 서기국과 일본협의화 사이의 관계가 단절됨. 이후 신일본문학회 경유로 일본과의 연락이 이뤄짐. 이후 일본협의회가 붕괴
제3회 아시아아프리카 작가회의	베이루트	1967. 3.24.~31.	분열 이후 최초의 회의. 43개국이 참가. 문화대혁명으로 중국이 A·A작가회의에서 이탈. 로터스 문학상 제정. 유럽 등에서 게스트 13개국이 참가. 일본은 신일본문학회 회원이 중심이 돼 참가
∟ 10주년 기념집회	타슈켄트	1968. 9.21.~25.	
제4회 아시아아프리카 작가회의	뉴델리	1970. 11.17.~20.	32개국

제5회 아시아아프리카 작가회의	알마타	1973.9.4. ~(9일간)	
└ 10주년 기념집회	타슈켄트	1978.10.7.	
제6회 아시아아프리카 작가회의	앙골라	1979. 6.29.~7.1	
└ AALA문화회의	가와사키	1981. 11.4.~5.	한국에서 신경림 등이 참가
제7회 아시아아프리카 작가회의	타슈켄트	1983.9.2 6.~10.11.	
제8회 아시아아프리카 작가회의	튜니스	1988. 12.8.~12.	이후 냉전의 종식과 함께 A·A작가회의도 소멸. 일본 내의 A·A작가 운동은 90년대 말에 소멸
(그 외)			
'일본의 독립 조직' 일본 아시아·아프리카 작가회의를 창립	도쿄	1974.5.25.	초대 의장은 노마 히로시, 사무국장은 홋타 요시에
└국제구호위원회 분과 설립	도쿄		김지하와 응구기 와 시옹오 구호 활동
└일본아랍문화연대 회의	도쿄, 오사카, 후쿠오카	1974. 6.27.~7.4.	팔레스타인 작가 초청. 마흐무드 다르위시, 아도니스 등

위 표에 나타나 있듯이 A·A작가회의는 1960년대 초반 중소분쟁으로 작가회의 자체가 분열돼 중국과 소련 주도의 회의가 개별적으로 개최되다가 60년대 후반 중국에서 문화혁명이 터지면서 조직이 와해돼, 제3회 대회부터는 자연스레 소련 주도로 개최되게 된다.10) 이 표만으로 중소대립, 베트남전쟁, 문화대혁명으로 이어지는 일련의 흐름을 전부 다 정리할 수는 없지만, A·A작가회의가 심각한 내

---

10) 반둥회의에는 참가하지 못했던 소련이, 제3세계 문학운동인 A·A작가운동에는 참여할 수 있었던 것은 1950년대 중국과 소련의 밀월 관계는 물론이고, 소련작가들의 A·A작가운동에 대한 지지 등 여러 맥락에서 살펴볼 필요가 있다.

흥을 겪은 궤적은 선명히 드러나 있다. 특히 역사의 변곡점에서 A·
A작가회의 일본 내 '협의회'는 중소 분쟁이 본격화된 1960년대 중반
부터 크게는 중국과 소련을 지지하는 쪽과 그렇지 않은 세력(북경파,
자주독립파, 신일본문학회 연락사무소파)으로 나눠져 내부 분열을 하게
된다. 그 과정에서 북경파가 제일 먼저 소멸됐고, 자주독립파는 활
동을 거의 하지 않아서, 사실상 신일본문학회가 주도적으로 A·A작
가회의에 참여했음을 알 수 있다.

위 표를 보면 본고의 초점인 A·A작가회의 도쿄대회는 아직 중소
분쟁이 본격화되기 이전에 개최된 것을 알 수 있다. 그 윤곽은 다음
글에서 확인할 수 있다.

> 아시아 아프리카 작가회의 도쿄대회에는 아프리카 8개국, 아시아
> 11개국, 여기에 일본을 합쳐서 20개국 80명에 가까운 대표가 모였다
> (정확히 말하자면 아직 독립하지 못한 곳이 있으므로 20개 지역이라
> 고 해야 할 것이다). 총회에서는 '두 대륙이 당면한 정세와 작가의 임
> 무'라는 의제가 나왔고, 제1분과에서는 민족독립과 평화, 그리고 제국
> 주의, 식민주의, 군사기지의 문제가, 제2분과에서는 민족문화와 그 교
> 류의 문제가, 제3분과에서는 언론발표나 작가를 협박하는 문제가 토
> 론됐다.[11]

도쿄대회를 보면 2차 세계대전 이후 새롭게 등장한 미소의 "제국
주의, 식민주의" 위협하에서 '민족'이 어떻게 독립을 유지/달성할 것
인지가 관건이었음을 알 수 있다. 특히 구 제국주의 체제의 직접적인
영토 지배 방식과는 달리 동맹국에 군사 기지를 만드는 방식의 새로

---

11) 安部知二, 「A·A作家會議の成果」, 『アジア·アフリカ作家會議東京大會』, アジ
ア·アフリカ作家會議日本協議會, 1961, 256쪽.

운 제국주의의 형태가 대회의 중요한 의제로 떠올랐다. 도쿄대회는
(미일) 안보조약이 1960년 6월 19일에 체결된 직후에 열렸던 만큼 민
족의 독립과 관련된 안건이 최우선 과제로 다뤄졌음을 알 수 있다.
그런 의미에서 도쿄대회는 미국의 군사 기지화되는 일본의 상황에
대한 반대의 의미를 담고 있었다고 할 수 있다. 이 당시에 만들어진
기념 노래 「태양은 떠오른다」에도 이는 잘 나타나 있다.

> 「태양은 떠오른다」
> 아시아 아프리카! 미래를 위해 더 오르는 태양은 / 아시아 아프리카
> / 높이 치켜들며 우렁차게 외치는 / 20억의 팔 / 지금 여기에 / 발을
> 맞춰서 / 노래하는 목소리 울린다 / 세계 인민의 / 단결과 해방 / 세계
> 인민의 / 독립과 평화 / 펄럭이는 / 펄럭이는 / 우리의 깃발은 / 피와
> 땀에 젖어 / 두 대륙의 / 산하에 바다에 / 미래의 큰 하늘에 / 펄럭인다
> (1961년 3월 아시아 아프리카 작가회의 도쿄대회에 보내며)[12]

「태양은 떠오른다」에도 잘 나타나 있는 것처럼 이 시기에 A·A작
가회의에 참가했던 작가들은 새로운 시대가 열리고 있다는 자각과
희망을 품고 있었다. 이들을 둘러싼 국내외 환경은 현재 시점에서 보
면 엄혹한 것이었지만, 당시는 혁명의 시대라 불러도 될 만큼 혁명의
기운(특히 쿠바혁명)이 고양돼 가고 있었다. 하지만 이와는 대조적으
로 한국전쟁 이후 아시아에서는 냉전체제가 더욱 굳어져 가고 있었
다. 특히 일본 본토와 오키나와 그리고 한국에 만들어진 미군 기지는
냉전 체제를 공고히 하는 힘으로 작용했다. 그것을 더욱 강화시키는
신안보조약의 체결을 즈음해서 벌어진 안보투쟁은 쿠바혁명과는 의

---

12) 앞의 책 『アジア・アフリカ作家會議東京大會』, 3쪽.

미가 다르다 하더라도 '혁명'의 가능성을 내장하고 있었다. A·A작가회의는 구미 중심주의적 세계를 제3세계 작가들의 문학적 힘으로 넘어서 새로운 세계를 만들겠다는 이상에서 시작된 문학 운동으로 일본의 안보투쟁은 냉전체제에 균열을 일으킬 수 있기에 환영받을 수 있었다. 다만 각국의 국내 정치 상황은 대단히 복잡해서, 혁명과 반혁명의 논리만으로는 설명할 수 없는 많은 모순과 곤란함이 운동 내부에 가로 놓여 있었다. 이는 구리하라가 이미 지적하고 있는 것처럼 제3세계를 하나의 총체로 말할 수 있는가? 라는 근본적인 의문에 서부터, 제3세계 국가 내에서 일어나는 민주주의에 대한 탄압과 A·A작가운동이 지니는 민족적인 성격에 이르기까지 많은 물음과 한계를 내장하고 있었다.13) 물론 A·A작가회의 도쿄대회가 열리던 당시는 운동이 지닌 이런 한계보다는 현실 변혁에 대한 열망이 더욱 두드러졌음은 물론이다.

3. A·A작가회의 도쿄대회의 의의

전술한 것처럼 1955년 반둥회의 이후 본격적으로 전개된 A·A작가회의는 반제국주의, 반식민주의를 기조로 해서 냉전체제를 넘어서려는 운동으로 주목받았다. 당시 A·A작가회의에 참여한 거의 대부분의 국가는 식민지에서 독립한 상태였기에 온전한 독립을 성취해 국민국가를 만드는 것이 긴요한 과제로 떠오르고 있었다. 흔히 내셔널리즘은 배타적 민족주의로 해석되는 경향이 있는데, 이 시기 제3

---

13) 앞의 책 『歷史の道標から:日本的〈近代〉のアポリアを克服する思想の回路』 참조.

세계의 내셔널리즘은 제국주의에 대항한다는 의미에서 민족 간 국가 간의 연대의 가능성을 배태한 긍정적인 의미로 이들 지역에서 인식 됐다. 그런 만큼 이 운동이 집중한 부분은 신생 독립국들의 내셔널리 즘을 어떻게 하면 국제적 연대로 발전시킬 수 있냐는 것이었다. 요컨 대 아시아 및 아프리카의 내셔널리즘을 서구의 내셔널리즘과 분리해 내 그 안에서 "약자의 연대"(竹內好, 「アジアのナショナリズム」)를 이뤄 내는 것이 요구되고 있었다. 이 운동이 문학운동 차원을 넘어서 국가 간의 외교 양상을 띤 이유는 인종과 문화와 국가를 뛰어넘은 정치적 연대를 이뤄가고 있었기 때문이다. 하지만 그것은 거꾸로 이야기하 면 운동의 범위가 전 지구적이었기 때문에 각 나라의 정치적 상황에 따라 운동 자체가 언제든지 좌초될 위험성이 있었음을 말해주는 것 이기도 했다.

이러한 제3세계 문학운동에 2차 세계대전 당시 제국주의 국가이며 주축국의 일원이었던 일본이 참여하게 된 것은 대단히 이례적이라 하지 않을 수 없다. 미즈타마리 마유미가 지적하고 있듯이 일본은 과 거 제국주의 국가였다는 점에서 A・A작가회의 참여 국가 가운데 "예 외적인 위치"[14]에 외따로 존재하고 있었다. 하지만 당시 일본 작가 들은 과거의 일본 제국주의가 저지른 만행을 비판하면서도, 일본을 제3세계와 마찬가지로 '식민지적 상황'으로 인식하고 있었다. 메이 지 유신 이후 일본의 아시아 인식은 탈아입구라는 사자성어만으로는 표현할 수 없는 다양성과 이중성 가운데 전개돼 왔다.[15] 하나의 우 세한 경향성만을 드러낸다면 메이지 시기는 탈아입구의 경향을 드러

---

14) 水溜眞由美, 「堀田善衛とアジア・アフリカ作家會議(1) 第三世界との出會い」, 『北 海道大學文學研究科紀要』144, 北海道大學文學研究科, 2014 참조.

15) 竹內好, 「アジアの中の日本」, 『竹內好全集 第5卷』, 筑摩書房, 1981.

냈다고 할 수 있지만, 일본 제국이 아시아를 침략하면서 내세운 논리
는 아시아를 구미 열강으로부터 해방시킨다는 것이었다. 특히 중일
전쟁이 아시아태평양전쟁으로 확대돼 가는 과정에서 내세워진 '대동
아공영권'이라는 슬로건은 아시아의 통합을 내세운 사명 이데올로기
의 일종이었다. 물론 이것은 지배자 측에게는 동화의 논리로 기능했
지만, 단순히 문구로서만 제시된 것은 아니었다. 전시기 일본의 미
디어는 반일적인 세력을 구미의 사주를 받은 예외적인 존재로 위치
시키면서도, 중국을 대체적으로는 우호적인 존재로 그렸다.[16] 이는
중국을 악마화 하고 열등한 존재로만 봤을 것이라는 통념과는 배치
되는 것이기도 했다. 그런 점에서 중일전쟁에서 일본은 침략을 당한
중국의 의사를 논외로 치부하고 탈아입구의 경향과는 정반대인 탈구
입아를 내세웠다고 할 수 있다. 일본 제국이 패전하면서 상황은 극적
으로 달라졌지만 전후 일본이 반둥회의 및 A·A작가회의에 참석한
것은 다시 아시아의 일원으로 자신을 위치시켜 서양에 맞서려는 욕
망의 발현이기도 했다.

　하지만 이는 일본(국가)이 1960년대 이후 신식민주의의 수행자로
나섰던 것과는 배치되는 것이어서, 이들(작가)의 운동은 냉전체제가
공고해져 가자 일본 사회 안에서 주변부로 밀려날 수밖에 없었다. 일
본이 A·A작가회의에서 중개자 역할을 수행할 수 있었던 것은 1960
년 즈음 일본이 놓여있던 상황으로부터 유추할 수 있다. 패전 이후
일본은 미군에 의해 점령돼 식민지적 상황 속에 있었다. 그런 만큼
샌프란시스코 평화조약이 체결되자 많은 일본인들이 온전한 주권 국
가로 일본이 변모되길 바라면서, 내셔널리즘이 1950년대 일본에서

---

16) 五味淵 典嗣, 「テクストという名の戰場」, 『日本文學』 64, 2015 참조.

강력한 힘을 얻기 시작했다. 일본에서 국민문학을 둘러싼 논의가 활발히 전개된 것은 바로 내셔널리즘이라는 국민적 감정이 고양됐던 상황과 무관하지 않다. 그런 의미에서 1960년 전후 일본에는 내셔널리즘과 인터내셔널리즘(세3세계 국가의 연대)이 상존하는 상황이었다고 할 수 있다. 하지만 냉전체제 하에서 일본의 미국 종속을 공고히 하는 신미일안보조약(1960)이 체결되자 일본이 미국에 종속돼 가는 상황에 대한 일본인들의 분노는 극에 달했다. 이른바 안보투쟁으로 불리는 1960년은 냉전체제 속에서 미국의 군사 기지화되는 일본의 굴욕적인 상황에 대한 민족적 정념이 분출된 시기였다.

A·A작가회의 도쿄대회가 안보투쟁 하에 놓인 일본을 응원하기 위해 조직됐다는 점은 주목을 요한다. A·A작가회의 도쿄대회에 참석한 인도 아시아 아프리카 연대 작가위원회가 "일본에 핵병기 기지를 설치하려고 하는 제국주의와 그 앞잡이에 대한 일본 인민의 용감한 투쟁에 연대의 마음을 표합니다. (중략) 인도의 작가는 이 기회를 이용해서 아시아와 아프리카 작가와 인민의 제국주의 지배, 식민주의에 대한 투쟁, 민족의 해방과 인간 권리를 향한 투쟁, 인종차별주의라는 악의 모든 표명에 대한 투쟁에 연대의 의지를 표시"[17] 한다고 발표한 것은 이를 잘 드러내 준다. 이러한 분위기 속에서 일본 작가들은 제3세계 작가들과 반제국주의, 반식민주의라는 기치를 내걸고 연대 운동을 활발히 펼쳐나갔다. 또한 오랜 세월 동안 일본의 식민지 지배를 받았던 타이완과 '조선'(한국과 조선민주주의인민공화국)이 A·A작가회의에 참가하지 못했던 것도 일본으로서는 과거사에 대한 부담을 어느 정도 덜 수 있는 일이었다.

---

17) アジア・アフリカ作家會議日本協議會, 「インド・アジア・アフリカ連帶作家委員會」, 『アジア・アフリカ作家會議東京大會』, 1961, 256쪽.

다시 말하자면, 일본이 A·A작가회의에 적극적으로 참가할 수 있었던 것은 식민주의적 상태에 놓여 있으며 공통의 적인 미 제국주의와 맞서 싸워 '해방'을 쟁취해야 한다는 A·A 신생국들의 공통된 목표를 대회 참가 작가들이 공유하고 있었기 때문이다. 또한 A·A작가회의에 참석한 일본 작가들은 전후민주주의파에 속했기에 일본의 과거사에 대해 정도의 차이는 있지만, 하나같이 반성적인 태도를 취했다는 점도 다른 아시아 참가국 작가들과의 갈등을 피할 수 있었다. 하지만 일본이 A·A작가회의에 참석한 것은 제국주의와 내셔널리즘의 교차 지대/시점에서 이뤄진 것이었기에, 그로 인한 파열음이 날 수밖에 없었다. 오에 겐자부로가 도쿄대회 후에 쓴 다음 글은 이와 같은 일본 지식인들의 내적 풍경을 내비치고 있다.

　　나카노 시게하루 씨와 가메이 가쓰이치로 씨, 이 두 일본 대표는 가해자로서의 일본에 대해서 말하는 것을 잊지 않았다. 제국주의적 가해자 측에서의 발언이 유일하게 일본 대표로부터 나왔던 것은 당연한 일이었고, 다른 나라 대표단에 감명을 안겨줬다. 하지만 우리는 지금도 외교에 있어서 가해자 측에 서 있는 사실을 스스로 고발했어야 했는데, 이것은 일본의 정치와 일본의 작가 사이의 관계 양상에 있어서 본질적인 계기를 만드는 것이라 생각하기 때문이다. (중략) 아시아 아프리카의 우정이라는 아름다운 목소리는 우리 회의장 구석구석까지 울려 퍼졌다. 하지만 일본의 여러 정치 행동이 얼마나 아시아 아프리카를 배반하는 것인지에 대한 인식은 외국대표단이라도 해도, 적어도 회의 석상에서는 그다지 명확하게 밝혀지지 않았다고 생각한다. 우리가 그것을 명확히 밝히는 것을 피했다는 비난도 다소는 정당한 방향이라고 생각한다.[18]

---

18) 大江健三郎, 「はたして政治的だったか」, 『アジア·アフリカ作家會議東京大會』,

당시 신예작가였던 오에 겐자부로는 도쿄회의에 참가했던 다른 어떤 작가보다도 일본이 처한 곤란함에 대해 신랄하게 지적하고 있다. 제국주의가 처참하게 내려앉은 잔해를 말끔히 치우지 않고 그 위에 새로운 집을 지으려 했다는 점에서 A·A작가회의에 참석한 일본인 작가들은 의식했든 그렇지 않든 제국주의와 내셔널리즘의 교차 지대 가운데 있을 수밖에 없었다는 것을 오에는 잘 알고 있었다. A·A작가회의에 참가한 각국의 협의회를 "반정부조직"[19]으로서만 볼 수 없는 이유는 여기에 있다. 그런 점에서 A·A작가회의에 참석한 일본인 작가들은 개인적 차원으로는 환원될 수 없는 그림자가 짙게 드리워진 국가를 짊어지고 있었던 셈이다. 일본 작가들은 자국의 제국주의 잔상이 짙게 남아 있는 상황에서 반제국주의적인 기치를 내세우고 제3세계작가들과의 연대를 꿈꿨다는 점에서 자기모순을 극복해야 하는 난제를 안고 있었다. 그 모순을 극복하는 길은 오에 겐자부로가 지적하고 있듯이 자기비판과 반성을 통해서만 가능한 길이었다. 결과론적으로 말하자면 일본에서의 A·A작가회의 운동은 자기비판과 성찰을 뛰어넘고서 격변하는 제3세계와의 연대를 꿈꿨다는 점에서 일정한 한계를 지닐 수밖에 없었다.

다만 일본 작가들이 어떠한 의식을 견지하고 도쿄대회에 참여했는

アジア・アフリカ作家會議日本協議會, 1961, 270-271쪽. 이와 관련된 발언으로 마쓰오카 요코(松岡洋子)의 「加害者意識と被害者意識と―A・A作家會議東京大會について―」(같은 회의록 수록)가 있다.

19) 杉本達夫, 「AA作家會議雜感」, 『柿の會月報』14 柿の會, 1961. 스기모토 다쓰오는 노사(老舍)를 중심으로 중국 근현대문학을 연구한 학자로 알려져 있는데, 이 당시 오사카외국어대학 중국어과를 졸업한 후 도쿄대회에 자원봉사 형식으로 참가해 중국인 작가들의 통역 등을 도왔다. 그는 도쿄대회에서 일부 일본 작가들이 아프리카나 아시아 지역에서 참가한 작가들을 동등하게 보지 않는다는 이유로 이를 이 글에서 강하게 비판했다.

지는 총체로 말할 수 없는 다양한 층위 속에 있다. 왜냐하면 이들은 1961년 당시 20대 중반(오에 겐자부로)에서 50대(가메이 가쓰이치로, 이시카와 다쓰조)까지 분포돼 있었기 때문이다. 물론 이들의 의식을 모두 세대론적으로 분류할 수는 없지만, 일본의 제국주의 침략과 그 전쟁을 둘러싼 평가는 세대 간은 물론이고 같은 세대 안에서도 전시기 전쟁협력의 정도에 따라 나뉠 수밖에 없는 상황이었다. 전중기에 청년이나 중년 시절을 보낸 세대는 어떤 식으로든 전쟁에 관여할 수밖에 없었기에 그 책임으로부터도 자유로울 수 없었다. 더구나 전시동원 체제 하에서 전쟁에 동원된 작가는 일본 제국의 프로파간다를 실행하는 주체였기에 전쟁이 끝난 후에도 그들이 그것을 반성/거부하는 것과는 별개로 의식 깊은 곳에 전쟁의 기억이 각인돼 있었다. 그런 의미에서 A・A작가회의 도쿄대회를 전후로 해서 이들의 과거 체험(전쟁 협력)에 대한 비판의 목소리가 터져 나왔던 것은 어찌 보면 대단히 자연스러운 현상이었다. 특히 전중기에 어린 시절을 보내 전쟁에 대한 부채가 다소 덜했기에 오에 겐자부로는 맨 앞에 나설 수 있었다.

　(신/구) 제국주의와 내셔널리즘이 교차되고 있던 전후 일본에서 일본의 '현재' 위치를 어떻게 설정할 것이냐는 문제는 당시 사상적/시대적 과제로 제기되고 있었다. 1950년대 일본에서 전향과 관련된 연구가 사상가들(요시모토 다카아키(吉本隆明), 후지타 쇼조(藤田省三), 쓰루미 슌스케(鶴見俊輔) 등)에 의해서 제기된 것이나, 문학자들로부터 국민문학론이 대두된 것, 그리고 다케우치 요시미가 중국을 매개로 해서 일본의 아시아관을 근본적인 지점에서 되물었던 것은 이러한 시대적 배경과 밀접히 연관된 것이었다. 그런 의미에서 일본의 A・A작가회의 참여는 과거의 그림자를 철저히 인식해야만 도달할 수 있는

새로운 세계로의 도약이었다고 할 수 있다.

4. 문학자의 책임을 둘러싸고

A・A작가회의에서 전중기에 전쟁에 협력했던 작가들이 중요한 역할을 담당하게 되면서 이에 대한 비판은 회의 내외부에서 터져 나왔다. 이는 「문학에서의 전쟁책임의 추급(文學における戰爭責任の追及)」(『新日本文學』 1946.3)이 발표됐을 때 전쟁 책임론을 제기하는 구 프롤레타리아 계열의 작가 중에 전쟁협력자가 포함돼 있다는 이유로 비판에 직면했던 것과 궤를 같이 한다. 우선 「문학에서의 전쟁책임의 추급」을 살펴보자.

> 전쟁은 끝났지만 아직 새로운 문학적 창조가 시작된 지 얼마 지나지 않아 혼미・빈곤이 일반적인 상태. 이는 전쟁 중의 암담한 날들 가운데 언제 끝날지도 모르는 억압으로 인해 우리들 창조의 주체 그 자신이 심각하게 고통 받은 실정을 말해 주는 것이다. 새로운 창조에 견딜 수 있기까지는 억압에 의해 왜곡된 우리들 자신의 혼과 육체가 아직 회복되지 않은 것이다. 그것을 회복하는 것은 용이하게 이뤄지는 일은 아니리라. 우리들이 받은 상흔은 크며 쉽게 아물지 않는 깊이를 통해 육체를 부수고 피를 더럽혔기 때문에. 우리들은 우선 우리들 자신과 싸우지 않으면 안 된다. (중략) 그러므로 문학에서의 전쟁책임이란 다른 무엇이라고 하기보다는 우선 우리들 자신의 문제이다. 우리들 자신의 자기비판으로부터 이 문제는 시작된다. 자유로운 세계에서 눈속임은 통하지 않는다. 우리들은 전쟁 중 우리들이 어떠했는지를 스스로 따지고 검토해 비판한다. 그것에 의해 지난 10년 간 일본문학의 지독한 타락・퇴폐에 대해 우리들 자신의 책임을 명확하게 해가려고 생각한다.[20]

신일본문학회가 제기한 전쟁책임론의 핵심은 통렬한 자기비판을 통한 일본(정신)의 재건이었는데, 이는 과제로서만 제기됐을 뿐 미군정하에서 철저히 추구되지 못했다. 또한 비판하는 측에 속한 작가들 중에서도 전중기에 전쟁협력을 했던 이력이 밝혀지면서 문학자의 전쟁책임 추구는 미완의 과제로 남겨진 상태였다. 오자키 호쓰키(尾崎秀樹)는 일본의 작가들이 과거에 대한 자기비판과 책임을 다 하지 못한 상황에서 A·A작가회의 도쿄대회에 무책임하게 참여하고 있다고 봤다. 쉽게 말하자면, 그는 일부 작가들이 (일본) 제국주의에 협력했으면서 이번에는 (미국) 제국주의를 타도해야 한다고 말하는 이율배반적인 상황에 분노했다.

> 청일전쟁 전에 개최된 '일지문인대회'와 태평양전쟁말기의 '대동아문학자대회' 그리고 전후 1961년 3월에 개최된 '아시아·아프리카 작가회의'가 일본 도쿄에서 열렸다. (중략) 또한 '대동아문학자대회'와 'A·A작가회의 도쿄대회' 사이에 일본과 중국 나아가 아시아·아프리카 상호 간의 교섭에서 무엇이 생기고, 무엇이 사라졌는가? (중략) 예를 들어, 일본협의회에 이름을 올린 사람들 중에는 일찍이 대동아문학자대회에 참가한 사람들의 이름도 보인다. 그들이 대동아문학자대회와 이번 도쿄대회 사이에 무엇을 단절로서 이해하고 있는가, 무엇을 연속으로 실감하고 있는가? 그들 속에 무엇이 어떻게 그 질이 달라질 것인가? 그 부분을 문학자의 책임으로서 말해 주었으면 한다. 그 말을 게을리 하는 것은 문학자로서 절대 용서되지 않는다.[21]

---

20) 小田切秀雄, 「文學における戰爭責任の追及」, 『新日本文學』, 1946.

21) 오자키 호쓰키 저, 오미정 역, 『일본 근대문학의 상흔-구식민지 문학론』, 한신대학교 출판부, 2013, 33-67쪽, 인용함에 있어 고유명사 등의 표기를 약간 바꿨음을 밝혀둔다. 이 책은 尾崎秀樹, 『舊植民地文學の硏究』(勁草書房, 1971.6)를 바탕으로 한 『近代文學の傷痕-舊植民地文學論』(岩波書店, 1991.6)을 옮긴 것이다.

오자키 호쓰키가 A·A작가회의 일본협의회를 비판한 것은 이 운동에 참여한 작가들이 전전과 전후 사이의 단절과 연속을 명확히 인식하지 않고, 단절로만 인식한 것에서 촉발된 것이다. 오자키만이 아니라 A·A작가회의 도쿄대회를 지켜보고 있던 많은 지식인들은 엄격한 잣대로 이들을 지켜보고 있었다.

> 일본이 아시아 아프리카의 최고 선진국이라고 하는 자만. 아시아아프리카의 지도자라도 된 듯한 착각은 뿌리 깊다. 몸에 깊이 스며들어 있어서 말도 안 되는 우월감이 선생님이라 불리는 사람들 사이에서도 종종 얼굴을 내민다. 함께 A·A작가회의에서 아르바이트를 하고 있던 이들은 대다수의 일본 대표가 "약소국 출신의 무명 대표"를 대등하게 대우하지 않는 것에 분노를 느꼈다.[22]

물론 이는 A·A작가회의 도쿄대회에 참가한 전체 작가들에게 적용 가능한 것은 아닐 것이다. 그렇다면 A·A작가회의 도쿄대회는 오자키의 비판대로 연속과 단절을 명확히 인식하지 않고 시작된 것일까? 이 질문에 답하기 전에 우선 도쿄대회 참가국과 참가자를 간략히 살펴보면 아프리카에서는 8개국에서 12명이, 아시아에서는 12개국에서 72명이 참가해, 총계 20개국에서 84명이 참가했다. 일본에서는 26명이 참가했으며 그 상세는 다음과 같다.

> 이시카와 다쓰조(石川達三), 아베 도모지(安部知二), 본 시라이시(白石凡), 사타 이네코(佐多稲子), 아오노 스에키치(靑野秀吉), 히로쓰 가즈오(廣津和郎), 홋타 요시에(堀田善衛), 가이코 다케시(開高

健), 가메이 가쓰이치로(龜井勝一郎), 기노시타 준지(木下順二), 구사
노 신페이(草野心平), 마쓰오카 요코(松岡洋子), 미야케 쓰야코(三宅
艶子), 나카가와 마사후미(中川正文), 나카지마 겐조(中島健藏), 나카
노 시게하루(中野重治), 니와 후미오(丹羽文雄), 노마 히로시(野間
宏), 오에 겐자부로(大江健三郎), 오카쿠라 고시로(岡倉古志郎), 사카
모토 도쿠마쓰(坂本德松), 사토 시게오(佐藤重雄), 세리자와 고지로
(芹澤光治良), 다케우치 요시미(竹內好), 다케우치 미노루(竹內實),
야나이하라 이사쿠(矢內原伊作)[23]

　　작가 명단을 보면 알 수 있듯이 오자키가 지적한 것처럼 대동아문
학자대회[24]에 참석한 적이 있거나 전시하에 전쟁협력을 한 작가가
포함돼 있음을 알 수 있다. 한 가지 특이한 점은 아시아에서는 버마,
실론, 중국, 인도네시아, 일본, 조선, 라오스, 레바논, 몽골, 베트남,
소련이 참가하고 있는데 러시아가 아시아로 분류된 것도 특이하지
만, '조선'이라는 어딘지 특정할 수 없는 국가가 참석하고 있는 점이
다. 평양의 문예정책을 그대로 따르는 조선총련 작가들(허남기 등)이
A·A작가회의 도쿄대회에 참석하게 됐는데, 참가국명은 어째서인지
'조선'이라는 애매한 기호로 표시돼 있다. 이는 일본 정부가 조선민
주주의인민공화국(이하, 공화국) 작가의 참가를 허용하지 않아서 비롯
된 일이다. 또한 당시 한국은 4.19 이후 혼란스러운 사회 상황하에
있었기에 참가할 수 없었다.
　　다시 오자키의 비판으로 돌아가 보자. A·A작가회의 도쿄대회 회

---

23) 앞의 책 『アジア·アフリカ作家會議東京大會』 참조.
24) 대동아문학자대회 제1회 대회는 1942년 11월 3일부터 10일까지 도쿄와 오사카에
　　서, 제2회 대회는 1943년 8월 25일부터 28일까지 도쿄에서, 제3회 대회는 1944년
　　11월 12일부터 15일까지 중국의 남경에서 열렸다.

의록 등을 기록한『아시아·아프리카 작가회의 도쿄대회(アジア·アフリカ作家會議東京大會)』를 보면 오자키가 비판하는 것처럼 이 대회를 대동아문학자대회와 이어진 것으로 볼 수 있는 부분이 여러 곳 보인다. 특히 대회의 형식이나 대회일정표[25]는 대동아문학자대회와 유사한 부분이 많다. 이는 일본 문학자들에게 전전부터 체화된 문학대회 운영방식이 전후에도 그대로 답습된 것이라 할 수 있다. 다만 오자키가 "그들이 대동아문학자대회와 이번 도쿄대회 사이에 무엇을 단절로서 이해하고 있는가, 무엇을 연속으로 실감하고 있는가? 그들 속에 무엇이 어떻게 그 질이 달라질 것인가? 그 부분을 문학자의 책임으로서 말해 주었으면 한다. 그 말을 게을리 하는 것은 문학자로서 절대 용서되지 않는다."라고 하고 있는 부분은 재론의 여지가 충분하다. 왜냐하면 A·A작가회의 도쿄대회 회의록과 대회 이후 쓰인 후기를 읽어보면 일본 작가들의 논점 중 하나가 과거 제국주의 시기의 침략 전쟁 비판과 반성에 맞춰져 있기 때문이다. 물론 도쿄대회에 참석한 일본 작가들이 대동아문학자대회와 A·A작가회의를 같이 놓고 '단절'이 무엇인지를 명확히 하고 있지는 않지만, 일본의 식민지지배에 대해 비판적으로 성찰하고 있었다. 다만 오자키가 비판하고 있는 것은 대동아문학자대회와 A·A작가회의 양쪽에 다 참여한 가메이가쓰이치로(龜井勝一郎) 등에 초점이 맞춰져 있다는 점에서는 여전히 유효한 문제 제기라 할 수 있다. 오자키가 A·A작가회의 도쿄대회에 참가하는 작가들의 과거 행적과 일본의 가해자성을 비판하고 있다고

---

25) 대회 일정표를 보면 27일에 단장단 회의 및 환영회, 28일에 본회의, 29일에 본회의와 그룹 미팅, 초안 작성 위원회, 30일에 단장단 회의, 본회의, 기념 강연회, 가부키 관람, 31일에 간사이 여행, 4월 1일에 기념강연회, 4월 2일에 교토 관광, 리셉션, 4월 3일에는 도쿄로 돌아와서 귀국하는 일정임을 알 수 있다.

한다면, 오에 겐자부로는 이를 과거에만 국한시키는 것이 아니라 '현재'의 과제로 가져오려 했다.

> 이 회의에 정부는 노력을 하지 않았다. 내각은 무관심이었고, 문부성은 묵살했다. 그들이 한 유일한 것은 조선민주주의인민공화국 대표에 대한 간섭이었다. (중략) "오늘, 이 대회에는 아시아·아프리카 20개국 대표가 참가했습니다만, 일본 정부의 비우호적인 조치로 가장 가까운 우리 본국으로부터 대표가 입국하지 못하고, 재일조선인작가가 대표로 참가할 수밖에 없었던 것을 대단히 유감스럽게 생각하며, 일본 준비위원회가 그 실현을 위해 노력해주신 것을 대단히 감사하게 생각합니다."(허남기의 발언-곽형덕 주) 이 발언은 일본인 작가들의 가슴에 깊이 파고들었다. (중략) 알제리의 말레크 하닷 씨는 일본인 작가를 향해서 어째서 일본은 서독과 문학회의를 열지 않느냐고 한 것인데, 이 질문은 듣는 이의 가슴을 아프게 한다. (중략) 보다 정확히 말하자면, 말레크 씨의 발언은 서독보다는 한국과의 회의여야 했는지도 모른다. 일본과 한국은, 여기에 조선민주주의인민공화국까지 넣은 작가회의를 열 필요가 있다. 이 회의는 곤란한 것으로, 이 회의에 나서는 사람은 피를 흘리면서 걷게 될 것이다. 하지만 그것은 일본인에게 진실로 정치적으로 필요한 부분에 싹이 트는 것이다. 중국 작가와의 회의보다도 그것은 긴급한 것인지도 모른다.[26]

이 글의 「과연 정치적이었는가(はたして政治的だったか)」라는 제목에서 알 수 있듯이 오에는 당시 도쿄대회에 대한 비판을 정면으로 반박하고 있다. A·A작가회의가 당시 내세우고 있던 반제국주의, 반군사기지, 비동맹주의 등이 문학자가 다루기에는 지나치게 정치적이라는

---

26) 大江健三郎, 「はたして政治的だったか」, 『アジア·アフリカ作家會議東京大會』, 1961, 268-270쪽.

비판이 당시 도쿄대회를 둘러싸고 전개되고 있었다. 이시카와 다쓰조는 "지금 아시아 아프리카 여러 나라들이 서로 협력하여 일제히 식민지적 입장에서 탈각해서 민족의 독립과 자유를 투쟁해 얻어내려 하고 있습니다. 이러한 모습은 객관적으로는 정치적이라 하겠으나, 당사자의 주관적 입장에서 말하자면 사상운동이며 문화운동이라고 저는 생각하고 있습니다."27)라고 하면서 A·A작가회의가 띠고 있는 정치성이 상황 논리에 따라서 문화적 운동이라고 쓰고 있다. 문학자대회를 둘러싼 정치성 논쟁은 문화냐 정치냐라는 이분법으로는 설명하기 힘든 문학이 지닌 현실 변혁 가능성의 문제로 치환 가능하다. 왜냐하면 문학의 정치성이 문제로 제기되는 것은 그만큼 문학의 현실적 힘이 크다는 것을 방증하는 것이기 때문이다.28) 최근 한국에서 문학의 정치적 상상력을 복원해야 한다는 목소리가 커지는 것은 그만큼 문학의 현실적 힘이 저하된 것을 나타낸다. 그렇게 본다면 1960년 즈음, A·A작가회의는 냉전체제가 굳어져 가고 있는 일본에서 문학이 그러한 현실 정치를 변혁할 수 있는 가능성을 배태하고 있었다는 점에서, 문학의 유용성이 다시 한 번 크게 주목받았던 시기였다. 이는 전전 일본이 중일전쟁으로 돌입하면서 문학의 유용성(정치성)이 주목받으면서 정치 세력이 문학을 정치적으로 이용하려 했던 상황과는 다르지만, 어쨌든 문학 자체의 힘이 증대된 시기라는 점에서는 일치한다. 다만 그 힘을 권력자들의 의향에 따라 썼는지, 아니면 문학자가 자신들의 주체적 입장에서 사용했는지에 따라서 후대의

---

27) 石川達三, 「開會のあいさつ」, 『アジア・アフリカ作家會議東京大會』, 1961, 21-22쪽.
28) 이에 대해서는 곽형덕, 「'大東亞' 談論と日本帝國の文學場-大東亞文學賞と芥川賞を中心に」, 『한민족문화연구』, 한민족문화학회, 2014를 참조.

평가는 크게 달라질 수밖에 없다. 전시기 문학자들의 전쟁 협력이 비판받는 것은 문학의 힘이 전쟁 수행에 이용되었기 때문이며, 그로 인해 전쟁 체제가 더욱 확고해지는데 문학자들이 큰 역할을 했기 때문이다. 제국주의와 내셔널리즘이 교차되고 있는 전후 일본에서 개최된 A·A작가회의는 그런 의미에서 문학의 정치성이 다시 본격적으로 논의된 장이었다.

5. 일본 전후문학과 세계

이 글에서는 국민문학의 범위를 넘어서 제3세계와의 연대를 시도한 A·A작가회의 도쿄대회의 의미를 재조명했다. 제3세계와의 연대를 통해 반제국주의적 세계를 확립하려 했던 A·A작가회의에 대한 연구는 (일본)전후문학과 세계와의 접점을 탐구하는 데 있어서 대단히 중요한 과제이다. 왜냐하면 이 시기는 일본 문학이 제3세계와 접점을 형성해 나갔으며, 과거의 침략 전쟁을 인식하면서 독자적인 사상 지형을 형성해 갔기 때문이다. 이 시기의 일본문학은 재일조선인문학이나 오키나와문학과 밀접한 관련을 맺으면서 전개됐는데, 이는 A·A작가회의가 일본에서 융성하던 시기와 궤를 같이한다. 하지만 A·A작가회의의 대중적 인지도 및 회의 자체의 동력이 상실돼 가는 1970년대 이후가 되면 일본문학은 일본 내의 소수자 문학인 재일조선인문학이나 오키나와문학을 연대의 대상이라기보다는 다양성을 나타내는 하나의 무늬로써 주류 문단에 편입시켜 나갔다. A·A작가회의가 일본에서 개최될 수 있었던 것은 미일 안보체제에 대한 광범위한 저항 운동이 일본에서 전개된 것과 무관하지 않다. 그러한 흔적은 도쿄대회 회의록 곳곳에서 산견되는데 이는 일종의 반(半) 식민지 상태로부터의 탈피를 지향하는 '독립' 운동의 성격으로 제3세계 대표들에게 인식됐다. 그런 점에서 일본이 A·A작가회의에서 중요한 역할을 할 수 있었던 동인 중 하나는 미군의 일본 주둔과 안보 체제였다고 할 수 있다. 그러한 조건이 제3세계 작가들로 하여금 일본의 과거사에 대해서 눈을 감고 현재 대면하고 있는 '적'과의 공동전선을 형성할 수 있게 해주었다.

다만 A·A작가회의에는 홋타 요시에, 노마 히로시, 오에 겐자부로, 오다 마코토 등이 오랜 기간 적극적으로 참여했다는 점에서 향후 그 관련성을 밝히는 후속 작업이 요구된다. 그 후라야 A·A작가회의와 일본 전후문학의 관련성은 명확히 드러날 것이다. A·A작가회의를 거듭하면서 홋타 요시에, 노마 히로시, 오에 겐자부로, 오다 마코토, 다케다 다이준, 시마오 도시오를 비롯해 많은 작가들은 제3세계를 직접 눈으로 보고 제3세계 작가들과 교류하면서 그와 관련된 많은 글을 남겼지만 그에 대한 연구는 제대로 이뤄지고 있지 않다.[29] 전후 문학을 대표하는 이들 작가는 A·A작가회의에 참여하면서 자신의 문학 속에 제3세계적 정신을 새겨 넣었으며, 이는 일본 전후문학의 한 형태를 바꾸었다고 말할 수 있다. 특히 이들 문학자들은 A·A작가회의를 통해서 과거 일본 제국의 영토에 속했던 지역을 새롭게 인식함으로써-물론 많은 한계를 지녔지만, 가해자로서 일본의 과거

---

29) 이와 관련된 책으로는 10권으로 구성된 『아랍소설전집(アラブ小說全集)』(河出書房), 공개강좌의 성과인 『문학을 생각한다(文學を考える)』, 『전후문학과 아시아(戰後文學とアジア)』, 『근대를 생각한다(近代を考える)』(모두 每日新聞社), 답사의 성과물인 『아시아를 걷는다(アジアを步く)』(文遊社), 일본아랍문화연대회의 기록인 『제3세계와 현대문명(第三世界と現代文明)』(潮新書), 『아랍문학선(アラブ文學選)』(創樹社) 등이 있다. 개별 작품에 대해서는 현재 조사 중이기에 여기에서는 생략한다.

를 자각하고 아시아 아프리카의 작가들과 새로운 관계를 구축하려 했다. 다시 말해서 이들 작가들은 A·A작가회의에 참여함으로써 전전과 전후의 단절/연속을 파악해 일본문학을 '세계문학' 속에서 상대화해 이전과는 다른 시각을 견지했다고 할 수 있다. 이 시기 문학자들의 활동을 복원하고 작품을 제3세계와의 연대라는 측면에서 분석하는 작업은 일본 전후문학을 새로운 눈으로 보는 것만이 아니라, 한국 내에서 형성된 일본문학의 정전을 해체하고 새롭게 확립할 수 있는 시각을 열어줄 것이다.

/ 곽형덕

집합기억으로서의 전후

1970년대『인간의 증명』속 기원의 이야기

1. 1970년대 대중소설

일본 '전후사'에서 1970년대가 상징하는 의미는 여러 결에서 생각할 수 있다. 국제적으로나 국내적으로 '황금기(1960년대)'를 보내고 이른바 고도성장의 정점에 다다르게 되는 1970년대는 일본 전후 사회의 기초적 틀이 수립되는 시기이면서 또 동요되는 때이기도 하기 때문이다. 대표적인 예로 장기간에 걸친 베트남전쟁의 종결을 포함해서 동아시아 내 근린국가 간의 수교가 회복되면서 국제적으로 화해의 무드가 조성되었다. 국내적으로는 60년대 대학분쟁(정치의 계절)에 대한 반감과 같이 경제적 여유에서 오는 기존 가치체제에 관한 재고가 이루어졌다.

문학계에서는 무라카미 류(村上龍)의 소설『한없이 투명에 가까운 블루(限りなく透明に近いブルー)』(1976)가 당시 센세이션을 일으키며 등장한다. 감각과 감성을 잃어가고 끝내 자기 자신마저 상실해 가면서 자아로부터 괴리를 일으키는 황폐한 젊은 남녀를 묘사하며 아쿠타가와상을 수상하기도 한다. 이 소설을 두고 무라카미 류는 근대화의 달성이라는 목표를 이루고 난 뒤 야기되는 상실감을 주제로 삼았다고

말한다. 그러나 무엇보다 이 시기에 이러한 주제에 대중들이 몰입할 수 있던 이유는 당시 일본의 풍요와 안정을 위협하던 어떤 '외부적 자극' 역시 작용했으리라 본다. 미일 경제 마찰로 인한 달러 쇼크나 오일 쇼크(중동사태)는 자원 부족 국가인 일본에 위기의식을 불러일으킨다. 이로 인해 휴지와 같이 아주 기초적인 일상 생활용품의 공급이 부족해지면서 이전까지 성장 일변도의 풍요로운 생활에서 보다 안정적인 삶의 방향으로 성장궤도를 전환해 간다. 그러나 전력의 제한적 공급과 생활용품의 생산 부족 때문에 삶에 '불편'함을 느끼게 되는, 어떻게 보면 일상에 직결되는 이러한 단순한 요인이 실제 대중에게는 좀 더 히스테릭한 기억을 환기시키는 듯하다.[1]

이는 1970년대에 유행한 대중소설을 통해 알 수 있다. 앞서 예를 들었던 무라카미 류의 소설 『한없이 투명에 가까운 블루』는 1955년에 간행되어 대유행을 낳았던 이시하라 신타로(石原慎太郎)의 『태양의 계절(太陽の季節)』[2]과 비견되며 평가를 받는다. 무엇보다 류의 소설은 충격적인 내용을 제재로 취하면서도 문체의 '청결'함이 높이 평가를 받았는데, 소설의 무대는 도쿄의 기지마을 훗사(福生)이고 하우스에서 마약, 섹스, 폭력, 병사(흑인)와의 난교를 벌이는 남녀집단을 다루고 있다. 소설에서 직접적으로 묘사되고 있는 배경과 사건 등을 고려할 때, 1950년대에 사회문제시 되었던 미군기지를 화두로 하고

1) 박이진, 「귀환체험담의 '비극' 재현 담론 속 '반전평화주의' —1970년대 전환기의 귀환체험담 담론비평」, 『일본사상』 25호, 2013, 109–111쪽.
2) 이시하라 신타로의 출세작이기도 한 이 단편소설은 유복한 가정에서 자란 청년의 방탕한 생활을 묘사하며 감정을 물상화하던 신세대의 풍속을 다루고 있다. 1956년 제34회 아쿠타가와상을 수상하고 '태양족'이라는 신조어를 통해 유행하기도 한 이 작품은 윤리성이 결여된 스토리로 인해 발표 당시 문단이나 사회 일반에서 많이 회자되었다.

있는 것이다. 또한 1970년대의 시대소설(時代小說)로서 현재까지 여전히 문제작으로 평가받고 있는 이쓰키 히로유키(五木寬之)의 대하장편소설 『청춘의 문(靑春の門)』 시리즈도 20년이라는 시간의 차를 거슬러 올라간다. 주인공 이부키 신스케(伊吹信介)가 시대를 움직이는 동시대 사건으로 미타카 사건(三鷹事件)의 최종판결(1955년 6월 사형확정), 제1회 원수폭금지 세계대회(1955년 8월 6일) 등을 언급하고 있는 것처럼, 1950년대 일본 사회를 포커스로 한다3). 특히나 사회와의 연대감, 공동체 내 소속감에 집착하는 주인공의 모습은 패전 이후 일본 내로 송환된 귀환자(引揚者)들의 전후상(戰後像)을 투영하고 있기도 하다.

이렇게 1970년대에 대중에게 가장 호소력을 갖고 공감대를 형성한 소설들이 1950년대라는 격변의 시기를 환기하고 있는 것은 현대 일본 사회의 '전후 인식'과 관련해 중요한 현상이라고 지적할 수 있다. 그리고 대중적 층위에서 텍스트화되고 고착되는 '전후 표상'(담론)은 일본 사회의 전후 인식을 살펴볼 수 있는 지표로 작용하기도 한다. 여기서 문제시되는 표상(representation)은 실세계의 반영으로서의 의미보다는 표상을 통해서만 실세계의 '무엇인가'가 의미를 갖게 된다는 스튜어트 홀의 이론을 참조로 한다. 즉 표상을 통해서 만들어진 그 무엇, 또는 그 무엇인가에 부여되는 의미나 특정 대상이 갖게 되는 이미지(의미)는 실제 사회 내의 지배적 가치나 기준에 따라 규정되면서 무엇이 정당하고 무엇이 배제되어야 하는지 결정하는 데 영

---

3) "미타카 사건을 최고재판소에서 피고에게 사형 판결했고, 후지산 기슭에 로켓원자포 어니스트 존 중대가 배치된다는 뉴스가 있었다. 제1회 원수폭 금지 세계대회가 히로시마에서 열리기도 했다."(이쓰키 히로유키 저, 박현미 역, 『청춘의 문 4 타락편』, 지식여행, 2012, 234쪽.)

향을 준다.4)

따라서 이 글은 1970년대 일본에서 확산된 전후 표상에 착안해 보기로 한다. 분석대상은 1970년대를 대표하는 소설 중 하나인 모리무라 세이이치(森村誠一)의 『인간의 증명(人間の證明)』이다. 1975년 『야성시대(野性時代)』(角川書店)에 연재되면서 일명 '증명 신드롬'5)을 불러일으킨 이 소설은 2010년까지 단행본과 각종 문고본 합계 770만 부 이상이 팔린, 현재까지도 명실상부 베스트셀러에 올라있는 작품이다6). 발간과 동시에 영화로도 제작(1977)되었는데, 작품에 등장하는 등장인물 중 혼혈아로 나오는 인물(조니)을 실제 혼혈계 배우가 연기하여서 화제가 되기도 했다. 현재까지 이 작품에 관해서는 문학비평이 아닌 (영화)미디어비평으로서 '혼혈 표상'을 논의하고 있는 야마모토 아쓰히사(山本敦久)의 평가 정도가 전부인데, 무엇보다 영화 초반에 등장과 동시에 죽게 되는 혼혈아를 '망령'으로밖에 묘사할 수 없던 전후 일본 사회의 뿌리 깊은 인종적 편견을 비판하고 있다.7) 야마모토 아쓰히사의 지적처럼 소설 『인간의 증명』은 '망각과 재현'의 전후사라는 의미에서 전후 표상을 함의하고 있는 작품으로 평가할 수 있다. 하지만 이 글에서는 점령기(1945~1952)가 어떠한 방식으

---

4) スチュアート・ホール, 「ニュー・エスニシティーズ(New Ethnicities)」, 『現代思想』 26-4, 大熊高明譯, 1998, 90-103쪽.

5) 『인간의 증명(人間の證明)』(角川書店, 1976.1) 외에 『청춘의 증명(靑春の證明)』(角川書店, 1977.4), 『야성의 증명(野性の證明)』(角川書店, 1977.9)이 '증명삼부작'으로 분류된다.

6) 이 소설은 '패전 직후의 東京과 70년대 고도성장기의 일본을 배경으로 펼쳐지는' 추리소설(『매일경제』 1991년 12월 25일자, 8면)로 소개된 바 있고, 2011년 한국에서 방영되어 화제가 된 드라마 '로열 패밀리'의 원작이기도 하다.

7) 山本敦久, 「〈ハーフ〉の身體表象における男性性と人種化のポリティクス」, 『〈ハーフ〉とは誰か』, 靑弓社, 2014, 126쪽.

로 소환되고 있는지에 보다 무게중심을 두며 살펴보고자 한다.

2. 『인간의 증명』이 소환해 내는 '점령기' 기억

이 소설은 국제도시 도쿄의 인상적인 묘사와 함께 한 외국인(이방인)이 도쿄의 번화가에서 죽는 이야기로 시작한다.

> 그 남자가 탔을 때 누구 하나 주의를 기울이는 사람은 없었다. 세계 각국에서 각양각색의 사람들이 모여드는 그곳에서는 이방인인 그도 특별히 시선을 끄는 존재는 아니었다.(『인간의 증명』, 7쪽. 이하 쪽수만을 본문에 표기함.)[8]

그리고 범인을 추적해 가는 과정에서 이 소설은 사건과 관련한 다양한 인간 군상이 갖는 '숨겨진(추악한)' 본성을 파헤치는 데 주력한다. 결국 평온한 분위기 속에 어색함 없이 보이는 이방인을 죽인 범인도 바로 그의 생모로 밝혀진다. 더군다나 그 생모는 당시 일본 사회에서 대단히 성공한 가정문제평론가이자 유력정치인의 아내(야스기 교코)로, 살해 동기는 그녀의 과거를 숨기기 위해서였다. 특히 살해 장면이 재현되는 소설 후반부에서 생모로부터 제거의 대상으로 '선택된' 아이(이방인)가 어머니의 의도를 알아채고는 반항도 하지 않고 오히려 어머니의 범죄를 숨겨주고 희생하면서 마치 그것을 운명처럼 받아들이는 장면은 아주 인상적이다. 그러나 그 아이의 선택은 소설의 첫 소절처럼 '조용한' 이방인의 죽음이 아니다.

---

8) 모리무라 세이이치 저, 강호걸 역, 『인간의 증명』, 해문, 2011, 7쪽.

흑인이기는 하나 살결이 아주 검은 편은 아니었다. 검다기보다는 갈색에 가까웠다. 머리칼은 검고, 심한 고수머리는 아니다. 얼굴 생김새도 흑인이라기보다는 동양인에 가까운 느낌이었다. 키는 흑인치고는 작은 편이다. 나이는 20대쯤에다 단단하고 날렵한 몸매를 가지고 있었는데, 아직은 철 이른 긴 바바리코트로 몸 전체를 감싸고 있었다.(7쪽)

'흑인이기는 하나 아주 검은 피부색을 가진 것은 아니며 흑인치고 키도 작은 편'이며 '동양인에 가깝다'는 묘사에서 알 수 있듯이 이 이방인은 흑인과 일본인의 혼혈(하프)이다. 피해자의 신원은 여권에 의해 바로 밝혀진다. 미국 국적을 가진 조니 헤이워드, 24세, 현주소는 뉴욕 이스트 123번가 167번지. 일본 방문은 처음이고 관광비자로 입국했으며 조사 과정에서 어설프나마 일본어를 사용할 줄 아는 것이 드러난다.

조니는 월셔 헤이워드라는 미군 병사와 일본인 여성 야스기 교코 사이에서 태어난 아이이다. 과거에 홀로 도쿄로 상경해서 독학을 하던 교코가 난처한 일에 처하게 되자 월셔가 이를 도와주게 되면서 그녀와 동거하는 사이로 발전하고 서로 의지하게 된 것이다. 교코는 집안의 반대를 무릅쓰고라도 월셔와 결혼해서 조니를 키우려고 하지만 사정이 여의치 못하게 된다. 그래서 월셔와 조니가 먼저 미국으로 가 교코를 기다리기로 하지만 교코의 미국행은 지연되고, 결국 월셔는 아이의 양육을 위해 다른 여성과 결혼해 조니를 호적에 올려 키운다. 그리고 월셔는 죽기 전에 조니를 어머니와 만나게 해주기 위해 자신의 목숨을 담보로 교통사고를 내어 그 보상금으로 조니의 일본행 티켓을 마련해 주었다. 자신의 애틋한 부성애가 조니의 비극을 초래하리라고는 전혀 예상하지 못한 채 말이다.

이 소설에서 혼혈아 조니에 대한 묘사는 실제 지금 인용한 부분 정도가 전부라고 할 수 있다. 물론 '기름기 없는 피부'나 '허름한 옷차림', 조니가 살던 '뉴욕 할렘가' 등, 경제적으로 사회 최하계층에 속해 있던 조니의 삶이 불우할 수밖에 없던 혼혈, 특히 흑인계 혼혈의 사회적 위치를 중첩적으로 나타내고 있기도 하다.

하지만 좀 더 구체적인 이야기에 들어가기에 앞서 흥미로운 부분이 눈에 띤다. 이 소설이 가도가와서점(角川書店)에서 단행본으로 발간될 당시, 그리고 이후 몇 번에 걸쳐 재발간되면서 제작된 소설의 표지는 다음과 같다.

角川書店 1976.1	角川文庫 1977.3	角川書店 시나리오문고판 1977	講談社文庫 1989.5	角川文庫 2004.5

(출처: 森村誠一公式サイト http://morimuraseiichi.com/?p=8716)

소설 스토리상으로 볼 때 표지 인물은 조니 헤이워드일 것이다. 그러나 소설에서 묘사되고 있는 것처럼 흑인이기는 하나 아주 검은 피부색을 가진 것은 아니고 키도 작은 편이며 동양인에 가깝다는 조니의 이미지가 표지 속 조니의 인상과 거리감이 있는 듯이 보이는 건 왜일까. 이에 관해서는 이 글의 후반부에서 다시 한 번 이야기하겠지만, 1976년판 표지는 점령군으로 보이는 인물들이 함께 배치되어서 사건의 시발점이 되는 시대를 암시하기도 하는 반면, 다른 표지들에서는 확연하게 흑인에 대한 인종적 묘사가 드러나 있다. 일본의 역사나 사회상을 범죄 발생의 원인으로 전제하는 '사회파 추리소설'의 대표작으로 이 소설을 이해한다면 표지에 나타나 있는 선정성을 이해하지 못하는 바도 아니다. 소설 속 주요인물—조니, 조니의 어머니 야스기 교코, 일본 형사 무네스에, 뉴욕 형사 켄 슈프탄—은 일본 패전 이후 GHQ 점령기 때 일어난 '어떤' 사건과 모두 관련이 있기 때문이다.

그 어떤 사건이란 이러하다. 역 앞 광장 한구석에서 젊은 미군이 여러 사람이 보고 있는 가운데 젊은 여성을 희롱한다. '보기만 해도 힘세 보이는 미군들'은 경찰도 어쩔 수 없는 '신의 군대'(39쪽) 진주군이었다. '전승국의 군대로서 일본의 모든 것 위에 군림하면서 일본인에게는 최고 절대 권력자였던 국왕의 신격마저 부정'(39쪽)하고 해체한 이 진주군에게 '여위고 지친 패전국 일본인들'(38쪽)은 구원의 손길을 내밀기는커녕 조롱당하는 일본인을 같이 '웃으며' 구경할 뿐이다. 이때 가해자 미군의 한 명이 켄 슈프탄 형사였고, 피해자 여성은 야스기 교코였다. 그리고 주변 사람들이 그저 방관만 하고 있을 때 미군에게 저항하는 한 일본인 남성이 교코를 대신해 폭력을 당하고 이후 후유증으로 죽어버린다. 미군의 우악스러운 군화에 밟혀 뭉개진 용기 있는 일본인 남성은 무네스에의 아버지로, 당시 4살의 아이였던 무네스에는 '붉은 귀신 같은 백인'에게 달려들어 반항해 본다. 이후 무네스에는 고맙다는 말 한마디 없이 사라진 교코와 주변에서 그저 방관만 하던 군중에게 크나큰 적대감을 품게 된다.

과거 이러한 사건의 배경으로 볼 때 조니는 단순히 전승국 점령군과 패전국 일본인의 관계를 상징하는 대상물에 지나지 않을지 모른다. 혼혈아 조니는 패전과 점령으로 '거세된' 일본이라는 국가, 즉 무너진 일본의 남성성이 낳은 결과물로서 하나의 보조적 코드(역할)를 담당한다고 볼 수 있는 것이다. 하지만 조니의 역할은 점령기에 대한 전후 일본의 트라우마를 상징하는 정도에 머물러도 좋았다. 다시 말해서 굳이 '흑인'이라는 인종적 형상화를 띠지 않아도 소설 전개에 전혀 무리가 가지 않는다는 말이다. 소설은 점령군의 폭력에 아버지를 잃은 무네스에가 이기적인 야스기 교코의 위선을 밝혀내며 사건이 종결되기 때문이다.

> "꿈에도 그리던 어머니를 찾아서 미국에서 일본까지 온 것만도 눈물겨운 이야기인데, 그 어머니에게 살해당했다는 것은 더욱더 눈물나는 일이로군."
> "야스기에게는 두 명의 일본인 자식도 있습니다. 그들도 존경하고 있는 어머니의 흉측한 과거와 숨겨둔 검둥이 아이가 있다는 것을 알면 대단한 충격을 받겠지요. 두 명의 순수한 혈통인 일본인 자식을 지키기 위해서도 한 명의 미국인 혼혈아 자식을 살해한 거지요."
> 일동은 무네스에가 전개한 뜻밖의 추리에 그저 아득해질 뿐이었다. 이것은 과연 용서받지 못할 죄악이고 동기였다.(382쪽)

조니를 흑인계 혼혈로 설정한 것은 무네스에의 말처럼 어머니인 교코가 '두 명의 순수한 혈통인 일본인' 자식을 지키기 위해 미국인 혼혈아 자식을 살해하고자 한 동기 위에 그녀의 선택이 훨씬 더 절박했었다는 극적인 요소를 더하고 있을 뿐이다. 즉 단순히 숨겨둔 아이가 아니라 '숨겨야 했던 검둥이' 아이인 것이다. 그렇다면 굳이 왜 혼혈이 문제일까.

3. 전후 표상의 고착화

이 소설은 앞서 혼혈아 조니의 죽음처럼 비극적인 점령기 당시의 일본 사회를 환기시킨다. 뿐만 아니라 '암시장에서 사온 만두'(38쪽)처럼 비교적 상세한 정황을 묘사해 내고도 있다.

> 조니의 아버지는 군인으로서 일본에 파견된 적이 있다. 일본에서 일본인 여자와 사랑하여 아이가 생겼다고 해서 이상할 것은 없다. 대개의 미군은 일본인 여자를 버리고 귀국했다. 아이가 태어나면 여자와 아이를 함께 버렸다. 그 어머니는 대부분이 창녀였다. 아버지와 어머니에게 버림받은 가엾은 혼혈아는 미군이 가버린 뒤 일본의 사회문제가 되었을 정도였다.(377쪽)

조니의 출생과 관련해 점령군이 진주했던 시대적 배경을 설명하고 있는 이러한 서술은 전지적 작가 시점을 띠고 있는 소설의 문체로 볼 때 자연스러워 보일지 모른다. 그러나 주인공 혹은 주요인물의 시선과 교묘하게 교차되어 나타나는 이러한 서술은 마치 화자/작가의 지나친 '개입'에 가까울 정도로 당시를 '재현'한다.

앞서 언급한 '역 앞 광장'에서 벌어진 일련의 사건과 관련해서도 무네스가 "보기만 해도 힘세 보이는 미군들뿐이었다. 여위고 지친 패전국 일본인들에 비하면 영양이 넘치는 몸과 붉은 피부에서는 쌓이고 쌓인 외설스러운 에너지가 폭발해 버릴 것만 같았다."(38쪽)고 회고하고 있는데, 당시 고작 4살이었던 아이의 시선으로 보기에는 무리가 있어 보인다. 물론 당시 겪었던 충격적이고 폭력적인 상황을 무네스가 이후에도 계속해서 반추하고 학습하면서 재조직된 기억이라고 할 수도 있다. 그러나 한 개인의 경험으로 치환하기에는 대상화되고 있는 기억의 단위가 너무나도 완결성을 띤 세계이며 '역사적'(텍스트적)이다.

> 그들은 전승국의 군대로서 일본의 모든 것 위에 군림하고 있었다. 세계에서 두려울 것이 없던 일본군을 하나도 남김없이 해체하고, 일본인에게는 최고 절대의 권력자였던 국왕의 신격(神格)을 부정했다. 즉, 그들은 일본인의 현인신(現人神) 위에 앉아서 일본을 지배했다. 국왕을 무릎 꿇게 한 그들이 당시의 일본인에게는 새로운 신이 되어 있었던 것이다.
>   경찰도 '신의 군대'인 진주군에는 손을 쓸 수가 없었다. 진주군에게 일본인 같은 것은 인간이 아니었다. 동물 이하로밖에 보이지 않았기 때문에 그와 같은 방약무도한 행동을 할 수 있었던 것이다.(39쪽)

'세계에서 두려울 것이 없던 일본군'이나 '일본인에게는 최고 절대의 권력자였던 국왕의 신격을 부정했다'는 표현은 당시 4살의 아이에게 각인되기 힘든 군국주의의 역사였을 것이다. 그리고 이러한 개입에 가까운 재현은 "언젠가 그 원수를 갚을 날을 위해서 눈꺼풀 속에 단단히 새겨 두어야만 한다. 적은 그 자리에 있었던 모든 사람이다. 미군, 재미있어하며 구경하던 구경꾼들, 아버지의 도움을 받고도 아버지를 대신 남겨두고 도망쳐 버린 젊은 여자, 그들 모두가 자기의 적인 것이다."(42쪽)라고 다시 4살의 무네스에의 시선과 교차된다. 이러한 서술방식은 불신과 증오로 가득 찬 무네스에의 성장 과정을 압축적으로 보여준다고도 할 수 있다. 성년이 된 무네스에는 공권력을 무기로 당당히 모든 적들에게 복수하기 위해 형사가 되기 때문이다. 그러나 화자의 개입은 여기서 끝나지 않는다.

그도 사회의 일원으로서 사회생활을 해 나가고 있기 때문에 그 불신과 증오를 겉으로 드러내지는 않는다. 그러나 마음 깊숙이 깔려 있는 인간을 향한 불신과 증오는 결코 용해될 수 없는 응어리가 되어서, 치명적인 것은 아니라고 할지라도 인간에게 평생 붙어 다니는 종양같이 집요하게 살아 있는 것이다. (중략)

그것은 무네스에의 정신의 원형질이라고 해도 좋을 정도이다. 그것을 안으로 숨기고 겉으로 드러내지 않는 것은 살아가기 위한 방편이었다. (34쪽)

여기서 무네스에의 '정신의 원형질'로 각인된 사건이 한 개인의 사적 영역에 그치는 것이 아니라 일본 사회의 전반적인 감정으로 수렴되고 있음을 알 수 있는 것은 '그도'라는 화자의 자연스러운 시점의 전환에 의해서이다. 개인의 과거를 역사화하고 있기보다는 '점령기 일본'이라는 공적 영역의 역사적 기억이 전경화되는 형태인 것이다.

1970년대 한중간에 유행한 이 소설은 일본 전후 사회 내에 침잠해 있던 점령기라는 '부(負)의 역사'를 전경화하고 있다. 이 소설에서는 '켄이 전후 몇 년 있어 본 일본은 힘차게 재기하고 있는 모습이었다.' 처럼 미국 뉴욕 형사인 켄의 시점에 의해 주로 묘사되는데, 이러한 부의 역사는 패전 후 재건이라는 부흥의 신화와 함께 서술되는 것이 특징적이다.

국민성이라고도 할 근면함과 단결력은 패전의 폐허에서 짧은 시간 안에 놀라운 재건력을 보여주어 세계를 경탄케 했다. '노란 원숭이'라고 비웃던 켄과 그의 동료들이었지만, 개미와도 같은 부지런함, 집단으로서 핵반응처럼 발휘하는 그들의 힘에는 불가사의한 위협을 느끼고 있었다.

그들에게 미국의 물질이 주어졌더라면 미국은 절대로 이길 수 없었을 것 같은 생각이 들었다.

일본인의 강인함과 무서움은 야마토(大和) 민족이라는 동일민족에 의해서 단일국가를 구성하고 있는 '가족 의식'과 정신주의에 있는 것은 아닐까? 일본인인 한 대개 그 신원을 알고 있다. 요컨대 일본인 사이에는 '어느 말 뼈다귀'는 없는 것이다.

그런데 미국은 다르다. 인종의 전시장이라는 말처럼, 세계의 온갖 인종이 모자이크같이 모여 있는 복합국가이다. 국민 모두가 '말 뼈다귀'뿐이다.

이런 나라에서는 불신이 싹트기 쉽다. 사람들은 인간보다는 물질을 믿게 된다. 자동판매기가 세계에서 가장 발달한 나라가 미국이다. 음식물, 잡지, 차표 등에서부터 생활필수품의 자질구레한 품목들을 자동판매기에서 살 수 있다.(280쪽)

조니의 뉴욕에서의 자취를 쫓던 켄 형사는 과거 진주군으로 일본에 체재했었다. 20여 년의 시간을 거슬러서 재구성되고 있는 켄 형사의 기억은 폐허에서 경제대국으로 급성장한 일본의 전후사회 발전, 즉 부흥신화에 기댄 결과론적 해석이라고도 할 수 있다. 1960년대 고도경제성장을 거쳐 경제대국으로 탈바꿈한 전후 일본의 이른바 '정신의 원형질'이 근면함과 단결력을 갖춘 국민성으로 설명되고 있는 것이다.

특히 켄 형사는 야마토 민족으로 구성된 단일민족국가라는 특성을 현지 미국(뉴욕)의 상황과 대비시키면서 일본이 갖춘 가장 큰 '미덕'으로 평가한다. 이는 소설의 설정 상으로 볼 때 켄 형사 자체가 혼혈이라는 가족사를 갖고 있고 그로 인해 전쟁 중에도 차별을 받아야 했던 '분함'이 미국에 대한 불만으로 확대되고 그러면서 상대적으로 일본의 '가족 의식'을 동경하게 되었다고도 이해할 수 있다. 아무런 동기도 없이 사람을 살상하고 눈앞의 위험에 빠져 있는 사람을 보아도 자기의 안전이 위협받을 우려가 있을 때에는 외면해 버리는 뉴욕의 현실을 '자동판매기'로 대표되는 물질만을 신뢰하는 사회 구조로 묘사한다.[9] 그리고 이렇게 인간을 불신하고 물질만을 믿게 된 사회의 근원적인 원인이 다름 아닌 복합(민족)국가, 다시 말해서 일본인들처럼 처음부터 가족 의식을 형성할 수 없는 국민이 모여 살기 때문이라고 설명하고 있는 것이다.

　1970년대 일본의 사회발전을 떠올릴 때 대형 백화점(대형마트)의 유행이나 편의점, 패스트푸드점(맥도날드)의 등장, 그리고 자동판매기의 급증[10]이 일본인들의 풍요로운 생활상을 입증해 준다. 70년대를 전후로 특기할 만한 몇 가지만 예를 들어보면 레토르트식품 제1호 본카레, 컵누들, 팬티스타킹, 커피, 담배, 껌, 과자, 온갖 종류의 티켓 등 다양한 상품을 담은 자동판매기가 개발된다. 물론 1973년 1차석유위기로 광란에 가까운 물가상승을 기록하며 1975년 3월, 경기하락으로 실질적인 고도성장이 종식된다. 하지만 일본인들이 체감하는 풍요로움(소비만족도)은 반대로 1973년에 90% 이상이라는 전후 사상 최고 수치를 찍는다[11]. 켄 형사가 일본은 "인간이 처음부터 땅과

---

9) "사람들은 그 간편함과 확실성(어디서나 돈만 내면 같은 것을 살 수 있다)에서 자동판매기를 별생각 없이 쓰고들 있지만, 이것은 인간이 물질만을 믿는 단적인 구조이다."(『인간의 증명』, 281쪽)

10) 1970년 3월 15일자 『아사히신문(朝日新聞)』을 보면 1970년대 일본에서 자동판매기가 급속하게 보급되어 있었던 상황을 알 수 있다. 1967년부터 3년간의 자동판매기 증가 수치는 30% 이상으로 1969년 말 당시 92만 5170대가 설치되었고, 1조 253억 9670만 엔의 매상을 달성하고 있다. 도쿄의 과학기술원에서 개최된 제8회 자동판매기페어에서는 여러 종류의 상품을 자유롭게 선택할 수 있는 만능자동판매기 등이 전시되기도 했다.

11) 전후에 발행된 『국민생활백서(國民生活白書)』에 수록된 '국민 생활에 관한 여론조사'를 보면 일본인의 생활정도를 '상, 중, 하'로 답하도록 하고 있다. 생활만족도와

함께 있었다. 거기에서는 아무리 물질이 넘쳐나도 인간을 지배할 수는 없을 것"(282쪽)이라고 뉴욕의 상황과 대비해 '일본은 다르다'고 단언(신념)에 가까울 정도로 강조하고 있는데, 이것은 오히려 최고 발전기를 구가하던 일본에 대한 외부인의 시선을 단적으로 보여주는 설정으로 이해할 수 있다. 1960년을 전후해서 일본의 부흥, 고도 경제성장에 놀란 해외 학자들, 특히 에드윈 올드파더 라이샤워가 이끈 미국의 일본연구자 그룹이 일본 근대화의 달성이 에도시대부터 '내재'해 있었고 서양과 다른 근대화의 길이 가능했다는 평가를 하며, 국제적으로 일본의 사상문화, 경제 등이 재검토되었다. 미국과 다른 일본인의 내재적 발전을 이해하고 설명하기 위해 일본만의 '단일(민족)성'이 주목받게 되는 것이다.

4. '위선'의 부흥/성공 신화

이 소설은 전후 일본 부흥신화의 허위성 혹은 성장 일변도로 성공한 일본 사회가 감추고 있던 어두운 진실을 폭로하고 있다고도 볼 수 있다. 소설에서 반복적으로 다뤄지고 있는 인간 군상의 '위선'을 확

관련해서 1967년에 89.2%가 '중류의식'을 갖기 시작해 1973년에 90% 이상으로 확대되어 2000년대까지 지속된다. 고도성장이 끝난 이후로도 국민의 90% 이상이 중류의식을 갖고 있다는 것은 실제 고도성장과 생활만족도가 관계없음을 나타내는 것일지 모른다. 그러나 1960년대의 중류의식에는 고도성장이 확실한 원인으로 작용하는 것을 볼 수 있다. 그리고 흥미로운 점은 1970년대에 국민의 90%가 중류라는 의식을 갖게 된 이유에 통계적, 심리적 원인이 크게 작용했다는 것이다. 즉 '내가 소비하고 싶은 것'을 기준으로 그것을 소비할 수 있으면 상류, 소비하지 못하면 하류라는 인식이 작용하고 있다는 말인데, 이는 당시 일본인이 '평준화(人並み·横並び) 의식'이 강했기 때문이라고 분석하기도 한다.(富貴島明,「戰後20年間における豊かさ意識の總括」,『城西經濟學會誌』36, 2012, 48쪽.)

대해석해 적용해 본다면 켄 형사의 말을 빌려 주장되는 가족주의적인 일본이 그 실상은 추악한 비행과 범죄로 가득하지만 겉으로는 그렇지 않은 척 평화로움을 가장하고 있기 때문이다. 특히 가정평론가로서 야스기 교코가 성공할 수 있었던 가장 큰 요인이라 할 수 있는 것은 착한 아들로서 모범적인 성장 과정의 모델이었던 아들이었다. 그러나 그녀의 아들은 실제 술, 마약과 같이 탈선의 일상을 보내기만 했다.

또 무엇보다 자신의 사회적 지위와 같은 성공에의 욕망을 지키기 위해 과거 자신이 낳은 조니를 살해하는 교코의 위선은 단순한 물질만능주의나 이기적인 욕망의 구도를 넘어서 문제적 소지를 띠고 있다. 점령군에게 폭행을 당하지만 점령군을 사랑한다는 구도를 띠기 때문이다. 무네스에를 버리고 떠난 어머니도 마찬가지다. 지독한 근시안으로 징병에서 제외된 교육자 집안 출신의 초등학교 교사였던 아버지를 어머니는 오히려 당시의 군국주의 전성시대였던 세태에서 꼴사나운 일로 생각한다. 그리고는 후방의 모임 같은 집회에서 알게 된 젊은 장교와 자주 어울려 다니고 그런 장교 중 한 사람과 눈이 맞아서 함께 떠나버린다. 이렇게 소설의 구성 자체가 기본적으로 눈에 보이는 현실과 그 이면의 추악함과 같은 '겉과 속'을 주제화해 진행되고 있다. 게다가 점령군에게 폭행을 당하지만 점령군을 사랑하게 되는 여성이라는 인물 설정은 모든 과거를 덮고 미국의 혹은 미국으로 상징되는 가치체계의 수혜 속에서 황금기를 누려온 일본 전후사회의 위선적 분위기를 대상화하고 있다.

켄 형사의 시선을 통해 정의되고 있는 일본인의 특성에도 이러한 논리를 적용해 볼 수 있다.

일본인의 강인함과 무서움은 야마토(大和) 민족이라는 동일민족에 의해서 단일국가를 구성하고 있는 '가족 의식'과 정신주의에 있는 것은 아닐까? 일본인인 한 대개 그 신원을 알고 있다. 요컨대 일본인 사이에는 '어느 말 뼈다귀'는 없는 것이다.(280쪽)

다시금 켄 형사의 말에 주목해 보면 당시 일본 사회를 지탱하고 있는 정신적 원형질이라는 가족 의식과 정신주의가 철저히 '타자의 배제'를 전제로 함을 알 수 있다. 일본인 사이에는 어느 말 뼈다귀는 없다는 말은 동일민족에 의해 건설되고 유지되어 온 일본 사회의 결집력, 집단화를 나타내는 뜻이다. 이는 바꿔 말해서 동일민족에 속하지 않으면 일본의 국민국가 재건을 포함해 일본 사회의 구성원이 되기 힘들다는 원리로써 일본인으로 분류될 자격을 미연에 차단하고 있는 역구조로도 기능을 한다.

패전 이후 이데올로기화되는 단일민족신화는 1960년대를 거쳐 성공적인 성장신화와 오버랩되면서 단일국가로서의 일본을 고정불변한 것으로 안착시킨다. 하지만 단일민족이라는 말 자체는 정작 그 주체를 결락하고 있는 표현이다. 하나의, 동일한 민족이긴 한데 '어떤' 민족이냐고 하는 가장 중요한 정체성이 보이지 않는 말인 것이다. 1960년대 후반에서 70년대 중반으로 이어지는 일본인론, 일본문화론이 바로 이러한 결락된 정체성을 보완하며 다시금 '야마토 민족'이라는, 근대화 초기 메이지시기에 등장했던 민족개념을 복원해 내는 것도 이 때문이라 할 수 있을 것이다. 일본인의 문화, 사회, 행동, 사고양식의 독자성을 체계화, 강조하는 논의가 '언어·커뮤니케이션 문화, 사회문화, 정신문화'의 세 영역을 중심으로 일본적·일본화의 특성을 담론화하기 시작한다. 특히 사회문화 측면에서 일본은 집단주의적이고 '종적(다테)'인 사회로 특징지어진다. 이렇게 차이를 무효화하고 동질적인 집단으로 재인식하는 현상에는 기본적으로 일본문화를 실천하는 사람들은 일본어를 말하고 일본열도에 대대로 살아온 조상으로부터 일본인의 피를 계승하고 있음이 전제된다[12]. 그리고 이러한 담론이 전전의 '일본인, 일본어, 일본문화'라는 삼위일체설과 다른 듯 크게 다르지 않아 보이기도 하는 이유는 왜일까.

1970년대에 일본인론이 재구축되면서 누구와의 차별화를 기획하고 있는지 『인간의 증명』 속 켄 형사의 말을 반추해 보면 답이 나올지 모른다. 뉴욕의 비정한 현실을 고발하듯 물상화(reification)하면서 '그러나 일본은 다르다'고 신념과도 같이 차이성을 강조하는 대목은 '미국을 참조 축으로 해서 일본인, 일본문화의 독자성을 설명'[13]하려던 1970년대의 인식구조와 관련이 있기 때문이다.

일본의 전후 사회를 크게 가로지르고 있는 특징 중 하나는 '일본인이란 무엇인가'에 대한 '자기정체성 찾기'이다. 점령군이 전통문화를 봉건적이라고 해서 거부와 통제의 정책을 취하게 되면서 새로운 전통문화론이 제기된다. 이때 전통문화를 계승하는 일본인이란 무엇인가라는 의문형으로 자기 발견의 논의가 생겨난다. 그것은 서양문화와 서양인에 대해 일본문화와 일본인의 독자성을 밝히려는 입장이었다. 그리고 국민성이 독자적 특징을 가지기까지의 과정을 탐구하면서 일본인·일본문화의 기원과 역사를 테마로 하는 일본인론이 배출된다[14]. 큰 줄기로 봤을 때 패전 직후 1945년에서 1960년까지 '점령

---

12) 岩淵功一 編著, 『〈ハーフ〉とは誰か』, 靑弓社, 2014, 41쪽.
13) 岩淵功一 編著, 위의 책, 40쪽.
   이외에 石澤靖治의 『日本人論・日本論の系譜』(丸善ライブラリー, 1997) 참조.
14) 미나미 히로시 저, 이관기 역, 『일본인론』(上), 소화, 1999, 237쪽. 원서는 1994년 출간.

기의 일본인론'이 등장하면서 다양한 학문 분야에서 일본인의 정신
구조를 '전체'로서 파악하는 문화론적인 연구가 시도되었다[15]. 이러
한 일본인론이 패전이라는 사회적, 심리적인 쇼크를 반영하고 패전
의 직접적인 원인인 물량과 전력의 부족뿐만 아니라, 국민성의 결함
에 대한 반성으로 이어지면서 일본인론의 새로운 방향을 낳게 된다.
다시 과거로 거슬러 올라가 일본인의 심리적인 전통의 추구와 재평
가의 기회를 제공하게 된 것이다[16].

그리고 패전의 쇼크로부터 일전해서 대국 의식이 서서히 국민 사
이에서 확산되고, 일본이라는 국가를 구성하는 국민의 심리가 사회
구조의 가장 중요한 인간적인 유대라는 측면에서 주목되기에 이른
다. 이때 국민을 단결시켜 국가라는 집단을 성립시키는 조건으로서
'대인관계'가 문제시되기 시작하는데 나카네 지에(中根千枝)의 『종적
사회의 인간관계(タテ社會の人間關係一單一社會の理論)』(1967)나 도이 다
케오(土居健郎)의 『아마에의 구조(「甘え」の構造)』(1971)가 대표적 논의

이 외에 박용구의 논의로 「전환기의 일본인론의 과제」(『일어일문학연구』 52집,
2005, 225-243쪽), 「間人主義의 관점에서 본 일본인의 커뮤니케이션 양식」(『일본
문화학보』 21, 2004, 229-244쪽), 「21세기 일본인론의 패러다임 시프트: 전망과
과제」(『일어일문학연구』 96, 2016, 443-464쪽)을 참고하기 바란다.

15) 전후 최초의 종합적 일본인론이라 할 수 있는 야나기타 구니오(柳田國男)의 『일본
인(日本人)』(1954), 일본인의 특징을 도덕적인 면에서 종합적으로 다룬 후루가와
데쓰시(古川哲史) 등이 엮은 『일본인의 도덕적 심성 현대도덕강좌3(日本人の道德
的心性 現代道德講座 第3卷)』(1955, 와쓰지 데쓰로 감수), 일본적인 것과 서양화한
것의 잡종문화로서의 일본인론을 펼친 가토 슈이치(加藤周一) 『잡종문화(雜種文
化)』(1956), 전쟁 전부터 계속해서 남아 있는 민중의 생활의식을 사회규범 측면에서
다룬 가와시마 다케요시(川島武宜) 『일본의 사회와 생활 의식(日本の社會と生活意
識)』(1955), 이 외에도 후쿠다 쓰네아리(福田恆存)의 「일본 및 일본인(日本および日
本人)」(1955)나 니에다 로쿠사부로(仁戸田六三郎)의 『일본인-새로운 반론의 각도
에서(日本人-新しい反論の角度から)』(1957)가 대표적이다.

16) 미나미 히로시 저, 이관기 역, 『일본인론』(下), 소화, 1999, 14쪽.

로 지적되고 있음은 주지의 사실이다. 특히 일본 근대화의 성공, 무엇보다도 기업의 집단주의를 긍정적으로 해석해 낸 나카네 지에의 논의는 일본 국내는 물론이고 국외에서도 널리 환영을 받았다[17]. 종적사회론이라는 새로운 일본인론의 비평영역을 제시하고 있는 나카네의 논의는 본질적으로 일본인이 메이지시대 이래 별로 변하지 않았다고 하는 기존의 단순한 사고에 반성을 촉구하고 있다[18].

하지만 이른바 '경제 대국 일본의 자기 확인'[19]이라고도 할 수 있는 나카네의 논의는 일본의 집단주의를 '일본인의 피' 속에 내재한 본질적인 것으로 적극적으로 평가하려는 논리를 제시한다. 종적인 뿌리가 든든한 인간관계의 형성방법이란, 결코 종래 설명되었던 것처럼 봉건적이라든가 하는 간단한 문제가 아니며, 공업화라든가 서구 문화의 영향에 의해 간단하게 시정될 것도 아니다. 그것은 오히려 일본인의 핏속에 면면히 흐르고 있으며 일정한 조건에 놓여 있을 경우에 극단적으로 나오기도 하고 나오지 않기도 할 뿐, 뿌리 깊이 잠재해 있다는 것을 알아야 한다고 주장한다. 결국 '일본인의 피'에 면면히 흐르고 있다는 혈통적이고 계통적이자 인종적이고 민족적인 특

---

17) 아오키 다모쓰 저, 최경국 역, 『일본 문화론의 변용』, 소화, 2005, 103쪽. 원서는 1990년 출간.

18) "종래의 근대화론에서는 소위 하부구조가 상부구조를 규정해 간다는 생각이 강했고, 따라서 일본의 공업화가 서구 수준에 도달하면 사회의 모습도 서구같이 될 것이라는 견해가 지배적이었기 때문에 서구에서 찾아보기 어려운 사회현상을 일괄해서 일본의 후진성이라든가, 봉건적 유산이라고 설명하는 경향이 강했다. (중략) 또 이들 일본 지식인들이 '서구 사회'를 책을 통해서 판에 박힌 스테레오타입의 이미지로 받아들였다는 점에도 적지 않은 이유가 있을 것이다. 서구 사회가 선진국이라는 이름 아래 놀랄 정도로 단순화되어, 서구 여러 사회에 내재하는 복잡함을 실태로서 파악하려는 시각이 없었다는, 비교사회학적 고찰에 커다란 약점이 있었다."(나가에 지에/양현혜 옮김, 『일본 사회의 인간관계』, 소화, 2005, 13-14쪽.)

19) 아오키 다모쓰, 103쪽.

성을 '종적 사회 구조'로 개념화하고 있는 형태인데, 주의할 것은 나가네는 여기에 하나의 커다란 명제를 전제로 내세운다는 점이다. "일본 열도는 압도적으로 많은 동일한 민족에 의해 점유되어 기본적인 문화를 공유하여 왔다는 것은 명백하다."[20]고 하는 '단일성' 논의이다. 이 책의 부제가 '단일사회이론'임에서도 알 수 있듯이 나카네의 논의는 일본 사회의 '단일성'을 일본인의 사람과 사람, 사람과 집단, 집단과 집단의 관계설정의 존재 양식을 결정하는 중요한 기반으로 설정해 놓고 있다. '장(場)'에 의한 집단형성, 평등주의, 동류와의 경쟁, 감정을 우선시하는 세계형성 등 모두 단일성을 전제로 하는 것이다.

이렇게 일견 사회과학적 관점에서 이전까지 대두되지 못했던 사회인류학이라는 새로운 방법론을 통해 비교사회학적 고찰을 했다고 평가되는 나카네의 종적사회구조론의 기저에 단일한 민족구성체, 피의 구성체가 갖는 끈끈한 유대감, 즉 단일민족 환상 위에 성립된 집단주의라는 일본인의 성향이 깔려있음을 부정할 수 없다[21].

---

20) 나카네 지에 저, 양현혜 역, 『일본 사회의 인간관계』, 소화, 2005, 142쪽.
21) 나카네의 일본인론은 서구를 선진 모델로 한 근대화론에 입각해 있던 기존의 일본인론 맥락에 있었다고 할 수 있다. 1946년에 발표되어 48년에 바로 일본에 번역, 소개되어 파장을 일으킨 루스 베네딕트 『국화와 칼』을 보면 서양과 일본의 다른 점으로서 특기되고 있는 것은 집단주의이다. 일례로 나카네가 서구를 '횡적으로 연결되는 계층적인 분류' 사회로 설명하고 이와 다르게 일본은 '종적 조직에 의한 서열의 발달'이 대비적이라고 하는 부분은 『국화와 칼』에서 말하는 일본의 사회·역사가 계층제도의 틀 안에서 전개되어 왔고 따라서 일본인의 의식구조가 '수직적 계열화'에 뿌리를 둘 수밖에 없다는 인식과 일맥상통한다. 또한 『국화와 칼』이 초래한 일본인론의 성행 속에서 일본사회는 본질적으로 가족생활의 원리가 가족 외의 사회관계에도 관철되는 특징이 있다고 지적하고 있는 가와시마 다케요시(川島武宜)의 『일본사회의 가족적 구성(日本社會の家族的構成)』(1949) 논의에서 '비근대적' 가족 원리로 들고 있는 요소들—예를 들어 권위에 의한 지배와 권위에의 무조건적 추종, 개인적 행동과 책임감의 결여, 자주적 비판과 반성을 허용하지 않는 사회규

세계 선진 제국과 어깨를 겨룰 만큼 산업화에 성공한 일본인의 가능성은 그 사회와 문화 시스템의 훌륭한 지주로서 더욱더 큰 기대를 받게 되었다. 일본문화론은 그 경향을 여실히 반영한다. 이 시기[1960년 중반이후 1970년대 초-인용자주]에 베네딕트가 『국화와 칼』에서 제시했던 일본문화의 특징을 일본인 스스로 다른 관점에서 본격적으로 다시 파악해 보려는 시도가 시작되었다. (중략) 일본문화론 혹은 일본인론이란 논의의 장이 떠들썩하고 활발해진 것도 이 시기이고 대중 소비재로서 소비된 것도 이 시기다.22)

인용한 아오키 다모쓰의 지적처럼, 미국에 의해 제시된 점령기 일본문화의 특징을 일본인 스스로의 시각에서 다시 파악해 보려는 시도로서 나카네의 논의는 의미를 가진다고 할 수 있다. 다시 말해서 1970년대에 전개되는 경제 대국 일본의 자기 확인적 작업은 점령기에 배출된 일본인론의 재확인, 즉 당시 이루어졌던 일본의 '부정적 특수성의 인식'을 '긍정적 특수성의 인식'으로 전환해 재확인하는 형상을 보인다. 한국에서도 널리 읽히고 있는 도이 다케오의 『아마에의 구조』를 떠올려 볼 때도 '아마에'라고 하는 '타인에 대한 의존성(응석)'을 강하게 옹호하는 이 논의는 이전까지 부정적이고 마이너스적이었던 이미지를 특수화시켜 긍정적 특수성으로 탈바꿈하고 있는 구조에 다름 아니다.

여기서 다시 이 소설이 당시 발간되어 베스트셀러로 확산되면서 달고 나왔던 표지문제를 떠올려 보자. 혼혈아 조니의 전면적인 대상

범, 오야붕, 꼬붕적 결합의 가족적 분위기와 외부에 대한 적대적 의식과 대립 등—은 중앙집권 조장과 국민의 권력에 대한 공포, 리더는 한 사람으로 한정되고 교체가 불가능한 일본사회, 필연적 파벌관계, 의견발표도 서열화된 일본, 종적 조직의 대표인 오야붕과 꼬붕 등과 같은 나카네의 설명 틀과 상당히 유사한 구조를 띤다.
22) 아오키 다모쓰, 앞의 책, 94-95쪽.

화는 오히려 순혈 일본인으로 이루어진 전후 사회를 보다 극명하게
보여주는 표상으로 기능하면서 '동일민족에 의한 단일국가' 일본의
무의식을 자극한다. 특히나 단일민족신화의 정착에 따라 일본 사회
에서 제거되어야 할 이질적 존재(이방인)의 하나였던 혼혈아는 '전체
적으로 볼 때 극히 소수에 해당하는 흑인계로 집중되어'23) 표상되게
되는데, 흑인이라는 인종적 형상화가 소설에서 비극성을 강조하면서
어머니 교코의 위선을 신파화하는 데 일익을 하듯이, 일본 전후 사회
에서 혼혈의 존재는 '인종주의'에 기대어서 더욱 사회적으로 문제시
되고 타자화되고 있다. '혼혈·흑인·남성'의 배제 원리는 부(負)의 역
사, 억압의 역사를 '신파로서의 점령기 기억'으로 안착시키는 역할을
하면서 '전후 인식'의 재담론화를 위한 기제가 되고 있는 것이다.

5. 망각된 전후, 회귀하는 전후

전후 일본의 황금기로 대표되는 1960년대에서 1970년대 중반에 걸
쳐 비슷한 플롯의 미스터리소설이 다수 발표되고 모두 대중에게 공
감을 얻어냈다는 점은 주목할 만하다. 특히 범인이 자신을 방문한 피
해자를 살해하고 살해 동기를 밝히는 과정이 소설의 주된 내용을 이
룬다. 사회파 추리소설의 거장 마쓰모토 세이초(松本淸張)의 작품 『모
래 그릇(砂の器)』(1961)에는 신진 음악가로 유력 변호사 집안과 혼인이
예정된, 그리고 미국 진출도 보장된 그야말로 성공한 청년이 범인으
로 나온다. 이 청년은 그를 찾아온 전직 경찰을 살해한다. 미즈카미

---

23) 岩淵功一 編著, 『〈ハーフ〉とは誰か』, 靑弓社, 2014, 42쪽.

쓰토무(水上勉)의 작품 『기아해협(飢餓海峽)』(1963)의 성공한 실업가나 이 글에서 다룬 『인간의 증명』 속 야스기 교코 모두 예기치 않게 찾아온 방문자를 살해한다. 이들 작품에서 살해당하는 피해자나 범인은 각기 다른 신분이지만 모두 패전 이후의 혼란기라는 과거를 공유하고 있다. 한센병을 앓던 아버지를 호적의 날조를 통해 숨기고 살아온 음악가나 창녀와 강도 살인을 저지르고 그 범죄를 숨겨온 실업가, 흑인 미군병사와 동거하며 아이를 낳았던 과거를 숨기고 살아온 가정문제 전문가처럼.

　범인과 피해자의 관계가 모두 '의사(擬似) 가족'으로서 부자관계, 부부관계, 모자관계의 형태를 띠고 있음에 주목한 오사와 마사치는 이러한 소설이 1960년대라는 '이상(理想)의 시대'를 구성하던 가족관계의 좌절을 보여준다고 설명한다. 그리고 이러한 플롯의 반복적 구성은 60년대의 성공이 전쟁기에 대한 어느 기만적 인식을 전제로 하고 있기 때문이라고 하는데, 즉 60년대의 번영이 전쟁기에서 유래하는 타자에 대한 부채감, 그리고 이룰 수 없는 약속을 짊어지고 살아온 일본인들의 '직감'을 자극하였기에 설득력을 발휘했다는 것이다[24]. 그런 면에서 전사자의 환유적 대리물인 '과거로부터의 방문자(피해자)'들이 이상의 시대의 성공자들을 규탄하고 있다는 오사와 마사치의 지적은 왜 이러한 플롯이 패전 후 20년이나 지난 시점에 노정되고 있는가를 이해할 때 도움이 된다. 꿈의 실현, 인생의 이상의 실현을 약속해주는 유토피아 '도쿄'를 무대로 사건이 일어나는 이들 소설은 패전 이후 전후 부흥기를 거쳐 형성된 '미국에 의해 긍정되는 사회 상황'에 대한 신뢰가 훼손되기 시작함을 보여주기도 하기 때문

---

24) 大澤眞幸, 『不可能性の時代』, 岩波親書, 2008, 41-45쪽.

이다. 『인간의 증명』에서 '살해당하는 조니'가 미국에서 온 방문자라는 것은 조니의 인종적 형상화를 넘어서 미국에 의해 긍정되는 '자본' 사회에 대한 자기부정을 나타내기도 하며, 야스기 교코가 과거 점령군에게 폭행을 당했어도 점령군을 사랑한 아이러니 역시 이러한 맥락에서 이해할 수 있다.

그러나 1974년 전후 사상 최초로 마이너스성장을 기록하며 고도성장에 마침표를 찍고 새로운 안정적 궤도를 목표로 진로 수정을 하면서 '이상의 시대'는 '허구의 시대'로 이양되기 시작한다. 이전까지 '멋있다'는 가치관(이상)을 중시하던 세계가 '귀엽다'는 감각(허구)의 시대로 전환되고 있다고도 하는 오사와 마사치는 1960년대 말 '전공투운동'과 1970년대 초 '연합적군 사건'에서 알 수 있듯이 기존의 거대담론이 파편화되어 가는 현상에 주목한다. 1970년대에 획기적으로 등장한 무라카미 하루키의 소설이 이렇게 사산되는 시대적 징후를 상징적으로 보여주기도 한다.[25] 그러나 『인간의 증명』이라는 소설에서 볼 수 있듯이 사회문화적으로 서대담론이 해체되어 가는 가운데 완성되고 있는 점령의 기억, 전후의 표상은 오히려 패전 이후 점령기라는 팽팽한 분위기 속에서 배출되었던 일본인론처럼 여전히 '자기정체성 유지'에 집착한다. 과거로부터 온 방문자를 모두 살해할 수밖에 없는, 다시 말해서 고도성장을 완료한 전후 일본의 '출생의 비밀'에 얽힌 추악한 요소를 다시금 배제하는 범행들은 오히려 부정적 특수성을 긍정의 특수성으로 탈바꿈하듯이 부(負)의 역사를 신파화 하여 왜곡한다. 이른바 규범화된 표상의 기제가 일상적이고 대중적인 문화영역 내에서 작동하면서 계층 질서와 같은 구도를 만들어 내듯이, 당연히

---

25) 大澤眞幸, 앞의 책, 74-79쪽.

점령기 표상은 일본 사회의 전쟁(책임)관이나 역사관과 연동되어 폐쇄적인 '전후 인식'의 한 정신적 원형질을 이루게 되는 것이다. 혼혈아 조니가 타자화되고 배제되어야 할 또 다른 이유이다.

고도 성장기를 경험하고 풍요롭게 된 일본 사회 속에서 조니의 일본행은 두 번 다시 대면하고 싶지 않은 과거의 회귀였다. 소설이 발간되고 1977년에 영화로도 만들어진 이 작품은 소거되어야 할 점령의 기억이 화신으로서의 혼혈아로 재등장하게 된다. 이는 일본 사회에서 혼혈아가 '망각된 전후'와 '회귀하는 전후'를 양의적으로 상기시키는 준거로 작용하고 있기 때문인데, 이렇게 기억을 상기시키는 상징체계는 '망령'으로밖에 등장하지 못한다[26]. 이는 소설의 첫 장면에서 신체성을 상실하고 사체가 되는 조니의 죽음이 의미하는 바이다. 그리고 나아가 봉인되어야 할 과거가 그 망령에 의해 전경화되면서 동요하고 해체되는 것이 아니라 오히려 하나의 완결 구도를 띠게 된다. 점령기의 기억은 무네스에의 정신의 원형질로 각인된 '원한'처럼 개인의 사적 영역이 아니라 전후 일본 사회의 전반적인 공적 감정으로 수렴되고 있다.

1975년에 대중의 심급에 공명한 이 작품이 일본 점령기(1945~1952)를 기억하는 일본 사회의 정신적 원형질을 해명하며 담론화된 전후 표상을 만들어 내는 구도는 지금의 일본 사회에 작용하고 있는 전후 인식의 왜곡(허상) 과정을 잘 보여준다. 그동안 감춰왔던 '기원의 이야기'를 폭로하는 동시에 그 기원의 이야기가 내재하는 이데올로기는 그대로 답습되는 것이다.

/ 박이진

---

26) 山本敦久, 「〈ハーフ〉の身體表象における男性性と人種化のポリティクス」, 『〈ハーフ〉とは誰か』, 靑弓社, 2014, 126쪽.

미시마 유키오 자결의 영화적 표상과 그 현재성

와카마쓰 고지 『11·25 자결의 날』과 헌법개정

1. 와카마쓰 고지, 왜 '미시마 유키오 사건'을 그리는가?

일본 영화계의 거장 와카마쓰 고지(若松孝二) 감독이 2012년 불의의 교통사고로 타계하였다. 100여 편이 넘는 그의 필모그래피 대부분은 '핑크' 영화의 거장이라는 이름에 걸맞게 『완전한 사육 붉은 살의(完全なる飼育 赤い殺意)』(2004)와 같은 핑크 영화로 채워져 왔다. 하지만 이와는 별개로-물론 '밀실극'이라는 형식적 유사성이나 국가권력에 대한 저항 수단으로서의 '성'(性)과 폭력이라는 주제의식은 연속되지만- 와카마쓰는 만년에 그의 '정치'적 (자)의식이 전면에 드러나는 일련의 영화, 즉 『실록 연합적군 아사마 산장으로의 길(實錄·連合赤軍 あさま山莊への道程)』(2008, 이하 『실록 연합적군』으로 표기), 『캐터필러(キャタピラー)』(2010), 『11·25 자결의 날 미시마 유키오와 젊은이들(11·25自決の日 三島由紀夫と若者たち)』(이하 『11·25 자결의 날』로 표기, 2012)을 발표하였다.

이 중 『실록 연합적군』은 그의 라이프워크라고 불러도 무방한 작품이다. 와카마쓰 감독은 요도고 하이잭 사건과 이스라엘 텔아비브 공항 난사 사건 등을 일으키는 '적군파' 및 '일본적군'을 지속적으로 지원, 지지해 온 '동반자'적 영화감독으로서, "이 영화만큼은 이 와카마쓰에게 찍게 하라. 이 영화를 찍으면 은퇴해도 좋다고 생각하고 있다"[1]고 공언할 만큼 『실록 연합적군』에 대한 애착이 강하다. 주지하는 바와 같이 '연합적군'이란 1960년대 학생운동의 주류였던 삼파전학련이 이합집산하는 과정에서, 적군파와 혁명좌파가 통합하여 탄생한 조직이다. 그들은 1972년 2월 군마(群馬)현 묘기(妙義) 산중에 있는 아사마 산장을 점거 농성하다 경찰력에 의해 진압된다. 하지만 그 후 경찰조사 과정에서 그들이 자행한 12명의 동지 린치, 살해 사실이 드러나게 됨으로써 민심의 완전한 이반을 낳고 결과적으로 일본의 좌익 운동을 절멸에 몰아넣는다. 와카마쓰는 적군파의 동반자적 위치에서 연합적군 젊은이들의 '명예'를 지키기 위해 『실록 연합적군』을 찍었던 것이다.

하지만 이러한 그의 정치적 입장을 일반적인 관점에서 생각해 볼 때, 그가 '미시마 유키오 사건'을 정면에서 다룬다는 것은 다소 의외로 여겨진다. '미시마 유키오 사건'이란 1970년 11월 25일 작가 미시마 유키오가 그의 사병 조직인 '다테노카이'(盾の會) 4명과 함께 이치가야 육상자위대 동부 총감실에서 총감을 인질로 삼고, 자위대원을 모아 그 앞에서 '자위대 궐기, 헌법 개정'을 요구하는 연설을 한 끝에 할복자살한 사건을 말한다. 가장 상식적인 관점에서 볼 때 와카마쓰가 이 사건을 다룬다는 것은 그를 '비판'하기 위해서라고 생각하기 쉽지만 『11·25 자결의 날』은 미시마를 전혀 비판적으로 그리지 않는다. 『11·25 자결의 날』은 1966년부터 미시마가 자결하는 1970년까지를 미시마와 다테노카이 멤버를 중심으로 '실록'적으로 구성하

---

1) 若松孝二, 『時效なし』, ワイズ出版, 2004, 192-193쪽.

여 보여준다. 즉 미시마가 그와 같은 행동을 일으킬 수밖에 없었던 이유를 최대한 객관(?)적으로 그려내고 있는 것이다. 여기에서 이 글의 문제제기가 발생한다. 즉 왜 와카마쓰 고지는 미시마 유키오 사건을 그렸는가? 그리고 어떻게 그렸는가?

　이에 대한 대답의 실마리는 와카마쓰 감독 자신의 말 속에서 찾을 수 있다.[2] 와카마쓰는 2012년 한 TV쇼에 출연하여, 미시마 유키오가 도쿄대 전공투와 토론했던 내용을 언급하며, '천황제'만을 제외하면 양자의 기저심리는 동일하다고 언급하고 있다.[3] 또한 『11·25 자결의 날』 시사회에 마련된 토론에서도 다음과 같이 언급한다. "저는 몇 년 전에 『실록 연합적군』을 찍었습니다만, '다테노카이' 젊은이들도, '연합적군' 젊은이들도 나라를 생각하는 것은 모두 같습니다. 무언가를 바꾸자는… 그들을 우익이라든지, 좌익이라든지 말하지만 그런 식으로 불러서는 안 됩니다. 그렇게 규정해서 부르면 안 됩니다. 어느 쪽이든 분명히 미덕이 있고, 모두 순수한 구석이 있습니다. 물론 폭력을 휘두른다거나, '연합적군'은 숙청이란 것도 있었고, 여러 가지 일들이 있었습니다만, 전의를 가지고 임한다는 젊은이들의 열정이 있었다."[4] 이 말을 부연해서 설명하면, 와카마쓰는 '연합적군'과 미시마 유키오 및 다테노카이 사이에 '공통점'을 보고 있으며, 그 공통점이란 '신좌익', '신우익'이란 명칭으로 설명되지 않는, 국가 개

---

2) 먼저 이에 대해 언급하기 전에, 영화감독과 영화 해석 사이를 분리할 필요가 있다는 점을 지적해 두자. 영화는 개봉되어 상영된 후에는 그 해석은 제작자의 손을 떠나 관객에게로 넘어가는 것이다. 이러한 입장에서 이 글에서는 와카마쓰의 의견을 하나의 해석 관점으로 다룰 것이다.

3) 요미우리(讀賣) 계열 『たかじんのそこまで言って委員會』, 「この國を變えようとした人々、日本のテロとクーデター徹底解明」, 2012년 6월 15일 방송.

4) 若松孝二, 『11·25自決の日 三島由紀夫と若者たち』, AMUSE SOFT, 2012, 그 중 [特典映像] 舞台挨拶&トークショー映像集.

조에 대한 젊은이들의, 폭력을 불사하는 열정에 있다고 보고 있는 것이다. 와카마쓰 감독의 진의가 어떠한 것인지에 대해서 여기에서는 상술하지 않겠지만 이러한 발언의 의미는 동시대적 맥락 속에서 살펴보아야 할 성질의 것이다.

와카마쓰 감독의 진의와는 상관없이 『실록 연합적군』과 『11·25 자결의 날』은 거울 이미지처럼 매우 닮은 영화이다. 그 공통점을 정리해 보면 다음과 같다. 먼저, 영화 서술 방식이다. 두 영화 모두 1960년대의 학생운동과 그 주요 사건을 보도하는 '사료 영상'을 먼저 배치한 후, 운동의 각 섹터, 혹은 미시마와 다테노카이의 활동을 배치하는 '실록' 방식으로 편집되어 있다. 둘째, 주제적으로 볼 때, 두 영화는 국가권력의 방향에 '테러'라는 수단으로 저항해가는 젊은이들을 그리고 있다. 셋째, '인질극' 혹은 와카마쓰식으로 '밀실극'이라고 불러야 할 묘사방식이 일치한다. 넷째, 애초 기획에서는 두 영화에 등장하는 '인질극', 즉 '아사마 산장 사건'과 '미시마 유키오 사건'에 등장하는 인물들을 동일한 배우가 연기하도록 하자고 하는 방침이 있었으며, 실제 두 영화에 등장하는 주요인물들이 겹친다.5) 이와 같은 점에서 볼 때, 『11·25 자결의 날』은 『실록 연합적군』과 같은 제작 방식으로 그 주제적 연장선상에서 제작된 것은 분명하다.

하지만 와카마쓰가 왜 미시마 사건을 그리는가에 대한 의문은 비단 필자만이 느끼는 것이 아니며, 와카마쓰가 '연합적군 사건'과 '미시마 사건'을 국가 개조에 대한 젊은이들의 테러를 불사하는 행동으로 연

---

5) 앞 [特典映像] 舞台挨拶&トークショー映像集 중 스즈키 구니오의 말. 실제 두 영화의 주요 등장인물 중 3명이 겹친다. 먼저 이우라 아라타(井浦新)는 사카구치 히로시(坂口弘) 및 미시마 유키오 역, 지비키 고(地曳豪)는 모리 쓰네오(森恒夫) 및 자위대 후쿠오카 다카시(福岡喬) 소위, 그리고 다모토 소란(タモト清嵐)은 가토 모토히사(加藤元久) 및 야마구치 오토야(山口二矢) 역을 맡고 있다.

속선상에서 그렸다고 해도 그의 의도대로 관객들이 평가하고 있는
것도 아니다. 단적인 예로『실록 연합적군』에 대해서는 영화 개봉 직
후인 2008년 6월『情況』제3기 잡지가 특집(「緊急特集 若松孝二『實錄‧
連合赤軍』をめぐって」6))을 꾸려, 연합적군 생존자 및 사상가, 영화인
등을 총동원하여 '연합적군 사건'을 재검증하고 있는 데 반해,『11‧
25 자결의 날』에 대해서는 개봉 영화 소개적 차원에서『키네마 순보
(キネマ旬報)』(2012년 6월호)가 간단히 소개하고 있는 정도이다.

　『11‧25 자결의 날』에 대한 평가는 영화 제작에 감수 역할로도 참
여했던 스즈키 구니오(鈴木邦男)에 의해 거의 유일하게 이루어졌다.
스즈키는 모리타 마사카쓰(森田必勝)의 와세다대학 선배로 신우익 활
동을 같이했던 인물이며, '미시마 사건' 후에는 그 정신을 계승하자
는 차원에서 창립된 정치결사 '일수회'(一水會)의 창립 멤버이기도 하
다. 그는『11‧25 자결의 날』의 의미를 다음 두 가지 특징으로 정리
하고 있다. 첫째, 이 영화는 미시마 유키오가 1960년대의 시대적 분
위기, 특히 그 가운데에서 신좌익의 '행동'에 강한 영향을 받았다는
방식으로 묘사하고 있으며, 둘째, 미시마 유키오의 생전 언급에 간
혹 등장할 뿐인 야마구치 오토야(山口二矢)를 미시마가 죽음을 결심
하는 가장 중요한 계기로 묘사한다는 점을 들고 있다. 야마구치 오
토야는 1960년 당시 일본사회당 당수였던 아사누마 이네지로(淺沼稻
次郞)를 사살했던 자로, 그가 감옥에서 자살할 때 남긴 「천황폐하만
세, 칠생보국(天皇陛下万才、七生報國)」이란 글이 미시마 사건과 겹쳐
지는 것은 사실이다. 스즈키는 이러한 영화에 대한 정리 이후에 그
의의를 평가하며, 이 영화에 대해 기존의 미시마 팬이라면 영화 묘

---

6)『情況』第三期「緊急特集 若松孝二「實錄‧連合赤軍」をめぐって」, 情況出版, 2008년
　6월호.

사와 실제가 다른 점들을 지적할 것이며, 좌파라면 왜 와카마쓰가 미시마나 야마구치를 그리는가를 지적하겠지만, 와카마쓰는 그 어느 쪽 의견도 개의치 않고 있다고 언급하며 와카마쓰의 묘사 방식에 동조하고 있다.[7]

　스즈키는 영화 제작 과정에도 사료의 정확성 차원에서 참가하고 있다고 여겨지며, 또한 그의 경력이 신우익에서 좌파로 전향되어 가는 궤적을 보이는 인물이기에 그의 『11・25 자결의 날』에 대한 긍정적 평가는 이해되는 부분이다. 하지만 스즈키를 제외한 『11・25 자결의 날』에 대한 무관심, 혹은 침묵의 반발에는 충분한 이유가 있다고 생각된다. 그 이유는 두 가지 측면, 즉 영화의 내적 논리와 영화가 발표된 2000년대 후반 사회적 상황과의 조응관계 속에서 찾아볼 수 있다고 생각된다. 먼저 영화의 내적 논리부터 살펴보자. 『11・25 자결의 날』은 미시마가 '행동'으로 옮겨가는 1966년부터 1970년까지를 사료를 '구성'하는 방식으로 보여주고 있으나, 그 구성 방식을 살펴볼 필요가 있다. 즉 스즈키의 증언대로 『11・25 자결의 날』이 묘사하는 미시마와 다테노카이의 행동이 '전부' 사실이라고 해도, 어떠한 '시기'의 미시마를 다룰 것인가? 미시마의 말과 행동 중 어떠한 '부분'을 발췌할 것인가? 그리고 어떻게 '연결'할 것인가에 따라 영화 텍스트의 논리성은 매우 달라질 수 있는 것이다. 그리고 『11・25 자결의 날』은 결과적으로 헌법 개정과 자위대의 위치를 묻는 주제의식으로 수렴되는데, 이는 현재의 '테러' 및 헌법 개정과 자위대를 둘러싼 논의 속에서 다루어질 성질의 문제로 확산된다. 즉 현재의 사상 지도 속에 『11・25 자결의 날』을 두고 생각할 필요가 있다는 것이다.

---

7) 鈴木邦男, 「言論の覺悟 若松孝二監督と三島事件」, 『創』, 創出版, 2012년 12월호, 84-87쪽.

따라서 이 글에서는 와카마쓰는 미시마 사건을 왜 그렸는가 라고 하는 큰 문제제기 속에서 그 사건을 어떻게 그렸는가? 왜 2012년에 미시마 유키오를 그리는 영화를 발표할 필요가 있었는가에 대한 대답을 찾아보려 한다. 그 결과로 '좌파든 우파든 국가 개조를 위해 테러를 불사했던 젊은이들'을 그리고자 했다는 와카마쓰의 표면적 이유와는 달리, '적군파'의 동반자적 작가로까지 불리었던 와카마쓰가 그의 숙원이었던 『실록 연합적군』을 발표한 후에, 왜 굳이 미시마 유키오의 '테러'를 그릴 필요가 있었을까 하는 질문에 대한 답을 찾아보려 한다.

2. 『실록 연합적군』, 실록의 허구성, '용기'의 모호함

앞에서는 이 글의 문제의식이, 와카마쓰 감독은 왜, 그리고 어떻게 '미시마 사건'을 다루었으며, 그 영화는 2012년 시점에서 어떠한 의미로 해석될 것인가에 있다는 점을 밝혔다. 그리고 그 대답에 대한 방법으로서 '실록'이라는 영화의 구성 방식을 고찰하고, 영화의 주제와 현재의 사상 지형을 비교 검토하겠다고 설명했다.

『11·25 자결의 날』을 '실록'이라는 영화의 형식으로 읽으려 할 때, 동일한 특성이 드러나는 『실록 연합적군』에 대한 검토가 보조선으로서 크게 참조가 된다. 즉 역사적 사실을 구성하는 과정에서 노출되는 의미의 조합 내지는 '허구성'이라 부를 만한 특징이 두 영화에 있어서 동일하게 반복된다.

『실록 연합적군』은 '아사마 산장 사건'을 일으키는 연합적군을 묘사하는 데 초점이 맞추어져 있으며, 내용적으로는 세 파트, 즉 1960

년 안보투쟁부터 시작하여 연합적군이 구성되기까지의 과정, 연합적
군 산악 베이스에서의 총괄과 동지 린치 살해 과정, 그리고 아사마
산장 점거 사건 묘사로 구성되어 있다. 그리고 영화의 플롯이 '실록'
방식, 즉 시간을 나타내는 1960년대의 주요 사건에 대한 '사료' 영상
과 그에 연속되는 연합적군 내부의 '재현'으로 진행된다. 그런데 여
기서 주의해야 할 점이 발생한다. 『실록 연합적군』이 기술하는 내용
은 모두 사실임에도 불구하고 일관된 의도하에 취사선택된 사실들이
라는 점이다.

와카마쓰가 『실록 연합적군』에 도입하는 일관된 시선은 '일본적군'
의 시선이다. 이 글의 논지에서 벗어나기에 자세히 언급하지는 않으
나, 연합적군도 적군파에서 출발했으니 일본적군과 그 뿌리는 같다
고 할 수 있지만, 연합적군과 일본적군은 그 활동이 엄연히 다른 조
직인 것이다. 와카마쓰는 일본적군의 핵심인물인 시게노부 후사코
(重信房子)를 비중 있게 묘사하거나, 오카모토 고조(岡本公三)가 참가
하게 되는 '텔아비브 공항난사 사건' 영상을 삽입하는 등, 연합적군
의 묘사에 일본적군의 시점을 도입하고 있는 것은 명백하다.[8] 그리
고 그 의도하는 바는 1960년대 후반의 '테러'적 행위에는 공감하면서
도 일본의 운동 조직 내부에 나타나는 폭력이나 기만에 대해서는 비
판하는 태도이다. 즉 미국에 의한 베트남전쟁 및 그에 동조하는 일본
정부의 태도에 대해서는 그것이 제국주의 전쟁이란 점에서 비판하
며, 그에 저항하는 세력의 '테러'를 불사하는 폭력성에 대해서는 긍
정하지만, '총괄'이란 이름으로 자행된 연합적군의 동지 린치 살해에
대해서는 비판적인 태도를 취하고 있는 것이다.

---

8) 신하경, 「일본 1970년대 초 '테러'와 영화 – 와카마쓰 고지(若松孝二) 『실록연합적
군(實錄連合赤軍)』을 중심으로」, 『일본학보』, 2015년 2월.

이러한 그의 태도가 가장 상징적으로 드러나는 장면이 아사마 산장 사건에 참여하는 연합적군 5인 중 막내인 가토 모토히사(加藤元久)의 발언이다. 연합적군의 지도자인 모리 쓰네오(森恒夫)와 나가타 히로코(永田洋子)가 체포된 후 연합적군 멤버들은 경찰의 추격을 피해 도피행을 거듭하게 되고, 그 중 사카구치 히로시(坂口弘), 반도 구니오(坂東國男), 요시노 마사쿠니(吉野雅邦), 가토 형제 미치노리(倫敎)와 모토히사(元久) 5명만이 경찰의 포위망을 피해 아사마 산장에 침입하게 되어, 이들에 의해 아사마 산장 사건이 벌어진다. 이 장면은 기동대의 침입이 임박하여, 그들이 마지막 주먹밥을 먹으며 '총에 의한 섬멸전'을 준비할 때, 요시노는 "싸움의 뒤처리를 해야지"라고 말하는데, 그에 대해 모토히사는 영화상 처음으로 맹렬히 저항하며 다음과 같이 말한다.

> 무슨 말을 하는 건가요? 지금 와서 뒤처리가 되겠냐고요. 우리들 모두 용기가 없었던 거예요. 나도, 당신도, 당신도, 사카구치 씨 당신도… 용기가 없었던 거예요.

이 가토 모토히사의 발언은 영화에 대한 그의 형 미치노리의 감상에 따르면 사실과 다르며 모토히사는 동지를 규탄한 적이 없다고 한다. 즉 이 모토히사의 대사는 '실록'이라는 사실에 배치되는 '허구'로서 영화의 픽션에 해당하는 것이다.[9] 그렇다면 "용기가 없었던 것이다(勇氣がなかったんだよ)"라는 픽션을 와카마쓰가 영화에 도입하는 이

---

9) 加藤倫敎, 「あれから三六年−兄や「犬死」した亡き同志たち、そして誤った鬪爭ゆえに犧牲を强いられたすべての人々に眞に應える道」, 『情況』第三期「緊急特集 若松孝二「實錄・連合赤軍」をめぐって」, 情況出版, 2008년 6월호, 15쪽. 또한, 四方田犬彦, 『テロルと映畵』, 中公新書, 2015, 116쪽도 같은 지적을 하고 있다.

유는 무엇일까? 그리고 그들이 산중에서 게릴라 훈련을 해왔던 '총에 의한 섬멸전'을—이 이미지는 궐기를 준비하는 미시마 유키오와 다테노카이 멤버의 이미지와 중첩된다.—목전에 두고 있는 상황에서, '어떠한' 용기가 부족했다고 이야기하는 것일까? 그것은 플롯 구조의 논리적 결과로 보면, 그 용기란 '총괄'이라는 동지에 대한 린치, 살인이 발생하고 지속된 것을 막지 못했던 '용기'의 부족이며, 모리와 나가타라는 기형적 지도자와 조직의 시스템에 저항하지 못하고 그 폭력에 구성원들이 가담해 버린 나약함을 의미한다. 즉 제국주의 세력에 대항하는 '테러' 행위는 긍정하지만, 운동 조직 내부에 나타나는 상호 감시나 기만, 폭력에 대해서는 비판하는 것이다.

 하지만 이처럼 연합적군의 린치 살인을 모리 쓰네오를 정점으로 하는 '비정상적 광기'의 논리로 처리하는 인식은 그동안 너무나도 많이 반복되어온 상투적인 대답이지 않은가? 과연 와카마쓰도 그러한 논리를 반복하고 있는 것일 뿐인가? 여기에서 용기의 모호함이란 문제가 발생한다. 만약 와카마쓰가 말하는 용기 부족, 혹은 인간의 나약함이 연합적군에만 한정되는 것이 아니라고 한다면, 그 비판은 과연 와카마쓰가 평생에 걸쳐 동반자적 관계를 유지했던 일본적군에까지 확대되는 것인가? 만약 와카마쓰가 『실록 연합적군』에 일본적군의 시점을 도입하여 연합적군을 비판하고 있다고 한다면, 폭력 혹은 테러의 정당성은 무엇으로부터 획득되는가? 말을 바꾸면 제국주의 세력에 저항하는 '테러' 행위와 운동 조직 내부의 퇴폐는 얼마나 확연히 구별되는 것인가?

 1969년 시오미 다카야(鹽見孝也)가 "전쟁선언, 적군파결성"을 선언한 후, 적군파의 목적은 세계혁명의 일익을 담당하는 일본의 전위부대로서 전 세계의 모든 혁명전쟁과 연대하여 세계동시혁명을 달성한

다10)는 것이었다. 따라서 PFLP(팔레스타인인민해방전선)와 연대하는
일본적군은 그 직접적인 분파인 것이다. 물론 연합적군은 일본 내의
무장혁명을 추구했다는 점에서 차이는 있지만, 일본적군과 연합적군
모두 전위론과 무장혁명론을 공유하고 있지 않았던가? 연합적군의
동지에 대한 총괄이 '진정한 혁명적 공산주의자'로 거듭나기 위한 과
정으로 그 구성원들에게 공유되었기에 발생했던 것은 아닌가? 양자
는 모두 전위=용기=죽음에 대한 각오=테러를 공유하고 있지 않았던
가? (그리고 여기서 잊지 말아야 할 점은 이러한 '전위=용기=죽음에 대한 각
오=테러'라는 도식이 『11·25 자결의 날』에서 미시마와 다테노카이 멤버들로
고스란히 전이되어 나타난다는 사실이다.) 즉, 와카마쓰가 용기를 도입할
때 그 즉시 그 의미는 당시의 조직론으로 확장되어, '테러' 행위와 운
동 조직 내부의 퇴폐 사이의 경계가 모호해질 수밖에 없게 된다. 즉
와카마쓰는 테러의 본질적인 두 속성, '정당성'과 '윤리성'을 설정하
고 그 관계를 통해 구체적인 테러의 성격을 규정하려 하지만 사실 그
윤리성이란 매우 모호한 것이며 '사회'적인 속성을 지니는 것이라는
점을 드러낼 뿐이다.

　이 글의 초점은 『11·25 자결의 날』을 해석하는 데에 맞추어져 있
기에 『실록 연합적군』에 대한 언급은 더 이상 진행하지 않는다. 다만
한 가지 추가할 내용은, 와카마쓰의 '테러'에 대한 긍정이 그 정치적
유효성과는 무관하게 '정당성' 차원에서 지속되어 왔다는 점이다. 이
에 대해서는 그의 필모그래피 및 일본적군과의 관계를 통해 설명할
수 있다. 1969년 작품 『여학생 게릴라(女學生ゲリラ)』에서는 고등학생
5명이 졸업식 '분쇄'를 위해 산중에 근거지를 세우고 게릴라 전투를

10) パトリシア·スタインホフ, 『死へのイデオロギー―日本赤軍派』, 岩波現代書店, 2003,
　　80쪽.

전개해 간다는 내용으로, 68년 이후 전공투 운동의 극복 방향으로서
'무장투쟁노선'이 제기되고 있다.[11] 전공투의 바리케이드를 대신할
전술로 게릴라전이 제기되고 있는 것이다. 하지만 이러한 사고는 그
정치적 현실조직인 적군파 출현 직후 부정되기 시작한다.

『현대호색전 테러의 계절(現代好色傳 テロルの季節)』에서 와카마쓰는
공안의 감시하에 있는 테러리스트가 평상시에는 성적 타락만을 일삼
다가 한순간 비행기 폭파범으로 변모하는 모습을 그리는데, 이미 이
시점부터 테러의 정당성과 윤리성 사이의 간극을 지적하고 있는 것이
다. 그리고 『섹스잭(性賊セックス・ジャック)』(1970)은 적군파에 의한
발생한 요도고 하이잭 사건을 배경으로 경찰의 검거망을 피해 잠복
한 4명의 적군파 멤버와 그 속에 노동자로 위장하여 흘러들어간 테
러리스트를 묘사한다. 이 영화에서 적군파 멤버들은 이미 노동자와
의 연대도 불가능할 정도로 관념적인 구호만을 나열할 뿐 실상은 성
적 타락만을 일삼는 존재들로 그려지며, 정치적 유효성도 윤리성도
상실한 존재로 그려진다.

하지만 와카마쓰는 테러의 정당성을 확고히 하게 되는 일대 계기
를 맞이하게 된다. 그는 자신의 영화 각본가이자 영화감독인 아다치
마사오(足立正生)와 함께 1971년 칸 영화제 감독주간에 초청받게 되
는데, 그 귀국길에 레바논에 들러 일본적군의 시게노부 후사코를 만
나게 되고, 그녀의 도움으로 PFLP(팔레스타인해방인민전선)의 근거지
중 하나인 '제라시 마운틴'에 입성하게 된다. 그들은 이곳에서 군사
훈련과 PFLP 촬영을 병행하는데, 그들의 하산 직후 이스라엘군의
폭격으로 그곳이 초토화되었다는 뉴스를 접하게 된다.[12] 와카마쓰

11) 足立正生, 『映畫/革命』, 河出書房新社, 2003, 519쪽.
12) 若松孝二, 『若松孝二・俺は手を汚す』, ダゲレオ出版, 1982, 122-134쪽.

는 귀국 후, 이것을 영화화하여 발표하는데, 그것이 『적군-PFLP 세계전쟁선언(赤軍-PFLP世界戰爭宣言)』(1971)이다. 그리고 그 직후 제작된 『천사의 황홀(天使の恍惚)』(1972)은 혁명전사들이 폭탄을 탈취하기 위해 미군기지를 습격하게 되는 과정을 묘사함으로써, 무장투쟁을 통한 세계동시혁명을 선동적으로 그려내게 된다.

이후 와카마쓰는 일본적군의 시게노부 후사코를 필두로, 역시 그에 합류하는 아다치 마사오, 조감독 출신의 와코 하루오(和光晴生), 그리고 후일 텔아비브 공항 난사 사건을 일으키게 되는 오카모토 고조도 와카마쓰를 통해 팔레스타인에 건너가게 된다.13) 이후에도 와카마쓰는 이들 일본적군 멤버들의 체포와 일본 송환, 구금, 재판 과정을 통해 지속적으로 관계를 유지해왔던 것이다.

이러한 과정을 통해 와카마쓰는 테러 행위의 정당성을 주장하는 방향으로 나아가게 되는 것이다. 그는 다음과 같이 말한다. "나는 팔레스타인을 지지하니까 아랍에서 일어나는 일은 사건으로서가 아니라 투쟁으로서 보고 있다. 이런 태도는 일본에서는 오해를 불러일으키는 것이지. 분명히 말해 두지만, 나는 유태인이 싫다거나 그런 것은 아니야. 단지 이스라엘이라는 국가가 싫을 뿐이야. 모두들 팔레스타인 문제는 어려운 것이라고 말하지만, 나는 팔레스타인의 입장에 공감하니까 솔직하게 그들의 투쟁을 지지하고 있다. 그러니까 가능한 범위 내에서는 원조하고 있다."14)고 밝힌다.

이 절에서는 『11·25 자결의 날』을 읽기 위한 보조선으로서 『실록 연합적군』의 제반 특성을 정리해 보았다. 다음으로는 이러한 특성이 『11·25 자결의 날』에서 어떻게 그 의미가 변주되어 가는지 고찰하

---

13) 若松孝二, 『時效なし』, ワイズ出版, 2004, 64쪽.
14) 若松孝二, 위의 책, 79쪽.

고자 한다.

3. 『11 · 25 자결의 날』 속 미시마 유키오의 존재와 부재

앞에서는 『11 · 25 자결의 날』을 고찰하기 위한 보조선으로서 『실록 연합적군』의 특징을 살펴보았다. 그 핵심 요점을 요약하면 다음과 같다. 먼저 영화의 서사구조는 실록이라는 형식을 취하고 있으며 클라이맥스 부분에서 허구가 개입하고 있다. 둘째, 영화의 주인공들은 전위=용기 있는 자=죽음을 각오한 자=테러리스트로 묘사되고 있다. 그 결과로 셋째, 이 영화를 통해 와카마쓰는 폭력을 긍정하는 입장에서 테러의 정당성과 윤리성에 대해 말하고 있으나, 그 윤리성에 대해서는 의미의 모호함이 남는다.

『11 · 25 자결의 날』에서는 『실록 연합적군』의 이와 같은 특징이 고스란히 반복되어, 『11 · 25 자결의 날』은 『실록 연합적군』의 변주곡이라고 할 수 있다. 첫째, 『11 · 25 자결의 날』의 서사구조는 1966년부터 1970년까지의 기간을 신좌익 학생운동의 주요 사건 뉴스 영상과 그에 반응하는 미시마 유키오와 다테노카이 젊은이들의 사고와 행동으로 구성한다. 그리고 미시마가 궐기를 결심하는 결정적인 환상 장면이 픽션으로 삽입되어 있다. 즉 『실록 연합적군』에서 가토 히사모토를 연기했던 다모토 소란이란 배우가 이 영화에서는 야마구치 오토야 역할을 맡아 미시마에게 "지금 제가 가장 묻고 싶은 점은 선생님은 언제 죽는가 하는 것입니다"라는 질문을 던지게 된다. 둘째, 미시마와 다테노카이 젊은이들은 '뒤따르는 자가 있음을 믿는' 전위로서 궐기에 참가하고 있으며, 그 결과로 셋째, 테러의 정당성과 윤리성(미시마의 용어로 말하면 '도의성')을 획득하려 한다. 하지만, 영화의 마지막 장면은 미시마와 모리타를 가이샤쿠(介錯)한 고가 히로야스(古賀浩靖)의 떨리는 손을 클로즈업하면서 끝나는데, 이 장면은 그 테러 행위의 윤리성에 대한 의미의 모호함을 남기는 것으로 생각된다.

이와 같은 미시마 사건의 묘사는 이상에서 분명해졌듯이, 어디까지나 와카마쓰의 해석인 것이며, 일반적인(?) 해석과는 다른 것이다. 여기에서 앞에서 언급했던 스즈키 구니오의 영화평을 상기해 보자. 그는 『11·25 자결의 날』이 그리는 미시마 사건이 미시마 팬이 생각하는 모습과는 다를 수 있으며, 그 내용은 미시마가 동시대에 진행된 신좌익의 운동에 추동되었으며, 결정적으로 야마구치 오토야에 의해 추궁당한 결과로 발생한 것으로 묘사하는 데에 특징이 있다고 지적하고 있다. 이 말은 본론의 논지에 비추어 볼 때 다소간 자기 모순적인 언급이라고 할 수 있다. 실록이라는 형태를 취하고 있음에도 사실과는 다른, 적어도 기존의 미시마 이미지와는 다른 인물을 그려내고 있기 때문이다. 그렇다면 『11·25 자결의 날』이 그리는 미시마 유키오(사건)의 특성을 이해하기 위해서 우선 기존의 미시마 유키오(사건)에 대한 일반적 견해를 살펴볼 필요가 있을 것이다.

1) 『11·25 자결의 날』이 그리지 않는 미시마 이미지

위에서 스즈키가 『11·25 자결의 날』을 긍정적으로 평가하기 위해 사용한 말은 동일한 이유로 이 작품을 부정적으로 평가할 수 있는 이유가 되기도 할 것이다. 즉, 신좌익 과격파 학생들의 자극에 의해, 게다가 야마구치 오토야의 추궁에 의해 미시마가 자결의 길을 선택했다는 것은 있을 수 없다고 생각할 수 있는 것이다. 따라서 이곳에서는 『11·25 자결의 날』에 '나타나는' 미시마 유키오의 이미지를 살펴보기에 앞서서, 그 이미지를 만드는 과정에서 '배제되는' 미시마의 이미지 및 논리들을 살펴봄으로써 『11·25 자결의 날』의 특징을 더욱 뚜렷하게 드러내고자 한다.

뒤에서 상술하겠지만, 『11·25 자결의 날』의 주제는 1966년에서 1970년 사이에 헌법 개정과 자위대 궐기를 일관되게 주장하는 미시마 유키오의 인식과 행동에 있으며, 그의 자결은 그 필연적 결과로 그려진다. 따라서 영화 속에서 미시마는 노벨 문학상이라는 '소설가'로서의 영예보다도 '현실' 정치에 참여해 들어가는 것에 보다 중요한 방점을 두는 인물로 묘사되는 것이다. 하지만 미시마에 대한 가장 주요한 이해자로서도 유명한 정치학자 하시카와 분조(橋川文三)는 이 기간의 미시마를 지적 세계의 '붕괴' 과정으로 파악한다. "1968년 『문화방위론(文化防衛論)』이 나왔을 때, (중략) 어딘가 문장이 이상하다, 미시마의 문장과 다르다는 느낌이 들었다. (중략) 그 논리의 혼탁함이란 미시마답지 않았다. 그의 천황론 혹은 일본문화론이 이런 것일 리는 없다는 인상을 받았다. 그 후 몇 년 간 많은 미시마 대담집이 나왔다. (중략) 겨우 논리성이랄까, 지적 세계 파악은 유지되고 있지만, 이게 아주 허약한 거라 언제 무너질지 모르는 곳까지 와 있었다. 그러니까 미시마가 전후 일본은 글렀다, 전후 천황제는 옳지 않다, 현재의 자위대로는 안 된다는 식의 주장이 나에게는 사회평론, 정치평론으로 읽히기보다는 그 자신의 내부에 붕괴가 시작되고 있다고 느껴졌다"[15]고 기술한다. 『11·25 자결의 날』이 미시마의 논리적 일관성을 묘사하는 반면, 하시카와는 정반대로 지적 세계의 붕

---

15) 橋川文三, 『三島由紀夫論集成』, 深夜叢書社, 1998, 163-164쪽.

괴 과정으로 파악하고 있는 것이다. 그의 자결에 대한 동시대적 평
가는 대체적으로 완벽한 미적 세계를 만들어낸 저명한 소설가의 돌
발적 테러, 헛소리에 가까운 정치적 무효용성 정도로 받아들여졌다.

또한『11·25 자결의 날』은 소설이라는 미적 세계보다 현실 정치
에 방점을 찍는 미시마를 묘사하지만, 역으로 미시마 사건을 미적 세
계의 현실적 완성으로 보는 것이 보다 일반적인 견해일 것이다. 이에
대한 단적인 예로 폴 슈레이더(Paul Schrader) 감독의『미시마 생의
네 국면(Mishima: A Life in Four Chapters)』(1985)을 들 수 있을 것이
다.『미시마 생의 네 국면』은 미시마 유키오에 대한 전기 영화로, '1
장 미와『금각사(金閣寺)』(1956)', '2장 예술과『교코의 집(鏡子の家)』
(1959)', '3장 행동과『분마(奔馬)』(1969)', '4장 펜과 칼의 하모니'로 구
성되어 있다. 이와 같은 영화의 구성을 통해서도 짐작할 수 있는 것
이지만, 이 영화는 미시마의 대표작 3편의 작품 세계를 영상적으로
재현하는 것을 통해, 미시마가 미적 세계를 구조하는 단계, 전후 일
본의 기만과 허구를 폭로하는 단계, 국가 개조를 위해 테러를 감행하
는 단계로 작품세계를 변화시켜 왔으며, 미시마의 할복자살 사건을
이러한 작품 세계의 논리적 귀결로 제시하고 있는 것이다. 이 영화는
『11·25 자결의 날』의 선행 자료로서 두 작품의 비교도 흥미롭지만
이 글의 논지에서 벗어나기에 더 이상 진행하지는 않는다. 다만 이
작품이 1985년 칸 영화제에 출품되어 '최우수 예술 공헌상'을 수상했
다는 점을 고려할 때, 미시마 사건을 그의 예술 세계의 귀결로 보는
시각이 얼마나 일반적인지를 알 수 있다는 점을 첨언하여 둔다.

다음으로『11·25 자결의 날』에는 '2·26'16)에 대한 미시마의 논리

---

16) '2·26' 사건이란, 1936년 2월 26일 황도파(皇道派)의 영향을 받은 육군청년장교
들이 1,483명의 병사를 이끌고 일으킨 쿠데타 미수사건을 지칭한다.

성이 왜곡되어 있다. 『11 · 25 자결의 날』에도 '2 · 26'에 대한 언급이
영화의 초반에 등장하긴 하지만 미시마가 이 사건을 다루는 문맥에서
이탈하여 다른 문맥 속에 놓이게 된다. 미시마 유키오에게 '2 · 26'이
란 무엇인가? 주지하는 바와 같이, 그는 「우국(憂國)」(1961), 「십일의
국화(十日の菊)」(1961), 「영령의 목소리(英靈の聲)」(1966)로 '2 · 26' 3부
작을 발표하며, 영화 『우국』(1966)이나 「'도의적 혁명'의 논리(『道義的
革命』の論理-磯部一等主計の遺稿について)」(1967)를 통해 자신의 행동 논
리, 쇼와 천황 비판, 그리고 죽음의 논리를 표현해 왔다. 즉 간략하게
말하면 미시마에게 '2 · 26'이란 천황에 기댄 궐기와 자결의 논리이며
자신의 행동의 직접적인 모델인 것이다. 『11 · 25 자결의 날』에는 이
러한 논리성이 배제된 채, "2 · 26과 마찬가지로 지금의 완전히 타락
해 버린 일본을 바꿀 수 있는 것은 군대뿐이다"라는 말에 드러나듯이
'자위대'를 강조하기 위한 문맥 속에서만 잠시 언급될 뿐이다. 그리고
'2 · 26'의 자리를 대신하여 묘사되는 존재가 야마구치 오토야이며,
그 이유도 마찬가지로 '자위대'를 강조하기 위함이다. 이에 대해서는
다음 절에서 상술하겠다.

그리고 미시마의 궐기를 신좌익 행동주의의 동시대적 영향으로 그
려낸다는 것은 필연적으로 우익 사상의 계보 속에서 미시마의 행동
을 해석하는 논리를 배제하게 된다. 이것도 널리 알려진 사실이나 미
시마의 궐기를 그가 유년기에 강한 영향을 받았던 '일본낭만파(日本
浪漫派)'의 관련 속에서 논하거나, 혹은 그보다 더 거슬러 올라가 일
본 사회의 혼란기, 변혁기에 천황에 기대어 발생하는 우익 테러, 예
를 들면 '신풍련(神風連)'17)의 '문화적 천황론'과의 관련 속에서 논의

---

17) 신풍련은 1876년 구 히고번(肥後藩) 무사들에 의해 결성되어, 이들은 동년 구마모
토시에서 '폐도령'을 내린 메이지 정부에 반대하여 '신풍련의 난'을 일으킨다.

하는 방향18)을 배제하게 된다.

마지막으로 그리고 핵심적으로, 『11·25 자결의 날』에는 미시마의 천황제 및 쇼와 천황 비판이 제외되어 있다. 『11·25 자결의 날』이 다루는 천황제에 대한 기술 방식은 천황에 대한 일본의 사회 정서 및 영화 검열 제도를 감안한 영화의 자기검열과는 본질적으로 다르다. 물론 이 영화도 미시마가 천황을 언급하는 중요한 장면은 묘사하고 있다. 즉 미시마가 도쿄대 전공투와의 대화에서 "너희들이 천황이라는 한 마디만 했으면 나는 기쁘게 같이 싸웠을 것이다"라고 말하는 부분이나, 자결 직전 "천황폐하만세"를 외치는 장면 등은 『11·25 자결의 날』도 묘사하고 있다. 하지만 이러한 말의 이면에 놓여있는 미시마의 '천황'관은 이 영화에서 주의 깊게 배제되어 있다. 따라서 미시마가 궐기를 결행하는 핵심적인 이유가 그 자신의 천황관을 주장하는 것이며, 헌법 개정과 자위대 궐기 촉구는 그 수단이었음에도 불구하고, 『11·25 자결의 날』은 미시마의 천황관을 단편직이고, 표면적이며, 가치가 개입되지 않은 '소여'의 것으로 처리함으로써 결과적으로 '군대'에 대한 서사 구조만을 남겨두게 된다. 와카마쓰의 동료 감독이었던 오시마 나기사(大島渚)의 다음과 같은 말을 참조할 때『11·25 자결의 날』의 이와 같은 특징은 오히려 더 부각될 것이다.

> 미시마가 자결을 통해 호소하려 했던 최후의 대상은 천황이었을 터이다. 그리고 그것을 통해 일본인 전부라는 너무나 공허한 대상이었을 터이다. 미시마는 왜 직접 천황에게 호소하고 죽지 않았을까? 그 이유는 자신의 정치적 호소의 대상이 천황 밖에는 없다는 것을 느끼면서

---

18) 橋川文三, 앞의 책, 168쪽.

도, 천황이 그것을 받아들일 리 없다는 것을 알고 있었기 때문이다. 천황만을 호소의 대상으로 하는 정치적 행위는 일본에 예로부터 존재하는 하나의 패턴이었다. 그리고 그 패턴은 일단 패전에 의해 존재이유를 상실하게 되었다. 미시마는 그 패턴 속에서밖에 자신의 정치를 실현할 방법이 없다는 무력함을 느끼면서, 게다가 그 외에 호소할 대상을 만들어낼 방법이 없다는 것을 또한 알고 있었던 것이다. 패턴으로서 무언가 석연치 않은 자위대에서의 자살이란 방법은 미시마의 그러한 어중간한 태도를 나타내는 것이다.[19]

이 글은 미시마 사건 직후 추도의 글 형식으로 쓰여진 것이나, 이 글을 통해서도 확인할 수 있는 것은 미시마 사건에서 핵심은 그의 천황관이며 자위대 궐기는 부차적인 수단에 불과하다는 인식이다. 그리고 사실 이러한 관점은 오시마 이외에도 일반적으로 발견되는 것이지만 이 논문에서 오시마의 견해를 참조한 이유는 그가 그 견해를 『의식(儀式)』(1971)이라는 영화를 통해 구현하고 있기 때문이다.

『의식』은 메이지 유신부터 참여하는 일본 근대화 과정의 공로자 사쿠라다 가즈오미(櫻田一臣) 가문의 3대에 걸친 성쇄를 다룬다. 가즈오미는 시대적 대의로서 일본의 근대화를 주창하지만 실제로는 피의 순결성과 씨족의 번성만을 생각하는 가부장제적 인물이다. 게다가 그는 며느리가 될 여자나 입양한 딸까지 범하며 근친상간을 서슴지 않는 야만적이며 봉건적인 인물이기도 하다. 그의 아들들은 사회주의 운동에서 전향하여 만주로 건너갔다가 패전 직후 귀향하거나, 황군의 일원으로 전쟁에 참가하여 중국 전쟁에서 체포되고 전범으로 복역하다가 모택동주의로 전향한다는 반성문을 쓰고 풀려난다거나,

---

19) 大島渚, 『大島渚著作集 第四卷 敵たちよ同志たちよ』, 現代思想新社, 2009, 43쪽.

공산당 활동으로 오랫동안 복역하면서도 전향하지 않고 사상적 지조를 지키고 전후 풀려난 공산당 간부이거나 하다. 이러한 선행 세대들에 대해 전후 세대는 어떠한 반응을 보이는가? 가즈오미의 또 다른 사생아인 데루미치(輝道)는 (할)아버지 가즈오미의 행위를 의도적으로 반복하는 방법으로 그 폭력성과 야만성을 폭로한 끝에 자살하고, 다다시(正)는 사쿠라다 가문으로 상징되는 일본 근대의 총체적 모순을 일소할 방법으로 과격한 우익 테러를 꿈꾸다가 불의의 사고로 사망한다. 그리고 만주 귀환자 마스오(滿州男)는 이러한 모든 몰락의 과정을 목도하게 되는 것이다. 이 중 데루미치의 캐스팅에 미시마 유키오를 상정하고 있었다는 사실[20]에서도 알 수 있듯이, 오시마는 데루미치(=미시마)의 인물상을 일본 근대 및 근대적 천황제(=사쿠라다 가문)의 모순과 기만을 폭로하는 음화(陰畵)로 파악하고 있었던 것이다.

이상에서 『11·25 자결의 날』이 묘사하지 않는 미시마의 이미지를 정리하여 보았다. 이 영화는 미시마 사건을 작가 미시마의 예술 세계의 행동적 귀결로 보지 않으며, '2·26 사건' 등의 우익 테러의 계보로 보지도 않는다. 이 영화에는 미시마의 천황론도 서술되지 않는다. 이러한 『11·25 자결의 날』의 특징은 미시마의 자결을 묘사하는 선행 영화들, 즉 미시마 스스로가 '2·26 사건'의 과정에서 자결을 선택하는 청년장교를 연기한 『우국』이나, 미적 세계의 완성으로 파악하는 『미시마 생의 네 국면』, 혹은 그의 자결을 일본의 근대적 천황제의 음화로 묘사하는 『의식』 등과 비교해볼 때 더욱 두드러지는 특징인 것이다. 그렇다면 와카마쓰는 어떠한 방식으로 미시마의 자결을 묘사하는지, 그 특징은 어디에 있는지 다음 절에서 살펴보고자 한다.

---

20) 大島渚, 『大島渚1960』, 靑土社, 1993, 350쪽.

2) 『11 · 25 자결의 날』과 자위대

그렇다면 여기에서는 『11 · 25 자결의 날』이 미시마의 자결을 어떠한 방식으로 의미 부여하는지 살펴보고자 한다. 앞서 밝힌 바와 같이 『11 · 25 자결의 날』이 실록 형식을 취하고 있다고 해도 모든 묘사가 사실인 것은 아니며, 어떠한 부분을 취사선택하여 서사구조를 구성하는가에 따라 그 자결이 의미하는 바는 달라질 수 있는 것이다.

『11 · 25 자결의 날』에서 미시마의 '2 · 26 사건' 및 천황관은 서사의 논리 구조에서 누락되어 있다. 그렇다면 그 자리를 대신하는 것은 무엇인가? 결론부터 말하면 그것은 '헌법 개정과 군대의 필요성'이다. 그리고 이러한 주장은 영화에서 수미일관되게 묘사되고 있다.

이러한 의미에서 영화의 첫 시퀀스는 매우 중요하다. 그 시작은 야마구치 오토야가 감방에서 비장한 얼굴로 자살을 준비하는 장면부터 시작하는데, 그와 동시에 그가 살해한 사회당 당수 아사누마 이네지로의 연설이 음성으로 깔린다. "옳지 않은 것을 옳게 하고, 부자연스러운 것을 자연의 모습으로 돌리는 것이 그 핵심이라고 나는 생각합니다. 하지만 현재 우리나라에는 비뚤어진 것, 부정한 것, 부자연스러운 것이 많이 있습니다. 헌법 제9조에서, 국제분쟁을 해결하기 위한 수단으로서의 전쟁은 영구히 포기한다. 그를 위해서 육해공군 일체의 전력을 보유하지 않는다. 불필요한 교전권은 가지지 않는다고 정하고 있습니다. 따라서 자위대가 만들어지고, 미일안전보장조약이 체결된 것은 큰 문제를 남기고 있는 것입니다." 이와 같은 아사누마의 말과 함께 영화는 야마구치가 아사누마를 단도로 찌르는 유명한 사료 영상으로 컷백하고, 이 사건을 보도하는 신문 장면, 다시 야마구치가 감방에서 '천황폐하만세, 칠생보국'이라는 유언을 남기고 자결하는 장면을 보여준다. 여기에서 카메라가 팬하면서 이 사건을 내레이션하는 미시마의 목소리(이우라 아라타 분)와 함께 미시마가 자신이 쓴 「우국」이라는 소설의 원고를 들고 있는 뒷모습 장면으로 연속된다.

　이 첫 시퀀스는 이 영화의 서사구조의 방향이 설정되는 장면이며, 어떠한 방법으로 그 서사를 구성하는가에 대해서도 보여준다. 여기에서 간과하기 쉬운 편집 기법이 도입된다. 사료 영상 속 아사누마 연설은 1960년 10월 3당 대표 연설회에서 행해진 것으로, 그 의미는 동년 6월 발효된 '미일안보조약'과 자위대라는 존재는 헌법9조에 비추어 위헌이라는 주장을 담고 있는 것이다. 그리고 이러한 연설 직후에 야마구치의 테러 장면을 보여주는 것은, '마치' 실제로 아사누마가 자위대 위헌 문제에 대해 연설할 때 테러가 발생했다고 말하고 있는 것이 되며, 야마구치는 이 문제와 관련하여 테러를 일으킨 것처럼 해석되는 것이다. 하지만 이것은 사실과 다르다. 아사누마의 이 연설은 원래, ① 이케다 내각의 소득배증정책 비판, ② 미일안보조약 비판과 대미 종속주의 탈피, ③ 대중 국교회복 필요성, ④ 의회주의라는 4항목으로 진행되었으며, 야마구치의 테러가 발생한 것은 3항목에서 4항목으로 넘어가려는 순간이었다.[21] 따라서 야마구치가 이에 반대하여 테러를 행한 것이라고 단정 지을 수는 없는 것이다. 다음으로 영화는 '마치' 미시마가 야마구치의 행동에 촉발되어 「우국」을 쓴 것처럼 묘사하고 있다. 소설 「우국」의 창작 배경은 차치하고, 영화의 이와 같은 일련의 시퀀스를 통해 구성되는 의미는 미시마가 1960년 시점부터 헌법 개정과 자위대 문제에 관심을 가졌다는 것이

---

21) 澤木耕太郎, 『テロルの決算』, 文春文庫, 2008, 265쪽.

되며, 결과적으로 미시마의 '2·26 사건'과 천황에 대한 의미부여는 영화의 서사 구조에서 누락되게 된다.

이후 『11·25 자결의 날』의 서사는 '군대' 문제를 중심으로 구성된다. 그것은 크게 보아 다테노카이 창설, 자위대 훈련, 궐기 및 자결의 순서로 진행된다. 주요 장면을 통해 이에 대해 확인해 보자.

먼저 영화 속 다테노카이 창설 과정과 자위대 서사를 살펴보자. 1966년 발생한 와세다대학의 전학 스트라이크에 대항하는 형태로 신민족주의를 기치로 내거는 '일본학생동맹(日本學生同盟)'이 조직되고 그 리더인 모치마루 히로시(持丸博)가 원고 의뢰차 미시마를 방문한다. 이 장면에서 미시마는 "아름다운 것은 자네들의 순진무구한 그 마음이다. 아름다운 마음이 있었기에 2·26 사건을 일으킨 청년 사관들도 천황을 받들면서 궐기했다. 2·26와 마찬가지로 지금의 완전히 타락한 일본을 바꿀 수 있는 것은 군대뿐이다. 일본의 군대, 그것은 지금 자위대다"라고 말한다. 물론 '2·26'에 대한 이 정도 묘사가 미시마의 다테노카이 창설과 미시마 궐기의 모델이 되는 것에 대한 충분한 설명인지 어떤지에 대해서는 이론의 여지가 있을 수 있지만, 적어도 '2·26'에 대한 이 언급이 천황에 의거하는 테러의 논리라는 미시마 본연의 문맥보다는 군대 및 자위대의 논리로 바뀌어져 있는 것은 분명하다.

영화는 이후 미시마가 이러한 논리 하에 사병조직인 다테노카이를 창설하고 자위대에 체험 입대하는 과정을 묘사한다. 미시마는 훈련을 맡았던 자위대 교관들을 대접하는 식사자리 장면에서 그들에게 "미일안보조약을 갱신하고, 과격화하는 학생을 막을 수 있는 것은 자위대의 치안 출동뿐이다. 지금이 자위대를 전통적인 군대로 만들 수 있는 큰 기회이다. 그 때에는 나도 여러분들과 함께 싸우겠다. 반

드시 선두에 서겠다"고 말한다. 그리고 다테노카이의 훈련을 통해
자위대의 치안 출동을 고대하던 미시마는 1969년 10월 21일 제2차
국제반전데이 데모가 경찰력에 의해 전국적으로 1600명의 체포자를
낳고 끝난 것에 대한 장면에서 "신좌익이 최대의 정치 결전으로 생각
하던 10·21가 경찰력에 의해 좌절되었다. 이 나라를 지키는 것은 자
위대가 아니게 되었다. 거대한 경찰 관료들이 군인을 대신하게 되었
다. 이것으로 완전히 자위대의 치안출동은 없어지고, 우리들도 궐기
할 기회를 잃게 되었다. 앞으로 다테노카이는 무엇을 해야 하는가?"
와 같이 말하며 절망감을 표시하는 것이다.

　이러한 미시마의 자위대 치안 출동 및 궐기에 대해 자위대 간부들
은 어떠한 태도를 취하는가? 그들은 처음부터 "우리는 공무원으로
명령 없이는 행동할 수 없다"거나 "군대에 의한 쿠데타는 개발도상국
에서나 유효한 정치수단으로 찬성할 수 없다"는 의견을 표시하며 미시
마 주장의 정치적 비현실성을 말하거나, 미시마를 지원해 왔던 간부
조차도 "경찰이 소란죄를 적용하여 학생 군중을 체포하고 사태는 수
습될 것이다. 따라서 자위대의 치안 출동은 없고, 다테노카이는 해
산해야 한다"거나, 혹은 "자위대의 출동은 최종적인 행동으로 먼저
움직여서는 안 된다"고 말하며 미시마의 섣부른 행동을 제지한다.
이에 대해 미시마는 "당신들 자위관들은 자신들의 내적인 외침에 따
라 행동을 일으킬 수 없는가? 누군가의 명령 없이는 피를 흘릴 수
없는가? 스스로가 내적인 명령에 의해 움직이는 것이 군인 아닌가?
그렇지 않다면 회사원과 다를 바 없다"고 반발하게 된다.

　영화는 이러한 흐름의 논리적 귀결로 영화는 미시마의 마지막 연
설 장면을 배치하고 있는 것이다. 다소 길지만 노이즈나 반복되는 말
들을 제외하고는 연설의 내용을 그대로 옮겨 보겠다. "자민당은 경

찰 권력으로 어떠한 데모도 진압할 수 있다는 자신을 가지게 되었다. (자위대의-필자 주) 치안 출동은 필요 없게 되었다. 치안 출동이 필요 없게 되었기에 이미 헌법 개정은 불가능하게 되었다. 제군은 작년 1 0·21 이후로는 헌법을 지키는 군대가 되어버린 것이다. 자위대가 20년간 피와 눈물을 흘리며 기다려온 헌법 개정의 기회는 없는 것이다. 그것은 이미 정치적 프로그램에서 제외되어 버린 것이다. 작년 10·21 이후 일 년 간 나는 자위대가 분노하기를 기다렸다. 이것으로 헌법 개정의 기회는 없다. 자위대가 국군이 되는 기회는 없다. 이것에 대해 나는 한탄하고 있었다. 자위대에 있어서 건군의 본의는 무엇인가? 일본을 지키는 것이다. 일본을 지킨다는 것은 무엇인가? 일본은 지킨다는 것은 천황을 중심으로 역사와 문화의 전통을 지키는 것이다. 너희들 들어라! 여기에서 자위대가 싸우지 않는다면 헌법 개정은 어려워진다. 제군은 영구히 미국의 군대가 되어 버리는 것이다… 나는 자위대가 일어서는 날을 4년 동안 기다렸다. 제군이 사무라이라면 자기를 부정하는 헌법을 어떻게 지킬 수 있는가. 지금의 헌법이 자위대가 호헌인 것처럼 위장하고 있지만 자위대는 위헌인 것이다. 30분 기다리겠다. 제군 가운데 한 명이라도 나와 함께 일어설 자는 없는가?" 먼저 이 미시마 연설의 재현 장면에 대해 지적할 점은 이것은 실제 미시마의 연설 장면을 거의 그대로 재현하고 있다는 것이다.[22] 그리고 그것은 지금까지 고찰한 바와 같이, 영화의 도입부터 전개, 그리고 결말에 이르기까지 수미일관된 서사 구조가 결집되는 장면인 것이다. 그리고 이러한 서사 구조는 미시마가 마치 1966년부터 1970년까지 4년간 헌법 개정과 자위대 궐기를 가장 중요한

---

22) 유튜브에서 '三島由紀夫 檄'로 검색. https://www.youtube.com/watch?v=xG-bZw2rF9o

정치적 사안으로 주장해왔다는 인상을 심어주게 된다. 그러한 의미
에서 이 영화는 이 마지막 연설 장면을 출발점으로 하여 영화 전체의
서사 구조가 역산으로 짜여 있다고 말할 수도 있다. 와카마쓰가 '헌
법 개정과 자위대 궐기'를 주장하는 미시마의 모습을 2012년 영화로
서 제작한 이유에 대해서는 다음 절에서 살펴보고자 한다. 다만 영화
가 그리는 '헌법 개정과 자위대 궐기'를 위해 미시마가 테러를 감행
하고 자결까지 했다는 서사 방식은 실제 미시마의 행동 논리와는 큰
격차가 있는 것이다.

그렇다면 논의의 편의상, 여기에서 미시마의 행동 논리에 대해 간
략히 정리해 두고자 한다. 다만 이 글의 논지는 그에 대해 검토하는
것이 아니기에 여기에서는 『문화방위론(文化防衛論)』을 정리하는 차
원에서 언급할 것이다. 『문화방위론』은 1967년에서 1969년까지, 즉
『11·25 자결의 날』이 다루는 같은 시기의 미시마가 스스로의 행동
론, 혁명론으로서 발표한 글들을 모은 평론집이다. 그 중에서도 책
의 표제도 되고 있는 「문화방위론」과 자결의 논리가 잘 나타나는 「도
의적 혁명의 논리」가 중요하다.

우선, 주지하는 바와 같이, 미시마는 GHQ에 의한 점령정책과 전
후 민주주의, 그리고 그로부터 이어지는 표면적 평화 속에 발달하는
미국식 물질문명을 위선적이고 기만적인 것으로 파악한다. 따라서
미시마에게는 GHQ의 권력자들도, 그 점령정책에 영합하는 일본의
정치권력도, 심지어 평화 속에서 물질문명만을 구가하는 일반 대중
조차도 저항의 대상이 되는 것이다. 이와 같은 전후의 방향은 일본
문화를 낳는 생명의 원천과 연속성을 끊어 놓게 되어, 큰 단절을 낳
게 된다. 그가 말하는 문화란, 미국적 물질문명도 아니고, 죽어버린
박물관과 같은 사물도 아니며, 사회주의적 민중 문화는 더더욱 아니

다. 그 문화란 모든 예술 작품뿐 아니라 행동과 행동 양식도 포함하는 것으로, '재귀성과 주체성과 전체성'이라는 특성을 갖는다. 문화의 재귀성은 문화의 연속성을 보장하며, 그것은 현재의 주체에 회귀하여 다시 영향을 미친다. 그리고 문화는 당대의 위정자들의 입맛에 취사선택되는 것이 아니고 전체적인 것이다. 따라서 문화에 수정이라는 것은 있을 수 없다.

그렇다면 문화를 방위한다는 것은 무엇인가? 문화의 '재귀성과 주체성과 전체성'이라는 특성에서 볼 때, 문화를 지킨다는 것 자체가 문화를 혁신하는 것이며, 창조하는 것이다. 즉, 문화적 전통을 지킨다는 것은 그 문화를 다시 창조하는 것이다. 그리고 이와 같은 문화는 그 형태로 공동체를 필요로 하는데, 일본에서 전후에는 '민족주의'로 표현되었다. 민족주의는 시기적으로, 점령하 민주주의에서는 사회혁명적인 것으로, 일본 국가 권력은 경제 발전의 수단으로, 혁명운동 세력에게는 내셔널리즘의 베일을 두른 인터내셔널리즘으로 각기 이용되어 왔다. 이처럼 문화 공동체가 좌우로 극심한 분열 상황에 놓였을 때는 그를 봉합할 구심점이 필요하며, 여기에서 '문화 개념으로서의 천황'이 등장한다. 일본 역사 상 모든 변혁의 시기에도 그러했으며 현재에 있어서도 모두를 아우를 수 있는 것은 천황뿐이다.

여기에서 미시마 주장의 핵심이 등장한다. 천황은 예로부터 정치적 권력을 행사하기 보다는 학문이나 예기에 조예가 깊었던 '문화적 천황'이었다. 그것은 메이지 헌법의 '입헌군주제'와 같은 정치적 기구가 아니라, '잡다하고 광범위하며 포괄적인 문화의 전체성에 합당한 유일한 가치'로서, 문화 공동체의 상징이다. 그리고 '문화 개념으로서의 천황'은 국가 권력과 질서에만 존재하는 것이 아니라, 비상시에는 '테러리즘'으로도 이용되어 왔다. 즉 천황을 위한 궐기는 용인되어야 하는 것이다. 메이지 헌법은 '문화 개념으로서의 천황'을 정치 기구로 격하하는 잘못을 범하였지만, 쇼와 천황은 '2·26' 청년장교의 궐기를 부정하고, 전후에는 '인간선언'까지 해버린 치명적인 잘못을 저질렀다. 일본은 통합의 상징이자, 변혁의 원리를 상실해 버렸기 때문이다.

그리고 문화를 지키는 자는 어떠한 태도를 취해야 하는가? 문화를 지키는 자는 비상시에는 자기를 버려 자기를 초월하는 테러리스트가 된다. 이러한 미시마의 논리는 보편적으로 종교의 자기 정화 논리에서 흔하게 발견되는 것으로 그렇게 어려운 논리는 아니다. 즉, 일본의 전통 문화를 지킨다는 것은 헌법9조를 가식적으로 수호한다는 공산당이나 전후 평화 속에서 미국의 물질문명의 방향을 추구하는 국가권력이나 일반대중과 싸운다는 것을 의미하기에, 즉 싸우는 자는 작은 자기를 버릴 때만이 큰 전통 문화에 합일할 수 있는 것이다. 초월(transcend)하는 것이다. 마찬가지 논리로 천황에 혁명을 호소한다는 것은 자결한다는 것이고, 그를 통해 천황과 일체화하여 스스로도 신이 되는 것이다. 따라서 미시마에게 혁명의 논리는 자결의 논리이며, 에로티시즘의 논리이기까지 한 것이다.[23]

이상에서 밝힌 바와 같이 『11·25 자결의 날』이 미시마 자결의 논리로 말하고 있는 '헌법 개정과 자위대 궐기'는 실제 미시마에게 있어서는 전후민주주의의 기만의 한 형태일 뿐이었던 것이다. 그리고 자결의 핵심은 그의 '문화 개념으로서의 천황'이란 논리를 현실적 행동으로 이행시켰다는 데에 있는 것이다.

---

23) 미시마 유키오 저, 남상욱 역, 『미시마의 문화방위론』, 자음과모음, 2013, 33-130쪽.

3) 미시마 유키오와 전공투의 동시대성

다음으로 『11·25 자결의 날』 서사 구조의 또 다른 축에 대해 살펴
보자. 그것은 미시마 유키오와 1960년대 신좌익 학생 운동 사이의
동시대적 공통성에 대한 묘사 방식이다. 앞서 여러 번 지적한 바와
같이, 영화는 1960년대 후반 신좌익 학생 운동의 격렬한 시위 영상
과 그에 자극을 받는 미시마 및 다테노카이의 행동을 교차하는 방식
으로 서사를 구성하고 있다. 1966년 와세다대학의 전학 스트라이크
에 대항하는 형태로 신민족주의를 기치로 내거는 '일본학생동맹'이
조직되고, 이로부터 다테노카이의 주요 멤버인 모치마루 히로시와
모리타 마사카쓰가 출현한다. 1967년 삼파계전학련이 주도한 사토
수상 베트남 방문 저지운동에 대해 미시마는 '조국방위대'의 필요성
을 느끼고 다테노카이를 출범시킨다. 미시마는, 신좌익 학생 운동은
아니지만, 1968년 김희로 사건[24]에 자극을 받아 "혼자서도 이런 일
을 벌이는 것이 가능하다"고 감탄하며 스스로가 벌이게 되는 인질극
의 아이디어를 얻게 된다.[25] 1968년 국제반전데이 및 신주쿠소란에
대해 "공산주의의 간접침략에 대한 궐기"를 준비하는 차원으로 다테

---

24) '김희로(金嬉老) 사건'이란, 1968년 2월 20일 시즈오카현 시미즈시에서 김희로가
　폭력단원을 라이플 총으로 사살한 후 여관에 다이나마이트를 들고 20명의 투숙객을
　인질로 농성에 들어가, 매스컴의 취재에 적극적으로 대응하는 방식으로, 조선인
　차별의 부당성을 호소함으로써, 일본 사회에 조선 문제가 크게 보도되도록 만들었
　던 사건을 일컫는다.

25) 기존의 미시마 사료, 즉 『文化防衛論』이나 『若きサムライのために』(1969)에서도
　김희로 사건을 언급하지만, 그것은 '일본은 단일민족국가이기에 민족문제란 존재하
　지 않는다'는 식으로 '가해자 일본'을 부정하는 맥락에서 언급되는 것이었다. 미시마
　가 김희로 사건에서 인질극의 아이디어를 얻었다는 묘사는 실재 미시마가 다테노카
　이 멤버에게 전화로 말했다는 증언에 따른다. (앞 [特典映像] 舞台挨拶&トーク
　ショー映像集 중 스즈키 구니오의 말.)

노카이의 자위대 훈련이 배치된다. 그리고 1969년 오키나와 데이를 계기로 시위대 진압에 경찰의 '파괴활동방지법'이 적용되고, 9월 적군파의 출현, 미시마가 자위대 연설에서도 언급하는 10월 21일 제2차 국제반전데이, 11월 수상 관저를 점거하기 위한 적군파의 군사훈련 및 사토수상 방미 저지 투쟁이 차례로 발생하고, 그것에 대해 자위대의 치안 출동 없이 경찰력에 의한 시위대 진압이 확실시되자, 미시마는 독자적인 행동을 준비하게 된다. 그리고 마지막으로 1970년 3월 요도고 하이잭 사건이 발생하자, 미시마는 "선수를 당했다"고 느끼게 되며, 궐기를 실천에 옮기게 된다. 미시마는 1960년대 후반 신좌익 운동이 과격화해가는 방향에 따라 스스로의 이론을 실천에 옮겨가는 것이다.

그렇다면 이와 같이 신좌익 학생 운동에 따라 미시마가 촉발될 수 있었던 공통분모는 무엇이었을까? 이 점에 대해 영화는 유명한 '미시마 유키오 對 동경대 전공투' 토론 장면의 재현을 통해 보여주고 있다. 이 토론 장면 묘사는 원래의 토론이 전공투 학생들의 과도한 추상적 개념어 사용과 돌발적 발언의 개입 등에 의한 논리적 혼동 등이 있던 것임을 감안하면, 그 핵심적인 내용들을 발췌하여 보여주고 있는 것으로 파악해도 무방할 것이다. 이 속에서 전공투와 미시마 사이의 공통점과 차이점이 분명히 나타난다. 그 공통점은 전후민주주의의 부정과 폭력의 긍정이며, 차이점은 그 방법론, 즉 미시마의 천황론에 대한 전공투의 국가 폐지론에 있다. 다만 영화는 이 토론의 핵심 내용만을 스케치하기에 그 구체적 내용을 보충하는 논의인 『미시마 유키오 對 동경대 전공투 1969-2000』를 참조하기로 한다. 이 양자의 논의는 왜 『11·25 자결의 날』이 2012년 시점에 제작되었는가 하는 현재적 의미를 생각하는 데 중요한 의미를 가지게 된다.

우선 양자의 공통점인 전후 민주주의 부정부터 살펴보자. 영화에서 미시마는 '지금까지 일본의 지식인은 사상을 무기로 일본인 위에 군림해 왔다. 정치사상으로서는 제군과 나는 정반대이겠지만, 제군이 메이지, 다이쇼 시대로부터 이어져 온 교양주의라는 지식인의 자만을 깨부순 공적은 인정한다'고 말한다. 미시마가 전후민주주의를 기만과 위선적인 것으로 보고 있었다는 것은 위에서 지적한 바이며, 그가 여기서 말하는 교양주의란 구체적으로는 근대주의적 관점에서 전시체제를 비판하여 전후민주주의를 학문적으로 백업하는 마루야마 마사오(丸山政男) 등을 지칭하고 있는 것이다. 그리고 전공투는 미제국주의의 베트남 침공을 비판하며, 그러한 미제국주의의 패권주의를 지지하며 가담하는 일본 정부를 공격한다. 그 뿐만 아니라, 내부의 적으로서 소련의 스탈린주의 및 허구적인 평화주의를 내세우는 일본공산당과 그 지지세력을 비판한다. 즉 그들에게 미제국주의 및 일본의 국가권력, 그리고 그를 유지하는 방향으로 기능하는 일본공산당 및 학교 권력은 '전후민주주의의 도그마'로서 철저히 부정되었던 것이다.

이와 같은 전후민주주의를 부정하는 방식으로 양자는 '폭력'을 긍정한다. 이 부분에 대해서는 더 이상 부연할 필요가 없겠지만 당시의 시대적 요인으로서 분명히 지적해 둘 필요가 있다. 미시마는 영화에서도 "나는 좌우 어느 쪽이든 폭력을 반대한 적이 없다. 원칙과 전제 없이 폭력을 부정하는 것은 공산당의 전략에 말려드는 것"이라 말하며 그것을 긍정한다. 그리고 이러한 긍정은 인식의 차원에 머무는 것이 아니라 실천으로 이행하는 '행동주의'를 내포한다. 영화에서 미시마는 '조국방위대가 왜 필요한가?'하는 자위대 간부의 질문에 대해, "쓰는 것과 행동하는 것은 큰 차이가 있다"고 말하거나, 자위대 궐기에 스스로 앞장서겠다고 주장하는 부분, 그리고 무엇보다도 자위대에서의 연설과 자결이 미시마의 행동주의를 증명한다. 전공투에 있어서도 '행위와 사상이 일원화되어야 한다는 요청'[26]은 시대정신으로서 그들에게 공유되고 있었다.

　그리고 이와 같은 양자의 폭력 및 행동주의는 '아나키즘'의 방향으로 향하고 있다. 영화에서는 이 부분을 양자 사이의 대립양상으로 묘사한다. 즉 미시마가 "전공투가 천황이라는 한 마디만 했으면 나는 기쁘게 같이 싸웠을 것이다. 천황을 다시 한 번 예전의 신의 모습으로 재현하고 싶다. 일본에 태어난 이상 사무라이로 죽고 싶다"는 말에 대해, 전공투는 "미시마의 천황은 현실이 아닌 환상의 천황일 뿐이다. 국가의 폐지를 위해 우리와 함께 싸워야 하는 것 아닌가?"라는 식으로 대립하는 것이다. 하지만 영화가 스케치하는 이러한 대립 양상의 이면에는 궁극적으로 '아나키즘'이라는 공통분모가 존재하는 것이다. 즉 위에서 언급한 내용이지만, 미시마의 '문화 개념으로서의 천황'은 일본 문화의 '시간'적 연속성을 보장하는 것으로, 그것은 '국가 권력과 질서에만 있는 것이 아니라, 무질서에도 손을 내밀었던'[27] 것으로 천황을 위한 테러 및 질서의 파괴를 포용하는 논리이다. 이에 대해 전공투는 '공간성'의 논리로 대항한다. 즉, 전공투가 왜 바리케이드를 치고 학교 내에 '해방 공간'을 만들었는가? '그 목적은 자본주의 사회에서 통용되는 사회 법칙의 효력 정지'[28]를 추구했던 것이며, 그 연장선상에서 국가 질서의 파괴를 꾀하고

---

26) 미시마 유키오·기무라 오사무 외 저, 김항 역, 『미시마 유키오 對 동경대 전공투 1969-2000』, 새물결, 2006, 439쪽.
27) 미시마 유키오 저, 남상욱 역, 『미시마의 문화방위론』, 82쪽.
28) 미시마 유키오·기무라 오사무 외, 앞의 책, 413쪽.

더 나아가 국가 폐지까지를 주장했던 것이다. 즉 미시마의 천황 문제와 전공투의 국가 문제 사이에는 '아나키즘'이라는 공통 인식이 놓여있는 것이다.[29]

이와 같은 '아나키즘'적 지향성은 양자가 보여주는 '정치적 무효성'과 '테러의 상징성'이라는 성격으로 구체적으로 나타난다. 전공투 운동이 겨우 정치적 유효성을 담보하고 있었던 '10・21' 제2차 국제반전데이 투쟁이 실패로 끝나자, 적군파는 수상 관저를 공격하기 위한 훈련 중 검거되거나 요도고 하이잭 사건 등을 일으키는데, 그들이 주장하는 '전쟁선언'이나 '세계동시혁명' 등의 구호는 더 이상 대중운동으로 연결되지 못하는 '정치적 무효성'의 특징을 보이게 되며, 미제국주의의 베트남 침략에 반대하기 위해 엔터프라이즈호를 공격하는 식의 '상징성'만을 띠게 되는 것이다. 이러한 성격에 대해 미시마 스스로도 인식하고 있었다. 미시마는 자신과 전공투의 행동을 비교하면서 다음과 같이 말한다. "제군에게 내 행동은 아주 추하지? 자위대 따위에 입대하고 밀리터리 룩같이 입고 다녀서 추하다고 입을 모으겠지만, 내 쪽에서 보자면 당신들처럼 복면 쓰고 대청소 보조원같이 하고 다니는 것도 추해. 뭐 내 쪽에서 보자면 그렇다는 것이고 행동의 무효성은 거의 오십 보 백 보라고 믿고 있어. 이것을 어떻게든 유효성으로 만들어보자고 할 때는 목숨 걸고 싸워야지."[30] 그리고 이러한 미시마의 주장이 핵심적으로 드러나는 영화적 장면은 「반혁명선언」 장면일 것이다. 자위대 간부가 "행동을 한다면 이겨야 하는 것 아닌가? 유효한 수단 없는 정신은 도움이 되지 않는다"고 질문할 때, 미시마는 "스스로의 육체를 걸고 이 일본의 문화를 지키는 것이 우리

29) 미시마 유키오・기무라 오사무 외, 앞의 책, 244쪽.
30) 미시마 유키오・기무라 오사무 외, 앞의 책, 59쪽.

들의 목적인 이상, 무기는 그 상징인 일본도가 아니면 안 된다. '뒤에 따르는 자를 믿는다'는 것은 일본의 전통적 가치관을 지키는 자를 믿는다는 것이다"라고 대답한다. 즉 미시마는 스스로의 궐기를 현실 정치적 무효성 위에서 발현하는 '상징' 행위로 의미부여하는 것이다.

그리고 미시마의 궐기는 스스로 '순수'한 행동일 것을 요구한다. 미시마가 출정의 변을 말하는 마지막 사우나 장면에서 그는 궐기에 참여하는 4명의 다테노카이 멤버에게 "우리의 행동은 비웃음을 받을지도 모른다. 이것은 절망으로부터의 출발이며, 세상의 지지를 기대하는 방식으로서는 안 된다"고 말하며 테러 행위의 '정치적 무용성'과 '상징성'에 대해 언급한 후, 이어서 "우리들만으로 할 수밖에 없다. 모리타 이외의 3명은 임무를 변경하여, 모든 상황이 끝난 후 안전하게 총감을 내어 준다. 우리들 모두 각오가 되어 있다. 우리들의 정신, 모리타의 정신을 후세에 남겨달라"고 고한다.

여기에서 2절에서 정리했던 연합적군의 멘탈리티에 대해 상기해 보자. 그것은 '전위=용기=죽음에 대한 각오=테러'라는 도식으로 정리되는 것이었으며, 또한 그것은 『11·25 자결의 날』에서 미시마와 다테노카이 멤버들에게도 이처럼 똑같이 나타나는 것이다. 게다가 미시마는 그 궐기 과정에서 자신과 모리타 이외에는 어떠한 희생도 있어서는 안 되며, 관계없는 자위대 대원들이 희생양이 되어서는 절대 안 된다고 재삼 강조한다. 그리고 실제에 있어서는 7명의 자위대 원이 부상을 입었음에도 불구하고, 영화는 그러한 장면을 전혀 그리지 않는다. 이러한 묘사는 미시마의 생명 존중 의식을 말하기 위함이 아니다. 그것은 이 테러 행위의 윤리성을 강조하기 위한 것이다.

이상에서 살펴본 바와 같이, 『11·25 자결의 날』은 미시마 유키오와 전공투가 전후민주주의 부정, 폭력의 긍정, 아나키즘, 테러 행위의 정치적 무효성과 상징성, 그리고 그를 위한 윤리성을 공유하고 있음을 그려내었다. 이것을 2절에서 말한 테러 행위의 정당성과 윤리성이란 말로 바꾸어 말해 보면, 기만적 전후민주주의를 부정하는 폭력 행위는 정당한 것이며, 미시마의 행위는 윤리적이었다는 것이 된다. 하지만 영화는 그 행위의 윤리성에 대해 모호한 결론을 내리고 있다. 영화의 마지막 장면에서 미시마의 미망인 요코가 할복 시 미시마와 모리타의 목을 베었던 고가 히로야스를 찾아와서 다음과 같은 질문을 한다. "5년 전, 남편의 몸을 남겨두고 방을 나왔을 때 어떤 기분이었나요? 무엇을 남겼나요?" 이에 대해 고가는 아무 말 없이 마시던 술잔을 놓고 두 손을 응시하고, 카메라는 떨리는 그의 두 손을 클로즈업하며 엔딩한다. 이 라스트신에 대해 영화 시사회에서 와카마쓰는 "실제로 고가를 직접 찾아가서 질문을 해 보았는데 아무 말도 없이 두 손 만을 가만히 응시하고 있었다. 목이 무거웠다는 것 아니었을까요?"[31]라고 대답한다. 그리고 와카마쓰 감독의 직접적인 해석 없이도, 영화의 서사 구조로 볼 때, 미시마가 말한 죽음의 상징성의 무거움, 즉 '뒤에 따르는 자를 믿는다'는 의미의 무거움으로 해석할 수도 있으며, 테러 행위의 윤리성이란 측면에서 볼 때, 이 영화에서 유일하게 살생을 하고 살아남은 자가 테러의 폭력성에 대해 고뇌하는 장면으로도 해석할 수 있을 것이다.

이 라스트신을 어떠한 방식으로 해석하든, 와카마쓰가 『11·25 자결의 날』에서 국가의 위기를 고뇌하는 젊은이들의 순수한 열정과 그 행동을 정당성과 윤리성이란 측면에서 긍정적으로 그리고 있는 점은 분명하다. 하지만 여기에서 2절에서 제기한 테러 행위의 윤리성에

---

31) 앞 [特典映像] 舞台挨拶&トークショー映像集 중 와카마쓰 고지의 발언.

대한 질문을 반복해 보자. 『실록 연합적군』에서 그리는 제국주의 세력에 저항하는 '테러' 행위와 운동 조직 내부의 퇴폐는 얼마나 확연히 구별되는 것인가? 그들은 '진정한 혁명적 공산주의자'로 거듭나고자 했기에 총괄을 실시했던 것이 아닌가? 그리고 영화는 그들을 윤리적 행위자로 그려내려 했기에 가토 모토히사의 '용기가 없었던 것이다'라고 하는 영화적 허구가 개입했던 것은 아닌가? 마찬가지 질문이 『11·25 자결의 날』에도 똑같이 적용된다. 전후민주주의의 기만을 폭로하고 '문화 개념으로서의 천황'을 호소하는 미시마의 테러 행위는 과연 순수했는가? 테러의 윤리성이란 가능한 것인가? 만일 미시마 사건 중 부상당한 자위대 대원이란 존재가 큰 의미는 없는 것이기에 영화적 재현에서 배제해도 상관없는 것이라면, 그렇다면 테러의 정당성이 용인하는 윤리성의 레벨은 어디까지인가? 그리고 그 기준은 누가 정하는 것인가?

4. 글로벌리즘과 테러 – 미시마 유키오 사건의 현재성

앞 절까지 『11·25 자결의 날』이 다루는 테러의 의미에 대해 영화 내적으로 살펴보았다. 실제 미시마가 전후민주주의에 반대하며 '문화 개념으로서의 천황'의 회복을 주장하고 그 방법으로서 '헌법 개정과 자위대 궐기'를 주장했던 데 비해, 『11·25 자결의 날』은 그 방점을 후자로 옮겨놓고 있다. 또한 이 영화는 『실록 연합적군』과 같은 서사 방식을 통해 테러의 정당성과 윤리성을 긍정하고 있으며, 이러한 감각은 1960년대 후반 신좌익 학생 운동에도 공통적으로 나타나는 것이다.

그렇다면 이 절에서는 테러에 대한 영화 외적인 의미에 대해 살펴보고자 한다. 영화 외적인 의미라는 것은 영화가 만들어지고 감상되는 과정 속에서 영화의 의미가 어떻게 해석될 수 있는가를 말한다. 그리고 그것은 테러를 둘러싼 2000년대 중후반에서 현재까지의 일본 국내 및 국외 정세에 대한 담론을 살펴보고, 영화의 의미를 이러한 담론 지형과 맞대어 보아 재해석할 것을 요구한다.

테러에 대한 현재의 담론 지형을 생각할 때, 최근 이슬람 국가(IS)의 출현을 둘러싸고 흥미로운 주장들이 나타나고 있다. 결론부터 말하면, 그것은 와카마쓰가 『실록 연합적군』과 『11·25 자결의 날』 두 편의 영화를 통해 1960년대 후반 신좌익과 신우익의 테러를 묘사한 상황과 매우 유사한 인식 구조가 다시 나타나고 있다는 점이다.

먼저 우익(그들은 스스로 보수라고 자칭하지만)의 주장부터 살펴보자. 이에 대해서는 여러 입장과 주장 등이 매우 다양하게 나타날 수 있지만, 이 글에서는 니시베 스스무(西部邁) 중심의 평론지 『표현자(表現者)』의 특집호 「테러의 원흉은 자본주의와 민주주의(テロの元凶は資本主義と民主主義)」[32]를 선택하여 그 주장을 정리하고자 한다. 그 가운데서도 권두 좌담회인 「현대에서 테러리즘이 의미하는 것」에 그들의 주장이 집약되어 나타난다. 이 좌담회에는 니시베를 필두로, 외교관 출신의 마부치 무쓰오(馬淵睦夫), 잡지 편집인 사와무라 슈지(澤村修治), 정치학자인 시바야마 게이타(柴山桂太), 민족문제 연구가 나카지마 다케시(中島岳志), 『표현자』 주필 도미오카 고이치로(富岡幸一郎) 등이 참가하고 있다.

이들은 2014년 IS의 출현과 프랑스에서 발생한 동시다발 테러에

---

32) 『表現者65 テロの元凶は資本主義と民主主義』, MXエンターテインメント, 2016년 3월호.

대해 '근대주의의 종언'으로 진단한다. 올랑드 프랑스 대통령은 '이 테러는 우리가 전 세계에서 지켜온 가치에 대한 전쟁행위'라고 반응한 것에 대해, 실제로 이 테러가 프랑스혁명부터 시작된 근대적 가치, 즉 '자유, 평등, 박애'를 기치로 내거는 '서구적 민주주의'에 대한 전쟁행위이며, 역으로 그러한 '서구적 민주주의'의 붕괴로 보고 있다. 그들은 IS의 출현 원인은 짧게는 9·11까지 거슬러 올라가, 미국 주도로 진행된 '테러와의 전쟁'이 실패한 결과로 본다. 즉 미국의 세계전략은 첫째 민주화, 둘째 민영화, 셋째 글로벌화라는 큰 방향에 따라 진행되어 왔으며, 알카에다 소탕 작전 과정에서 대량살상무기 은닉 혐의로 이라크의 사담 후세인 정권을 붕괴시키고, 미국식 점령정책에 따라 민주주의 선거를 실시한다. 하지만 이러한 점령정책은 일본에서의 성공사례를 따라 반복된 것이지만(피해자 사관 및 전후민주주의의 모순), 이라크의 복잡한 민족문제, 종교문제를 해결할 수 없었기에 철저히 실패하였다. 이라크로부터 미군이 철수한 후, 소수파인 수니파가 권력을 잡고 독재를 유지함으로써 시아파와 쿠르드족을 통괄할 수 있었던 구조가 미국식의 일방적 민주주의에 의해 붕괴되고, 시아파인 다수파가 권력을 잡는 과정에서 그에 반발하는 세력들이 내전을 일으키게 되어, 2006년 무렵부터 수니파 근본주의 및 후세인 정권의 군 장교를 중심으로 하는 IS가 출현하게 되었다는 것이다. 따라서 세계 각 지역의 특수성을 인정하지 않는 '서구적 민주주의'는 필연적으로 정착과정에서 마찰을 불러일으키게 되는데, 그 이념 및 과정의 철저한 실패가 IS의 출현으로 노정되었다고 그들은 주장한다.

그리고 그들은 글로벌리즘이 '테러의 온상'이라고 주장한다. 근대적 자본주의의 세계 확장 과정이 제1차, 제2차 세계대전이었으며, 그 식민지 출신의 이민 2세, 3세들이 식민지에서 군사훈련을 받고

프랑스와 같은 종주국에서 테러 행위를 일으키는 과정으로 나타나고
있다. 또한 일본 정부에 신자유주의 정책을 도입한 것으로 알려진 나
카타니 이와오(中谷巖)는 그의 저서 『자본주의는 왜 스스로 붕괴했는
가(資本主義はなぜ自壊したのか)』에서, 미국이 자국의 경제 위기를 타개
하는 과정에서 신자유주의를 도입했다는 점, 그리고 그 자유와 규제
철폐라는 주장의 필연적 귀결이 금융자본주의의 폭주와 빈부격차,
사회적 복지망의 축소, 그리고 심각한 환경문제를 낳게 되었다고 말
한다. 미국 주도의 글로벌리즘(신자유주의)은 세계 각지의 구식민지
를 새로운 시장으로 확장하는 과정에서 자원(중동에서는 석유)과 값싼
노동력을 이용하고, 선진국 내부에서는 테크놀로지 경쟁으로 독과점
을 형성한다. 이것은 결과적으로 선진국과 후진국 사이의 빈부 격차
를 확대하고, 후진국은 자국의 고유한 문화가 서구 자본주의에 의해
파괴된다.[33] 하지만 인적 이동은 활발해진 관계로 이러한 구조에 저
항하는 식민지 출신자가 서구의 엘리트 교육에 의해 출현하게 되고,
그 존재가 오사마 빈 라덴이며, 현재의 IS라는 것이다. 이 좌담회는
따라서 서구의 자본주의와 민주주의가 테러의 근본 원인이며, 그렇
기 때문에 근대주의는 몰락했다고 말한다. 게다가 그 테러는 현실에
대한 철저한 절망에서 출발하는 것이기에 그 폭력성이 마지막 수단
으로서 이해되는 것이기까지 하다.

　이와 같은 진단을 바탕으로 그들은 일본의 '전통'을 회복할 것을
주장한다. 기술혁신과 규제 철폐를 바탕으로 하는 신자유주의는 일
본에서도 빈부격차와 절대 빈곤층의 확대, 복지 제도의 축소라는 결
과로 드러날 뿐이기에, 아무리 어려운 길이라고 해도 상호부조와 공

---

33) 中谷巖, 『資本主義はなぜ自壊したのか』, 集英社文庫, 2011.

생을 골자로 하는 공동체주의를 회복할 것을 주장한다. 또한 서구적 민주주의, 즉 전후민주주의는 미국의 성공사례라는 자평과는 달리 여전히 일본에서 심각한 문제점을 나타내고 있는 것으로, 대표적으로 방위의 측면에서 볼 때, 미국 추종주의에서 벗어나 자국의 방위는 스스로의 힘으로 달성해야 하기에 헌법 개정과 국군으로 자위대를 회복시킬 필요성이 당연한 것으로 제기된다.

　이러한 우파의 테러 진단과는 달리 좌파는 IS의 테러에 대해 '식민지주의'의 귀결로 파악한다. 우카이 사토시(鵜飼哲)는 「팔레스타인 연대 데모가 금지된 나라에서(パレスチナ連帶デモが禁止された國から)」라는 논고 속에서 프랑스 이민운동조직 '공화국의 원주민당'(PIR)을 소개한다. 프랑스의 이슬람 지도자들은 IS의 테러에 대해 그 테러리즘을 규탄하며 프랑스 이슬람은 그와는 무관하다는 공식성명을 발표하는데, PIR은 그에 대해 신랄하게 비판한다. IS의 테러리즘은 규탄받아 마땅하지만, 그 출현의 근본원인이 되는 역사성을 무시해서는 안 된다는 것이다. 즉 IS가 발호하는 지역은 제1차 세계대전 후의 식민지주의가 아직 끝나지 않은 지역이라는 것이다. 19세기 말 오스만 투르크제국에 저항하여 아랍 지역의 왕조 복원을 주장하는 아랍 독립 운동에 대해 영국은 그것을 약속하는데(1915년, 후세인-마크마흔 협정), 이것은 영국과 프랑스 간의 합의에 의해 배반된다. 즉 1916년 '사이크스-피코 경계선'을 영국과 프랑스는 합의하게 되어, 프랑스가 시리아와 레바논을, 영국이 이라크, 요르단, 팔레스타인을 분할하여 위임 통치하에 두게 되는 것이다. 그에 의해 팔레스타인에서는 이스라엘이 건국되는 방향으로 나아가게 되며, 이라크와 시리아 등은 민족적, 종교적 차이와는 상관없이 제국주의 세력 간 야합에 의해 임의적으로 분할되게 된 것이다. "중동의 불행은 100년 전의 전쟁 과

정에서 영불제국주의의 기만적 책략"34)에 기인하고 있다는 것이다.

그리고 PIR은 프랑스는 현재에도 여전히 식민지주의 국가라고 주장한다. 공화정은 표면적으로는 '자유, 평등, 박애'를 내세우며 반인종주의를 말하지만, '베일 착용 금지법'을 채택하고 있는 데에서 단적으로 나타나듯이, 그것은 기만적인 것이며, 프랑스 이슬람주의가 정부의 주장을 지지하는 것은 실제적으로 프랑스의 식민지주의를 강화하는 결과를 낳는다. 이러한 상황 속에서 식민지 출신의 이민자들은 만성적 실업과 외모에 의한 인종차별에 시달리고 있으며, 프랑스 정부 및 이슬람 지도자들은 그들의 문제를 해결할 수 없다. 따라서 PIR은 프랑스 내에서 스스로의 사회 정치적 해방을 지향하여 싸우며, 그들은 그 식민지에 대한 제국주의자들의 폭력에 저항하는 세력, 예를 들면 팔레스타인의 하마스와 같은 세력과 연대한다. 우카이는 PIR의 다음과 같은 주장을 인용한다.

> 베트남, 알제리아 그 밖의 저항운동은 반식민지주의라는 점에서 사상 경향의 차이를 넘어 지지되어 왔다. 당시와 마찬가지로 현재에 있어서도, 식민지 전쟁에서는 단호하게 피식민자 쪽을 지지하지 않으면 안 된다. 이스라엘에 대해 PIR은 서양의 죄책감을 공유할 하등의 이유가 없으며, 단지 식민지 국가로서 대결할 뿐이다.35)

이와 같은 PIR의 반식민지주의, 폭력 투쟁 노선을 지지하는 연장선에서 우카이는 일본을 제국주의 국가(가해자)로 보고 있으며, 일본에서 발생하는 헤이트 스피치를 비판하고, 조선학교의 민족교육권을

---

34) 鵜飼哲, 「パレスチナ連帶デモが禁止された國から」, 『IMPACTION 特集 テロルの季節』, インパクト出版局, 2014년 11월 휴간호, 95쪽.
35) 鵜飼哲, 앞의 책, 100쪽.

인정하는 주장을 전개하고 있다.

　이상의 논의에서 알 수 있듯이, 와카마쓰가『실록 연합적군』과『11·25 자결의 날』에서 묘사한 연합적군 및 미시마 사건과 현재의 IS 테러에 대한 담론 지형은 많은 공통점들을 보여주고 있다. 먼저 와카마쓰가 평생 지지해 온 적군파 및 PFLP와 연대하는 일본적군의 묘사는 우카이 가 반제국주의 폭력 투쟁 노선을 주장하는 PIR을 소개하는 방식으로 거의 동일하게 연속되고 있으며, 미시마가 전후민주주의의 기만을 폭로 하며 그에 대해 저항하는 형태로 헌법 개정과 자위대 궐기를 주장하는 묘사는 니시베 등에 의해 자본주의와 민주주의라는 '근대주의'의 몰락으 로 반복된다. 또한 1960년대 후반 신좌익과 미시마 사이에 많은 유사성 이 나타났던 것과 마찬가지로, 우카이와 니시베의 주장 사이에도 근본적 인 유사성이 발견된다. 그것은 제국주의의 지배구조에 대한 비판과 공산당 비판, 그리고 폭력의 긍정 등이다. 단지 니시베 등이 서구적 근대주의를 극복하는 형태로 '전통'으로 나아가는 것에 비해, 우카이는 근대라는 틀 내부의 권력의 배치에 더욱 세부적으로 주목하여 저항의 연대를 모색하는 것이다. 이상의 설명을 통해 와카마쓰가 이 두 편의 영화를 2천 년대에 제작한 이유는 어느 정도 설명되었다고 생각된다.

　마지막으로 와카마쓰의 이와 같은 작품 세계에 대한 이 글의 평가를 첨가하고자 한다. 이 점에 대해 앞서 언급했던 하시카와 분조는 A.L. 로웰의 정치 사상 분류표를 도입하는데, 이 도표가 도움이 된다.

　　⑴ 이 도표의 종축은 현실에 대한 만족−불만족의 정도를, 횡축은 미
　　　 래에 대한 낙관−비관의 정도를 표시하고 있다. 그 결합에 따라 위
　　　 와 같은 정치적 태도가 나타나게 된다. 예를 들어, 혁명적 급진주
　　　 의는 현실에 대한 비판으로 차 있으며 미래에만 획득할 가치가 있
　　　 다는 것을 의미한다.

Contented

Liberals   Conservatives

Sanguine   Not sanguine

Radicals   Reactionaries

Discontented

(2) 이 도표는 개인의 정치의식에 대해서도, 특정한 정치 사회의 일반
    적 정치의식의 분포에 대해서도 해당된다. 화살표는 일반적으로
    개인의 연령적 성장에 따라 오른쪽으로 변화가 일어나기 쉽다는
    것을 나타낸다.
(3) 좌표축의 하나에 대해 동일한 태도를 취하는 것 사이에서는 상호
    의 태도로 이행이 일어나기 쉽다는 것을 알 수 있다. 예를 들면,
    리버럴이 보수가 되거나, 보수가 반동으로 변하는 것은 일어나기
    쉽다. 하지만 두 가지 좌표축에 대해 동시에 태도가 변화하는 것
    (예를 들면 리버럴에서 반동으로)은 일어나기 어렵다.36)

  로웰의 이 정리는 종축과 횡축으로 현실에 대한 만족 정도, 미래에
대한 기대 정도에 따라, 보수-반동-급진주의(래디컬)-자유주의(리버
럴)를 배치한 것이다. 그리고 이러한 도표를 통해 1960년대의 정치
지형을 정리해 보면, 냉전 구도하에서 미국의 패권주의에 동조하며

---

36) 橋川文三, 「日本保守主義の體驗と思想」, 『橋川文三コレクション』, 岩波現代文
    庫, 2011, 329-330쪽. 또한 이 도표의 1960년대적 사상 지형에 대한 적용은, 梶
    尾文武, 「一九六〇年代における新右翼の形成と美的テロル―三島由紀夫と橋川文
    三」, 『國文學解釋と鑑賞』, 2011년 4월호, 81쪽에서 참조하였다.

경제 발전에 박차를 가하고 있었던 자민당 세력이 보수, 전후민주주의를 긍정하면서 일본 사회의 봉건성과 전시체제를 비판했던 마루야마 마사오 등의 학자가 리버럴, 그리고 전후민주주의 및 공산당을 도그마로 비판하면서 제국주의 전쟁에 대한 폭력 혁명을 주장했던 신좌익이 래디컬, 그리고 전후민주주의의 기만성을 비판하고 일본 문화의 전통성을 주장했던 미시마 및 신민족주의를 주장했던 신우익을 반동으로 분류할 수 있다. 그리고 이와 같은 분류는 2000년대 정치 지형에도 해당된다. 미국의 신자유주의 및 미국의 '테러와의 전쟁'에 공조하면서 집단적 자위권의 개정을 추진한 아베 정권을 보수, 그에 반발하면서 헌법9조를 수호하려는 '9조회(9條の會)' 및 자유 민주주의를 수호하자는 기치를 걸고 있는 SEALDs 등의 사회 운동 세력을 리버럴, 그리고 전반적인 우경화 경향 속에서 아베 정권의 미국 추종주의와 전후민주주의를 비판하는 세력을 반동으로 분류할 수 있다.[37] 하지만 이 반동의 부분은 넷우익이나 헤이트 스피치 등을 통해 알 수 있듯이, 1960년대적 성격과는 다르며 그것은 이론을 행동으로 연결시키는 것이 아닌 음습한 영역에 속해 있다. 그리고 래디컬에 해당하는 부분은 적어도 사회 세력으로서 존재하지 않는다. 위의 우카이의 논고가 실린 『IMPACTION』이 어쩔 수 없이 휴간하게 된 것도 이러한 사실을 증명하는 단증이 될 것이다.

　필자는 와카마쓰 감독이 『실록 연합적군』 후에 『11·25 자결의 날』을 제작한 이유가 여기에 있는 것은 아닐까 짐작한다. 와카마쓰 감독

---

37) 참고적으로 고바야시 요시노리(小林よしのり)는 보수 세력을 '친미 포치'로 부르며 신랄하게 비판하는 입장에서 미국의 침략전쟁을 반대하고 집단적 자위권 개정에 반대하는 입장도 존재한다. 이러한 태도는 반동과 래디컬의 경계선에 위치하는 것으로 분류할 수 있다. 小林よしのり, 『新戰爭論』, 幻冬舍, 2015, 156-156쪽.

은 『11·25 자결의 날』 시사회 자리에서 1960년대에는 자신의 목숨을 걸고 국가권력에 저항하는 젊은이들의 열정과 순수함이 있었으나 지금은 존재하지 않는다는 취지의 발언을 하는데,[38] 이 발언을 위의 도표와 관련지어 해석해 보면, 미 제국주의를 추종하는 아베 정권에 대해 평화주의에 입각해서 행동하는 자유주의적 사회운동은 다시 나타났지만, 제국주의적 지배에 대해 본질적인 문제제기를 하며 이론을 행동으로 발전시켜가는 실천성은 결여되어 있는 것이 아닌가? 그리고 평화주의에 빠진 일본의 현재 젊은이들이 우경화된 주장을 하지만 적어도 그런 말을 하려면 미시마나 모리타처럼 시대와 정면으로 대치하며 자신의 목숨을 걸 '용기'를 가지고 있어야 하는 것은 아닌가?

5. 와카마쓰 고지의 테러의 양가성

필자는 와카마쓰 감독이 1960년대를 실록의 형태로 그리면서 현재에 결여된 이와 같은 젊은이들의 열정과 순수함, 그리고 행동주의를 긍정적으로 그리고 있다고 생각한다. 그리고 『11·25 자결의 날』에서 미시마 사건이 발생한 5년 후에 부인 요코가 미시마가 자위대 훈련을 받았던 곳을 걸으며 "아무 것도 변하지 않았네"라고 말하는 독백 장면에서 잘 드러나듯이, 와카마쓰는 테러 행위의 무효성에 대해서도 객관적인 시선을 유지하고 있다고 생각한다. 하지만 그럼에도 불구하고 테러 행위의 윤리성이란 와카마쓰가 픽션을 통해서만 그려낼

---

38) 앞 [特典映像] 舞台挨拶&トークショー映像集 중 와카마쓰 고지의 발언.

수 있는 성질의 것은 아니었을까? 즉 와카마쓰의 논리로 볼 때, 팔레스타인 해방운동의 반제국주의적 테러 행위가 용인되는 것이라면, IS의 프랑스 파리 동시다발테러, 혹은 더 나아가 그들의 충격적인 민간인 참수는 용인되는 것인가, 비판되는 것인가? 그리고 그 기준은 무엇인가? 또한 현재에 있어서 미시마와 같은 용기를 가진 '순수'한 테러가 발생한다면 그 행위조차도 용인되는 것인가? 2·26과 같은 과거의 사례는 군부 파시즘이 등장하는 길을 열었던 것은 아닌가? 와카마쓰 감독의 『11·25 자결의 날』은 이와 같은 지극히 대답하기 어려운 질문들 사이 어딘가에 던져진 영화라고 할 수 있다.

/ 신하경

전후문학과 개별의 윤리

오오카 쇼헤이 『포로기』와 『다시 민도로 섬』을 중심으로

1. '전후'라는 문제

2016년 8월 6일, 히로시마(廣島)의 한 방송국은 프로야구 중계를 알리는 텔레비전 편성표에 "지금이 전전이 되지 않게 하겠다(今を戰前にさせない)"라는 메시지를 담아 화제를 모았다. "카프(カープ)의 공이 전후 부흥을 지탱한 나날", "평화의 소중함을 전하고 싶다!", "핵무기 없는 미래에까지" 같은 어구가 담겨 있는 짤막한 문구를 세로로 읽으면 이 같은 메시지가 나타나는 것이다.[1] 1945년 8월 15일을 기점으로 하는 '전후(戰後)'라는 시대 구분에 대해서는 이른바 전후 70주년을 넘어선 지금까지도 논의가 분분하지만, 집단적 자위권을 인정한 안보법안이 통과하고 헌법 개정이 본격적으로 거론되기 시작한 지금, 전쟁 '이후'를 생각한다는 것은 지금을 어떻게 전쟁 '이전'이 되지 않게 하는가라는 문제와도 이어져 있다. 그리고 이는 또한 지난 전쟁을 어떠한 것으로 기억하는가라는 물음과도 무관하지 않을 것이다.

---

1) http://www.tokyo-np.co.jp/article/national/list/201608/CK2016080702000127.html 2016년 12월 29일 검색.

제2차 세계대전이 단순히 기념되는 것을 떠나 '재(再)'기억화되고
있음을 지적한 캐롤 글룩(Carol Gluck)은 제2차 세계대전을 일으켰던
것은 국민국가였기에 전쟁과 관련한 개인의 기억은 무엇보다 국민적
기억 속으로 녹아들었다고 하며, 여기에 '세계'라는 관점을 대치시켰
다.2) '전후'가 일본의 고유한 시대 구분으로 상정될 때에는 이렇듯
일본 '바깥'의 관점이 문제가 된다. 흔히 이야기되듯 원폭과 미군정
은 일본을 다시금 전쟁의 희생자로서 상상하는 것을 가능하게 했다.
그 결과, 글룩에 따르면 일본은 제국 이후에 대해 별로 주의를 기울
이지 않고 전쟁 이후 즉 전후로서의 미래로 똑바로 나아갈 수 있었
다. 바로 이, 패전이라는 과거에서 전후라는 미래로 이어지는 시간
성에 대해 문제를 제기한 대표적인 논자가 가토 노리히로(加藤典洋)
다. 가토는 전후의 출발점에는 '비틀림(ねじれ)'이 존재한다고 보는
데, 이는 패전국의 경우 전쟁 중에는 정의를 위해 싸웠음에도 전쟁
이후에는 이것이 침략 전쟁, 불의한 전쟁이었음을 받아들여야만 하
기 때문에 이전과는 다른 비틀린 삶을 강요받기 때문이다.3) 하지만

2) 캐롤 글룩, 「기억의 작용: 세계 속의 '위안부'」, 나리타 류이치 외 편, 『감정 기억
전쟁』, 소명출판, 2014.

3) 加藤典洋, 『敗戰後論』, 筑摩書房, 2015. 가토에 따르면 이렇듯 근원적인 비틀림
을 해소하지 못한 결과 전후 일본 사회는 바깥에서 들여온 보편성, 공공성에 의존하
는 '외향적 자기'=지킬 박사와 일본 민족의 무구함이라는 공동성에 바탕을 둔 '내향
적 자기'=하이드로 분열되었다. 침략 행위에 대한 책임 있는 사죄가 이루어지지
않는 것도 이 때문으로, 아시아의 이천만 사자를 진정으로 애도하기 위해서는 먼저
무의미하게 죽은 삼백만의 자국민 사자를 무의미한 채로 애도해야 한다고 가토는
주장한다. 이러한 가토의 전후 인식에 대해서는 이를 또 다른 내셔널리즘으로 비판
하는 高橋哲哉, 『戰後責任論』, 講談社, 2005와 김만진, 「『패전후론』과 전후 일본
내셔널리즘: 내셔널리즘 이론에 의한 분석」, 서울대학교 국제정치문제연구소, 『세
계정치』 14권 0호, 2011을 비롯해 윤여일, 「틀렸다. 하지만 어디가 얼마나? ―'역사
주체논쟁'에서 논쟁되지 않은 것들」, 『역사비평 82』, 역사비평사, 2008과 심정명,
「3.11과 전후의 끝: 무의미한 죽음과 애도의 문제」, 『일본학보 106집』, 2016 등을

일본의 전후는 이러한 비틀림을 의식하지 않음으로써 가능했다. 단,
드물게도 패자라는 정체성에 끝까지 천착함으로써 이러한 비틀림을
극복할 수 있는 계기를 제공해주는 문학자가 바로 "포로가 됐을 정도
로 약한 군사였지만 그래도 이 깃발 아래서 싸운 인간"으로서 "외국
의 군대가 일본 영토 위에 있는 한은 결코 일장기를 들지 않겠다"[4]
고 했던 오오카 쇼헤이(大岡昇平)다.

사토 다쿠미(佐藤卓巳)는 일본의 종전기념일이 왜 1945년 8월 15일
인지를 물으면서, 패배를 인정한 날(항복문서에 조인한 9월 2일이나 포
츠담선언을 수락한 8월 14일)이 아니라 천황이 국민에게 전쟁의 종결을
알린 날을 기억함으로써 패전이 '종전(終戰)'이 되는 과정을 추적하였
다.[5] 사토에 따르면 이러한 과정은 전쟁 기억의 중심이 반성에서 평
화로 이동했음을 보여주는데, 이는 패전을 직시하지 않는다는 점에
서 가토나 글룩이 지적하는 시간성의 문제와도 맥을 같이할 것이다.
그리고 1963년에 각의 결정된 8월 15일의 '전국 전몰자 추도식'은 일
본인 전몰자만을 대상으로 한 국가 행사로 기획되었지만, 이 날을 제
외하면 이러한 일본인에 한정된 전사자 혹은 전몰자라는 말조차 거
의 들어볼 수 없다고 한다면,[6] 패한 전쟁에 끝까지 얽매이면서 죽은
동료들을 끊임없이 상기하는 오오카의 태도는 확실히 전후라는 시간
성에 대한 문제 제기이기도 했을 것이다.

이러한 평가를 염두에 두고, 이 글에서는 전쟁을 기억하는 한 방식으

참조.

4) 大岡昇平, 「白地に赤く」, 『證言その時々』, 講談社, 2014, kindle edition.

5) 佐藤卓己, 『八月十五日の神話』, 筑摩書房, 2014.

6) 川村邦光, 「戰死者とは誰か」, 川村邦光 編 『戰死者のゆくえ―語りと表象から』,
   靑弓社, 2003, 15쪽 및 60-61쪽.

로 오오카의 『포로기(俘虜記)』와 『다시 민도로 섬(ミンドロ島ふたたび)』
을 읽으며, 전쟁 체험이 어떻게 일본이라는 경계를 넘어서는 것으로서
그려지는가 혹은 그려지지 못하는가에 대해 사고하고자 한다. 주지하
다시피 오오카는 자신의 필리핀 출정 경험을 바탕으로 한 『들불(野火)』
이나 미군의 레이테 상륙과 이어진 일본군과의 전투 과정을 치밀하게
추적한 『레이테 전기(レイテ戰記)』를 비롯해 전쟁 체험과 관련한 픽션
및 논픽션 작품을 다수 남겼다. 그 가운데서도 이 글에서 다룰 『포로기』
와 『다시 민도로 섬』은 각각 1948~1951년과 1967년에 쓰인 작품으로,
전자는 오오카 자신이 포로가 되어 수용소에서 경험한 일을 기록한
수기이고 후자는 이 『포로기』의 무대가 되기도 했던 전장을 다시 방문
하여 쓴 일종의 여행기다.

　『포로기』는 저자 자신이 후기에서 밝히고 있듯 애초에 제2차 세계
대전 당시의 포로수용소를 통해 점령 하의 일본 사회를 풍자하겠다
는 의도를 가진 작품이었다. 이 작품에 전중과 전후라는 '두 개의 점
령 공간'이 포개져서 나타나고 있다는 평가[7]는 아마 이러한 맥락에
서 가능할 것이고, 오오카가 그려내는 포로들의 구체적인 모습 또한
점령 하의 일본 사회에 빗대어 이해할 수 있을 것이다.[8] 가령 패전
후에 수용소에 등장한 민주 그룹에 대한 오오카의 서술은 이른바 '배
급된 민주주의'에 대한 비판적인 시선으로도 이어진다. 하지만 『포
로기』는 단지 일본의 전쟁을 일본의 역사에서 어떻게 자리매김할 것
인가만 묻고 있지는 않다. 특히 1948년 2월에 「포로기」라는 제목으

---

7) 磯田光一, 「收容所としての戰中・戰後」, 『大岡昇平の世界』, 岩波書店, 1989, 3쪽.
8) 가령 『포로기』에서 포로들의 생활을 묘사하는 가운데 등장하는 평등, 민주주의,
　　자유주의 등은 전후 일본 사회에서 유행하는 말이었는데, 이 개념과 현실의 낙차에
　　담겨있는 아이러니가 전후 일본 사회를 효과적으로 비판하고 있다고 분석하는
　　Michel de Boissieu, 「『俘虜記』におけるアイロニー」, 『言語情報科學 5』, 2007 참조.

로 처음 발표되었다 이후 『포로기』 합본에 「붙잡힐 때까지」로 실린 장은 전쟁과 인간의 윤리라는 좀 더 보편적인 차원의 물음을 제기하는 동시에 이를 이른바 전쟁 책임 문제로서 고찰할 수 있는 계기 또한 가지고 있다.[9] 한편, 『다시 민도로 섬』은 1958년에 유골 수습선 '긴가마루(銀河丸)'가 필리핀과 남태평양 섬들로 떠나는 모습을 보고 오오카가 처음으로 시를 쓰는 데서부터 시작한다. 1967년 오오카는 『레이테 전기』를 집필하는 가운데 그가 출정했던 민도로 섬을 방문할 수 있는 기회를 얻어 기억 속의 전장 민도로 섬을 다시 방문한다.

이 글에서는 똑같은 기억의 장소를 무대로 한 이 두 작품에서 오오카가 어떠한 개별적인 타자를 발견하는가에 주목한다. 이 타자에는 전장이라는 비일상적인 공간을 배경으로 한 아군 동료들뿐 아니라 적군인 미국인 병사와 필리핀인을 비롯해 일본이라는 경계 외부에 있는 것으로 간주되는 인간들을 포함한다. 이는 국가적인 추모나 기념에서와 마찬가지로 오오카가 그려내는 전장의 죽음 또한 "일종의 자명한 구별이나 제약에 근거해 구성된 것"[10]임을 확인하는 작업인 동시에, 그럼에도 불구하고 오오카의 전쟁 기억 서술이 가지고 있는 어떠한 윤리성을 발견하는 일이기도 할 것이다.

---

9) 김효순에 따르면 『포로기』에 대한 선행연구는 한계상황에 처한 인간의 실존을 신과 관련지어 분석하는 연구, 개인의 경험을 포로집단의 공통경험의 문제로 보는 연구, 포로수용소를 점령하 일본 사회의 알레고리로 보는 연구 등 세 가지 경향으로 나타나는데, 이들은 결국 전장에서의 개인의 책임 문제와 연관된다. 김효순, 「오오카 쇼헤이(大岡昇平)의 『포로기(俘虜記)』론 – 점령하의 시대인식과 전쟁책임인식」, 『일본학보 79』, 2009 참조.

10) 川村邦光, 「はじめに―「戰死者の行くえ」に向けて」, 앞의 책, 15쪽.

2. 전장과 일상의 윤리

『포로기』를 이루는 장들 중 가장 먼저 발표된 「붙잡힐 때까지」는 전장을 홀로 헤매다 맞닥뜨린 적군 병사를 왜 쏘지 않았느냐를 둘러싼 윤리적인 고민을 끈질기게 전개하는 작품으로, 「귀환」에서 송환선을 타기 전까지의 각 장들과는 달리 전장의 모습을 직접적으로 그리고 있다. 말라리아에 걸려 대오에서 이탈해 홀로 떠돌게 된 주인공 '나'는 미군 병사가 눈앞에 나타나더라도 쏘지 않겠다고 생각하는데, 그것은 지금 한 사람의 미군 병사를 쏜다고 해서 그나 일본군 동료들의 운명은 달라지지 않는 대신 그 미군 병사의 운명을 바꾸게 될 뿐이라고 여겼기 때문이다. 이윽고 실제로 미군 병사가 나타나자 '나'는 우선 그에게서 키가 크고 볼이 붉은 젊은이의 모습을 발견한다. 하지만 그를 먼저 발견한 '나'가 그를 쏘기 전에 미군 병사는 총성이 들리는 다른 곳으로 가버리고, 이후 '나'는 그때 스스로가 했던 행동에 대한 반성을 되풀이한다.

일단 '나'는 당시의 그가 이미 생존에 대한 희망을 가지고 있지 않았다는 사실에 주목한다. 살기 위해서는 죽일 수도 있지만, 미군 병사가 그를 인지하지 않은 이상 '나'는 미군 병사를 구태여 죽일 필요성이 없었다. 하지만 이는 '죽이지 않는다'라는 선택에 대해서는 설명해주지 않고, 따라서 '나'는 "죽임을 당하기보다는 죽인다"라는 명제 뒤에는 "피할 수 있다면 죽이지 않는다"라는 윤리가 숨어 있음을 발견한다. 물론 전쟁터가 됐든 어디가 됐든, "피할 수 있다면 죽이지 않는다"라는 윤리가 항상 성립하는 것은 아님은 말할 필요도 없을 것이다. 그렇다면 어째서 죽이지 않는가? '나'는 일단 이 행동이 인류애에서 비롯되었다는 것을 적극적으로 부정한 뒤 좀 더 개인적인 이유를 찾는다. 그리고 스스로가 살인에 대해 느낀 혐오 또한 "평화 시의 감각"이며 이것은 그가 동료들과 떨어져 혼자가 되어 있었기 때문일 것이라고 추측하는데, 이렇게 자신의 행위에 대해 개인적인 이유를 찾는 것 또한 '나'가 그 순간 이미 일본군 병사라는 집단의 일원으로서가 아니라 개인으로 존재하고 있었음을 보여준다.

> 나는 여기에 인류애와 같은 관념적인 애정을 가정할 필요를 느끼지 않는다. 그 넓이에 비해 내 정신은 너무나 협소하고, 그 희박함으로 볼 때 내 심장은 너무나 따뜻하다는 것을 나는 알고 있다.[11]

> 인류애에서 우러나온 마음 때문에 쏘지 않겠다고 결의했다고 나는 믿지 않는다. 하지만 내가 이 젊은 병사를 보고 내 개인적인 이유로 그를 사랑했기 때문에 쏘고 싶지 않다고 느꼈다는 것은 믿는다. (34쪽)

그렇다면 이 협소하고 따뜻한, 하지만 인류애가 아닌 감정은 무엇일까? 먼저 '나' 스스로가 그 해석을 견강부회로 경계하고 있기는 하지만, 이는 그가 느꼈던 아버지의 감정과 연결된다. 이 "편재하는" 아버지의 감정을 가령 이시다 다케오(石田健夫)는 인간성에 바탕을 둔 평화로운 일상의 감각으로 보고, 오오카가 이 감정을 '나'에게 가탁함으로써 전장이라는 비인간적인 세계에 균열을 냈다고 해석한다.[12] 여기서 '나'는 인류애라는 감정을 일단 부정하고 있지만, 가령 전장과 대비될 수 있는 일상적인 세계가 있다고 한다면 그것은 결국

---

11) 大岡昇平, 『俘虜記』, 新潮社, 1967, 29쪽. 이하, 본문에서의 인용은 괄호 안의 쪽수로 표기함.

12) 石田健夫, 「戰場で生の意味を考える『俘虜記』」, 『「生」をめざす』, 新評論, 1989, 37쪽.

추상적인 차원에서의 보편적인 인류라기보다 가족과 같은 좀 더 구체적인 관계를 매개로 성립할 것이고, 그런 한에서 아버지의 감정은 다시 인류애와 이어질 수 있다. 만일 자기 자신으로부터 시작해서 가족, 이웃이나 지역, 나아가서는 갖가지 아이덴티티를 기초로 맺어지는 관계들 바깥에 인류라는 큰 원을 그리고 이 원을 최대한으로 좁힐 수 있을 때 국가의 경계를 넘어서는 인류에 대한 사랑을 가질 수 있다고 한다면,[13] 타인 심지어 적군 병사에게도 아버지 혹은 직접적인 관계를 맺고 있는 인간과 같은 마음을 가질 수 있는 것이고, 이는 '나'의 생각과는 달리 가장 개인적인 인류애일 수도 있다.

　따라서 문제는 여기서 인류애가 작동하는 평화로운 일상의 차원과 전장이라는 비인간적인 공간이 어떻게 구분되고 있느냐일 것이다. 앞에서 살펴봤듯 '나'는 이를 확실히 구분하고 있는데, 지금이 전전이 되는/되지 않게 하는 것 또한 바로 이러한 전장과 일상의 구분과 관련된다. 「붙잡힐 때까지」에서 전장은 우선 '무의미한 죽음'이 예정되어 있으며 삶과 죽음이 오로지 우연에 의해서만 갈리는 곳이다. 필리핀으로 가는 배를 탔을 때부터 이미 자신을 포함한 일본군 병사들은 죽음을 향해 짐짝처럼 "실려 나가고 있다"(12쪽)고 '나'는 생각한다. 그런데 '나'가 미군 병사를 쏘지 않았다는 자신의 행동에 대해 고찰할 때마다 "자연스럽게 총의 안전장치를 푼 손의 운동"(30쪽)에 대한 기억이 끼어들곤 한다는 점을 생각해 보자. 그 경우, 실은 그것이 인류애가 됐든, 일종의 가족애가 됐든, 혹은 "남이 알아주기를 바라는"(95쪽) 마음이나 살인에 대한 혐오가 됐든, 어떠한 개인적인 이유로 적군 병사를 쏘지 않으려는 '나'와 그럼에도 불구하고 일단 자연

---

13) Martha C. Nussbaum, Patriotism and Cosmopolitanism, *For Love of Country?*, Beacon Press, 2002, 9쪽.

스럽게 군인으로 행동하는 '나'는 그 행동을 분석하려 하면 할수록
오히려 뚜렷이 나누어지지 않는다는 점이 드러난다.

　이후 '나'는 「타클로반의 비」에서 포로가 된 뒤 병상에 누워 다시금
이때의 행동에 대한 분석을 시도하면서 '섭리'나 '신의 목소리'를 등
장시켜서 문제를 해결하려고 시도한다. 자연스럽게 총의 안전장치를
푼 '나'가 신변에 위협을 느끼고 무의식적으로 방아쇠를 당기기 전에
어딘가에서 들려온 총소리는 미군 병사를 그 자리에서 떠나게 했고,
따라서 그 총소리는 어쩌면 신의 의지일 수도 있다는 것이다. 이때
'나'가 자신의 선의를 알아봐주기를 원했던 가상의 타인은 곧 적군
병사인 상대방이 되었다 다시금 신적인 존재로 등치된다. 그리고
'나'는 여기서 타자가 제기하는 윤리적인 문제를 고민하는 대신 곧장
전장에서 적과 대치하는 것의 무의미함에 대한 고찰로 나아간다.

　　이 무의미한 군대가 무의미하게 서로를 쏠 필요가 어디에 있는가?
　쏘지 않으면 맞기 때문이다. 이는 우리가 손에 흉기를 든 결과다. 하지
　만 이 흉기는 우리가 자진하여 든 것이 아니다.
　　그때 내 마음에 이 흉기의 사용을 거부하는 의사가 나타났다. 이는
　내가 고독한 패잔병이고 내 행위를 스스로 선택할 수 있었기 때문이
　다. (중략) 실제로는 내가 국가가 강제한 '적'을 쏘는 것을 '포기'했다
　는 한순간의 사실밖에 없었다. 그리고 이 한순간을 결정한 것은 내가
　처음에 스스로 이 적을 선택하지 않았다는 사실이다. 모든 것은 내가
　전장에 출발하기 전부터 결정돼 있었다.
　　이때 나를 향해 온 것은 적이 아니었다. 적은 따로 있다.(97쪽)

　물론 이 적은 전장에서 마주하고 있는 적으로서의 인간이 아니다.
'나'는 이 전쟁이 발발한 이유를 일본의 자본가와 육군, 미국 정부라

는 요인으로 설명하는데, 그렇다면 그 자신을 포함해 전장에서 싸우
는 개개인은 서로가 적으로 '강제'된 것에 지나지 않는다. 그리고 '나'
의 관점에 따라 자본가가 침략을 통해서라도 경제적 이윤을 얻고자
하는 것이 국가 간의 전쟁을 가져온다고 본다면, '경제전쟁' 따위의
비유가 문제없이 성립하는 데서도 확인할 수 있듯 이는 전장을 지금
이들이 싸우고 있는 좁은 의미의 전쟁터를 벗어나는 차원으로 확장
시킬 것이다. 하지만 침략을 통해서라도 경제적 이윤을 얻고자 하는
자본은 기실 어딘가에 "따로" 존재하는 적이 아니다. 오오카는 종종
수용소에서 누군가를 희생시켜서라도 자신의 이득을 지키고자 하는
일본인 포로들의 모습을 담담하게 그려내는데, 일본에 돌아가서 먹
고 살 방도를 건실하게 마련하는 그들의 갖가지 행동 또한 이른바 침
략적인 자본이 작동시키는 삶의 방식과 완전히 무관하지 않다. 그리
고 이는 이 전쟁의 출발점에 있었던 식민지 '진출'을 애초에 가능하
게 했던 욕망과도 당연히 연결되어 있다. 히로시마의 원폭에 대해 전
해들은 '나'가 죽은 사람들 다수가 "전시 혹은 국가가 전쟁을 준비하
는 동안 기꺼이 은혜를 입었고, 바르게 말하면 전부 자업자득(身から
出た錆)"이라고 다소 냉정하게 생각하는 것도 바로 이 때문이다. 이는
맨 처음 '나'가 전쟁을 막기 위해 아무 것도 걸지 않은 이상 '그들'이
부여한, 즉 외부에서 도래한 운명에 항의할 수는 없다고 생각하는 것
과도 이어진다. 전장은 어쩌면 거의 모든 곳에 있기도 한 것이다.14)
   이렇게 전쟁의 책임이 자본가와 국가에 있다고 할 때 그에 동원되
어 싸우는 사람들은 어떠한 의미에서는 모두 전쟁의 희생자라고 할

---

14) 이는 지난 전쟁에 대한 책임을 모든 사람들의 연루(implication)라는 관점에서
    생각하는 것과도 이어질 것이다. 테사 모리스-스즈키 저, 김경원 역, 『우리 안의
    과거』, 휴머니스트, 2006.

수 있고, 그럼에도 불구하고 단지 우연에 의해 그들에게 닥치는 무의미한 죽음은 그들 각자에게는 주체적인 행위가 개입할 여지가 없는 재난처럼 다가온다고 해도 무리는 아니다. 「장기자랑」에 등장하는, 전쟁 중 포로가 된 간호사가 "이번 전쟁은 전부 군부가 나쁜 거지, 비하하실 필요는 전혀 없어요"(364쪽)라고 다른 포로를 위로하는 장면은 일본 국민을 전쟁에 대한 희생자로 바라보는 뿌리 깊은 인식과도 쉽게 포개진다.[15]

자신과 똑같은 이유로 죽는 사람들에게 동정을 느끼지 않는다고 말하는 '나'는 이러한 희생자로서의 자기인식과는 거리를 두고 있다고도 볼 수 있겠지만, 한편으로는 포로를 학대하거나 중국 전선에서 만행을 저지른 병사들에게 다소 복잡한 마음을 품기도 한다. 자신이 미군 병사에게 '도조(トージョー)'라는 별칭으로 불렸을 때 부끄러움을 느꼈던 것처럼 '나'는 자신이 속한 조직이 행한 일의 책임을 조직에게 돌리는 것은 비겁하다고 생각한다. 그럼에도 불구하고 한편으로는 자신이 무엇을 하는지 알지도 못하고 그저 악한 본능을 해방시킨 동료들은 '불쌍한 희생자'일 뿐이라고도 여기기도 하는 것이다. 물론 그 희생자들의 희생자 또한 존재할 테고, 이를 통해 전쟁이나

---

15) 예컨대 전범으로 중국의 수용소에 들어간 구 일본군을 다수 만난 노다 마사아키는 그들의 공통점으로 죄라는 자각이 없기 때문에 책임을 져야 한다는 생각도 없다는 점을 들고 있다. 가령 생체해부에 참여한 군의는 "명령이었다. 어쩔 도리 없었다. 전쟁이었다. 이런 일이란 게 흔했다. 여기저기서 보통 일어나는 일이었다."라는 자기변명이 있었다고 이야기한다. 이러한 종류의 언설은 이른바 가혹 행위의 당사자뿐만 아니라 일반론의 차원에서도 존재할 것이다. 노다는 또한 "죽임을 당한 자의 처지에서 보았을 때 나는 어떠한 인간인가"를 생각함으로써 '실행자로서의 나'와 '실행자로서의 책임'을 인식하게 된 구 전범의 예 또한 들고 있는데, 이는 「붙잡힐 때까지」에서 '나'가 개인으로서 존재하고 있었다는 분석과도 겹쳐진다. 노다 마사아키 저, 서혜영 역, 『전쟁과 인간』, 길, 2000.

이른바 구조가 낳는 무한한 희생자들의 연쇄 또한 상상할 수 있을 것이다. 그리고 이러한 중층적인 가해와 피해 경험은 당연히 전쟁을 치른 국가의 경계를 넘나들 것이다.

하지만 '나' 혹은 오오카 자신이 필리핀을 비롯해 이른바 아시아의 희생자들에 대한 책임을 의식하고 있음에도 불구하고, 『포로기』에서 이 책임은 결국 사태가 이 지경이 된 이상 군인으로서 할 수 있는 일을 해야 한다는, 그러다 무의미한 죽음이 찾아온다면 죽을 수밖에 없다는 체념과 한 면을 이룬다. 말할 필요도 없이 총력전에서는 이른바 총후 또한 전선의 연장선인 이상, 이 같은 선택은 당연히 좁은 의미의 군인의 것만은 아니다. 『포로기』가 분명히 보여주면서도 더 깊이 묻지는 않고 있는 것은 군인뿐 아니라 어쩌면 국가를 지켜야 한다는 국민의 의무조차 때로 위배하게 만드는 윤리의 존재일 것이다. 나카노 고지(中野孝次)[16]와 같은 평자는 이 작품이 인간이 우연에 따라 살아남거나 죽거나 하는 전쟁이라는 사태가 존재했다는 단지 그 사실에 주목함으로써 인간적인 드라마나 정념이 들어갈 여지없이 그저 거대하고 무의미한 폭력만이 존재하는 근대전의 실태를 똑바로 보여주었다는 점을 높이 평가했지만, 이러한 평가는 바로 이 '묻지 않음'을 간과한다.

오오카는 종종 자신의 생존이 그저 우연에 의한 것이었음을 강조한다. 과연, 그가 죽은 동료들에 대해 끊임없이 상기하고 써 내려갈 수밖에 없는 것도 바로 이렇게 죽음과 삶이 겹쳐져 있는 전장에서 무의미하게 죽어간 이들과 마찬가지로 무의미하게 살아남았기 때문일 것이다. 그리고 오오카와 마찬가지로 "죽음은 전쟁이라는 추상적인

---

16) 中野孝次, 「死のリアレティにおいて」, 『絶対零度の文學』, 集英社, 1976, 128쪽.

실체에 바로 직결돼 있다. 나머지는 우연히 개인에게 어떻게 떨어지느냐 하는 운, 불운이 있을 뿐"[17]이라는 관점에서 본다면, 이 같은 전장에 나간 개개인의 사람들에게 저항과 책임의 문제를 묻는 일은 그저 가혹할 따름이다.

하지만 「붙잡힐 때까지」가 보여주듯 거기에도 한순간의 선택이 존재하고 있다고 한다면, 그것을 모색하기 위해서 역시 전장과 일상을 분명하게 구분하고 전장의 일을 전장의 일로 돌리는 데에는 한계가 있을 것이다. 그보다는 전쟁 이후로도 혹은 다시 전쟁이 일어나기 이전으로도 여겨지는 지금이라는 시간이 전쟁과 어떻게 이어지고 있는지를 먼저 직시할 필요가 있다. 이는 전후라는 일본의 시대 구분이 오키나와에서는 물론이고 일본이 병참기지로서 기능하는 가운데 한반도와 베트남 등 아시아에서 실제로 일어난 전쟁을 은폐하고 있기도 했다는 사실로도 이어진다.[18]

3. 개별적인 인간을 쓴다는 것

『포로기』는 '나' 곧 오오카가 경험한 포로들의 전형적인 모습을 상세히 기술하고 있으며, 이는 주지하다시피 점령 하의 일본 사회에 대한 비판적인 시선과도 겹쳐진다. 또한 '나'는 속칭 웬디를 비롯한 미

---

17) 中野孝次, 위의 책, 129쪽.

18) 이른바 전후 일본이 성공한 것은 경제뿐이라고 단언하는 천광싱은 이러한 경제 성장 또한 미국의 군사력에 의존한 것이었음을 지적하는데, 냉전 구조 속에서 일본이 담당했던 역할 또한 이 전쟁의 이후라는 시대 구분이 가지고 있는 문제점을 보여준다고 할 것이다. 陳光興, 丸川哲史譯, 『脫帝國─方法としてのアジア』, 以文社, 2011.

군 병사들에 대해서도 흥미를 가지고 관찰한다. 하지만 『포로기』에
는 미군 병사와 일본인인 일본군 포로 외에는 거의 등장하지 않는다.
자신의 생존을 위협할 가능성이 없다고는 할 수 없는 미군 병사를 쏘
는 문제로 고민하던 오오카는, 가령 『들불』과 같은 작품에서는 시끄
럽게 비명을 지를 뿐 별다른 위협을 가할 가능성은 없는 필리핀 여성
을 자연스럽게 쏘아버리는 주인공의 모습을 그렸다. 쓰루미 슌스케
(鶴見俊輔)는 『포로기』와 『들불』이 "일본의 참모 본부에서 본 나는 어
떠한 위치에 있는가, 공격하는 미국 측에서 보면 어떠한 위치에 있는
가"를 생각하면서도 "필리핀인에게 그 전쟁은 무엇이었는가, 나는
필리핀에게 무엇이었는가"라는 물음과는 직면하지 못했다면서 바로
이러한 지점을 지적한 바 있다.[19] 『포로기』에서 적게나마 언급되는
필리핀 게릴라와 타이완인 포로들이 대부분 '나'의 고뇌 바깥에 존재
한다는 점을 생각하면, 전장에서 인간으로 구별되는 것은 누구인가
라는 물음을 던져볼 수 있을 것이다. 여기에서는 쓰여 있지 않음 자
체가 의미를 갖는데, 이는 '그렇다면 그 가운데에서 무엇이 선택적으
로 기술되어 있는가'라는 물음과도 밀접한 관계가 있다.

> 그는 난징뿐 아니라 그 뒤 오지에서 주둔 생활을 하는 동안 저지
> 른 폭행에 대해 상세하게 이야기하는 것을 즐겼는데, 태도가 쾌활하
> 고 담백한 것이 악행을 했다는 자각은 전혀 없는 듯했다. (중략) 이
> 렇게 밝은 인물 속에서 난징의 난폭한 병사의 모습을 상상하기란 불
> 가능했다.
> 짐작컨대 우리에게는 여성에 대한 폭행 혹은 일반적으로 성행위에
> 대한, 현행 일부일처제의 결과로 만들어진 편견이 있다. 창부에게 물

---

19) 鶴見俊輔·高畠通敏·長田弘, 「座談會『レイテ戦記』」, 『大岡昇平』, 小學館, 1992,
　　201쪽.

어보면 알 것이다. 스다(須田)는 중국인 아내나 딸이 전혀 저항하지
않았다고 했다.(252-253쪽)

　나는 그들이 완전히 중국인 같은 얼굴을 하고 있는 데 놀랐다. 생각해
보면 타이완은 원래 중국 영토니까 전혀 이상할 것도 없지만, 영유에
익숙해진 데다 일상생활에서는 이를 무시해 온 본국인인 내게는 이
사실조차 기묘하게 느껴졌다. 일본이 항복하는 동시에 그들이 Chinese
라고 쓴 간판을 그들의 대대 본부에 내건 것은 지당한 일이다.
　웬디는 "일본인은 외부 업무를 잘하고 내부 업무를 못하는데 타이
완인은 그 반대다. 그들은 자기 자신을 위해서가 아니면 일하지 않는
다"라고 했다.(286쪽)

　그 자신이 서둘러 부인하고 있듯 난징의 폭력 행위를 오오카가 긍
정하는 것은 물론 아니다. 하지만 이 같은 상황에서 저항이 어떻게
가능할 수 있을지를 충분히 고찰할 수 있을 만한 '나'가 수용소 동료
의 말만을 전달하고 있다는 것은 『포로기』의 관심이 저항하거나 저
항하지 않는 중국인 즉 일본군이 행한 폭력의 대상을 향하고 있지 않
음을 분명히 보여준다.[20] 그리고 타이완인 포로에 대해 '나'가 서술

---

20) 이는 앞장에서 제기한 구조의 희생자에 대한 문제와도 이어진다. 가령 『포로기』
　　전체를 관통하는 것은 인간의 행위가 '내면'을 넘어선 '외부' 즉 외적 조건의 규정을
　　받는다는 인식이라고 보는 오하라 유지(大原祐治)는, 이러한 인식이 전장에서의
　　폭력과 그에 대한 개인의 책임이라는 문제와 이어진다는 관점에서 난징에서의 폭력
　　을 언급하는 이 부분을 분석한다. 大原祐治, 「書くことの倫理─大岡昇平『俘虜紀』
　　論序說」, 千葉大學文學部, 『語文論叢 28』, 2013 참조. 그에 따르면 '나'의 문제의식
　　의 중심은 일본군의 폭행에 분노하거나 혐오감을 느끼는 측의 논리에 놓여 있는데,
　　여기서 "중국인 아내나 딸이 전혀 저항하지 않았다"라는 언급은 스다가 중국인 여성
　　을 매춘부의 위치에 두고 있음을 보여주며, 일부일처제를 당연시함으로써 성립하는
　　이러한 분노나 혐오감을 문제시하는 계기를 제공한다. 하지만 스다가 이 '매춘'에
　　대가를 지불하지 않았음은 말할 필요도 없거니와 난징에서의 폭력은 당연히 부녀자

할 때, 이 부분적인 기술은 그들이 '나'에게 남겼던 유일한 인상이라 기보다는 기록할 만한 것으로 사후에 취사선택된 데에 가까울 것이다. 그렇다면 포로들 간의 계급 관계나 그들 각자의 유형과는 무관하게 "그들[타이완인: 인용자]은 자기 자신을 위해서가 아니면 일하지 않는다" 같은 전문(傳聞)을 수용소 생활의 기억 속에 집어넣는 의미에 대해서도 생각해보아야 할 것이다. 이와 동시에 눈에 띄는 것은 이러한 타이완인의 태도에 대해 일본인 포로들이 보이는 반응인데, 가령 마루카와 데쓰시(丸川哲史)가 지적하듯 일본에서 이탈하게 된 것을 기뻐하는 듯한 타이완인 포로들의 태도에 이를 가는 구 하사관들의 모습은 점령 하 일본 사회가 구 식민지 국가의 국민들에 대해 갖는 감정을 풍자하고 있는 것처럼 보이기도 한다.[21]

아시아인을 관심의 바깥에 두는 이러한 한계를 극복했다고 평가되는 것이 바로 레이테 전쟁의 과정을 기록한 『레이테 전기』이다. 『레이테 전기』는 자료들을 동원해 전쟁이 어떻게 일어나고 실제로 사람들이 어떻게 죽어갔는지를 치밀하게 추적하여 기록함으로써 죽은 이들의 자리를 찾아주었다.[22] 그리고 그를 위한 일종의 창작노트라고

에 대한 것에 국한되지 않으며, 이러한 폭력에 분노나 혐오감을 느끼는 사람들이 당연히 '남성'의 소유물로서의 여성을 상정하는 것 또한 아닌 이상, 이러한 비판은 비판하기 쉬운 대상을 자의적으로 설정한 일종의 섀도복싱에 지나지 않는다고도 볼 수 있다. 오하라의 논의는 구조 전체의 문제를 지적하는 것으로 나아가지만, 앞장에서 살펴봤듯 『포로기』가 그린 한순간은 바로 이러한 구조 속에 놓인 개별로서의 행위자와 개별로서의 (잠재적) 희생자에 대한 물음을 제기하고 있었다. 그렇기 때문에 이 글에서는 개별이 되지 못하고 구조의 희생자의 희생자라는 위치에 애매하게 놓인 중국인이나 타이완인 나아가서는 피식민지인에 대한 오오카의 관점을 문제 삼는 것이다.

21) 丸川哲史, 「二つの「生き残ること」」, 岩崎稔他編, 『戦後日本スターディーズ2』, 紀伊國屋書店, 2009, 70쪽.

22) 노가미 겐(野上元)은 오오카가 『레이테 전기』를 작업하면서부터 텍스트를 배치함

도 평가 받는23)『다시 민도로 섬』은 오오카가 죽은 동료들을 애도하기 위해 옛 전장을 다시 찾는 가운데『포로기』에서는 단편적으로밖에 서술되지 않던 전쟁의 또 다른 당사자라 할 수 있는 필리핀인과 전후라는 맥락에서 직접 마주치는 과정을 담고 있다. 쓰루미나 가토를 비롯한 평자들이 지적했듯『레이테 전기』가 전쟁과 그 가운데서의 죽음을 그려내는 가운데 필리핀인과 만났다고 할 때,24) 오오카는 이러한 만남을 어떻게 기술하고 있을까?

1967년에 '제2차 전적 위문단'과 함께『레이테 전기』의 취재를 위해 필리핀으로 떠난 오오카 일행은 이후 여행단과 헤어져 민도로 섬을 찾기로 한다. 민도로 섬을 방문하는 것은 신중을 요한다. 물론 "필리핀인 가이드를 데리고 가면 위해를 입을 염려는 없다", "같은 필리핀인의 이익에 반하는 일은 하지 않는다"라는 여행사의 정보가 있지만, 오오카도 다소의 모험은 각오하고 있다. 이들이 레이테섬과 민도로 섬을 여행하는 동안 작품의 표면에서 줄곧 의식되고 있는 것은 바로 필리핀의 지역 사회 혹은 개개인이 일본(인)에 대해 보이는

으로써 전사자들에게 자리를 부여하는 동시에 그들을 진혼했다(納める=治める)고 본다. 野上元,「「事實」と「慰靈」―大岡昇平の戰爭文學作品を題材として」, 川村邦光 編, 앞의 책, 96쪽.

23) 鶴見俊輔・高畠通敏・長田弘,「座談會『レイテ戰記』」,『大岡昇平』, 小學館, 1992, 205쪽.

24) 오오카는『레이테 전기』의 에필로그에서 "하지만 이렇게 보면 역사적인 레이테 섬 전투의 결과 가장 지독한 일을 당한 것은 레이테섬에 사는 필리핀인이었다고 할 수 있을 것"이라며 일본군이 레이테 도민에게 준 피해를 축산 통계를 구체적인 예로 들며 분명하게 밝히고 있다. 大岡昇平,『レイテ戰記(下)』, 中央公論新社, 2011, 295쪽. 이 지점이 가토가 "오오카는 바로 자기 자신이 그 일원이었을 수도 있었을 '죽은 병사들'에 대한 애도에서 출발하는 것이 그대로 필리핀의 사자들에 대한 사죄로 이어지는 길이기도 함을 여기서 보여주었다"고 평가하는 부분이기도 하다.

태도이다. 오오카는 "배상 문제가 해결되고 일본 상품이 진출하여 적어도 마닐라에서는 필리핀인의 대일 감정이 호전되었다고 하지만 방심할 수는 없다"고 생각하며, 그들이 마주치는 필리핀인에게서 종종 일본인에 대한 적개심의 그림자를 찾는다.

> T군이나 I군과는 관계없는 일이지만 병사였던 사람에게는 필리핀인에 대해 죄의식이 있다. 전쟁 말기에 도착한 우리 보충병은 강간이나 고문을 할 기력도 없었지만 내 존재가 필리핀인에게 불쾌한 것임은 늘 느끼고 있었다. 적어도 내게서 부당한 압제자로서 와 있다는 의식이 떠난 적은 없었다. 그리고 25년 뒤 이번에는 투어리스트라는 특권을 가진 인간으로 왔다는 데에 거듭 떳떳치 못한 기분을 느끼지 않을 수 없는, 나는 그런 바보스러운 인간인 것이다.[25]

과연 이러한 감정이 아마도 전후세대일 T군이나 I군과는 관계가 없는지, 그리고 압제자였다 투어리스트가 되어 돌아왔다는 죄의식을 '바보스럽다'는 말로 표현할 수 있을지는 차치하더라도, 이렇듯 과거의 전장을 다시 찾은 오오카에게는 전쟁의 피해자였던 필리핀인과 죽은 일본군에 대한 죄책감이 거의 동시에 나타난다. 그렇다면 『레이테 전쟁』에 도달하는 과정에서 오오카는 어쩌면 무척 드물게도 일본인 병사를 피해자인 동시에 바로 그렇기 때문에 가해자라고 보는 관점[26]을 획득했다고 볼 수도 있을 것이다.

---

25) 大岡昇平, 「ミンドロ島ふたたび」, 『ミンドロ島ふたたび』, 中央公論新社, 2016, 23쪽. 이하, 본문에서의 인용은 괄호 안의 쪽수로 표기함.
26) 小田實, 「平和の倫理と論理」, 『「難死」の思想』, 岩波書店, 2008.

필리핀인은 내 감상과 관계없이 존재하고 있다. 내가 그때 산속에서 죽었다고 해도 지금 내가 보는 것과 조금도 다르지 않은 형태로 존재하고 있을 것이 분명하다.

레이테 전쟁사에서 사람들이 자칫하면 잊어버리기 쉬운 것이 필리핀인의 존재다. 1944년 말부터 1945년에 걸쳐 미일 양군은 필리핀을 결전장으로 선택하고 서로 대군을 보내 몇 달씩 싸웠다. 이는 쌍방에 혁혁한 무훈과 비참한 파괴의 기억을 남겼다. 게릴라는 '하얀 천사' 미군이 '원숭이 같은' 일본인을 자기 나라에서 쫓아내는 데 협력했다. 하지만 많은 필리핀 인민의 집이 불타고 여자들은 강간당하고 재산은 도둑맞았다.(중략)

25년 전에 우리는 국운을 걸었다고 칭하는 전쟁 수행의 필요에서 이 토지에 진주하여 죽이고 강간하고 약탈했다. 그리고 마지막에는 쫓겨났다. 35만 동포가 비참하게 죽었다. 그 흔적을 애도하기 위해 우리는 스무 명의 여행단을 짜서 3000킬로미터의 바다를 건너 왔다. 우리 중에는 장남을 잃은 일흔이 넘은 노인도 있고, 전쟁미망인도 있으며, 그때는 두 살밖에 되지 않았던 아들도 있다. 신기한 우연으로 수송선 위에서 부상을 당해 타이완으로 돌아가야 했던 옛 병사가 어쩌면 자신이 갔을지도 모를 전장에서 죽은 전우를 애도하기 위해 왔다.(30-31쪽)

하지만 위의 인용에서 보듯, 필리핀인의 이른바 피해에 대한 오오카의 인식은 죽은 일본인이나 그 유족에 대해 서술할 때에 비하면 훨씬 얇고 표면적인 진술에 그친다. 그는 옛 동료들의 무덤을 보고 싶어 하지만 그렇다고 해서 자신과 마찬가지로 국가에 의해 죽임을 당하는 이의 죽음 그 자체를 동정하지는 않는다는 태도를 견지한다. 그러면서 그들 하나하나를 서술함으로써 그들이 살았고 죽었다는 것을 문자를 통해 분명하게 현전시킨다. 죽은 일본인 동료에 대한 오오카의 이러한 태도는 필리핀인에 대해서는 어디까지나 일본인으로서 관찰하고 기술하는 것과 분명하게 다르다. 가령 오오카는 죽은 병사의 인식표를 가져와서 20페소에 팔겠다는 필리핀인에게 그것은 사고 팔 수 없는 물건이지만 만일 준다면 감사의 표시로 5페소를 주겠다고 말하다 "일본인은 우리나라에 와서 나쁜 짓을 실컷 했다. 그런데 지금은 부자가 됐다. 그런 주제에 인색하다."(36쪽)라는 말을 듣는다. 또 일행을 경호하기 위해 온 국가경찰이 그들이 가방에서 물건을 꺼낼 때마다 "그건 뭡니까?" 하고 물어보는 바람에 결국 갖가지 기념품을 건네고 만다. 이러한 에피소드를 서술할 때 오오카는 굳이 그들을 판단하는 위치에 서려고 하거나 비난어린 시선으로 바라보지 않는다. 이것이야말로 위의 인용문에서 오오카가 썼듯 그의 "감상과 관계없이 존재"하고 있는 타자로서의 필리핀인의 모습을 그려낸 것이라고 할 수도 있겠지만, 이렇듯 기묘한 수동적인 태도는 오늘날의 민도로 섬에 옛 전장의 기억을 겹쳐보고 그때 무슨 일이 일어났는지를 구체적으로 더듬으며 죽은 이들의 목소리에 귀를 기울이려고 애쓰는 오오카의 기본적으로 지적인 태도와는 어딘지 상치된다. 그리고 이를 구별하는 것은 필리핀인과 일본인이라는 어디까지나 내셔널한 경계다.

"죽은 전우들도 모두 평범하게 소집에 응하여 불만 한마디 없이 전선에 나가 평범하게 죽어버렸다. 대개는 다 써버렸지만 이야기의 사정상 우연히 쓰지 못한 인물이 눈앞에 어른거리며 왜 쓰지 않느냐고 묻는 듯한 느낌이 든다"[27]고 밝히기도 했던 오오카는 『포로기』와 『다시 민도로 섬』을 비롯한 작품에서 자신이 소속해 있던 니시야(西

---

27) 大岡昇平, 「忘れ得ぬ人々」, 『ミンドロ島ふたたび』, 中央公論新社, 200쪽.

矢) 중대의 전우들을 회상할 뿐 아니라 다양한 포로의 모습을 그려 보인다. 특히 다양한 계층에 속하는 포로들의 모습을 그리며 '일본 인'을 재발견했다는 평가도 받는[28] 『포로기』에 대해서는 오오카 자 신도 "전체적으로 하나의 일본인론"[29]이라고 언급하기도 하였다. 오오카가 이렇듯 개별적인 인간으로 그려내는 일본인을, 하지만 필 리핀인은 '일본인'이라는 집단으로 본다고 오사다 히로시(長田弘)는 지적한다. 그것은 가령 다음과 같은 장면에서 드러난다.[30]

> 사람들의 눈빛에는 그다지 악의가 있는 것 같지 않다. I군이 자두를 샀다. 빙수를 팔고 있다. 그 기계도 일본제라 그리운 '빙(氷)'이라는 글자가 보였다.
> 수박이 눈에 들어왔다. 20대 여자 점원에게 T군이 "하우 머치"라고 말을 걸었지만 상대방은 고개를 젓고 대답하지 않는다. 중장과 둘이 말을 주고받았다.
> "저건 약속이 있어서 팔 데가 정해져 있답니다."
> "반만 팔지 않겠냐고 해봐 주세요." 하는 T군.
> "수박을 자르기보다는 거기 있는 일본인 머리를 두 동강 내고 싶다 고……."(163쪽)

이것은 오오카가 필리핀에 있을 동안 줄곧 염려하던 것과도 관련 있다. 즉 그는 자신이 필리핀인을 가혹하게 다룬 부대에 속하지 않았 음을 필리핀인들이 알아봐 주리라고는 기대하지 않는 것이다. 오사 다는 이에 대해 수박을 파는 점원에게는 오오카 또한 '일본인'의 일

---

28) 大岡昇平·埴谷雄高, 『二つの同時代史』, 岩波書店, 1984, 292쪽.
29) 위의 책, 290쪽.
30) 鶴見俊輔·高畠通敏·長田弘, 「座談會『レイテ戰記』」, 207-208쪽.

원일 뿐이지만, 죽은 병사들이 일본인에게는 일본인이라는 것으로 끝나서는 안 되며, 죽은 자는 어디까지나 하나하나의 이름을 가진 한 명 한 명의 개인으로서 가능한 한 그 이름으로 정성껏 불려야만 한다는 고찰을 덧붙인다.

이렇듯 죽은 자를 개별적인 인간으로 호명해 내는 것은 국민적인 기억과 추모와는 다른 방식으로 전쟁을 기억하는 하나의 방식이기도 할 것이다.[31] 가령 가와무라는 전쟁은 조국의 영광을 위해 수행되었고 이른바 전몰자는 "평화와 번영의 초석"이 되었다고 보는 오늘날의 전몰자 추도에 대해 비판한다. 그에 따르면 전쟁이 실제로 어떠했고 거기서 어떠한 살상이 있었는지를 묻지 않은 채 이 같은 국민적인 담론이 지지되고 존속될 수 있었던 이유는 자국의 전사자에 대해서조차 그들이 전장에서 어떻게 죽었고 죽였는지를 검증하지 않았기 때문이다.[32] 이렇게 본다면 추모를 위해 민도로 섬을 찾았던 오오카의 여행이 가졌던 의의도 분명해진다. 전쟁이 있었던 바로 그 장소를 찾아 그곳에서 사는 필리핀인의 시선을 통해 일본인이 필리핀인에게 어떠한 존재였는지를 다시금 확인하는 동시에 그들 각자의 죽음을 기억하는 일은 그러한 검증 작업의 출발점이기도 하기 때문이다. 하지만 필리핀인에게 오오카가 그저 일본인이었던 것과 마찬가지로 필리핀인 또한 오오카에게는 그저 추상적인 피해자로서의 필리핀인에

31) 가토 노리히로 역시 오오카가 『레이테 전기』에 대해 "내 의도는 처음에는 레이테 전쟁을 전체로서 파악하는 것이었다. 하지만 써 나가는 가운데 전사한 병사 하나하나에 대해 어디에서 어떤 식으로 죽었는지를 열거하게 됐다"(「フィリピンと私」)고 한 것을 인용하면서, 오오카가 병사들 한 사람, 한 사람을 이름을 가진 존재로서 그려냄으로써 이른바 '영령(英靈)'이라는 관념에서 이들 각각의 죽음을 탈환하고자 했다고 평가한다. 加藤典洋, 앞의 책 참조.
32) 川村邦光, 「戰死者とは誰か」, 川村邦光編, 앞의 책, 靑弓社, 2003, 61쪽.

불과하다. 오오카의 서술 속에서 개개의 필리핀인은 그들의 성격이 어떠하든 결국 필리핀인이라는 집단 혹은 그들에 대한 오오카의 죄책감으로 회수될 수밖에 없는 것이다. 그렇다면 집단 속에서 개인을 구별하는 이 과정에서 작동하는 것은 역시 내셔널한 경계다. 위에 인용한 장면에서 읽어내야 할 것은 오히려, 오오카가 애써 구별해내는 하나하나의 병사들(혹은 오늘날의 맥락에서 보자면 전후세대에 속하는 개개의 일본 국민)이 다시 '일본인'으로 어쩌면 폭력적으로 뭉뚱그려지는 순간이 불쑥 도래한다는 사실을 오오카가 의도치 않게 분명히 그려냈다는 점이다. 여기에는 하나의 집단을 개체로 구별해내는 시선과 존재하는 개인을 다시 집단으로 회수하는 시선이 양방향에서 동시에 존재하고 있는 것이다. 그리고 오오카는 여기에서 멈춘다.

4. 다시 개별의 문제로

필리핀 항공의 쌍발기는 시속 226마일이다. 이것은 특공기의 순항속도보다 조금 빠르다. 고도 삼천, 전방을 떠다니는 다양한 형태의 구름이 느긋하게 다가와서 비행기 아래를 이동해 간다. 바다는 파랗다. 섬들은 하얀 해변과 초록색 여울을 두르고 있다. 콩알만 해 보이는 산호초가 그 백배에 이르는 밑단을 펼치고 있는 모습이 보인다. 아래쪽에 보이는 바다는 어디까지나 투명하게 푸르지만 전방에서는 파도의 주름이 반짝반짝 빛나며 공중으로 어지러운 반사광을 던진다.

특공기를 조종해 가는 젊은이도 이 풍경 속에 있었겠지만 필시 섬이나 해변을 보고 있을 여유는 없었을 것이다. 극도의 주의를 필요로 하는 일이 앞에 기다리고 있다. 저 반짝이는 파도 사이에 검은 점이 되어 파묻혀 있는 함선을 식별해야만 한다. 사방을 둘러싼 파란 하늘에서 언제 튀어나올지 모를 적기를 지켜봐야 한다.(24쪽)

　1967년, 레이테섬으로 날아가는 하늘에서 오오카가 떠올리는 것은 아시아 태평양 전쟁 당시 일본인 특공대원이 보았을 풍경이다. 아름답게 묘사되는 필리핀의 바다와 하늘은 어느 순간 전쟁의 기억으로 이어지고, 이는 일상의 풍경조차 언제든지 전장으로 돌변할 수 있음을 상기하게 한다.

　오오카가 핵무기에 반대하고 끊임없이 전쟁을 경계했음은 잘 알려져 있다. "글을 읽고 술을 마시며 텔레비전을 보는 데 만족"하며 살던 인간인 '나'가 국가가 불시에 전쟁을 시작하자 "일개 병졸로 전쟁에 끌려갔다"[33]는 오오카의 말에서는 지금이 얼마든지 다시 전전이 될 수 있다는 절박함을 읽어낼 수 있다. 그리고 이 절박함은 아마도, 오오카가 전장에 끌려간 이상 국민의 일원으로서 싸울 수밖에 없다고 생각하는 것과 표리일체를 이루고 있을 것이다. 아름다운 풍경은 전장의 기억과 겹쳐지지만, 이 전쟁터에서 그가 상상하는 것은 특공대원의 눈에 비쳤을 풍경이자 살아 돌아온 사람으로서는 결코 알 수 없는 그들의 세계다. 오오카는 이들이 그것을 위해 자신의 목숨을 바쳐야 했던 대상을 미화하거나 이들의 행동에 굳이 의미를 부여하려 하지 않는다. 대신, "꺼림칙한 산물(いやな産物)"(154)이라고 생각했던 특공이 알고 보니 산호세 교두보에서 자기 역할을 그럭저럭 해내고 있었음을 구체적으로 서술하고, 그들이 무엇을 바라고 있었을지 상

---

33) 大岡昇平, 「一兵卒として」, 『證言その時々』, 講談社, 2014. 여기서 오오카는 "우리는 이번 세기의 거대해진 전쟁에서 몇 십만, 몇 백만이라는 사망자 숫자에 익숙해져 있지만, 한 사람 한 사람의 입장에서 보면 이백오십 명의 전사자가 제각각 부모, 아내, 아이를 가지고 있었다는 것은 엄청난 일이다.", "베이루트 폭격으로 재해를 입은 사람은 처음에는 6만이라고도 60만이라고도 일컬어졌다. 6만과 60만은 엄청난 차이지만 이것이 불명확한 채로 보도될 정도로 그들 한 사람 한 사람의 생명은 경시되고 있는 것이다"라며 숫자로 표현되고 추상적으로 기념되는 사망자가 각자의 관계 속에 있는 개개의 인간임을 다시 한 번 강조한다.

상한다. 하지만 그들이 올렸던 부분적인 전과가 구체적인 명칭과 수치로 표현될 때, 전쟁에서 우리가 개별적인 인간으로 호명해낼 수 있는 이와 그렇지 않은 이의 경계는 필연적으로 다시 그어지고 만다. 그리고 이러한 결과는 또 다시 전쟁이라는 상황을 통해 정당화될 텐데, 바로 그렇기 때문에 이러한 일이 다시는 일어나지 않게 막아야 한다는 목소리는 한층 더 설득력을 얻는다.

『포로기』는 전장에서 만난 적을 왜 죽이지 않는가를 반복적으로 고찰하면서 이렇게 타인을 죽이는 것이 정당화되는 전장 혹은 전장과 이어지는 일상에서 개개인에게 어떠한 윤리가 가능할 것인지를 의식적으로 묻고 있는, 많지 않은 전후문학 중 하나이다. 하지만 여기에는 개별적인 인간으로서 타자에 대한 윤리적인 선택을 할 수 있는 일상과 그것이 원천적으로 불가능한 전장이라는 구별이 존재한다. 또한 일종의 일본인론이라고 할 수 있을 정도로 다양한 포로를 서술하고 있는 『포로기』에서 미국인이나 일본인이 아닌 전쟁의 당사자들은 개별자로서 깊이 고찰되지 않는다. 옛 동료들을 애도하기 위해 필리핀의 전장 민도로 섬을 다시 찾은 오오카가 그곳에서 마주치는 필리핀인을 보며 전개하는 사고는, 이렇게 전장에서 개인을 구별해냄으로써 국민적인 추도 작업에 문제를 제기하는 방식에도 내셔널한 경계가 작동하고 있음을 보여준다.

이 두 작품은 그 한계에도 불구하고 전쟁 혹은 그것과 이어지는 일상에서 '우리'의 경계는 어디에 있는지를 물으며, 일본의 전후라는 시간이 가지고 있는 문제 또한 함께 드러낸다. 그리고 『다시 민도로 섬』은 이러한 전쟁에서 죽은 개별적인 인간을 애도하는 과정을 그리는 동시에 국가의 전쟁의 피해자가 동시에 가해자이기도 함을 매우 의식적으로 보여주는 작품이다. 따라서 오오카가 자신의 전쟁 체험

을 전후라는 시점에서 다시금 상기하고 있는 이들 작품은 일본이라
는 내셔널한 경계 바깥에 있다고 간주되는 독자들에게도 인간의 문
제를 다룬 문학으로서 읽힐 수 있는 가능성을 담지하고 있다. 그럼에
도 불구하고 이 작품들이 탐구하지 못했던 가능성은 기실 전후라는
시대 구분 자체가 내포하고 있는 문제와도 연동하며, 한계에도 불구
하고 작품이 제기하는 물음은 바로 이 '전쟁 없는' 시대를 살고 있는
이들을 향한다. 일본의 전후문학이 '우리'의 문학일 수 있다면 바로
이러한 물음 때문일 것이다.

/ 심정명

구(舊)만주 유용자(留用者)들의 전후

잡지『쓰루오카』와 그 주변

1. 유용(留用)과 억류(抑留)

이 글에서는 아시아태평양전쟁이 종료된 후에도 일본의 바깥, 중국·옛 만주 땅에 유용(留用)되어 생활과 노동을 위해 몇 년(많게는 7, 8년)의 시간을 지낸 일본인들에 대해 다루고자 한다. 특히 여기서는 구(舊)만주의 지방도시 중 하나인 허강(鶴崗, ヘガン)의 일본인 노동자들의 문화 활동에 초점을 맞춘다. 패전 후, 1950년대 초까지 허강에서 탄광 노동에 종사했던 일본인들이 간행한 잡지『쓰루오카(ツルオカ)』의 기사와 잡지 간행의 기반이 된 운동조직에 관련하였던 당사자들을 청취조사, 허강 답사조사를 바탕으로 논의를 진행한다. 또한 이들 조사는 올해 3월에 베이징일본학연구센터(베이징외국어대학) 교수인 친강(秦剛) 씨의 협력을 얻어 공동으로 행하였다. 현재『쓰루오카』의 복각본 제작에 관한 준비에도 착수하였다.

먼저 '유용(留用)'이라는 단어의 정의를 확인해두고자 한다. 이 용어는 일반적으로는 중국인 노동자와 함께 허강탄광과 같이 탄광이나 공장 등에서 노동을 하기 위해 옛 만주 지역에 어쩔 수 없이 붙잡혀 남았던 일본인 노동자들과 그 가족의 상황을 가리키는 말로 쓰인다.

다음은 NHK가 '유용자'에 대한 방송 제작을 위해 취재한 것을 바탕으로 편집된『유용된 일본인(留用された日本人)』에서 인용한 것이다.

> 패전 이듬해 4월부터 중국에서 시작된 일본인의 집단 귀환은 1948년 8월 15일, 호호도(葫蘆島, 葫芦島)에서 출발한 다카사고마루(高砂丸)호를 마지막으로 종료된다.
>
> 이 시점에서 옛 만주(중국·동북지방)에 남겨진 일본인은 6만 명 이상이라고 하며, 벽지에서 생활하고 있어 귀국선 시간에 맞출 수 없었던 민간인, 잔류 고아나 여성, 억류된 군인 등이라 여겨졌다. 그런데 남겨진 사람들 중에는 패전 후 바로 공산당군의 요청을 받고 혁명에 참가한 일본인들이 있었던 것이다. 그 숫자는 8천 명이라고도 하고 만 명이라고도 하는데, 대부분은 옛 만주에서 일하던 기술자로 직업은 철도, 의료, 공장 등 다양했다.
>
> 그들은 귀국을 눈앞에 두고도 원했든 원하지 않았든 잔류하게 되었고 전후 8년 이상을 중화인민공화국 건설의 협력자로서 일하였다. 중국에서는 그들을 '국제우인(國際友人)'이라고 부르며 일본에서는 '유용자(留用者)'라고 부른다.[1]

본고에서도 이 정의에 따라 '유용', '유용자'라는 말을 사용하기로 한다. '유용'이라는 단어와 차별화하여 생각해야 하는 말로는 '억류' 및 그 외의 용어가 있다. '억류'는 강제수용소(캠프)에 이송되어 감시하에 노예처럼 강제로 노동하는 상태를 가리킨다. '억류'와 '유용'에는 공통점도 많지만, '유용'의 경우에는 유용자가 고용되어 임금을 지불 받으며 원칙적으로는 중국인 노동자와 같은 조건에서 노동에

---

1) NHK, 「留用された日本人」取材班, 『留用された日本人 : 私たちは中國建國を支えた』, 日本放送出版協會, 2003, 3-4쪽.

종사한다는 점에서 '억류'와는 구별된다. '억류'가 소련·시베리아, 그리고 남방(동남아시아) 및 기타 지역에서의 경험에 관해, 말하자면 일반명사처럼 쓰이는 일이 많은데 대하여 '유용'은 오로지 일본인이 옛 만주에서 겪은 경험에 관해서만 사용된다. 그러나 예를 들어 '유용'이라는 용어를 영어로 번역하는 일은 간단하지 않다. '억류'는 'internment'인데 이 번역어는 시베리아 억류뿐 아니라 일본계 이민자들이 전시 하에 미합중국 내 수용소에 억류되었던 일에도 대응시킬 수가 있다. '유용'은 일단 'detainment'가 해당된다고 해두겠으나 확실하지는 않다.

　유용자도 억류자도 그들의 경험이 각각 곤란한 문제나 모순을 안고 있었던 점, 특히 정치적 상황에서 그러했다는 점은 말할 필요도 없으나, 그러한 문제나 모순이 가장 심각하게 드러난 것은 그들이 공산주의 체제 국가에서 일본으로 귀환하여 일본 시민으로서의 생활을 재개했을 때였다. 시베리아 억류자의 귀환에 관한 문제를 보여준 사건으로는 소위 '도쿠다요청문제(德田要請問題)'라는, 통역자인 간 스에하루(菅季治)가 자살한 사건을 상기하게 된다.

　1950년 2월 일본인 억류 귀환자의 우파(右派)그룹이 일본공산당 위원장인 도쿠다 규이치(德田球一)를 그들의 귀환을 방해했다고 고발하여, 도쿠다가 국회에 증인으로 소환되어 신문을 받는 사태가 발생하였다. 도쿠다는 공산주의자 외의 일본인 억류자를 강제수용소로부터 귀환시키지 말라고 소련 측에 '요청'하는 서간을 보냈다는 의심을 받았다. 소련장교와의 통역을 담당한 간 스에하루는 '요청'이라는 말을 '기대'로 자의적으로 통역한 것은 아닌가라는 추궁을 받고 중의원에서 증인으로 소환되었는데, 다음 날 그는 철도에 뛰어들어 자살하였다. 간을 소환하여 신문한 중의원 해당위원회는 그를 소련이나 일본

공산당과 연관시켜 공산주의자로 취급하려 하였고, 이에 대해 간은 억류된 상황 속에서 '민주주의'라는 자세를 관철하려 했다고 주장했음에도 그 미묘한 차이에 대한 그의 주장은 묵살되었다.

권력의 틈새에 끼인 통역이라는 복잡한 입장에 처한 자를 죽음에 이르게 한 이 사건에 관해서는 기노시타 준지(木下順二)가 바로 희곡화하여 『개구리 승천(蛙昇天)』이라는 작품을 발표하였다(초출은 『世界』 1951년 6·7월호, 단행본도 未來社에서 1952년에 간행). 이 작품은 도쿠가와 문제를 개구리의 세계로 옮겨서 알레고리로 쓰고 있는데 다음 인용의 슈레라는 개구리가 통역자인 간이라 여겨지고 있다.

> 무(ムー) 말씀 드립니다. 우리 청개구리 연못에 소굴을 이룬 저 빨강개구리 연못과 긴밀한 연락을 취하고 있는 카프리당(党)은, 저 연못에 아직 포로로 억류되어 있는 우리들의 동포 청개구리가 전부 빨강개구리로 변할 때까지 돌려보내서는 곤란하다는 말을 저 연못의 당국에 요청한 것입니다. / (……) / 우(ウー) 귀환관철추진동맹정신대(帰還貫徹推進同盟挺身隊)입니다. / (……) / 무 저는 빨강개구리말은 모르지만 통역이 확실하게 그렇게 통역한 것을 기억하고 있습니다.

> 슈레(シュレ) (어머니인 고로를 향하여) 빨강? (격하게)바보 같은! 어째서 이 연못에서는 금세 빨강, 빨강거리는 거죠? 민중이라고 하면 빨강! 평화라고 하면 빨강! 되도록 많은 사람이 행복하게 살아 갈 수 있기를 생각하는 것이 왜 빨강입니까? 저는 확실히 빨강개구리 연못에 몇 년이나 억류되었습니다. 그러나 저는 저 나름대로 빨강개구리의 좋은 면과 나쁜 면을 보고 왔을 터입니다. 저는 저 나름대로 청개구리 연못의 청개구리로서 저의 길을 걸어갈 작정입니다. 그것을 어째서 이 연못에서는 뭐라 말만 하면 빨강이다, 빨강이다 하고 단정지어버리려 하는 것입니까?

지금 여기서 기노시타의 『개구리 승천』을 깊이 파고들 여유는 없
으나, 개구리(カエル)라는 단어는 청색에서 빨강(공산주의자)으로 바뀐
다(カエル), 그리고 억류자가 일본으로 돌아간다, 라는 중층적인 의미
를 암시하는 것이리라.2) 위에서 슈레의 각오는 레드 퍼지(Red purge)
의 태풍이 거세게 불던 시기에 공산주의 대 반공주의라는 냉전체제
의 기초를 이루는 이원구조를 바탕으로 하여, 억류귀환자 가운데 액
티브(좌파)와 히노마루구미(日の丸組, 우파)의 내부 대립 속에서 어느
쪽에도 완전히 속하지 않는다는 입장을 선택한 단독자의 고뇌를 적
확하게 그려내고 있다.

이 도쿠다요청문제에 이르기까지 1950년 전반기는 일본공산당에
게는 그야말로 격동의 시기였는데, 1월 6일 스탈린 통치하의 코민포
름(Cominform)이 노사카 산지(野坂参三) 등의 '점령하에서의 혁명'론
을 비판, 이에 도쿠다 규이치 등 소감파(所感派)가 반론하였는데 오
히려 코민포름의 비판을 받아들인 국제파의 미야모토 겐지(宮本顯治)
등이 도쿠다 등을 비판하면서 소위 50년문제로 발전하여 당은 분열
하게 되었다. 여기서 도쿠다요청문제가 발생하고 게다가 5월에는
맥아더의 지령에 의한 공직추방이 행해져 이에 해당된 도쿠다는 같
은 해 중국으로 건너가 북경기관(北京機關)을 발족시키고 베이징에서
활동을 계속하게 된다. 그는 1953년에 베이징에서 사망하는데 그 때
까지 북경기관에서 보낸 몇 년은 지금부터 다룰 허강 공산주의자들
의 활동과 겹쳐서, 이들에게 도쿠다는 상징적인 영웅으로 군림하게
된다.

2) 일본어에서 개구리를 가리키는 단어 蛙는 カエル(kaeru)라고 발음하는데 변하다,
   바뀌다라는 뜻인 동사 変える, 그리고 돌아가다라는 뜻인 동사 帰る 또한 동일하게
   カエル(kaeru)라고 발음한다는 점에 착안한 분석이다. ―역자

도쿠다요청문제와 통역자 간 스에하루의 비극을 모델로 한『개구리 승천』은 알레고리 수법으로 이러한 폭력적인 이원구조의 시대를 매우 설득력 있게 그려내는 것에 성공하였다. 이 시대의 근저에는 억류자의 귀환이라는 일본 및 동북아시아 지역의 전쟁 부채, 전후 처리문제가 크게는 냉전구조와 50년문제로부터 육전협(六全協, 일본공산당 제6회 전국협의회日本共産党第6回全國協議會의 줄임말-역자)까지의 일본공산당 내부의 전후문제가 맞물려 움직여가는, 지독히도 복잡한 뒤틀림이 내포되어 있었다.

억류자의 귀환에 즈음해서는 '빨갱이 귀환자'라는 차별문제가 귀환 후의 그들을 기다리고 있었는데(그 대척점에 있었던 것이 우파억류자 그룹의 '히노마루구미'였던 것이다), 허강에서의 유용으로부터 귀환해 온 사람들에게도 이러한 사회적 차별이 기다리고 있었다. '유용'과 '억류'에 공통된 문제, 그리고 허강 유용자들의 활동이 일본 국내의 정치 동향, 특히 공산주의 운동의 동향과 연계 호응하는 부분과 또 떨어져 고립된 부분을 모두 합친 복잡한 성격을 지닐 수밖에 없었다는 점도 이러한 동시대성을 확인함으로써 드러나는 것이다.

2. 허강이라는 장소

鶴崗(허강. 유용자들은 이곳을 일본식으로 '쓰루오카'라고 불렀다)은 옛 만주의 북서쪽에 위치하여 러시아(당시 소련)와의 국경을 이루는 흑룡강/아무르강에서도 그리 멀지 않다. 현재도 허강은 중국 동북지역 석탄산업의 중심지로, 인구도 59만에 달한다. 허강에 가기 위하여 우리는 다른 조사지(地)였던 베이징에서 비행기를 타고 가장 가까운

대도시였던 자무쓰(佳木斯) 공항에 내려섰다. 1950년대 당시는 자무쓰와 허강을 연결하는 철도망도 있었으나 지금은 사람을 싣는 철도는 사용되고 있지 않다. 그래서 우리들은 자무쓰 공항에서 허강 시내까지는 택시(실질적으로는 불법택시)를 이용할 수밖에 없었다.

허강에서 석탄이 발견되어 채굴이 시작된 것은 1910년대부터이지만 국공내전(國共內戰, 중국국민당과 중국공산당 사이의 내전-역자) 시대에는 공산당 세력의 중요한 석탄산업의 거점이 되었다. 이것이 만주에 잔류한 많은 일본인들이 이곳에 모이게 된 이유이기도 하다. 또한 동시에 이는 옛 만주인 이 지역의 통치자가 대일본제국, 소련, 국민당, 그리고 공산당으로 어지럽게 바뀌었다는 사실을 설명하는 근거가 되기도 한다.

일본인과 만주 토지와의 관계 및 그 역사는 1931년 만몽(滿蒙)개척단에 의한 입식(入植)으로 거슬러 올라간다. 허강의 일본인 커뮤니티와 노동조합도 대부분은 이 개척단 사람들에 의해 구성되었다. 또한 허강은 중국의 영화산업을 지속시키는 중핵이라는 점에서 중요했다. 만주영화협회(만영, 滿映)의 많은 스태프가 창춘(長春)에서 이동하여 이곳에 모여들었던 것이다. 지금도 허강에서는 남산매광(南山煤鑛) 등 다수의 탄광이 현역으로 가동 중이며, 마을의 분위기도 석탄 생산과 그 이용(대다수의 세대에서 난방 등에 석탄 에너지를 사용)으로 인해 공기가 까맣게 그을리고 지면의 흙도 거무스름해져서 검고 탁한 인상을 강하게 풍기고 있었다.

일본 쪽에서 보면 일소중립조약(日ソ中立條約)을 일방적으로 어기고 침공해 온 소련은 허강이나 자무쓰 등의 지역으로도 군대를 전개하였다. 후생성귀환지원국(厚生省引揚援護局) 미귀환조사부(未歸還調査部)가 작성한 『만주·북한·사할린·쿠릴열도 일본인의 일소전쟁 시

작 이후의 개괄적 상황(滿洲·北鮮·樺太·千島における日本人の日ソ開戰
以後の槪況)』(1959)을 보면, 만주의 최전선이었던 이들 지역에 거주하
고 있었던 일본인들이 얼마나 가혹한 상황을 맞이했는지를 상상할
수 있다.

소련군은 아무르강 국경을 건너 침공해왔다. 우리들은 흑룡강/아
무르강의 명산진(名山鎭, Mingshanzhen)이라는 국경지역을 방문했는
데 3월인데도 강은 동결된 채로 그 얼어붙은 강의 맞은편에 있는 소
련의 국경 감시시설을 아주 가까이 볼 수 있었다. 현재 중소관계는
비교적 양호해서 우리가 방문했을 때도 러시아 토산물 가게가 열렸
고 언 강에 걸친 도로 위를 목재를 운반하는 트럭이 러시아로부터 왕
래하고 있었다. 겨울철이라서 명산진 거리에는 방문한 관광객은 거
의 없이 고요했으나, 여름철에는 휴양지라 붐비는지 러시아풍의 디
자인으로 지어진 호텔 등 휴양시설을 몇 개 보았다. 중국 속의 러시
아를 연출한 것 같은 조금 색다른 풍경이기는 했다.

현재 흑룡강성의 석탄산업은 결코 순조롭지는 않아서 다수의 실업
자가 발생한 상황이 해결의 실마리를 잡지 못하여 성(省) 대표자의
책임을 묻는 사태에까지 발전하였고, 허강의 마을에서는 한편에서
채광의 영향으로 시내 거주구역의 지반침식이 진행되고, 시의 교외
는 집을 잃은 사람들을 이전시키기 위한 대체주택지로서 고층 아파
트가 무수히 늘어선 거대한 뉴타운이 형성되기 시작하고 있었다.

3. 허강의 문화운동과 잡지 『쓰루오카』

그러면 이러한 허강을 무대로 하여 전개된 유용자들의 문화운동에

관하여 고찰해가고자 한다. 먼저 이 문화운동의 중심이 된 동북건설
돌격대(東北建設突擊隊)부터 이야기해두겠다.

　오쓰카 유쇼(大塚有章). 공산주의자로 동북건설돌격대의 지도자,
그리고 허강탄광 노동조합의 지도자. 그야말로 허강의 노동운동과
문화공작의 가장 중요한 인물이다. 오쓰카는 가와카미 하지메(河上
肇)의 처남으로 일본공산당 활동에 참여하여 1932년 소위 적색갱사
건(赤色ギャング事件)의 실행책임자로 체포되어 복역, 출옥 후에는 아
마카스 마사히코(甘粕正彦)에게 인정받아 아마카스가 이사장으로 있
던 만영에 들어가 만주로 건너간다. 1945년에는 허강 문화운동의 중
핵을 담당한 동북건설돌격대를 결성하였다. 한 번 귀국하지만 다시
만주로 건너가서 1950년 허강에 동북건설돌격대의 멤버 스무 명과
함께 옮겨가 문화운동을 지도, 1956년에 귀국한 후에는 중일우호협
회(日中友好協會)의 운영에 관여한다. 1966년 문화대혁명의 평가를
둘러싸고 내부 분열하고부터 오쓰카는 소위 주류파 중일우호협회에
속하여 일본공산당으로부터도 제명되고, 니시자와 다카지(西擇隆二)
등과 함께 마오쩌둥사상연구회를 설립하고『마오쩌둥사상연구(毛擇
東思想硏究)』의 편집에 관여하였다. 1979년에 사망. 자서전으로『미
완의 여로(未完の旅路)』(초판 1961, 신판 1976)가 있다. 전후 중국과 소
련의 대립이나 중일공산당의 관계사(史) 등, 아직 설명되지 않은 공
산주의 전후사의 중요한 부분과 관련된 인물이라 할 수 있다.

　오쓰카는『미완의 여로』에서 동북건설돌격대라는 조직의 목적을
다음과 같이 적고 있다. 첫 번째는 "파괴된 동북의 경제 건설"에 참
가. 이 참가에 의해 당시 수만 명 규모로 잔류하고 있었던 구만몽개
척청소년의용대(舊滿蒙開拓靑少年義勇隊)나 개척단을 중심으로 한 난
민을 구제한다는 목적이었다. 허강에는 패전 후 일본에 귀국하지 못

한 사람들부터 1,500~1,700명의 노동자와 그 관계자가 모여 같은 곳에 '유용'되었다. 그들이 귀국하지 못한 배경에는 공산당과 국민당의 전투라는 상황이 있었는데 일의 진상은 알 수 없다. 오쓰카가 그들을 '난민'이라 규정한 것도 논의의 여지는 있을 것이다. 여하튼 오쓰카로서는 이 '동북건설'에 중국공산당의 지도를 받음으로써 "그대로 일본 인민의 민족해방 민주주의 혁명의 투쟁에 참가하는 것과 같은 의의를 지닌다"는 목적도 있었다. 허강의 문화운동도 동북지방을 장악한 중국공산당과 연계한 반미·반국민당 투쟁의 한 과정이라는 위치를 부여받았던 것이다.

두 번째 목적은 이 조직이 "청년 제군을 주요한 대상"으로 하여 만들어졌다는 것이다. 만주국에서 행해지던 군국주의 교육의 영향을 불식하고 청소년에 대한 "계몽선전"을 중점화한다는 것이다. 원래 조직명 자체에도 '동북건설청년돌격대'라고 '청년'이라는 두 글자가 포함되어 있던 것은 그 때문이었다.[3]

이처럼 오쓰카 휘하에서 결성된 동북건설돌격대의 그룹 활동과 그 자신의 사상은 같은 시기 일본공산당 주류로부터는 고립된 것이었다고 할 수 있다. 1950년에 찍힌 돌격대의 사진에는 배경에 스탈린과 마오쩌둥, 도쿠다 규이치의 사진이 걸려있다. 위에서 기술한 바와 같이 이 해는 일본공산당 초대 위원장이었던 도쿠다는 베이징으로 망명하여 북경기관을 설립하고, 그 후에는 베이징에서 1953년에 죽을 때까지 일본 국내에 계속해서 무장투쟁을 호소했다는 경위가 있다. 허강 운동 역사의 대부분은 일본공산당 스스로가 50년문제를 역사화하여 도쿠다 등이 당을 주도했던 역사를 부정한 이후, 도쿠다의

3) 이상, 大塚有章, 新版『未完の旅路』, 三一書房, 1976, 28-30쪽.

이름과 함께 망각 속으로 묻혀버렸다고 할 수 있다.

여기서는 허강의 일본인 노동자들에 의해 간행된 잡지『쓰루오카』에 게재된 에세이나 문학작품의 일부를 소개해두고자 한다. 제8호까지 나왔다고 알고 있는데 현재까지의 조사로는 제6호만이 결호로 탐색 중이다. 말할 것도 없지만 모두 등사판(謄寫版) 인쇄로 창간호가 1951년 3월, 마지막 제8호가 1953년 1월 발행이며 표지에 '동북건설돌격대'의 스탬프가 찍혀 있고, 속표지에는 "동북건설돌격대 발행"이라는 문자가 인쇄되어 있다. 이는 제5호까지는 동일하고 제7호에는 표지에 "허강광무국 인사처 외적직공과 발행(鶴崗鑛務局人事処外籍職工科發行)"이라고 되어 있는데, 표지의 스탬프와 속표지의 "동북건설돌격대 발행"이라는 기재는 같고 이 호만 발행자가 둘인 것으로 되어 있다. 제8호는 표지에 '동북건설돌격대 창립 7주년 기념호'라는 제목을 내걸고 제7호와 같이 "허강광무국 인사처 외적직공과 발행"이라고 쓰여 있으며 속표지에는 기재가 없다. 편집은 편집후기에 "편집위원회", "쓰루오카 편집위원회" 등의 기명이 있으므로 동북건설돌격대의 주도로 편집위원회가 만들어져 간행되었다고 생각한다. 그러나 도중부터 관할하는 광무국으로부터 인쇄 자금을 얻어서 이렇게 기재하였을지도 모른다.

허강탄광에는 일본인공회라는 일본인 노동자의 노동조합이 조직되어 있었고(오쓰카 유쇼가 위원장) 동북건설돌격대가 지도조직으로서 그 사상교육이나 문화공작을 맡았다고 생각되는데, 정확한 수치상의 근거는 얻을 수 없지만 몇 년간 노동자로 이 돌격대에 입대하는 자가 급증하여 당초의 20명이 500명의 조직으로 확대되어 최종적으로는 8할의 노동자가 가입했다는 증언이 있다.[4] 허강에는 여러 개의 탄광이 있고 탄광마다 독자적 잡지를 간행하는 등 각자의 자립된 문화 활동이 이루어지고 있었는데, 이들을 집약시키는 역할을 『쓰루오카』에 기대했다고 생각한다.

『쓰루오카』에 게재된 작품은 대개 다음과 같이 분류할 수 있다. 목판화, 시, 하이쿠, 벽소설(壁小說), 보고문학(기록적인 작문), 흑판신문(黑板報), 중국어작품의 번역. 벽소설은 일본 내지에서 동시대 1950년대 이후의 서클운동에서 이루어졌던 것과 거의 동일하다고 생각해도 좋으나 이후의 문화대혁명에서 중요한 역할을 했던 대자보(벽신문) 등과의 연관성을 상기한다면, 바로 일본 내부의 운동방법론과의 유사점만을 떠올리는 것은 적합하지 않을지도 모른다. '흑판신문'도 벽소설이나 벽신문과 유사한 것으로 식당에 놓인 흑판에 자유롭게 적힌 작문을 기록하여 게재한 것이다. 이러한 형태가 활용된 배경에는 이전까지 문장화의 경험이 빈약했던 노동자들로 하여금 표현의 장을 넓히고 그 장벽을 낮춘다는 의도가 있었다고 여겨진다.

창간호의 권두에 "창간의 말을 대신하여"라는 부제와 함께 게재된 모리토 사토시(森藤悟) 「문화활동의 방향에 관한 메모(文化活動の方向についてのメモ)」를 조금 살펴보자. 모리토는 오쓰카 유쇼와는 또 다른 동북건설돌격대의 주요 멤버이다. 모리토는 "허강에 와서 5년, 우리들의 문화 활동도 새로운 문화 창조를 향한 발걸음이 간신히 궤도에 올랐다. 문예 연극 미술 음악 각 부문에 걸쳐 다면적인 활동이 일부 애호자만의 움직임이 아닌 대중적인 활동으로 추진되고 있다"고 설명하기 시작하고 있는데, 여기서 "대중적인 활동"이라는 말을 한 것

---

4) 大塚功, 「お別れに際して 元東北建設突擊隊の同志を代表して」, 『未完の旅路』刊行委員會 編・發行, 『追憶大塚有章』, 1980, 45쪽, 또는 秦剛, 「『戲曲蟹工船』と中國東北部の「留用」日本人―中日戰後史を結ぶ「蟹工船」」, 二〇一二小樽小林多喜二國際シンポジウム報告集 『多喜二の文學、世界へ』, 177쪽 등을 참조.

은 동북건설돌격대 주체의 문화 활동은 활발함에도 불구하고 "일반 대중 활동"이 정체하고 있는 것을 염려했기 때문이다. 이 괴리를 극복하기 위하여 "문화 활동은 혁명 활동의 나사못"이라는 레닌의 말을 인용하여 문화 활동이란 "선전선동의 활동", "동원의 활동"이며, 그 주체는 "대중 공작"의 주체가 되어야만 한다고 설명한다. 『쓰루오카』가 노동자 사상 교육의 장으로서 기능하고 있던 것이 드러난다.

제2호(1951년 4월)에는 중국의 소설가 딩링(丁玲)이 쓴 텍스트 「쓰기 위해서는 훌륭한 공작을(書くためには立派な工作を)」의 번역이 실렸는데 여기에는 "우리가 대중들 속으로 들어가는 것은 작품을 쓰기 위해서입니다. 그러나 무엇보다도 중요한 것은 단순히 쓰기 위해서가 아니고 대중공작을 훌륭히 할 수 있다면 결과적으로 훌륭한 작품을 쓰는 데 도움이 되는 것입니다"라는 말이 있어, 앞선 모리토의 제창과 호응하는 관계임을 알 수 있다. 당시 딩은 당에 중용되어 요직에 있기도 하였는데 4년 후에는 마오쩌둥의 비판을 받고 공산당에서 제명당하여 하방(下放)되는 쓰라림을 겪게 된다.

4. 허강 일본인들의 '전후'

그러면 『쓰루오카』에 게재된 문학작품에 관하여 살펴보자. 창간호에는 다음과 같은 시가 있다. "「궁성」의 왕좌보다도/더 높은 곳에 있는" 마루노우치빌딩의 침대에서 필시 잠자리가 기분 좋을 것이라며, 맥아더를 향하여 "너(お前)"라고 부르면서 시작하는 고토 다카오(後藤孝雄)의 「맥아더여(マッカーサよ)」라는 시이다.

정령(政令)「공무원법안」을 공포하고
「식량확보임시조치법」을 공포하고
이제는 레드 퍼지를 강행하려고 하네
위대한 너의 공적을 우리들은 결코 잊지 않으리
1949년에는「히노마루(日の丸)」를
1950년에는「전범추방해제」를
1951년에는 말에 공을 들여
「일본 국민」을 열렬히 칭찬해 주었다
「신년 헌사」를 세뱃돈으로 주었다
너의 우정을
우리들은 결코 잊지 않겠다
팔려간 아이의 앞에서
육탄으로 조선에 끌려가버린 아버지의 앞에서
능욕당한 여동생의 앞에서
마쓰카와 사건5)의 애국자들 앞에서
일본 인민이 어떻게
이를 잊을 수 있겠는가
중국 인민의 승리의 격려와
모든 조선 인민이 몸소
보여주고 있는
투쟁의 고무(鼓舞) 앞에서
우리들은 그것을 잊을 수가
없는 것이다

---

5) 마쓰카와 사건(松川事件)은 1949년 후쿠시마현(福島縣)의 일본국유철도인 도호
쿠혼센(東北本線)에서 일어난 열차운행 방해사건이다. 전후에 일어난 큰 국유철도
미스터리 사건 중 하나로 꼽히며, 용의자들이 체포되었지만 이후 재판에서 모두
무죄를 선고받고 진범을 찾는 것에도 실패한 채 미해결사건으로 남아있다. -역자.

저 사람들에게 맹세컨대
우리들은
맥아더, 너의 공적과 우정에
예를 표하지 않으면
안 된다
이를 위해서도
너를 일급전범으로 지명한
스톡홀름선언에
우리들은 서명해야만 하는 것이다

맥아더여
마루노우치빌딩의 침대는
필시 잠자리가 편안하겠지
그 잠자리 기분 좋은 마루빌딩의
침대 위에서
지금이라도
세계 제패라는 커다란 꿈을 꿔 주시게
왕좌보다 높은 곳에서
군림할 수 있는 날도
이제 얼마 남지 않았으니

政令「公務員法案」を發布し
「食糧確保臨時措置法」を發布し
今はレツド・パージを强行せんとする
偉大なお前の功績を俺達は決して忘れない
一九四九年には「日の丸」を
一九五〇年には「戰犯追放解除」を
一九五一年には言葉をきわめて
「日本國民」をほめあげてくれた

「新年献詞」をお年玉にくれた
お前の友情を
俺達は決して忘れない
賣られて行つた子供の前に
肉弾として朝鮮につれ去られた父の前に
辱しめられた妹の前に
松川事件の愛國者の前に
日本人民がどうして
これを忘れることができようか
中國人民の勝利の激励と
全朝鮮人民が身を以つて
示してくれている
斗いの鼓舞の前に
俺達はそれを忘れることは
出來ないのだ

その人々に誓つて
俺達は
マツカーサー、お前の功績と友情に
お礼をかえさなければ
ならないのだ
そのためにも
お前を一級戦犯に名ざした
ストツクホルム宣言に
俺達は署名しなければならないのだ

マツカーサーよ
丸ビルのベツトは
さぞ寝心地がよいだろう

その寝心地のよい丸ビルの
ベットの上で
今の内に
大きな世界制覇の夢をむすんでくれ
玉座より高い所に
君臨出來る日も
あといくばくもないのだから。

　연합군국이 점령 중이었던 1951년 당시 이러한 시를 일본 내지에서 간행하는 것이 허락되지 않았음은 물론이며, 연합국군최고사령관 맥아더를 "너"라고 함부로 부르며 기탄없는 풍자의 말을 던지는 이러한 시가 멀리 바다 건너 조선반도 혹은 소련을 사이에 둔 옛 만주의 땅에서 일본인 노동자의 손에 의해 쓰여(어느 정도 퍼져나가 사람들에게 읽혔는지는 제쳐두더라도) 발신되고 있었다고 생각하면 실로 흥미롭다. 이 시에는 총파업(general strike) 금지 명령이나 전범추방해제, 레드 퍼지 등 소위 '역 코스(逆コース)'정책, 마쓰카와 사건 그리고 한국전쟁 등 점령기의 여러 가지 억압의 사상(事象)이 한데 섞여 들어있다. 한 편의 서클시(詩), 저항시로 볼 때 같은 시기 일본 내지에서 이루어진 표현과 비교해도 일정 정도 힘을 지닌 텍스트로서 평가할 수 있지 않을까.

　벽소설의 예도 하나 보아두자. 이 또한 2호에 게재된 사사키 후쿠오(佐々木富久男)의 「오 씨를 찾아가서(吳さんを訪ねて)」이다.

　　곁에서 무엇인가 쓰고 있던 부인(婦人)도/ 一지금은 정말 구분이 안 가요, 어떻게 이렇게 중국인과 일본인은 닮은 거죠, 나 같은 건 몰라보겠어요/ 하고 보조개를 보였다. 나는 치밀어 오르는 기쁨을 참을 수가

없었다. / ―지금 일본 인민의 투쟁은 굉장히 커졌어요!/ 라고 오 씨(吳
さん)가 끼어들어 왔다/ ―우리 일본 인민의 상황. 한국전쟁이 확대되
기 시작했어요. / ―좋아요, 정말 잘됐어/ 라 말하더니 상하이해방일보
와 톈진일보의 스크랩을 꺼내어 보여주었다. 그 안에는 군사기지화에
반대하는 일본인이 그린 만화도 있었다. 그 중에서도 가장 감명을 강
하게 받은 것은 목각이었다. 그것은 군수공장에서 일하는 노동자의
나막신이다. 어두침침한 공장 안에 어지럽게 기계가 늘어서 있고, 거
기에는 비쩍 마른 노동자 무리가 창 너머의 빛을 받으며 앉아 있다.
그 중에는 드러누워 뒹구는 자도 있다. 이 사람들의 눈알은 희게 빛나
고 있다./ ―이거 아주 좋네요, 묘사가 좋아요/ 라고 말하자 오 씨는
눈이 쏟아질 것처럼 들여다보고 있었다. 그리고 그는/ ―이건 반(反)
제국주의의 무기/ 라고 하는 것이었다.

  そばで何か書きものをしていた婦人も/―今はほんとうに見分けがつ
かないわ、どうしてこんなに中国人と日本人は似てるんでしょう、私
なんか見違えてしまうわ/とえくぼを見せた。私はこみ上げてくるうれ
しさを我慢することが出来なかった。/―現在日本人民的斗争很大勁
了吧！/と呉さんは乗り出して来た/―我們日本人民的情況．開始朝鮮
戦争真拡大了/―好　真好/と云い、上海の解放日報と天津日報の切り
抜きを出して見せてくれた。その中には軍事基地化に反対する日本人
の画いた漫画もあった。中でも、最も強くうけたのは木刻であった。
それは軍需工場で働いている労働者のサボである。薄暗い工場の中で
雑然と机械が並び、そこにはヤセタ労働者の群がガラス越しの光を受
けて座り込んでいる。中には寝ころんでいるものもいる。この人達
の眼玉は白く輝いている。/―這個很好．描像好/と云うと呉さんの眼
を射るようにそゝがれている、そして彼は/―這是反帝国主義的武器/
と云うのだつた。

이 벽소설에서 주목하게 되는 것은 일본어뿐 아니라 중국어 발화

까지 인용한 이중언어적 대화에 의해 중국인 동료와의 우호관계를
그리고 있다는 점이다. 일본인과 중국인이 닮아서 "구분이 안 가는"
점, 한국전쟁에 대한 생각이나 반제국주의라는 공통의 과제와 중일
양국어가 섞인 대화의 이종혼종성(異種混淆性)이 대응하고 있는 것이
다. 상하이나 톈진 두 도시의 공산당 기관지에 게재된 일본인의 만화
와 목판화. 중일 연대를 주장하는 이러한 소재를 군데군데 새겨 넣은
점에서도 치밀하게 준비된 텍스트임을 엿볼 수 있다.

　원래 이러한 벽소설이 어디까지 자발적으로 노동자들의 손에 의해
쓰였는가 하는 점은 아직 검증되지 않았다. 동북건설돌격대에 가입한
사람이 몇 년간 극적으로 늘어갔다는 '사실'도 운동을 주도하였던 쪽
의 말만으로는 배후에 어떠한 관계가 있었는지 확인하기 어렵다. 그
럼에도 불구하고 앞에서 다룬 NHK가 제작한 방송 「유용된 일본인」의
바탕이 된 허강탄광 경험자들의 인터뷰 자료(국제일본문화연구센터 소
장)를 보면, 대부분의 사람이 강요당했던 자신들의 처지에 대한 원망
을 털어놓지 않으며 새로운 중국 건설이라는 그들에게 주어진 과제나
중국인 관계자에 대한 위화감을 표명하는 일도 없다. 대부분은 오히
려 그 반대이다. '억류' 경험에서 예외 없이 나타나는 경험을 이야기
하는 하나의 정형(定型), 자신들에게 강제로 가혹한 상황을 부여한 소
련 측에 대한 위화감과 증오는 유용자들의 경험에는 그대로 적용할
수 없는 듯 보인다.

　『쓰루오카』에는 다수의 목판화가 실려 있는데, 이는 노동자들 중
에 목판 제작 부문의 조직이 있었기 때문이기도 하며 특히 케테 콜비
츠(Käthe Schmidt Kollwitz)를 연상시키는 힘 있는 표현이 발견된다.
이는 1950년대 일본 내지의 서클운동 안에서 동시진행 중이었던 목
판화 제작 운동과도 호응하는 것이다.

일본과의 호응이라는 점에서는 거의 같은 시기에 창간된 『인민문학(人民文學)』 1951년 3월호로부터 시마다 마사오(島田政雄)의 「문학운동의 새로운 방향(文學運動の新しい方向)」이라는 비평이 제3호(1951년 5월)에 옮겨 실려 있다는 점 등도 주의를 끄는 부분이다. 시마다도 전후에는 중국에 유용되어 귀국 이후 중일우호협회 발족에 관계한 인물로 『인민문학』의 편집에 종사한 공산당 반(反)주류파의 한 명이다. 『인민문학』이 주류파의 『신일본문학(新日本文學)』과 대치하며 때마침 죽은 지 얼마 안 된 미야모토 유리코(宮本百合子)를 비판하는 논의를 펼쳤다는 것은 잘 알려져 있는데 시마다의 이 글 또한 미야모토 유리코 비판이다. 일본 국내의 서클끼리 교류 관계를 갖고 있었다는 점도 알려져 있지만, 여기서는 50년문제 이후 공산당 내부의 당파성(黨派性)이 그늘을 드리우면서 일본의 미디어언론과 옛 만주 탄광마을의 노동자들이 만든 미디어 사이에 네트워크가 존재했다는 점에 주목해둘 필요가 있다.

내지와의 호응인지 어떤지 모르겠지만 제8호(1953년 1월)에는 앞서 인용한 시 「맥아더여」의 작자인 고토 다카오가 각색한 「히로시마의 아이(ひろしまの子)」라는 각본이 게재되어 있어 눈길을 끈다. 무대는 1952년 여름의 히로시마. 피폭으로 등에 켈로이드 흔적이 있는 주인공 소년은 남은 생이 길지 않다. 그런 그가 강에 빠진 소녀를 구하다 죽고 만다는 이야기인데 히로시마 방언을 사용하여 한국전쟁하의 일본 아이들을 그린 시나리오이다. 샌프란시스코 평화조약 이후라고는 해도 점령기에는 금지되었던 원폭경험에 대한 차별의 시선을 다루고, 한국전쟁에 참전한 미군에게 위문문 제출하기를 거부하는 구절이 있는 이 시나리오는 옛 만주와 일본의 공간이 전쟁 중인 조선반도를 사이에 두고 이어지려는 그림을 그리고 있다고 볼 수도 있을 것이다.

마지막으로 하나의 시를 더 다루고자 한다. 역시 같은 작자 고토 다카오가 쓴 「시모지 씨의 입대(下地さんの入隊)」라는 시이다. 제3호 (1951년 5월)에 게재되었다.

> "흑룡회 시대에는……그 시절의 나카노 세이고(中野正剛)의 문하에 서……
> 도조(東條) 씨(교수형)와는 자주 이야기했었는데……"
> 칠흑 같은 장발을 어깨에 드리우고
> 턱수염·콧수염을 풍성하게 길러
> 마치 메이지의 소시(壯士)같았던 허강 도착 당시의 시모지 씨는
> 이것이 무엇보다 자랑거리였다.
>
> (중략)
>
> 그로부터 일 년이 지났다
> 공회(公會)의 흐름과는 다른 쪽을 향해
> 우리들에게는 지극히 냉담하였고
> 그 때 아직 눈뜨지 못한 공회의 벗들을 모아
> 몰래 부대 조직의 비방과 중상을 계속했던 시모지 씨
> 그래도 중요한 것은 결국 무엇도 비판하지 못했을 만큼 올바른 공회 의 전신(前身)이었다
>
> (중략)
>
> 오늘
> 나는 시모지 씨의 입대 소식을 듣는다
> 어디로 어디로 그렇게나 힘이 끓어올랐던 것인가
> 다음에 시모지 씨와 만나면

꽈악 힘주어 손을 잡고
제일 먼저 이것을 물어봐야지

돌격대 공개 입대식에서
신입대원 일곱 명을 대표하여
시모지 씨가 공회 동지들 앞에서 결의를 발표하였다고 한다
"지금의 긴박한 정세와 공회 조직의 힘이
저에게 오늘의 이 영광을 쟁취하게 해 주었습니다
꼭, 반드시 분발하겠습니다"

"黒龍会時代には……時の中野正剛の門下で……
東条さん(絞首刑)とはよく話をしたんだが……"
漆黒の長髪を肩に垂れて
顎鬚・口髭を豊かに貯え
さながら明治の壮士然とした 鶴岡到着當時の下地さんは
これが何よりの自慢だった。

(中略)

それから一年経つた
工会の流れにそつぽを向き
僕達には極めて冷淡で
その頃まだ目覚めない工友達を集めて
秘かに隊組織のヒボウと中傷を続けた下地さん
それでも面立っては結局何の批判も出来なかったほど、正しい工会
の前身だった

(中略)

今日
僕は、下地さんの入隊の報をきく
どこに　どこに　それだけの力がわき上つたのだろうか
こんど下地さんと会つたら
ぎゆっと手をにぎりしめて
まつ先にそれを聞いて見よう。

突擊隊公開入隊式に
新入隊員七名を代表して
下地さんが工友の前に決意を発表したと云う
"現在の急迫せる情勢と、工会組織の力が
私に　今日の此の光栄をかちとらせてくれました
必ず、必ずがんばります"

　이 시는 시모지 씨라는 한 인물이 동북건설돌격대에 입대하기까지의 과정을 그리고 있는데, 흑룡회(이 국가주의 단체의 명칭도 원래는 흑룡강에서 유래되었다) 멤버로 나카노 세이고에게 사사했다는 경력이 있는 이 시모지 씨는 대아시아주의(大アジア主義) 사상을 지닌 것으로 보인다. 오쓰카 유쇼 등 돌격대의 사상과는 반대편에 있는 존재인데 이 시는 그러한 그가 소위 '전향'하게 되는 과정을 그리고 있다. 달리 보면 『쓰루오카』라는 잡지의 프로파간다가 지닌 유효성을 증명하고 돌격대의 정당성을 호소하는 역할을 하는 텍스트라고 볼 수 있다.

　현재 최종호라고 여겨지는 제8호는 표지에 「동북건설돌격대 창립 7주년 기념호」라는 제목이 붙어있고 위의 「시모지 씨의 입대」와 마찬가지로 친구·지인이 돌격대에 입대하는 것을 축하하는 시, 오도이 쇼이치(於土井昭一) 「친구의 입대—고마무라 동지에게(友の入隊—駒

村同志え)」, 오모리 겐지(大森健治)·기쿠치 이치로(菊地一郎) 합작 「니시노 씨 일어서다(西野さん起つ)」라는 시가 나란히 실려 있다. 허강탄광 유용일본인들 내부에서 계속된 '대중공작'을 명확하게 목표로 한 사상교육과 단체조직이 성공을 거둔 사례로 이 텍스트들을 들 수도 있을 것이다. 한편으로 허강 유용경험자들의 증언 속에도 있는 부분인데, 모든 이들이 돌격대 사상에 동화한 것은 아니며 특히 전시 하의 황국교육(皇國敎育)을 완전히 버리지 못한 사람들과의 사이에서 돌격대의 급진적인 사상이 큰 모순과 균열을 만들기 시작했던 것은 분명해 보인다. 이들 '입대'찬가, 그리고 다음과 같은 돌격대찬가는 극한의 옛 만주 끝에 폐쇄된 허강 땅에서 반복되었을 작지 않은 파문 몇 가지의 반조(反照)이기도 할 것이다. 새로운 중국 건설과 조국 해방을 향한 '돌격'을 믿는 자도 의심하는 자도, 점령기와 이후의 해방의 시대를 보낸 내지 사람들에게는 상상하기 힘든 고난과 갈등을 안고 있었던 것은 틀림없기 때문이다.

　　　돌격대찬가
　　　　　　　　　　　　　　　히라이 에이치(平井銳一)

　　　하나. 사랑하는 조국 해방을
　　　　　　한결같이 바라온 7년간
　　　　　　고난을 넘어 단련해 왔다
　　　　　　동북의 깃발 돌격대
　　　둘. 불꽃 튀는 생산전(生産戰)
　　　　　　중일혁명 일체를
　　　　　　의지와 육체로 관철했도다
　　　　　　공훈이 마르지 않는 돌격대

　셋. 해방전의 때가 다가온다
　　　강철 같은 사랑은 불타오르고
　　　대오(隊伍)는 단단하다 돌격대
　　　함께 나아가자 돌격대

突撃隊讃歌

一. 愛する祖国解放に
　　　願いひとすじ七年間
　　苦難のりこえ鍛え来し
　　　東北の旗　突撃隊
二. 火花を散らす生産戦
　　　中日革命一体を
　　意志と体で貫きぬ
　　　いさおつきせぬ突撃隊
三. 解放戦のとき迫る
　　　はがねの愛は火と燃えて
　　隊伍は固し　突撃隊
　　　共に進まん　突撃隊

　제8호에는 고바야시 히로미(小林弘美)의 「허강 7년간의 문화 활동의 특징에 관하여(鶴岡七年間の文化活動の特徴について)」라는 글이 실려 있는데 허강탄광에서의 문화 활동 7년간을 총괄하고 있다. 이것을 보면 그들에게 "문화 활동의 전위(前衛)"였던 50명의 극단 '쓰루오카(ツルオカ)', 기관지 『쓰루오카(ツルオカ)』, 브라스 밴드(brass band), 관현악단, 백여 명의 합창단, 목판화 제작 그룹 등 다양한 문화 운동이 이 탄광촌에서 조직되어 있었던 사실과 필자의 예사롭지 않은 큰 자

부심에 놀라게 된다. 극단 '쓰루오카'에 관해서 말하자면, 『부재지주 (不在地主)』나 『백모녀(바이마오뉘, 白毛女)』를 상연하고 『게공선(蟹工 船)』을 제작, 각본을 출판하는 등 연극사 안에서 재평가가 가능할 만 큼 충실한 활동을 계속하고 있었다(『백모녀』 각본의 일본어판은 이 고바 야시의 글보다 겨우 한 달 전인 1952년 12월에 시마다 마사오 등 세 명의 공 역으로 일본에서 『개구리 승천』과 같은 未來社에서 간행되었다. 또 『게공선』 은 이보다 더 빨리 허강탄광 사람들에 의해 창작되어 1948년 12월에 상연되 었고, 이듬해 1949년 4월에 『희곡 게공선(戲曲蟹工船)』이 선양(瀋陽)에서 출 판되었다. 『희곡 게공선』에 대해서는 秦剛의 전게논문을 참조).

　이러한 허강탄광의 문화 활동은 『쓰루오카』 제8호가 간행된 것과 같은 1953년에 대부분의 일본인이 귀환하는 가운데 돌연 마지막을 고하였다. 이로부터 허강 사람들의 일본에서의 '전후'가 시작되는 것 인데, 이 탄광촌에서 그들이 보낸 또 하나의 '전후'의 시간과 그 평가 는 아직 제대로 시작되지 못하였다.

/ 쓰보이 히데토(坪井秀人)

(번역자 : 김보경)

가토 노리히로의 「전후후론」(1996) 재고

'문학'은 어디까지 가능한가

1. 『패전후론』의 모티브, '문학'

냉전기와 쇼와기를 함께 지나온 1990년대 일본에서는 '역사의 종언', '이데올로기의 종언' 등이 회자되었다. 냉전의 종결은 '제3의 길'에도 영향을 미쳤다. 가라타니 고진이 '문학'의 종언을 언급[1]한 것은 1991년 2월 『문학계』 인터뷰에서이다. 미소 대립 구도 속에서 '제3의 길'로 기능해 온 '문학'='상상력의 혁명'은 끝났다는 것이다.

이렇게 시작된 20세기 마지막 10년대는 '전후 50년'을 맞으며 새로운 세기로 바싹 다가섰다. 그러면서 '전후'[2]에 관한 관심과 논의도

---

1) 柄谷行人(1991.4.), 「灣岸戰時下の文學者」, (『文學界』) 『〈戰前〉の思考』 文藝春秋, 1994, 228쪽.

2) 일본에서 '전후'라는 용어는 문학 분야에서 비롯된 것으로 그 중심에 있었던 것은 "일체의 과거와 절연을 선고하며 새로운 문학운동을 전개"한 잡지 『근대문학』 파 세대 작가들이다.(竹內好(1953), 「文學」, 『年刊世界文化事典』(平凡社), 『竹內好全集』 7卷, 筑摩書房, 1981, 246-247쪽.) 이후, '전후'라는 용어는 "일반의 정신 상태를 가리키게 되고 나아가 풍속으로 전용되어 기성 사회질서와 가치관의 붕괴에 따른 일체의 혼란"을 가리키면서, "연속한 시간상의 구분이 아니라 질적으로 전 시대와 다른 자각적인 단절 의식", "패전이 가져다 준 일본인의 해방감을 집약적으로 표현"하게 됐다.(竹內好(1954.3.), 「社會と文學」, 『文學』 22(3), 『竹內好全集』 7卷, 筑摩書房, 1981, 259-260쪽.)

증가하였다. 졸속한 전후처리의 민낯을 부각시키며 그 지연을 끝내려
는 '탈–전후'적 시도를 담은 것이었다.[3] 전후론사에 일획을 남긴 가토
노리히로의 『패전후론』(1997)이 발표된 것도 이 무렵이다. 『패전후론』
은 1995년부터 2년에 걸쳐 발표된 「패전후론」(『群像』1995.1.), 「전후후
론」(『群像』1996.8), 「어투의 문제」(『中央公論』1997.2.)[4]로 구성되어 있
다. 그중에서도 관심이 집중된 것은 평화헌법과 같은 정치적·사회적
현안을 전면화한 「패전후론」이었다.[5]

　그에 비해, 후속하는 「전후후론」은 '지나치게 문학적'이라는 비판
으로 일축된 면이 크다. 「전후후론」은 분명 '문학'론을 중심으로 전
개되고 있다. 때문에 「패전후론」 비판에 대한 만족할 만한 답변/반
론을 「전후후론」에서 기대하기는 어렵다. 그러나 이는 「패전후론」을
지탱하는 원리적 사고를 담고 있다는 점에서 가토가 구상한 사상의
주형을 보여준다.

　2년 후, 가토는 그간의 『패전후론』 비판을 시야에 넣으며 『전후적
사고』를 출간하였다. 「전후후론」 비판에 대한 언급도 보이는데, "「패

---

3) 냉전체제의 종식과 고도경제성장의 침체 등으로 인한 국제/국내질서의 요동 속에
　서 일본의 '전후'에 관한 재검토 기운과 전쟁의 기억에 관한 갈등은 고조되었다.
　그러면서 일본은 2차 세계대전의 여파와 전후처리 과정에서 역사적 단절을 겪어
　온 아시아 지역의 많은 '근대' 국가들의 과제, 즉 국가 정통성의 재검토 요구와
　얽히면서 마찰음을 내었다.(小熊英二, 『「民主」と「愛國」─戰後日本のナショナリズ
　ムと公共性』, 新曜社, 2002, 811-815쪽.)
4) 「어투의 문제」는 논점을 '전후' 일본에서 유대인 문제(한나 아렌트)로 이동해 '사
　(私)'를 실천적 기점으로 한 '공공성'을 논한 것이다.
5) 「패전후론」 대한 비판의 타당성을 검증한 종합적인 연구로는 伊東祐史『戰後論─
　日本人に戰爭した「當事者意識」はあるのか』, 平凡社, 2010 참조. 이는 '헌법 재선
　택'(『패전후론』)에 관한 가토의 재검토에 영향을 준 연구이기도 하다(加藤典洋
　(2007.6.), 「戰後から遠く離れて─わたしの憲法九條論」『論座』『さようなら、ゴジ
　ラたち─戰後から遠く離れて』, 岩波書店, 2010, 99-100쪽.).

전후론」이 제기한 사회적·정치적 문제를 방치했다"[6]는 지적에 관해서는 가토도 일부 수긍하고 있다. 『전후적 사고』는 그 방치된 공백을 메운 '속(續)패전후론'[7]이다. 반면, 「전후후론」이 '지나치게 문학적'이라는 비판에 대해서는 '문학을 둘러싼 모티브'를 제대로 인식한 지적이 아니라고 덧붙이고 있다.[8] 가토는 『패전후론』 출간 당시, 그 주제의 중요성을 확신하며 '철저하게 다시 쓴' 것이 「전후후론」임을 밝히고 있다.[9] 그래서인지 「전후후론」의 문학적 모티브에 관한 더 이상의 보완은 이후의 논의에 보이지 않는다.

  결국, 「전후후론」은 정치적·사회적 논의와의 단절성이 과도히 부각된 채, '문학'을 둘러싼 모티브에 관해서는 『패전후론』의 공론화장에서 제대로 논의되지 못했다. 이 글에서는 「전후후론」에 초점을 맞춰 「패전후론」의 후속론적 측편을 짚어보고, 90년대에 제출된 이 '문학'론의 모티브와 그 사상적 가능성을 검토하고자 한다.

2. 90년대와 '문학'의 사상적 거취

  「전후후론」의 '문학'론과 「패전후론」의 연결고리를 확인하기에 앞서 「패전후론」에서 가토의 '전후' 인식을 간략히 정리해 보자. 가토는 세 가지 측면에서 일본의 '전후'에 접근하고 있다. 기원적 조건,

---

6) 加藤典洋, 『戰後的思考』, 講談社, 1999, 9쪽. 여기서 가토가 염두에 둔 논의는 間宮洋介, 「知識人ナショナリズムの心理と生理」, 『神奈川大學評論』 第28號, 1977. 11. 등이다.
7) 『戰後的思考』, 10쪽.
8) 『戰後的思考』, 10쪽.
9) 「あとがき」, 『敗戰後論』, ちくま學芸文庫, 2015, 336쪽.

본질, 증후가 그것이다. '전후'의 기원적 조건은 모든 것이 전전과 어긋그러진 '뒤틀림'으로 규정되고 있다. '전후'의 본질은 '뒤틀림'의 회피로 인한 일본 사회의 '인격 분열'로 진단되고 있으며, 그 증후로는 아시아에 대한 사죄와 망언[10]의 반복 구조가 지목되고 있다.

이 반쪽짜리 사죄에 대하여 가토가 내놓은 '유일'한 처방은 지킬(사죄)이 하이드(망언)를 끌어안는 형태의 인격적 통합이었다. 온전한 사죄가 가능한 주체의 형성을 선결과제로 보았기 때문이다. 이를 구체화한 것이 "삼백만의 자국 전사자에 대한 애도를 통해서만 이천만 아시아 피해자들에 대한 사죄에 이를 수 있다"[11]는 문제적 제언이었다. 이러한 진단과 제언은 '내셔널리즘 부활'이라는 의혹 속에서 소위 '역사주체논쟁'[12]을 본격화하는 동인이 되었다.[13]

---

10) 자민당 시대가 끝나고 출범한 호소카와 내각의 사죄 발언(1993.8.)에 대해 나카니시 방위청 장관의 헌법 재고 발언(1993.12.), 나가노 법무장관의 남경대학살 날조 발언(1994.5.), 사쿠라이 환경부장관의 침략전쟁 부인 발언(1994.8.)이 되풀이됐다.

11) 「敗戰後論」, 『敗戰後論』, 筑摩書房, 2015, 95쪽.(이하, 『敗戰後論』의 인용은 쪽수만 표기)

12) 이는 주로 다카하시 데쓰야를 논적으로 한 일련의 논쟁을 가리킨다(西島建男, 「「歷史主體」論爭 戰後日本の再構想に一石」, 『朝日新聞』, 1997.5.17, 23쪽.). 좌담회 「책임과 주체를 둘러싸고」에서 아사다 아키라는 "적어도 논리적으로 보는 한" 둘의 논쟁은 다카하시의 비판으로 종결됐다며 다카하시의 손을 들어 주었다(高橋哲哉・西谷修・淺田彰・柄谷行人, 「責任と主體をめぐって」, 『批評空間』, 1997.4, 4쪽). '역사주체논쟁'을 사회과학적 관점과 현대 내셔널리즘 이론의 틀 속에서 분석한 연구로는 金萬鎭, 「「敗戰後論」と戰後日本のナショナリズム――ナショナリズム理論による分析」, 『東京學芸大學紀要』 65(9), 李修京(譯), 2014, 9-28쪽 참조.

13) 비판적 논조의 반응이 주를 이루었으나 『패전후론』이 불러일으킨 반향은 그 강력한 파급력을 말해주기에 충분했다.(大澤眞幸, 『戰後の思想空間』, ちくま書房, 1998, 25쪽.). 가토의 약한 국가의식을 지적하는 보수진영 국가주의적 비판도 나왔다. 후지오카 노부카쓰(藤岡信勝), 고바야시 요시노리(小林よしのり) 등의 수정주의적 입장은 가토의 논의를 '자학적'이라고 일축하기도 했다(高橋哲也, 『戰後責任論』, 講談社, 1999, 150쪽.). 그러나 비판의 대부분은 반(反)국민국가 진보 진영에 의한 내셔널리즘 비판이었다.(小屋敷琢己, 「〈ナショナリズム〉と〈ナショナルなもの〉の

1) 걸프전과 문학자의 탈 '문학'

미소 냉전체제가 해제되면서 '전쟁'과 '평화'는 다시금 리얼리티를 띠기 시작하였다. 그 첫 발단이 된 것은 걸프전이다.[14] 일본에서는 반전의 기운이 고조되면서 평화헌법을 찾는 목소리도 높아졌다. 그러나 가토는, 평화헌법을 근거로 걸프전 참전에 반대했던 문학자들의 반전성명문(1991)[15]에서 "'전후'의 자기기만"[16]을 보며, 의문을 제기하였다. 그가 비판한 반전성명문의 허위성은 다음과 같다.

평화헌법을 "자력으로 책정하고 유지한 것처럼 읽히게"한 점, 전시기에 얘기됐던 '최종전쟁'[17]을 일본인 전체의 인식으로 일반화한

あいだ：加藤典洋「敗戦後論」の交錯」，『一橋研究』26(1)，2001.4，13쪽.）.

14) 가라타니는 냉전체제의 종결은 미국 일극체제로 이어지고 자유·민주주의가 승리했다는 의미에서 '역사의 종언'이 회자됐지만 그것은 환영이며, 걸프전은 그 파탄의 첫 징후였다고 말하고 있다(『憲法の無意識』，岩波書店，2016，195쪽.）. 가토는 아사히컬쳐센터에서의 강연(1997.12.27.)에서 자신이 '사회적인 것'에 대한 사유에 직면하게 된 계기로 걸프전을 들고 있다.(「戦後を戦後以後、考える」，『さようなら、ゴジラたち－戦後から遠く離れて』，岩波書店，2010，p.49.）

15) 1991년 2월 9일과 16일 두 차례의 토론집회를 거쳐 발표된 성명문은 다음은 다음과 같다.
   "〈성명1〉
   나는 일본국가가 전쟁에 가담하는 것에 반대합니다.
   〈성명2〉
   전후 일본의 헌법에는 '전쟁의 포기'라는 항목이 있다. 그것은 타국의 강제가 아니라 일본인의 자발적인 선택으로서 유지되어 왔다. 그것은 2차대전을 '최종전쟁'으로 싸운 일본인의 반성, 특히 아시아 국가들에 대한 가해의 반성에 의거하고 있다. 뿐만 아니라, 이 항목에는 두 차례의 세계대전을 거친 서양인 자신의 기념이 기입되어 있다고 우리는 믿는다. 세계사의 커다란 전환기를 맞은 지금, 우리는 현행헌법의 이념이야말로 가장 보편적, 그리고 래디컬하다고 믿는다. 우리는 직접적이든 간접적이든 일본이 모든 국제적 공헌을 이루어야 한다고 생각한다."(「敗戦後論」，『敗戦後論』，18쪽 재인용.）. 〈성명1〉에는 각각 42명, 〈성명2〉에는 "문학자의 토론집회 사무국"과 16명의 서명이 기입되어 있다.

16) 「敗戦後論」，19쪽.

점, 전쟁포기 조항이 "아시아 국가들에 대한 가해의 반성"에 의해 지탱되어 온 것처럼 기술한 점, 헌법에 담긴 서양인의 의도를 평화기원만이라고 믿어온 점이다.[18]

가토의 비판은 그들의 '문학' 인식에도 향하고 있다.

> 예를 들면, '성명1'에서 '일본국가'의 전쟁 가담에 반대한다는 표현에는 '일본'과도 '일본 정부'와도 다른 유보가 담겨있다. 이 유보란 따져 보면 어느 곳에도 착지점을 지니지 않는, 지시성이 약화된 문학적 뉘앙스다. / 여기에 결여된 것은 한마디로 말해 공공적 감각인데, 공공적 감각이 문학과 무관하다는 것은 문학자의 독선적 사고에 지나지 않는다. / 이 성명에 수십 명의 문학 관계자가 관여했으면서도 거의 모두가 여기 나타난 언명의 내용적 허위에 그다지 자각적이지 않았다는 사실, 또 이러한 사회성 기피 감정은 이 시기의 '문학자'의 모습을 보여주는 하나의 지표적 의미를 지니고 있다. (중략) 여기서는 그러한 사태(역사 감각의 부재-인용자)가 50년을 거쳐, 대외적으로, 원래는 부재했던 역사주체의 날조가 생겨난 것이다. (「패전후론」, 20-21쪽.)

헌법 주체를 허구화한 것에 아무도 자신들의 허위성을 자각하지 못했다고 비판하는 가토는 그 원인을 '공공적 감각의 결여'와 '사회

---

17) 육군중장 이시하라 간지(石原莞爾)가 1940년 5월 29일 교토에서의 강연(「최종전쟁론」)을 저술화한 『세계최종전론(世界最終戰論)』(1940)을 가리킨다. 가라타니는 2006년 일본칸트협회 창립 30주년 기념강연(「칸트의 평화론」)에서, 이시하라의 최종전쟁론이 교토학파의 '세계사적 철학'과 나란히 당시 "일본의 전쟁에 세계사적 사명을 보는 논의"의 한 축을 이루었다고 언급하였다. 또 그것은 나폴레옹 전쟁 이후 헤겔적 리얼리즘이 칸트의 평화론에 대한 우위를 점하면서 결국 양대 전쟁을 초래하기에 이른 인식, 즉 '보편적 이념'을 실현하는 것은 '대국 간의 패권다툼'이라는 인식과 맞물리게 됐다고 설명하고 있다(『憲法の無意識』, 岩波書店, 2016, 97쪽).

18) 「敗戰後論」, 17-21쪽.

성 기피의 감정'으로 집약하고 있다. 정확하게는 그들의 공공적 감각
이 '문학'과는 동떨어져 있다는 것이다. 가토는 수년 전, 「이것은 비
평이 아니다」(『군상』 1991.5)에서 「'문학자'의 토론집회' 호소」문을 인
용하면서 원문의 '문학자'를 모두 '단독자'로 바꾼 바 있다.[19] 이 역
시 문학자의 토론집회가 '문학'과 무관한 곳에 있음을 비판하려던 의
도로 보인다.

　토론집회 발기인[20]이었던 가와무라 미나토는 가토의 비판에서
'명확한 논리'를 인정하면서도 동시에 강한 악의성을 확인하며 난색
을 표했다.[21] 한편, 가라타니는 토론집회를 '문학비판/비평의 장'이
라 규정하였다[22]. 앞서 본 '문학' 종언 발언도 있었듯, 문학자들의
토론집회는 '제3의 논리'적 시효가 끝난 '문학', 이를 대체할 사상적
물꼬의 전환으로 볼 수 있다. 따라서 가토가 비판한 '문학' 이탈은 토
론집회의 문학자들 스스로 의도한 바라 할 수 있다. 이처럼 문학자의
반전성명과 헌법 인식에 대한 가토의 비판은 '문학'에 대한 그 자신
의 입장, '문학'과 '공공적 감각'을 연속적으로 보려는 입장을 보여주
고 있다.

---

19) 加藤典洋, 「これは批評ではない」, 『群像』, 1991.5, 212-215쪽.
20) 토론집회의 발기인은 가와무라, 가라타니, 나카가미 겐지(中上健次), 다나카 야
　　스오(田中康夫), 시마다 마사히코(島田雅彦)였다. 이들은 토론집회 참가를 호소하
　　는 문서(「文學者の討論集會への呼びかけ」)를 작성하여 2월 1일에 '젊은 세대 문학
　　자'들 중심으로 발송했다. 그러나 절차상의 문제로 전면 철회된 문서는, 2월 4일에
　　재작성되어(「戰爭に対する『文學者』の討論集會へ發起人からの呼びかけ」) 발송되
　　었다.(川村湊, 「灣岸戰爭の批評空間」, 『戰後批評論』, 講談社, 1998, 231-232쪽.)
21) 川村湊, 「灣岸戰爭の批評空間」, 237쪽. 「패전후론」에 대한 반전성명 참가 문학
　　자 측의 비판을 비판적으로 검토한 연구로는 高和政, 「灣岸戰爭後の「文學者」」, 『現
　　代思想』 31(7), 2003.6, 142-155쪽. 참조.
22) 柄谷行人, 「灣岸戰時下の文學者」, 226-227쪽.

2) 또 하나의 헌법 리터러시-요시모토 다카아키

'문학'에서 이탈한 문학자들의 공공적 감각을 비판하면서 가토가 주시한 것은 요시모토 다카아키이다. 독창적 사고와 이단아적 반론으로 유명한 요시모토가 80년대의 반핵운동에 이론을 제기했던 것[23]은 잘 알려진 바다. 가토가 그의 저서에서 확인하고자 한 것은 걸프전 반전운동에 대한 또 한 번의 '소수 의견'이었는지 모른다. 그러나 결과는 예상을 빗나갔다. 헌법에 대해 침묵으로 일관해 온 요시모토 역시도 헌법 수호를 표명하며 걸프전에 반대한 것이다.[24]

가토는 「전후후론」 발표를 앞두고 요시모토와 함께한 좌담회 「반세기 후의 헌법」(1995.7.)에 참석해, 요시모토에게 헌법 발언과 관련한 의문을 제기하였다. 시기적으로나 내용에 있어서나 「패전후론」과 「전후후론」을 잇는 중요한 좌담회인 만큼, 여기서는 특별히 요시모토의 발언에 주목하면서 몇 가지 확인해 보고자 한다. 먼저 요시모토는 헌법 수호 문제를 심정적인 문제나 윤리적인 문제가 아니라, "국가의 방향성을 정하는 외적인 법적 규정"의 문제라고 짚어두고 있다. 법적 언어란 문자적 의미에 머무는 '실증적·실용적 언어'와 달리 역사적·사회적 문맥이 녹아든 '본질적 언어'이다, 따라서 헌법 수호는 헌법에 대한 본질적 이해가 기반이 되어야 한다는 주장이다. 그리고 헌법의 본질적인 이해를 가능케 하는 것은, "평화라든가, 전쟁을 하

---

23) 1982년 요시모토의 반핵성명, 운동 비판에는 「停滯論」(『海燕』, 1982.4.), 「反核運動の思想批判」(『海燕』, 1982.8.), 「狀況への發言」(『海燕』, 1982.9.) 등이 있다. 이들은 이듬해 『반핵』 이론(『反核』異論』, 1983에 수록되었다.

24) 〈座談會〉吉本隆明·加藤典洋·武田靑嗣·橋爪大三郎(1995.7.), 「半世紀後の憲法」, 『思想の科學』, 48-49쪽. 요시모토의 헌법 수호 발언은 「わたしにとって中東問題とは」(『中央公論』, 1991.4.), 「日本における革命の可能性」(『わが「転向」』, 文藝春秋, 1995.) 등 참조.

지 않겠다는 말에 얼마큼의 피가 흘렀는지 얼마큼의 사람이 짓밟혀
왔는지"에 관한 총체적인 이미지라고 설명하고 있다. 이러한 전쟁세
대로서의 헌법 리터러시는 전후 평화의 주체성을 회복하고자 하는
의식과도 닿아있다.[25]

요시모토의 전쟁체험이 그에게 영향을 미친 것은 비단 헌법 이해
만은 아니었다.

> <u>가토 씨와 내가 다른 점이 있다고 한다면</u> 그건 내 전쟁체험의 교훈
> 이죠. 외부로부터의 논리성, 객관성이라 그래도 되겠고 그러한 것으
> 로 규정되면 자신을 바짝 긴장시켜야 할 때 논리라는 것을 지니고 있
> 지 않으면 그르친다, 라는 것이 그때의 커다란 교훈입니다. 내면적 실
> 감에 부합하면 그만이라는 건데 전쟁을 통과해 보니, 아니다 그렇지
> 않다, 라는 걸 알았다고 할까요. / <u>가토 씨도 그럴 거라 생각되는데</u>
> 제 발상은 원래 문학적이에요. 그러니 내면성의 자유만 있으면 다른
> 건 아무것도 없어도 된다고 생각하죠. <u>그래서 나는 전쟁은 전쟁대로</u>
> <u>괜찮다 생각했고 근로봉사만 해도 네네 하면서 했고 그래도 된다고</u>
> <u>할까, 재미가 있고 없고는 상관없어, 그런 정도로만 생각했어요.</u> / 하
> 지만 우리가 전후에 반성한 것은 문학적 발상으로는 안 된다는 겁니
> 다. 그것은 아무리 자신들의 내면을 확대해 가도 외부에서 오는 강제
> 력, 규제력이라 할까요, 비판력에 반드시 당하고 만다, 살아 있는 한
> 따르지 않을 수 없는 그런 생활을 강요당한다, 라는 걸 안 거죠.[26](밑
> 줄, 인용자)

요시모토가 전후에 통감한 것은 전쟁 중 자신을 지탱했던 '문학적
발상'의 한계이다. 당시의 외부로부터의 규제력·비판력이란 '국가',

---

25) 「半世紀後の憲法」, 51–52쪽.
26) 「半世紀後の憲法」, 50쪽.

'민족'이라는 틀이며 이를 두르고 있던 황국사상을 가리킨다. 요시모토의 '내면적 실감'/'내면성의 자유'는 전시체제와 별 갈등 없이 양립해 올 수 있었다. 그것은 자신의 '문학적 발상'이 외부로부터의 '논리성' 내지 '객관성'의 전모를 간파하지 못했기 때문이라는 것이다. 그의 헌법 이해도 그랬듯이, 전후에 요시모토가 '사회적 총체'에 대한 파악(='헤겔적 전원성')을 고집하며 '자립사상' 형성에 착수하게 된 경위는 이와 같다.[27]

요시모토는 가토와의 차이도 거듭 언급하고 있다. 자신은 전쟁체험으로 그 한계를 통감하며 '문학'을 단념했지만 가토는 여전히 '문학'에 의거하고 있다는 것이다. 전쟁세대와 전후세대의 차이가 부각되는 대목이다. 요시모토의 이 발언은 「전후후론」에도 인용되어 있다. 다만, 가토의 인용에는 필자가 밑줄 친 부분, 그의 이름이 언급된 부분과 전쟁 중의 '문학적 발상'이 구체적으로 묘사된 부분이 생

---

27) '자립사상'이란 '토속적인 언어'와 '마르크스주의'의 '첨단적 언어' 사이의 "긴장된 굴절과 괴리 구조를 오르내릴 수 있는 언어사상(자립화)"이다(吉本隆明, 「自立の思想的據點」, 『展望』, 1965.3.) 『自立の思想的據點』, 德間書店, 1982, 46쪽.). "토속적인 언어를 절개하면서 첨단적인 언어사상에 도달"하려 한 것인데, '토속적인 언어를 절개'한다는 것은 '토속으로서의 대중'(≠프롤레타리아라는 '이념' 또는 '계급'으로서의 대중)을 흡수·투영하는 것을 의미한다(「自立の思想的據點」, 37쪽.). 달리 말하면, '일본적 모더니즘' 즉, "수입된 세계 도식으로 일본의 '현실'을 재단하고, 이념과 현실의 커다란 간극 속에 이념을 절대화하는 사고법"이 아닌 내재적으로 파악한 대중의 생활의식 위에 이념의 양상을 검증하는 것"을 뜻한다.(竹田靑嗣, 「思想の"普遍性"ということについて」,(『文學界』, 1986.10.) 『世界の輪郭』國文社, 1987, 143쪽.) 이는 요시모토의 「전향론」(1958.11.)과도 관련된다. 그는 '일본적 전향'을, "일본 근대 사회의구조를 총체적 비전으로 파악하지 못한 탓에 인테리겐차에게 일어난 사고변환"으로 규정한 후, 그 최대의 외적 조건을 권력의 강압이 아닌 '대중으로부터의 고립(감)'에 있다고 하였다(吉本隆明, 「転向論」(『現代批評』, 1958.11.), 『芸術的抵抗と挫折』, 未來社刊, 1972, 168-179쪽). '토속으로서의 대중'을 '자립사상' 실천의 주축으로 설정한 것은 그와 같은 '대중으로부터의 고립'을 피하기 위한 안전장치였다.

략되어 있다. 의도된 생략이라면, 요시모토가 묘사한 '문학적 발상'
에 대한 이견, 그리고 자신이 그것과 동일시되는 데 대한 가토의 불
만을 읽어 볼 수도 있을 것이다. 그렇다면 가토가 요시모토의 이 발
언에서 확인하고자 한 것은 무엇일까. 「전후후론」으로 들어가, 가토
가 요시모토를 조명함으로써 '문학'을 기점화한 사상의 윤곽을 어떻
게 구체화하고 있는지 확인해 보자.

3. '정치와 문학': '타자사상과 자기사상'으로의 재편

가라타니는 「걸프전시하의 문학자」(1991.4)에서 반전성명에 대한
반대는 "일체의 행동을 조소하는 냉소주의"일 뿐이라고 일침을 가했
다. 또 10년 전의 문학자들의 반핵성명에 대해서도 언급하고 있다.
80년대의 반핵성명문은 미소대립의 제약 아래 있던 만큼, 이를 반대
하는 것은 '제3의 길'로 기능했다는 것이다.[28] 반복하지만 당시 반핵
성명에 가장 강하게 반론을 제기한 것은 요시모토였다. 그러나 90년
대의 반전운동에 대해서는 전후민주주의자와의 차이를 강조하면서
반전과 헌법 수호를 표명하였다. 가라타니가 말한 '냉소주의'의 관점
에서도 90년대의 요시모토와 가토는 엇갈리고 있다.

1) '정치와 문학' 논쟁 : 90년대의 요시모토 다카아키

「전후후론」에서 가토는 문학의 고전적 테마인 '정치와 문학'을 보조

---

28) 「灣岸戰時下の文學者」, 227-228쪽. 가라타니는 당시, 「時評 反核アピールにつ
   いて」(『文藝』, 1982.4.)에서도 반핵성명문을 비판하였다.

선 삼아 요시모토의 사상에 접근하고 있다. 그는 이를 "타자가 먼저인
가, '자기가 먼저인가"라는 독자적 문제 틀로 재편하면서,[29] '정치와
문학' 논쟁사를 네 차례에 걸쳐 정리하고 있다. 1920년대 프롤레타리아
문학 내의 구라하라 고레히토와 나카노 시게하루의 논쟁, 40년대의
나카노 시게하루와 근대문학파의 논쟁, 60년대의 근대문학파와 오쿠
노 다케오의 논쟁, 그리고 80년대에의 오쿠노, 하니야와 요시모토 다
카아키의 논쟁이다. 이어서 가토는 네 번의 논쟁이 매번 '문학'의 우위
로 일단락되었고, 그때마다 '문학' 측 논자가 다음번 논쟁에서는 '정치'
로 이동했다는 공통점을 짚어내고 있다. 이렇게 해서 그는 '정치와
문학' 논쟁을 연속적이면서 반복적인 동심원 구조로 파악하고 있다.[30]

이중에서 가토가 주시하고 있는 것은 마지막 동심원('문학')이다.
거기에 위치한 것은, 하니야와의 논쟁(1984-85년의 '꼼데가르송 논쟁')
에서 '정치 같은 건 없다'[31]고 응수하며 '문학'을 옹호한 요시모토이
다. 이 논쟁의 발단은 하니야가 오오카 쇼헤이와의 대담[32]에서, "요
시모토 다카아키는 반·반핵 쪽으로 가고 나는 반핵 쪽으로 갔다"[33]

---

29) 가토는 "내가 이해하는 바로는, 타자가 먼저인가, 자기가 먼저인가라는 문제가
일본에서 체험된 것은 '정치와 문학'이라는 바로 이 문제 틀에 있어서다. 거의 아무
도 그렇게 생각하지 않지만, 이는 그렇게 이해하는 것이 좋다"고 말하고 있다.(『戰後
後論』, 123쪽.)

30) 『戰後後論』, 123-128쪽. 가토가 분석한 논쟁사를 도식화하면 다음과 같다.

<정치와 문학' 논쟁의 전개 구조>

31) 吉本隆明, 「政治なんてものはいない―埴谷雄高への返信」, 『海燕』, 1985.3.

32) 1982년에 1월부터 이듬해 12월까지 24회에 걸쳐 『세계(世界)』에 게재된 대담이다.
이후 大岡昇平·埴谷雄高, 『二つの同時代史』(岩波書店, 1984)로 출간되었다.

고 한 발언이었다. 하니야가 발기한 「핵전쟁 위기를 호소하는 문학
자의 성명」(1982.1.20.)[34]에 불참한 것을 염두에 둔 언급이었다. 논쟁
의 전초전은 요시모토가 이 발언을 비판하면서 시작되었다.[35]

  그런데 가토는 90년대에 들어서면서 요시모토의 헌법 수호 발언으
로 '정치와 문학' 논쟁의 마지막 그라운드에서 다시 한 번 지각변동
을 감지한다.

  요시모토는 그가 말하는 '문학적 발상'과 그의 자립사상을 대립하는
  상으로 두고, 전자를 안 된다고 하지만 그것은 그가 전쟁에서 패전으
  로 이어지던 나날 다자이처럼 '문학'이라는 난파선에 끝까지 머물러
  난파선과 함께 침몰하지 않은 데서 오는 정언 형태이다. (중략)이렇게
  해서 지금 나는 여기에서 문학적 발상과 그의 자립사상이 대립 형태로
  놓인 이것에 요시모토의 '정치'성이 남아 있다는 감상을 받는다. (중
  략) 그럼 끝까지 갔다면 어떻게 됐을까. 오히려 그는 문학적 발상에서
  전원성(全円性)으로 향하는 사상가로서의 다자이 오사무가 되지 않았
  을까. / 그리고 '정치와 문학'이라는 문제 틀에 이번에야말로 최종적인

---

33) 井上雅人, 「コム・デ・ギャルソン論争とアンアン革命－埴谷雄高と吉本隆明の論
   争にみる、プレタポルテへのまなざしの變化」, 『京都精華大學紀要』4(3), 2013, 68
   쪽 재인용.

34) 성명문의 발기인은 하니야를 포함 36명이다. 성명문은 공개 후, 다시 『核戰爭の危機
   を訴える文學者の聲明－全記錄』(「核戰爭の危機を訴える文學者の聲明」署名者,
   1882.)에 수록되었다. 서명자는 그해 5월 31일 기준으로 562명이었다. 다만, 함께
   수록된 「서명과 함께 모인 의견(署名と共に寄せられた意見)」은, 서명 찬성자들 중에
   도 "성명문의 구체적인 부분에 의구심"을 표하거나, "소련의 브레즈네프 정권의
   아프간, 폴란드에 대한 정책도 비판돼야 한다"는 등의 비판적 의견이 적지 않았음을
   전하고 있다. 또 같은 해, 『스바루』 편집부에서는 반핵성명문에 대하여 '문학자'를
   대상으로 실시한 설문을 실시하였다. 그 회답(「文學者の反核精銳＝私はこう考える」,
   『すばる』, 1982.5.)에는 성명문에 대한 거센 반론도 모였다.(花崎育代, 「「核戰爭の危
   機を訴える文學者の聲明」と大岡昇平」, 『日本文學』 55(11), 2006.11, 58-59쪽 참조.)

35) 井上雅人, 위의 책, 68쪽.

답을 제시함으로써 이를 해제하게 되지 않았을까. (중략) 그는 걸프전 당시 왜 평화헌법에 관하여 언급했냐는 내 질문에 답하길 자신의 헌법 9조에 대한 생각은 전후민주주의자들과는 전혀 다르다, 한 마디로 말해 그것은 아주 어둡다(중략)고 말했다. / 그곳은 어둡다. 들여다봐도 아무것도 보이지 않는다. 그러나 사상이라는 것은 설령 아무리 어두운 곳에서 붙들리더라도 그 자체는 어두움을 지니지 않는다.36)

앞서 본 좌담회(「반세기 후의 헌법」)에서 요시모토가 얘기했던 전쟁 체험의 교훈("문학적 발상으로는 안 된다")이 상기되는 부분이다. 패전 후 요시모토가 '문학'과의 대척점에서 자립사상에 착수했을 때 이미 '정치'성은 움트고 있었고, 요시모토의 '정치'로의 이동은 그때 예견 되어 있었다는 것이다.

가토도 언급하고 있듯이 '정치와 문학'에 관한 그의 논의가 「전후 후론」에서 처음은 아니다. 가토는 10년 전, '전후의 문학논쟁' 특집 을 기획한 『군상』(1986.9.)에 「환상(還相)과 자동률(自同律)의 불쾌-'정 치와 문학' 논쟁이란 무엇인가, 라는 물음에」를 발표하였다. 「전후후 론」에서 '정치와 문학'에 관한 부분도 이를 요약・발췌한 것이다.37)

---

36) 「戰後後論」, 186-187쪽.
37) 이 글에서 가토는 하니야와 요시모토의 논쟁에 관해 상세히 논하고 있다. 가토는 요시모토의 우위로 알려진 이 논쟁에 관하여, "하니야가 말하는 것은 그러한 정치적 인 견해가 통용되는 공간을 내부에서부터 해체하고 싶기 때문에 나는 서명운동에는 늘 '단 하나의 찬성 이유'만으로 참가하는, 누구에게도 응용할 수 없는, 또 논리적이 지 않은 모양을 자진해서 취해 왔다고 하는 것이다. / 여기에서는 하니야의 생각이 나를 설득한다. 서명하는 것에는 무언가 망설임이라든가 찜찜함이 따라다닌다, 그 것이 (반핵서명의 경우) 무엇에 기인하는지를 요시모토는 밝혔다. 그러나 한편, 서명했다고 해서 그 서명운동의 모체가 되는 모든 이념에 대해 가담했다고 여겨지는 건 용납하기 어렵다"면서, 그는 하니야의 서명 참여 입장에도 상당 부분 이해를 표했다. (加藤典洋, 「還相と自同律の不快-「政治と文學」論爭とは何か, ときかれて」, 『群像』, 1986.9, 214-216쪽.)

가토는 당시에도 요시모토의 사상에서 '문학'과 '정치'의 대립적 동거를 감지하고 있었다. 그리고 10년 후, 가토는 요시모토의 헌법 수호 발언에서 '정치'로의 이동에 대한 확신을 굳히고 있다. 또 1년 전 좌담회의 요시모토의 발언에서는 '문학'의 단념에 그 원인이 있음을 확인하게 된 것이다.

2) 헌법 이해의 외부자

앞의 인용문에서 가토는 요시모토가 헌법에 대한 자신의 생각은 '어둡다'고 했던 발언을 상기하고 있다. 당시의 발언에 비춰볼 때, 이는 요시모토의 헌법 이해가 그 총체상의 파악을 지탱하고 있는 자신의 전쟁체험과 관련된 것임을 염두에 둔 표현으로 이해할 수 있다. 이에 대해 가토는 "그러나 사상이라는 것은 설령 아무리 어두운 곳에서 붙들리더라도 그 자체는 어두움을 지니지 않는다"[38]고 언급하고 있다. 무슨 의미인지 명확하지는 않지만, '사상'을 '문학'으로, '어두움'을 '한정'으로 바꿔 보면, "문학은 어떠한 한정 속에 놓이더라도 거기에서 무한에 이를 수 있다"는 「전후후론」의 '표어'[39]와 닮은꼴임을 알 수 있다. 양자의 조응 관계에 유의해서 보면 가토가 말하고자 하는 것은 이렇다. 전쟁체험에 의거한 헌법의 본질적 이해는, 전쟁과 무관한 전후세대에게는 그야말로 "들여다봐도 아무것도 보이지 않는" 한계를 지닌다는 점이다. 다시 1년 전 좌담회로 돌아가 가토의

---

38) 「戰後後論」, 187쪽.

39) 「패전후론」에는 "너는 악에서 선을 만들어야 한다/달리 방법이 없으니까"가 반복해서 나온다. 가토도 밝히고 있듯이, 이는 안드레이 타르콥스키의 영화 『스토커』의 원작이자 리들리 스콧과 토니 스콧 형제의 동명의 소설에 실린 에피그라프다(「敗戰後論」, 『敗戰後論』, 85쪽). 이에 관련해서는 쓰루미 슌스케의 영향도 지적된다.(小熊英二, 『「民主」と「愛國」―戰後日本のナショナリズムと公共性―』, 948쪽.)

반응을 보면 그 점이 더 명확해진다.

> 헌법을 본질적인 말로 받아들일 만한 이유, 근거가 내 경우는 뭘까 생각하게 됩니다. 문학만 갖고 되는가. 문학만으론 안 된다는 얘기도 이와 관계되구요. (중략) 여기에서 저는 분명 내 자신의 분열을 느낍니다. 내 안의 무법자(outlaw), "상관없다구"라는 목소리에 대한 양가성(착종감정)이요. (웃음)
>
> (「반세기 후의 헌법」, 70쪽)

가토는 요시모토의 헌법 이해에 선뜻 동화되지 못하는 주저를 느끼고 있다. 헌법에 대한 요시모토의 본질적 이해의 근거는 자신의 전쟁체험에서 도출된 매우 확고한 것이다. 그러나 가토의 경우는 다르다. 그는 헌법 이해의 근거를 전쟁체험 외부에서 모색하면서 동시에 자기 내부에서 들려온 '무법자(='상관없다구')'의 목소리와 직면하고 있다. 그리고 이를 자신의 '분열'된 내부로 인식하고 있다. 이는 그가 「패전후론」에서 '사죄'와 '망언'을 일본 사회의 '인격적 분열'로 본 것과도 오버랩된다. 그렇다면 여기서 자기 안의 '무법자'에 대한 가토의 생각이 어디로 향할지는 대략 가늠할 수 있다. 가토가 다자이의 문학에 주목한 이유는 이러한 '양가성'과 관련된다.

4. 모럴과 논 모럴 : '전후'와 '전후 이후'의 회로

가토는 요시모토와의 대화중에 자기 안의 '무법자'의 목소리에 직면하였다. 이는 '문학'에 기점을 둔 가토의 사상적 설계의 중요한 추동력이다. 그가 다자이의 문학에 주목한 것도 그 때문이며, 「전후후론」의 권두언이 다자이에게 할애되어 있는 것도 물론 우연이 아니다. 이 권두언은, "누구와도 닮지 않는 다자이 오사무의 전후가 있다. 그것은 불과 3년이 채 되지 않는다. 그러나 그 약 3년 간 다자이는 단숨에 패전에서 전후 이후까지 달려 나갔다. (중략) 그 전후가 어떻게 전후 이후로 이어지는가 하는, 전후의 끝에 숨어 있는 문제가 또 하나 여기에 있음을 시사하는 듯 여겨졌다"로 끝나고 있다.[40] '전후'와 '전후 이후', 그리고 '무법자'의 목소리를 염두에 두면서 다자이라는 축을 중심으로 더욱 뚜렷해지는 가토의 '문학'에 접근해 보자.

1) 다자이의 「도카톤톤」① : '전후'의 모럴

요시모토에게 '사상가로서의 다자이'를 기대했던 가토는 90년대 들어서면서 그 기대를 접었다. 그것은 요시모토라는 참조틀 없이 가토 스스로 '사상가로서의 다자이'가 돼야 함을 의미한다. 물론 그것은 가토의 사상적 참조틀이 다자이의 문학으로 갱신됐음을 뜻하기도 한다. 앞에서 보았듯이 가토는 요시모토가 '문학'이라는 난파선에 끝까지 머물지 않은 것을 안타까워했다. 반면, 끝까지 머물러서 다자이가 이른 '반환지점'을 가토는 다음과 같이 설명한다. 다자이는 고등학교 시절부터 '타자 사상(마르크스주의)'을 따랐으나, 이 '타자 사상'은 다자이로 하여금 자신의 지주계급으로서의 죄에 눈뜨게 하였다. 깊은 죄책감으로 자살을 결심한 그는 유서를 대신해 자기 이야기를 쓰게 된다. 그것이 다자이의 처녀작인 「추억」이 되고 그렇게 시작된 '문학'이 삶에 대한 생명선이 됐다[41]. 그러면서 다자이는 '전전'의

---

40) 「戰後後論」, 107쪽.
41) 「戰後後論」, 162쪽.

군국주의와도 '전후'의 편승주의와도 거리를 두었다는 것이다.

더 나아가 가토는 다자이의 문학을 통해 '전후 이후'까지를 구상하고 있다. 가토가 그 단서를 본 것은 다자이의 전후 작품 「도카톤톤(トカトントン)」(『군상』 1947.1)이다. 「도카톤톤」은 가토가 다자이의 작품 중 유일하게 '거부감'을 표한 작품이다.[42] 그것은 작품 "말미의 몇 줄에서 지금까지 다자이의 소설에서는 받은 적 없는 어떤 역방향의 힘"[43]에 대한 '거부감'을 말한다. 이 '거부감'의 실체, 그러니까 가토가 본 다자이'답지 않음'이란 무엇일까.

「도카톤톤」은 다자이가 죽기 1년 전에 발표된 단편소설이다. 작품은 패전 후 귀향한 전 일본군 청년 '나'가 모 작가에게 보낸 편지와 그 답장으로 구성되어 있다. '나'는 패전과 함께 해산 명령을 받고 죽음을 결심했다. 그때 '도카톤톤' 하는 망치 소리가 들려오면서 순간 '나'는 모든 비장함과 엄숙함이 사라지는 것을 느꼈다. 그 후로 무언가에 열중하려고 하면 어김없이 '도카톤톤' 소리가 들려오면서 모든 의욕이 사라져 버려 곤혹스러워 하는 '나'의 고민을, 편지는 전하고 있다.

가토가 '거부감'을 느낀 것은 '나'의 편지에 이어지는 모 작가의 회신 부분이다. "고상한 고민이군요. 나는 그다지 동정하지 않습니다. 열이면 열이 다 비난하는 어떤 변명도 성립하지 않는 추태를 당신은 아직 회피하고 있는 것 같군요. 진짜 사상은 예지보다도 용기를 필요로 한"[44]다는 모 작가의 대답이 냉담하며 매우 윤리적이라는 이유에

---

42) 가토는 다케우치 요시미가, 루쉰의 사상을 왜곡하며 시국에 영합했다는 이유로 강하게 비판한 다자이 「석별」에 대해서는 어떤 거부감도 보이지 않았다(「戰後後論」, 131–138쪽.).

43) 「戰後後論」, 195쪽.

44) 「トカトントン」, 『太宰治全集』 第8卷, 筑摩書房, 1956, 337쪽.

서이다. 가토가 본 다자이 '답지 않음'은 이것이다. 강한 공적 윤리에
대해서는 늘 약한 사적 윤리를 제시해 온 다자이가 여기서는 약한 윤
리(청년)에 대해 강한 윤리(모 작가)로 대응하고 있다는 것이다.[45]

　가토의 이러한 '거부감'은 「도카톤톤」의 이례적인 해석으로 이어진
다. 고하마 이쓰로는 모 작가의 답장이, "작가인 나와 화자인 내가
즉자적으로 일체화하지 않고 다중화"하는 다자이적 표현과 문체의 핵
심을 보여주는 것이라면서 가토가 말하는 '강한 윤리'를 반박했다.[46]
가토가 다자이의 「석별」을 논할 때 시사를 받았던[47] 다케다 세이지의
해석도 고하마와 크게 다르지 않다. 작가의 말은 청년을 상대화하는
의미를 지닌 것이라면서 다케다는 가토의 분석이 문예비평으로서는
설득력을 지닐 수 있어도 자신의 해석과는 다르다고 덧붙였다[48]. 「도
카톤톤」을 지극히 다자이적인 작품으로 보고 있는 고하마에게서도 다
케다에게서도 가토의 '거부감'은 공감을 얻지 못하고 있다. 이에 대해
"나에게는 그렇게 들렸고 거부감을 느꼈다. 그 거부감을 풀어낸"[49]
것이라는 가토의 대꾸는 질박하다. 물론, 가토가 「도카톤톤」에 주목
한 것은 나름대로 "그 거부감을 풀어내"기 위함이었다.

　그런데 가토는 그 '거부감'을 설명할 단서를 「도카톤톤」에서는 찾지
못한다. 대신 가토가 손에든 것은 「산화(散華)」(1944.3.)와 「미귀환의

---

45) 「戰後後論」, 203쪽.
46) 加藤典洋・武田靑嗣・小浜逸郎・瀬尾育生・大澤眞幸・橋爪大三郎・菅野仁・佐
　　藤幹夫, 「『敗戰後論』をめぐって」(『樹が陳營(18)』, 1998.7.)『沖繩からはじめる『新・
　　戰後入門』』言視舍, 2016, 155쪽.
47) 가토는 「석별」에 대한 다케우치의 비판에 반론을 펼 때에도 다케다의 「석별」론을
　　참조하고 있다(「戰後後論」, 131-138쪽.).
48) 「『敗戰後論』をめぐって」, 142쪽.
49) 「『敗戰後論』をめぐって」, 157쪽.

벗에게(未歸還の友に)」(1946.6.)이다. 두 작품 모두 다자이와 청년들 간의 친교를 소재로 한 단편 소설이다. 전전 작품인 「산화」에는 소설가와 미타 군, 도이시 군이 등장한다. 가토가 이 작품에서 주목하는 것은 미타 군이 전쟁터에서 보내 온 마지막 엽서("안녕하세요 / 먼 하늘에서 인사드립니다 / 무사히 임지에 도착했습니다. / 위대한 문학을 위해 / 죽어 주세요. / 나도 죽겠습니다, / 이 전쟁을 위해서"[50])를 읽고 소설가가 크게 감동하는 장면이다.[51] 가토 특유의 직관과 집요한 상상력이 한껏 발휘되는 것은 여기서부터이다. 가토는 "절대로 모르게끔 쓰여 있지만", 「미귀환의 벗에게」의 등장인물 쓰루다 군이 「산화」의 도이시 군과 동일인물이라고 단정한다. 그리고 「미귀환의 벗에게」는 "누구에게도 숨겨진, 저 「산화」의 속편, 전사자가 된 벗에 대한 답가"라고 단언하고 있다.[52]

이렇게 가토는 다자이가 아무도 못 찾게 꼭꼭 숨겨둔 비밀이라도 파헤치듯 두 작품의 연결고리로 '전사자와의 연대'를 찾아내고 있다. 가토가 이렇게까지 하는 데는 물론 이유가 있다. 그것 역시 「패전후론」에서의 제언과 관련된다. 가토는 아시아 피해자들에 대한 사죄를 위해서는 먼저 침략 전쟁에 동원된 자국의 삼백만 전사자를 "무의미한 채로, 깊이 애도"함으로써 사죄 주체를 형성해야 한다고 주장했었다.[53] 즉, 가토는 다자이의 전후 작품에 '전사자와의 연대'가 "절

---

50) 「散華」, 『太宰治全集』 第6卷, 筑摩書房, 1956, 177쪽.

51) 미타 군의 이 엽서를 받은 소설가의 감동은, '나'는, "죽어 주세요, 라는 저 미타 군의 한마디가 내게는 너무나도 귀하고, 고맙고, 기뻐서 견딜 수가 없었던 것이다. 이거야말로 일본 최고의 남아가 아니면 할 수 없는 말이라고 생각했다"고 되어 있다. 「산화」에서 미타 군의 이 마지막 엽서 내용은 3번 반복해서 인용되어 있다(「散華」, 『太宰治全集』, 177쪽.).

52) 「戰後後論」, 205쪽.

53) 「敗戰後論」, 83쪽.

대로 모르게끔 쓰여 있"고, 또 전사자에 대한 답가가 "누구에게도 숨겨"져 있다고 강조함으로써, "무의미한 채로"의 깊은 애도가 실제로 어떻게 가능한지를 보여주고자 했던 것이다.

2) 다자이의 「도카톤톤」② : 모럴과 논 모럴의 회로

가토는 '전전-미타-출정-엽서-전사-소설가-도이시-전후-쓰루다(=도이시)'를 직렬로 꿰어가며 어렵사리 두 작품의 연결고리를 찾아냈다. 그제서야 「도카톤톤」으로 돌아온 가토는 모 작가의 '강한 윤리'를 해독하는 핵심 코드로 '전사자와의 연대'를 활용한다.

> 내가 상상한 바를 얘기하자면, (중략) 다자이는 전후 3년이 못 되어 죽는데 그 배후에서 그를 '게헤나'의 지옥으로 몰아넣은 것은 "위대한 문학을 위해 / 죽어 주세요."라는 미타 군의 그 말이다. / 그럼 어째서 전사자에 대한 연대가 「도카톤톤」의 이 마지막과 관계되는 걸까. (중략) 「도카톤톤」의 그 목소리는 누구보다도 먼저 다자이가 알아들은 전후 이후의 목소리, 논 모럴의 목소리였다. 그는 전후 이후의 논 모럴에 그가 믿는 전후의 모럴을 대치시킨다. 지금까지 없던 「도카톤톤」에서의 그의 처사, '도카톤톤' 소리에 대해 강한 윤리로 응대한 것, 전후 청년에 대한 답장으로 본다면 냉담한 것이지만 이를 전쟁에서 죽은 자에 대한 연대의 말로 본다면, 의지적이고 역설적이며 성실한 그의 문학의 윤리적 표현이 되는 것이다.(「전후후론」, 207쪽.)

다자이는 청년과 모 작가를 '전후 이후'(논 모럴)와 '전후'(모럴)의 대치관계로 봤기 때문에, 양자택일의 요구를 피하지 못하고 끝내 '전사자와의 연대'(=미타 군)라는 모럴로 기울었다는 것이다.

이어서 주의 깊게 보아야 할 것은 위 인용문의 다음 부분이다. 가토는 바로 이어, "그러나 문학은, 이 전사자에 대한 연대로 이어지는 것일까. 그게 아니라, 오히려 '도카톤톤'이라는 논 모럴의 감촉을 좋아하는 것이 아닐까"54)라고 덧붙이고 있다. '문학'의 본질을 논 모럴로 규정하고 있는 것이다. 이렇게 우회해 온 「도카톤톤」 분석은 다음 결론에 이른다.

> 그-다자이, 인용자-는 '도카톤톤'의 미지의 고통이 얼마나 깊은지를 누구보다도 잘 알고 있었고 그러면서도 이를 거부했다. 그의 속에서는 (중략) 죽을 때까지 그 미타 군의 목소리가 사라지지 않았음에 틀림없다. 하지만 그렇다고 한다면 우리는 반드시 이렇게 생각해 볼 필요가 있다. 만약 미타 군이(죽지 않고 1945년 8월 15일을 맞았다면 어땠을까. 그 경우, 그 날 오후, 그가 그 희미한 작은 소리, 도카톤톤을 듣지 않았다는 보장이 과연 있을까 하고. / 그것(문학, 인용자)은 오히려 여기 놓인 둘의 대립을 해제한다. 그는 미타 군과 이 청년을 대립 관계로 놓지만 문학은 본래 이 같은 모럴에 대해서는 "그런 건 몰라"라고 하는 논 모럴의 목소리로 나타나며 그럼으로써 바로 이 청년을 미타 군에게 연결하는 것이다. 거기서는 미타 군이 살아 돌아 와 도카톤톤의 청년이 된다. 그 도카톤톤의 청년은 미타 군의 대립자가 아닌 것이다.(「전후후론」, 235-236쪽.)

먼저 주목할 것은 가토가 논 모럴(='전후 이후')에 대한 다자이의 공감을 언급하고 있는 점이다. 실제로 다자이가 '나'의 모델인 청년에게 보냈던 답장도 '결코 '냉담'한 것이 아니'었다며 논 모럴에 대한 다자이의 공감을 거듭 강조하고 있다.55) 여기에 가토는 모럴과 논

---

54) 「戰後後論」, 208쪽.
55) 가토는 다자이가 청년 '나'의 모델인 호치 유지로에게 보낸 편지를 인용하여 "'도카톤톤'의 고통에 그가 깊은 공감을 지니고 있음을 알 수 있다"고 말하고 있다. 편지

모럴의 대립을 해제할 단초를 확인하면서, '전후'의 모럴(정치)과 '전후 이후'의 논 모럴(문학)을 일원화하는 사상적 회로를 구상화하였다.

다만, 양자를 연결할 논리적 헐거움은 남아 있다. 때문에, "순간순간에 거는 문학자의 성실함은 그것을 적분하면 정치적 불성실이 될 수 있"으며, "문학자의 미크로적 성실함이 매크로적 불성실을 결과하지 않는다고 누가 단언할 수 있는가"[56]라는 마미야의 의문은 쉽게 불식되기 어렵다. 가토는 「전후후론」에서, "만약 아무것도 모르는 내가 그래, 이건 옳아, 하고 확신할 수 있다면 그 확신의 근거는 무엇일까. 그런 것이 그저 주관적 아집에 불과하다고 한다면 문학도 사상도 그 성립의 기반을 잃게 된다"[57]고 하였다. 가토가 다용하는 논법이다. 질문도 있고 답도 있는데 질문에 대한 답은 부재한다. 마미야식의 질문과 가토식의 답이 평행선을 달리고 있을 뿐이다.

다만, 가토가 '문학자의 성실함'이 '정치적 성실함'으로 필지한다고 주장한 것은 아니다. 그의 '문학'론의 모티브는 정치적 불성실함을 초래하는 문학적 성실함의 문제가 아니라 오히려 정치적 성실함을 공회전시키는 문학적 불성실함, 그 사상적 한계를 염두에 둔 것이다. 그래서 문학적 성실함 위에 정치적 성실함의 사상적 궤도를 장착함으로써 그 한계의 극복을 시도하였다. 그러니 "문학자의 미크로적 성실함이 매크로적 불성실을 결과하지 않는다고 누가 단언할 수 있는가"라고 하는, 그 자체로서는 십분 타당한 의문도 가토에 대한 반문으로서는 동일한 타당성을 지니기 어렵다.

마지막에 "가능한 멋대로 마음껏 살아 보세요. 청춘은 에너지뿐이라고 발레리 선생님이 그랬다지요"라고 되어 있다(「戰後後論」, 326쪽.).

56) 間宮洋介, 「知識人ナショナリズムの心理と生理」(『神奈川大學評論』第28號, 1997. 11.), 『同時代論─市場主義とナショナリズムを超えて』, 岩波書店, 1999, 72쪽.

57) 「戰後後論」, 182쪽.

5. '전후 이후'로

가라타니는 요시모토의 사상이 냉전기의 '제3의 논리'로 기능했다고 언급하였다. 반면, 가토 노리히로를 요시모토의 사상적 계보에 위치시키면서도, "노를 외치는 자신의 거부감 그 자체가 매우 편해"진 곳을 점할 뿐이라며 사실상 요시모토와 구별하였다.58) 가토의 '문학'을 '제3의 길'의 무의미한 연명으로 본 것이다. 이는 가토의 '문학'이 냉전기 이후 90년대에 어떠한 사상적 의미를 지닐 수 있는가를 묻는 것이기도 하다.

가토는 '정치와 문학' 논쟁이라는 문제 틀 속에서 90년대의 요시모토를 조명하였다. 그리고 그는 '문학'을 단념한 요시모토의 공석에서 '문학'을 기점으로 '정치와 문학'의 대립 구도를 해제하고자 하였다. 거기서 가토는 '정치와 문학' 논쟁에 착목하였고 이를 '타자사상과 자기사상'라는 문제 틀로 재편하였다. 이로써 그의 '문학'론은 전후라는 시효를 깨고, 전전부터 전후 이후까지를 그 사정권에 넣게 되었다.

그리고 나서 가토는 「도카톤톤」론에서 '전사자와의 연대'와 '논 모럴의 목소리'를 일원화하는 '사상으로서의 문학'의 실천적 양상을 구상화하였다. 「패전후론」에서 가토가 말했던 '전사자와의 연대'가, "'연결되지 않음으로 연결된다'는 식의 선문답 같은 해석"을 필요로 한 것은, "전쟁과 전후를 조화적으로 연결하려는 이야기의 기만을 지적하고 나아가 아시아에 대해 사죄하려 한 결과"였다.59) 이어 「전

---

58) 「責任と主體をめぐって」, 21-22쪽.

59) 伊藤祐史, 『戰後論-日本人に戰爭した「當事者意識」はあるのか』, 平凡社, 2010, 126-127쪽. 이토 유지는 바로 이어 "전쟁을 한 것은 일본이며 자신들(의 조상)임은 소여의 사실"인데 그러한 해석을 동원하면서까지 연결되려고 하는 것 자체가 전쟁에 대한 '당사자 의식'의 결여라는 더 근원적인 문제와 닿아 있다고도 지적하였다.

후후론」은 곡예를 방불케 하는 「도카톤톤」 분석을 통해 이번에는 '전후'와 '전후 이후'를 직렬화한 실천적 가능태를 보여준 것이다. 거기에서는 '전전'와 '전후 이후'의 사이에 위치한 가토의 전후세대 비평가로서의 입장성도 읽을 수 있다.

/ 이경희

점령기 일본 '가스토리 잡지(カストリ雜誌)' 연구의 현재

1. 전후 점령기 용지 사정

1945년 8월 15일, 일본은 잔존 출판사 약 300개 사 정도인 상황에서 종전을 맞게 되었다. 인쇄업자의 이재율이 도쿄(東京) 66.57%, 가고시마(鹿兒島) 64.9%, 에히메(愛媛) 59%, 가나가와(神奈川) 59%, 효고(兵庫) 58.57%, 오사카(大阪) 53%였으며, 전국 평균은 30.3%라는 참담한 상황이었다. 9월 10일 연합국 최고사령관총사령부(GHQ/SCAP-이하 GHQ로 칭함)는 즉시 〈언론 및 신문의 자유에 관한 각서〉를 발표하고 신문, 잡지, 라디오의 사전 검열을 개시했다. 9월 29일에는 〈언론 및 신문의 자유에 관한 각서〉가 통달되고 신문, 출판, 기타 언론에 관한 기존 법령이 전면 폐지된다. '출판업자, 저술가에 대한 강제적 조직의 존속은 허용하지 않는다'는 지시가 내려짐으로써, 전시 중에 조직된 일본출판회 같은 강제적 조직이 금지된다. 또한 10월 6일에는 출판사 업령과 그 시행규칙이 폐지되어 출판업, 대리업은 자유기업이 된다. 전후의 출판사 창업 붐은 이러한 전전과 전중의 여러 규제들의 철폐와 더불어 시작되었다.

그러나 GHQ가 〈용지 배급에 관한 신문 및 출판통제단체의 통제 배제에 관한 각서〉를 발하여 유통을 촉진하고자 했음에도 불구하고 용지 사정은 악화일로였다. 전전과 전중의 일본은 삼림자원이 풍부한 사할린 남부, '만주', 한반도 등의 '외지'에 제지공장을 건설하는 것을 국책으로 추진했는데[1], 그 모든 것이 상실된 후 일본 국내에서는 홋카이도(北海道)나 규슈(九州)의 제지공장을 중심으로 풀가동 준비가 진행되었지만 모든 수요를 충당하기란 어려워서, '종이 기근'이라 일컬어지는 상황이 지속된 것이다. 1945년 10월 26일에는 GHQ가 〈용지 배급에 관한 신문 및 출판통제단체의 통제 배제에 관한 각서〉를 내놓고, 일본신문연맹 및 일본출판협회에 의한 용지의 배당·배급 기능을 정지시키고 동시에 그것이 정부의 책임 하에 이루어져야 한다는 취지를 통지했다. 하지만, 출판용지로서 할당된 제지를 현물화하는 과정에서 정체가 발생하여 1945년 8월부터 1946년 8월까지 1년 동안 출판용지 총할당량 2300만 파운드 이상을 현물화하지 못했다.

---

1) 패전으로 사라진 식민지의 제지·펄프 공장은 이하와 같다. [만주(滿洲)]=일본펄프(日本パルプ)(敦化), 육합조지창(六合造紙廠), 안동조지주식회사(安東造紙股份有限公司)(안동), 면주펄프(綿洲パルプ)(면주), 동양펄프(東洋パルプ)(간도성), 만주펄프(滿洲パルプ)(화림), 동만주인견펄프(東滿洲人絹パルプ)(간도성), 압록강제지(鴨綠江製紙)(안동), [중국]=태원지창(太原紙廠)(태원), 난촌지창(蘭村紙廠)(태원), 민농조지창(民豐造紙廠)(浙江省嘉興), 광동성영초조창(廣東省營抄造廠)(광동), 중국판지제품공사(中國版紙製品公司)(상해), [조선(朝鮮)]=북선제지화학공업 길주공장(北鮮製紙化學工業吉州工場)(길주), 조선제지(朝鮮製紙)(신의주), 왕자제지 조선공장(王子製紙朝鮮工場)(신의주), [사할린(樺太)]=일본인견펄프 시스카공장(日本人絹パルプ敷香工場), 왕자제지 오도마리공장(王子製紙大泊工場), 도요하라시공장(豊原工場), 오치아이공장(落合工場), 시루토루공장(知取工場), 마오카공장(眞岡工場), 노다공장(野田工場), 도마리오루공장(泊居工場), 에스토루공장(惠須取工場). 참고로 1946년의 종이, 판지, 화지(和紙) 생산량은 1941년의 14% 정도에 불과했다.

이런 상황 속에서 많은 출판사들이 암거래되는 종이를 구입하기에 분주했고, 제지업자들에게 원목, 선탁 등의 생산자재를 제공하고 용지를 입수하는 ㉺·㉘바터제(barter制, 석탄·나무와 종이의 물물교환 시스템-역자주) 거래가 활발해졌다. 『종이의 유통과 히라타 에이치로(紙の流通と平田英一郎)』[2)]가 "㉺·㉘ 방식은 수요자 측이 석탄 또는 목재를 제지회사로 가지고 오면 공정가격으로 종이와 교환하는 물물교환제이다. 종이의 입수난에 고민하던 출판사와 석탄, 전력 등의 할당을 잘 받지 못하여 원료난을 겪던 제지회사 사이에 고안된 방식이다. 이것은 일정 생산을 올리기 위해 상공성(商工省)의 양해도 얻어두었다. 그러나 나중에 GHQ에서는 이 방법이 불가통제령에 대해 비합법인 점에서 문제가 된다. 상공성 제업과의 사무관이나 종이 배급회사의 히라타, 그리고 출판·제지 관계자는 GHQ 경제과학국(局)에 자주 출두하여 취조를 받고 결국 경제위반 사건으로까지 발전했으므로, 1947년 2월 GHQ의 통고를 받고 중지되었다"고 말하고 있듯, 이 방식은 용지 부족으로 고민하던 출판사가 제지회사에 직접 원료를 가져다주고 그에 부응하는 용지와 교환하는 것을 원칙으로 했다. 다만 ㉺·㉘바터제로 용지를 입수할 수 있는 것은 상응하는 자본력을 갖춘 출판사나 신문사뿐이다.

1946년 11월에는 〈용지할당 규정〉, 〈신문 및 출판용지 할당위원회 규정〉이 공포되고 신흥잡지의 신규 할당이 정지되었다. 교과서 용지를 우선하기 위해 기존의 신문도 타블로이드판 발행으로 급한 위기를 넘기게 된다.

용지의 통제와 암거래 시장 확대가 쳇바퀴 돌 듯 제자리걸음이 계

---

2) 吉田敏和, 『紙の流通史と平田英一郎』, 紙業タイムス社, 1988, 18-102쪽.

속되던 중에 1947년 4월에는 ㉑·㉕바터제가 금지되어 용지의 절대 부족 상황에 박차를 가한다. 곤궁을 겪던 출판업자들은 5월호 잡지 발행이 불안하다며 위기 타개를 호소하였고, 주요 출판사 18개사가 일본출판연맹을 결성하였다. 4월 17일에는 신문 및 출판용지 할당위원회 출판부회가 출판계의 혼란을 정리 통제하기 위해, 비상조치로서 할당에 대한 새 원칙을 발표한다. 이렇게 해서 ① 원칙적으로 할당 이외의 용지 사용을 인정하지 않고 서적은 초판 교정쇄에 따라 문화적 가치판단에 기초하여 엄선주의로 할당할 것, ② 4월 이후의 새 잡지 및 전집·강의록 등에 대한 할당을 보류할 것, ③ 잡지는 쪽수를 A5판 64쪽, B5판 32–48쪽을 한도로 하고 부수 결정을 한 다음 할당할 것 —— 등이 결정되었고 업계는 암거래 시장의 배제를 추진해간다.

작가 곤 히데미(今日出海)는 당시를 회고한 글에서 "잡지가 일제히 64쪽이 되었다. 옛날 잡지는 두꺼운 것이 자랑이었다. 돈까스나 비프스테이크도 이제는 두툼한 걸 찾아보기 어려운데, 잡지만 두꺼울 수 있을 턱이 없다. 양을 줄이면 질이 그만큼 충족이 될까? 종이 배분에 통제의 틀을 벗겨낼 수 없다면 서점 수 제한을 왜 철폐한 것인가? 공평하게, 공평하게만을 부르짖는 동안 출판문화는 말라비틀어져 버릴 것이다"[3]라고 적고 있는데, 극단적으로 얇아진 잡지를 손에 든 사람들 대부분은 자기들이 놓인 현상에 비참함을 느낀 듯하다.

이러한 자기 규제를 거쳐 출판계는 서서히 활력을 되찾아간다. 1946년 연간 발행서적 총수는 3,466점, 연말 잡지 총수 2,904종이던 숫자가 1947년에는 연간 서적 발행 총수 14,664점, 연말 잡지 총수

---

3) 今日出海,「下積みの時代」,『月刊讀賣』 8月號, 1947, 16–17쪽.

7,249으로, 1948년에는 연간서적 발행 총수 26,063점(연간 출판부수 약 5,500만 권), 연말 잡지 총수 6,778(연간 출판부수 약 1억 5,000만 권)으로 확대되어 갔다.[4] 패전 직후 300개 사밖에 남아 있지 않던 출판사는 겨우 3년 만에 4,581개 사를 헤아리기에 이른다.

1948년 2월에는 신문 및 출판용지 할당위원회 출판부회가 "저속한 출판물을 억지하기 위해 불량출판물에는 용지 할당을 하지 않는다"는 성명을 냈기 때문에 대중오락잡지를 내던 신흥출판사들은 그때까지 쓰던 갱지를, 통제의 틀 밖에서 자유롭게 살 수 있었던 센카 종이(センカ紙, 닥나무로 만든 누런 종이-역자주)[5]로 바꾸지 않을 수 없게 된

---

4) 莊司德太郎·淸水文吉 編著, 『資料年表日配時代史-現代出版流通の原點』, 出版ニュース社, 1980, 16-164쪽 참조.

5) 재단법인 일본경영사연구소 편집·제작 『제사업 100년(製絲業の100年)』(왕자제지 주식회사, 1973년 6월)에는 "센카(泉貨) 용지에 의한 출판물이 전부 비양심적이었던 것은 아니다. (중략) 인쇄된 내용은 다양했지만 센카 종이는 어쨌든 그 독특한 촉감으로 전후 일본의 출판문화사를 풍미했던 것이다. 참고로 센카 종이에 관해 조금 설명을 덧붙여 두자면, 원래 센카 종이란 그 옛날 승려 센카가 창안하여 종이를 뜬 것에서 센카 종이라고 불렸으며, 어느 때부터인가 센카(仙花) 종이라고도 쓰여진 일본 종이를 말하고, 닥나무를 원료로 하여 손으로 뜬 두꺼운 종이를 일컫는다. 그러나 전후의 이른바 센카 종이는 그와는 전혀 다른 조악한 기계로 뜬 일본 종이의 일종으로, 원료의 배합 비율에 따라 다음 세 종류가 있었다. (중략) 즉 전후 대량으로 생산 소비된 센카 종이는 그 대부분이 나무를 빻은 펄프나 폐지를 원료로 하는 인쇄용지였다. 이른바 전후의 종이 부족과 통제제도의 틈에서 핀 문화의 겉만 화려한 꽃이라고 해야 할 만한 것인데, 그러나 그 역할은 또 그 나름대로 큰 것이 있었다. 그만큼 센카 종이 즉, 하급 종이, 양질이 아닌 종이라는 이미지가 생겨 버린 것인데, 본래의 센카 종이, 즉 상질의 두껍게 손으로 뜬 일본 종이로서의 센카 종이는 오히려 서양 종이의 고급품에 필적하는 품질을 갖추고 있던 것이다"라고 되어 있다. 또한 일반적으로 센카 종이 붐이라고 하나 실제로는 야마오카 아키라(山岡明)가 「'증언'의 보고=가스토리 잡지(「証言」の宝庫=カストリ雜誌)」에서 "패전 직후의 출판이라고 하면 금방 센카 종이와 결부되기 쉽지만, 그것은 올바르지 않다. 센카 종이가 신문을 200자 원고지 한 장, 두 쪽으로밖에 발행할 수 없는 용지 사정인 출판계에 대타로서 등장한 것은 패전부터 꼬박 2년이나 지난 1947년 후반부터였다. 그때까지는 보통의 갱지가 사용되었다. 하지만 인쇄용지로서의 갱지가 충분히 있었던 것은

다. 시즈오카(靜岡)의 제지업자가 쇄목(碎木) 펄프나 폐지를 원료로
하여 제조, 판매를 시작한 이 센카 종이는 양과 가격 모두 통제 품종
에서 제외되었기 때문에, 인쇄용지의 암거래로 크게 돈벌이를 하려
는 업자들이 무리지어 센카 종이 붐6)을 일으킨 것이다.

  1949년에 들어서면 부인잡지, 아동잡지, 대중잡지를 누가 먼저 파
는가 하는 경쟁이 격해진다. 사태를 중대하게 판단한 출판판매연합
협의회는 자숙을 결의함과 동시에 잡지발매일 조정위원회를 두어 발
매일을 조정한다. 하지만 1950년 6월에 시작된 한국전쟁의 특수까지
겹치면서 센카 종이의 생산량은 그 후에도 계속 증가한다. 출판용지
할당 사무국의 조사에 따르면 당시의 용지 유통량은 정규 할당량에
비해 잡지가 약 3배, 서적이 약 2배였다고 한다.

  또한 이 무렵에는 용지 통제 철폐의 기운이 높아지며 모든 일본식
종이와 서양식 종이 일부에 관해 배급 통제가 철폐된 상태지만, 용지
생산이 수요를 따라가지 못하는 상황에는 변함이 없어서 대형 신문

  아니다"라고 지적하듯 갱지(60% 이상의 기계 펄프와 화학 펄프로 만든 하급 종이)도
  섞여 있던 듯하다. 또한 센카 종이의 표기는 '仙貨紙', '泉貨紙', 'せんか紙' 등 다양하
  다. 고급 일본 종이인 '仙花紙'와는 완전히 다른 것이었는데, 이쪽 고급 일본 종이를
  '泉貨紙'로 표기하는 경우도 있어서 한자 표기로는 혼동될 염려가 있으므로 이 글에
  서는 '센카 종이(センカ紙)'로 표기한다.

6) 야마오카 아키라는 「'증언'의 보고=가스토리 잡지」에서 "센카 종이의 생산은 통산
  성(通産省) 자료에 따르면, 일본출판배급 폐쇄에 의한 출판사의 연이은 도산이 일어
  난 1949년 시점에 하나의 정점을 그린다. 무엇보다 이 자료는 센카 종이로서가
  아니라 모든 일본 종이에 관한 것으로 1949년의 경우 그 중 반에 가까운 45%가
  센카 종이였다. 그때까지는 센카 종이에 관한 데이터는 남아있지 않으므로 일본
  종이 중에서 차지하는 비율은 같다고 추정하면 1949년의 센카 종이의 생산량을
  100으로 하여 1946년 13, 1947년 43, 1948년 75가 된다. 생산이 급속히 증가했다는
  것을 알 수 있다. 이후에는 센카 종이로서의 생산량이 기록되어서 1950년 75로
  출판 패닉의 영향을 받아 일단 하강한 다음 1951년 172로 급상승, 이후 1952년
  147, 1953년 143, 1954년 109, 1955년 115로 하강선을 그린다"고 서술한다.

사, 출판사도 이를 사용하지 않을 수 없게 된다. 『주조(十條)제지사의 역사』가 "전후의 용지 부족은 중소 제지회사의 대두를 초래하게 되었고 GP와 폐지를 원료로 하여 원망기(円網機)로 떠낸 '센카 종이'는 통제를 받지 않았으므로 앞다투어 생산되었다", "신흥 출판사들은 이것을 갱지 공정가격의 몇 배가 되는 가격으로 구입하고 이른바 '가스토리 잡지'에도 사용했다"고 기록하듯이[7] '외지'의 제지공장을 잃게 되고 타국으로부터의 수입도 극히 일부밖에 허용되지 않았던 점령기 일본에서는 통제를 받지 않은 센카 종이야말로 믿을 만한 동아줄이었던 것이다[8]. 1951년 5월의 신문용지 통철폐에 따라 센카 종이의 수요는 감소로 돌아섰지만, 이 조악한 용지가 점령기 일본에서 인쇄와 출판을 지탱했던 것은 틀림없다.

이상 패전 후의 인쇄, 출판 상황에서 종이의 사정이 어떠하였는지 살펴보며 더불어 '가스토리 잡지'가 유행하는 배경에 통제가 없던 조악한 센카 종이의 보급이 큰 역할을 했다는 것을 확인하였다. 전쟁 전과 전쟁 중에 걸쳐 엄격한 언론통제에 억압되어 있던 사람들은 활자를 통해 세계를 확대하고 자유의 숨결을 느끼고 싶어 했지만, 그 길에는 비참한 현실이 가로막혀 있음이 분명했다. 이러한 전제를 놓고 이하에서는 동시대에 출판 붐을 일으킨 '가스토리 잡지'에 관해

---

7) 十條製紙株式會社, 『十條製紙社史』, 十條製紙株式會社, 1974, 38-124쪽.

8) 이카와 미쓰오(井川充雄)는 『전후 신흥 종이와 GHQ 신문 용지를 둘러싼 공방(戰後新興紙とGHQ 新聞用紙をめぐる攻防)』(세계사상사〈世界思想社〉, 2008년 11월)에서 통제철폐까지의 기간에 센카 종이의 생산량이 증가한 이유의 하나로서 '1949년 11월 당시 신문 용지는 1파운드 당 16엔의 공정가였던 것에 대해 자유 가격의 비통제 종이는 1파운드 당 26-27엔으로 거래되고 있었기 때문이다. 질이 나쁜 센카 종이쪽이 공정가격에 묶여 있던 정규 신문용지보다도 높은 가격으로 거래되었기 때문에 제지업계가 1951년 통제 철폐까지의 기간, 통제 종이보다도 비통제 종이에 적극적이 된 것도 당연했다'고 논한다.

고찰해 보자.

2. 협의의 '가스토리 잡지'에 관하여

무릇 '가스토리(粕取り, 즉 술지게미라는 뜻으로 불량 저속함을 의미—역자주) 잡지'란 어떠한 잡지를 가리키며 그 범위를 어떻게 규정할 수 있을까? '가스토리 잡지'로 불리는 대부분의 잡지는 각각 읽을거리, 오락, 풍속(風俗, 성적 서비스 관련 상업의 의미—역자주), 실화, 화제, 범죄, 탐정과 같은 테마를 가지고 있으며, 읽을거리 대부분은 단편물이었다. 또한 읽을거리 이외의 코너에서도 실제 취재에 기초한 르포르타주나 시사성이 있는 뉴스는 없었으며 잡지의 편집자 혹은 작가가 흥미위주로 읽을거리를 써내려간 것에 불과한 내용이 거의 대부분이었다.

'가스토리 잡지' 연구의 효시인 사이토 요즈에(齋藤夜居)가 『가스토리 고찰—육체소설과 생활풍속으로 본 전후의 가스토리 잡지』에서 "어떤 인쇄업자의 이야기에 따르면 그러한 판권 취득자는 부동산업자, 채소가게, 현금 과자 도매업자 등으로 인쇄나 활자에 대한 지식도 전혀 없는 사람들이며, 제품의 도매처는 암시장 업자였던 것으로 전해진다"고 증언하듯 '가스토리 잡지'의 대부분은 암시장이나 길거리에서 팔렸다.[9] 특히 '종이 기근'이라고 숙덕여지던 1948년 무렵까지는 설령 내용이 없는 잡지라도 손님들 앞에 늘어놓기만 하면 순식간에 다 팔리는 상태였다. 후쿠시마 주로(福島鑄郎)는 「가스토리 문화

---

9) 齋藤夜居, 『カストリ考 : 肉體小說と生活風俗より見た戰後のカストリ雜誌』, 此見亭書屋, 1964, 9–86쪽.

고찰」에서 "당시의 보도에 따르면 이러한 잡지들은 역 판매나 노천상 등에서 당시 돈으로 하루 7000엔의 매출 기록이 있다. 특히 노천상 같은 데에서는 하루의 장소값, 세금, 기타 비용을 포함하여 20엔만 있으면 가능했다고 하니 구입 금액을 들여도 개업하기란 간단했다"는 에피소드를 소개하고 있는데[10] 틀림없는 사실이었을 것이다.

노점에 늘어선 다양한 유사 잡지들 속에서 판매부수를 올리기 위해 업자들은 대부분의 '가스토리 잡지'의 표지를 화려한 극채색으로 인쇄하고 여성의 풍만한 육체나 기발한 자태로 손님을 끌려고 했다. 패전 직후의 '가스토리 잡지'는 요판 사진을 넣을 예산이나 인쇄기술이 없었기 때문에 선정적인 표제어나 에로틱한 삽화로 승부하는 것 외에는 방법이 없었다. 참고로 1947년 무렵이 되면 일부 잡지들이 값에 따라 여성의 누드 사진을 넣게 되고 이른바 외설 서적으로서의 성격이 강해지는데, 그것은 '가스토리 잡지' 중에서도 비싼 것에 한정되었다.

사이토 요즈에는 앞서 언급한 책 『가스토리 고찰』 모두에서 "나는 일본의 패전 후에 발행된 오락 읽을거리 잡지 모두를 '가스토리 잡지'라고 부르는 것은 친절하지 않은 일이라 생각한다. …… 소위 '가스토리 잡지'와 '전후 발행된 오락잡지'라는 두 호칭을 사용하고자 한다"고 서술하며 '가스토리 잡지'와 '전후 발행된 오락잡지'를 구별할 필요성을 제시하였다. 이른바 '가스토리 잡지' 붐은 전후의 일정 시기에 일어난 단기적 현상으로, 그것을 가지고 전후 오락잡지의 총칭으로 삼을 수는 없다는 것이 그의 인식이었던 것으로 보인다. 또한 읽을거리의 제재에 관해서도 그는 그 경향을,

---

10) 福島鑄郎, 「カストリ文化考」, 『毎日新聞』 夕刊, 1975年9月5日, 1975.

(1) 연애 발전에 따른 남녀의 육체 교합 장면을 테마로 한 것
(2) 창부(공창·사창·가창)와의 성 교섭을 묘사한 것
(3) 육친, 근친자의 성행위를 목격한 소년을 주인공으로 한 것, 혹은 이러한 골자들을 작품의 중요 장면으로 한 것
(4) 간통 장면의 묘사를 주제로 한 것
(5) 성적인 온갖 사항들에 대한 호기심을 테마로 한 것
(6) 전시하의 당시 감추어진 '성'을 테마로 한 것, 군인 미망인이나 당시의 일반에게 알려지지 않은 성범죄물
(7) 시정의 평범한 사람들의 성적인 자전물
(8) 패전 후의 성풍속을 주제로 한 것(양적으로는 이것이 가장 많음)
(9) 전쟁 중의 '외지' 생활의 정사를 주제로 한 것(이것은 당시 독자층에게 선호됨)

으로 분류하고 있다. 이러한 경향 분석에서 명백한 것은 '가스토리 잡지'에 묘사된 '성'이 내포하는 음란함과 엽기성이다. 사회적인 모럴에 비추어 이상한 것으로 간주되는 행위이기 때문에 은닉해야만 하는 체험, 비밀로 묻어 둔 과거를 이야기하는 것, 그러한 떳떳하지 못한 '성'을 몰래 엿보는 것에 자극을 느낀 독자들의 생태이다. 또한 패전으로 괴로워하던 남자들이 망상의 세계에서 자신을 위로하고자 할 때 다시 전쟁 중의 기억이 떠오르면서 유린하는 남자/유린당하는 여자라는 관계성이 요구된 점에도 주의가 필요하다. '가스토리 잡지'의 세계에 있는 것은 평화와 민주주의의 시대가 자아내는 밝고 해방적인 '성'의 기쁨이 아니라, 전쟁 중의 엽기적인 기억을 추체험함으로써 스스로의 신체에 정력이 돌기를 바라는 남자들의 야만적인 욕망과, 패전 후의 황폐한 세상을 살아남기 위해 몸을 파는 여자들의 억척스러움이 교차되는 지점에서 초래되는 반(反)모럴로서의 관능성

에 다름 아닌 것이다.

동시대의 일반적인 대중오락잡지에는 다소나마 유머나 재치가 꽤나 활개를 치고 있었고, 설령 에로·그로·난센스를 그린다고 하더라도 현실사회에 대한 풍자나 야유를 잃지 않겠다는 긍지를 가진 것이 대부분이었는데, '가스토리 잡지'의 편집자 측에는 그러한 비평성을 표방하는 것 자체가 권위적이라는 인식이 있었으며, 어울리지도 않는 욕망의 발로에 자신들의 존재가치를 거는 의식이 강했을 것이다.

하지만 이후의 여러 연구들에서 오히려 '가스토리 잡지'와 '전후에 발행된 오락잡지'의 구별이 애매해져서, 전후 점령기에 발행된 46배판형(B5판)의 오락잡지를 모두 '가스토리 잡지'라는 호칭으로 포괄하듯 논하는 방식이 일반화되었다. 예를 들어 프랑게(Prange)문고[11]의 존재를 일찍이 일본에 소개한 것으로도 잘 알려진 전후 잡지·출판사 연구자 후쿠시마 주로는 1951년 1월에 잡지『킹』의 부록으로서 발

---

11) GHQ의 민간검열 부대(Civil Censorship Detachment, CCD)는 점령 정책의 침투와 사상 동향의 면밀한 조사를 행하기 위해 검열을 실시했다. 검열 대상은 일본 국내에서 출판된 모든 도서, 잡지, 신문 외에 영화, 연극, 방송 프로그램, 학급신문과 같은 자주제작 잡지, 우편, 전보에 이르고 나아가 전화의 도청도 이루어졌다. 검열 제도는 1949년 10월에 종료되고 같은 해 11월에 CCD가 폐지될 때 검열을 위해 CCD에 제출되어 그 후 보관되던 이러한 대량의 자료들의 처분이 문제가 되었다. 1946년부터 GHQ/SCAP의 참모 제2부(G-2)에서 문관(文官)인 수사관(修史官)으로서 맥아더를 위한 전쟁사 편찬작업을 담당하던 고든 W 프랑게(Gordon William Prange, 1910-1980)는 이 자료의 역사적 가치에 주목하여 그 중 도서, 잡지, 신문 등을 메릴랜드대학에 이관시키는 데에 성공했다. 이 대학에서는 1962년부터 자료 정리를 개시하여 1978년에는 정식으로 문고명을 '고든 W 프랑게 문고-1945-1952년 일본의 연합국의 점령'이라 명명했다. 프랑게 문고는 잡지 약 13,800타이틀, 신문·통신 약 18,000타이틀, 도서 약 73,000권, 통신사 사진 10,000장, 지도·통신 640장, 포스터 90장으로 이루어져 있다. 이 중에는 약 60만 페이지의 검열 문서를 포함하고 있다. 일본에서는 '국립국회도서관 디지털화 자료'로서 공개되어 있으며 국립국회도서관의 시설 내에서 열람 가능하다(이상, 국립국회도서관 HP에서 발췌).

행된 『신어 대사전(新語大辭典)』의 "패전 후의 일본에서 태어난 에로·그로의 저급한 협잡의 내용을 담은 잡지, 당시 저급 불량 소주와 같은 조악한 술이 항간에 범람했는데, 그것을 전용해서 생긴 명칭. 이러한 종류의 잡지는 대부분 세 호 정도 나오고 사라지는 것이 보통인데, 막술도 한 홉 두 홉까지는 몰라도 세 홉이면 망한다(홉을 나타내는 '合'와 '號'의 일본어 발음이 '고'로 같은 것을 이용한 표현-역자주)는 성격을 비꼰 것이라고도 일컬어진다"는 기술을 소개한 다음, 자신이 가지고 있는 잡지를 정리한 결과로서 ① 에로·그로, ② 인정, 가정, 대중, ③ 강담물(講談物, 이른바 상투 튼 사람들이 나오는 역사물), ④ 범죄, 엽기, 실화, 괴기, 탐정, ⑤ 진상, 폭로, ⑥ 성, 부부, 연애 등으로 나눌 수 있다고 지적한다.

또한 하세가와 다쿠야(長谷川卓也)의 『가스토리 문화 고찰』, 야마오카 아키라(山岡明)의 『가스토리 잡지로 보는 전후사』[12] 등 몸소 '가스토리 잡지' 붐을 체험한 사람들의 증언을 토대로 하면서 『가스토리 잡지 연구―심벌로 보는 풍속사―』[13]를 정리한 야마모토 아키라(山本明)는 잡지의 외관이 "46배판(B5판)"이며 조악한 센카 종이를 사용한 것이 많다"는 점, "페이지 수는 많아야 40쪽 내외"인 점, 장정은 "사진, 삽화 모두 여성의 나체, 정사 장면이 대부분"인 점을 지적하고, 내용적으로는 "전시 중에 억압되었던 성을 다룬 읽을거리 전반에 대한 총칭"이라 하고 있다. 잡지의 외관에 관해서는 일부 A5판으로 창간된 다음 B5판으로 변경된 것이나 A5판인 채로 발행을 지속한 잡

---

12) 長谷川卓也, 『≪カストリ文化≫考』, 三一書房, 1969, 1-268쪽과 山岡明, 『カストリ雜誌にみる戰後史―戰後青春のある軌跡』, オリオン出版社, 1970, 1-270쪽 등을 참조.

13) 山本明, 『カストリ雜誌研究-シンボルにみる風俗史』, 出版ニュース社, 1976, 1-501쪽. 이 책은 후의 1998년 8월에 주코문고(中公文庫)에 수록됨.

【그림1】『리버럴』

지도 있으며, B5판 이외의 예외도 있을 수 있지만 그 외의 포인트에 관해서는 대략 야마모토가 말한 대로이다.

또한 야마모토 아키라는 "1946년 10월부터 1949년 6월까지의 2년 9개월"을 '가스토리 잡지'의 전성기라 부르고 '애욕소설', '육체소설', '치정에 관한 읽을거리' 등을 주체로 하는 '성'=에로잡지(구체적으로는 '엽기', '로맨스', '연애', '변태집단', '단란', '러블리', '캬바레' 등을 들고 있다)를 협의의 '가스토리 잡지'로 정의는 한편, 『리버럴(りべらる)』[다이쿄도 서방(大虛堂書房), 【그림1】]을 비롯한 문예중간잡지, 『진상(眞相)』[인민사(人民社)], 『선풍(旋風)』[하쿠분샤(白文社)] 등의 폭로잡지나 실화이야기 잡지, 『가면(假面)』[프로필사(ぷろふいる社)], 『거미(蜘蛛)』[도쿄방범협회(東京防犯協會)], 『요기(妖奇)』[올로맨스사(オールロマンス社)] 등의 탐정소설 잡지까지 광의의 '가스토리 잡지'로 위치지우고 있다.

협의/광의의 분류는 기본적으로 사이토 요즈에의 고찰을 답습한 것인데, 협의의 분류에 관해서는 애욕소설, 육체소설, 치정 읽을거리 등을 주체로 하는 '성'=에로 잡지라는 총칭이 부여되어 있을 뿐이며, 그 이상의 명확한 정의는 부여되지 않았다. 하지만 실제로 당시 오락잡지를 보면 소설만으로 지면을 구성하는 읽을거리 계열과, 에세이, 칼럼, 취재기사 등을 조합하여 다면적인 지면을 구성하는 종합 계열로 나뉘는 것을 알 수 있다. 또한 전자의 경우는 작가 지망생을 써서 저속한 읽을거리를 쓰게 하고 그것을 그러모은 것뿐이라는 인상이 강한데, 후자의 경우는 다방면으로 원고를 의뢰하거나 기자가 취재하는 등 복잡한 편집 작업을 거쳐 마침내 한 권의 잡지로 만

들어진다. 같은 소설이라도 이름이 알려진
작가나 문필가가 당당히 자기 이름으로 작품
을 썼고 익명의 작가가 어딘가 수상쩍은 작
품을 양산한 경우도 있다. 즉, 애욕소설, 육
체소설, 치정 스토리 등의 성애적 읽을거리
도 최고급부터 최저급까지 여러 가지가 있어
서 그것들을 보다 신중하게 구별할 필요가
있다.

【그림2】『적과 흑』

그러니 여기에서는 우선 조악한 막술(술지게미에서 얻어낸 품질 나쁜
소주)에 빗대어 종이 찌꺼기에서 만들어졌기 때문에 세 홉 만에 망한
다(=세 호만에 폐간된다)는 식의 형편없는 잡지로 평가되어 종이의 질
이나 내용이 모두 조악하여 멸시받은 협의의 '가스토리 잡지'에 관하
여 그 범위를 확인해 두기로 한다.

'가스토리 잡지'라는 말의 어원에 관해서는 여러 설이 있지만, 전후
의 종이 부족 시대에 갱지나 통제를 받지 않은 센카 종이 등 조악한
재생지로 만들어진 잡지라는 점에 관해서는 모든 선행연구가 인식을
공유하고 있다. 또한 '가스토리 잡지'라는 명칭은 패전 직후부터 유포
된 것이 아니라 당초 '도색잡지', '핑크잡지'라는 호칭이 일반적이었
다. 그 효시에 해당하는 잡지는 널리 알려진 『엽기(獵奇)』가 아니라
1946년 9월에 창간된 『적과 흑(赤と黑)』[리파인사(リファイン社), B5판 48
쪽, 정가 10엔, 【그림 2】]이다. 시키바 류자부로(式場隆三郎)와 친교가 있
던 전위예술 화가 미네기시 기이치(峰岸義一)가 편집인을 역임하였고
나중에 극단 『적과 흑』을 주재하게 되는 요코오 신이치(横尾信一), 성
과학 연구가인 다카하시 데쓰(高橋鐵) 등이 편집에 참여한 『적과 흑』
은 창간호 특집 〈육체예술〉을 비롯하여 매호 특집기획을 마련하여

【그림3】『엽기』

성애와 육체의 미를 드높이 찬미하며 항간을 뒤흔들었다. 또한 다카하시 데쓰가 편집의 중심을 맡게 된 이후로는 당시 드물었던 특사(特寫) 누드 사진을 게재하여 에로티시즘을 전면에 내건 편집방침을 관철했다. 따라서 『적과 흑』은 가장 이른 시기에 창간된 광의의 '가스토리 잡지'라고 해도 좋을 것이다.

다만, '가스토리 잡지'의 유행을 하나의 붐으로 파악한다면 그 계기가 된 사건이 『엽기』 제2호(1946년 12월)의 압수처분 사건이었던 것은 틀림없다.

패전이라는 삼엄한 현실 하에 평화가 되살아나자 각종 오락 잡지가 일시에 꽃바구니를 흩뿌린 듯 출판되었습니다. 하지만 현실은 괴롭고 의식주 문제에 고민하다 지쳐 있는 우리에게 그 중 몇 권이 관능적인 면에서 윤택함을 선사한 것이지요. /월간 잡지 『엽기』는 독자 제현들을 계몽하자든가 교육하자든가 하는 가당치 않은 마음은 전혀 없습니다. /제현들이 평화국가 건설을 위해 심신이 모두 지쳐버려 낮잠 잘 시간에 잠시 흥미 본위로 읽고 내버려 주신다면 고맙겠습니다. /따분한 생활 속에 한 권 정도 이런 잡지가 있어도 괜찮겠다 생각하여 편집을 했습니다. /독자 제현들의 편달을 바랍니다——

라는 「창간에 즈음하여」를 게재하여 발행된 『엽기』(【그림3】)는 전전에 우메하라 호쿠메이(梅原北明)가 발행한 『그로테스크(グロテスク)』(1928년 11월~1931년 8월. 거듭된 발매금지 처분을 극복하고 전 21권을 발행)를 본뜬 형태로 에로・그로・난센스에 대한 편애를 전면에 내세웠다[14]. 창간호는 발매 시작부터 겨우 두 시간 만에 매진되었다고 하며, 제2호(1946년 12월)에 게재된 기타가와 지요조(北川千代三)의 「성애고백담·H대위 부인」[삽화 다카하시 요시오(高橋よし於)]이 형법 175조(외설물 배포 등)의 적용을 받아 압수 처분됨으로써 거꾸로 독자들의 구매욕을 촉구하게 된 에피소드는 나중에 '가스토리 잡지' 붐을 둘러싼 하나의 전설이 되었다.

「성애고백담·H대위 부인」은 B29에 의한 공습이 점점 더 심해지는 와중이던 1944년 말에 육군포병대위 집에 기숙하면서 요양하던 화자(구제 중학교 4학년생)가 전후가 되어 방공호 안에서 대위 부인과 관계를 가질 때의 쾌감을 적나라하게 이야기한 것이다. 압수처분의 죄상이 〈외설문서 배포죄〉였기 때문에 그저 방공호에서의 성애묘사가 검열에 걸린 것으로 이해하기 쉽지만, 실제로 이 호의 목차를 보면 구보 모리마루(久保盛丸)의 「애액 기담(愛液奇譚)」, 사이토 쇼조(齋藤昌三)의 「호색 성냥갑(好色燐標志)」, 우메하라 호쿠메이의 유작 「속 임수 상법(ぺてん商法)」, 후지사와 모리히코(藤擇衛彦)의 「삼가는 성생활 연구(愼みの性生活研究)」, 쇼바라 아케오(莊原朱雄)의 「『가미아니(ガミアニ, 프랑스 관능 소설의 여주인공–역자주) 혹은 환락의 두 밤(歡樂の二夜)』에 관하여」, 아카마쓰 마코조(赤松眞古城)의 「최고(성교)제전과 가장 정중한 경례(성기입맞춤)[最高(性交)祭典と最敬禮(性器接吻)]」, 미야나가 시즈오(宮永志津夫)의 「왕조의 호색과 골계담·둘째(王朝の好色と滑

---

14) 가토 유키오(加寫幸雄)는 『『엽기(獵奇)』 간행의 추억2』에서 "2호의 편집부터는 스태프가 늘었습니다. 2호부터 참가한 하나후사 시로(花房四郞) 외에 사이토 쇼조(齋藤昌三) 씨, 메이지(明治)대학의 후지사와 모리히코(藤擇衛彦) 씨, 그리고 미야케 이치로(三宅一郞) 이 세 사람을 월 1만 엔의 고문료를 주고 넣었습니다. /(『엽기』 제2호에는–필자주) 우메하라 호쿠메이(梅原北明)의 '유고'가 실려 있습니다. 당시 아오야마 와분지(靑山倭文二)라는 사람이 오다와라(小田原)의 호쿠메이 자택에서 직접 받아온 원고인 것입니다"라고 기술하고 있으며 우메하라 호쿠메이의 주변에 있던 사람들이 『엽기』의 편집에 참가한 것을 밝히고 있다.

稽譚·その二)」, 하야시 교이치로(林恭一郎)의 「아라비아 비화(亞拉比亞秘話)」, 브리 나아란(ブリー·ナアラン) 작/아오야마 와분지(靑山倭文二) 번역의 「이혼(離婚)」, 하나마치 우몬(花町右門)의 「봄은 말을 타고(春は馬に乘つて)」, 기타가와 지요조의 「성애고백담·H대위 부인」, 미나산시(南名散史)의 「풍속어휘(風俗語彙)」, 미야지 유메마루(宮地夢丸)의 「부부바위(夫婦岩)」, 지바 준이치로(千葉順一郎)의 「해피십(ハッピーシップ)」 등의 작품이 나열되어 있어서, 「성애고백담·H대위 부인」의 기술만이 외설이라고 지목된 이유는 확실하지 않다. 또한 형법 175조(외설물 배포 등)는 대일본제국헌법에 기초하여 1908년 10월 1일에 시행된 '벌금 500엔 이하'의 형으로, 기모토 이타루(木本至)의 『잡지로 읽는 전후사』에 따르면 "옛 대일본제국에서는 버젓한 잡지서적에는 적용된 적 없던 조항"15)이라고 한다.

실제로 이 사건은 약식 재판에 처해져 작자 기타가와 지요조가 벌금 250엔, 삽화가 다카하시 요시오는 불기소, 출판처인 아카네서방(茜書房)의 경영자이자 『엽기』의 발행인이기도 한 가토 유키오(加藤幸雄)는 벌금 500엔과 잡지 이익에 대한 추징금 16만 엔을 지불함으로써 마무리가 되었다. 1946년 1월 9일자 『요미우리 신문(讀賣新聞)』은 『엽기』 제2호가 "50쪽 정가 12엔이며 매출 120만 엔에 이르렀다"고 보도하고 있으며, 1월 12일 『도쿄신문(東京新聞)』도 반은 시기어린 어조로 압수된 남은 부수가 겨우 '873부'밖에 없었다고 전한다.

『엽기』의 출판에 관한 내부 사정에 대해서는 가토 유키오 본인이 「『엽기』 간행의 추억1-6」(『출판뉴스』 1976년 11월 하순 호, 12월 하순 호, 1977년 1월 하순 호, 3월 하순 호, 4월 하순 호, 5월 하순 호…전체 6회 연재)

---

15) 木本至, 『雜誌で讀む戰後史』, 新潮選書, 1985, 12쪽.

을 게재하고 있으므로, 이하에서는 이 회고록과『엽기』의 출판 경위를 상세히 정리한 기모토 이타루의『잡지로 읽는 전후사』의 기술에 따라 검증하고자 한다.

이 책에 따르면 아카네서방을 창립한 가토 유키오는 1934년에 구제 중학교를 졸업하면서 동시에 신주쿠(新宿) 야라이시타(矢來下)에 있던 난코샤(南郊社)에 들어가『사회시보(社會時報)』나『법률시보(法制時報)』와 같은 법률잡지 출판에 종사했다. 중일전쟁 때 소집에 응했지만 부상 때문에 1939년에 제대하게 되고 시라키야(白木屋)의 선전부에서 일하게 된다. 1942년 전쟁이 악화됨에 따라 군수회사에 징용되어『산보(産報)』(산업보국회의 사내 회보)를 편집하였다. 패전 때 마침 수배가 끝난 인쇄용지 '이백 연(二百連)'(일정 치수로 만들어진 종이 천 장이 1연이므로 200연은 약 이십만 장)을 자유롭게 쓸 수 있었으므로, 그것을 사용하여 잡지를 출판하기로 계획했다고 한다.

가토 유키오가 처음 기획한 것은 "〈발매금지 책〉의 〈전문 무삭제〉를 칭한『아카네 책자(あかね草紙)』라는 〈성애소설〉"이었다. 그것이 너무 딱 들어맞게 성공하여 3,000부 발행에 대해 "원가 2엔, 판매가 10엔으로 2만 엔의 이익"을 얻은 그는 다음을 잇는 장사거리로『엽기』창간을 기획한다[16]. 발매에 맞추어 "점두 판매는 하지 않으므로 엽기

---

16)『엽기』발행인이던 가토 유키오는「『엽기』간행의 추억」에서 당초 출간하려고 생각하던 잡지의 타이틀이『엽기 구락부(獵奇俱樂部)』였던 것을 밝힌 다음, "『엽기 구락부』의 원고 모집의 광고를 중앙, 지방의 신문에 냈습니다. 아사히 쪽은 잘 안 됐지만, 그 밖의 신문에는 3면에 4~5줄의 모집 광고를 10일 정도 간격으로 계속 냈던 것입니다. 그랬더니 히라이 다로(平井太郎=에도가와 란포(江戶川亂步)) 씨가 본명으로 '놀러오지 않겠나?'라며 편지를 주신 것입니다. 곧바로 방문하니 『엽기 구락부』라는 걸 옛날에 출간했었지'라는 말을 들었습니다. '그럼『엽기 구락부』라고 하면 안 되겠군요'라고 말하니 '아니, 아니,『엽기 구락부』라고 해도 괜찮아. 나는 이미 의욕이 없으니까 사용해도 된다고'라고 대답했습니다. 그래도 '너무 죄송하니

클럽에 입회하라(한 달 10엔, 연간 110엔)"고 선전하며 대금 선불 회원을 약 만 명이나 모았다. 광고에서는 회원에 대한 판매라고 양해를 구하면서 창간호를 실제로 2만부 인쇄했고 예약분 이외에는 배낭에 현금을 채울 만큼 많이 팔러 상경한 가와노 서점(河野書店, 팔고 남은 신간을 모아 헌책으로 취급하는 저속 서적 전문 서점)에 "칠반(七半, 정가의 75%를 말함)의 현금으로 떠맡음"으로써 부정 유출시켰다.

사건 후에 발행된 제3호에 관해서는 사전 검열[17]에서 "이것은 검열 당국에 대한 도전이며 민주주의의 존엄에 대한 모욕, 선의를 가진 SCAP(연합국군 최고사령관) 당국으로부터 받은 출판의 자유를 고의로 유린하는 것이다. 이러한 이유로 나는 이 잡지의 판매금지를 권고한다. …… 이러한 종류의 잡지 출판과 판매에 대해 엄중한 금령(ban)을 제정하는 것이 일본인을 도덕적 퇴폐와 종이 기근에서 구하는 유일한 방책이다"[CCD(민간검열국)의 잡지과에서 검열을 담당한 T・오하타의 보고서로부터]라고 판단된다. 종업원의 급여, 종이값, 인쇄비, 창고 비용 등의 지불에 쫓기던 가토 유키오는 궁지에 몰린 상태에서 허가 없이 제4호를 발행(1947년 5월 5일, 실제 발행일은 6월 20일. 발행부수는 40만 부. 1부 15엔을 정가의 7.5배로 판매하여 450만 엔을 벌었다)하고, 현

구락부는 빼고 엽기만으로 하겠습니다'라고 하여 히라이 씨의 허가도 받아 『엽기』가 된 것입니다"라고 하고 있어 『엽기』 창간에 에도가와 란포가 관여한 내용을 전하고 있다.

17) 가토 유키오 「『엽기』 간행의 추억4」에는 '당시의 GHQ의 검열 방법'에 관하여 '제호, 발행인, 발행일, 발행소를 일본어와 영어 양쪽으로 쓰고 교정쇄를 붙여서 내놓는 것입니다. 그러면 2-3일 후에 출두하라는 통지가 옵니다. 출두하면 많은 출판인들이 와 있어서 순번을 기다리게 됩니다만, 잇따라 호출되었다가 되돌아가게 됩니다. / 체크한 곳은 간지가 끼워지고 여기를 이렇게 고치라고 간단한 지시를 할뿐입니다. 그리고 둥근 5센티 정도의 CCD의 도장을 쿵 찍어서 교정쇄를 되돌려 줍니다. 이것이 허가였던 셈이지요'라고 회고한다.

금을 회사와 집에 나누어 둔 뒤 슈젠지(修善寺)로 도망쳐 들어갔다. 그는 당시의 일을 "점령군에 대한 비판이나 반항을 하는 자는 남방으로 데려가 중노동을 시킨다"는 소문이 사실인 양 숙덕여졌다고 증언한다. CCD로부터의 집요한 요청을 받고 출두하여 변명서를 제출했지만, 당국으로부터는 "향후의 해야 할 일은, 5호에 이것이 마지막 호라는 내용을 담으면 되는데, 만일 그 내용을 적지 않으면 전문을 영어로 번역한 것과 일본어로 된 것 두 편"을 제출하라고 언도받는다. 검열에 관해서도 "2-3개월 걸릴 것이다"라는 말을 들었으므로 사실상 폐간이 임박한 상황이었다.

흥미로운 것은 가토 유키오가 그 다음 취한 행동이다. 같은 해 가을에 그는 CCD의 관할이 다른 오사카로 발행처를 옮긴 다음, 처남을 발행인으로 내세워 오사카 판 『엽기』[오사카 문예시장사(大阪文藝市場社), 1946년 10월 15일]를 창간한다. 나중에 불량 저속잡지 전설이 되었듯 실로 양두구육의 책략을 통해 비슷한 잡지를 팔 생각을 한 것이다. 하지만 오사카 판 『엽기』는 창간호의 경우야 인쇄한 10만 부를 모두 팔았지만, 제2호부터 제5호까지 연속으로 적발되어 발매금지 처분을 받았다. 이렇게 해서 그는 결국 516만 엔의 부채를 짊어지고 회사를 접었다.

이러한 일련의 출판 과정에서 보이는 것은 보다 많은 이익을 올리는 방법으로서 잡지 출판을 계획하고 잡지의 압수나 발매금지 처분을 두려워하지 않고 다양한 정보 전략을 구사하여 대중을 선동하려는 장사치의 모습이다. 잡지를 낸다는 것에 대한 이념이나 방침은 없고, 어떻게 하면 돈벌이를 할 수 있을까 하는 관점에서 편집된 잡지의 양태이다. 그것은 '외설'성을 둘러싼 규범의식이나 GHQ에 의한 검열의 실태임과 동시에 본질적인 의미에서 '가스토리 잡지'란 어떠한 것인가 하는 물음에 대한 하나의 명쾌한 해답이다.

이 글에서는 『엽기』를 둘러싼 사건의 경위에 바로 '가스토리 잡지'의 본질적인 특성이 드러난다고 본다. 또한 그 점을 답습하여 협의의 '가스토리 잡지'를 정의하면 아래와 같이 정리할 수 있다.

(1) 『엽기』를 원형으로 하여 판매 전략 면에서 이 잡지 또는 그 계통의 잡지를 모방하는 것.

(2) 에로 · 그로 · 난센스를 기조로 한 내용인 것.

(3) 비통제의 갱지, 센카 종이로 만들어진 조악한 잡지인 것.

(4) 전전과 전중 때부터 계속적인 출판 활동을 해 온 출판사가 발행한 것이 아닌 것.

(5) 판형은 B5, 32쪽에서 48쪽을 기본으로 하는 것.

(6) 창간으로부터 휴간/폐간까지의 기간이 짧고 단발 혹은 몇 호를 내고 사라진 잡지인 것.

(7) 잡지의 내용이나 지면 구성 등에 관한 편집 작업이 거의 이루어지지 않은 것.

(8) 표지에 'ㅇ월호'와 같은 표기가 없고 내용에 있어서도 시사성이 없는 것.

(9) 편집부가 추구하는 내용의 작품을 익명성 높은 필자(그 영역에 정통한 필자)에게 쓰게 하는 것.

(10) 작품 내용이나 질이 아니라 선정적인 표지나 삽화로 구매욕을 자극하려는 것.

3. 광의의 '가스토리 잡지'에 관하여

협의의 '가스토리 잡지'에 관해서는 대략의 윤곽이 보이지만, 여기에서 부각되는 점은 점령기에 발행된 대중오락잡지 중에서 광의의 '가스토리 잡지'를 선별하기 위해서는 어떻게 하면 좋은가 하는 문제이다. 협의의 경우에는 비교적 짧은 기간에 일어난 붐이나 현상으로서 파악하면 해결되지만, 광의의 '가스토리 잡지'는 점령기 전체를 시야에 넣으면서 일반적인 대중오락잡지와의 차별화를 도모할 필요가 있는 것이다. 예를 들어『가스토리 잡지 연구-심벌로 보는 풍속사』를 쓴 야마모토 아키라는 각각의 잡지 발행시기를 구분함으로써 '가스토리 잡지'의 특징 파악을 시도하였다.

제1기(1946년 10월~1947년 7월)
'가스토리 잡지'의 선구라고도 할 수 있는『엽기』가 신문 광고와 더불어 서점에 나타났다. 표지는 여성의 얼굴을 그린 선화(線畵)이다. 이『엽기』를 계기로 1947년 1월부터 몇 가지의 유사 잡지가 나타났다. 3월에는 20종을 헤아리기에 이른다. 그로부터 8월까지 각종 장르의 풍속잡지가 나타난다.

제2기(1947년 8월~1949년 5월)
『올 엽기(オール獵奇)』(8월 간행)에서 처음으로 전라의 여성 그림이 표지를 장식하고 '가스토리 잡지'의 본격기에 들어선다. 이후 수백 종류의 '가스토리 잡지'가 점두를 들끓게 하였고 나아가 그라비어 전라 사진은 불가결한 것이 된다.
또한 사진도 그때까지의 것이 전전의 에로·그로·난센스 시대의 복사가 많은 것에 비해 프로 사진가를 기용한 '본격 특사'가 페이지를 장식한다. 이른바 '가스토리 잡지'의 개화기이다.

종말기(1949년 6월~1950년 5월)
1949년 6월에 마스서방(鱒書房)의 마스나가 젠키치(增永善吉)가 다른 회사명으로『부부생활(夫婦生活)』을 창간하고 이른바 소형본 시대가 된다.

B5판은 적어지고 소형본이 범람한다. B5판은 중간잡지화했으며 또한 그 잡지들은『소설 신초(小說新潮)』,『올 요미모노(オール讀物)』,『고락(苦樂)』,『소설 일본(小說日本)』,『소설 공원(小說公園)』등의 본격적인 오락잡지의 공세 앞에 여지없이 무너져간다. 또한 1950년 5월 창간된『인간탐구(人間探究)』, 1951년 2월 창간된『아마토리아(あまとりあ)』등 A5판의 본격적 성 연구 잡지의 출현과 더불어 B5판 '가스토리 잡지'는 덤핑 책으로서 남은 목숨을 부지하기에 불과한 상태가 된다.

이 분류에서 우선 주목해야 할 것은 제1기와 종말기에 대한 파악이다. 전후 가장 이른 시기에 발행된 종합잡지에는『빛(光)』[1945년 10월, 고분샤(光文社), 1944년 7월 창간된 시국잡지『정기(征旗)』가 제목을 바꾼 잡지로 편집은 마루오 분로쿠(丸尾文六)],『신생(新生)』[1945년 10월, 신세이샤(新生社), 편집 아오야마 도라노스케(靑山虎之助), 주간 무로후세 고신(室伏高信), 전후에 창간된 첫 종합잡지] 등이 있지만, 이러한 잡지들은 편집자가 독자적인 시점과 방침으로 지면을 구성하고 있어, 이 글이 대상으로 삼은 광의의 '가스토리 잡지'와는 다르다. 같은 해 11월에는 '세계의 문화 뉴스'라는 캐치카피를 달고『수탉 통신(雄鷄通信)』[수탉사(雄鷄社), 편집 하루야마 유키오(春山行夫)]이 창간되지만, 여기도 "첨예한 각도에서 내외의 사상문화를 명쾌히 보고하는 것이 본지 독자적인 편집 방침이다!"[발매광고,『아사히 신문』1945년 11월 5일]라고 되어 있는 것처럼 시사성을 중시하는 시국 종합잡지이기 때문에 광의의 '가스토리 잡지'에 포함할 수는 없다[18].

18) 『수탉통신(雄鷄通信)』창간호는 B5판 16쪽, 60전으로 발행되었다. 목차를 보면 시미즈 기타로(淸水幾太郎)「생활의 방법으로서의 데모크라시(生活の方法として

미묘한 판단이 필요한 것은 이듬해 1월에 창간된 『리버럴』이다. 이 『리버럴』에 관해서는 후쿠시마 주로가 "전후의 가스토리 잡지의 대표잡지로서 전해져왔"지만 실제로는 "지식계급층을 대상으로 중간 읽을거리로서 창간되었다"고 지적한19) 것을 비롯하여 '가스토리 잡지'에서 제외하는 입장을 취한 연구자가 적지 않다. 하지만 그 한편으로 "'가스토리 잡지'는 내용으로 분류하자면 '읽을거리'와 '풍속'이라는 두 계열로 크게 나눌 수 있다. 그리고 '풍속'에서 '실화', '화제'와 같은 것이 파생해간다. 현재의 중간소설 잡지는 '읽을거리'가 변화한 것이며, 주간지는 대체로 '읽을거리', '풍속', '실화', '화제' 모든 것을 포함하며 각각이 차지하는 비율로 그 주간지 성격이 정해진다고 해도 좋을 것이다"라고 하여 『리버럴』을 '읽을거리' 계통 '가스토리 잡지'의 효시로 위치지우는 야마오카 아키라의 『가스토리 잡지로

のデモクラシー)」, 우에노 요이치(上野陽一) 「미국적 능률에 관하여(アメリカ的能率について)」, 이타가키 나오코(板垣直子) 「신문학의 동향(新文學の動向)」, 하야시 다카시(林鑅) 「스피드 감각과 생리(スピード感覺と生理)」, 간바 도시오(樺俊雄) 「니시타와 미키(西田と三木)」, 헤밍웨이(ヘミングウエイ) 「작가와 전쟁(作家と戰爭)」, 우치야마 빈(内山敏) 「소국에 대한 시야(小國への視野)」, 기무라 기(木村毅) 「관학과 관료(官學と官僚)」, 니시카와 마사미(西川正身) 「영어와 미국어(英語と米語)」, 단파로 잡은 과학방송, 후타바 주자부로(双葉十三郎) 「영화계의 동향(映畵界の動向)」, 『수탉통신』(세계 뉴스), 문화의 주변, 국화(계절의 창) 등이 즐비하며 편집인 하루야마 유키오(春山行夫)도 "종전 직후의 일본은 분명 암담했지만, 그것이 전쟁 중의 앞길이 기분 나쁠 만큼 불안하고 암담하다는 것은 근본적으로 틀렸다. 대전환을 이루고 있는 일본의 앞길은 국민의 사상이나 생활을 얼마나 밝게 하는지 모른다. 저널리즘의 임무도, 오래된 비문명적인 어두운 것을 없애자는 식의 기분만이 아니라 밝은 일본을 재건하는 적극적이고 힘 있으며 큰 노력이기를 바란다"고 선언하고 있다. 이러한 기사 내용으로 보아도 『수탉통신』은 여기에서 다루는 광의의 '가스토리 잡지'와 일선을 긋는다고 할 수 있을 것이다. 다만 이 잡지도 포함하여 나중에 '가스토리 잡지' 붐의 영향을 받아 내용이 유연한 계통으로 기울게 된 것도 사실이므로 이 점은 올바로 인식해 둘 필요가 있다.

19) 福島鑄郎, 『新版戰後雜誌發掘-焦土時代の精神』, 洋泉社, 1985, 199-459쪽.

보는 전후사·전후 청춘이 있는 궤적』[20] 등도 있어 연구자에 따라 의견이 다르다. 즉『리버럴』은 광의의 '가스토리 잡지'라는 개념의 틀을 결정하는 중요한 열쇠가 된다.

이 잡지는 아사히신문사 논설위원인 마치다 신로(町田梓樓)가 아버지이며 전시 중에는 다이에이(大映, 1942-1971년까지 있던 대일본영화제작주식회사-역자주)에 근무했던 마치다 스스무(町田進)와, 그의 집에 하숙하던 다네 시게루(多根茂, 마찬가지로 다이에이에서 일한 후 전쟁 중에는 대일본영화협회의 잡지『일본영화』편집장을 역임하였다)가 중심이 되어 와세다(早稻田)대학 시절 동창생들을 불러 모아 시작한 잡지이다. 두 사람은『아메리카(アメリカ)』라는 타이틀을 생각하고 당시 다이에이 사장이기도 했던 기쿠치 간(菊池寬)을 찾아갔지만 타이틀 안(案)을 들은 기쿠치 간은 그 자리에서 "그것보다 이쪽이 좋겠다"며 히라가나로 쓴『리버럴(りべらる)』을 제안했다고 한다. 자유와 교양을 테마로 내건 이 잡지의 창간호[서지에는 1946년 1월 발행으로 되어 있지만, 실제로는 1945년 12월 발행, 36쪽 1엔 50전, 1만 부]에는 기쿠치 간의 주선에 의해 당시의 문부대신 마에다 다몬(前田多門)과 기쿠치 간의 대담「아메리카와 일본을 말하다(アメリカと日本を語る)」가 게재되는 외에도 평론, 수필로서 무샤노고지 사네아쓰(武者小路實篤)의「자유에 관하여(自由に就て)」, 가메이 가쓰이치로(龜井勝一郎)의「연애의 부활(戀愛の復活)」, 오사라기 지로(大佛次郎)「헛소리(痴言)」, 후나바시 세이이치(舟橋聖一)의「호전파의 포옹(好戰派の抱擁)」, 니시무라 이사쿠(西村伊作)의「독언기(獨言記)」가, 소설로서는 고지마 세이지로(小島政二郎)의 소설「남자 혐오(男ぎらひ)」등이 실렸다. 하지만 제2호 이후

의 기사에서는 점령기의 출판 코드에 저촉되는 내용이 잇따라 삭제 명령을 받게 된다.[21] 특히 길거리 매춘부가 되어 신세를 망친 여성의 실태를 파헤쳐 그것을 사회문제로서 조사해 가려는 기획, 일본인 여성과 점령군 병사 간의 정사나 추문을 언급하는 기사는 엄격히 체크받아 1947년 1월에는 〈물가통제령 위반〉이라는 명목으로 적발되기에 이른다.

이쪽도 『엽기』의 예와 마찬가지로 계속되기를 바라는 독자들의 목소리가 점차 높아져서 반년 후 복간된 때에는 상당한 판매를 보였다. 또한 당초에는 리버럴리즘의 정신을 내건 지식인 대상의 문화잡지를 목표로 했지만, 동시기에 일어난 '가스토리 잡지' 붐의 영향에 의해 이 잡지는 점차 성애, 욕망, 풍속 등의 테마로 기우는 경향이 강해진다. 최전성기이던 1948년에는 최고 18만 부가 팔렸다고 한다.

즉 『리버럴』이라는 잡지의 궤적을 따라가다 보면 당초 편집부가 정한 이념이나 방침이 독자의 기대에 부응한다는 명목으로 변용되어 결과적으로 동시대를 석권하던 '가스토리 잡지'로 근접하는 과정이

---

21) 에토 준(江藤淳)은 스스로가 미국립공문관분실에서 조사한 내용을 『갇힌 언어공간(閉ざされた言語空間)』에서 정리하고 있다. 이 책에 따르면 GHQ는 '삭제와 발행 정지의 카테고리에 관한 해설'을 작성하고 검열대상이 되는 카테고리를 30항목에 걸쳐 상세히 규정하고 있다. 그 중에는 「SCAP(연합국최고사령관 혹은 총사령부)에 대한 비판」이나 「군국주의의 선언」은 물론 「점령군 병사와 일본 여성과의 교섭」, 「암시장의 상황」, 「폭력과 불온 행동의 선동」 등의 항목이 있으며 전후 일본 사회의 혼란 상황을 적나라하게 그리는 것조차 허락되지 않았던 것을 알 수 있다. 다만, 성묘사에 관한 규정은 마련되지 않아 '가스토리 잡지'를 단속할 때는 일본의 경시청을 통해 구 형법 175조(외설물 배포 등)를 적용시키거나 통제 외의 용지를 조달한 것에 대한 '물가 통제령 위반'으로 적발하는 경우가 많았던 듯하다. 또한 가토 유키오 「『엽기』 간해의 추억 1~6」에도 기록되었듯 일부러 모든 페이지의 영문역 제출을 요구하여 검열에 패스하지 못할 상황을 만들거나 검열용으로 제출시킨 교정쇄의 반납을 지체시키거나 함으로써 압력을 가한 일도 있었던 것 같다.

보이는 것이다. 협의의 '가스토리 잡지'에 있어서 "잡지의 내용이나 지명 구성 등에 관한 편집작업이 거의 이루어지지 않는 것", "편집부가 추구하는 내용의 작품을 익명성이 높은 필자(그 영역에 정통한 필자)에게 쓰게 하는 점" 등의 조건에서는 벗어나지만, 그러한 편집 양식을 빼면 『리버럴』에는 '가스토리 잡지'와 거의 유사한 기사가 수많이 게재되어 있으며, 독자의 기대도 그런 쪽으로 향해 있었다. 그러한 의미에서 『리버럴』은 광의의 '가스토리 잡지'에서 하나의 스탠다드가 될 수 있다.

그렇다면 『리버럴』로 대표되는 광의의 '가스토리 잡지'에는 어떠한 계통이 있으며 어느 무렵까지 그 붐이 이어진 것일까? 그것을 밝히기 위해서 우선은 '가스토리 잡지'가 언제 어떻게 사라졌는지를 확실히 해 두고자 한다. '가스토리 잡지' 붐의 종언에 관해서는 많은 선행연구가 1949년 6월 『부부생활』[가정사] 창간을 시점으로 파악한다. 『부부생활』 이후 『인간탐구』[사회정보사, 1950년 5월], 『아마토리아』[아마토리아사, 1951년 2월] 등 A5판이나 B6판의 잡지가 잇따라 창간되고 '가스토리 잡지'의 표준형이라고도 할 수 있는 B5판 센카 종이에 인쇄된 조악한 잡지는 점차 모습을 감춘다. 주로 성인남성이 혼자서 몰래 탐독하는 것을 전제로 하는 '가스토리 잡지'는 저속하고 품위 없는 것으로 경멸되며, 부부나 불륜 사이가 침실에서 함께 읽으며 서로의 자극을 높이는 것을 노림수로 하는 부부 화합 잡지, 성과학 잡지로 전환되어 간다.

이를 고려하면 광의의 '가스토리 잡지'가 가장 융성했던 것은 1946년 1월의 『리버럴』 창간에서 1949년 9월경까지의 약 3년 반이다. 광의의 '가스토리 잡지'가 종언을 맞은 것을 입증할 객관적 근거의 하나는 B5판과 A5판이 중심이던 대중오락 잡지의 영역에 B6판이 등장한 것에서 찾을 수 있다22).

　다음으로 이 제2기 동안의 광의의 '가스토리 잡지'에 어떠한 타이틀이 있고 내용에 있어 어떠한 특징이 있는지, 무엇을 가지고 '가스토리 잡지'라고 규정할 수 있는지를 생각해 보자. 마침 『적과 흑』, 『리버럴』, 『엽기』 등이 세평을 흔들던 1947~1948년에 걸쳐 점령정책의 침투에 확신을 얻은 GHQ는 순차적으로 사전검열에서 사후검열로 완화조치를 추진한다(1947년 11월 이후 점차 전환되었다). 또한 검열이 완화될 것이라고 예측한 업자들은 모조리 새로운 잡지를 창간한다. 당연히 각각의 신흥잡지는 독자들을 향해 특징을 돋보이게 하고자 외견뿐 아니라 기사나 읽을거리의 내용에 다양한 궁리를 하게 된다. 다시 야마모토 아키라의 저작 내용에 따르면, 사회학자인 야마모토는 사물의 명사를 알파벳순으로 나열하고 사전을 편집한 『심벌사전(シンボル事典)』의 방법론을 모방하여 어떤 사물이 어떠한 심벌로서 관념화되는지를 조사했다. 그 결과 "입맞춤-입맞춤과 일본의 '민주화'", "스트립-누드에서 스트립으로", "드로어즈(여자 속옷)-에로티시즘의 상징", "엽기-그 영광과 잔광", "유한마담-모더니즘에 대한 동경", "자위-터부로서의 수음(手淫)", "몰락-중산계급 여자의 슬픔", "거리 매춘부-그 자신이 풍속으로서", "미망인-성적 인간의 상징", "정조-간통죄의 폐지를 둘러싸고", "남매간의 사랑-근친상간을 둘러싸고", "에로-그 대의명분주의", "아

---

22) 『부부생활(夫婦生活)』은 1937년 4월에 기쿠치 간(菊池寛)의 문예춘추사(文藝春秋社)가 창간한 『이야기(話)』(1944년 3월호로 휴간하고 1945년 10월에 복간. 하지만 1946년 3월에 문예춘추사가 해산 선언을 했기 때문에 다시 휴간 상태가 되고 이 잡지에 관심을 가지고 있던 마스서방(鱒書房)의 사장 마스나가 젠키치(增永善吉)가 발행권을 양도받는 형태로 복간)의 개제(改題)잡지이다. 1949년 6월에 새로운 타이틀로 개제한 마스나가 젠키치는 미국의 잡지 『Sexology』를 비롯한 과학잡지에서 힌트를 얻어 잡지 사이즈를 B6판으로 축소해서 판매하고, 창간호는 며칠 만에 7만 부를 팔고 게다가 2만 부 증쇄를 할 만큼 대성공을 거두었다.

베 사다(阿部定)-성을 극한으로까지 밀고나가다", "복원병-전쟁의 상흔을 짊어지고"라는 키워드를 추출하고 그 항목에 따른 내용을 분석하고 있다. 이 방법에 관하여 필자는 현실과 기호의 낙차나 역설성이라는 한계가 존재하는 것을 인정하는 한편 경영의 실태, 판매방법, 집필자의 본명 등 업계의 내막에 관해서 일부러 금욕적인 태도를 취했다고 말하며 '기호세계로서의 가스토리 잡지'를 연구하는 의의를 강조하고 있다.

참고로 이러한 키워드의 추출에 의한 경향 분석은 하지마 도모유키(羽島知之)의 「가스토리 신문의 유행」[23]에서도 시도되고 있으며 당시 '가스토리 신문'이라 불린 타블로이드지에는 "강간, 시간, 윤간, 정교, 도색, 애무, 치욕, 음수, 음마, 음분, 색마, 색욕, 사련(邪戀), 쾌락, 불륜, 질투, 엽기, 변태, 애욕, 처녀, 전락, 순결, 정조, 부정, 알몸, 전라살인, 유방, 음모, 드로어즈, 매춘, 판판, 독부, 불량배, 유부녀 사냥, 남창" 등의 표제어가 춤추고 있다고 지적된다.

야마모토 아키라와 하지마 도모유키에 의한 접근은 점령기라는 시대의 풍조를 읽기 위한 절호의 소재가 될 수 있다. 패전 후 비참한 패잔병이 되어 버린 일본인 남성이 무엇을 욕망하고 여성에 대해 어떠한 망상을 품었는지를 파악하려고 할 때 '가스토리 잡지'만큼 알기 쉬운 소재는 없다. 하지만 여기에서 문제가 되는 것은 그러한 방법이 작품이나 기사의 개별성, 독창성을 무시하고 표현의 표층 부분만을 유사성이라는 형태로 집약하는 경향이 되기 쉬운 점이다. 기호 채취자의 자의적인 인식으로 분류가 이루어지기 때문에 과연 그 카테고리화가 객관성을 유지할 수 있는지 아닌지를 판단할 수 없다.

앞에서도 서술한 것처럼 센카 종이로 만들어진 조악한 오락잡지는

---

23) 羽島知之, 『カストリ新聞-昭和二十年代の世相と社會』, 大空社, 1995, 1-6쪽.

한 때 점두에 놓이자마자 불티난 듯 팔리는 상태였다. 설령 팔리다 남은 경우라도 대부분은 염매 가게에서 덤핑으로 팔렸으므로 언제 어떠한 잡지가 나왔는지를 파악하기란 어렵다. "최전성기에는 한 잡지만으로 20만 부 정도의 발행부수를 보인 이른바 '가스토리 잡지'가 한 달에 200만 권은 나왔으며 종류도 30종류 이상에 이른다"(『아사히신문』 1949년 5월 28일)는 등의 신문기사가 있는 점에서 몇 가지의 주요한 잡지가 전체의 매출을 떠받치고 있었던 것이리라는 추측이 성립하는 한편, '가스토리 잡지'의 타이틀 수는 "1,000종류를 넘는다"[24]는 기술도 있어서 그 전체상은 좀처럼 드러나지 않는다.

'가스토리 잡지'의 전모를 밝히는 것이 곤란한 이유 중의 하나는 현물이 도서관 등의 자료기관에 보존되지 않아서 망라 조사가 어려운 점에 기인한다. 전후 혼란기에서 통제 밖의 센카 종이 등으로 인쇄되어 정기간행물로서의 체재를 갖추지 못했을 뿐 아니라, 통상의 판매 루트를 경유하지 않고 암시장이나 노점에서 재고가 나지 않게 염가 처리하는 경우가 많았던 '가스토리 잡지'를 수집 대상으로 하는 도서관은 아무데도 없었다. 또한 여성의 나체 그림을 표지나 삽화로 뿌려 넣고 독자를 선정적인 기분이 들게 만드는 것을 판매전략으로 삼던 '가스토리 잡지'는 성인 남성이 몰래 숨어 읽어야 할 것이었으며, 일반적인 가정생활자가 보존해 두기에는 상당한 심리적 저항감이 있었다고 보인다. 실제로 당시 증언을 읽으면 한 권의 '가스토리 잡지'를 너덜너덜해질 때까지 회람하다가 마지막에는 소각처분을 해 버리는 경우가 많았던 듯하다.

그 때문에 지금까지의 '가스토리 잡지' 연구는 동시대에 편집이나

---

24) 야마모토 아키라(山本明)의 「'증언'의 보고(寶庫)=가스토리 잡지」는 猪野健治, 『東京闇市興亡史』, 草風社, 1978, 11-33쪽에 수록.

판매에 종사하던 업계관계자나 출판문화에 조예가 깊은 수집가가 아
니면, 그것을 언급하는 것 자체가 어려웠다. 1970년대에 들어서 야
마모토 아키라와 같은 풍속사 연구로부터의 접근도 이루어지게 되지
만, 연구 조건을 갖추기 위해서는 고서점 등을 통해 '가스토리 잡지'
를 대량 구입하는 것이 필수였다. 즉 '가스토리 잡지'는 일종의 호사
가들이 컬렉션으로서 수집한 것을 대상으로 하는 것 외에는 방법이
없었으며, 잡지 본체를 소장하지 않은 사람으로서는 선행연구의 언
설이 옳은지 그른지, 그 근거가 어디에 있는지 등의 검증을 할 수 없
었다.

이러한 폐색상황에 숨통을 트이게 한 것이 프랑게문고 자료의 공
개였다. 일본 〈국립국회도서관 디지털화자료〉에서 프랑게문고 소장
자료를 열람할 수 있게 됨으로써 '가스토리 잡지' 연구는 지금까지와
같은 콜렉터에 의한 연구 영역을 벗어나, 소정의 수속만 취하면 누구
나 점령기 잡지에 접근할 수 있게 되었다. 이 자료에는 GHQ에 의한
검열의 흔적도 첨부되어 있기 때문에 잡지 연구뿐 아니라 GHQ에 의
한 점령정책 양태 자체를 재질문할 수 있는 계기도 되었다. 상세하게
는 뒤에서 서술하겠지만, 전국의 자료 보존 기관이 소장하는 컬렉션
과 아울러 연구를 추진하면 아마도 제2기(1947년 8월~1949년 5월)에
출판된 광의의 '가스토리 잡지' 전체상을 밝히는 것도 불가능하지는
않을 것이다.

그러나 지금까지의 선행연구 대부분은 '가스토리 잡지'가 유행했
던 시대의 당사자나 스스로 잡지를 적극적으로 수집한 연구자에 의
한 것으로, 그 샘플 수는 대부분 알려져 있다. 관견할 수 있는 범위
에서 말하자면 사이토 요즈에 "350권"(『가스토리 고찰』 설명, 사가판 부
록에서), 야마모토 아키라 "천몇백 권"(『가스토리 잡지 연구』에서), 후쿠

시마 주로 "약 1500권"[25] 등의 정도이다. 그래서 이 글에서는 동시대 출판관련 자료 중에서 그 근거를 찾아 업계 내에서 그것이 어떻게 인식되었는지를 검토하기로 한 것이다.

이 때 좋은 자료가 되는 것이 일본출판협회 구사노 고이치(草野悟一) 편『1951년판 출판사・집필자 일람(出版社・執筆者一覽) 부록 잡지명 및 발행소 총람(附雜誌名竝に發行所總覽)』의「부록1 잡지명 및 동 발행소 총람(雜誌名及同發行所總覽)」[26]이 정한 잡지 장르이다. 일본출판협회 기회조사과의 자료와 용지할당국의 할당 대장을 근거로 작성된 이 일람에서는 잡지 장르를 종합, 시국, 청년, 부인, 아동, 대중, 문예[학술지, 일반지, 단카(短歌), 하이쿠(俳句), 시(詩), 센류(川柳)], 예능, 후생, 지방, 미술, 노동, 국가사회, 외국사정, 정치사상, 경제, 법률, 철학, 종교, 역사, 지리, 어학, 과학일반, 공학공업, 의학, 이학, 농업, 특수로 구분하고 있으며, 이 글이 대상으로 하는 잡지들은 '시국'과 '대중'에 걸치는 형태로 배치되어 있는 것을 알 수 있다.

또한 이 총람은 잡지의 판형도 명기하고 있으므로 그 리스트에서 대형 신문사, 출판사가 내는 잡지, 종합잡지, 문예잡지 이외의 B5판과 A5판의 잡지를 추출하면『만화(漫畫)』,『수탉 통신』,『선풍(旋風)』,『진상』,『진상 특집판(眞相特集版)』,『정계 지프(政界ジープ)』,『세계화법(世界畫法)』[이상이『시국』과 같은 B5판],『호프(ホープ)』,『빛의 창(ひかりの窓)』,

---

25) 후쿠시마 주로의 '가스토리 잡지' 컬렉션에 관해서는 와세다대학 도서관이 작성한 데이터베이스에서 산출했다. 이 데이터베이스에서 점령기 잡지를 헤아리면 2,077 권이었는데, 그 중 이 글이 규정한 광의의 '가스토리 잡지'에 포함되지 않는 것(B6판 잡지 등)을 제외하고 약 1,500권으로 했다.

26) 1951년 4월 일본출판협회사업부가 펴낸 것으로, 나중에 오쿠보 히사오(大久保久雄)・후쿠시마 주로 감수『전후 초기의 출판사와 문화인 일람(戰後初期の出版社と文化人一覽) 제4권』으로 가나자와분포카쿠(金澤文圃閣)에서 2005년 12월 복각되었다.

『평범(平凡)』, 『지프(ジープ)』, 『클럽(クラブ)』, 『시대 요미키리 걸작선(時代 讀切傑作選)』, 『모던 로맨스(モダンロマンス)』, 『모던 일본(モダン日本)』, 『모던 생활(モダン生活)』, 『일본 유머(日本ユーモア)』, 『넘버 원(ナンバーワン)』, 『닛폰(にっぽん)』, 『로맨스(ロマンス)』, 『럭키(ラッキー)』, 『리버럴』, 『청춘 로맨스(青春ロマンス)』, 『소설 팬(小說ファン)』, 『소설의 샘(小說の泉)』, 『청춘 타임스(青春タイムス)』, 『실화와 소설(實話と小說)』, 『트루 스토리(トルーストーリー)』, 『태양(太陽)』, 『요미키리 소설집(讀切小說集)』, 『읽을거리 후레쉬(讀物フレッシユ)』, 『요미키리 로맨스(讀切ロマンス)』, 『거미(蜘蛛)』[이상이 『대중(大衆)』의 B5판], 『일본 주보(日本週報)』, 『신시대(新時代)』[이상이 『시국(時局)』의 A5판], 『문예 읽을거리(文藝讀物)』, 『전기(傳記)』, 『데카메론(デカメロン)』, 『후지(富士)』, 『실화잡지(實話雜誌)』, 『교통펜(交通ペン)』, 『뉴 히스토리(ニユヒストリー)』, 『신청년(新青年)』, 『대중문예(大衆文藝)』, 『요미키리 소설 구락부(讀切小說俱樂部)』, 『보석(寶石)』, 『별책 보석(別册寶石)』, 『탐정 클럽(探偵クラブ)』, 『요기(妖奇)』 [이상이 『대중』과 같은 A5판]이다. 분류의 근거가 되는 『1951년판 출판사・집필자 일람 부록 잡지명 및 발행소 총람』은 1950년 단계에서의 잡지명과 발행소를 정리한 것이므로 그 이전에 폐간된 잡지 기록은 반영되지 않지만, 적어도 1950년이라는 과도기(야마모토 아키라의 분류에 따른 제2기에서 종말기로 이행하는 시기)라는 것을 생각하면 존중할 가치는 충분히 있다. 이 시대의 대중오락잡지는 '대중'과 '시국'으로 나뉘어 있으며 각각의 사이에는 명확한 선긋기가 행해졌던 것이다.

따라서 여기에서는 '대중'으로 묶이는 것을 광의의 '가스토리 잡지'로 보고, '시국'에 포함되어 있는 『만화』, 『수탉 통신』, 『선풍』, 『진상』, 『진상 특집판』, 『정계 지프』, 『세계 화법』, 『일본 주보』, 『신시대』 등은 제외하기로 한다. 양자의 차이를 객관적인 근거로 하여 그것을 다른

잡지에도 해당시킬 것이다. 이상을 고려하여 광의의 '가스토리 잡지'
를 다음과 같이 규정한다.

(1) B5판 또는 A5판인 것.
(2) 『리버럴』(1946년 1월)이후에 창간된 대중오락잡지인 것.
(3) 『부부생활』(1949년 6월)이후의 B6판 잡지가 아닌 것.
(4) 편집작업이 이루어졌으며 저명한 작가의 작품이나 다채로운 기사
　　가 게재되어 있는 것.
(5) 단발 발행이 아니라 일정 기간에 걸쳐 계속된 잡지인 것.
(6) 『1951년판 출판사·집필자 일람 부록 잡지명 및 발행소 총람』이
　　'대중'으로 구분되는 잡지 및 거기에 포함되는 타이틀과 같은 계통
　　의 잡지.

4. 『가스토리 잡지 총람』의 작성을 향하여

이렇게 해서 이 글이 초점화한 광의의 '가스토리 잡지'의 윤곽은
거의 명확해졌다. 연구자 개개인이 스스로 입수할 수 있는 범위의 잡
지를 읽고 그 내용을 분석해도 거기에는 어쩔 수 없이 한계가 있으며
자의적인 판단이 될 수밖에 없다는 점도 지적한 바이다.

또한 '가스토리 잡지' 연구에는 또 하나의 큰 문제가 있다. '가스토
리 잡지'는 그 대부분이 조악한 재생지에 인쇄되어 있으므로 많은 현
물들은 이미 손상이 진행되었고, 잡지 본체의 보존이 어려워졌다. 인
자(印字) 상태가 안 좋고 지면을 판독하기 어려운 것도 많다. 한편 일
본 국내에서 대규모 '가스토리 잡지' 컬렉션을 소유하고 있는 자료
보존기관으로서는 와세다대학 도서관 후쿠시마 주로 문고, 도시샤(同

志社)대학 도서관 야마모토 아키라 문고, 「종전 직후의 〈가스토리〉 잡지의 종합적 연구(終戰直後の〈カストリ〉雜誌の總合的研究)」[일본 과학 연구비(科學硏究費) 채택 연구]에 사용한 자료를 소유하는 오사카예술대학(大阪藝術大學) 도서관 등이 알려져 있는데, 주요한 컬렉션은 자료의 미정비를 이유로 공개되지 않고 고서 시장에도 거의 흘러나오지 않는다.

이러한 현상을 돌아보면 '가스토리 잡지'에는 시간적 유예가 없다는 것을 알 수 있다. 전후 점령기의 출판업계 부흥에 큰 역할을 하고 고도 경제성장기의 대중 오락잡지의 토대를 만든 '가스토리 잡지'이지만, 망라적인 조사에 의해 자료의 디지털화를 추진하지 않으면 그 전모는 영원히 파악할 수 없게 될 것이다.

또한 연구라는 관점에서 말하자면 앞으로는 각 자료 보존기관의 소유잡지 정보를 일원 관리함으로써 누구라도 거기에 접속할 수 있는 환경의 정비가 필요해진다. '가스토리 잡지'를 둘러싼 여러 문제들을 타이틀 별로 논하거나 출판문화의 관점에서 '가스토리 잡지'가 맡았던 역할을 개설적으로 서술하는 일도 의의 있지만, 지금 요구되는 것은 프랑게문고 자료를 비롯해 전국의 자료 보존기관에 소장되어 있는 '가스토리 잡지'를 가능한 한도까지 조사하여, 그 데이터베이스에 집약된 정보를 개개의 연구활동에 도움을 줄 수 있는 체제로 구축하는 것이다.——이제 여기에서 그러한 전제 하에 '가스토리 잡지' 연구의 과제와 전망을 생각해 보자.

늘 정보를 갱신할 수 있는 온라인 데이터베이스를 구축하기 위해서는 '가스토리 잡지'의 가치와 매력을 소개하고, 지금 왜 그 연구가 요구되는지를 명확히 할 필요가 있다. 그래서 작업의 첫 번째 단계로서 필자가 소유한 점령기 대중오락잡지 약 4,000권 중에서 이 글이 규정한 '가스토리 잡지'를 추출하고, 그것을 데이터베이스화하는 작업을 할 것이다. 정확한 숫자 산출은 향후의 과제이지만, 현 단계에서는 그 중 2천 몇백 권이 리스트 업 될 것으로 예측한다.

두 번째 단계로 각 대학 등의 자료 보존기관이 소장한 컬렉션 데이터 집약이 필요하다. 그러기 위해서는 각 컬렉션의 목록 등을 입수하고 위의 개인 데이터베이스를 표서(表書)해 가는 형태로 데이터를 축적하는 것이 유효할 것이다. 이 단계에서는 현물의 상세한 조사 등은 하지 않고 서지정보의 입력과 표지 촬영을 우선으로 하고자 생각한다.

세 번째 단계로 착수해야 하는 것이 〈국립국회도서관 디지털화 자료〉로서 공개되어 있는 프랑게문고 자료 조사다. 이쪽도 데이터베이스의 표서 형태로 데이터를 보충해가야 하는데, 물론 이 자료의 특징은 검열 문고나 교정 단계에서 삭제나 수정이 지시된 때의 흔적이 남아 있다는 점이므로, 그러한 정보에 관해서는 데이터베이스의 '비고란'에 입력하기로 한다. 또한 프랑게문고 소장 잡지는 GHQ에 의한 검열 자료이므로 당시의 출판물이 완전한 형태로 보존되어 있을 것이라 생각하기 쉽지만, 실제로는 실수나 결호도 많다는 점을 미리 이야기해 둔다.

개인 소장자료 → 자료 보존기관의 컬렉션 → 프랑게문고 자료의 단계로 데이터를 축적한 다음에는, 한 건 한 건 새로운 자료를 더 탐구해가는 작업을 해야 한다. 구체적으로는 ① 지금까지의 선행연구가 소개한 자료, ② 고서점이 판매용으로 갖추고 있는 것이나 과거 목록에 소개된 것, ③ 다른 수집가의 컬렉션——등을 꼼꼼하게 열람해가야 한다. 또한 '가스토리 잡지'에는 갱지를 사용한 타블로이드판 4쪽짜리 '가스토리 신문', 혹은 타블로이드판 '가스토리 잡지'를 더 접어 B5판 8쪽 짜리로 한 책자[12쪽, 16쪽 짜리도 있고 주로 교토나 오사카를 중심으로 하는 간사이(關西) 방면에서 발행되었다]와 같은 아류가 존재하므로, 그처럼 미묘하게 형태가 다른 '가스토리 잡지'를 어떻게 취사 선택하는가 하는 문제가 생기는데, '가스토리 신문'에 관해서는 이미 신문 자료 라이브러리(대표 하지마 도모유키) 감수의 『가스토리 잡지 쇼와 20년대의 세상과 사회』가 간행되어 있었으므로 이번 총람에서는 제외하고 책자만을 '가스토리 잡지'에 포함시키고자 생각한다.

또한 '가스토리 잡지' 매력 중 하나는 표지나 삽화의 그림 디자인의 참신함에 있다. 전쟁 중에 금욕적인 생활을 강요받던 사람들 입장에서 선명한 원색으로 그려진 여체의 색기는 무엇과도 바꿀 수 없는 자극이 되었을 것이다. 따라서 『가스토리 잡지 총람』에서는 각 잡지의 표지를 칼라 도판으로 삽입하여 비주얼적으로도 즐길 수 있게 하고자 한다.

이상의 과정을 거쳐 가능한 많은 데이터를 집약한 다음 『가스토리 잡지 총람』(가칭)으로서 도판을 넣은 자료집을 작성한다. 이 작업은 앞으로 ① '가스토리 잡지'의 종류나 발행 이력의 파악, ② 주요 잡지의 총목차와 해제 집필, ③ 출판문화라는 관점에서 본 '가스토리 잡지' 연구, ④ 수록되어 있는 문학 텍스트의 독해, ⑤ 기사 내용의 경향 분석, ⑥ 삽화, 장정, 도상, 디자인 등에 관한 고찰 등을 하기 위한 기초 자료로서 자리 잡을 것이므로, 입력 항목은 0.표지 그림, 1.서명, 2.호수, 3.인쇄 연월일, 4.발행 연월, 5.발행인, 6.편집인, 7.표지, 8.인쇄소, 9.인쇄소 소재지, 10.발행소, 11.발행소 소재지, 12.정가, 13.주요 작가·작품, 14.비고——로 하여 수작업으로 입력한다. 또한 배열은 창간호의 연대순(동일 연월일에 발행된 잡지는 오십음(五十音)으로 배열하고, 동일 타이틀은 창간부터 휴간 또는 폐간까지를 연속으로 나열한다. 휴간, 폐간의 사실이 확인 불가능한 잡지에 관해서는 판명되는 범위 내에서 최종호에 관해 '비고란'에 기재한다)으로 한다.

서지정보로서 1.~4.를 정확히 입력하는 것은 당연한데, 출판문화라는 관점에서 본 '가스토리 잡지' 연구에 있어서 중요한 의미를 갖는 것은 5.와 6.에 기재된 고유명사이다. '가스토리 잡지'에 게재되어 있는 읽을 거리나 기사는 그 대부분이 에로·그로·난센스에 속하는 것이라고 오해되지만, 내용을 구체적으로 읽어가다 보면 황폐한 사회, 풍속을 안쪽에서 역으로 비추어 정치나 권력의 의혹을 우롱하듯 보여주는 반역성을 아울러 가지고 있는 것을 알 수 있다. 당연히 편집인, 발행인은 각각의 목적이나 이념을 가지고 잡지를 만든다. 물론 전후의 혼란기에 돈벌이를 위해 출판사업을 시작한 투기꾼도 많이 있어서 그 실태를 파악하기란 어렵겠지만, 적어도 편집인이나 발행인에 관한 상세한 정보를 모음으로써 '가스토리 잡지' 붐을 주도한 사람들의 면면이 드러날 것으로 기대한다.

다음으로 주목하고 싶은 것은 10.발행소와 11.발행소 소재지이다. 패전 후의 일본은 전쟁 중의 거듭된 공습에 의해 파멸적인 피해를 입은 수도권을 대신하여 지방의 인쇄소가 풀가동된다. 수중에 있는 '가스토리 잡지'를 보아도 도쿄나 오사카 이외에 시즈오카, 아이치(愛知), 기후(岐阜), 교토, 효고 등 대규모 제지공장을 가지고 있는 지역 근린에서 인쇄된 것이 많으며 거기에 모인 자본과 기술이 나중에 지방 출판으로 활용되었던 것을 알 수 있다. 『가스토리 잡지 총람』은 그러한 관점에서도 정확한 데이터를 산출하는 역할을 할 것이다.

이어서 『가스토리 잡지 총람』의 활용에 관해서 말하고자 한다. 거듭 지적해온 것처럼 지금까지의 '가스토리 잡지' 연구는 '가스토리 잡지' 출판에 종사한 당사자나 동시대의 미디어 관계자의 회고담, 호사가나 수집가에 의한 소개, 점령기 문화에 관한 사회학적 접근이 중심이었

234 일본 전후문학과 마이너리티문학의 단층

다. 각각 의의 있는 가치를 지니고 있으며 거기에서 얻을 수 있는 정보
는 방대하다. 특히 현재 주류가 된 점령기 문화에 관한 사회학적 접근
에 관해서는, 잡지 내용을 분석한다기보다는 기사의 특징이나 심벌적
인 키워드를 추출하고 거기에서 독자들 욕망의 지평을 탐색하는 수법
이 취해진다. 물론 그러한 거시적인 경향 분석은 중요한 의미를 지닌
다. GHQ에 의한 엄격한 검열이 이루어지던 점령기 전반의 세상이나
풍속에 관해서는 불투명한 점도 많지만 대량의 '가스토리 잡지'를 횡
단적으로 봄으로써 그 진상과 실태가 파악될 것은 분명하다.

하지만 『가스토리 잡지 총람』이 간행된다면 이 문제에 관심을 가
진 모든 사람들이 '가스토리 잡지'의 기본 정보에 엑세스할 수 있게
된다. 공평하고 객관적인 연구활동이 약속되는 것이다. 지금까지 직
접 '가스토리 잡지'를 열람할 수 있는 사람들에게만 제한되어 있던
연구가 밖을 향해 오픈되므로 자의적인 언사는 할 수 없게 된다. 또
한 위에서 말한 바와 같은 서지 데이터를 명기함으로써 '가스토리 잡
지'를 점령기 출판문화라는 관점에서 다시 파악할 수 있게 된다. 개
개의 연구는 각자의 관심 양태에 따라 이루어질 것이므로 자료의 활
용방법에 관하여 과잉 지침을 제시할 필요는 없겠지만, 『가스토리
잡지 총람』 편찬에 의해 밝힐 수 있는 문제로서 이하 네 가지 측면을
이야기하고 싶다.

하나는 이 잡지들에 발표된 문학작품을 다시 읽고 점령기 문학의
새로운 가능성을 찾는 것이다. 지금까지의 점령기 문학 연구에서는
제1차 전후파, 무뢰파, 육체파 등으로 칭해지는 일부 유행작가들에
초점이 맞추어져, 그들의 문학을 통해 시대의 세태를 소개하는 이야기
들이 상투적이었지만, 동시대의 '가스토리 잡지'를 열람하다 보면 나
중에 유명해진 저명 작가들도 수많은 작품을 발표하였으며 단행본이

나 전집에 수록되지 않은 작품 역시 적지 않음을 알 수 있다. 또한 이른바 대중소설, 중간소설의 영역에서도 여러 시사적인 작품이 게재되었으며, 그 대부분은 지금까지 텍스트 비평의 대상이 되지 않았다. 즉, '가스토리 잡지'는 점령기 문학에 관한 새로운 자료의 보고이므로, 각 작품들을 독해함으로써 사회학적 키워드 분석에서는 보이지 않던 동시대인들의 인식이나 감정을 분명히 할 수 있는 것이다.

둘째는 표지나 삽화 등의 비주얼적인 측면에 관한 연구이다. 앞에서도 언급한 것처럼 '가스토리 잡지'의 대부분은 내용보다도 표지 그림의 화려함으로 독자들의 망상을 불러일으키려 한 것이 많았다. 작가에 의한 이 계통의 에로·그로·난센스 읽을거리가 주류를 차지한 '가스토리 잡지'의 경우, 독자들이 잡지 내용으로 그 재미를 판단하기란 어려웠을 터이므로 타이틀이나 표지 그림으로 인기 경쟁을 하는 수밖에 방법이 없었겠지만, 결과적으로 그것이 비주얼 면에서의 발달을 촉진하고, 표지화를 보다 관능적인 것으로 만들기 위한 기법을 닦아둔 것도 사실이다. 오사카예술대학의 과학연구비 보고서 「종전 직후의 〈가스토리〉잡지의 종합적 연구」가 이미 지적한 것처럼, 여기에서 배양된 기법이 나중에 포스터나 광고 표현에도 다대한 영향을 준 것이 틀림없다.

셋째는 1950년대부터 시작되는 주간지 문화의 출발점이 '가스토리 잡지'에 있다는 것이다. 당시 『주간 아사히』, 『선데이 마이니치』는 이미 전전부터 계속 간행되고 있었고, 요미우리 신문사도 전시 중에 『월간 요미우리』를 『순간(旬刊) 요미우리』, 『주간 요미우리』로 진화시키는 등의 노력을 했지만, 이러한 신문사 계열 주간지가 뉴스나 사회문제에 관한 보도, 논설을 중심으로 한 것에 대해 1950년대에 등장하는 『주간 분슌(文春)』, 『주간 현대』, 『주간 신초(新潮)』, 『주간 포스트(ポスト)』 등의

출판사 계열 주간지는 한편에서 뉴스나 사회문제를 다루면서도, 동시에 취미, 교양, 가십 등의 기사를 담아내 독자들의 관심을 끌만한 스쿠프에 집착했다. 그것은 예전 '가스토리 잡지'가 시도한 수법 그 자체로, 여기에서 주간지라는 장르의 생성 과정이 선명히 드러난다.

　넷째는 『가스토리 잡지 총람』이 베이스가 되어 개개의 '가스토리 잡지'가 복간 출판되거나 디지털 보존될 것이 기대된다는 점이다. 거듭 서술한 것처럼 '가스토리 잡지' 중에는 지금까지 일부 연구자들에게밖에 알려지지 않았던 전집, 단행본 미수록 작품이 많이 게재되어 있다. 논설이나 특집기사도 흥미로운 것들이 다수 있다. '가스토리 잡지'는 수명이 너무 짧다는 이미지가 있을 수 있는데, 실제로는 점령기에 걸쳐 오랫동안 계속된 타이틀도 적지 않다. 이들을 타이틀 별로 복간, 혹은 디지털 보존함으로써 점령기의 대중문화 연구는 비약적으로 진행될 수 있다.

　'가스토리 잡지'는 조악한 갱지로 만들어진 것이 많아 향후 디지털화를 서두를 필요가 있다. 또한 이 매체에 관심을 가지는 모든 사람들이 자료에 대해 공평하게 액세스하고 자유롭게 그 내용을 열람할 수 있는 환경을 마련하기 위해서는 디지털화가 필수이며, 『가스토리 잡지 총람』은 그것을 가동시키기 위한 기반연구가 될 것이다.

　이상의 네 가지는 『가스토리 잡지 총람』이 완성된 후에 기대되는 연구 활용의 일례에 불과하다. 보다 중요한 것은 '가스토리 잡지'의 비주얼 사전이라고도 할 수 있는 『가스토리 잡지 총람』을 통해 많은 사람들이 점령기라는 시대에 관심을 가지고 개개의 문제의식을 키워 가는 것이라고 하겠다.

/ 이시카와 다쿠미(石川巧)

(번역자 : 엄인경)

일본 1968과 임협영화의 동행과 종언

〈쇼와잔협전〉과 〈붉은 모란〉, 형제애와 사랑의 정치

> "형제애의 새로운 가족 로망스에서 혁명가들은,
> 로망스의 주인공들이 언제나 그렇듯,
> 언제나 젊은 채 남아 있기를 바라는 것처럼 보였다.
> 그들은 영원한 형제들이지 가문을 세우는 아버지가 되기를 바라지 않는다."[1]

1. 임협영화와 전공투, 그리고 미시마

오시마 나기사가 전하는 한 장면에서부터 이야기를 시작해보자. 그의 1960년 영화 〈일본의 밤과 안개(日本の夜と霧)〉는 68년 시점에도 여전히 토요일 올나이트 상영의 단골 상영작이었다. 오시마 나기사라는 1960년대 일본영화의 정치적, 미학적 전위의 탄생이자 쇼치쿠라는 거대 스튜디오와의 결렬의 계기가 된[2] 이 영화는 1959-1960

---

1) 린 헌트 저, 조한욱 역, 『프랑스혁명의 가족 로망스』, 새물결, 1999, 104쪽.
2) 1959년 〈사랑과 희망의 거리 愛と希望の街〉로 감독 데뷔한 오시마의 네 번째 영화 〈일본의 밤과 안개〉는 극장 상영 4일 만에 제작사 쇼치쿠에 의해 무단으로 상영중지되었다. 오시마는 쇼치쿠 수뇌부의 이러한 결정을 '학살'로 규정짓고, 격렬한 항의를 전개했다. 결국 오시마는 1961년 자신의 동료들, 공사(公私)의 파트너인 고야마 아키코, 시나리오 작가인 다무라 쓰토무와 이시도 토시로, 배우인 고마츠 호세이, 도우라 롯코와 함께 쇼치쿠를 퇴사, 이들 6인과 독립 프로덕션 창조사(創造社)를 설립, 창조사 멤버들과의 공동작업으로 60년대의 가장 논쟁적인 영

년에 걸친 안보투쟁, 10만 명에 이르는 전후 최대 규모의 반정부투쟁
에 대한 매우 신속하고 액츄얼한 총괄이었다.(이 영화의 배경은 1960년
6월이며, 개봉은 10월이었다) 이 영화가 1960년대 중반 이후에도 오시
마의 신작과 함께 신주쿠, 이케부쿠로 일대의 심야극장에서 거의 한
달에 한 번꼴로 상영되고 있었다는 사실은 단지 오시마가 60년대 학
생운동의 당사자, 혹은 심퍼시들에게 얼마나 강력한 영화적 참조대
상이었는지[3]를 의미하는 것만은 아니다. 〈일본의 밤과 안개〉에서
오시마가 명확하게 주장하고 있는 것은 스탈린주의에 대한 비판이자
여전히 당의 무오류성과 전위성을 주장하고 있는 일본 공산당 비판
이었다. 60년 안보투쟁의 부분적 성공과 실패(이 투쟁의 결과 기시 노
부스케 내각이 퇴진하였으나, 미일안보조약은 자동갱신되었다)는 60년대
반스탈린주의에 기초한 신좌익으로의 이동에 결정적인 국면을 제공
하였다. 이 이야기는 〈일본의 밤과 안개〉라는 '1960'년의 영화가 신
좌익 운동이 정점에 달했다고 알려진 1968년의 시점에도 여전히 액
츄얼했다는 것을 의미한다.

오시마가 언급하는 장면은 바로 이 영화가 상영되는 극장에서 벌
어진다. 〈일본의 밤과 안개〉의 마지막 부분, "뼛속까지 스탈린주의

화들을 만들어갔다. 쇼치쿠에 대한 오시마의 항의문은 다음의 책에 실려있다. 大
島渚, 「『日本の夜と霧』虐殺に抗議する」編・解説四方田犬彦, 『大島渚著作集 第三
卷』現代思潮新社, 2009, 7-10쪽.

3) 이를테면 오시마 나기사에 대해 책 한권을 상재하고 있는 영화평론가 요모타 이누
히코는 1960년대 말 고등학생이었던 자신에게 오시마의 새 영화를 보는 것이 관례
와 같은 것이었다고 말하며 그의 영화를 극장에서 본 체험에 대해 기술하고 있다.
그에 따르면 소수의 고등학생, 대다수의 대학생으로 가득 찬 극장은 만원이었다.
이 기술은 다음과 같은 수줍은 고백으로 이어지고 있다. "오시마는 고다르, 존 레논,
오에 겐자부로와 함께 고등학생이었던 나의 수호신 중 한 명이었다." 四方田犬彦,
『大島渚と日本』, 筑摩書房, 2010, 10쪽.

자인 당관료적" 공산당원의 길고 지루한 연설이 이어진다. 그때 객석에서 터져 나오는 소리, "겐상(健さん), 이 자식 좀 베어줘!" 불현 쏟아지는 박수, 갈채, 대폭소.[4] 저 '겐상'은 다름 아닌, 60년대 당시 '임협영화'라고 불렸던 '야쿠자영화'의 부동의 스타 다카쿠라 겐에 다름 아니다. 자신의 영화가 상영될 때마다 매번 예외 없이 벌어지는 이 '해프닝' 앞에서 급기야 오시마는 "요 몇 년 간 '야쿠자영화'의 융성을 지지해온 것은 마찬가지로 요 몇 년 간 고조된 학생운동에 참가한 학생들, 또는 이를 지지하는 학생들"로 보인다고 말하며 자신의 영화 관객과 임협영화 관객이 겹쳐지는 이 상황 앞에서 당혹감을 감출 수 없어 한다. 이 당혹감은 간단히 말해 거대 영화사의 대규모 양산 시스템이 만들어낸 '프로그램 픽쳐'로서의 특정 장르영화인 '임협영화'가 자신의 영화를 '관례'처럼 보는 특정 집단으로부터 열광적인 지지를 받고 있다는 사실로부터 비롯된다. 게다가 오시마 또한 임협영화를 보며 '웃고 운다'. 또는 다음과 같은 장면은 어떤가. 이후 전공투 운동사에서 가장 상징적인 장면으로 남게 될 1968년의 도쿄대 야스다강당 점거(1969년 1월 18-19일 해제) 당시 바리케이드에 그려져 있던 것은 임협영화에서의, 다카쿠라 겐의 초상화였다.

잘 알려져 있다시피 임협영화에 대한 또 한 명의 열광적인 지지자는 미시마 유키오였다. 1960년대 영화 비평지 『영화예술』에 부정기적으로 글을 발표하면서 중요한 영화논객 중 하나로 활동하기도 했던 미시마는 1969년 이 잡지에 「〈노름꾼 총장도박〉과 〈인생극장 히샤카쿠와 기라쓰네〉의 쓰루다 고지」라는 글을 발표하였다. 다카쿠라 겐과 더불어 임협영화의 양대 스타였던 쓰루다 고지에게 바친 이 열

---

4) 大島渚, 「『仁義なき戦い』―深作欣二」, 四方田犬彦 編・解說, 『大島渚著作集 第四卷』, 現代思潮新社, 2009, 86-87쪽.

정적인 팬레터5)는 일약 임협영화라는 순수 '오락영화'에 담론적 '시
민권'을 부여한 것으로 평가되었다.6) '시민권'이라는 표현을 쓰고 있
는 것은 미시마의 비평이 대상으로 삼고 있는 〈노름꾼 총장도박〉의
시나리오를 썼으며, 임협영화의 가장 중요한 시나리오 작가 중 한 명
인 가사하라 가즈오(笠原和夫)이다. 이 창작주체가 시민권이라는 말을
쓸 때, 여기에는 임협영화에 대한 특정 관객들의 열정적인 몰입과 향
유에 비해 턱없이 적었던 비평적 담론, 거의 무시라고 할 만한 태도
를 취했던 기존의 영화 담론 생산자들에 대한 원망이 감지된다. 그러
나 좀더 정확히 말하자면 임협영화가 비평적 대상으로서 일방적으로
무시당한 것은 아니다. 오히려 임협영화는 마치 이 영화들의 관객이
그러한 것처럼 일군의 지지자들에 의해 열광적인 비평의 대상이 되
었다. 임협영화의 찬미자들은 종종 이 '오락영화'에 대한 비난을 엘리
트주의라거나 근대주의라고 매도했다. 이 찬미자들은 종종 겹치기도
하는 두 부류였는데, 학생운동의 심퍼시(이를테면 마오주의자를 자처했
던 사이토 류호(齋藤龍鳳), 스도 히사시(須藤久) 등) 혹은 새로운 시네필로
서 스스로의 미학적 입장을 정립하고자 했던 일군의 비평가들(야마다
고이치(山田宏一), 야마네 사다오(山根貞男), 하스미 시게히코(蓮實重彦) 등)
이 그들이었다. 요컨대, 임협영화를 둘러싸고 벌어진 비평의 장 또한
임협영화의 '관객'들이 공유했던 세대성과 거의 겹쳐져 있었다.

  위와 같은 사실들은 왜 1960년대 도에이(東映)라는 '공장'의 대량생
산품으로 기획됐던 임협영화가 여전히 1960년대를 해명하는 데에
있어서 중요한 키워드일 수밖에 없는가를 보여준다. 첫 번째 임협영

화는 이 영화들을 향유했던 바로 그 관객층, 1960년대 학생운동의
당사자, 지지자들의 어떤 심정과 맞닿아있으며, 두 번째, 미시마와
전공투가 동거동락했던 유일한 장르영화로서 임협영화는 이 둘 사이
의 공동성을 추정해낼 수 있는 중요한 실마리이자 세 번째, 영화담론
의 층위에서 이 영화들에 쏟아졌던 '찬사'와 무시의 대립은 일본영화
사 내에서 일어난 '영화'라는 매체를 둘러싼 담론의 이동을 고스란히
보여주고 있는 적절한 사례이다.

　필자는 이전에 임협영화에 관한 글에서 미시마가 공진했던 임협영
화의 노스탤지어와 시대착오적인 표정을 '전중파의 정념'이라는 관
점에서 해명한 바 있다(실제로 이 영화들의 가장 중요한 시나리오 작가인
가사하라 가즈오를 비롯하여 야마시타 고사쿠, 사이토 부이치 등 주된 창작
주체는 전중파이다).[7] 임협영화를 둘러싼 정치적 장을 어떻게 회고하
고 평가할 것인가는 여전히 일본영화사뿐 아니라 전후 일본의 정치
운동 연구의 주요 과제 중 하나이다. 왜냐하면 임협영화의 절정과 쇠
퇴는 일본 학생운동의 비등 및 조락과 함께 했을 뿐 아니라, 이들이
야말로 임협영화의 주요 관객층이었기 때문이다.

　이 글에서는 임협영화를 중심으로 둔 전공투와 미시마의 공명과
더불어 임협의 정동으로서의 형제애와 '혁명', 나아가 1968이라는 전
공투 운동의 정점과 쇠락 과정에서 임협영화에도 하나의 이행이 돌
출하고 있다는 사실에 주목하고자 한다. 여성을 주인공으로 한 〈붉
은 모란〉 시리즈의 등장이 임협영화라는 장을 제패해버린 사건이 그
것이다. 이 위반 혹은 변경의 시도는 매우 중요하다. 왜냐하면 이 변
경이 운동을 기초하고 있던 형제애 혹은 남성 동지애의 파탄이 어둡

---

7)　이영재, 「야쿠자들의 패전, 공동체와 노스탤지어-1960년대 도에이(東映) 임협(任
　　俠)영화를 중심으로」, 『일본학』 41권, 동국대일본학연구소, 2015.

게 밀려오고 있던 시대의 추이와 우애에서 에로스 혹은 남녀의 서사로의 이행이라는 영화사적 변화와 무관하지 않아 보이기 때문이다.

2. 도에이 임협영화의 코드

임협영화는 정확한 시작과 끝을 지니고 있다. 이는 매우 단순한 사실에서 기인한다. 임협영화는 전적으로 도에이라는 거대 영화사의 산물8)이자 임협영화의 '두목'이라고 불리게 될 프로듀서 슌도 고지(俊藤浩滋)의 기획으로 만들어졌다. 이 장르는 1963년의 〈인생극장 히샤가쿠(人生劇場 飛車角)〉라는 시작 지점을 가지고 있으며 중요한 시리즈들이 모두 끝난 1972년에 종결되었다. 도에이는 1972년 가을부터 실록 야쿠자 영화 노선의 대표작 〈인의 없는 전쟁〉 프로젝트에 들어갔다. 1973년 정월에 개봉된 〈인의 없는 전쟁〉의 놀라운 성공이후 임협영화는 더 이상 만들어지지 않았다. 1963-1972라는 단 10년 동안 성행한 이 장르영화는 이 10년 동안 거의 사회적 현상이라고 할 만한 것을 불러일으켰다.

도에이 시대극의 후신이기도 한 임협영화를 이전의 시대극과 구분 짓게 하는 것은 이 장르의 영화가 완전한 허구에 기초해 있다는 사실이다. 종종 배경은 메이지 시대부터 쇼와 초기까지. 이 고정된 시공

---

8) 물론 도에이가 주도한 '임협'이라는 장르의 성공은 다이에이, 닛카쓰, 쇼치쿠 등 다른 거대 스튜디오들에도 영향을 미쳤으며, 닛카쓰의 〈남자의 문장 男の紋章〉 시리즈, 쇼치쿠의 〈남자의 얼굴은 이력서(男の顔は履歴書)〉, 다이에이의 〈군대 야쿠자(兵隊やくざ)〉 시리즈 등 중요한 작품들이 등장했다. 그러나 가장 많이, 가장 지속적으로 이런 영화를 양산하고 그 속에서 임협영화의 '전형성'을 만들어낸 것은 도에이였다. 도에이는 한해 평균 30편 이상의 작품을 생산했다.

간은 전후 일본의 메이지 재평가와 상통하는 동시에 패전이라는 역
사적 치욕을 지운 전적으로 노스탤직한 공간으로 설정된다. 이 세계
에서 선으로서의 구 야쿠자와 악으로서의 신흥 야쿠자 사이의 대립
이 일어난다. 지역에 뿌리내린 구 야쿠자는 새로운 문물과(이를테면
철도, 건설) 근대적 제도를 앞세운 (종종 부패한 관료, 군부 등과 결탁해
있는) 신 야쿠자의 도전에 고전한다. 참고 참던 구 야쿠자의 주인공
(종종 그는 죽은 '오야붕'의 후계자이다)은 마지막 순간 분연히 일어나 홀
로(혹은 그와 우정을 나눈 '형제'와 함께) 적진으로 돌진한다. 악당은 양
복을 입고 오지만, 선한 (舊)야쿠자는 결코 양복 따위는 입지 않는다.
악당은 총을 쏘고, 주인공은 총과 같은 근대의 문물을 피하고 칼을
선호한다. 음악은 반드시 엔카가 사용되어야 한다.[9]

　의미망이 전부 코드화되어 있는(이는 쓰루다 고지, 다카쿠라 겐, 와카
야마 도미사부로 등 특정배우들의 반복 속에서 고유하게 활성화된다.) 이 세
계는 독특한 양식미로 가득 차 있는 세계이기도 하다. 일견 말 그대
로 매순간 목숨을 거는 이 비장한 영화들이 양식미로 가득 찬 표상들
로 구축되어 있다는 말은 이상하게 들릴지 모른다. 이 세계는 기습과
난투가 난무하는 피에 절은 세계가 아닌가? 그러나 이 기습과 난투
는 잔혹함이 아니라 비장미로 감촉된다. 왜냐하면 이 모두는 지극한
양식 속에서 이루어지기 때문이다. 이 세계는 완전한 픽션이며, 이
픽션의 외부를 지우기 위해서 양식화될 필요가 있었다. (이 장르의 거
장들, 야마시타 고사쿠나 가토 다이 등이 위대한 스타일리스트인 것에는 이

---

9) 俊藤浩滋(聞き手 山根貞男), 『任俠映畵傳』, 講談社, 1999, 123쪽. 엔카의 사용에
　대한 슌도 고지의 입장은 강경한 것으로 유명했다. 특히 다카쿠라 겐이 동명의 영화
　에서 직접 부른 엔카 「사자모란(唐獅子牡丹)」은 공전의 히트를 기록했으며, 슌도
　고지의 믿음을 확인시켜주는 중요한 사례가 되었다.

유가 있다.)

내러티브, 도상, 양식의 이 놀라운 일관성이 가능했던 것은 다시 한 번 강조하건데 이 영화들이 도에이의 일관된 기획의 산물이기 때문이다. 중요한 것은 이 기획이 처음부터 특정 관객층을 소구하고 있었다는 사실이다. 혹은 영화가 더 이상 '국민문화'로서의 '보편성'의 의장을 걷어치웠다는 것(또는 걷어치울 수밖에 없었다는 것)을 의미한다. 1960년대 초 일본영화에 닥친 위기는 전무후무한 것이었다. 1950년대 말부터 60년대 초 미국과 서유럽이 그러했던 것처럼 일본에서도 텔레비전의 급격한 보급10)은 영화산업의 위기를 되돌릴 수 없는 것으로 만들었다. 1959년 정점에 달했던 극영화의 연간 관객 수 11억 2천 7백만은 3년 뒤인 1962년 6억 6천 2백만으로 급감했다.11) 영화는 더 이상 '전국민적 볼거리'의 지위를 유지할 수 없었다.12)

아마도 임협영화는 전후 일본영화에 있어서 처음으로 등장한 '서

---

10) 일본의 텔레비전 보급률은 1960년 41.2퍼센트에서 65년에 이르면 95퍼센트로 치솟는다. 텔레비전으로 대표되는 가전의 소유는 중간층 의식에 지대한 공헌을 했다. 1965년 당시 86퍼센트가 스스로를 '중간층'으로 규정하였다. 松尾尊兌, 『日本の歴史21 國際國家への出發』, 集英社, 1993, 255쪽.

11) 『映畵年鑑 1966年版』, 時事通信社, 1967, 24쪽.

12) 1960년대 초부터 시작된 영화산업의 이 지속적인 불황에 도에이가 가장 발빠르게 대응할 수 있었던 이유는 이 영화사가 닛카쓰, 다이에이, 쇼치쿠, 도호 등 다른 네 개의 4개의 영화사에 비해 가장 후발주자였기 때문이다. 전후, 만영(滿映) 출신 귀환자들로 이루어진 이 영화사는 다른 영화사들처럼 대규모의 부동산 자본을 소유하고 있지 못했다. 따라서 다른 영화사들이 60년대의 불황을 부동산 자본의 운용을 통해 견뎌나갈 수 있었던 데 비해, 도에이는 영화 자체의 수익에 더 많이 의존해야 했다. 도에이 사장이었던 오카와 히로시(大川博)는 저예산 작품 위주의 증산계획을 세웠으며, 이를 '액션장르'로서 실현시킨 것은 중역 오카다 시게루(岡田茂)의 몫이었다. 도에이는 1960년대 내내 일본영화 흥행수익의 절반을 확보하였다. 60년대 도에이 임협영화 노선의 성공과 이를 둘러싼 타사들과의 경쟁, 특히 도호와의 관계에 대해서는 다음 책을 참조. 春日太一, 『仁義なき日本沈没-東寶VS.東映の戰後サバイバル』, 2012, 新潮社.

브컬처'적 영화일 것이다. 이 이야기는 단지 이 영화들이 보여주는
하위 문화적 성격만을 의미하는 것이 아니다. 오히려 이것은 이를 가
능하게 한 관객의 분화라는 측면에서 살펴보아야 한다. 임협영화는
처음부터 특정 관객층을 대상으로 하고 있음을 명확히 하였다. 실제
로 1960년대 '불량성 감도(不良性 感度)' 영화라는 캐치프레이즈로 도
에이의 부흥을 이끌었던 중역 오카다 시게루(岡田茂)는 도에이 영화
들이 "텔레비전의 시청자가 아닌 진정 영화를 사랑하는 심야의 관객
층"에게 소구해야 한다고 선언하였다. 오카다 시게루는 도에이 교토
촬영소를 임협영화의 산지로 탈바꿈시켰고, 일본 최초의 심야극장을
상설하였으며, 이곳을 거점으로 일주일에서 열흘 간격으로 자사의
'생산물'을 공급하였다. 그리하여 "그 방대한 양에도 불구하고 단순
한 패턴의 관철로 인해 총체로서 한 편의 거대한" 임협영화의 세계를
창출하였다.[13]

　이 모든 사실은 다시 한 번 임협영화의 '관객'이라는 문제로 우리
의 시선을 돌리게 한다. 이를테면 동시대에 임협영화를 관람했던 자
는 다음과 같은 기록을 남긴다.

　　"이 영화들을 아침까지 하는 심야영화관에 가보면 바로 알 수 있는
　　일인데, 의외로 학생들이 많다. "혈혈단신 남자의 임협도, 멈추지 않
　　습니다. 좀 난폭해지겠습니다"라는 다카쿠라 겐의 대사, "당신한테는
　　인연도 원한도 없습니다만 도세(度世)의 의리라는 것이 있으니"라는
　　쓰루다 고지의 대사가 나오면, 객석에서는 '이의 없음' '어서 해치워버
　　려' 전학련(全學連)풍의 구호가 난무. 때로는 '난센스' '비겁한 놈' 등
　　야유가 쏟아진다. 흰색 가운의 점원, 호스테스풍 여성, 학생, 샐러리
　　맨 등이 형언 불가능한 열기로 충만해 있는 것이다."[14]

13) 山根貞男, 『活劇行方』, 草思社, 1984, 36쪽.

혹은 다음과 같은 언급을 보라.

> "블루칼라 노동자와 학생을 주체로 하는 당시의 관객에게 이성이나
> 제도가 아닌 정(情)에 의한 인간의 연대야말로 그들이 영화에서 구하고
> 자 한 것이었다. 그리고 정이 지배하는 세계야말로 쇼와잔협전(昭和殘
> 俠傳)〉, 〈일본협객전(日本俠客傳)〉, 〈아바시리번외지(網走番外地)〉
> 등 도에이 임협영화가 즐겨 그린 하층사회의 이상향이자 도덕, 법, 이
> 윤, 권리에 우선하는 것이었다."15)

이 증언들에 따르면 임협영화가 상영되는 장소(심야상영관)는 세대
적으로(젊은) 젠더적으로(비록 '호스테스풍의 여성'이 언급되고 있으나 남
학생, 점원, 샐러리맨 남성) 구별되어 있으나, 블루칼라 노동자와 학생
이라는 전혀 다른 두 부류가 사이좋게 공존하는 장소였다. 그런데
(남)학생이라는 관객 주체는 조금 주의해서 볼 필요가 있다. 비록 도
에이의 위대한 장인들, 마키노 마사히로(マキノ雅弘), 야마시타 고사
쿠(山下耕作), 가토 다이(加藤泰), 오자와 시게히로(小澤茂弘) 등이 임
협영화라는 독특한 양식미의 세계를 이룩했다고 해도, 이 영화들은
일단 액션영화이며, 고전적인 대중문화론에서 거듭 이야기되듯 액션
영화의 주된 관객층은 하위계층 남성으로 상정되어왔다.16) 또는 임
협영화와 마찬가지로 '협(俠)'이라는 오래된 동아시아적 자원의 재활
성화에 기대서 만들어진 6, 70년대의 한국과 홍콩의 '협객물'과 '무

---

14) 楠本憲吉, 「やくざ映畵の現代的考察」, 楠本憲吉 編, 『任俠映畵の世界』, 荒地出
    版社, 1969, 15쪽.

15) 內藤誠, 「日本映畵とやくざ, あるいは「不良性感度映畵」の時代」, 黑擇淸・四方田
    犬彦・吉見俊哉・李鳳宇 編, 『日本映畵は生きているスクリーンのなかの他者』, 岩
    波書店, 2010, 273쪽.

16) 허버트 J. 갠스 저, 강현두 역, 『대중문화와 고급문화』, 삼영사, 1977, 148-151쪽.

협영화'의 주된 관객층이 도시로 유입된 하층계급 남성 임금노동자였다는 점을 상기한다면[17] 확실히 대학생 관객이라는 존재는 영화 내에서가 아닌 영화 바깥에서 해명될 필요가 있다.

오구마 에이지는 1968을 기점으로 한 전공투 운동에 관한 그의 방대한 저서에서 이 운동을 '고도경제성장과 대중소비문화의 침투에 대한 집단마찰반응'[18]이라고 규정하였다. 일본의 68과 이를 주도한 전공투 운동이 전후 일본 내부의 운동이면서 동시에 1956년의 소련의 헝가리 침공과 1964년에 시작된 미국의 베트남 침공이라는 사건이 야기한 전후 냉전 체제의 정당성이 봉착한 심각한 위기와 이에 대해 전지구적 규모로 벌어진 전후 세계 체제와 국가 시스템 자체에 대한 질문이었다는 점을 염두에 둔다면 오로지 전후 일본 사회 '내부'에 시선을 고정시킨 오구마의 분석은 한정적인 것일 수밖에 없다. 그러나 송인선의 언급처럼 전공투와 대중사회를 겹쳐놓는 것은 이 운동을 이해하는 데에 있어서도, 전후 일본의 대중사회를 이해하는 데에 있어서도 유의미한 지점을 제공해준다.[19] 급격한 대학진학률의 상승[20] 속에서 이들은 "프롤레타리아화한 지식인"[21]이라는 모호한 위치에 놓인 자들이었으며, 스스로 엘리트가 아닌 대중으로 아이덴티파이할 수밖에 없는 최초의 '대학생'이었다. 아마도 임협영화의 이

---

17) '협'이라는 개념을 둘러싸고 벌어지는 한국, 일본, 홍콩 액션영화의 제 관계와 의미망에 대해서는 李英載, 『トランス/ナショナルアクション映畵: 冷戰期東アジアの男性身體・暴力・マーケット』, 東京大學出版會, 2016 제5장을 참조.

18) 小熊英二, 『1968 下』, 新曜社, 2009, 777쪽.

19) 송인선, 「반역하는 단카이(團塊)-전공투(全共鬪)와 일본의 대중사회」, 『현대문학의 연구』 50, 2013, 184쪽.

20) 일본의 대학진학률은 1965년 17퍼센트에서 70년 23.6퍼센트, 75년 37.8퍼센트로 가파르게 상승하였다. 수치는 小熊英二, 위의 책, 46쪽.

21) 竹内洋, 『丸山眞男の時代』, 中公親書, 2006, 247쪽.

겹쳐지는 관객층은 바로 이에 대한 반증에 다름 아니리라.

그러나 여전히 임협영화의 무엇이 학생운동가로부터 그토록 열광적인 반응을 이끌어낸 것인가라는 의문이 남는다. 이들은 임협영화의 코드로부터 자신들의 의장을, 자신들의 구호를, 자신들의 이미지를 만들어내기를 마다하지 않았다. 이를테면 다음과 같은 기사를 보라.

> "대학분쟁에도, 핑크 헬멧을 쓰고, 주사위 마크가 새겨진 청색기를 높이든 '임협도'라는 조직이 등장하여 기동대를 쩔쩔매게 하는 시대. (중략) 서쪽 출구에 모인 젊은이들은 광장을 '반전번외지(反戰番外地)'라고 불렀다. 그들은 "좀 날뛰게 해줘"라고 했지만, 번외지를 쫓겨나 거리로 흩어지면 본래의 혈혈단신 남자, 게릴라로 돌아간다."22)

여기서 한 가지 짚고 넘어가야 할 것은 이 장르를 선도했던 주요 창작자들이 60년대라는 시대의식에 실제로 매우 민감하게 반응했다는 사실이다(이를테면 야마시타 고사쿠와 신좌파의 지지를 받았던 자칭 마오주의자 비평가 사이토 류호(齋藤龍鳳)의 지속적인 교류를 상기해보라.23)), 무엇보다 도에이 수뇌부는 자신들의 영화의 열광적인 지지자들이 누구인지 정확하게 인지하고 있었으며, 이들에게 적극적으로 어필하고자 하였다. 도에이가 나카지마 사다오(中島貞夫)를 감독으로 전학련에 관한 영화를(〈아아 꽃의 전학련(ああ, 花の全學連)〉) 기획하기도 했다는 사실은24) 아마도 여기에 대한 방증이라 할 수 있을 것이다. 이 기획은 결국 실현되지 않았으나, 한편으로는 68년에 이루어진 이 기

---

22) 「新宿『廣場』以後」, 『東京新聞』 1969. 8. 21.
23) 山下耕作, 「やくざ映畵に惚れた男 齋藤龍鳳」, 『將軍と呼ばれた男 映畵監督山下耕作』, ワイズ出版, 1999, 238-243쪽.
24) 荒井晴彦, 『爭議あり』, 靑土社, 2005, 353쪽.

획이 실현되지 않았다는 사실이야말로 도에이가 얼마나 '정세'에 탄력적으로 반응했는가에 관한 적절한 예시가 되리라.

3. '꿈'과 '낭만', 국가폐절의 폭력

"임협영화의 매력은 꿈과 낭만에 있다. 나의 신념이 틀리지 않았다는 건 무엇보다 당시 도에이 영화관의 엄청난 성황이 증명해준다. (중략) 그 성황은 지금으로서는 상상도 할 수 없을 정도다. 역시 그것은 임협영화의 세계에 다른 데에서는 결코 접할 수 없는 꿈과 낭만이 있기 때문이다. 나는 그렇게 믿고 있다."[25]

도에이의 모든 임협영화를 기획하고 제작했던 슌도 고지가 임협영화의 매력을 언급할 때의 저 도저한 동어반복이야말로 그의 신념의 크기를 보여주는 데에 유감없어 보인다. 신념은 설명되는 것이 아니라 선언되는 것이다. 그럼에도 불구하고 그 자신 관계했던 전전(戰前)의 '오야붕들'로부터 받은 영감에서 임협영화의 예법과 제스처를 창조해낸 그가 언급하는 꿈과 낭만이 어떤 것인가는 거듭 궁금해질 수밖에 없으리라. 다행히 그는 여기에 대한 적절한 정의를 내린다. "사리사욕과 타산을 버리고 남자가 목숨을 거는 것, 그 순수함."[26] 이 말을 단지 이 거물급 프로듀서의 선전용 언급 정도로 이해해서는 곤란하다. 슌도 고지는 진심으로 자신의 말을 믿고 있는데, 그에 따르면 임협영화의 주인공들이 목숨을 걸고 지키고자 하는 것은 "의리

---

25) 俊藤浩滋, 위의 책, 83쪽.
26) 俊藤浩滋, 위의 책, 88쪽.

와 인정을 위해, 라는 옛날부터 일본인이 지니고 있던 정신"에 다름 아니다.

정말로 임협영화의 주인공들은 의리와 인정을 위해 목숨을 건다. 새로운 자본주의, 근대의 질서로의 편제를 꾀하는 이들(즉, 악)을 향해 일가일종(一家一種)의 법칙을 지키며 오래된 지역 공동체에 뿌리 내리고 있던 선한 야쿠자는 이 공동체의 붕괴에 그의 모든 인내를 접고 기꺼이 목숨을 건다. "잃어버린 예전의 좋은 일본" 대 "근대화한 새로운 일본"27)이라는 이 명백한 선악의 대립 구도로부터 사토 다다오가 "고향을 상실한 유민들의 고향갈망의 노래"28)를 읽어내는 것은 우연이 아니다. 명백히 여기에는 고도경제성장과 급격한 도시화, 농촌의 공소화(空疎化), 전쟁 세대와 전후 세대 사이의 극심한 갈등이라는 1960년대 일본의 담론 지형이 밀접하게29) 개재되어 있다. 그런데 이 언급을 임협영화의 시공간적 구도에 대응시킬 때, 이 말은 주의 깊게 분절해서 읽혀야 한다.

첫 번째, 위에서 언급했다시피 임협영화는 소수의 예외를 제외하고 줄기차게 메이지부터 쇼와 초기까지를 시대적 배경으로 하는 한편 실제 지명을 끌어온다. 이를테면 쓰키지(〈일본협객전 관동편〉), 간다(〈일본협객전 혈투칸다제〉), 아사쿠사(〈일본잔협전〉). 실제의 장소는 스튜디오에서 '재현'된다. 이 시공간적 배경은. 패전으로 이어지는 15년 전쟁기를 주의 깊게 피하면서 실제 지명의 효과 위에서 가상적 세계를 창출해낸다. 슌도 고지가 언급한 '꿈'은 바로 이 세계, 공동체 환상-꿈에 다름 아니다. 임협영화가 '고향갈망의 노래'라는 사토 다

27) 渡邊武信, 『ヒーローの夢と死 映畵的快樂の行方』, 思潮社, 1972, 88-89쪽.
28) 佐藤忠男, 『日本映畵思想史』, 三一書房, 1970, 173쪽.
29) 이영재, 위의 논문, 48쪽.

다오의 언급에서 '고향'은 바로 이 공동체 환상-꿈일 것이다. 그런데 고향갈망=노스탤지어가 가닿고자 하는 이 고향이 이미 가상의 것이라는 사실은 이 노스탤지어를 또한 무한히 지속가능한 것으로 만든다. 따라서 사토 다다오의 저 문장은 고향을 상실한 유민들이 아닌, 상실할 고향이 이미 없는 유민들의 '고향갈망의 노래'라고 옮기는 것이 타당해 보인다.

두 번째, 이 공동체가 신(新)야쿠자=악의 세력에 의하여 궤멸에 이르는 순간 인내에 인내를 거듭하던 주인공은 드디어 적진을 향해 돌진한다. 그의 패배는 이미 예정되어 있는 것인데, 왜냐하면 눈앞의 적을 죽이더라도 진짜 적은 시세(時勢) 그 자체이기 때문이다(새 시대). 그럼에도 그들은 의리와 인정이라는 대의를 위해 '목숨을 걸고' 싸우고, 그 결과 죽거나 감옥에 가거나 사라진다. 중요한 것은 목숨을 걸고 싸운다는 행위 그 자체이다. 결코 이길 수 없는 적(거듭 말하지만 時勢), 그럼에도 목숨을 걸고 싸운다는 행위. 순도 고지가 언급한 '낭만'이야말로 바로 이 '행위'를 뜻한다. 덧붙여 말하자면 죽음을 무릅쓴 이 행위의 '무상성', 상실할 고향이 이미 없는 자들의 노스탤지어는 이 낭만성을 '실존주의적 낭만주의'라고 할 만한 것으로 만든다.

'실존주의적 낭만주의'는 하시카와 분조(橋川文三)가 그의 1960년의 역작 『일본낭만파비판서설(日本浪曼派批判序說)』에서 언급한 말이다. 전전의 열광적인 황국 이데올로그이자 일본 '파시즘 미학'을 이끈 야스다 요주로=일본낭만파에 관한 사상사적 탐색과 분석을 수행하고 있는 이 책은 하시가와 스스로의 언급처럼 "일본낭만파라는 정신사적 이상 현상에 대한 대상적 고찰"이자 "그 체험의 규명을 통해 자기의 정신사적 위치를 밝혀내고자 하는 충동"으로 추동된 작업이었다. 잘 알려져 있다시피 이 작업의 가장 큰 동기는 하시가와 본인

과 동세대인 문제 작가 미시마 유키오의 '정신사적 의미'를 규정짓고
자 하는 것이었다. 그리고 하시가와는 "전후에 있어서 '전향'을 매개
로 하지 않은 실존적 로맨티시즘의 한 계보"[30]로서 미시마를 위치
지었다.

공동체 환상으로서의 '꿈'과 죽음을 무릅쓴 행위로서의 '낭만'. 1971년
교토대 경제학부 조수였던 다키타 오사무(滝田修)는 『불량배 폭력선언
(ならずもの暴力宣言)』(芳賀書店)이라는 한 권의 책을 상재한다. 무장투쟁
의 필연성과 의의, 방책을 논하는 이 책의 표지, 전위 미술가 아카세가와
겐페이(赤瀨川原平)의 그림은 임협영화의 낭만적 남성 주체가 어떻게
'혁명'의 남성 주체와 정확히 겹쳐질 수 있는가를 여실히 보여주는
사례라고 할 수 있을 것이다. 일본도를 들고 헬멧을 쓴 학생 활동가가
기동대가 지키고 있는 국회의사당을 향해 혈혈단신 맞선다.

임협영화의 낭만주의가 전공투로 대표되는 좌파혁명과 미시마로
대표되는 우파혁명의 행복한 동고동락을 가능하게 한 것이라면, 당연
한 말이지만 이 싸우는 영화의 마지막에 넘쳐나는 '폭력'에 관한 사유
또한 이 동고동락을 가능케 한 것이다. 이 폭력은 말 그대로 거기서
끝장나버린다는 점에서 그 어떤 창설적 폭력과도 관련이 없다. 즉,
그것은 공동체를 세우고 유지하는 그 어떤 폭력의 순환(법정립적-법유
지적 폭력의 순환)과도 관련이 없다. 잘 알려져 있다시피 미시마는
1969년 5월 동경대 바리케이드 안에서 동경대 전공투와 회합을 가졌
다. 야스다 강당 점거에 "제군들이 천황이란 말 한마디만 했어도 기꺼
이 동참"[31]했으리라는 미시마의 언급은 거의 진심으로 보인다.

---

30) 橋川文三, 『日本浪曼派批判序說』, 講談社, 1998, 20쪽.
31) 미시마 유키오, 기무라 오사무 외 저, 김항 역, 『미시마 유키오 對 동경대 전공투
    1969-2000』, 새물결, 2000, 57쪽.

　임협영화는 전공투와 미시마가 공유했던 국가폐절, 직접 민주주의
와 법정립적 폭력을 넘어서는 '혁명'에의 희구가 낳은 어떤 심정과
맞닿아 있는 것에 다름 아니다. 아마도 이 공감의 요체야말로 이 영
화들이 보여주고 있는 낭만적 죽음의 양식화라고 할 만한 것이리라.
현실의 그 어떤 불순물도 끼어들지 않는 오롯한 픽션의 세계-임협영
화는 대의에 대한 헌신과 형제애, 죽음을 무릅쓰는 행위에 빠져드는
나르시시즘적 남성주체의 형상을 통해 미시마와 전공투를 하나로 만
든 장르였다.

　물론 임협영화를 둘러싼 이 '취향 공동체' 사이에는 차이도 있다.
미시마와 전공투는 임협영화의 양대 스타인 쓰루다 고지와 다카쿠라
겐에 대해 미묘한 세대적 취향을 드러낸다. 미시마가 동세대인 쓰루
다에게서 '전중파적 정념'을 보았다면32) 젊은 세대에게 더 인기가 있
던 것은 다카쿠라 겐이었다.33) 아마도 쓰루다 고지와 다카쿠라 겐에
대한 이 선호는 이들의 세대적 차이에서 기인하는 바 클 것이다.(쓰
루다 고지는 1924년 생이고, 다카쿠라 겐은 1931년 생이다) 그러나 다카쿠
라 겐에 대한 젊은 남성들의 열광은 단지 이 배우의 생물학적 연령에
서 기인하는 것만은 아니었다. 1965년부터 시작된 〈쇼와잔협전(昭和

---

32) "지금 〈히샤카쿠〉의 쓰루다의 옆에 그토록 인기절정의 다카쿠라 겐을 세운다고
　　해도 그저 목각인형처럼 보일 뿐이다. 아마 그 이유는 쓰루다의 전중파적 정념,
　　그 인내하는 역에의 변신과 쳐진 눈가 등이 모두 나 자신의 문제가 되었다는 데에
　　있을 것이다. 모든 영화배우 중에서 지금의 쓰루다만큼 나에게 감정이입이 용이한
　　대상은 없는 것 같다." 三島由紀夫,「『總長賭博』と『飛車角と吉良常』のなかの鶴田
　　浩二」,『映畫芸術』1969.3(『三島由紀夫映畫論集成』, 山內由紀人編, ワイズ出版,
　　1999, 567-568쪽.)
33) 이를테면 동경대 투쟁의 와중에 열린 고마바 축제의 포스터에 그려진 '임협도'의
　　인물은 '사자모란'의 문신을 트레이드마크로 한 〈쇼와잔협전〉의 다카쿠라 겐이었
　　다. 1969년 당시 극장의 인기조사에서 다카쿠라는 남녀 평균 36.2퍼센트, 쓰루다
　　고지는 25.3퍼센트를 받았다. 楠本憲吉, 위의 책, 15쪽.

殘俠傳)〉(사에키 기요시) 시리즈는 임협영화에 하나의 포맷을 확정지었다. 남자와 남자의 동행이 그것이다.

4. 형제애, 혁명의 가족로망스

〈쇼와잔협전〉은 다른 임협영화들과 비교하자면 오히려 변격에 가까워보인다. 이 영화는 도에이 임협영화 중에서 거의 유일하게 패전 직후를 배경으로 한다. 도쿄 아사쿠사, 이 지역 일대의 노점상들은 신흥 야쿠자 신세카이의 횡포에 괴로움을 겪고 있다. 급기야 신세카이는 예전부터 이 지역을 관리해오던 고즈파의 '오야붕' 겐노스케를 불시에 습격해서 총을 쏘고, 겐노스케는 병사로 나가 아직 돌아오지 않은 데라지마(다카쿠라 겐)를 후계자로 삼는다는 유언을 남기고 죽는다. 돌아온 제대군인 데라지마는 오야붕의 죽음과 함께 애인 아야가 형제뻘인 쓰카모토파의 오야붕과 결혼했음을 알게 된다. 한편 고즈파에는 여동생을 찾아 전국을 돌아다니는 가자마(이케베 료)가 신세를 지고 있다. 후계자가 된 데라지마는 노점상들에게 원활하게 물건을 공급하기 위해서 동분서주하지만, 신세카이의 집요한 방해는 점점 더 도를 더해간다. 신세카이와 손을 잡았다가 배신당한 쓰카모토는 홀로 신세카이에 쳐들어갔다가 잔인하게 살해당한다. 며칠 후 데라지마의 '꼬붕' 고로가 애인인 창부 미요를 구하려다가 신세카이로부터 살해당하는 사건이 벌어지고, 그날 밤 가자마는 그토록 찾던 여동생이 바로 미요임을 알게 된다. 미요는 폐병으로 죽어가고 있다. 신세카이는 노점상들로부터 착취한 돈으로 신식 '마켓'을 세우고, 이들의 횡포를 보다 못한 오야붕들과 지역의 오랜 유지들이 돈을 모아 데라지마에게 마찬가지로 새로운 마켓을 세우기를 부탁한다. 모두들 힘을 합쳐 마켓을 완성해가던 어느 날 밤, 신세카이가 공사 중인 마켓에 불을 지른다. 테라지마는 신세카이를 습격할 것을 결심하고, 홀로 길을 나선다. 길모퉁이에 누이를 잃은 가자마가 그를 기다리고 있다.

기꺼이 같이 가고자 하는 자는 동행을 청하며 이렇게 말한다. "남자가 되도록 해주십시오(男にしてやってください)." 남성 동지끼리의 동행, 혹은 죽음을 무릅쓴 동행으로 비로소 '남자'가 될 수 있다는 선언. 이 장면은 이후 거의 모든 임협영화에서 반복되며 가장 강력한 정서적 집중이 이루어지는 순간이 되었다. 그런데 거듭 말하지만 이들은 지금 싸우러 가는 것이고, 목숨을 내놓아야 한다. 실제로 이 마지막 싸움에서 이케베 료는 죽고, 엉망으로 총에 맞은 다카쿠라 겐은 화면에서 사라짐으로써 표상차원에서 '죽는다'. 즉, 이 동행은 기꺼이 죽음을 나누고자 하는 것이다. 이 장면이 의미심장한 이유는 바로 이 점 때문이다. 그러니까 이들 '제대군인'들은 죽음을 나눔으로써 다시 한 번 '전우'가 된다.

정말이지 이 야쿠자들의 세계는 가족과 형제의 비유로 넘쳐난다. 두목은 아버지(오야붕)이고, 부하들은 자식(꼬붕)이며, 두목과 같은 항렬의 다른 두목은 숙부(오지키)이다. 서로 형제(교다이)인 이 자들은 서로가 서로에게 형(아니키)이거나 동생(오토우토)이 된다. 그런데 임협영화가 그리는 이 유사가족의 형상은 흔히 오해되듯이 아버지와 아들의 관계, 아버지에 대한 아들의 '충성'과는 아무 상관이 없다. 왜냐하면 이 이야기들은 대부분 이미 '부재'하는 아버지로부터 시작되기 때문이다. 종종 이야기는 오야붕이 불의의 습격 혹은 병으로 죽거나 쓰러지면서 시작되고, 주인공은 부재하는 '아버지' 대신에 '일가'를 재건해야 한다. 그 와중에 얽히고설킨 음모가 드러나고, '아버지'

를 죽인 자의 배후가 드러난다. 그리고 마지막 주인공은 '형제'-동성의 동지와 함께 적의 본거지를 습격한다. 이 빈번한 남성 '가족'의 비유는 혁명가들에 대한 고전적인 가족 모델을 떠올리게 한다.

> "프랑스 혁명가들이 스스로에게 부여한 이미지를 볼 때 이들은 언제나 형제들이었다. 그들은 악과 부패의 힘에 대항하여 공화국의 덕과 승리를 위해 기꺼이 싸우려던 낭만적 영웅들이었다. (중략) 그들은 국가가 알아주기를 기대했지만 그들에게 가장 중요한 보상은 형제들과의 결속이었다. 그들은 스스로를 아버지라고 여긴 적이 없다."34)

아버지가 부재하는 공간에서 벌어지는 형제들의 결속. 더 정확히 말하자면 이 형제들은 마치 프랑스혁명 당시처럼 없어지는 왕에게 아무 관심이 없다. 임협영화의 아버지-오야붕은 오로지 이야기의 장치(죽은 아버지의 복수)로만 존재할 뿐이다. 문제는 오로지 형제들의 '결속'이 영원히 가능한가라는 데에 있다. 프랑스혁명을 복기하자면 형제들 사이의 갈등과 폭력은 피할 수 없었으며, 1793년 최초의 대중 징병이 도입되었고, 1795년 나폴레옹이 이끄는 프랑스 '국민군'의 대유럽전이 시작되었다. 이제 드디어 죽음을 나누는 전우애가 형제애의 자리를 대신하였다. 〈쇼와잔협전〉이 패전 직후를 배경으로 하는 것은 이런 이유 때문이다. 즉, '그들'은 돌아온 '병사'들이어야 했고, 마치 전쟁터에서 그러했던 것처럼 총알을 빼주고 전우애를 다진다.

그런데 바로 이 전우애-형제애의 서사에 여성이 들어서면 어떻게 되는가? 여성 야쿠자가 등장하는 〈붉은 모란〉 시리즈는 이 곤란한 질문으로 우리를 이끈다.

---

34) 린 헌트, 위의 책, 116쪽.

5. 임협영화의 임계점, 여협객

1971년 11월 임협영화 유일의 여성 스타 후지 준코(藤純子)가 〈붉은 모란〉 시리즈 제8작 〈붉은 모란: 인의 통합니다(緋牡丹博徒 仁義通します)〉를 끝으로 영화계 은퇴를 선언했다. 1968년 시작된 〈붉은 모란〉 시리즈 제1탄에서 후지 준코−오류는 아버지의 복수를 위해 '여자를 버리고'(〈붉은 모란(緋牡丹博徒)〉) 야쿠자의 길을 택했다. 그리고 시리즈 내내 임협영화의 남성 스타들(쓰루다 고지, 다카쿠라 겐, 스가하라 분타)은 그녀와 함께 싸우다가 죽어갔는데, 이 잠재적인 애인들, 결혼 상대자들의 죽음이야말로 이 놀라운 성공을 거둔 시리즈가 지속될 수 있는 근거이기도 하였다. 영화 속의 그녀는 결혼하지 않고, 그러므로 정착하지 않고 시리즈가 계속되는 한 길 위에서 살아갈 것이다. 그런데 바로 그런 그녀가 결혼을 이유로 은퇴를 선언하다니! 일순 뭇 소년과 청년들은 탄식과 비탄에 사로잡혔으며, 영화잡지들에는 그녀의 은퇴를 만류하는 읍소와 애원으로 가득 찬 팬레터가 쇄도하였다.("오류상 제발 떠나지 말아주세요!"[35])

이 비탄을 위로하기 위해서라도 임협영화의 산실이었던 영화사 도에이는 재빨리 후지 준코의 은퇴를 기념하는 영화(그 이름도 〈후지 준코 은퇴기념영화: 관동비앵일가(純子引退記念映畵 關東緋櫻一家)〉)를 한편 더 만들어야 했다. 이 영화는 제목처럼 정말로 오직 후지 준코의 은퇴를 기념하기 위해 만들어졌다. 〈관동비앵일가〉 포스터에는 단지 다음과 같은 문구만이 적혀 있었다. "지금은 아무 것도 말하지 마세요. 다만 묵묵히 바라봐 주세요. 이별을 고하는 준코의 자태를". 이

---

35) 『キネマ旬報 女優 藤純子』, 1972.4 별책, 독자편지 중.

듬해 3월 이 영화의 개봉과 동시에 『키네마 순보』는 '여배우 후지 준코(女優 藤純子) 보존판'을 냈으며, 『근대영화』 또한 후지 준코 특집호를 간행했다.(『藤純子引退記念映畵 關東緋櫻一家 特集號』 1972년 4월호)

한 여배우의 은퇴를 둘러싸고 벌어진 이 열에 들뜬 소동은 물론 후지 준코-오류라는 〈붉은 모란〉의 캐릭터에 대한 젊은 남성들의 열렬한 지지에서 비롯된 것이다. 이 강하고 단아하고 자애롭고 아름다운 여성 야쿠자는 당시 교토대 전공투였던 우에노 지즈코의 비아냥 섞인 묘사에 따르면 모든 남성 활동가들의 "구대(救對-구원대책: 구치소에 차입 등을 하며 체포자를 돌보는 일)의 천사"36)에 다름 아니었다. 그런데 〈붉은 모란〉 신드롬과 은퇴소동을 복기하는 또 다른 대담은 이 성공적인 시리즈로부터 기묘한 쇠락의 기운을 느낀다고 말하고 있다.

> "이건 야쿠자영화가 성숙해간 결과라기보다는 썩어 문드러지고 있다는 느낌이었습니다."(스가 히데미)
> "결국 드라마를 재미있게 만드는 것은 어딘가 썩어 문드러지게 하는 게 제일이에요. 비틀린 심리라던가 하는 병적인 부분을 쿡쿡 찔러 넣는 쪽이 흥미진진하게 되니까요."(가사하라 가즈오)
> "그런 의미에서도 〈붉은 모란(緋牡丹博徒)〉의 오류는 딱 어울리죠. 이 영화의 대사에 이런 말이 있습니다. 오류는 불균형(片輪)하다고. 야쿠자가 된 그녀는 더 이상 떳떳한 사람이 아니에요. 또 여자라는 이유로 야쿠자로서도 떳떳치 못하죠. 즉 이중으로 소외된 존재입니다."(아라이 하루히코) 37)

---

36) 上野千鶴子·加納實紀代, 「対談 フェミニズムと暴力－"田中美津"と"永田洋子"の あいだ」, 加納實紀代責任編集, 『リブという〈革命〉: 近代の闇をひらく』, インパクト出版會, 2003, 14쪽.

37) 笠原和夫·荒井晴彦·絓秀實, 『昭和の劇－映畵脚本家·笠原和夫』, 太田出版, 2002, 261쪽.

위의 대화는 임협영화의 가장 중요한 시나리오 작가 중 한 명이었던 가사하라 가즈오를, 로망포르노를 대표하는 시나리오 작가 아라이 하루히코와 문예평론가 스가 히데미가 인터뷰하는 와중에 도출된 것이다. 이 대담이 흥미로운 것은 두 가지 이유 때문이다. 첫 번째, 이 인물들은 각각 전중 세대와 전공투 세대를 대표하고 있으며, 그 세대성의 강렬한 각인 위에서 스스로의 창작 활동을 규정하고 있다는 사실에서 비롯한다(가사하라 가즈오는 27년생, 아라이 하루히코는 47년생, 스가 히데미는 49년생이다). 도에이 시대극으로부터 경력을 시작한 가사하라 가즈오는 1960년대의 임협영화와 특공영화, 1970년대의 〈인의 없는 전쟁〉 시리즈에 이르기까지 전중세대의 감각 위에서 전후 일본사를 써나갔다. 1960년대 정치 섹스영화의 전위였던 와카마쓰 코지 그룹에서 영화경력을 시작한 아라이 하루히코는 1977년 닛카쓰 로망포르노 〈신주쿠 문란가 갈 때까지 기다려(新宿亂れ街 いくまで待って)〉(소네 주세이)로 시나리오 데뷔 이후 로망포르노의 정치성을 이끌어온 대표적인 작가였다.[38] 그 스스로 60년대 후반의 활동가이기도 했던 스가 히데미는 일본의 68을 좌절된 혁명의 이미지로부터 구출하여 그 유산을 현재화시키고자 하였다.[39] 두 번째, 60년대 학생운동과 어떤 식으로든 관여했던 아라이와 스가는 모두 임협영화의 주된 관객층의 한축을 담당했던 바로 그 당사자들이었다.

---

38) 1970년대 일본 스튜디오 시스템의 몰락이라는 현상 앞에서 가장 탄력적으로 반응한 것은 닛카쓰였다. 잘 알려져 있다시피 1960년대 이미 쇠퇴기에 접어든 스튜디오 시스템은 1971년 다이에이의 도산이라는 결과를 맞이하여 어떤 식으로든 새로운 산업적 돌파구를 찾아내지 않으면 안 되었다. 도호의 경우 1972년 본사에서 영화제작을 중지, 텔레비전 쪽으로 주력산업을 옮겨갔으며, 이미 1960년대 중반부터 사양세를 보이던 닛카쓰는 1971년부터 '닛카쓰 로망포르노' 노선을 선언한다.

39) 絓秀實, 『革命的な、あまりに革命的な-「1968年の革命」史論』, 2003, 作品社.

　말하자면 이 대담은 전공투 세대인 아라이 하루히코와 스가 히데미(아라이의 표현을 빌리자면 '데모와 야쿠자 영화 세대')라는 두 임협영화의 '팬'이 임협영화의 창조주를 만나 "그 시대, 가사하라 씨가 야쿠자 영화에 불어넣은 '육성'이 우리에게 잘 전달된 것인지에 관해 검증"[40]해보고자 한 데에서 비롯된 것이었다. 즉, 이 정중한 인터뷰는 60년대의 임협영화에 대한 열광을 고스란히 되살리는 자리였으며, 이 열광 속에서 자신들이 읽어냈던 정치적 읽기가 과연 옳았던 것인가를 다시 한 번 확인하는 자리이기도 하였다.

　저 대화가 의미심장한 것은 동시간대에 임협영화를 열정적으로 소비했던 자들, 그리고 만들었던 자가 모두 〈붉은 모란〉을 (그리고 이 시리즈의 성공과 함께 만들어진 후지 준코 주연의 일련의 여협객 영화들을) 임협영화의 쇠퇴라고 느끼고 있다는 사실이다. 대체 무엇이 임협영화를 동시간대에 창작하고, 소비했던 자들, 무엇보다 예민한 정치감각을 가지고 있는 이들로 하여금 이 놀라운 히트작을, 아마도 일본영화사상 가장 경이적인 팬덤이라 할 만한 현상을 불러일으킨 이 시리즈를 임협영화 쇠퇴의 징후라고 느끼게 한 것일까? 더 나아가 임협영화와 함께 했던 한 시대의 종언과 겹쳐보게 만드는 것일까? 가사하라 가즈오는 이 시리즈의 제5작 〈붉은 모란: 위대한 도박사(緋牡丹博徒 鐵火場列傳)〉 시나리오를 담당하였으며, 같은 시기에 만들어진 후지 준코 주연의 또 다른 여협객영화 〈일본여협전(日本女俠傳)〉 시리즈(1969-1971)와 〈여자 도세인(女渡世人)〉(1971) 시리즈에 관여하였다. 그런 그가 이 시기에 이르러 어딘가 막다른 골목에 빠져버린 것 같다고 고백한다. 그것은 대체 무엇인가?

---

40) 위의 책, 602쪽.

6. 후지 준코, 아버지의 딸

〈붉은 모란〉이 등장한 1968년은 도에이 임협영화의 절정기였다. 그해 도에이는 총 59편의 제작 영화중 29편을 임협영화로 채웠으며, 일본영화 흥행 순위 베스트 10의 절반이 임협영화였다.[41] 또 이해에 임협영화 최고 걸작이라고 불리는 야마시타 고사쿠의 〈총장도박(總長賭博)〉이 등장했고, 이 영화에 대한 미시마 유키오의 공개적인 찬사[42]는 일약 임협영화를 '프로그램 픽처'라는 대량생산-소비 영화의 자리에서 뜨거운 비평의 격전지로 부상하게 만들었다.

〈붉은 모란〉은 이 장르의 난숙기에 도에이 임협영화의 총역량이 결집되어 만들어진 산물이었다. 1968년 시작부터 1972년 마지막까지 이 8편의 시리즈는 임협영화가 배출한 위대한 스타일리스트들의 경연장이었으며(야마시타 고사쿠가 1편과 5편을 만들었으며, 가토 다이가 3, 6, 7편을, 스즈키 노리부미가 2편을, 오자와 시게히로가 4편을, 사이토 부이치가 8편을 만들었다), 임협영화의 양대 스타 쓰루다 고지와 다카쿠라 겐, 그리고 떠오르는 스타 스가하라 분타가 매 시리즈 등장하는 올스타 전시장이기도 했다. 무엇보다 후지 준코라는 배우의 존재. 비록 이 시리즈 이전까지 가련한 누이, 게이샤, 아내 역할이 전부였다고 해도 후지 준코는 임협영화 유일의 여성스타였다. 이 이야기는 단지 그녀가 이 시리즈 이전에 얼마나 인기가 있었는가만을 의미하는 것이 아니다.

---

41) 1968년의 일본영화 흥행순위 베스트 10에 들어간 임협영화는 다음과 같다. 제3위 〈도박사열전〉, 제7위 〈협객열전〉, 제9위 〈도쿠가와여자형벌사〉 제10위 〈인생극장 히샤가쿠와 기라쓰네〉. 목록은 다음을 참조. 俊藤浩滋, 위의 책, 169쪽.

42) 三島由紀夫, 「『總長賭博』と『飛車角と吉良常』のなかの鶴田浩二」, 『映畵芸術』 1969.3.

　임협영화의 '두목' 슌도 고지의 친딸이기도 한 후지 준코는, 무성영화부터 경력을 시작한 일본영화사의 살아있는 전설이자 〈일본협객전〉(1964)을 통해 임협영화의 패턴을 완성해낸 마키노 마사히로에게서 배우수업을 받았다. 마키노는 〈핫슈유협전 남자의 잔(八州遊俠傳男の盃)〉(1963)으로 그녀를 데뷔시킬 당시부터 모든 제스처, 머리에서 발끝까지의 모든 움직임을 임협영화의 양식에 맞게 훈련시켰다.[43] 즉, 임협영화와 함께 시작한 배우 후지 준코의 존재는 이미 이 장르의 양식 안에 정확히 들어맞도록 훈련되어진 것이었다. 그녀는 임협영화라는 이 남성들의 가구(假構)의 세계가 여성에게 요구하는 모든 것을 갖추고 있었다. 우아함, 정숙함, 단정함, 단아함.(그녀에게 바쳐진 한 영화잡지의 특집호 제목은 '여자의 시(おんなの詩)'였다)[44] 한마디로 그녀는 슌도 고지와 마키노 마사히로라는 아버지'들'의 딸이었다.

　〈붉은 모란〉의 내러티브는 '당연히도' 임협영화의 이야기 패턴을 고스란히 답습한다. 규슈 구마모토를 기반으로 일가를 이루고 있는 야쿠자 가문 야노가의 무남독녀 오류는 어려서 어머니를 잃었으나 아버지의 극진한 보살핌 속에서 자라났다. 그녀는 이제 아버지의 바람대로 야쿠자 집안이 아닌 기모노 가게를 하는 집안으로 시집을 가게 될 것이다. 그런데 어느 날 아버지가 불의의 습격으로 살해당한다. 결혼은 무산되고 일가는 뿔뿔이 흩어진다. "아버지 용서하세요, 저는 오늘부터 남자가 됩니다." 복수를 결심한 오류는 어깨에 붉은

---

43) '일본영화의 아버지'라고 불리는 마키노 쇼조(牧野省三)의 아들인 마키노 마사히로는 초기 일본 활동사진 시기에 아역배우로 영화경력을 시작했으며, 무성영화 시기인 1926년 18세의 나이로 감독 데뷔를 하였다. 여배우로서 후지 준코의 훈련에 대해서는 山田宏一, 『日本侠客傳-マキノ雅弘の世界』, ワイズ出版, 2007, 제4부를 참조.

44) 『キネマ旬報 任侠藤純子おんなの詩』, 1971.8.10. 증간호.

모란의 문신을 새기고, 원수를 찾아 전국을 떠돈다.

죽은 아버지의 복수를 행하는 딸 오류는 정확히 후지 준코의 이미지와 겹쳐져 있다. 이 여협객이 가능할 수 있는 것은 그녀가 무엇보다도 아버지의 딸이기 때문이다. 후지 준코에 대한 흥미로운 증언들. 당시 임협영화로 전성기를 구가하던 도에이에서 여배우의 위치란 매우 약한 것이었다. 그럼에도 불구하고 후지 준코를 둘러싼 스캔들이 전무했던 이유로 몇몇 증언들은 슌도 고지의 존재를 든다. 이 이야기는 그녀가 어디까지나 아버지의 딸로서 거기 존재했다는 것을 의미한다. 간단히 말해, 〈붉은 모란〉은 '아버지'(오야붕)의 복수를 하는 아들을 '딸'로 교체한 것인데, 그 딸은 후지 준코이기 때문에 가능해진 것이다.

그런데 임협영화에서 여성협객이라는 말은 그 자체로 모순이다. 왜냐하면 거듭 말하지만 임협영화는 거의 예외 없이 완벽한 남성 동성사회적 영화이며, 남성간의 형제애야말로 이 영화들이 구하고 있는 가장 중요한 가치이기 때문이다. 임협영화에서 여성이란 그저 이야기의 장치로서만 존재할 뿐이었다. 후지 준코 자신이 그러했듯이 대개 가련한 누이, 아내, 게이샤로 등장하는 그녀들은 단지 남성과 남성의 연대를 매개해주는 매개체의 역할에 머물러 있다. 여성의 배제와 함께 이 영화들의 주인공들이 한결같이 금욕적으로 보이는 것은 우연이 아니다. 심지어 이 영화들은 대개의 남성 동성사회적 영화들처럼 퀴어적으로 해석하는 것조차도 무리가 따르는데(이를테면 장철, 혹은 이소룡의 영화들)45) 왜냐하면 일본옷으로 둘러싸인 이 남성들

---

45) 이를테면 무술영화를 '남성의 남성에 대한 응시를 허락하는 유일한 영화적 형태'라고 분석하고 있는 이본느 태스커의 입장을 참조하라. Yvonne Tasker(2006), "Fists of Fury", in Eleftheriotis and Needham(ed), *Asian Cinemas: A Reader*

은 거의 벗지도 않으며, 그럼으로써 스스로를 성애적 대상으로 만드
는 것을 완강하게 거부하고 있기 때문이다.

그렇다면 이 완고한 동성사회에 들어선 여성 협객이란 대체 어떤
존재인가? 성급하나마 결론부터 말하자면 이 장르의 최전성기에 등
장한 이 존재는, 말 그대로 그 형상 자체를 통해 이 장르를 끝장내버
렸다. 그러니까 다시 말하건대, 여협객이라는 형상이 문제이다. 왜
그런가? 혹은 이 질문은 이렇게 바꿔볼 수도 있을 것이다. 저 '형제
애'의 표상-수사로 가득 차 있는 임협영화가 가두투쟁에 나선 소년
들의 마음을 사로잡은 것이라면, 여성 협객이라는 이 '기이한' 형상
은 이 운동에 스며든 어떤 전회를 예고하고 있었던 것은 아닐까?

7. 형제애로부터 사랑으로

동어반복이지만 오류=후지 준코라는 여협객이 가능할 수 있는 것
은 그녀가 무엇보다도 아버지의 딸이기 때문이다. 그런데 이것은 이
중의 의미를 지닌다. 아버지의 복수는 그녀가 여협객이 될 수 있는
전제조건이지만, 또한 이 아버지는 당연한 말이지만 이미 죽은 아버
지이다. 즉 그녀는 아버지의 복수라는 형태를 통해 임협영화의 입장
권을 받아 쥐었지만, 또한 이미 아버지 없는 딸로서 이 세계, 임협영
화 안에 존재한다. 아버지의 복수를 행하는 딸, 그러나 이미 아버지
없는 딸이라는 형상이 제기하는 질문은 이중적이다. 왜냐하면 아버
지의 복수를 행하는 딸이란 아버지의 룰이 작동하는 세계 내 존재이

---

and Guide, Edinburgh University Press, p.445.

지만, 동시에 그녀에게 아버지가 이미 없음으로 이 세계의 룰과 무연
할 수 있음을 또한 의미하기 때문이다. 이 세계의 룰이란 이 가구(假
構)의 세계, 임협의 세계를 지탱하는 (혹은 있을 법하게 만드는) 최소한
의 장치이다. 그런데 이 룰로부터 무연할 수 있다는 가능성이 등장한
다면 과연 어떤 일이 벌어지는가?

　물론 그녀는 자신이 이 세계의 룰을 지키고 있음을, 아버지의 딸임
을 끊임없이, 과도할 만큼 어필하지만(이를테면 오류와 만나는 모든 남
자들은 그녀에게 여자의 행복을 찾으라고 말하고, 그녀는 찾고 싶으나 이미
찾을 수 없는 스스로의 신세를 한탄한다), 그 과도함이 오히려 보호자 없
는 소녀의 방어벽에 불과한 것처럼 보이게 한다. 또한 그녀의 잠재적
연인들 또한 시리즈 내내 죽어간다. 이 반복적인 죽음들은 시리즈를
이어가기 위한 근본적인 장치이기도 하지만(만약 오류가 누군가와 결혼
해서 정착한다면 대체 이 시리즈를 어떻게 지속시킬 수 있단 말인가) 그때
오류의 형상은 아버지와 남편에게 귀속되지 않을 가능성을 전시하는
것에 다름 아니다.

　만약 죽은 아버지의 복수를 하는 딸이라는 형상이 임협영화라는
픽션의 세계를 근본적으로 위협하는 것이라면, 또 하나 임협영화의
쇠퇴에 대한 저 예감이 닿아 있는 것은 임협영화 고유의 장치, 마지
막 싸움길의 동행이 반복되는 순간이다. 그러니까 이 동행은 당연하
지만, 더 이상 남자와 남자 사이에 이루어지지 않는다. 오류와 그녀
에게 희미한 연정을 품고 있는 남자와의 동행. 그 순간 임협영화의
호모소셜한 코드는 더 이상 작동 불가능해진다.[46)]

---

46) 사이토 아야코는 오류＝후지 준코라는 여협객이 어떻게 강고한 젠더질서로 구축되
　　어 있는 임협영화를 내부에서 파괴하고 있는지를 다음과 같이 언급하고 있다. "〈붉은
　　모란〉은 임협영화와 후지 준코의 인기에 힘입어 만들어진 일종의 편승기획이었으나

"이 시리즈가 정통 야쿠자 영화의 전통적인 코드를 지키려고 하면 할수록 거꾸로 바로 그 규칙을 드러내 보이는 것이 되어버린다"는 사이토 아야코의 지적은 전적으로 옳아 보이는데, 오류라는 여협객이 전형적인 임협영화의 코드(아버지의 복수, 동행)들을 답습하면 할수록 이 세계는 온전히 그 자체로서 현현되는 것이 아니라 일종의 바깥의 시선, 메타적 위치에서 보여지기 때문이다. 가사하라 가즈오와 아라이 하루히코와 스가 히데미가 동시에 이 순간 임협영화의 쇠퇴를 예감했다고 하는 것은 바로 이런 이유 때문이다. 즉, 그녀의 존재는 이 가구의 세계를 온전한 하나의 세계로서 현현시키는 룰을 근본적으로 위협하는 것에 다름 아니다. 형제애라는 임협의 정념이 아버지를 대리한 여협객의 복수로 옮아가면서 형제애에 근거한 액션의 동행이라는 장르 기반은 크게 흔들린다.

형제애의 자리에 사랑이 들어서는 사태. 이 사태를 확정적으로 만든 것은 마찬가지로 가사하라 가즈오가 시나리오를 쓰고 야마시타 고사쿠가 감독한 〈노름꾼 목숨패(博奕打ち いのち札)〉(1971)에 이르러서였다. 임협영화라는 장르, 이 세계의 규칙을 그 자체로 투명하게 드러냄으로써 일종의 메타 의식으로 가득 찬 영화 〈노름꾼 총장도박〉(1968)에 이어 야마시타 고사쿠–가사하라 가즈오는 '임협'을 가능

판도라의 상자를 열어버렸다. 무엇보다 그때까지 도세의 규칙을 지켜온 야쿠자영화의 젠더 질서를 파괴할 위험에 몸을 드러낼 계기를 스스로의 내부에 마련해두었기 때문이다. (중략) 여자를 버리고 남자가 된다는 전제, 바로 그 전제 때문에 항상 젠더 문제에 직면할 수밖에 없게 된 것이다."(齊藤綾子,「緋牡丹お竜論」, 四方田犬彦・鷲谷花編,『戰う女たち−−日本映畵の女性アクション』, 作品社, 2009, 101쪽) 젠더론에 기반한 사이코 아야코의 분석은 여성협객 '오류'의 형상을 논하는 데에 있어서 매우 적절해 보이나, 1960−70년대 일본의 정치사상적 맥락에 탄력적으로 반응했던 임협영화의 '정치성'이라는 맥락에서 어떻게 이 형상이 등장했는가를 논구해내는 데에는 부족한 것으로 보인다.

케 하는 최소한의 세계구축, 남성 결사를 폐기처분한다. 임협영화의
팬들에게 〈노름꾼 목숨패〉가 가져다준 가장 커다란 충격은 무엇보다
이 영화가 남자와 여자의 이야기, '멜로드라마'라는 데에 있다.

　아이카와 세지로(쓰루다 고지)는 도쿄 오모리를 근거지로 한 사쿠라
다 일가의 중간 두목. 경찰의 수배를 피해 길을 나선 그는 여행지에
서 유랑극단의 일원인 시즈에(야스다 미치요)를 만나 사랑에 빠지나,
1년 후의 만남을 기약하고 헤어진다. 도쿄에 돌아온 세지로는 조직
을 위협하는 구렌타이 신치카이와의 싸움으로 5년 형을 구형받고 감
옥에 간다. 수년 후, 시즈에의 유랑극단이 해산 위기에 처하고, 사쿠
라다 일가의 오야붕 히가시고로가 극단에 도움을 준다. 히가시고로
는 시즈에에게 청혼하고, 세지로를 찾는 것을 포기한 시즈에는 이를
받아들인다. 한편 오오모리 해안의 매립공사를 둘러싼 이권다툼이
벌어지고, 세지로가 출소하기 전날 히가시고로가 이와이 일가의 본
가(本家)인 사쿠라다가의 총장 오타케와 신치카이가 고용한 살인청부
업자에게 살해당한다. 오야붕을 잃은 이와이 일가는 위기에 처하고,
출소한 세지로는 오야붕의 아내였던 시즈에를 새 오야붕으로 추대한
다. 오타케와 신치카이의 위협은 나날이 더해지고, 급기야 이들이
오야붕을 죽였음을 알게 된 세지로의 부하 간지마저 살해당한다. 세
지로는 오타케와 신치카이에게 복수를 행한다.

　이 순간 〈노름꾼 목숨패〉의 가장 놀라운 장면이 등장한다. 드디어
인내에 인내를 거듭하던 세지로가 숙부뻘인 오타케와 신치카이, 그
리고 그들의 무리를 향해 칼을 뽑는다. 칼에 찔린 신치카이가 쏜 총
에 시즈에가 맞는다. 세지로는 쓰러지는 시즈에를 안고, 오타케를
죽이고, 신단(神壇)을 향해 외친다. "시즈, 여기에서 나가자. 이 세계
에서 나가는 거야." 세지로는 이 순간 이 세계가 부여한 두 가지 룰

을 이미, 어긴 셈이다. 첫 번째 그는 숙부뻘인 오타케에게 감히 칼을 꽂았고, 두 번째 '형수'가 된 시즈에의 이름을 부름으로써 그들의 관계를 연인의 관계로 돌려놓는다. 룰을 범한 그가 신단을 향해 외치는 것은 신단이야말로 이 세계를 구성하는 원리의 상징 그 자체이기 때문이다. 양쪽의 붉은 물이 넘실거리는 가운데에, 총에 맞은 여자를 한 팔로 부축한 채, 다른 한쪽 손에 든 칼로 그들을 둘러싼 비도(非道)한 무리들을 베면서, 그리고 그 스스로 베이면서 남자와 여자는 신단을 향해 나아간다. 야마시타 고사쿠 특유의 정념의 이미지화라고 할 만한 상징으로 뒤범벅된 이 장면은 임협의 세계, 노스탤지어와 형제애, 훼손된 공동체에 대한 복원의 열정과 그 불가능성으로 인한 정념으로 가득 찬 임협영화의 세계가 여기서 끝장나고 있음을 보여주고 있는 것임에 다름 아니다.

아라이 하루히코의 다음과 같은 언급은 이 순간에 어떤 일이 벌어졌는지를 짐작하게 하는 데 충분해 보인다. 조금 길지만 인용하자면 다음과 같다.

"남자와 여자라는, 야쿠자영화에 있어서는 안 되는 것을 해버렸어요. 여기에 이르러서 남자와 여자의 이야기가 등장했다는 건 야쿠자 영화가 여기까지 왔다는 것을 의미하기도 하지만, 시대의 흐름이라는 게 스며 나온 게 아닐까요. 이를테면 그해에 닛카쓰가 로망포르노를 시작하고 있습니다. 따라서 시대적으로 여기서부터 남자와 여자의 영화가 시작된 게 아닐까 합니다. (중략) 이런저런 야쿠자영화를 써온 가사하라 씨는 여기서 뭔가 막혔다고 말씀하시지만 바로 그 막혔다는 것 자체가 시대였다고 생각합니다. 이제 로망포르노가 나오고 구마시로 다쓰미 같은 '남자와 여자 사이에는 그것밖에 없는 거야'(《은밀한 게이샤의 세계(四疊半襖の裏張り)》)라는 곳으로 가게 되죠. 그때의 운동도 그랬습니다.

이를테면 동아시아반일무장전선이라는 게 있었죠. 위장인지 진짜로 그랬는지 어쨌든 부부가 됩니다. 아파트를 신혼부부가 빌리는 식이죠. 그리고 마루 밑에 구멍을 파고 거기서 폭탄을 만듭니다. 이런 식으로 싸우는 쪽도 남자와 여자가 한 단위를 이루게 됩니다. 그러니까 그룹 내에서도 남자, 여자가 같은 숫자가 되는 거죠. 이런 일은 이전에는 있을 수 없는 거였어요. (중략) 남자 혼자, 혹은 남자'들'끼리 싸우러가는 형태였던 야쿠자영화의 에필로그=카타르시스와 같은 것이 여기서는 남자와 여자의 동행으로 바뀌어 버린 겁니다."[47]

후지 준코의 은퇴를 둘러싼 저 소란스러운 소동, 비통한 탄식은 임협영화가 여기에서 끝장난다는 데 대한 탄식이었는지 모른다. 그것은 단지 임협영화라는 한 시대를 풍미했던 장르가 끝난다는 것만을 의미하는 것이 아니었다. 이 이야기는 임협영화를 지탱해주었던 바로 그 연대, 남성 '동지'간의 형제애가 더 이상 유효하지 않음을, 그 연대만으로 이루어질 수 있다고 믿었던 한 시대가 끝나고 있음을 의미하는 것이었는지도 모른다. 임협영화는 60년대의 정치 무의식과 지나칠 정도로 가까웠다.

8. 임협의 종결, 혹은 '미학'은 어떻게 '역학'이 되는가

의미심장하게도 〈붉은 모란〉 시리즈는 68년에 시작되었고, 〈노름꾼 목숨패〉는 71년 영화이다. 사세보 엔터프라이즈 입항 저지투쟁, 산리쓰카 투쟁, 니혼대학 투쟁, 도쿄대의 야스다 강당 봉쇄로 이어

---

47) 『昭和の劇—映畵脚本家·笠原和夫』, 위의 책, 267쪽.

진 1968년은 60년대 학생운동이 정점에 달한 순간이었다. 그러나 야스다 강당 바리케이드가 6개월 만인 1969년 1월 무장한 경찰 기동대에 의해 해제되면서 끝난 사건의 결말은 69년 이후 학생운동의 급격한 쇠락을 이미 예고하는 것이기도 하였다.(참고로 야스다강당공방전이라고 일컬어지는 이 일련의 과정은 TV를 통해 생중계되었으며, 기록적인 시청률을 올렸다는 사실이야말로 운동이 이미 '스펙터클'로서 향유되기 시작했다는 것을 의미하리라.) 1969년 전공투 운동은 숫자로 보았을 때 정점에 달하였다. 이 해에 국립대학 75개 중 68개 대학, 공립대 34개 중 18개 대학, 사립대학 270개 중 79개 대학에서 '바리케이드'가 쳐졌다. 그러나 도쿄대와 니혼대 투쟁처럼 전학교로 확산되지는 못했다. 한편 1968년 10월 이후 가두투쟁자들에게 적용된 소란죄 명목하에서 무차별 체포가 확산되어갔다. 전후에 이 법조항은 1952년 메이데이 투쟁 이후 처음으로 적용된 것이기도 하였다. 1969년 국제반전의 날(10.21) 당일에만 938명이 체포되었으며, 그해 가을 가두투쟁에서 체포된 자는 4천 명을 넘어섰다.[48] 소란죄 적용이라는 당국의 강력한 대응, 운동 내부의 분열, 대중적 확산에의 한계는 69년을 기점으로 운동을 쇠락기에 접어들도록 하였다. 69년 후반부터 무장투쟁론이 대두되기 시작하였다. 1970년 미시마는 자위대의 궐기를 촉구하며 전후 최대의 표상적 스캔들이라 할 만한 할복자살을 감행했다.

이 순간 전공투와 미시마의 심정이 의탁되었던 바로 그 장르, 임협영화가 내부적 파산 혹은 종결을 맞게 되는 것은 우연이 아니리라. 1970년대 초반 임협영화의 중요한 시리즈들, 〈일본협객전〉(〈일본협객전 칼〉, 1971), 〈노름꾼〉(〈노름꾼 외전〉, 1972), 〈쇼와잔협전〉(1972년 〈쇼

---

48) 60년대 학생운동의 구체적인 양상과 전개과정에 대해서는 다음 책을 참조. 小熊英二, 『1968 上』, 2009, 新曜社. 특히 도쿄대 투쟁은 10장과 11장을 참조.

와잔협전 찢어진 우산〉, 1972) 등이 모두 종결되었으며, 이로써 도에이 임협영화 노선은 막을 내렸다. 이후 도에이는 〈의리 없는 전쟁〉(1973) 시리즈로 대표되는 '실록 영화'와 〈여죄수 사소리〉(1972)의 성공이 열어젖힌 일련의 여성액션영화로 옮겨갔다.

첫 번째 실록노선. 배신과 음모, 거리의 개죽음으로 점철된 피비린내 나는 야쿠자 항쟁사(〈의리 없는 전쟁〉)가 저 무수한 린치와 죽음을 연상시키고 있다는 점은 명확해 보인다. 또는 조반극으로 시작한 이 시리즈의 마지막이 이미 성립된 시스템 내의 관리/감시에 관한 내러티브로 일관하고 있는 것은 1970년대 일본 사회의 이동과 관련 있어 보인다. 두 번째 도에이 여성액션영화. 이 영화들은 그 자신 로망포르노를 대표하는 시나리오 작가가 된 아라이 하루히코가 언급하고 있는 바로 그 로망포르노적인 것과 등가에 있는 것이라고 할 수 있다. 이제 이 영화들이야말로 로망포르노와 함께 "그룹 내에서도 남자, 여자가 같은 숫자"가 된 "시대의 흐름이 스며나온" 예로서 70년대의 시대정신이 되어갈 것이다.

/ 이영재

버마에 관한 문학적 재현

다카미 준과 다케야마 미치오의 경우

1. 두 개의 버마 이야기

　일본의 동남아시아 정복은 중일전쟁(1937)에 이은 아시아태평양전쟁(1941)의 발발로 인해 본격화되기 시작한다. 싱가포르, 필리핀, 말레이시아, 인도네시아, 버마[1] 등, 소위 남방으로 불리는 이들 지역을 차례로 점령한 일본은 '대동아 신질서 건설'을 내세우며 동아시아와 동남아시아를 서양 열강의 제국주의로부터 해방시켜 공존, 공영하는 권역을 만들어야 한다고 주장하였다. 이를 위해 문학자들도 제국의 이데올로기를 선전하는 '문화공작자'로서 남방 각지에 파견되었다. 예를 들어 이부세 마쓰지(井伏鱒二), 다카미 준(高見順), 히노 아시헤이(火野葦平)와 같은 '징용작가'들은 군부의 지시에 따라 1941년 11월 말레이시아, 버마, 필리핀 각지로 보내졌고, 이후 1942년 6월 총 4천여 명의 문학자와 문학연구자가 참여한 일본문학보국회(日本文學報國會)가 설립되면서 문단은 전쟁협력 체제를 완비하게 된다.

---

　1)　현재 버마의 공식 이름은 미얀마연방(Union of Myanmar)이지만, 작품에서 사용하고 있는 용어가 '버마'이고 또 당시의 문맥을 살린다는 의미에서 이 글에서는 '버마'라는 용어를 사용하기로 하겠다.

이러한 상황 속에서 문인들은 전의를 고양시키거나 국책을 선전하는 등의 임무를 맡아 다양한 매체에 글을 발표하였고, 내지 일본은 이러한 보고 기록들을 토대로 식민지 타자를 상상하고 그 이미지를 성형해 나갔다.

이 글에서 다룰 다카미 준 역시 1941년 11월 22일 육군보도반원으로 징용되어 아시아태평양전쟁 개전 직전인 12월 2일에 버마로 파견되었다. 그는 버마에 관한 다수의 종군기록을 남겼는데, 여기에는 전장에서의 긴박한 상황을 보고하는 내용도 포함되어 있지만, 일기나 견문기에 준하는 글도 다수 포함되어 있다. 다카미 준의 종군 기록에는 예술이나 인간에 대한 함축적인 기술이 보이며[2] 또 현지인과 직접 접촉하여 얻은 정보가 비교적 사실에 가깝게 재현되어 있다.[3] 그렇다고 해서 다카미 준이 객관적인 입장을 유지하며 버마의 실정을 그대로 글로 옮기고 있다고 단언하기는 어렵다. 징용작가 다카미 준의 임무가 기존의 남방 담론을 확대 재생산하는 것이었음은 그가 남긴 기록과 전시하의 남방 담론과의 밀접한 관계에서도 충분히 짐작할 수 있기 때문이다.

한편, 전후 일본이 버마를 상상하는 데 있어서 다케야마 미치오(竹山道雄)의 소설 『버마의 하프(ビルマの竪琴)』가 끼친 영향은 실로 지대하다고 할 수 있다. "버마를 모르는 일본인도 '아, 그 하프의 나라'라며 평온하고 유순한 버마 이미지를 떠올리고는, 아시아의 다른 국가 출신의 유학생들에게는 아파트 입주를 무조건 거부하면서도 버마에서 온 유학생에게는 입주를 허락하는" 일조차 있을 정도였다.[4] 다카

---

2) 小田切進, 『高見順全集 19』, 勁草書房, 1974, 766-767쪽.

3) 神谷忠孝, 「南方徵用作家」, 『北海道大學人文科學論集』 20號, 北海道大學, 1984, 17쪽.

미 준과는 달리 다케야마 미치오는 실제로 버마를 방문한 적이 단 한 번도 없었다. 작가의 체험 여부가 작품의 진정성을 반드시 담보하는 것은 아니지만, 다케야마 미치오의 작품이 버마의 정체성이나 생활 양식, 삶의 가치관 등을 대변하고 버마 담론을 주도하는 것을 볼 때 현실보다 더욱 현실적인 허구의 실정성을 발견하게 된다.

실제로 버마를 체험한 다카미 준과 그렇지 않은 다케야마 미치오의 작품은 실제와 허구라는 이분법으로 설명할 수 없을 뿐만 아니라 그 글이 가지는 현실적인 효과, 즉 남방 담론에 대한 실정성 부여라는 측면에서도 예상을 벗어나기도 한다. 중요한 점은 전시, 전후에 만들어진 이들 남방 담론은 서로 복잡하게 영향을 주고받으며 지금도 여전히 남방 담론의 근간을 형성하고 있다는 것이다. 당연한 지적이지만 이러한 남방 담론 형성에는 문학적 재현이 깊숙이 개입하고 있었다. 이 글에서는 동남아시아 가운데서도 버마에 대한 문학적 재현을 입체적으로 고찰하기 위해 서로 다른 경험을 가진 두 작가의 글을 중심으로 비교해 보고자 한다.

2. 실제의 허구, 허구의 실제: 다카미 준의 버마 종군기록

작가들의 징용이 본격화된 것은 아시아태평양전쟁 직전이라 할 수 있다. 소집 영장이 아닌 징용 영장은 시로가미(白紙) 즉 흰 종이라고 불리었는데, 이는 소집 영장(아카가미, 赤紙)과는 달리 파견지, 임무 등이 정확하게 명시되어 있지 않았다. 다카미 준의 일기에 따르면 사

---

4) 松本常彦・大島明秀, 『九州という思想』, 九州大學大學院比較社會文化研究院, 2007, 272쪽.

령부에 모인 사람들은 몇 개의 반으로 나뉘어 저마다 지정된 연대에 입대하였고, 거기에서 막사로 들어가 선전반, 종교반, 통역반 등으로 나뉘어졌다. 당시 다카미 준은 선전반에 배속되었다. 그는 출발일은 물론, 파견지도 통보받지 못한 채 여러 날을 막사에서 보내다가 오사카항에서 수송선에 태워져 사이공(현재의 호치민시)으로 향하게 되었다. 다른 방면으로 파견된 작가들도 대개 비슷한 과정을 거쳤을 것으로 보인다. 다카미 준과 같이 버마 방면으로 파견된 사람은 오다 다케오(小田嶽夫), 시미즈 이쿠타로(淸水幾太郎), 도요타 사부로(豊田三郎) 등 9명이었다.5)

이렇게 일본군의 남방작전에 파견된 다카미 준은 버마 최남단 빅토리아 포인트를 비롯하여 중부 만달레이를 점령하는 작전에도 동행 취재하게 된다. 다카미 준의 종군기록은 일본군의 움직임을 공식적으로 파악할 수 있는 기록으로 간주되어 전쟁사나 전후사에 종종 인용되기도 했다. 이 글의 목적은 일본군이 처한 당시 정황을 역사적, 혹은 사실적으로 파악하는 데 있는 것이 아니라, 다카미 준의 버마 재현을 비판적으로 고찰하는 것에 있기에 종군기록 가운데서도 이에 부합하는 부분을 중심으로 논하고자 한다.

다카미 준의 종군기록에는 버마 문화에 대한 왕성한 호기심과 애정이 묻어난다. 그는 버마의 문화를 서양과 비교해 어느 쪽이 우위에 있고 어느 쪽이 뒤쳐져 있다는 식의 관점으로 평가하지 않았다. 기본

---

5) 말레이 방면으로는 이부세 마쓰지, 가이온지 조고로, 기타가와 후유히코, 진보 고타로, 나카지마 겐조 등 14명이 파견되었다. 아베 도모지, 오야 소이치, 기타하라 다케오, 다케다 린타로 등 9명은 자바 · 보르네오 방면으로, 이시자카 요지로, 오자키 시로, 곤 히데미, 히노 아시혜, 미키 기요시 등 9명은 필리핀 방면으로 파견되었다. (요시노 타카오 저, 노상래 역, 『문학보국회의 시대』, 영남대학교출판부, 2012, 195-196쪽.)

적으로 다카미 준은 버마의 풍습이나 풍속을 묘사하고, 버마인들에 대한 신뢰와 애정을 표현하는데 역점을 두고자 했다. 이러한 기술은 점령지 '보고'를 염두에 둔, 이른바 연출된 서사6)에 가깝다고 볼 수 있지만, 문명과 야만이라는 구분을 통해 식민지의 후진성과 괴기스러움을 자명한 사실로 전경화시키려고 하는 기존의 식민 담론 체계와는 분명히 다른 점이었다.

그러나 다른 한편으로는 전시하의 일본 사회에 통용되고 있던 남방 담론에 그의 버마 재현 서사가 이미 포섭되어 있었다는 점을 지적하지 않을 수 없다. 주지하다시피 일본군의 동남아시아 점령은 '해방'과 '성전'을 표방하고 있었다.7) 일본군은 '십억의 동아민족을 영미의 식민지 경영 질곡으로부터 해방'시키기 위해 남방에 도래했다고 주장하였고, 또 이번 '성전'에서 승리하면 경제적으로도 동아민족과 '공영'할 수 있다고 선전하였다. 이러한 전망에 임장감과 현실감을 더하기 위해서는 남방의 여러 나라가 일본군의 도래에 열광하고 있다는 과잉된 제스처가 필요했다. 다카미 준의 버마 재현은 바로 이러한 지점에 위치한다. 방콕에서 육로로 남하하여 말레이반도를 조망할 수 있는 버마·타이 국경지대에 도착한 다카미 준은 버마 최남단에 위치한 빅토리아 포인트에서 약 일주일을 보낸다. 이때 그는 일본군을 열렬히 환영하는 타이, 인도 사람들을 묘사하며 이들에게 식

---

6) 강우원용, 「남방징용 작가의 '제국'과 '개인'의 시선-다카미 준의 두 여행을 중심으로」, 『일어일문학연구』 67집, 한국일어일문학회, 2008.2, 11-12쪽.

7) 대동아전쟁의 전개는 십억의 동아민족을 영미 백년의 식민지 경영의 질곡으로부터 해방시키는 것이다. 동아민족은 격렬한 전화(戰火) 저 편에 끝없는 공영의 생활이 있으리라는 전망을 가지고 이번 대성전의 결과가 가지고 올 대동아의 경제적 시야를 차례로 이야기하자.(「英米退場と東亞經濟」, 『大阪毎日新聞』 1941.12.14. 中野聰, 『東南亞細亞占領と日本人』, 岩波書店, 2012, 96쪽에서 재인용.)

량을 나누어주는 한없이 은혜로운 일본군의 모습도 함께 전한다.

> 부대의 진격로와 같은 길을 따라 트럭으로 쿠라부리로 나왔다. 길
> 에는 아이, 어른 할 것 없이 타이 사람들이 나와 우리를 향하여 '만세'
> 하고 절규하였다. 기찻길도 마찬가지였다. 의심할 여지가 없는 일본
> 과 타이의 친선을 확인할 수 있었다.(중략)
> 　고무농장의 영국지배인은 수년간에 걸쳐 이들 인도인을 혹사하고
> 착취한 뒤, 정작 위험할 때에는 돈을 모조리 가지고 도망치고 말았다.
> 남겨진 인도인은 하루하루를 견디는 상황에 처해졌고 식량도 부족하
> 게 되었다. (중략) 이들이 기아에 처하는 것을 묵시할 수는 없어 풍부
> 하지는 않지만 소중한 식량을 나누어 주었다. (중략) 마쓰이 부대는
> 빅토리아 포인트를 점거하고 경비하는 군사임무 외에 이러한 번거로
> 운 일도 맡아야 했다.
> 　　　　　(高見順(1942)「ビルマ記－ヴィクトリア・ポイント見聞記」)[8]

　인도인의 노동력을 악랄하게 착취한 뒤 금품을 가지고 도망친 영
국인과 그들에게 버려져 기아에 시달리는 인도인의 극명한 대비, 그
리고 곤궁에 처한 인도인을 구제하는 일본군의 일화는 대동아 신질
서 건설을 슬로건으로 내세운 식민지 해방 전쟁의 정당성을 대변하
기에 충분했다. 한편, 타이의 경우에는 일본과 연합군 사이에서 유
일하게 중립을 견지하고 있었지만, 1941년 12월 21일 일본과 동맹조
약을 체결하고 영국과 미국에 대해 선전 포고하게 된다. 다이가 입장
을 바꾼 것은 진주만 공격 등 때문이라고 일본은 해석했지만, 당시
타이에서 일본의 대미 대영 전쟁의 무모함을 지적하고 염려하는 담
론이 전무한 것은 아니었다.[9] 다카미 준이 확인한 '의심할 여지가 없

---

8) 高見順, 『高見順全集 19』, 勁草書房, 176-177쪽, 179쪽 1974.

는 일본과 타이의 친선'이란 결국 대동아 공영이라는 이념적 환상이
만들어낸 낭만적인 신화였는지도 모르는 것이다.

  제국 일본의 논리를 정당화시키는 다카미 준의 시선은 이후에도
일관되었다. 버마 전선을 기록하는 대목에서는 일본군이 선무(宣撫)
를 훌륭히 치렀다고 평가하였고, 또 버마인들이 일본군에게 얼마나
협조적이고 우호적인지 선전하기 바빴다.

> 차를 뗏목에 태워 강을 건너야 했다. 그 작업을 도와주려고 주민들
> 이 모여들었다. 그들이 도와주는 것이 아니라 우리들이 돕는 셈이 되
> 었다. 주민들은 진지한 얼굴로 우리들의 지시를 받기도 전에 먼저 움
> 직이기 시작했다. (중략) 무사히 자동차가 강기슭에 닿자 로프를 잡고
> 있던 주민들은 와- 하고 환성을 지르며 기뻐했다.(중략)
> 늦은 점심을 먹기 위해 인도라는 부락에 정차하자 부락민들이 곧장
> 깨끗한 물을 담은 병을 가지고 왔다. 사원이 있었기에 군화를 벗고
> 올라가 예배를 하였다.(중략) 소승불교국의 풍습에 따르자면 우리들
> 이 승려들에게 무언가를 주어야 마땅하지만, 오히려 승려들이 설탕
> 과자를 우리에게 주어서 황송하기까지 했다.
>
> 　　　　　　　　　(高見順(1942)「ビルマ記-ビルマ戦線へ」)10)

> (버마의 정월 풍습에는 서로 물을 끼얹으며 축하하는 것이 있는데)
> 버마인이 일본인에게 물을 끼얹는다는 것은 적의는커녕 반대로 친애
> 를 표현한 것이다. 친애이상으로 일본군에게 행운이 있기를 기원하는
> 버마인의 진지한 마음의 표현인 것이다.
>
> 　　　　　　　　　(高見順(1942)「ビルマ記-ラングーン通信」)11)

---

9) 中野聰, 『東南亞細亞占領と日本人』, 岩波書店, 2012, 88-89쪽.
10) 高見順, 『高見順全集 19』, 勁草書房, 1974, 203쪽.
11) 高見順, 『高見順全集 19』, 勁草書房, 1974, 210쪽.

다카미 준은 랑군에서 중북부 만달레이로 이어지는 전선을 보고하면서 일본군에 대한 버마인의 헌신적인 협력에 대해서도 크게 강조하고 있다. 위의 인용문에서도 확인할 수 있듯이 버마인은 험준한 지리적 환경 때문에 어려움을 겪는 일본군을 물심양면으로 도와주고, 식량 및 식수 부족을 해결하는 데 있어서도 적극적으로 임해주었으며, 심지어 일본군의 안녕을 기원하기도 했다. 아름다운 우화와도 같은 이러한 서사는 『버마기(ビルマ記)』 도처에 배치되어 있다. 그러나 시점을 바꾸어 생각해보면 당시의 전쟁은 현지 자활을 위한 약탈전인데다가 헌신적인 협력을 받는 것과 약탈, 폭행의 경계선은 대단히 애매한 것이다. 그럼에도 다카미 준이 이러한 갈등의 지점을 상상하거나 찾아내지 못한 것은 부정할 수 없는 일인 것 같다.[12)]

당시의 일본군이 버마인으로부터 환영받은 것은 일정 부분 사실이다. 아웅산과 같은 독립 운동가들은 버마의 독립을 위해 일본군과 긴밀한 관계를 유지하였고, 또한 버마 독립의용군(BIA)은 각지에서 의용군을 모아 일본군과 함께 영국군에 맞서 싸웠다. 그러나 여기에서 이긴 일본군은 곧장 버마를 군정 하에 두고 버마의 독립을 인정하지 않았다. 오히려 일본군에 비협조적이거나 비판적인 민족주의자, 공

---

12) 中野聰, 『東南亞細亞占領と日本人』, 岩波書店, 2012, 94쪽.
　　1936년에 10명의 저널리스트들이 남방을 다녀온 이후 발간한 책 『南方政策を現地に視る』(日本外事協會)에서 淸水伸는 다음과 같이 말한다. "남진론자들은 입을 모아 남국의 자연을 찬미하고 자원이 풍부하다 말한다. 남국을 본 적이 없는 사람에게는 진담으로 들릴 것이다. 자원이 빈약하고 해마다 백만 명이나 인구가 증가하는 일본에게 있어서 인구가 적고 모든 자원을 가지고 있는 남양은 틀림없이 부러운 존재이다. 그러나 실제 남양은 소위 남양론적 인식으로는 도저히 파악될 수 없다." (矢野暢, 『日本の南洋史觀』, 中央公論社, 1979, 164쪽) 다카미 준이 남양으로 파견되기 5년 전인 1936년에 이미 남방에 대한 비대한 환상은 비판의 대상이 되고 있다. 이러한 담론을 염두에 두고 보면 다카미 준의 남방 인식은 소박하고 천진하다는 인상을 지울 수 없다.

산주의자의 활동을 탄압하였다. 말하자면 영국을 대신한 또 다른 제
국의 지배가 버마에서 다시 전개되고 만 것이다.13) 이렇게 볼 때 다
카미 준의 '보도'는 실상과 허상의 균열을 일으키기는커녕 당시의 남
방 담론 질서를 강화하는데 급급했다고 볼 수 있다. 물론 이러한 다
카미 준의 남방 서사는 당시의 언론 통제나 검열의 결과이기도 하지
만, 그보다 그의 남방 재현이 남방에 대한 '통념'과 '시국'이 일으킨
화학반응적 결과였다는 점에는 주목할 필요가 있다.14) 다카미 준이
당시 일본 사회에 팽배했던 남방 담론, 즉 통념에 얼마나 나포되어
있었는지는 다음의 인용문에서도 짐작할 수 있다.

> 황군에 대한 버마인의 헌신적인 협력은 이미 내지에 여러 미담으로
> 보도되고 있어 새삼 말할 필요도 없을 것이다. 버마인들은 황군의 물
> 보급을 위해 멀리서 일부러 물을 운반해 오기도 하고 야자를 가지고
> 오기도 했다. 이러한 버마인의 협력이 황군에게 얼마나 도움이 되는지
> 모른다.
> (高見順(1942)「ビルマ記-前線にて」, 밑줄은 인용자에 의함. 이하
> 동일.)15)

> 버마에 들어 온 중경군의 지독한 약탈과 폭력은 이미 내지 신문에
> 보도된 바 있다고 여겨진다. (중략) 초토화된 만달레이에서 식량을 구
> 할 수 없었다. 그러나 황군이 들어왔다는 소식을 들은 버마인들이 피

---

13) 비교적 친일적인 역사관을 가진 버마의 교과서조차 일본군의 점령에 대해서는
   비판적이다. 이른바 '긴페이타이'(일본어로 헌병대를 뜻하는 겐페이타이(憲兵隊)에
   서 유래)라고 불리는 무수한 잔악행위를 엄중히 규탄하고 있는 것이다.(세가와 마사
   히토 지음·정금이 옮김, 『버마와 미얀마 사이』, 푸른길, 2008, 171쪽 참조.)
14) 中野聰, 『東南亞細亞占領と日本人』, 岩波書店, 2012, 96쪽.
15) 高見順, 『高見順全集 19』, 勁草書房, 1974, 223쪽.

난처로부터 돌아왔다. 이들은 식량을 모으기 위해 분주하게 움직였고 덕분에 황군은 배를 곯지 않게 되었다.

(高見順(1942) 「ビルマ記-マンダレー入城」)[16]

영국군과 중국군이 퇴각하면서 일으킨 약탈과 폭력, 그리고 방화 행위를 강조하면 할수록 일본군의 남방 침공은 그 정당성을 확보하게 된다. 그리고 여기에 버마인의 호응과 협력이 덧붙여질 때 '해방'과 '성전'의 프로파간다는 '신앙'의 차원으로 승화될 수 있다. 허구의 이미지가 현실로 비약하는 데는 이와 같은 과정이 반드시 수반된다. 말하자면 다카미 준의 시선은 이미 내지에 보도된 여러 미담과 신문 보도의 구도에 갇혀있을 뿐만 아니라, 내지의 남방 담론 문법에 동조하고 이를 충실히 재현하는 데 그치고 있었던 것이다.

중요한 사실은 이 같은 아시아태평양전쟁의 명분과 실리에 대해 대부분의 지식인들이 공감하고 있었다는 점이다. 다시 말하면 중일전쟁 이후 남방에서 전개된 아시아태평양전쟁은 서양과 아시아(일본)의 대결 구도를 본격적으로 가시화시켰고, 나아가 아시아의 식민지 해방 욕구와 일본의 '대동아공영권' 구상이 접합할 수 있도록 만들었다. 실제로 「대동아전쟁과 우리들의 결의」(『中國文學』 1941.12)를 집필한 다케우치 요시미(竹內好)의 경우에도 "동아에 새로운 질서를 확립하고 민족을 해방한다는 참된 의의는 심신에 철저한 오늘날 우리들의 결의"[17]라고 밝혔고, 다카미 준 역시 자신의 일기에서 일본의 남방 침략 논리에 저항하지 않고 오히려 협력했다는 점을 시인하며, "태평양전쟁이 식민지 해방의 계기가 된다고 믿었고 전쟁이 지닌 그

---

16) 高見順, 『高見順全集 19』, 勁草書房, 1974, 227쪽.
17) 竹內好, 『竹內好全集 14』, 筑摩書房, 1981, 196쪽.

러한 측면에 '협력'하고 싶었다"[18]고 고백하기도 했다. '해방'과 '성
전'이라는 논리가 '통념'과 '시국'이 만나 일으킨 화학반응의 결과라
할지라도, 다카미 준이 그것을 체화하고 재현하여 남방 담론에 실정
성을 더하고 있었다는 것은 분명한 사실이다. 이는 남방 담론이 가지
는 허구가 실제로 이행되거나 실제가 허구로 이행되는 과정을 여실
히 보여주는 대목이라 할 수 있다.

3. 버마의 부재: 다케야마 미치오 『버마의 하프』

다케야마 미치오의 『버마의 하프』는 그의 이름을 전후 일본사회에
널리 알리게 한 중요한 작품이다. 이 작품은 1947년 3월부터 다음
해 2월까지 약 1년에 걸쳐 아동잡지 『고추잠자리(赤とんぼ)』에 연재되
었고, 연재가 끝난 직후인 3월에는 단행본(ともだち文庫『ビルマの竪琴』,
中央公論社, 1948.3.15)으로 간행되었다. 이후에도 여러 차례 단행본으
로 출간되었고 각종 전집에도 수록되었으며, 1949년에는 '마이니치
출판문화상(每日出版文化賞)'을, 1950년에는 '문부대신상(文部大臣賞)'
을 각각 수상하면서 화제를 모았다. 뿐만 아니라 1956년에는 이치가
와 곤(市川崑) 감독이 영화 〈버마의 하프〉를 제작하여 같은 해 베니스
영화제에서 산지오르지오상을 수상하는 등, 해외에서도 많은 주목을
받은 바 있다.

버마 전선은 일본군의 전사자와 부상자가 속출했던 지독한 전쟁터
로 유명하지만, 『버마의 하프』가 아동잡지에 연재되었던 탓인지 작

---

18) 神谷忠孝·木村一信 編, 『南方徵用作家-戰爭と文學』, 世界思想社, 1996, 39-40
　　쪽에서 재인용.

품에는 전쟁의 참혹함이나 폭력성이 그다지 강조되어 있지 않다. 오히려 이 작품은 적군과 아군이 노래를 매개로 화합하는 모습이나 목가적인 버마의 풍경을 묘사하는 데 집중하고 있다. 반전, 평화, 휴머니즘을 맹목적으로 지지하는 이 작품의 줄거리와 구성은 전쟁, 혹은 전후 책임의 문제를 불문에 부치도록 만들었다는 측면에서 여러 번 비판을 받기도 했다.

다케야마 미치오의 『버마의 하프』가 광범위하게 유통, 소비되어 긍정적으로든 부정적으로든 전후 일본인의 버마 인식에 막대한 영향을 끼친 것은 사실이지만, 이 작품에 '버마' 자체가 부재하고 있다는 점에는 주의가 필요하다. 이 소설은 귀환병사의 회상으로부터 출발하고 있고, 또한 전쟁을 묘사하는 부분도 3일 전에 정전(停戰)되었다는 상황에서 시작되고 있다. 다시 말하면 이 소설의 전제는 "그날 밤, 우리는 이미 3일 전에 정전(停戰)되었다는 것을 알았다", "우리는 무기를 버렸다"이기에, 아시아태평양전쟁에 관한 어떠한 사실과도 단절되어 있는 것이다. 영국군에 의해 일방적, 수동적으로 '이미 3일 전에 정전'되었음을 통보받은 일본군은 초토화된 일본의 '재건'을 위해 어떻게 힘쓸 것인가에 대해 고민하기 시작한다. "만약 일본으로 돌아갈 수 있는 날이 온다면 단 한 사람도 빠짐없이 일본으로 돌아가 재건을 위해 함께 힘쓰자"는 대장의 말은 대원들 사이에서 약속처럼 통용되었고, 이후 미즈시마 상병이 전사자 위령을 위해 홀로 버마에 남게 되었을 때에도 그는 '일본의 재건'에 불참한다는 이유로 비판받기도 했다. 말하자면 『버마의 하프』 속의 일본군에게 '전후'는 이미 시작되고 있었던 것이다.

한편, 이 소설의 주된 메시지는 인류 보편적 평화를 추구하고 적군과 아군의 구분 없이 전사자 모두를 진혼하는 데 있다. 이러한 점에

유의한다면 영국군의 장례식장에 등장한 루비(일본군의 혼)는 일본과
영국의 화해를 대변하는 상징에 다름 아니다. 그러나 일본과 영국의
화해는 버마를 괄호 속에 묶고 제외시킨 가운데 완성된 것이었다. 다
시 말하면 보편적인 인류애, 혹은 진혼의 대상에서 유일하게 버마만
큼은 누락되어 있었던 것이다. 작품 가운데에는 영국인 병사의 납골
당을 건립하는데 일본군 포로들이 동원되고, 이를 계기로 일본군이
영국군 장례식에 참석하는 장면이 있다. 장엄하면서도 화려하기까지
한 영국군의 장례식을 보며 화자는 다음과 같이 감상을 이야기한다.

　　우리는 정중하게 경례했습니다. 지금, 여기에 뼈로 남은 사람들에
　게도 제각기 가족이 있고, 직장도 있고, 또 희망이 있었겠지요. 그들
　은 세상에 잘 알려지지도 않은 버마의 산 속에서 무리한 노역과 격렬
　한 역병으로 쓰러져 갔습니다.
　　다행히도 이들을 위해 지금 정중하고 훌륭한 장례를 치르고 있습니
　다. 이처럼 완전히 달라진 형상이 되었지만 결국은 자신이 태어난 고
　향과 나라의 흙으로 돌아가 평온하게 쉴 수 있을 것입니다. (중략) 장
　례식을 치르는 데 우리가 조금이라도 보탬이 된 것이 기뻤습니다.
　　우리는 살아남았습니다. 포로가 되었지만 이들처럼 엄청난 일은 겪
　지 않았습니다. 때가 되면 고국으로 돌아가 일을 할 수 있습니다. 우리
　는 깊은 슬픔에 견딜 수 없었습니다.[19]

　영국군 납골당 건립에 참여하게 된 것을 다행으로 여기며, 자신이
살아남았음을 수치스럽게 여기고 사자를 애도하는 이 같은 감정은
일본인이 일본군 전사자를 위령할 때 일어나는 심리와 유사하다. 물
론 작품 전체의 기저가 '진혼', '인류애'라는 점을 염두에 둔다면 국

---

19) 竹山道雄, 『昭和文學全集 28』, 小學館, 1989, 464-465쪽.

경을 초월한 전사자 애도가 전혀 이해되지 않는 것은 아니다. 그러나 문제는 버마 사람들의 죽음에는 '진혼'과 '인류애'라는 상상력이 전혀 동원되지 않는 데 있다. 위에서 인용한 영국군에 대한 애도를 다음의 본문과 비교해 보자.

> 버마인들은 죽는 것을 두려워하지 않습니다. 그들은 인간은 반드시 한 번은 죽는다, 죽음을 통해 이 세상의 번뇌로부터 구원받는다, 죽음으로 인간은 근본으로 돌아간다, 라고 믿고 있습니다. 버마인은 임종을 맞이하는 사람에게 그 사람이 생전에 행한 선행 등을 이야기해 줍니다. 사후에는 부처님이 이끄는 더 좋은 곳으로 간다고 믿고 안심하고 있습니다.(중략)
> 어디에 가도 버마인들은 즐거워 보입니다. 사는 일에도 죽는 일에도 언제나 방긋방긋 웃습니다. 이 세상의 일이나 저 세상의 일, 성가신 것은 모두 부처에게 맡기고 욕심 없이 담백하게 농사짓고 노래하고 춤추며 그 날 그 날을 살아갑니다. 버마는 평화로운 나라입니다. 약하고 가난하지만, 이곳에는 꽃과 음악과 체념과 햇빛과 부처님과 미소가 있습니다.[20]

"버마인들은 죽는 것을 두려워하지 않습니다", "사는 일에도 죽는 일에도 언제나 방긋방긋 웃습니다" 등으로 버마인의 사생관을 설명하는 방식은, 통렬한 슬픔을 동반하는 영국군의 죽음과 큰 대조를 이룬다. 그리고 미즈시마가 "(일본군 전사자의) 무덤을 만들어 백골을 매장하고 죽은 영혼들이 편히 쉴 수 있도록 일하는 것"을 일생의 목표로 삼고 버마에 승려로 남은 것을 염두에 둔다면, 일본군의 죽음 역시 장엄하고 숭고하게 다루어지고 있음을 알 수 있다. 영국군과 일본군은 모두 전쟁의 수난 속에 목숨을 잃은 '희생자'로 통합되어 진혼의 대상이 되지만, 버마의 경우는 이들의 진혼 행위 후면에 감춰져 흔적조차 보이지 않았다. 버마인의 죽음은 부처님이 이끄는 것처럼 운명적이고 숙명적인 것이기에 그들의 죽음이란 지극히 자연스러운 결과라는 차별적인 논법은 『버마의 하프』 전체를 관통하는 일관된 서사이기도 하다.21)

인종주의에 입각하여 버마를 괄호 속에 묶어 소외시키고 오로지 영국과 일본만을 진혼의 대상으로 삼는 것이 문제가 되는 것은 버마가 안고 있는 전쟁 경험 때문이다. 주지하다시피 1942년 1월에 일본은 버마 침공을 개시하여 3월에는 랑군을 점령하고 5월에는 버마 전 영토를 점령하였다. 이후 약 3년간 일본은 버마를 통치하게 되는데, 영국으로부터 버마의 독립을 지켜내겠다는 처음의 약속은 지켜지지 않았고, 일본은 강압적으로 버마를 통치했다. 이러한 가운데서도 영국군은 지속적으로 게릴라 전법을 사용하며 일본을 공격하여 양자의 대립과 피해는 더욱 극심해져 갔고 그 소용돌이 가운데 버마는 장기간 노출될 수밖에 없었다. 이와 같이 버마는 영국과 일본 양자로부터 연속적으로 강압적인 통치를 겪어야 했지만 『버마의 하프』에는 버마(인)가 소실되어 있다.

---

21) 이러한 인종주의가 극명하게 드러나는 부분은 미즈시마가 버마의 식인종과 조우하는 부분이다. 미즈시마의 눈에 비친 버마의 식인종은 "대부분이 알몸이고 온 몸에는 상처를 내어 문양을 세기거나 문신을 하고 있었다. 손목과 발목에는 쇠 장신구를 채우고 있었다. 눈은 세모꼴로 치솟아 있었고 입술은 두껍게 도드라져 보였다." 기괴스러운 이들의 신체 묘사에는 버마인에게 문명을 전하도록 운명 지워진 고상하고 우월한 일본과 미개한 버마라는 도식이 전제되어 있다. 일본인을 문명화되지 않은 버마인으로부터 구별시키고 영국인과 동렬로 취급하려는 이 같은 인종의 위계 질서는 다케야마 미치오의 서양숭배와 국수주의를 대변한다.(사카이 나오키 저, 최정옥 역, 『일본, 영상, 미국』, 그린비, 2008, 161-162쪽.)

그런데 버마가 부재한 『버마의 하프』의 탄생은 이미 예견된 것이었는지 모른다. 다케야마 미치오는 영국군과 일본군이 대치하는 가운데서도 '즐거운 나의 집(home home sweet home)'이라는 영국 민요를 같이 부르며 서로 화해하는 줄거리를 완성시키기 위해 소설의 무대를 중국이 아닌 버마로 결정했다고 이야기한 바 있다. 그리고 단한 번도 버마에 다녀온 적은 없지만 학창시절에 대만을 방문했던 경험을 토대로 열대 지방의 풍토를 그려나갔다고 고백하였다.[22] 작가가 버마를 실제로 방문했는지 하지 않았는지는 그다지 중요하지 않다. 오히려 여기에서 지적하고 싶은 것은 일본군과 영국군의 화해를 그리기 위한 플롯이 선행되었기 때문에 버마가 부재될 수밖에 없었다는 사실이다.

버마에 대한 상상력을 주도한 이 작품에서 버마 혹은 버마인의 모습을 찾을 수 없다는 것은 아이러니한 일이다. 그러한 의미에서 마쓰모토 쓰네히코가 "버마문화에 대한 무지와 몰이해로 넘치는 작품이 전후 일본인에게 버마 인식과 이미지를 규정시킨 가장 큰 이유는 전후 일본인에게 있어서 돌아오지 않은 사람, 유골에 대한 강렬한 생각이 미즈시마를 지지하고, 돌아오지 않은 사람의 장소를 제2의 고향으로 만들어 버렸기 때문이다"[23]고 말한 것은 적확한 지적이라고 할 수 있다. 즉, 이 작품의 방점은 버마가 아니라 전사한 일본군이 돌아오지 않는 제2의 고향이라는 어떤 '장소'에 있다. 극단적으로 말하면 전사한 일본군과 그들 유골에 초점을 둘 때 이 작품의 배경

---

22) 竹山道雄, 「ビルマの竪琴ができるまで」, 『新女苑』, 1954.1, 松本常彦・大島明秀, 『九州という思想』, 九州大學大學院比較社會文化研究院, 2007, 275쪽에서 재인용.
23) 松本常彦・大島明秀, 『九州という思想』, 九州大學大學院比較社會文化研究院, 2007, 279쪽.

은 버마가 아니라 남방에 위치한 어느 국가로 치환시켜도 무방하다.
영국군과 일본군의 화해가 이루어질 수 있는 장소이어야 한다는 단
서는 붙겠지만, 전사한 일본군을 진혼할 수 있는 장소라면 어디든지
허용할 수 있는 것이다.

　버마를 경험한 다카미 준과 그렇지 않은 다케야마 미치오의 작품
중에서 어느 쪽이 버마 사람들의 '실제'와 가까운가를 묻는 것은 그
다지 유효한 질문이 되지 않는다. '실제'와는 상관없이 이들의 작품
에서 재현된 버마, 버마인은 허상이 실상이 된 '효과의 일부분'이라
이야기하는 것이 가장 정확한 판단일 것이다.

4. '적극적인 보수성'에 대한 엇갈린 평가

　『버마의 하프』에서 확인할 수 있는 스테레오 타입의 남방 담론은
일찍부터 비판의 대상이 되어 왔다. 이 작품이 단행본으로 간행되고
각종 상을 수상하며 화제를 모을 무렵, 다케우치 요시미는 "버마인
들은 모두 무지하고 게으르며 현대생활에 적합하지 않다는 인상"을
이 작품이 조장하고 있다고 지적하며, 작품의 근본에는 인간멸시와
퇴폐 사상이 잠복되어 있다고 강도 높게 질타한 바 있다.[24)]

　다케우치 요시미가 지적한 '미개'한 남방 담론은 다카미 준의 종군
기록에서도 발견된다. 다카미 준은 「버마의 문화-미개적 독자성」
(1943)이라는 글에서 인도와 중국 사이에 위치한 버마가 양쪽의 고대

---

24) 竹內好, 「『ビルマの竪琴』について」, 『文學』, 1954.12, 長谷川潮, 『子どもの本に描
　かれたアジア・太平洋-近・現代につくられたイメージ』, 梨の木舍, 2007, 238쪽에
　서 재인용.

문명을 수용하기에 용이했음에도 불구하고 그 영향을 찾아보기 힘든 것을 비판적으로 언급한 바 있다. 그는 버마가 '역사적인 문화의 빈곤성, 즉 미개라고도 할 수 있는 빈약한 문화 전통'을 가지게 된 것은 '우수한 외래문화를 흡수하려는 노력이 전혀 보이지 않는', '매우 보수적'인 버마인의 성격 탓이라고 지적했다. 그러나 지금의 버마는 일본문화에 대해 치열한 연구열을 올리고 있다며, 일본을 매개로 한 버마의 발전 전망도 잊지 않고 언급하고 있다.25) "퇴영과 미개에 기반한 보수적인 버마인을 일본의 지도로 향상시켜야 한다"고 반복하는 다카미 준의 주장은 당시의 남방 담론에 내재된 선전의 정치학을 그대로 옮겨놓은 것에 다름 아니었다.

그런데 전통과 근대, 비합리와 합리, 미개와 계몽 등의 이분법에 온전히 수렴되는 『버마의 하프』의 구조와는 달리, 다카미 준의 문장에는 전통 혹은 미개에 대한 또 다른 해석이 개입되어 있었다.

> 버마에 온 지 벌써 반년 이상이나 지났지만, 그 동안 버마인이 양복을 입은 모습은 본 적이 없다. 양복을 입은 버마인을 단 한 번도 만나보지 못한 것이다. (중략) 버마인은 어떠한 직업, 어떠한 계급에 속해 있더라도 반드시 론지를 입는다. (중략)
> 버마인의 론지 차림은 미개성을 나타낸다기보다 그들의 강한 보수성을 대변하는 것이라 여겨진다. 게다가 예전에 버마는 양복을 입는 영국인이 지배한 곳이다. 조금 과장되게 말하면 양복은 지배의 상징이자 우수성의 상징이다.
> 버마인의 마음 한 구석에 그러한 양복에 대한 동경이 전무하다고는 생각하지 않는다. (그러나) 그들은 단호히 양복을 거부했다. 거부 심리가 강했다. 바로 이 점에 일종의 적극적인 보수성을 발견한다면 나

---

25) 高見順, 『高見順全集 19』, 勁草書房, 1974, 289쪽.

의 독단에 지나지 않는 것일까. (중략)

전반적으로 버마인은 문화적으로 대단히 뒤쳐져 있다. 미개라고 말
해야 할 점도 적지 않다. 그것은 교활한 영국식민지 정책의 결과다.
나는 론지 차림의 버마인이 가지는 보수성을 칭찬하고 있는 것은 아니
다. 거기에는 다른 모든 곳에서 보이는 퇴영적인 보수성과 감추기 힘
든 반미개성도 보인다. 금후 일본이 지도하여 퇴영과 미개에 기반한
보수성으로부터 버마인을 향상시켜야 하겠지만, 그러한 때에 일면의
보수성도 충분히 고려하지 않으면 안 될 것이다.

(高見順(1943)「ビルマ雜記-洋服を着ないビルマ人」)[26]

일반적으로 버마 사람은 태만하다고 한다. 태만하다고 정평이 나
있다. (중략) 그러나 그 정평에 영국인의 선전도 관계한 것에는 주의가
필요하다. 론지를 그 태만의 상징으로 보는 경향이 있다. 또는 론지를
태만의 원인으로 간주하기도 한다. 아무 것도 하지 않고 빈둥거리는
데는 적합하지만 일 하기에는 부적합한 론지를 버려야 한다는 것이다.
단호하게 론지 대신 반바지를 입고 태만에서 벗어나야 한다는 것이다.
"버마인이여. 론지를 벗어라"라는 문장을 현지에서 본 적도 있다.

버마인을 위한 그런 조언에는 나도 찬성이지만, '론지를 벗어라'라
는 말까지 한다면 눈살을 찌푸리지 않을 수 없다. 불필요한 참견이라
고 말하지 않을 수 없는 것이다. 론지에 대한 버마인의 감정은 보수적
인 집착이라고만 할 수 없는 부분이 있다. 버마인을 향해 론지를 벗으
라고 가벼이 말한다면, 그 말을 한 사람이 상상하지도 못한 의외의
반발이 일어날 것이다. (중략) 언젠가 버마인 스스로 론지 폐지를 부르
짖는 날이 올지도 모르지만, 그렇다고 해서 당장에 외부 사람이 론지
폐지를 버마인에게 강요하는 것은 바람직하지 않다.

(高見順(1944)「ビルマの印象-ロンジーに就いて」)[27]

---

26) 高見順, 『高見順全集 19』, 勁草書房, 1974, 277-278쪽.
27) 高見順, 『高見順全集 19』, 勁草書房, 1974, 347-350쪽.

다카미 준은 버마의 전통 복장인 론지를 통해 버마의 보수성을 지적함과 동시에 이를 퇴영, 반미개의 상징이라고 분석하고 있다. 그러나 버마의 보수성을 퇴영적인 것이나 미개적인 것으로 성급하게 단정 짓고 있지는 않다. 그는 "버마인의 론지 차림은 미개성을 나타낸다기보다 그들의 강한 보수성을 대변"하는 것이며, 특히 영국의 식민지 하에서도 버마인이 양복을 거부하고 론지만을 고집한 것은 "일종의 적극적인 보수성"으로 해석할 수 있다고 했다. 다시 말하면 론지는 버마의 고유성 혹은 정체성의 기표이며, 이는 근대라는 이름으로 간단히 유기시킬 수 없는 버마의 고유 사상이기도 한 것이다.

또한 다카미 준은 버마의 의복 풍습이 영국의 식민지 지배를 부정하는 지반을 형성하였다고도 보았다. 그가 보기에 '지배의 상징이자 우수성의 상징'인 영국의 양복을 끝까지 거부한 버마의 태도는 근대적 사고나 유럽 중심적 사고에 대한 철저한 저항에 다름 아니었다. 그럼에도 론지를 태만의 상징으로 간주하거나 버마의 문화를 미개하다고 판단하는 것은 '교활한 영국식민지 정책'과 '영국인의 선전'때문이다. 즉, 버마가 곧 미개하다는 도식은 영국의 작위적인 정치 선동의 산물에 지나지 않는다. 물론 다카미 준의 이러한 분석은 버마 점령을 보다 효율적으로 운용하기 위한 일종의 포석이기도 했다. 버마의 '일면의 보수성'을 충분히 고려한 위에 일본의 지도가 이루어져야 할 것이라는 그의 당부가 이를 반증한다. 그러나 적어도 다카미 준이 조망한 버마의 의복 습관은 영국의 오리엔탈리즘이나 일본의 옥시덴탈리즘, 혹은 에스노센트리즘 모두에 거리를 두게 만들고 있으며 가치론적 전도를 유도하고 있다고 볼 수 있다. 흥미롭게도 다케야마 미치오의 『버마의 하프』에서도 의복에 관한 논쟁을 찾을 수 있다.

　도시에 사는 버마인도 양복을 입지 않습니다. 폭이 넓은 전통 복장을 하고 있습니다. 세계무대에 서는 정치인도 양복을 입으면 국민의 인기를 얻지 못하기에 항상 버마 옷을 입습니다. 이는 버마인이 아직 옛날에 머물러 있으며 일본인처럼 변하지 않았기 때문입니다.(중략)

　우리의 논쟁은 점차 이렇게 전개되었습니다. 평생에 한번 군복을 입어야 하는 의무와 가사를 입어야 하는 의무가 있다면 그 원인은 이런 것이다. 말하자면 인간이 살아가는 방법이 다른 것이다. 그런데 이러한 마음가짐과 태도, 세계와 인생에 대한 이 같은 삶의 방식 중에 어느 쪽이 좋은 것일까. 어느 쪽이 진보한 것일까. 국민으로서, 인간으로서 어느 쪽이 우위에 있는 것일까.

　버마에 대해 항상 나쁘게 말하는 사람이 말했습니다. ―이렇게 약해 빠진 나라가 있을 수 있는가. 전등도 기차도 모두 외국인이 만들어 주었다. 버마인은 얼른 론지를 벗고 바지를 입어라. 근대적으로 되어라.(중략)

　이에 반대하는 사람이 말했습니다. ―아니, 가사를 양복으로 바꾼다고 해서 인간이 행복해진다는 보장은 없다. 실제로 일본인은 이렇게 되어 버렸다. 일본인뿐만 아니라 세상은 이렇게 되고 말았다. 인간이 우쭐해 하며 고집을 부리고 뭐든지 마음대로 하는 방식은 이제 통하지 않는다. 조금은 나아졌다고 해도 전체적으로 보면 더 나빠졌다.(중략)

　군복과 가사 논의는 언제나 이런 식이 되어 버려 어느 쪽이 좋은지 정확히 결정할 수 없었습니다. 하지만 마지막에는 대개 다음과 같이 결말이 났습니다.

　―버마인은 생활 구석구석까지 깊은 가르침에 따르고 있다. 이를 미개하다고는 도저히 말할 수 없다. 우리가 알고 있는 것을 그들이 모른다고 해서 무시하는 것은 큰 잘못이다. 그들은 우리들이 생각도 못하는 훌륭한 것을 지니고 있다. 다만 이것만으로는 충분치 않다. 예를 들어 우리와 같은 사람이 외부에서 쳐들어갔을 때 자신을 방어하지 못하기 때문에 불리한 입장에 서게 되는 것이다. 조금은 현실적으로

생각하지 않으면 안 된다. 세상을 그저 무의미하다고 정할 것이 아니
라, 조금 더 삶을 소중하게 여겨야 할 것이다.[28)

　버마의 의복 습관에 대한 다케야마 미치오의 이해를 위의 인용문
에서 분명하게 확인할 수 있는 것은 아니다. 버마인의 생활을 '미개'
하다고 판단할 수 없다며 그 평가를 보류하는 부분이나, 근대적 가치
를 의문시하는 부분을 볼 때, 적어도 군복과 가사 논쟁에 있어서 어
느 한쪽이 다른 한쪽의 주장을 압도하고 있다고 보기는 어렵다. 마쓰
모토 쓰네히코의 세밀한 분석에 의하면 위의 인용문은 단행본을 간
행할 때 추가된 부분으로, 다케야마 미치오가 다카미 준의 종군기록
을 적극적이고 의식적으로 차용, 편집했다고도 볼 수 있다.[29) 그렇
다고 해서 다케야마 미치오가 다카미 준의 경우와 같이 버마의 의복
습관에서 '적극적인 보수성'을 발견한 것은 아니었다. 일본이 선점한
근대, 도시, 산업, 문명 등의 대척점에는 여전히 버마가 존재하고 있
고, 특히 버마의 전통 의복은 문명화의 척도를 가늠하게 하는 기준으
로 작동하여 제국 일본과 식민지 남방 사이의 경계를 분명하게 만들
고 있었다. 미개문명에 대한 다케야마 미치오의 찬미는 "미개문명을
담당한 자들에 대한 치유하기 어려운 멸시 위에 세워진, 일종의 역겨
운 겉치레 인사말의 영역에서 떠도는 것"인지도 모른다.[30)
　『버마의 하프』에서 전개된 군복과 가사 논쟁은 화자(귀환 병사)가 미
즈시마 상병에 대해 평가하는 부분에서 결착된다. 미즈시마는 일본군

---

28) 竹山道雄, 『昭和文學全集 28』, 小學館, 1989, 446-447쪽.
29) 松本常彦・大島明秀, 『九州という思想』, 九州大學大學院比較社會文化研究院, 2007, 291쪽.
30) 사카이 나오키 저, 최정옥 역, 『일본, 영상, 미국』, 그린비, 2008, 145-146쪽.

전사자의 시신을 정리하고 그들의 넋을 달래기 위해 부대로 돌아가지 않고 승려로 남고자 했다. 모두가 일본으로 귀환하는 가운데, 홀로 버마에 남아 전사자를 위령하게 된 미즈시마는 고귀한 승려의 신분을 가지고 있지만, 시점을 바꾸어 생각하면 그는 군복대신 가사를 입고 가짜 승려 행세를 하는 탈주병에 지나지 않는다. 작품 가운데는 화자의 시선을 통해 이러한 측면이 고발되어 있다. 화자는 미즈시마가 대장의 말도 듣지 않고 탈주병이 되었다고 지탄하며, 미즈시마가 대원들은 물론이고 일본마저도 저버리고 만 셈이라고 개탄했다.

> 당치 않게도 미즈시마는 탈영병이 되었고 우리에게 돌아오지 않았습니다. ─ 이 일은 우리에게 큰 타격을 주었습니다. 그는 휴전 후에 대장이 한 말도 어겼고 동료들과의 우정도 외면했습니다. 그는 우리 부대를 버렸습니다. 일본조차 버리고 말았습니다. 우리의 조국은 지금 비참한 모습이 되어 일본인끼리 조차 다투고 책망하며 비방하고 있습니다. 그런 조국을 내버려 두어도 좋은 것일까요. 모두 속죄하고 힘을 합쳐 나라를 바로 세우려는 애정이 일어나지 않는 것일까요? 우리는 한탄했습니다. ─미즈시마는 일본으로 돌아가 힘든 상황을 견딘다는 생각은 않고 그것보다 스님이 되어 이국에서 편하게 살고 싶은 것일까요.[31]

미즈시마에 대한 화자의 비판은 꽤 강도가 높은 것이었다. 화자는 미즈시마와 고참병을 비교하며, 색이 바랜 옷을 입고 배를 곯는 생활을 견디면서도 국가의 재건을 위해 성실하게 노력하는 고참병이야말로 '진정한 국민(本當の國民)'이라고 강조했다. 이런 고참병과 비교했을 때 버마에 승려로 남은 미즈시마의 선택은 안이하며 비겁하다. 이

---

31) 竹山道雄, 『昭和文學全集 28』, 小學館, 1989, 472쪽.

와 같은 화자의 시선은 작품의 전개를 지배하거나 주제를 전회시킬
정도의 힘을 가지고 있지는 않다. 그러나 군복과 가사의 논쟁에서 확
인할 수 있었던 전통과 근대의 길항관계는 미즈시마에 대한 화자의
평가에서 이미 결착이 났다고 볼 수 있다. 즉 다케야마 미치오는 다
카미 준의 글을 의식적으로 절취하여 군복과 가사의 의미를 전유한
것은 분명하지만, 군복과 가사의 의미가 작품 전반을 지배하는 이분
법적 구도를 해체시키지는 못했다. 오히려 군복과 가사의 논쟁은 작
품의 흐름을 방해하고 있다고 볼 수 있다. 다카미 준이 전쟁 중에 발
견한 버마의 '적극적인 보수성'은 다케야마 미치오로 이어지면서 그
맥락이 소실되어 결국 퇴영적 산물의 잔여로만 남게 되었던 것이다.

5. 이마골로기 정치와 타자

  1945년 8월 15일, '전쟁종결의 성단(聖斷)'을 접한 다카미 준은 복
잡한 심경을 토로하면서도 "버마는 어떻게 되는 것인가. 버마는 반
드시 독립을 했으면 좋겠다. 나는 버마를 사랑한다. 버마인을 사랑
한다. 일본이 어떠한 모습이 되든지 동양은 해방되어야만 한다. 인
류를 위해 동양은 해방되어야 한다. 그늘에 묻힌 동양! 애처로운 동
양! 동양인도 또한 서양인과 마찬가지로 인류인 것이다. 인류이어야
한다."[32]며 버마의 독립과 남방의 해방을 강렬하게 염원하였다. 이
러한 문구는 버마에 대한 다카미 준의 깊은 애정과 관심을 보여줄 뿐
만 아니라 식민지 해방을 슬로건으로 내세운 '대동아전쟁'의 논리가

---

32) 高見順, 『敗戰日記』, 文系春秋, 1991, 253쪽.

여전히 다카미 준의 내면을 지배하고 있음을 알 수 있게 한다.

그러나 버마전선에서 다카미 준이 확인하였던 버마의 '적극적인 보수성'은 패전 후의 그에게 어떠한 환기도 일으키지 못했던 것 같다. 점령군의 지배하에 놓이게 된 패전 일본의 거리에는 미군과 알파벳이 넘쳐나고 미군에게 구걸하는 걸식과 같은 일본인이 들끓었지만, 다카미 준은 이를 그다지 비위에 거슬려 하지 않았다. 특수위안시설의 여성과 미군이 만들어내는 굴욕적인 장면을 마주할 때도 이같은 분위기가 하루빨리 자연스러워져서 아름다운 '사교'가 이루어지기를 바란다고 말하기도 했다. 물론 이는 체념을 동반한 심리적 전환이겠지만, 중요한 점은 이때 그가 체득한 버마의 '적극적인 보수성'이 어떠한 참고도 되지 못했다는 것이다. 다시 말하면 영국과 버마의 관계는 패전 후의 점령군(미국)과 일본의 관계로 치환될 수 있는 상황이었고, 론지에서 읽을 수 있는 버마의 저항, 즉 '적극적인 보수성'을 패전 일본이 참조항으로 삼을 수도 있었지만 다카미 준의 사고는 여기까지 나아가지 못했다. 결국 버마에 대한 다카미 준의 사랑과 관심은 대동아전쟁이 증폭시켜 놓은 남방 담론의 자장 안에서 완결되고 있었던 것이다.

문제는 남방 혹은 대동아라는 수사 장치가 작동하는 담론 안에서 버마는 언제나 '대상'으로 소비되고 있다는 점이다. 그 대표적인 예가 다케야마 미치오의 작품 『버마의 하프』라 할 수 있다. 이 작품은 대동아전쟁은 물론이고 버마와 어떠한 형태로도 연루되지 않으면서 버마에 대해 논할 수 있다는 사실을 역설적으로 확인시켜 주었다. 이러한 문학적 재현 안에서 버마가 존재하고 또 광범위하게 유통될 때 '퇴영'적이고 '미개'한 버마 이미지는 현실보다 더 현실적인 효과를 가지게 된다. 그리고 이 같은 서사가 반복되는 가운데 차별의 기제는 정형화되고 심화된다. 타자에 대한 폭력적인 이마골로기 정치는 바로 이와 같은 과정을 통해 이루어지는 것이다. 지금도 여전히 '남방'은 역사적 주체로 등장하지 못하고 있다. 남방의 현실을 표상 양식으로 전경화시키는 것이 아니라 현실이 오히려 이미 제한되어 있는 표상 양식을 따르고 있기 때문일 것이다.

/ 조정민

제2부

일본 마이너리티 문학의 단층

재일코리언 김학영의 문학과 현세대의 '벽'

1. 재일 전 세대 문학에서 현세대 문학으로

　오늘날 세대 차이가 난다고 할 때 세대 간의 시간적 차는 그렇게 많은 기간을 의미하지 않는다. 386세대만 해도 10년 단위로 묶고 있으며 이러한 세대 간의 시간적 격차는 정보매체의 발달과 함께 더욱 그 간격을 좁혀갈 것이다. 일찍이 유럽에서는 세대라는 개념을 부모 대와 자식 대를 기본으로 삼아 사람이 태어나서 성인이 될 때까지 약 30년, 성인이 되어 활동하는 기간을 역시 30년으로 잡고 부자간의 역할 교대에 필요한 세월로 보았음[1]을 상기할 때, 오늘날의 세대 간 역할 교대에 필요한 기간은 과히 짧다 하지 않을 수 없다. 이러한 경향은 문학사에서도 그대로 드러난다. 티보데가 19세기 프랑스 문학사를 세대별로 나누어 30년 단위로 묶었었는데 그것이 일본으로 들어오면서 10년 단위로 묶여졌고 최근에는 전전파, 전중파, 전후파라는 식으로 5, 6년 단위로 구분하는 경향까지 나타난다.[2] 실제로 우스이 요시미(臼井吉見)의 『대정 문학사』나 히라노 겐(平野謙)의 『쇼와 문학사』가 그러하다. 그렇다면 재일코리언 문학은 어떤 기준으로 어

---

1) 中村光夫, 『明治文學史』筑摩書房, 1985, 9쪽.
2) 中村光夫, 위의 책, 9쪽.

떻게 구분하는 것이 바람직할까. 여기에는 시대적 역사적 관점에 따라 그 의견이 분분할 수밖에 없다. 세대별로 나누어 1세대 문학(김사량, 김달수, 김석범 등), 2세대 문학(이회성, 김학영, 양석일 등), 3세대 문학(이양지, 유미리, 이기승 등)으로 구분하는 경우3)도 있고, 세대 간이 아닌 초창기, 저항과 전향문학기, 민족 현실 문학기, 사회고발 문학기, 주체성 탐색 문학기로 구분하는 경우4)도 있다.

물론 이러한 시대구분에는 세대 간 내지 시대별로 중첩되거나 가변적인 부분도 없지 않다. 하지만 분명한 사실은 재일코리언 문학의 주제의식과 성격을 감안해 보면 재일코리언 1세대 문학과 2세대 문학의 지향점이 다르다는 것이다. 이른바 1세대 문학은 조국/민족과 떼려야 뗄 수 없는 삶이었던 만큼 고향(조국과 민족)을 떠나서 생각할 수 없는 향수와 반항으로 점철하고 있으며 2세대 문학은 원체험이 없었던 고향(조국이나 민족)보다는 과거의 역사 위에 현실적인 '벽'으로 표상되는 고뇌와 좌절을 천착한다고 할 수 있다.

이렇게 볼 때 전 세대로부터 전가된 과거 역사의 연장선상에서 조국이 아닌 일본식으로 체화된 현세대는 자신들의 아이덴티티 문제를 떠안을 수밖에 없고, 그 문제에 대한 해결 없이는 과거, 현재, 미래 그 어디로부터도 자유로울 수 없는 운명인 것이다. 따라서 전 세대는 현세대에게 역사적/정신적으로 중요한 위치를 차지하며 현세대는 1차적으로 전 세대를 극복해야만 하는 과제를 안게 된다. 이러한 재일코리언의 특수한 사회문화적 지점을 감안할 때 재일코리언 문학을 세대별로 나누어 생각하는 것은 합리적이라고 할 수 있다.

이 글에서는 재일코리언 문학이 세대별로 뚜렷한 차이점을 드러내

---

3) 유숙자, 『在日한국인 문학연구』, 月印, 2000, 25쪽.
4) 이한창, 「재일교포 문학연구」, 『외국문학』, 열음사, 1994, 80쪽.

는 만큼 전 세대와 현세대가 안고 있는 현실에서의 문제들을 '벽'으로 보고 그 '벽'의 실체에 접근해 보고자 한다. 특히 전 세대의 일그러진 모습과 현세대의 좌절과 고뇌를 사실적으로 그려낸 재일코리언 2세 작가 김학영의 작품을 통해 그 '벽'의 실체를 알아보고 현세대가 어떠한 자의식으로 현실을 극복해 가는지 고찰해 보고자 한다. 그리고 김학영을 작가의 길로 끌어들이는데 결정적인 역할을 한 것으로 알려진 시가 나오야(志賀直哉)의 대표작 『암야행로』와 그의 작품을 비교하면서 그의 문학의 독창적 지점을 살펴보고자 한다.

2. 김학영 문학을 통해 본 아버지상

대체적으로 재일코리언 1세대 문학에서는 주인공이 1세대 자신들로서 조국의 운명과 함께 했던 만큼 민족의식이 강하게 묻어나고 2세대 문학에서는 해방 이후 일본에서 태어난 동포 2, 3세대, 즉 현세대가 대부분으로서 민족적 아이덴티티를 둘러싼 방황과 고뇌가 주된 테마이다. 당연한 일이지만 살아온 역사가 다른 만큼 전 세대와 현세대의 세계관과 지향점은 다를 수밖에 없다. 예컨대 김사량, 김달수, 김석범의 문학이 일제강점기 조선인의 반항이나 향수로 표상되는 조국애를 그렸다면 이회성, 김학영, 이양지 문학은 과거와 현실, 조국과 일본, 한국인과 일본인 사이에서 펼쳐지는 경계의식과 열등의식을 천착했다고 할 수 있다.

이러한 문학적 경향에는 전·현세대 간의 교차 연속적인 요소가 적지 않다는 점이 전제되기 마련이다. 물론 조국에서의 원체험, 즉 '조선'에서 태어나지도 '조선말'을 배우지도 않은 재일 현세대로서는

과거 지배국이었던 일본에서 '조선' '조선인'이라는 이유만으로 전가
된 운명적 요소가 벅찰 수밖에 없다. 김학영 문학에서 현세대의 좌절
과 고뇌는 기본적으로 이러한 전 세대가 남겨놓은 과거 역사적 '부
(負)'를 어떻게 수용하고 극복하느냐 하는 문제의식에서 출발한다고
할 수 있다. 먼저 김학영 문학에서 전 세대, 즉 재일 현세대의 아버
지는 어떻게 그려지고 있는지부터 살펴보기로 하자.

김학영 문학의 아버지상은 크게 세 가지 형태로 이해할 수 있다.
첫째는 가정 내에서의 폭군이라는 이미지이며, 둘째는 일가족을 책
임지는 생활력 강한 현실주의자, 그리고 셋째는 고향(조국과 민족)을
향한 끊임없는 애증(愛憎)의 감정이 그려진다.

> 어머니는 나의 손을 끌고 나는 도자(道子)의 손을 끌고 나막신 소리
> 를 내며 걷고 있었다. 집을 나서 한동안 걸어가고 있을 때 조용한 밤길
> 을 누군가가 뒤에서 쫓아오는 소리가 들렸다. 그 소리가 가까워졌다고
> 생각하는 순간 내 손을 잡고 있던 어머니 손이 떨어졌고 곧바로 어머
> 니는 콘크리트 맨바닥에 내동댕이쳐졌다. "으악!" 고요에 잠긴 겨울
> 밤하늘을 관통하는 날카로운 비명소리가 내 가슴을 꿰뚫고 곧이어 아
> 버지의 고함소리가 맹수의 소리로 내 앞에서 울렸다.[5]

> 돼지를 죽일 때 둘은 언제나 군인을 연상케 하는 독특한 옷차림을
> 한다. 따라서 방례(芳禮)는 아버지의 복장만 보아도 또 돼지를 잡는다
> 는 것을 알 수 있다. 그럴 땐 둘 모두 눈가에는 살기가 감돈다. 마치
> 돼지가 아닌 사람을 죽이기라도 하듯이 무서운 얼굴표정으로 바뀐다.
> 특히 그 무렵 대머리였던 창일(昌一)은 얼굴이 원래부터 인왕상 모습
> 인데 더 한층 무서운 형상으로 바뀐다. 돼지만이 아니다. 소와 양을

---

5) 金鶴泳, 「凍える口」, 『金鶴泳作品集成』, 作品社, 1986, 69쪽.

잡는 일도 있었다.(중략) 아버지 손이 움직일 때마다 거적 위의 양의 다리가 움직였다. 아버지와 창일의 손에는 부엌칼이 들려져 있었고 손이 움직일 때마다 기익 기익 고기가 잘리는 소리가 들려오는 듯했다. 그 귀여운 양을 생각하니 방례는 숨이 막혔다. 자신의 몸이 잘리는 듯한 통증을 느끼며 자신도 모르게 소름이 끼쳐 도망치듯 오두막집을 뛰쳐나왔다.[6)]

인용문의 전자는 김학영의 문단 데뷔작『얼어붙은 입』에 등장하는 주인공 '나'의 유일한 친구 이소가이(磯貝)의 아버지가 가정 폭력을 휘두르는 장면이고, 후자는『자갈길』에서 아버지가 곱창 집을 열고 밀도살을 일삼는 과정을 현세대인 방례가 훔쳐보는 장면이다. 이러한 아버지의 잔혹한 가정폭력과 내세울 것 없는 직업은 김학영의 다른 소설에서도 그대로 그려진다. 예컨대 아버지로 표상되는 전 세대의 폭력적인 장면으로는『알콜램프』에서 주인공 준길(俊吉)의 아버지가 막내딸이 일본인과 사귄다는 이유로 머리카락을 자르는 장면,『착미』『겨울의 빛』에서 현세대로 하여금 생지옥을 떠오르게 하는 대목이 그러하다. 또한 직업적으로는『얼어붙은 입』에서 '나'의 아버지는 막걸리를 팔고 있으며,『유리층』에서 귀영(貴映)의 아버지는 고기 집을 운영하고 있고,『알콜램프』의 전 세대인 인순은 일제강점기에 강제로 연행되어 탄광노동과 당구장으로 전전하는 형태로 그려진다. 이러한 가정에서의 폭력적 경향과 오늘날 소위 3D업종으로 일컬어지는 직업은 조국과 민족의 수난사와 함께 한 전 세대의 자화상에 다른 아닐 것이다.

그리고 재일코리언의 아버지상으로 또 한 가지 들 수 있는 것은 조국과 민족을 향한 끊임없는 애증의 감정을 드러낸다는 점이다. 전 세

---

6) 金鶴映,「石に道」,『金鶴泳作品集成』, 作品社, 1986, 287쪽.

대의 조국과 민족을 향한 애증의 교차는 다양한 여러 가지 양상으로
나타나는데, 대표적인 것은 민단과 조총련으로 갈라진 민족 이데올
로기로서의 대립이다. 『착미』는 아버지와 아들 간의 이데올로기적
대립을 그린 작품이라고 할 수 있는데 아버지는 S동맹에 들어가 분
회장을 맡으면서 자신들 외의 모든 단체에 대해 노골적으로 적대심
을 표출하며 '단결'과 '조국의 평화통일'을 부르짖는다. 또한 한국 유
학생이었던 정용진은 한국정권과 밀착한 M동맹과는 입장을 달리하
는 K동맹에서 조국통일을 부르짖으며 주인공 '나'에게 서명운동에
동참해 줄 것을 요구한다. 그러나 현세대인 '나'는 아버지의 가정폭
력을 꾸짖으며 '조국의 평화적 통일'을 외치기 전에 '가정의 평화적
통일'부터 이루라며 조소하고, 용진에게는 우매한 민중을 이용하는
지배층에 대한 불만을 우회적으로 토로하며 거리를 두게 된다.

　이러한 조국과 관련이 깊은 정치이데올로기를 둘러싼 재일코리언
의 갈등은 『알콜램프』의 아버지 인순과 아들 준길 사이에도 벌어지
고 『겨울의 빛』에서 한국전쟁을 놓고 상원(象元)과 현길(顯吉)의 아버
지 사이에서도 벌어진다. 갈등의 깊이와 양상은 다르지만 일본인으
로의 귀화문제도 동일선상에서 해석할 수가 있는 지점들인데 『자갈
길』의 창일 부부의 경우가 그러하다. 창일은 파친코와 마작으로 큰
돈을 벌어들인 후 일본인으로 귀화를 하겠다는 뜻을 부인 정강(靜江)
에게 밝힌다. 창일의 귀화는 "앞으로 조국으로 귀국할 것도 아니고
국적만 조선인이라고 해도 나을 것이 없을" 뿐 아니라 사업을 하는
데 있어 "은행으로부터 돈을 빌리거나 건물을 빌리는 데도 일일이 장
애가 된다."[7]는 것이 이유였다. 그러나 개성이 고향인 정강은 "귀화

---

7) 위의 작품(「石の道」), 296쪽.

한다고 해도 조선인은 조선인"이지 일본인이 될 수는 없다는 논리로
남편의 귀화에 반기를 든다. 이러한 조국을 둘러싼 재일코리언의 현
실 속 대립은 전 세대뿐만이 아닌 현세대간에도 벌어졌고 전·현세
대 사이에서도 끊이질 않는다.

이처럼 재일코리언 1세대, 즉 전 세대들은 가정폭력과 3D업종으로
얼룩진 어두운 가정의 가장으로서 '조국' '조선인'이라는 고유명사 앞
에 자신들의 위치를 설정하지 못한 채 고뇌와 방황을 이어간다. 우리
는 여기에서 왜 김학영 문학은 일그러진 아버지상과 어두운 가정을
일관되게 형상화 하는 것일까, 그리고 이러한 일그러진 아버지상이
현세대에게 던지는 의미는 무엇일까 라는 질문을 던지게 된다. 거기
에서 현세대를 의식한 작가 나름대로의 문학적 세계관을 엿볼 수 있
기 때문이다.

김학영은 "'어두운 가정'의 공포를 독자들에게 있는 그대로 전달하
고 싶은 욕망"[8]에서 유소년 시절의 가정적 치부를 그렸다고 말하지
만, 한편 그 자신의 말더듬이는 아버지의 폭력에서 기인했고, 아버
지의 폭력은 냉혹한 시대상황이 불러왔다고 언급한 바 있다.[9] 필자
는 후자에 중점을 두면서 아버지상의 저변에 깔린 전 세대의 고뇌를
떠올려 보기로 한다. 물론 일제강점기 조국의 일그러진 역사가 그렇
게 만들었다고 치부해 버리면 그것으로 그만일지도 모르겠지만 분명
한 것은 전 세대의 삶이 운명적이라는 점이다. 거기에는 조국해방과
함께 지배국에 눌러앉을 수밖에 없었던 이방인들의 살아남기 위한
몸부림이 존재했고 그들이 선택한 삶은 그들만의 삶도 아니었으며
전 세대의 패배의식으로 치부할 수 있는 사안만도 아니었다.

---

8) 金鶴泳, 「恐怖の記憶」, 『統一日報』, 1979.6.16.
9) 김학영 저, 하유상 역, 「자기해방의 문학」, 『얼어붙은 입』, 화동, 1977, 205쪽.

   그러한 일그러진 아버지상은 지난날 간고했던 식민지 조선의 투영
이자 현재를 살아가는 재일코리언의 간난(艱難)의 자화상에 다름 아
니다. 이는 과거의 역사 속에서 살아남은 자가 운명적으로 떠안을 수
밖에 없었던 최소한의 회의이며 현실적으로 극복되기 어려운 역사적
부(負)의 흔적이기도 하다. 그러한 역사적 부의 지점을 현세대는 항
상 현실에서 일상을 통해 지켜보면서 자라왔던 것이다. 따라서 김학
영 문학은 정치이데올로기와 역사적 관점보다는 현세대가 현실 속에
서 아버지상을 풀어내는 것이 중요하다. 그것은 그의 문학적 주체가
어디까지나 현실 속의 재일 현세대이고 그 현세대가 과거의 역사적
연장선에서 현실의 '벽'과 마주하는 가운데 좌절하고 고뇌할 수밖에
없기 때문이다.

   그러나 재일 현세대는 현실적으로 간과할 수 없는 생존과 밀접한
사안들이 불거져올 때마다 자신들의 존재성을 자문해 보지만 그 어
디로부터도 명쾌한 해답을 얻지 못한다. 이른바 조국에 대한 원체험
이 없는 현세대는 '원죄'격의 '부'의 역사와 연결된 자신들 앞에 가로
놓인 현실적인 문제들을 이지적 능력으로 해결할 사안이 아님을 점
차 운명처럼 받아들인다. 그리고 이방인 의식으로 울타리를 치기 시
작하면서 현세대는 그 이방인의식에 갇혀 무기력하게 체념으로 일관
한다.

   조선인이면서 전혀 조선인으로 살지 않았다. 결국 나는 조선인이면
서 '조선'과 인연이 없는 것처럼 살고 있다. 나의 공허감은 여기에서부
터 시작되는 것인지도 모른다. 하지만 내가 조선인으로 살아가기 위해
서는 좀더 '조선'을 가깝게 느낄 수 있어 할 것이다. 그런데 아버지로
부터 벗어나려고 했던 나는 어느새 누이동생들과는 반대로 '조선' 그

자체로부터 벗어나려 했다는 생각이 들었다. 그러나 아무리 벗어나려
고 한다지만 완전히 벗어날 수 있는 것이 아니다. 아버지를 넘어설
수도 없고 아버지로부터 벗어날 수도 없다. 나는 그 속에서 방향을
잃은 채 방황하며 잠시 멈춰서 있는 인간에 지나지 않는다. 나는 자신
의 집의 불행조차 구하지 못하는 무능한 인간에 지나지 않는다.10)

이러한 현세대의 좌절과 고뇌는 "김학영 자신의 민족적 의식의 결
핍"11)에서 온다고 지적하기도 하지만 그것은 민족의식의 유무정도에
따른 것이라기보다 재일코리언이 안고 있는 '부'의 역사로 이어지는
'원죄'가 설득력을 얻을 수 있다. 이를테면 부백12)이 "재일 조선인에
게는 참정권이 없다. 이는 재일 조선인의 애매한 존재성을 일컫는 것
으로서 한국인도 일본인도 아님을 의미하는 것이다. 이런 상태에서
재일 조선인이 미래지향적인 사고를 갖기란 현실적으로 어렵다. 이
는 김학영 문학뿐만이 아닌 재일 조선인 문학의 공통적인 현상이다."
라고 한 언급은 그러한 재일코리언의 경계의식을 대변한다고 할 수
있다. 어쨌거나 김학영 문학의 현세대는 고등교육을 받으면 받을수
록 자신들의 정체성을 놓고 좌절하고 고뇌한다. 그리고 결국은 전 세
대(아버지)로부터 벗어나지 못하고 조국으로부터 자유롭지 못한 채
자신들 앞에 가로놓인 현실의 '벽'을 껴안을 수밖에 없는 운명을 체
념적으로 받아들이게 된다.

---

10) 金鶴泳, 「凍える口」, 『金鶴泳作品集成』, 作品社, 1986, 222쪽.
11) 竹田靑嗣, 「金鶴泳」, 『「在日」という根據』, 筑摩書房, 1995, 130쪽.
12) 부백(夫伯)은 일본에서 태어난 재일한국인 2세로서 서울대를 졸업하고 고려대
    대학원에서 박사학위를 취득하였으며 현재는 경희대학교 교수로 재직 중이다.

3. 재일 전·현세대의 '벽'

1) 전 세대의 '벽'

김학영 문학 속 전 세대들은 조국의 근대사와 호흡하며 살아남기 위해 몸부림쳤던 세대이다. 그 몸부림을 직접적으로 다룬 문학이 재일코리언 1세대 문학이라고 한다면 2세대 문학은 그 몸부림 속에서 먹고 입고 자란 이들의 현주소를 다룬 경우로 이해할 수 있다. 김학영 문학은 당연히 후자에 속한다고 할 수 있는데 그러기에 작품 속의 전 세대의 삶은 어디까지나 이야기의 지류이지 주류일 수 없다. 즉, 현세대가 어린 시절을 회고하며 '왜 아버지는 그렇게 살아야만 했을까'를 끊임없이 되묻는 가운데 현세대 스스로의 정체성을 추구하는 문학인 것이다.

김학영 문학의 서술구조는 전 세대와의 문답식도 서술식도 아닌 일그러진 아버지상을 사실적으로 들춰내고 아버지로 표상되는 과거 '부'의 역사가 현세대로 전가되고 그런 과정에서 현세대로 하여금 '왜'라는 물음을 던지게 하는 형식이다. 그런데 문제는 현세대의 '왜'라는 물음에 전 세대가 명쾌한 해답을 내놓지 못하고 침묵할 수밖에 없다는 데 있다. 여기에서 다시 한 번 '왜'냐고 물을 수밖에 없겠지만 그것은 조국의 일그러진 근대사와 함께했던 전 세대로서도 감당할 수 없었던 '벽'이 존재하기 때문일 것이다.

예컨대 암울한 조국의 운명과 함께한 민중의 삶이 제국일본으로 표상되는 거대한 '벽'에 부딪혀 기력을 잃고 길거리로 내앉는 모습이 전 세대의 모습임을 감안하면 그들이 현세대에게 보여줄 수 있는 힘은 원초적인 투쟁만이 있을 뿐이다. 그래서 그들은 이지적인 아닌 몸뚱이로 일어서는 노동의 신체철학을 믿었으며 무조건적인 조국애로 일관할 수밖에 없었고, 그 과정에서 생겨난 가정폭력은 그들의 일그러진 삶이기도 하지만 조국의 자화상이기도 했다.

이렇게 볼 때 전 세대의 삶은 좁게는 그들 자신의 의식주 해결을 위한 투쟁의 장이었지만 넓게는 암울했던 조국 근대사의 투영이라고도 할 수 있다. 한일병합과 함께 강제로 끌려간 지배국에서 광산과 건설공사장을 전전하며 착취당하면서도 울분을 삭혀야 했던 세대들이기 때문이다. 그들은 조국해방과 더불어 강제 아닌 강제로 그곳에 정착할 수밖에 없었고[13] 그 과정에서 당해야 했던 차별과 멸시는 이방인의 한으로 고스란히 남게 된다. 넘을 수 있는 '벽'이 아닌 운명과 같은 굴레였기 때문이다. 즉, 전 세대의 삶은 식민지 조선이냐 해방 조국이냐 라는 조국의 운명이 결정할 부분이었지 개인의 의지나 이지로 극복될 수 있는 사안이 아니었다. 그래서일까 김학영 문학의 전 세대는 지식인의 등장이 거의 보이지 않는다. 하나같이 신체화된 노동의 철학을 믿는 민중이 자리할 뿐이다. 일그러진 아버지상이나 망향을 이기지 못하고 자살한 할머니나 어머니의 모습, 그리고 사업으로 실패하거나 성공한 자들의 지각없는 타락이 존재하기 일쑤다. 이러한 전 세대의 신체에 의존한 근원적인 고뇌는 현세대에게 고스란히 전가된 부분이 적지 않으며 그러한 운명적인 토양 위에서 현세대는 또 다른 현실을 맞을 수밖에 없었던 것이다. 이를테면 전 세대의 역사적/운명적인 요소에 현실적인 문제가 더해지면서 재일코리언 2, 3세대의 '벽'은 한층 더 견고해지고 두터워졌던 것이다.

---

13) 鄭早苗, 「在日韓國・朝鮮人の宗教と背景」, 『韓日傳統文化の比較研究』, 龍谷大學佛敎文化硏究所, 1998, 142쪽. 당시 재일조선인의 귀국이 이루어지지 못한 이유를 "한반도 정세가 나날이 惡化一路로 치달았다는 것과 귀국 지참금을 1,000엔으로 제한한 것이 주된 원인"으로 들고 있다.

2) 현세대의 '벽'

주지하다시피 김학영 문학의 주인공은 대부분이 재일 현세대이며 그들의 입장에서 과거를 회상하고 현재를 바라보며 미래를 설계한다. 하지만 그들 현세대는 끊임없이 과거-현재-미래를 조합해보지만 그 어느 지점에서도 당당하게 자신들의 삶을 담보할 수 있다는 확신을 갖지 못한다. 다만 전 세대로부터 물려받은 역사적 부의 유산을 떠안은 채 '몽롱한 불안'14)에 젖어 있을 수밖에 없다. 이러한 현세대의 '몽롱한 불안'은 재일코리언의 한계를 대변하는 것이면서 극복하기 힘든 최대의 '벽'이었다. 그렇다면 김학영 문학의 현세대는 이러한 과거의 역사와 연계된 현실의 '벽'을 어떻게 받아들이고 극복하고 있는가. 작품 속에서 현세대의 최대의 현안으로 부각되는 결혼과 취직 문제를 통해 그 '벽'의 실체에 접근해 보기로 하자.

『유리층』에서 일본인 후미코(文子)와 그 가족은 귀영이 조선인이라는 이유를 들어 결혼을 거부했다. 귀영은 그러한 후미코의 행동을 전혀 예상하지 못한 것은 아니었다. 고교시절 형 귀춘이 "일본의 교육은 일본인을 위한 것이지 조선인을 위한 것이 아니다."15)라는 말을 기억하고 있기 때문이다. 조선인으로 살아가기 위해서는 조선학교에서 배워야만 하고 그렇지 않으면 조선인도 일본인도 아닌 어중간한 인간이 될 수밖에 없다는 이야기가 무엇을 의미하는지 알고 있었던 것이다. 당시 대학생인 귀춘은 이미 일본 속 조선인의 한계성을 간파

---

14) 히라노 겐(平野謙, 1907-1978)은 아쿠타가와 류노스케가 유서 「어느 옛 친구에게 보내는 수기」 속에서 남긴 "'몽롱한 불안'이란 그 자신의 문학상의 불안도 건강상의 불안도 처세상의 불안도 포함되어 있다"라고 말한다.(히라노 겐 저, 고재석·김환기 역, 『일본근대문학사·하』, 동국대학교출판부, 2000, 15쪽 참조)

15) 金鶴泳, 「遊離層」, 『金鶴泳作品集成』, 作品社, 1986, 116쪽.

하고 있었고 그 '벽'을 넘지 못한 채 홀로 방황하며 끝내 일본인 여인
과의 이질성을 극복하지 못한 채 등반도중 홀로 자살하고 말았던 것
이다. 그 죽음이 무엇을 의미하는지 알기에 귀영은 자신과 후미코 사
이가 물과 기름과 같은 이질성으로 헤어질 수밖에 없음을 인정했다.
그리고 이어 알게 된 히로코(博子)와의 관계도 세속적인 사랑 이상일
수 없다고 생각했다. 그러던 차, 어느 날 히로코는 귀영에게 형이 죽
은 산으로 등산을 권유했고 그 산장에서 엄청난 사실을 털어놓는다.
자신과 형은 오랜 친구이자 연인관계였으며 형이 죽기 얼마 전 함께
바로 이 산에 왔었다. 부모들이 조선인인 귀춘과는 절대 결혼불가를
천명했고 자신은 부모의 뜻을 따를 수밖에 없었다는 것이다. 당시 형
은 '몽롱한 불안'16)에 휩싸여 졸업 후의 앞날에 대한 걱정으로 늘 불
안해했고 아쿠타가와의 『어느 바보의 일생』을 보내온 지 얼마 안 되
어 혼자 산에 올랐고 자살했다. 그리고 귀영을 만난 건 귀영 속의 귀

---

16) 작품 「유리층」에서 귀춘의 '몽롱한 불안'을 동생 귀영은 다음과 같이 말한다. "형은
   일본 풍토와 문화에 깊은 친숙감을 느끼면서도 역시 자신은 조선인으로밖에 살
   수 없는 인간으로 의식하고 있었는지도 모른다. 그리고 조선인으로 살려고 했을
   때, 형은 우선 공산주의와 직면하지 않으면 안 되었음에 틀림없다. 그리고 현실적으
   로 조선의 북반부가 공산주의 국가이고, 더욱이 형의 교제범위 내의 조선인 모두가
   북조선인계임을 감안할 때, 그것은 옳다 옳지 않다는 선택의 문제가 아닌 받아들일
   까 받아들이지 않을까 하는 문제였는지도 모른다. 결국 형은 그런 상황에 직면했을
   때, 아마도 아쿠타가와처럼 자신 외에는 관심이 없었고 자기중심적인 삶의 태도밖
   에 할 수 없었다. 또 공산주의와 서로 껴안아야 할 생활역사도 갖지 못하고 더욱이
   사상개조라는 것을 부정하고 있던 형은 결국 공산주의를 받아들이지 못하고 자신의
   삶의 괘도를 조선 속에 깔지 못했는지도 모른다. 현실적으로 자신이 살고 있는 살기
   어려운 배척적 사회, 그곳으로부터의 해방으로서의 북조선의 공산주의 사회를 느끼
   면서도 결국은 하나의 프티부르주아 지식인에 지나지 않았던 형은, 거기에 '자신과
   는 전혀 절연체의 신문화'를 느껴 자신이 살아 남아야 할 장소를 발견하지 못했고
   그것이 형에게 있어서 '몽롱한 불안'을 양성했는지도 모른다."(金鶴泳, 「遊離層」,
   『金鶴泳作品集成』, 作品社, 1986, 164쪽.)

춘을 만나고 싶었기 때문이며 이 산에 다시 오른 것은 귀영과의 헤어짐은 물론 자신의 가난한 청춘과 결별하기 위함이다. 오늘이 바로 그 날이다, 라는 그동안 가슴속 깊이 담아왔던 숨겨둔 이야기였다. 귀영은 히로코로부터 그 동안 일어난 일련의 사건을 듣고 모든 것이 정리되는 듯했다. 이른바 귀춘이 왜 졸업논문으로서 「아쿠타가와에 있어서 『신시대』의 위협」을 썼는지, 히로코에게 『어느 바보의 일생』을 보낸 이유와 유고 작으로 『안개 속』을 쓸 수밖에 없었던 심경 등을 이해할 수 있게 된다. 그리고 형이 '몽롱한 불안'에서 헤어나지 못했던 것처럼 자신 역시 '몽롱한 불안'을 떨쳐버리지 못함을 느끼게 된다.

이러한 현세대의 불안은 취직 문제를 둘러싸고도 일어난다. 『겨울의 빛』에서 현세대 창환(昌煥)은 도쿄의 사립대학을 졸업한 인텔리지만 리어카를 끌고 폐품을 수집하는 인물로 등장한다. 그러한 노동을 지켜보던 주인공 현길은 재일코리언으로서 창환과 다를 바 없는 자신의 장래에 불안을 느낀다. 현길은 "자신 역시 대학을 나온 후 폐품 수집이나 공사판, 아니면 트럭 운전사나 곱창 집 같은 주변의 동포들이 종사하는 직업"[17]을 택할 수밖에 없다는 생각에 항상 괴로워한다. 다른 일본인처럼 안정된 회사원이 되고 싶지만 왠지 모르게 "자신이 걷고 있는 앞길에 어떤 벽이 기다리고 있는 느낌"[18]을 지워 버릴 수 없다. 이러한 견고했던 강력한 현실에서의 '벽'은 『유리층』의 귀영 귀춘 형제의 경우에도 그대로 재현된다. 그리고 재일 현세대의 이러한 불안감은 『얼어붙은 입』의 주인공 '나'와 이소가이가 느끼고 선택한 것(죽음)과 다르지 않다. 또한 『자갈길』의 방례의 희생이나 『착미』에서 정용진의 조국애를 바라보는 '나'의 심리적 갈등과도 기본

---

17) 金鶴泳, 「冬の光」, 『金鶴泳作品集成』, 作品社, 1986, 333쪽.
18) 金鶴泳, 위의 작품, 333쪽.

적으로 다르지 않다.

이처럼 재일 현세대는 현실적으로 가장 중요한 결혼이나 취직 문제를 둘러싸고 '조선' '조선인'이라는 자신들의 정체성을 고민해야 하는 부담을 안고 있다. 이는 현세대로서는 단지 재일코리언이라는 이유만으로 떠맡기엔 너무 벅찬 과제였던 셈이다. 그리고 이러한 현실적인 문제들은 현세대만의 고민일 수 없으며 조국의 일그러진 근대사와 연계된 과거–현재–미래의 세대로 계승되는 원천적인 '벽'인 만큼 '누군가'가 해결하지 않으면 안 되는 근원적인 과제였던 것이다. 그런데 김학영 문학의 현세대에게는 그 '벽'을 넘기 위한 노력이나 비전을 명쾌하게 보여주지 않는다. 운명적으로 받아들이고 체념적일 형태로 그려진다. 지배국에서 재일코리언이 안고 있는 운명적 삶의 현재적 지점을 보여주는 대목이라고 할 수 있다.

4. 『암야행로』와 '밀운불우', 그리고 재일 현세대

김학영 연보를 보면 "1959년, 21세, 지금까지 거의 문학에 관심을 보이지 않았었는데, 이 해 가을 시가 나오야의 『암야행로』를 읽고 깊은 감명을 받아 문학에 눈을 뜨는 계기를 마련한다."[19]라고 적고 있다. 여기에서 김학영이 받은 "깊은 감명"이란 어떤 것일까. 그의 연보에서 20세에 도쿄대학에 입학을 하고 22세 때 신경쇠약에 걸렸다고 적고 있음을 감안하면 당시 김학영의 심신은 매우 허약해 있었던 것 같다. 그리고 선천적으로 앓고 있는 말더듬이는 작가의 삶에서 늘

---

19) 朴靜子 編, 「年譜・資料」, 『金鶴泳作品集成』, 作品社, 1986, 470쪽.

어두운 요소로 작용했음에 틀림없다. 이러한 상황에서『암야행로』가 작가에게 힘을 실어 주었다고 한다면 여기에는 분명 주인공 겐사쿠 (謙作)의 남다른 의지와 시가 나오야의 사소설성에 대한 작가로서의 가능성이라는 두 가지 측면이 자리하지 않았을까 추측해 본다. 주지 하다시피『암야행로』는 주인공 겐사쿠의 자아완성의 도정을 그린 장편서사로서 일본근대문학에서 최고봉이라 일컬어지는 명작이다.

겐사쿠는 자신이 조부와 어머니 사이에서 태어난 사실을 모른 채 젊은 시절에 방황을 거듭한다. 친구나 가족관계로 인해 얽히고설킨 해묵은 감정들을 털어 버리고 새로운 마음으로 새로운 삶을 꿈꾸어 보지만 일상은 늘 술집의 게이샤(藝者) 곁을 맴돌았다. 그렇지만 도쿄에서 오노미치(尾の道)로 삶의 터전을 옮긴 이후에는 오랫동안 가족처럼 지내면서 때로는 어머니처럼 때로는 연인처럼 느껴왔던 오에이(お榮)에게 결혼까지 청해가면서 새로운 삶을 꿈꾼다. 방황하는 현재의 자신을 다잡아줄 상대자로서 그녀가 가장 이상적이라고 믿었기 때문이다. 그러나 형 노부유키(信行)로부터 조부와 어머니 사이에서 태어난 게 자신이라는 충격적인 사실을 들고난 이후 더욱이 조부의 첩인 오에이와의 결혼은 결코 이루어질 수 없음을 알게 된다. 그리고 도쿄에서 당연히 결혼을 허락해 줄 것으로 믿었던 아이코(愛子)와의 결혼이 이루어지지 못한 것도 그러한 자신의 복잡한 출생성분 때문임을 깨닫게 된다. 도쿄로 돌아온 겐사쿠는 여전히 게이샤들 곁을 전전하다가 다시 한 번 자신의 의지를 믿고 이번엔 교토(京都)로 향한다. 그리고 그곳에서 자신의 이상형인 나오코(直子)를 만나 결혼을 한다.

하지만 사업차 중국으로 떠난 오에이로부터 사업실패와 함께 일본으로 데려가 달라는 연락을 받은 겐사쿠가 덴신(天津)과 경성(京城)을 다녀온 사이, 교토에 남아 있던 부인 나오코가 사촌 가나메(要)와 부정을 저지르고 만다. 그 사실에 엄청난 충격을 받은 겐사쿠는 또다시 찾아온 어두운 자신의 인생을 비관하며 나오코를 향해 무자비한 히스테리로 일관한다. 열차를 타는 과정에서 나오코를 발로 걷어차는 행동까지 보이며 감정을 추스르지 못한다. 자신의 출생이나 나오코의 부정이 당사자의 의지와 무관하게 일어난 것임을 알면서도 마음을 추스르지 못한 채 방황을 거듭한다. 결국 겐사쿠는 자신을 둘러싼 모든 불운을 떨쳐내기 위해 산행을 결심하고 다이센(大山)으로 떠난다. 그곳에서 대자연과 호흡하면서 복잡했던 세속적 상황을 털어버리기 위함이다. 그리고 마침내 다이센 등반 도중 자신과 자연의 일체감을 맛보며 무아(無我)의 기분을 만끽한다.

> 피로에 지쳐 기진맥진하고 있었지만 그게 그에게는 이상한 도취감으로 느껴졌다. 그는 자신의 육체도 정신도 이 거대한 대자연 속에 빠져 녹아드는 것을 느꼈다. 그 자연이라는 것은 겨자씨알만큼이나 작은 무한의 거대함으로 감싸고 있는 기체처럼 눈으로 느낄 수 없는 것이었다. 그는 그 안으로 빠져 녹아들었다. (중략) 거대한 자연에 빠져 녹아드는 이 느낌은 그에게 있어 반드시 첫 경험이라고는 할 수 없지만 그 도취감은 처음 느끼는 것이었다.[20]

인용문에서처럼 겐사쿠는 몇 겹으로 둘러싸인 어두운 자신의 삶에서 탈출하고 자연과의 일체감을 맛보며 자아의 완성을 맛보게 된다. 이는 지난날의 어두운 삶(暗夜行路)과의 결별이며 자아성취로서 깊은 해탈의 경지에 이르렀음을 의미하는 것이기도 하다.

그런데 김학영 문학은 겐사쿠처럼 자아를 찾아 떠나는 젊은이의 모

---

20) 志賀直哉, 『暗夜行路』, 新潮社, 1993, 503쪽.

습을 자아성취 내지 '도취감'으로 형상화하지는 않는다. 즉, 겐사쿠가 밀운불우(密雲不雨)적인 갑갑함을 자연과의 일체감을 통해 벗겨내는 것처럼 김학영 문학에서 현세대는 그 운명적인 '벽' 앞에서 갑갑함을 호소하며 안으로 껴안을 뿐이다. 일찍이 김학영은 에세이『한 마리 양』에서 자신이 글을 쓰는 것은 자신 속에 가두어 놓은 껍질을 벗겨 가는 탈각작업이며 그 작업은 "자신을 억누르고 있는 그 무엇으로부터 자신을 해방시키는 작업이자 자기구제를 위한 것이다."[21]라고 말한 적이 있다. 또한 근원적인 자기 해방은 말더듬이로부터 자유로워지는 것이라고 했고 그 말더듬은 아버지의 폭력이 원인이며, 아버지의 폭력은 가혹한 시대상황이 몰고 왔다고 했다. 이러한 논리는 결국 "말더듬이를 따지고 들어가면 왜 한국인이면서 일본으로 흘러 들어와 살게 되었나 하는 질문에 봉착하게 되고 그 근원을 찾아가다 보면 민족문제에 이르게 된다."[22]는 것을 의미한다.

따라서 김학영에게 자기해방이란 원천적으로 말더듬이=아버지=민족으로부터 자유로워지는 것을 의미한다고 할 수 있다. 이러한 자기해방의 연쇄고리 내지 작용은 근원적으로 '조선' '조선인'과 관련된 '벽' 앞에서 출발하는 만큼 조국에 대한 원체험이 없는 재일 현세대에게는 극복논리를 찾기도 어렵지만 현실적으로 '벽'에 부딪칠 수밖에 없음을 보여주는 것이기도 하다. 그러한 현세대의 한계성을 김학영 문학은 내향적인 형태의 '탈각'과 자기고뇌로 형상화했다고 할 수 있다.

실제로 그의 문학을 통해 현세대의 내향적인 탈각작업과 무기력함을 정리해보면 여러 형태로 전개되고 있음을 확인할 수 있다. 말더듬

---

21) 志賀直哉, 위의 작품, 435쪽.
22) 김학영 저, 하유상 역, 「자기해방의 문학」, 『얼어붙은 입』, 화동, 1977, 205쪽.

인 '나'의 분신으로 볼 수 있는 주인공 이소가이가 삶을 포기하고 자살하였는데 '나'는 그의 죽음을 바라보며 고독감에 빠진다.(『얼어붙은 입』) 귀춘이 결혼과 취직을 앞두고 조선인으로서 현실의 '벽'을 넘지 못한 채 자살하고 그 동생 귀영 역시 형과 다름없는 '몽롱한 불안' 속으로 빠져들며 그곳으로 가야 한다고 생각한다.(『유리층』) '나'는 조선인이면서 조선인으로 살지 못한 것에 대해 스스로를 책망하며 스산한 거리를 방황한다.(『착미』) 집안에서나 자신의 내면에서 그 어떤 희망의 빛도 찾을 수 없는 현실을 책망하던 준길이 그동안 쌓아왔던 알코올 실험실을 깨부수고 자포자기가 된다.(『알콜램프』) 돌아갈 곳도 없고 자신 앞의 절망이 계속될 것임을 알고 있는 현길은 달빛에 빛나는 하얀 선로의 빛 속으로 자신의 몸을 맡긴다.(『겨울의 빛』)

이처럼 김학영의 소설에서는 작품의 전개과정을 포함해서 마무리 장면이 현세대의 좌절과 방황으로 일관된다. 내향적인 형태의 자기고뇌에 집착하는 형식을 취하면서 삶을 긍정적 내지 자아추구의 과정으로 인식하고 반전을 이끌어내는 형식으로 진행되지 않는다. 현세대의 이방인의식과 함께 좌절과 고뇌로 점철된 김학영 문학의 독특한 지점이라 할 수 있다.

이러한 김학영 문학의 내향적인 자기고뇌 양상을 몇 가지 측면에서 살펴보면 먼저 현실주의적 관점에서 재일 현세대의 삶이 밀운불우의 형식으로 나타난다고 할 수 있다. 이는 재일코리언 사회 특유의 정치 역사적인 부분을 도전성과 생명력, 그리고 현실주의와 연계된 사회성으로 살려낼 수 있는, 그래서 일본적인 '사소설'의 경향과 차별화될 수 있는 반전에 대한 아쉬움으로 읽힌다. 예컨대 김학영이 『암야행로』를 통해 작가적 가능성을 발견하고 자신의 불우성을 문학적으로 승화시키고자 했다는 점에서 기대할 수 있는 가능성, 즉 겐사쿠가 밀운불우적 환경에서 자아를 성취해가는 일련의 과정에서 보여준 자아탁마의 도정이 아쉽다는 것이다. 한편 이러한 김학영 문학의 철저한 내향적인 형태의 자기승화의 과정을 토한 실존적 글쓰기는 같은 재일 중간세대 작가인 이회성 문학이 외향적인 형태의 민족 회귀성 작품을 보여준 것과는 대비되는 지점이라고 할 수 있다.

그리고 김학영 문학은 현세대 입장에서 마주하게 되는 현실의 '벽'에 직접 다가서기보다 일제강점기와 연계된 역사적 '부'의 문제를 과거 회상식으로 일관함으로서 작품전체에 긴장감을 부여하지 못했다는 느낌도 있다. 예컨대 어린 시절 가정의 폭군이었던 아버지의 모습이 반복적으로 등장하거나 재일코리언을 둘러싼 비교적 잘 알려진 역사적 사건들에 대한 소개 등이 그러하다. 바꿔 말하면 재일 현세대가 현실의 '벽'을 뚫어내거나 반전의 드라마를 통해 자아성취나 '성숙'을 취하기보다 역사적 '부'의 울타리에 스스로를 가두는 내향적인 자기 '탈각' 작업을 통해 문학적 독창성을 추구했다고 할 수 있다.

또한 김학영 문학은 과거 지배국에 정착한 '조선인'의 입장에서 인간의 실존적 고뇌를 천착하지만 그 실천주의와 자아성취의 과정이 좀더 근대적 '사소설'과 차별화되는 지점으로 승화되었으면 하는 아쉬움이 없지 않다. 예컨대 재일코리언을 둘러싼 현실의 '벽'에는 강력한 과거 지배국의 힘, 즉 정치 이데올로기가 작동하고 있음을 감안할 때, 재일 현세대가 취할 수 있는 이방인의식 내지 타자의식에 대한 자각이다. 바꿔 말하면 인간 본래의 실존과 보편성 차원으로 이해할 수 있는 재일코리언 특유의 로컬 이미지와 글로벌한 세계관의 조합을 통해 획득할 수 있는 문학적 보편성 내지 세계성에 대한 실천적 글쓰기라고도 할 수 있다.

지극히 자의적인 필자의 소견에 불과하지만 아무튼 김학영의 문학은 사회성으로 표상되는 외향적인 형태의 투쟁의 형식을 취하기보다 내향적인 형태의 자기고뇌와 이방인 의식으로 문학적 독창성과 주체성을 취하고자 했던 것 같다. 현실주의의 관점에서 보면 시대의 주인, 즉 주체성과 생명력으로 표상되는 자아의 목소리를 철저한 내향적 '탈각작업'을 통해 이끌어내고자 했던 것이다. 김학영과 그의 문학에서 '말더듬이' 내지 '자살'의 개념은 그러한 내향적 고뇌와 타자의식을 표상하는 중요한 지점이다. 주지하다시피 김학영은 스스로가 말더듬이이면서 그 말더듬이로부터 해방되는 것이 자신의 문학적 출발점이라고 했다. 그리고 실제로 그의 문학은 재일코리언 현세대의 밀운불우적인 내향적인 자기고뇌의 양식을 통해 문학적 보편성에 다가섰다고 할 수 있다.

5. 내향적 자기고뇌와 '해방'

김학영 문학은 현세대의 입장에서 전 세대의 모습을 지켜보며 자신들의 현재와 미래를 고뇌했다. 과거로 상징되는 전 세대(아버지)는 조국과 민족이라는 운명공동체와 호흡하며 그 속에서 삶을 이어갔으며 단단한 연결고리로 일체감을 보여주었다. 그것이 비록 일그러진 생활현장에서의 3D업종, 부의 창출, 조국에 대한 애증 등의 형태로 표상되긴 하지만 비켜가지 않았다. 그러나 재일 현세대는 원체험이 없는 '조국' '조선인' 앞에서 늘 자신들의 정체성을 놓고 '왜'라고 자문하며 좌절과 고뇌로 점철한다. 결국 전 세대의 절박함을 역사의 '부'로 물려받은 현세대는 밀운불우적 좌절감에 빠져들고 이방인 의식으로 울타리를 친다. 이러한 김학영 문학의 현세대는 『암야행로』의 겐사쿠의 자아추구의 양상과는 대비되는 측면이 있다. 『암야행로』의 겐사쿠가 끊임없는 자아탁마를 통하여 밀운불우적 운명을 탈출했다고 한다면 김학영 문학의 현세대는 밀운불우적 갑갑함으로부터 자신을 구원하지 못한 채 철저하게 고립되는 양상이다. 이러한 김학영 문학을 종합해 보면 현세대의 삶을 중심으로 밀운불우적인 어두운 형태의 글쓰기로 일관한다는 점, 현세대 입장에서 현실적인 '벽'의 실체에 다가서기보다 '조국' '조선인'에 얽힌 역사적 문제를 과거 회상식으로 풀어내는 데서 오는 갑갑함이 없지 않다. 그리고 재일 현세대의 이방인의식을 포함한 인간실존을 천착하는 과정이 근대 '사소설' 형식과는 다른 형태의 실천주의적 접근이 아쉽다는 점이다. 아무튼 김학영과 그의 작품을 관통하는 '말더듬이'와 '자살'은 재일 현세대의 내향적 자기고뇌와 자기해방으로 표상되는 문학적 '실천'이라는 점에서 특별하게 읽힐 수밖에 없다.

/ 김환기

페미니즘적 시각에서 본
틴즈 러브(Teens Love) 만화의 가능성

후유모리 유키코의 작품을 중심으로

1. TL만화의 등장과 '진화'

2000년대 이후, 일본의 만화시장, 나아가 한국의 관련 시장에서 틴즈 러브(Teens Love, 이하 TL로 표기) 만화가 인기를 끌고 있다. TL만화는 여성작가에 의해 창작되는, 여성 독자를 위한 장르(女性向け, 이후 여성향으로 표기)로서 주로 소녀만화(少女漫畵)에서는 다루지 않는 〈해피 엔드 후의 이야기〉, 즉 남녀주인공의 연애를 베이스로 한 섹스를 다룬다는 점을 가장 큰 특징으로 하는 만화장르이다.

일본사회는 대중문화 매체에서 성별격리(gender segregation)[1]가 명확하다는 특징이 있는데, 만화 시장에서도 독자층의 성별 및 연령에 따라 다양한 하위 장르가 존재한다. 이중에서 TL만화는 〈성적 표현을 포함한 여성용 만화(性的表現を含む女性向けコミック)〉[2], 즉 성적

---

1) 사회학자 우에노 지즈코는 일본의 근대 이후 특징으로 성별격리문화를 들면서, 남성과 여성이 각각의 동성집단에 동일화하는 방식으로 사회적 젠더화가 이루어지고 있으며, 그 가장 대표적인 사례로 여학교와 남학교로 대표되는 남녀별학(別學)문화를 들고 있다. 자세한 것은 上野千鶴子・水無田氣流,『非婚ですが、それが何か！？結婚リスク時代を生きる』, ビジネス社, 2015, 199-200쪽을 참고하라.

내용을 포함하지만 작가층과 독자층 모두 여성이 주류라는 점에서 레디코미3)(レディコミ, Lady's Comic의 줄임말)와 보이즈 러브(Boys' Love, 이하 BL)4) 만화와 함께 여성만화의 하위 장르에 포함되며, 소년만화, 소녀만화 등 주류 장르에 비해 상대적으로 한정된 독자층과 작가층에 의해 지탱되어 왔다.5)

그러나 이런 일반적인 특징에 대한 논의만으로는 TL만화가 왜 1990년대부터 이미 〈성적 표현을 포함한 여성용 만화〉로서 레디코미와 BL만화가 존재하는데도 불구하고 새로운 여성향 만화의 하위 장르로서 등장하여 새로운 독자층과 시장을 창출할 수 있었는가에 대해서는 설명하지 못한다. 즉 TL만화의 전형성에 대한 논의는 10여 년의 시간을 거쳐 여성만화의 하위 장르로 자리 잡은 결과 가능해진

---

2) 이는 만화연구가 호리 아키코(堀あきこ)의 용법을 따른 것이다. 구체적인 내용은 이하에서 상술한다.

3) 레디코미는 레이디스 코믹의 줄임말로, 성인 여성 독자를 타깃으로 삶과 사랑, 결혼과 섹스를 다룬 레이디스 코믹 중에서도 과격한 성묘사에 특화된 작품을 가리키는 용어이다. 구체적인 것은 김효진, 「레이디스 코믹이 재현하는 여성의 일상-3.11 동일본대지진의 사례를 중심으로-」, 『일본학보』, 한국일본학회, 2014a, 445-446쪽.

4) 여성독자층을 겨냥하여 상업적으로 출판된 남성과 남성 간의 동성애적 관계를 다룬 작품군(만화 및 소설을 포함)을 지칭한다. 보다 구체적인 설명은 김효진, 「후죠시는 말할 수 있는가? '여자' 오타쿠의 발견」, 『일본연구』 45집, 한국외국어대학교 일본연구소, 2011을 참조하라.

5) 예를 들면 최근 TL만화에서 가장 인기 있는 야마구치 네네(山口ねね)의 경우, 만화단행본이 '누계 65만 부' 팔렸다는 사실이 화제가 되었는데, 지금까지 최소 3개월에 1권, 많을 때는 2권 정도의 속도로 단행본을 출판하고 있고 10권 이상의 단행본을 이미 출판했다. 따라서 단행본이 누계 65만 부 판매되었다면, 한 권당 평균 6만 부가 판매되었다고 추정할 수 있다. 소년만화에 비하면 규모가 작은 소녀만화에서도 단일 시리즈 100만 부 이상 히트작이 나오고 있고, 또 소녀만화의 영향에서 탄생하여 여성 작가와 여성 독자가 남성동성애를 테마로 한 작품을 생산, 소비하는 BL만에서도 최근 시리즈 누계 100만 부의 작품이 다수 존재한다는 점을 고려하면 상대적으로 규모가 작은 것으로 추론 가능하다.

것으로, 새로운 장르로서 초창기 TL만화가 레디코미와 BL만화와는
다른, 나아가 소녀만화와도 구분되는 새로운 장르로서 부각된 이유
를 설명할 수 없다는 것이다.

뒤에서 상술하겠지만 TL만화는 연애에 기반한 섹스를 주요한 내
용으로 삼고 있다는 점에서 소녀만화와 구분되며, 여성 독자를 위한
섹스묘사가 내용적으로 중요한 비중을 차지하는 레디코미와 BL만화
에 친화성을 가진다. 그러나 이 세 장르 간의 관계는 상호 보완적인
동시에 상호적으로 대비된다는 점이 흥미롭다. 우선 레디코미와 TL
만화는 직접적인 성행위 묘사를 가급적 배제하는 소녀만화와는 달리
이성애 섹스를 주된 내용으로 삼고 있고, 나아가 강간으로 인한 관계
의 시작 등, 레디코미의 전형적 서사구조를 다용하고 있다는 점에서
유사하다. 그러나 TL만화는 복수나 음모, 가학, 피학적 취향을 드러
내는 레디코미와는 달리 연애를 기반으로 하는 이성애 섹스가 주 내
용이라는 점, 그리고 레디코미의 극화풍 그림체와는 달리 TL만화는
소녀만화의 그림체를 계승하고 있다는 점에서 명확하게 구분된다.

한편, BL만화와 TL만화는 다루는 내용이 동성애와 이성애라는 근
본적인 차이를 가지고 있지만, TL, 틴즈 러브라는 명칭이 BL('보이즈
러브')의 영향권 내에서 만들어졌다는 점에서도 알 수 있듯이 내용적
차이에도 불구하고 소녀만화적 스타일과 연애를 중심으로 하는 스토
리 전개에서 친화성을 가진다는 점도 지적할 필요가 있다.[6]

이렇게 새로운 여성향 만화 장르로서 TL만화는 기존 여성만화의

---

6) 실제로 각주5에서 나온 야마구치 네네는 BL만화를 즐겨 읽으며, 자신의 작품도
   BL만화의 영향을 많이 받고 있다고 말하고 있다. 실제 발언은 이곳에서 확인 가능하
   다: 第二回「祇園笑者」【ゲスト：漫畫家『山口ねね樣』】 2015년 6월 15일 투고, http:/
   /www.nicovideo.jp/watch/sm26532834

하위 장르들과는 다른 특징을 지니는 동시에 그 내부의 다양한 요소들-소녀만화, 레디코미, BL만화-을 가져와 활용하고 굴절시킴으로써 새로운 장르적 문법과 코드, 그리고 규칙을 만들어내는데 성공하였기 때문에 현재까지 그 생명력을 유지하고 있는 것이다.[7]

특히 최근 TL에서는 TL만화의 고전적인 패턴- 멋진 왕자님(운명의 남자)을 만나서 행복한 연애와 결혼(그리고 섹스)을 하고 싶다-만으로 해석하기 어려운 작품이 탄생하고 있다. 잡지나 전자출판 플랫폼에 연재를 하는 것이 일반적인 상황에서, 매 연재 회차마다 형태는 어떻든 간에 독자의 요망에 응해 섹스 신을 반드시 넣어야 한다는 암묵적인 룰을 지키면서도 작가의 페미니즘적 세계관이 반영되는 작품이 나타나고 있으며, 꾸준한 독자의 지지도 받고 있다. 이 글에서 주된 사례로 분석할 후유모리 유키코(冬森雪湖)의 작품이 대표적인데, 이중에서도 특히 최근 완결된 시리즈 작품인 『달콤한 꽃의 혈족(甘やかな花の血族)』[8]을 현재 시점에서 TL작품의 〈진화〉[9]를 가장 잘 보여주는 사례로 간주한다.

여기서 '진화'라고 하는 것은 BL연구자인 미조구치 아키코(溝口彰子)가 본인의 저서에서 최근 일어나고 있는 보이즈 러브 장르의 변화를 '진화'라고 명명한 것에서 힌트를 얻었다. 미조구치는 "최근 BL이

---

7) 특히 2000년대 중반부터 2010년에 이르는 기간 동안 TL만화는 일본의 만화산업에서 새로운 시장으로서 주목받았고, TL만화로부터 파생되어 탄생한 TL소설을 전문으로 하는 레이블이 티아라문고(ティアラ文庫)·소냐문고(ソーニャ文庫) 등 2000년대 후반 다수(10개 이상) 등장한 것을 고려하면 TL만화는 일본 만화의 한 장르로서 확고하게 자리 잡았다.

8) 본편은 총 4권으로 2010년 제 1권이 출판되었고, 스핀오프로 본편의 배경이 되는 과거를 그린 〈홍련(紅蓮)〉(총 1권), 본편의 여성주인공이 낳은 외동딸이 주인공으로 등장하는 〈금강(金剛)〉(총 4권)이 2016년에 완결되었다.

9) 구체적인 것은 溝口彰子, 『BL進化論』, 太田出版, 2015, 10쪽을 참조하라.

현실의 일본사회에 존재하는 호모포비아, 그리고 미소지니를 극복하기 위한 힌트를 부여하는 작품을 낳고 있다"(10쪽)이라고 논하면서 이것을 BL장르의 진화라고 정의하고 있다. 물론 진화라고 해도 '만화와 소설이라는 표현물의 장르이므로 한꺼번에 어떤 종에서 다른 종으로 진화하는 것이 아니다. 다양한 작가의 다양한 작품 여기저기에 호모포비아와 이성애규범, 미소지니를 극복하는 힌트를 주고 있는 표현을 발견할 수 있다'는 뜻이라고 부연설명하고 있다. 대중장르로서 만화, 그리고 만화에서 일어나는 다양한 변화를 생각할 때 미조구치의 '진화' 개념은 유용한 것으로 보인다.

이런 관점에서 이 글에서는 ① 여성을 위한 성적 표현을 포함한 만화장르로서 TL만화의 정의와 특징을 살펴보고, ② 후유모리 유키코의 작품 분석을 통해 그녀의 작품에서 TL만화의 특징이 어떻게 구현되고 있으며, 동시에 이것을 어떻게 극복함으로써 대중장르로서 TL만화의 특성을 유지하면서도 남성 중심적 일본사회에 대한 비판, 즉 페미니즘적 메시지를 전달하고 있는지, 나아가 TL만화의 가능성이 무엇인지에 대해 고찰하고자 한다.

2. TL만화의 정의와 특징

1) TL만화의 정의

선행연구에 기반하여 TL만화에 대해 간단히 정리하고자 한다. 우선 앞에서 살펴본 호리 아키코는 TL만화라는 장르에 대해 다음과 같이 설명하고 있다.

TL은 레디코미보다 젊은 층을 대상으로 한 장르로 "연애"를 테마로 한 소녀만화에 성묘사가 포함된 만화로 간주할 수 있다. TL은 1998년에 원조적 잡지가 창간되었고 그 후 유사잡지의 창간이 지속되었다는 점에서 90년대 후반~2000년대 초반에 성립한 장르라고 할 수 있다. 일반적인 소녀만화잡지에 연재되는 작품 중에도 아슬아슬한 성묘사가 사용되는 경우가 있지만 TL의 경우 반드시 작품 중에 성묘사가 포함된다는 점, TL잡지에 연재되는 작품 전부가 성묘사를 포함하는 점을 통해 소녀만화와 TL을 분류할 수 있다.[10]

호리의 분석은 주로 성묘사에서 남녀의 섹슈얼리티가 어떻게 나타나는가에 대한 것으로 남성향 에로만화와 여성향 에로만화, 즉 레디코미와 BL만화, TL만화를 비교하여 그 특징을 찾아내고 있다. 학술적 연구의 대상으로 TL만화를 다루는 경우는 극히 적은 상황 속에서 호리의 연구는 이 분야에서 귀중한 성과이다.

나아가 호리의 연구에서 주목해야 할 부분은 TL만화를 고찰할 때, 내용에 성행위를 포함한다는 점에서 포르노만화로 분류하지 않고, 일본의 만화시장에서 레디코미와 BL만화와 함께 〈성적 표현을 포함한 여성향 만화〉라는 범주에 포함하고 있다는 점이다. 그 근거로서 호리는 ① 우리가 흔히 알고 있는 포르노그래피(pornograpny)와는 달리 실사(實寫)가 아닌 한편, 남성의 성적 욕망 충족을 충족시키는 것을 전제로 하는 기존의 포르노만화와는 다르다는 점, 그리고 ② 여성독자가 주류인 소녀만화의 연장선 위에서 노골적인 성적 표현이 제한된다는 점을 들고 있다.

구체적으로는 포르노그래피라는 용어가 서구에서 역사적으로 남

---

10) 堀あきこ, 『欲望のコード-マンガにみるセクシュアリティの男女差』, 臨川書店, 2009, 114-115쪽에서 요약, 발췌하였다.

성의 전유물이었고 실제 배우들의 성행위를 주된 내용으로 삼아 남성의 시선에 봉사하는 형태로 형성되어 왔다는 점을 고려했을 때, 여성 독자를 타깃으로 만화나 일러스트 등 2차원적인 매체에 가상의 주인공을 등장시켜 이들의 성적 행위를 그려내는 여성향 만화는 그 성격에서 근본적으로 다르다는 점이 강조될 필요가 있다.

이는 매우 중요한 지점인데, 성행위 묘사, 그리고 성기 노출의 유무라는 단순한 분류법으로 포르노와 비포르노를 나누게 되면 성적 표현을 포함한 남성향 매체와 여성향 매체가 일본사회에서 갖는 다른 위상과 역할이 가려지게 된다. 환언하자면, 포르노 대 비포르노라는 단순한 구도로는 남성과는 달리, 사회적으로 성적 욕망을 표출하는 것이 금기시 되는 여성들에게 이런 성적 묘사를 그리거나 읽음으로써 느끼는 해방적인 측면이 간과될 수 있다는 것이다. 남성의 성적 욕망에 복무하는 포르노그래피라는 용어를 여성향 장르에 그대로 적용함으로써 자칫 성적 욕망의 표현을 둘러싼 젠더의 사회적 불평등을 간과하는 효과가 발생하는 것을 근본적으로 차단하기 위한 범주라는 점을 염두에 두어야 한다.

이때 남성향 장르에서 섹스 묘사는 대부분 여성에 대한 남성의 육체적, 사회적 지배를 상징하며 자연스러운 것으로 여겨지는 남성의 성욕을 반영하는 것으로, 여성성에 대한 남성성의 우월함을 강조하는 클리셰적인 효과를 발휘하지만, 〈성적 표현을 포함한 여성향 만화〉에서 섹스묘사는 그와는 본질적으로 다른 성격을 갖는다. 특히 여성의 욕망을 표출하는데 억압적인 동아시아의 사회문화적 맥락에서 그 표현의 형태가 남성향 장르의 그것과 유사하다 할지라도 그 의미와 독자가 받아들이는 방식은 남성향 장르와는 크게 다르다는 점이 강조되어야 한다.[11]

모리 나오코(守如子)의 논의도 이를 뒷받침하는데, 그는 성표현의
목적을 논하면서 성을 그리는 자체가 목적인 경우와 별도의 주제가
있고 그에 부속되어 성을 그리는 경우가 있다고 분류하면서, 전자를
포르노그래피라고 본다면 여성향 성 표현 중 많은 수가 연애를 그리
는 과정에서 성을 그리고 있으므로 후자에 포함된다고 본다. 특히 이
글에서 다루는 TL만화는 이름 자체에 '러브'가 포함되어 있다는 점
에서도 알 수 있듯이 연애가 작품의 주제이며, 성표현도 연애에 연결
된 형태로 존재한다는 점이 가장 큰 특징이라는 것이 모리의 분석이
다.12) 이와 관련해서 연애에 바탕한 섹스라는 TL만화의 정형성은 다
른 여타 사회적 수단을 갖지 못하는 여성이 사랑을 통해 상대방 남성
을 정신적, 육체적으로 지배하고자 하는 욕망의 표출로 해석될 여지
가 있다는 점을 부연하고자 한다.

한편, 이렇게 학계의 관심이 적은 TL만화에 대해서 비평 동인지라
는 형태로 개인연구를 진행해온 사례가 존재한다. 2008년에 출판된
동인지『틴즈 러브를 알기 위한 가이드북(ティーンズラブを知るためのガ
イドブック)』(前途洋洋だ會發行, http://lilmag.org/?pid=9758339)을 시작
으로『푸랑탄출판 티아라문고 총해설(プランタン出版ティアラ文庫總解
說)』(2010),『티아라문고 총해설3(ティアラ文庫總解說 3)』(2012),『연애
통계~완전판(戀愛統計~完全版)』(2016) 등이 코믹 마켓 등의 동인지 즉

---

11) 이것은 남성과 여성이 성적 욕망에서 이렇게 다르다는 식의 성별이분법이 아니다.
오히려 현재까지 성적 표현을 둘러싼 논의가 남성 중심적으로 진행되어 온 현실에서
그에 바탕한 용어를 적절한 해석 및 변용 없이 그대로 여성들이 주로 향유하는
매체에 적용할 경우, 오히려 해석상의 왜곡과 오류가 발생할 수 있다는 우려에 바탕
한 것으로 연구자는 해석하고 있다.

12) 守如子,「性的欲望の主體としての女子 : 女性向け性表現を中心に」,『日本教育社
會學會大會發表要旨集錄』62, 440-441, 2010, http://ci.nii.ac.jp/els/contents
110009358262.pdf?id=ART0009891787

매회에서 발행되고 있다. 그 중에서도 가장 최근에 발행된 마키타 미도리(牧田翠)의 『연애통계~완전판』은 여성향 만화에서 연애와 섹스가 어떤 식으로 그려져 있는가에 대해 작품의 통계를 작성하여 분석에 도전하고 있는 동인지이다. 마키타에 따르면 여성향 만화에서 이성간의 섹스를 주된 내용으로 삼고 있는 것은 레디코미와 TL만화 둘 다이지만, "성행위가 대부분의 작품에서 그려지고 있는 잡지, 표지가 실제 사진이 아닌(=레디코미가 아닌) 것"(12쪽)을 TL만화로 정의하고 있다. 마키타가 정의하는 TL만화의 특징은 다음과 같다.

1. 장르 성립은 90년대 후반으로 '레디코미 같은 과격한 것이 아니라 소녀만화의 연장으로서의 섹스가 읽고 싶은' 독자를 대상으로 만들어졌다
2. 2002년경에 〈틴즈 러브〉라는 장르명이 정착하였고, 일시적으로는 규제도 적어서 과격한 성 묘사를 주된 내용으로 하고 있었지만 2008년부터 수정이 강해졌다. 농후한 성 묘사가 특징인 레디코미와는 달리 소녀만화적인 문맥에서 연애를 하고 그 결과로서 성행위를 하는 것이 특징이다.
3. TL잡지는 A5판, 800페이지 정도의 책(통칭: 마쿠라혼(枕本))과 신서사이즈로 재록작품 중심의 책으로 크게 나뉜다. 이 잡지들은 잡지명과 선전문구에서 '연애' '애정' 등을 주장하는 경우가 많고, 잘 모르는 사람들이 보면 일반적인 소녀만화로 보이도록 배려하고 있는 것으로 보인다.
4. 또 각각의 잡지에 '모두 단편' '단편 충실' 등의 기재가 많고, '단편'이므로 그 자리에서 충동적으로 구입하는 소비를 노리고 있다
5. 표지 구도에서는 남성이 일방적으로 여성을 껴안는 등의 표지가 많다는 점에서 '미남이 접근해 주기' 소망을 읽어낼 수 있다.[13]

마키타는 TL잡지를 전자서적으로 구입한다고 밝히면서 TL만화의 주된 소비패턴과 점점 더 전자출판으로 바뀌고 있는 상황에 대해서도 주목하고 있다. 만화를 읽고 싶으면 언제라도, 어디서도 바로 살 수 있고, 본인이 원하는 작품만 골라서 읽을 수 있는 전자출판이 명백히 편리하기 때문이다. TL만화는 매 작품 당 성묘사가 반드시 들어간다는 룰이 존재하기 때문에 여성이 일반 서점에서 구입하기 보다는 사적인 공간에서 전자출판된 작품을 단편 위주로 스마트폰이나 컴퓨터로 혼자 읽는 경우가 많다.[14]

전자출판으로 TL을 읽는 독자의 확실한 숫자를 파악할 수 있는 통계는 아직 존재하지 않지만 전자서적을 판매하는 거의 모든 플랫폼에 TL코너가 있고, TL을 독립적인 장르로 분류하여 판매하고 있는 것을 보면 독자의 수요는 명백히 존재하는 것으로 보인다. 또한 서적으로 출판된 TL만화가 전자출판으로 서비스되는 경우도 있지만 그 반대의 경우, 즉 전자출판 플랫폼에서 인기를 얻은 작품이 나중에 인쇄되어 단행본으로 출판되는 경우도 늘어나고 있다는 점[15]에서 TL만화가 하나의 장르로서 일정한 독자의 수요를 충족시키고 있다는 점을 확인할 수 있다.[16]다만 아직 인지도가 높은 작가가 적은 TL만

---

13) 牧田翠, 『戀愛統計 完版版』, 자주출판 동인지, 2016, 11−12쪽에서 발췌, 요약.

14) 이에 비해 소설은 텍스트 분량이 많고 문고판 사이즈로 판매되기 때문에 전자출판 보다는 인쇄물의 판매가 더 많은 것으로 보인다.

15) 구체적인 예로는 전자서적 플랫폼에서 단편으로 연재되어 인기를 얻자 2016년에 단행본으로 출판된 『漫畫家とヤクザ』(コダ, 2016)등이 있다.

16) 원래 A5사이즈의 '마쿠라혼' 사이즈로 월간지로 출판되는 만화잡지가 TL만화의 기본적인 포맷이었지만 성 묘사에 대한 규제가 엄격해짐에 따라 잡지를 취급하던 편의점과 서점이 적어져서 스마트폰으로 읽을 수 있는 전자출판이 주류가 되었다. 최근에는 서점에서 판매되는 양보다 전자서적으로 빌려보는 형식의 전자서적 렌탈 사이트에서 판매량이 단행본 판매의 2배까지 올라올 정도로 전자서적의 비중이 높아진 것이 TL의 특징이기도 하다. 흥미로운 것은 TL은 2010년대부터 한국에도

화업계 상황을 고려해보면 이러한 상황에서는 신인작가를 길러내기가 어렵다는 한계점도 존재한다.[17]

2) TL만화의 특징

여성을 위한 성적표현 매체이자 대중장르로서 TL만화는 여러 가지 정형적인 스타일을 가지고 있다. 호리는 이를 다음과 같이 정리하고 있다.

> 1) 소녀만화에 인기 있는 그림체와 유사성을 지닌다: 비교대상으로서 레디코미는 극화(劇畵)풍에 가까운 스타일로 소녀만화와는 거리가 있고, 섹스 신을 제외하면 일반적인 소녀만화와 차이를 느끼기 어렵다.
> 2) 대부분의 내용이 연애를 다룬다는 점에서 성묘사가 있는 소녀만화로 위치 지워진다. 하지만 성을 배제하는 경향이 있는 소녀만화에 대해 TL만화는 소녀만화의 테마인 연애와 성을 연결 짓는 경향을 지닌다.
> 3) 연애에 초점이 맞춰지기 때문에 레디코미보다 캐릭터와 무대설정이 치밀하고 연애와 성이 밀접하게 연결되어 있기 때문에 섹스에 이르는 과정이 상대적으로 길다.[18]

정식으로 번역되었는데 책으로 출판된 것은 거의 없고, 전자서적의 형태로 제공되고 있다는 사실이다. 牧田翠, 『戀愛統計 完全版』, 2016, 11-12쪽에서 필자의 요약 및 인용.

17) 이 글에서는 다루지 못했지만, 이러한 전자출판(웹툰) 형태를 띤 TL만화의 소비(주된 소비층, 소비 패턴, 인기 작품과 경향성)에 대해서는 별도의 연구가 필요할 것으로 보인다.

18) 堀, 2009, 114-115쪽.

1)에 대해서는 레디코미에서 인기 만화가인 모리조노 미루쿠(森園 みるく)와 각주에서 언급한 인기 TL만화가인 야마구치 네네의 그림 스타일을 비교하면 쉽게 알 수 있다.

모리조노 미루쿠의 경우 선이 강렬하고 화려하며 보다 남성향 만화에 가까운 인체비율을 유지하는 것이 특징이다. 또한 소녀만화의 특징 중 하나인 내면 묘사(독백)가 거의 없고 행동과 대사로 사건이 전개됨으로써 독자에게도 강한 인상을 남긴다. 이에 비해 야마구치 네네는 선이 매우 가늘고 부드러운 배경효과를 사용하고 있으며, 주인공의 내면 묘사(독백)가 스토리 전개에 중요하게 부각되고 있다. 초기작부터 현재에 이르기까지 일반적인 소녀만화와 동일한 것으로, 이후 전개될 성 묘사를 제외하면 소녀만화의 일반적인 스타일과 거의 유사하다고 할 수 있다.

나아가 2)에서 논하는 TL만화의 특징과 관련하여 주목할 점은 2000년대 중반, 일본의 소녀만화 자체가 변모하기 시작했다는 점이다. 과거와는 달리 소녀만화에 주인공의 성행위를 포함한 성적 표현이 내용의 일부분으로 포함되기 시작했고, 그것이 사회적으로 인지되기 시작한 것이 2000년대이다. 일본의 소녀만화는 1990년대까지 거의 성 표현을 포함하지 않았고, 포함된다고 하더라도 간접적인 표현이 일반적이었다.[19] 이런 상황에서 소녀만화를 보고자란 독자층이 성인이 되면서 1980년대 중반부터 소녀만화에서는 다루어지지 않는 성인의 일과 연애, 결혼과 성을 원하는 독자층이 발생하게 되었다. 이에 대응하여 나타난 것이 레이디스 코믹이라는 장르였고, 이후

---

19) 대표적으로 〈베르사이유의 장미〉에서 그려지는 남녀주인공의 첫날밤 묘사를 들 수 있다. 두 사람이 섹스를 한 것은 알 수 있지만, 구체적인 신체부위 노출은 거의 없다.

레이디스 코믹은 1990년대에 들어가 성인 여성의 삶과 사랑을 다루는 영레이디스 코믹(Young Ladies' Comics)과 과격한 성행위를 포함한 여성용의 포르노그래피 만화인 레디코미(レディコミ)로 나뉘게 된다.[20] 즉 소녀만화 자체는 여전히 전통적인 스타일을 유지하는 한편, 소녀만화의 서브 장르로서 성인 여성의 성과 사랑, 삶을 다루는 레이디스 코믹이 발생한 것이다. 동시에 레이디스 코믹이 묘사하는 여성의 현실에 대해 비판적인 많은 여성들이 이성애 대신 남성간의 동성애를 다루는 BL만화를 적극적으로 생산, 소비하였다.[21] 즉 소녀만화는 여전히 성적 표현에 대해 보수적인 입장을 취하는 한편, 성인 여성을 주 대상으로 하여 소녀만화 내부의 새로운 하위 장르가 성적 표현을 포함하기 시작했다. 그러나 2000년대에 들어가서는 중고생 독자를 주된 독자층으로 삼는 소녀만화 잡지들이 소녀들 삶의 한 부분으로서 성을 다루기 시작한다. 예를 들어 2006년 11월 6일자 아사히(朝日)신문에서는 「少女漫畫の過激な性表現は問題? 抑えるも、完全回避は不可能」라는 기사를 싣고 있는데, 이것은 2000년대 중반 당시 중고생 소녀들을 대상으로 하는 소녀만화 잡지에 실린 성묘사가 과격하다는 부모들의 항의에 대해 잡지사가 소녀들의 연애 자체가 변화하고 있다는 점을 강조하는 내용이다.

여기서 문제가 된 소녀만화잡지들은 소위 만화출판계의 주류에 속하는 쇼가쿠칸(小學館)에서 출판하는 10대 여자 청소년을 대상으로 하는 일련의 잡지(『少女コミック(SHO-COMI)』 등)로, 여전히 논란의 대

---

20) 구체적인 것은 김효진 2014a를 참조하라.
21) 물론 BL만화의 계보를 거슬러 올라가면 70년대 미소년만화, 1980년대 애니메의 패러디인 야오이, JUNE계에 그 뿌리를 두고 있으므로 90년대에 갑자기 나타난 것은 아니다. 다만 이전과는 구분되는 BL이라는 장르가 성립한 것은 1990년대라고 할 수 있다. 지면의 한계로 이 부분에 대해서는 추후에 논의하고자 한다.

상이 되고 있다. 이 잡지들은 기본적으로 중고교를 배경으로 여성 주인공이 이성애 연애를 하는 과정의 일부분으로 성 묘사를 포함하는데, 과거와는 달리 보다 구체적인 성행위 묘사가 포함되거나 성적 쾌감을 느끼는 장면이 들어가는 등, 소녀만화에서 허용되던 성적 표현의 한계를 넘어서는 사례가 많았고 이것이 소녀들에게 인기를 얻는 상황이 지속되고 있다.

다만 앞에서도 살펴보았듯이, 이들 소녀만화는 모든 회에 성적 묘사가 포함되는 것은 아니며 어디까지나 연애의 과정이 중심 내용이라는 점이 TL만화와 다르다. 다만 이런 소녀만화의 변화를 실시간으로 경험한 젊은 독자들에게 TL만화의 스타일은 익숙하게 느껴졌을 것이고, 그로 인해 여성만화의 하위 장르로서 TL만화가 보다 쉽게 정착한 것으로 추측된다.

즉 과거 레이디스 코믹, 특히 레디코미가 성인여성을 대상으로 남성용 포르노그래피에 가까운 과격한 성행위 및 소녀만화와는 구분되는 극화풍 그림체를 특징으로 삼았다면, 2000년대부터 인기를 얻기 시작한 TL만화는 소녀만화 자체가 성을 그리기 시작했다는 변화와 보다 밀접한 관련이 있다. 즉 소녀만화적 그림체로 소녀의 연애와 해피엔딩으로서의 섹스를 그려낸다는 점이 TL만화가 레디코미와 명백하게 구분되는 특징이다. 또한 2017년 현재, TL만화의 상당수가 대학생이나 직장인 여성, 나아가 30대 여성까지를 여성주인공으로 등장시키고 있다는 점은 TL만화의 독자층이 점점 확대되고 있다는 해석을 가능하게 한다.

3. 후유모리 유키코의 작품세계

후유모리 유키코는 1990년대 후반의 데뷔 이후 잠시 단편집과 단편을 시리즈화한 단행본을 출판했지만 2002년부터 2008년까지 총 8권, 외전을 포함하면 총 10권까지 연재된 『사랑과 욕망의 나선(愛と欲望の螺旋)』 시리즈를 시작으로 『실락원에 젖은 꽃(失樂園に濡れる花)』, (총 4권) 그리고 이 글에서 주로 다룰 『달콤한 꽃의 혈족』 등, 다양한 장편 시리즈를 출간하였고 지속적으로 인기를 얻고 있다.[22] 앞에서 살펴본 것처럼 잡지를 중심으로 단편 위주 작품이 많은 TL만화에서 일반적인 작품 경향이 소녀만화적인 작품 스타일로 고전적인 소녀만화의 해피엔딩 이후를 그려내는 것이라고 한다면, 후유모리는 오랜 경력을 토대로 일반적인 TL만화와는 달리 강간, 가족 문제와 복수, 인간의 복잡한 심리 등을 그려내는 작가이다. 다만 그림 스타일은 소녀만화의 전통에 충실하게 화려하고 가늘게 그려내는 인물상을 중심으로 하고 있기 때문에, 표지 일러스트와 내용의 갭을 느끼는 독자도 적지 않다.

1) 후유모리의 만화에서 나타나는 성묘사의 전형성

이를 분석하기 위해서 후유모리의 출세작으로 TL만화가 독자적인 장르로서 성립한 2000년대 초반 무렵(2002) 연재가 시작되어 2008년 완결된 『사랑과 욕망의 나선』을 살펴보겠다.

어머니의 재혼으로 인해 쌍둥이 오빠인 류가(龍我)와 다이가(泰我)

---

22) 특히 첫 번째 장편 연재작이었던 『사랑과 욕망의 나선』은 그 당시 중고시장에서 원래 책가격의 두 배 이상으로 팔리기도 하고 TL만화로서 2017년 현재까지 유일하게 문고판으로 2008년 다시 출간되는 등, 큰 화제를 불러온 작품이다.

와 의붓남매가 된 여주인공인 마아야(まあや)는 의붓아버지의 집에서 함께 살게 되면서 어딘지 모르게 우수에 찬 다이가에게 서서히 끌리게 된다. 하지만 다이가는 얼마 지나지 않아 부모가 집을 비운 사이에 마아야를 강간하고, 지속적으로 관계를 맺는다. 마아야는 반항하지만, 갓 재혼하여 행복을 찾은 어머니를 위해 자신에게 집착하는 다이가의 지속적인 성관계 요구를 받아들이는데, 그 과정에서 점차 다이가가 사실은 그 누구보다 외로운 존재로 누구에게도 말할 수 없는 비밀을 지니고 있다는 사실을 알게 된다.

그 비밀이란 다이가가 류우가에게 손대지 않는 것을 조건으로, 어릴 때부터 아버지와 사이가 좋지 않았던 실제 모친으로부터 지속적으로 성관계를 강요받았고 그로 인해 모친이 다이가의 아들을 임신했다는 것, 그러나 다이가가 몰래 넣은 수면제를 먹고 운전하다 낸 사고로 인해 사망한 것으로 추정된다는 것이었다. 그런 비밀을 지니고 고통스러운 삶을 살아온 다이가를 결국 마아야는 의붓남매이고 첫 시작이 강간이었다는 아픔에도 불구하고 연인으로서 받아들이며, 그를 용서함으로써 구원하고 성인이 된 후 부모의 반대에도 불구하고 최종적으로 결혼한다는 것이 주 내용이다.

자신을 강간한 남성을 사랑하게 되고 강간으로 시작된 관계임에도 불구하고 이 남성과의 성적 접촉에서 쾌락을 얻게 된다는 설정은 사실 성적 표현을 포함한 여성향 만화에서는 흔히 사용되는 모티브이다. 레디코미의 성행위에서 흔히 묘사되는 관계성을 분석한 후지모토 유카리(藤本由香里)에 따르면, 레디코미(혹은 여성향 이성애 에로만화)에서 이런 강간에 의한 섹스는 여성이 자신의 성욕을 적극적으로 표현하는 것이 문화적으로 터부시되는 일본사회에서 자신이 바란 것이 아니기 때문에 오히려 자유롭게 쾌락을 향유할 수 있는 방법으로

서 그려질 때가 많다고 한다. 또한 여기서 여주인공을 강간하는 남주
인공은 그녀의 '운명의 남자'로서, 깊은 애정 때문에 욕망에 패배하
여 '사랑으로 인한 강간'[23])에 이르게 되는 것으로 그려진다.

그리고 이를 합리화하기 위해 처음부터 여주인공은 남주인공에게
호감을 갖는 것으로 묘사된다. 이 또한 레디코미에서 흔히 나오는 패
턴으로 여성 독자층을 겨냥한 장르에서 성적 표현을 다룰 때 공통되
는 일종의 장르적 문법이라고 할 수 있다.[24]) 나아가 Shamoon은 레
디코미가 보여주는 피학적인 여성의 욕망과 쾌락은 성적 불평등이
존재하는 현실 사회에서 이들이 추구할 수 있는 유일한 방법이라고
분석한다.[25])

예를 들면 1권에서 처음 마아야가 다이가에게 강간을 당하게 되기
까지 묘사되는 것은 다이가의 아름다운 외모와 맑은 눈동자(11-12쪽)
에 마아야가 마음을 빼앗기는 장면, 처음 만나자마자 마아야에게 키
스하는 다이가의 행동에 당황하는 마아야의 모습(13쪽), 새로운 학교
에 적응하는 과정에서 괴롭힘을 당하는 마아야를 다이가가 막아주는
장면(19-21쪽), 또 다른 오빠인 류가가 마아야를 신경 쓸 때 질투하는
장면 (23쪽) 등이다. 이런 계기로 인해 마아야는 다이가 없이는 외로
움을 느낄 정도로 다이가에게 의지하고 호감을 보이게 된다. 이런 상
황 직후에 이어지는 다이가의 강간은 범죄 행위라기보다는 마아야를

---

23) 溝口, 2015, 53쪽. 흥미롭게도 이런 설정은 1990년대 BL만화에서도 흔히 찾아볼
   수 있는 설정이다.
24) 상세한 것은 藤本由香里(1999)를 참조하라. 그리고 BL의 유형에 대해서는 溝口
   (2015)가 상세하다.
25) Shamoon Deborah, 2004, "Office Sluts and Rebel Flowers: The Pleasures
   of Japanese Pornographic Comics for Women" Porn Studies, Duke University
   Press.

독점하기 위한 애정으로 인한 행위로서 해석될 여지를 남긴다. 실제로 행위 도중에 마아야는 계속 거부하지만, 다이가의 애무에 의해 흥분하며 다이가의 눈동자가 맑다고 생각하면서 결국 끝까지 저항하지 않고 그를 받아들이는 것으로 그려진다.

이 모든 내용이 총 40페이지, 약 1화 분량에 다 포함된다는 점, 그리고 본편이 완결되는 8권 마지막 회까지 총 30회, 각각의 회마다 다이가와 마아야의 섹스가 다양한 형태로 포함된다는 점을 고려해 볼 때, 앞에서 살펴본 바 모든 작품에 섹스가 포함되어야 한다는 TL만화의 룰이 성실하게 지켜지고 있다. 또한 비록 주인공의 첫 경험이 강간에 의한 것이라고 하더라도 주인공이 이미 상대방에 대해 호감을 가지고 있다는 점, 그리고 상대방 또한 주인공에 집착하는 모습을 통해 나름대로의 애정이 표현되어 있다는 점은 후지모토가 분석한 바, '운명의 남자'에 의한 강간이 오히려 섹스를 통한 쾌락을 추구할 수 있는 계기가 되는 강간 판타지의 전형적인 묘사에 포함된다.

흥미로운 것은 2017년의 시점에서 되돌아보면 이 작품은 최근 인기를 얻는 TL만화와는 다른 이질적인 스타일이라는 점이다. 이성애 연애의 결말로서 행복한 섹스를 그린다는 TL만화의 일반적인 특징에서 본다면, 의붓오빠의 강간으로 인한 첫경험과 실제 모친의 자녀에 대한 성적, 정신적 학대라는 무거운 테마는 일반적인 TL만화보다는 과격한 성 묘사를 특징으로 하는 레디코미에 보다 적합한 것으로 보이며, 현재 TL만화의 주류와는 거리가 있다.

그렇다면 왜 이 작품이 그 당시에는 TL만화로서 출판되었으며, 또 후유모리는 지금까지도 TL만화가로서 경력을 쌓아올 수 있었던 것일까? 그 이유로는 우선 후유모리의 그림체가 화려하고 가는 선을 특징으로 하는 소녀만화풍이라는 점을 들 수 있다. 후유모리의 남주인공은 강인한 근육 등을 통해 강한 남성성을 강조한다기보다는 섬세한 선에 의해 그려진, 여주인공과의 대비를 통해 상대적으로 남성임이 드러나는 스타일이다. 이는 소녀만화의 남성 주인공에게 전형적으로 드러나는 특징으로서, 극화풍이 중심인 레디코미에 비해 후유모리의 그림체는 보다 소녀만화의 문법에 가까운 TL만화에 적합하다고 할 수 있다.

둘째, 내용상으로는 복수와 근친상간 등 레디코미에서 흔히 등장하는 소재를 다루고 있지만 남녀주인공의 관계가 '운명의 상대'로 설정되어 있고, 총 8권에 이르는 연재분에서 상호배타적인 성행위가 이루어진다는 점, 그리고 이 관계의 근본에는 독점욕으로 표현되는 애정이 존재하고 최종적으로 남녀주인공이 결혼이라는 해피엔딩을 맞는다는 점을 들 수 있다. 전체 플롯을 살펴보았을 때 여성주인공의 성적 편력과 성적 쾌락의 추구를 중시하는 레디코미와는 달리, 연애의 결말로서 결혼이라는 소녀만화의 전통에 가깝다는 점에서 TL만화의 가장 큰 특징을 유지하고 있다.

마지막으로 2002년은 '틴즈 러브'라는 장르명이 서서히 확산되어, 소녀만화와 레디코미와는 다른 독립적인 장르로서 성립하기 시작한 해인 동시에[26] 장르의 초창기에 해당하는 시기이기도 하다. 1990년대 초반 BL만화 시장이 성립할 당시처럼,[27] 아직 장르의 특성이 명확하지 않았던 시장에 다양한 작품이 소녀만화풍의 그림체로 '여성을 위한 연애와 섹스'를 포함하고 있기만 하면 TL만화로서 출판되고 있

---

26) 牧田(2016)를 참조한 것이다.

27) 실제로 인기 BL만화가로 최근 활동범위를 넓혀가고 있는 요시나가 후미는 본인이 데뷔했을 때 (1990년대)는 BL시장이 확대되어 남자들의 사랑이기만 하면 뭐든 연재가 가능했던 시기로 자신도 편집부도 자유로웠다고 밝히고 있다. よしながふみ, 『あのひととここだけのおしゃべり』, 太田出版, 2007, 87쪽.

던 시기이기도 하다. 이 시기에 확실한 히트작(『사랑과 욕망의 나선』)을 만들어내고 고정팬층을 확보할 수 있었기 때문에 2017년 현재, TL만화의 대부분이 현대를 배경으로 하여 회사나 대학에서 연애하는 커플의 일상을 그리는 상황에서도 후유모리는 최신의 유행에 구애받지 않는 자유로움을 유지할 수 있었던 것으로 추정된다. 또한 바로 이 자유로움으로 인해 후유모리는 TL만화의 경계를 적극적으로 시험하고 탐색하고 있는 작가라고 할 수 있을 것이다.

2) 『달콤한 꽃의 혈족』: 여성 3대에 걸친 미소지니와 가부장제에 대한 도전

2016년, 전 9권으로 완결된 이 시리즈는 여주인공이 복수의 남성에게 구애받고 관계를 갖는 '역할렘'물이라는 선전문구로 팔리고 있던 작품이다. 할렘물이란 원래 남성향 포르노만화에서 인기 있는 남주인공이 복수의 여성과 관계를 맺는다는 설정을 의미하는데, 이를 여성주인공이 복수의 남성을 상대로 하는 것으로 반전시킨 경우 '역할렘물'이라는 용어로 분류하고 있다.

여주인공인 아사카(朝霞)는 할머니와 함께 살고 있는 평범한 사무실 여직원이다. 허브를 좋아해서 허브를 이용한 차와 연고 등을 만들고 있지만, 주위는 무슨 생각을 하는지 알 수 없는, 이상한 사람으로 생각하고 있다. 어느 날, 아사카가 다니던 회사의 사장인 다카즈카 도고(高塚東吾)와 그 사촌동생인 지하야(千早)가 접근하게 되는데, 아사카는 처음 만날 때부터 행동이 고상하고 수려한 미남인 도고에게 강하게 끌리게 된다. 그런 아사카에게 도고는 결혼을 전제로 한 교제를 신청하고 상황을 잘 파악하지 못한 상태에서 도고의 자택을 방문했던 아사카는 그날 밤 도고에게 강간을 당하게 되고(제1화) 이후 감금되어 도고와의 결혼을 강요받게 된다.

상황을 전혀 알지 못한 채 감금된 아사카는 그 과정에서 사실은 자신이 다카즈카 가문을 대대로 도와온 야토히메(夜十姫)의 일족이라는 사실, 그리고 야토히메로서 자신에게 다카즈카 가문의 당주를 선택할 역할이 주어져 있다는 사실을 알게 된다. 야토히메는 허브, 즉 약초에 대한 지식, 그리고 섹스와 신체 접촉을 통해 타인의 상처를 치료하는 능력을 가진 모계 일족으로 어떤 과거의 사정으로 인해 고향을 떠나 도쿄에서 살게 된 것이다.

이상의 스토리에서는 보통 사람이었던 여주인공이 원래 고귀한 존재로서 특별한 일족의 후계자였다고 하는 소위 '출생의 비밀'계의 설정이라는 점, 그리고 앞에서도 살펴본 (운명의 남성에 의한) '강간에 의한 성교섭'의 모티브가 나타나 있다. 즉 이미 강간에 의한 관계시작은 장르의 문법 중 하나이다.[28)]

그러나 이 작품에서는 이런 관습적인 패턴에 3대에 걸친 야토히메의 운명을 따라가면서 야토히메가 원래 모계로 구성된 커뮤니티를 만들어서 그 질서를 따라 살아가고 있던 일족이라는 설정, 그리고 주체적인 여주인공의 선택을 통해 우리들이 살아가는 사회가 얼마나 여성의 섹슈얼리티에 대해 억압적인가, 그리고 섹스와 결혼을 연결 짓는 룰이라는 것이 얼마나 가부장적인가에 대해서 장르적 문법을 유지하면서도 날카롭게 그 모순을 파고들고 있다. 이하에서는 구체적인 사례를 통해 분석하고자 한다.

---

28) 물론 이런 설정 자체가 갖는 문제점은 여러 가지가 있지만, 여기에서는 TL만화를 포함한, 성적 표현을 포함한 여성향 만화에서 흔히 나타나는 패턴 중 하나로서 중립적으로 기술하고 있다.

(1) 섹스의 쾌락에 빠져드는 여성을 대하는 남성의 이중성에 대한 비판

남주인공인 도고는 자신을 당주로 선택하게 하기 위해 아사카를 강간, 감금하여 결혼을 강요한다. 특히 섹스의 쾌락을 통해 아사카를 자신의 것으로 만들고자 계획하여 지속적으로 섹스를 강요하고 저항하고 있던 아사카는 결국 그로 인해 도고와의 섹스를 통해 쾌락을 얻게 된다. 그것은 도고와의 섹스에 익숙해졌을 뿐만 아니라, 다카즈카 가문 및 그 일대 지역에서 무녀로서 봉사해온 야토히메의 유전 때문이라는 점이 밝혀지지만, 그런 아사카의 변화를 기뻐하는 한편, 도고는 경멸하기도 한다.

> 도고(이하 T) 내가 너를 범한 밤부터 그랬어/ 아무리 싫어하고 있어도 다카즈카의 남자에게라면 젖어버리지/ 이것이 야토히메의 몸/ 태어났을 때부터 창부(娼婦)인 (제4권, 19쪽)

처음에는 성교섭을 두려워하던 여주인공이 상대 남성, 특히 '운명의 남자'와의 섹스를 통해 두려움을 극복하고 섹스의 쾌락을 알게 된다는 것은 합의에 의한 것이라면 바람직한 일이다. 그러나 일본을 비롯하여 여성의 섹슈얼리티에 보수적인 동아시아에서는 비록 그것이 사랑하는 상대와의 행위라고 해도 여성이 섹스를 바라거나 또 섹스를 통해 적극적으로 쾌락을 얻고자 하는 것은 비판의 대상이 된다. 물론, 여기서 도고의 대사는 사실상 여주인공, 또는 여성독자의 배덕감(背德感)을 높이기 위한 패턴화된 대사라고 해석할 수도 있다. 굳이 '창부'라는 용어를 사용하여 비난하는 것은 아이러니컬하게도 그 정도로 여주인공이 상대인 남성을 성적으로 유혹하여 섹스의 쾌락을 부여할 수 있는 여성이라는 증명으로서 기능하고 있기 때문이다.

　이런 도고의 대사에 대해 여주인공은 죄책감을 갖게 되어 자신을 탓하거나, 자신이 연인에게 성실하지 못한 여자인가를 의심하기도 하지만, 최종적으로 어떤 깨달음을 얻는다. 본편의 마지막 부분에서 아사카와 도고의 결혼이 결정되어 도고는 자신이 당주가 될 것임을 확신하지만 마지막 부분에서 아사카는 당주로 도고 대신 다른 사람-도고의 사촌동생인 지하야-을 선택한다. 관습에 의하면 다카즈카 가문의 당주와 야토히메는 반드시 3일간 신사에 단둘이 틀어박혀 성교섭을 포함한 의식을 치러야 한다. 아무리 의식을 위한 것이라고 해도 사랑하는 상대인 자신을 제외하고 다른 남자와 성교섭을 갖겠다고 결심한 아사카를 책망하는 도고에게 아사카는 이렇게 항변한다.

　　　아사카(이하 A) 의식이라고 이름을 붙여서/ 야토히메의 몸은 기분 좋으니까 섹스해달라고 끈질기게 몸을 요구하고/ 그에 응하면 응해주는 대로 더러운 창부라고 경멸받아요
　　　T 야토히메는 옛날부터 그런 풍습이라…
　　　A 적어도 지금 다카즈카의 남자들이 나를 보는 눈은 모두 그래요/ 적당히 해줘요/ 우리들을 안고 싶어 하는 건 언제나 당신들 남자들이잖아요/ 기분 나쁘다고?/ 잘도 그런 말이 나오네요/ 내 몸은 신성하지도 더럽지도 않아/ 당신들이 제멋대로 정하고 있을 뿐이에요!!! (제 4권, 110-111쪽)

　과거로부터 이어져 온 풍습이라는 이름 아래 야토히메의 몸을 이용해서 쾌락을 얻는 한편, 자신이 곤란해지면 야토히메를 비도덕적이고 더럽다고 비난하는 남자들이라는 구도는 현대 동아시아 사회의

남녀관계에서 그리 떨어져 있지 않다. '창부'라는 용어가 에로만화에서는 때로는 섹스를 잘하는 여성, 또는 섹스에 적극적인 여성에 대해 일종의 칭찬처럼 사용되기도 하지만, 결국 그것은 (창부가 아닌) 보통 여성은 섹스에 관심을 갖지 않으며 그를 통해 쾌락을 추구하지도 않는다는 여성의 섹슈얼리티에 대한 스테레오타입을 강화하는 결과를 낳는다.

아사카의 대사는 그에 대한 강력한 반론으로 그것을 읽고 있던 독자(대부분이 여성일)가 여성의 섹슈얼리티에 대한 남성의 이중성에 대해 공감하게 될 것이다. 물론 아사카가 다카즈카 가문의 남자와의 섹스에서 쾌락을 쉽게 얻을 수 있는 것은 태어날 때부터 타고난 것이라는 작품의 설정이 존재하고, 일반적인 여성이 아니기 때문에 오히려 이러한 반론을 할 수 있는 것도 사실이다. 그러나 그와 함께 여성의 섹슈얼리티, 나아가 여성의 성적 욕망에 대해서 이러한 특수한 설정을 붙이지 않으면 안심할 수 없다는 현실을 반영하고 있는 것이기도 하다.

나아가 후유모리는 이 시리즈의 3대에 걸친 여주인공-히사메(氷雨), 아사카, 미유(美優)-이 모두 '운명의 남자' 이외의 남성과도 여러 이유로 섹스를 하는 것으로 그리고 있다. 이는 운명의 남자를 만나 행복한 연애의 결과로 섹스에 이르는 과정을 테마로 하는 일반적인 TL만화에서는 거의 찾아볼 수 없는 독특한 전개로, 여성의 섹슈얼리티, 그리고 성적 자유에 대한 후유모리의 관점이 짙게 반영되어 있다.

아사카의 경우는 사랑하는 연인인 도고가 있지만 야토히메로서 당주로 자신이 선택한 지하야와 성교섭을 포함한 의식을 치렀고, 그 과정에서 딸인 미유를 임신하게 된다. 과연 누가 미유의 친아버지인지 알 수 없게 된 아사카는 다카즈카 가문을 떠나지만, 결국 도고가 미유와 함께 아사카를 받아들이기로 결심하면서 해피엔딩을 맞는다.

아사카의 선조인 히사메는 야토히메로서 이하에서 상술하겠지만 섹스와 약초를 통해 타인을 치유하는 무녀적인 역할을 자랑스러워 할 뿐더러, 다양한 남자와의 성교섭을 통해 아이를 갖는 것을 당연시한다. 나아가 아사카의 딸인 미유는 성장과정에서 다카즈카 가문의 후계자 자리를 노리는 자신의 가정교사에게 순결을 빼앗기고 그의 강요로 인해 원치 않는 성교섭을 계속하지만, 결국 약혼자를 찾는 과정에서 만난 마사무네(正宗)를 만나 사랑에 빠지면서 과거의 관계에 얽매이지 않고 새로운 사랑을 선택한다.

이렇게 여성 주인공이 남자주인공 이외의 다른 남성등장인물과 성교섭을 갖는 것이 자연스러운 과정으로 그려지는 TL만화는 매우 드물다는 점에 후유모리 작품의 특징이 있다. 앞에서 레디코미, 그리고 많은 TL만화에서 운명의 남자에 의한 강간이 여전히 관계를 시작하는 중요한 계기가 된다는 점을 지적하였지만, 후유모리는 본편에서는 이를 활용하여 스토리를 전개하면서도 여성 3대의 연대기 속에서 가장 최근의 이야기인 미유의 스토리를 통해 우회적으로 강간으로 시작되는 관계성에 대해 비판적인 시각을, 그리고 남성에게 종속되지 않는 여성의 섹슈얼리티가 어떤 것이어야 하는지를 TL만화의 틀 안에서 탐색하고 있다.

(2) 모계사회와 부계사회의 대비: 여성의 주체성에 대한 강조

본편의 스핀오프로서 본편이 연재된 후 총 1권으로 2013년 출판된 『달콤한 꽃의 일족~홍련(甘やかな花の血族~紅蓮)』은 쇼와(昭和) 초기를 무대로 본편에서는 거의 다루어지지 않은 야토히메 일족의 비밀, 그리고 왜 그 일족이 고향을 떠나 도쿄에서 살게 되었는가에 대해서

당시의 야토히메와 다카즈카 가문의 서자의 연애와 이별을 통해 그려낸 작품이다.

야토히메족과 다카즈카 가문이 비교적 좋은 관계를 유지하고 있던 시기의 이야기로 여기에 등장하는 야토히메인 히사메(氷雨)는 어렸을 때부터 야토히메 일족 속에서 후계자로 길러져 자신의 일족과 고향 사람들을 스스로의 몸과 약초의 지식으로 구원하고자 하는, 외동딸을 키우는 젊고 아름다운 어머니이자 여성이다. 결핵을 앓게 되어 휴학하고 다카즈카 가문의 본가에 몸을 의탁하게 된 사카키(榊)는 서자라는 이유로 본가의 형제에게 괴롭힘을 당한 끝에 숲 속에 홀로 쓰러지지만, 그것을 히사메가 구출하여 섹스와 신체 접촉, 그리고 약초로 만든 약으로 결핵까지 낫게 해준다. 히사메의 일족은 모계사회로 여성은 결혼하지 않은 상태로 아이를 낳고 기르며, 약초로 만든 약과 다카즈카 가문의 지원을 바탕으로 살아가고 있다. 사카키는 때때로 이 일족과 접촉하면서 다카즈카 가문의 억압적인 분위기와는 완전히 다른, 여성들이 만들어내는 따뜻한 분위기에 감화되어 간다.

그러나 쇼와 초기의 보수적인 윤리관을 가지고 있는 사카키에게 히사메는 끌리지 않을 수 없는 매력적인 존재인 동시에 사람을 구하기 위해서라면 섹스도 거부하지 않는다는 원칙을 내세우는, 자유분방한 삶의 태도를 도저히 이해할 수 없는 존재이기도 하다. 그런 사카키에게 히사메는 말한다.

> 히사메(이하 H) 네가 태어난 건 양친의 더러운 행위 때문이야?
> 사카키(이하 S) 그건…
> H 섹스가 더럽다고 생각하는 인간은 마음속에 켕기는 게 있어/ 남자 중에는 여자의 몸을 힘으로 지배해서/ 약자를 괴롭히는 걸로 쾌락

을 얻는 사람이 있어/ 더러운 건 남자의 마음이고/ 여자와 '섹스'가
아니야/ 자신의 마음도 잘 보이지 않는 인간이 야만인 게 아닌가?
(30-31쪽)

한편, 사카기와 히사메가 연인이 되었다는 사실을 원망하는 다카
즈카의 형제는 결국 히사메의 딸을 유괴해서 그녀와 교환하는 조건
으로 히사메를 강간한다. 그 과정에서 자신의 존엄성을 지키기 위해
강간범들을 통렬하게 비판하는 히사메의 말은 하나하나가 강력한 페
미니즘적 메시지를 담고 있다.

> H 네 처가 되는 여자가 불쌍하네/ 뭐 좋아/ 남자에게 소유되지 않으
> 면 살아갈 수 없는/ 이 나라의 여자들 모두가 불쌍해/ 너희들 거만한
> 남자들이 만드는 세계는 일그러져 있어/ 여자는 대지와 물의 원형/
> 그 여자의 힘을 봉인하고/ 비하해서 잘 지낼 수 있을 리가 없어
> (115-116쪽)

이렇게 여성과 자연을 연결 짓는 사고방식은 에코 페미니즘(eco
feminism)[29]과 유사한데, 특히 강조된 부분은 현재의 가부장적 사회
체제에 대한 강렬한 비판으로서 읽을 수 있다. 일본 사회가 본격적으
로 제2차 세계대전에 말려들어가기 전인 쇼와 초기라는 시대적 배경
과는 별도로 여성에 대한 차별이 그 당시에 비교해서 대폭 개선된 현
재 사회의 독자들에게도 이 비판은 통하는 부분이 있다. 다만 부계사

---

29) 근대성 내부에 여성착취와 환경파괴를 낳는 하나의 구조가 있다고 보고 여성해방
   과 자연해방을 동시에 추구하는 에코페미니즘은 근대성 일반과 진보모델에 대한
   근본적인 부정일 뿐더러 오늘의 자본주의에 대한 가장 급진적인 비판의 하나이기도
   하다.

회와 대비되는 이상적인 커뮤니티를 체현하는 존재로서 야토히메, 그리고 이상화된 모계사회적 관습을 그려내다 보니 현실적인 느낌이 거의 없는 환상처럼 해석되는 부분이 있는데, 그 이유로는 지면이 한 정되었다는 점이 가장 클 것으로 보인다.

또, 본편의 주인공인 아사카는 원래 일본의 평범한 여성 회사원으로서 부당한 대우를 받아도 그것을 자신의 책임으로 생각해버리는, 여성에게 흔한 내향적인 사고방식을 가지고 있다고 묘사되고 있다. 이에 비해 그 선조에 해당하는 히사메는 당당한 태도를 갖고 있으며 야토히메로서 사명감을 강하게 느끼고 있다. 자신보다 10살 이상 어린 사카키와 연인관계를 유지하면서도 자신의 딸, 그리고 일족을 지킨다는 책임을 절대로 포기하지 않는다.

얼핏 보기에는 아사카와 히사메는 정반대 스타일의 여성으로 보이는데, 과연 그러할까? 실제 텍스트를 분석해 보면 이 두 사람은 같은 유형의 주인공으로 볼 수 있다. 아사카가 평범한 회사원이었다는 설정은 일반적인 TL만화 독자층을 고려하여 독자의 동일시를 보다 용이하게 하기 위한 장치인 동시에, 스토리의 전개에 따라서 극적으로 변화하는 아사카의 매력을 보다 명확하게 드러내기 위한 역할을 하고 있다. 특히 제1권에서 소극적인 태도로 도고의 폭력을 그저 견디고 있던 아사카는 죽은 모친이 가르쳐준 약초 지식으로 주위 사람들의 병을 낫게 하는 등, 많은 도움을 주면서 주위를 변화시킨다. 또한 최종적으로는 도고까지도 그녀의 결정에 따르게 했으며 이로 인해 도고와 이별을 하게 되어도 도고에게 매달리지 않고 아이를 키우며 홀로 살기를 결정하는 등, 스토리의 초반부에서는 상상할 수 없을 정도로 강인한 모습을 보여준다. 즉 아사카는 주인공으로서 스토리의 전개에 따라 자신의 잠재력을 꽃피우고 캐릭터가 다채롭게 변화하게 되는데, 그 최종적인 모습은 히사메가 보여주는 야토히메로서의 긍지를 공유하고 있는 모습이라는 것이다.

이것은 스토리만화에서 주인공 캐릭터의 심화와 발전이 매우 중요하다는 점, 그리고 평범했던 주인공이 비범해지는 내용이 독자의 동일화를 이끌어내는데 효과적이라는 점 이외에도 연구자의 추측으로는 최초 연재를 시작한 본편이 인기를 얻게 되면서 그 스핀오프인 과거편에서는 작가인 후유모리가 보다 자유롭게 자신의 세계를 표현할 수 있었기 때문이라고 생각한다.

즉, 과거편은 본편이 인기를 얻었기 때문에 비로소 출판될 수 있었겠지만, 실제 작가가 표현하고 싶었던 주제의식으로서 여성의 삶, 그리고 남녀관계에 대해서는 오히려 본편의 인기에 힘입어 보다 자유롭게 작품을 만들었을 것으로 추정되는 과거편이 보다 작가의 의도를 명확하게 드러내고 있는 것으로 보인다. 그리고 이 덕분에 우리는 한 편에 반드시 한 번의 이성애적 섹스 장면이 포함되어야 한다는 TL만화라는 틀을 지키면서도 어디까지 작가의 주제의식을 표현할 수 있는가, 그 가능성을 탐색하는 작품을 만날 수 있었던 것이다.

4. 장르적 유형성과 페미니즘의 만남

이성애 여성이 연애를 하여 행복하게 결혼하는 것을 최종적인 목표로 삼는다고 간주되는 소녀만화, 그리고 그 뒤에 행복한 섹스를 더한 TL만화는 장르적 유형성이 강조되는 경우가 많다. 특히 앞에서 살펴본 바와 같이 연애를 바탕으로 한 이성애 섹스를 작품 당(또는 연재 회차당) 포함시켜야 한다는 장르적 룰이 명확한 TL만화는 그 특성상 작가의 주제의식보다는 장르적 유형성이 더 강조되는 경우가 많고, 그로 인해 유형에 대한 분석이 강조되는 경향이 있다.

그러나 그 장르의 틀 안에서 자신만의 표현을 통해 여성의 문제를 생각하고 보다 다양한 여성상을 창출하려고 하는 작품도 분명히 존재한다. TL만화의 유형성을 강조하는 분석으로는 후유모리의 작품과 같은 새로운 시도가 갖는 의미와 장르 내의 다양성을 제대로 포착하기 어렵다는 점에서 보다 세밀한 독해가 필요하다.

미조구치는 BL만화의 초기, 호모포비아(homophobia), 미소지니(misogyny)와 가부장제 이데올로기를 내면화한 정형적인 스타일의 작품이 많았지만 장르의 역사가 길어지고 시장이 넓어지면서 다양한 작가들에 의해 이를 극복하기 위한 다양한 시도가 나왔다고 분석하고 있다. BL만화보다 약 10년 정도 늦게 출발한 TL만화도 과거에 비해 시장이 보다 확립되었고 지속적인 작가층 유입이 일어나는 등, 하위 장르로서 자리를 잡고 있다.

그 중에서도 후유모리 유키코는 TL만화에서 작가 본인의 주제의식을 표현하기 위해 다양한 시도를 주저하지 않는 작가로서 주목할 필요가 있다. TL만화가 주로 시간 때우기 용으로 읽히는 작품이기는 해도, 점점 더 성경험 연령이 낮아지고 성에 대한 접근이 쉬워진 현대 일본의 상황을 고려해 보면 사회 변화를 반영하는 TL만화의 진화 또한 바람직할 뿐만 아니라 사회적으로도 요구되기 때문이다. 예를 들면 후유모리는 2016년 자신의 페이스북에서 새로운 연재를 준비하면서 다음과 같이 쓰고 있다:

여성이 꿈과 용기와 희망을 가지고 행복한 인생을 걷게 될 수 있기를[30]

스스로 페미니스트라고 하고 있지는 않지만, 그녀의 작품을 통해, 그리고 꿈, 용기, 희망이라는 진취적인 단어를 사용하면서 여성 스스로 행복을 찾을 수 있기를 원한다는 메시지를 남기고 있다는 점에서 추측해 보면 그녀가 페미니스트적인 사고방식을 바탕으로 TL만화를 그리고 있다는 사실을 알 수 있다.

그리고 전형적인 TL만화를 즐겁게 소비하는 한편, 어딘가 새로운 작품을 찾고자 하는 독자는 반드시 어딘가에 존재하고 있으며, 일반적인 TL만화의 이미지에서 상당히 떨어져 있는 작풍을 지닌 후유모리가 열성적인 팬층을 지니고 있으며 활동무대를 성인여성을 대상으로 한 주류 출판사 중심의 영 레이디스 코믹까지 넓히고 있는 현 상황은 이러한 독자가 다수 존재하고 있다는 사실을 증명한다. 실제로 TL만화에서의 실적을 인정받아 후유모리는 최근 만화계에서 메이저 출판사 중 하나인 하쿠센샤(白泉社)의 성인여성 대상 잡지인 『LoveSilky』에 단편을 종종 싣고 있다. TL만화가 중에서 메이저 여성만화잡지에 진출한 극소수의 사례라는 점은 후유모리의 인기를 증명하는 것이자, 그녀의 작품이 지닌 페미니즘적 메시지가 독자들에게 어필하고 있다는 사실을 반영하는 것이기도 하다.

여성의 일상생활에서 연애와 섹스는 중요한 부분이고, 그것은 남성에게도 동일하다. 소녀만화의 독자가 성장함에 따라 성인 여성의 삶과 경험을 반영하는 만화에 대한 요구가 늘어나게 되었고, 이에 따라 연애와 섹스를 묘사할 수 있는 장르로서 레이디스코믹, BL만화, 그리고 이 글에서 다룬 TL만화가 탄생하게 된 것도 자연스러운 일이

---

30) https://www.facebook.com/yukikofuyumori/posts/1098723696886902. 『달콤한 꽃의 일족~금강(甘やかな花の血族~金剛)』 시리즈 마지막 권에 해당하는 3권 출간 소식을 알리는 포스팅에서 인용.(2017년 7월 30일)

다. 다만 섹스를 다루지 않는 TL만화는 소녀만화와 구분할 수 없다, 즉 소녀만화와의 차이점이 없어진다는 점을 고려해보면 TL만화는 모든 작품(연재 작품의 경우 매회)에 섹스가 포함된다는 장르의 룰이 장르를 정의하는데 매우 중요한 역할을 하고 있다는 점은 분명하다.

섹스를 다루는 오락용 만화에서 작가의 주제의식을 전달하는 것은 쉬운 일은 아니지만, 결코 불가능한 일도 아니다. 그리고 엔터테인먼트이기 때문에 오히려 일반적으로 페미니즘에 관심이 없는 평범한 독자들에게도 영향력을 가질 수 있고, 더 중요한 역할을 수행할 수 있다. 요시나가 후미의 〈오오쿠〉가 대중 엔터테인먼트를 표방하고 소녀만화, BL만화, 동인지문화의 장르적 문법을 적극적으로 활용함으로써 오히려 학술적 페미니즘을 넘어서 일반 여성의 젠더 의식을 고취하는데 성공했던 것처럼31), 후유모리의 작품은 TL만화의 장르적 규칙을 지키면서도 이를 넘어선 페미니즘적 메시지를 전달할 수 있다는 사실을 실증하고 있는 좋은 사례라는 점을 강조하고자 한다.

/ 김효진

---

31) 김효진(2014b)을 참조하라.

마쓰우라 리에코『犬身』의 가능성

퀴어화되는 '돌봄의 윤리'

1. 마쓰우라 리에코의 도전

　장편소설『犬身』[1]의 작가 마쓰우라 리에코(松浦理英子, 1958~, 이하 '마쓰우라'로 약칭)는 대학 재학 중이던 1978년에 데뷔했다. 과작(寡作)이지만 항상 도전적으로 탈이성애주의 관점에서 젠더와 섹슈얼리티의 새로운 형태를 제시해 온 일본의 현대 여성소설가이다.

　예를 들면 1981년 발표된『세바스찬』[2]에서는 여성과 남성 어느 쪽 젠더에도 동일화될 수 없는 한 여성을 중심으로 그녀가 집착하는 다른 여성과의 사이에서 맺어진 '주인과 노예 놀이'와 신체장애를 지닌 소년과의 특수한 성적 관계가 그려지고 있다. 연작단편집『내추럴 우먼』(1987)[3]에서는 시점인물 요코(容子)와 세 명의 여성 간의 성애가 묘사되는데, 여성 성기에 의존하지 않는 SM적 관계가 표현되고 있

---

1)　소설 인용은 모두『犬身』上・下 (朝日文庫, 2010年9月)에 의거하였다.(필자 다케우치 주) 『犬身』이라는 제목은 'けんしん'이라는 동음으로 발음되는 '犬身'과 '献身'의 동음이의어 효과를 노린 작명이다.(번역자 주)

2)　첫 발표는『文學界』1981년 2월호.

3)　『文藝』1985년 5월호와 11월호에 게재된「가장 긴 오후(いちばん長い午後)」,「미열 휴가(微熱休暇)」의 두 작품에「내추럴 우먼」을 덧붙인 연작소설집.

다. 게다가 마쓰우라의 문단 출세작이라 할 만한 『엄지발가락 P의 수업시대(親指Pの授業時代)』(1993)[4]에서는 어느 날 갑자기 낮잠에서 깨어나 보니 오른쪽 엄지발가락이 페니스로 변해 버린 여성 주인공이 등장한다. '엄지발가락 페니스'로 인해 벌어지는 다양한 체험을 통해 성 이데올로기를 상대화하고 새로운 성애관을 제시하는 소설이다.

이러한 마쓰우라 작품에 일관하는 것은 작가 자신의 말을 빌리자면, 성행위에서 남녀의 성기 결합을 중시하는 '성기중심주의'[5]에 대한 통렬한 비판이다. 성기중심주의에는 '사람'은 이성애를 나누어야 마땅하며 남성 중심적 결혼과 생식을 수행해야 한다는 의식, 바꿔 말하면 여성은 아내와 어머니가 되는 것이 당연하다는 젠더/섹슈얼리티 규범이 수반된다. 이것을 마쓰우라 리에코의 문학은 강하게 거부한다. 그래서 2000년에 간행된 『내부 버전(裏ヴァージョン)』[6]에서는 두 여성이 각각 소설 독자와 필자의 입장에서 논박하며 서로 즐기는, 성적 욕망 자체가 소거된 뜨거운 애정이 그려진다.[7]

이와 같이 마쓰우라 소설 속 여성 주인공들은 모두 '아내가 되는 것' '어머니가 되는 것'에 연결되는 이성애주의 욕망에 포섭되지 않는다. 그뿐 아니라 근년 일본에서 인권옹호 움직임이 활발해진, 이른바 〈LGBT〉로 불리는 성적(性的) 마이너리티와 겹쳐지는 한편으로 그 용어로는 모두 담아낼 수 없는 젠더/섹슈얼리티의 현주소를 드러내고

---

4) 첫 발표는 『文藝』 1991년 5월호~1993년 11월호 연재.
5) 松浦理英子, 「親指ペニスとは何か」, 『親指の授業時代』下, 河出書房新社, 1995, 330쪽.
6) 첫 발표는 『ちくま』 1999년 2월호~2000년 7월호 연재.
7) 마쓰우라 리에코의 문학활동에 대해서는 마쓰우라의 저작물 및 나이토 지즈코(內藤千珠子)가 작성한 「松浦理英子」 항목(日本大百科全書(ニッポニカ)), JapanKnowledge, http://japanknowledge.com 등을 적절히 참고하였다. (검색일: 2017.1.18.)

있다. LGBT는 레즈비언(Lesbian), 게이(Gay), 바이섹슈얼(Bisexual), 트랜스젠더(Transgender)의 앞 글자를 따서 만든 조어다. 때론 그 여주인공들은 '여성' '남성'과 같은 성별이분법적 젠더 아이덴티티나 동성애, 양성애 등의 섹슈얼리티 구별을 상대화하고 흔든다. 그러한 의미에서 마쓰우라 소설은 LGBT라는 네 가지 분류에 기초한 안이한 성적 마이너리티 표상의 고착화에 기여하지 않고 젠더/섹슈얼리티의 다양성, 복수성 또는 그것의 새로운 가능성을 제시해 왔다고 해도 지나치지 않다.

여성주인공 스스로가 원해서 개로 변신하고 주인과의 생활을 최고의 쾌락으로 여기는『犬身』또한 '生＝性'의 삶의 방식을 추구한 도전적 소설의 하나다. 허나 그것만이 아니다. 소설은 사람이 개로 변신한다는 문학적 상상력을 차용함으로써 세계적인 최근의 지적 추이와 연동하는 요소를 겸비하고 있기도 하다.

본론에서는 현대일본문학『犬身』이 페미니즘 관점에 기초하여 LGBT 개념으로는 포괄할 수 없는 젠더/섹슈얼리티 문제를 어떻게 표상하고 또한 현대의 과제와 어떻게 접목되고 있는지에 대해 최근의 다양한 학문 영역의 논의를 참고하면서 그 가능성을 모색하고자 한다.

2. 돌보아지는 개, 돌보는 개

『犬身』은 2004년 4월부터 2007년 6월까지 연재된[8] 후 같은 해 10

---

8) 소설은 전체 4장과 에필로그에 해당하는「결미」로 구성되어 있다. 연재된 매체는 전자서적 발신서비스〈Timebook Town〉(주식회사 퍼블리싱링크)이었다.

월에 단행본으로 출판(朝日出版社)되었고 이듬해 2008년에 제59회 요미우리(讀賣)문학상을 수상한 장편소설이다.

주인공인 30세의 야쓰즈카 후사에(八束房惠)는 애견가일 뿐만 아니라 개가 되고 싶다는 '개 변신욕망'(犬化願望)을 어릴 적부터 가슴에 숨기고 있었다. 대학시절부터 친구이며 한때는 애인 관계이기도 했던 구키 요이치(久喜洋一)의 권유로 3년 전부터 어느 지방도시 교외에 위치한 작은 잡지출판사에서 구키의 일을 도와주고 있다. 어느 날 그녀는 노견(老犬) 나쓰(ナツ)의 주인으로 자신보다 한 살 아래인 여성 도예가 다마이시 아즈사(玉石梓)와 알게 된 후 그녀가 키우는 개가 되고 싶다고 갈망하게 된다. 후사에는 자신의 속내를 인근에서 바를 운영하는 실은 정체가 늑대인 수수께끼의 남자 아케오 겐(朱尾献)에게 고백한다. 그리고 아케오와 계약을 맺고 개로 변신한다. 계약 내용은 후사에가 '개의 삶'으로 평생을 보낸다면 그녀의 영혼은 아케오의 것이 된다는 것이었다. 보통 몸집의 수컷 개로 변신한 후사에는 후사(フサ)라는 이름이 붙여져 나쓰를 여읜 아즈사의 애완견으로 행복한 생활을 보낸다. 그러던 중 후사는 아즈사가 심각한 가족 관계의 문제를 안고 있다는 것을 알게 된다.

마쓰우라 리에코는 삼인칭 시점의 소설 시점인물(시점동물?)로 개(후사)를 선택한 이유에 대해 "고양이는 관계성에 그다지 집착하지 않는 이미지"가 있기 때문에 만약 고양이를 선택했다면 "고답적으로 인간을 관찰하는 나쓰메 소세키의 『나는 고양이로소이다』와 같은 소설이 되어 버렸을 것이다"라고 설명했다. 반면 개의 경우는 "매우 관계성을 중시하는 동물로서……순정적 영혼으로 사람을 치유하기 때문"이라고 밝힌 바 있다.[9] 사실 개가 되길 바라는 주인공 후사에는 사람과도 영혼을 나눌 수 있는 친밀한 관계를 욕망하고 있는 것처럼 보인다.

원래 후사에는 "어떤 사람에게도, 남자든 여자든 연애감정이나 성적 욕구가 없고", 또한 개가 되고 싶다는 욕망을 내내 지녀 왔기에 "몸은 인간, 영혼은 개라고 하는 「종(種)동일성장애」,"(상권, 28쪽)라고 자신의 정체성을 자인해 왔다. 말하자면 일반적인 연애관이나 성애관 그리고 젠더 아이덴티티에서 일탈한 여성인 셈이다. 이러한 욕망은 "좋아하는 사람이 개를 귀여워하듯 자신을 사랑해 주면 흡사 천국에 있는 것 같은 행복한 기분이 되는 섹슈얼리티", 즉 "호모 섹슈얼도 헤테로 섹슈얼도 아닌" "도그 섹슈얼"(상권, 100쪽)임을 그녀 자신이 설명하고 있다. 그녀에 의하면 도그 섹슈얼은 "개이기 때문에 상대방 인간의 성별에 구애되지 않는"(상권, 100쪽) 쾌락이다. 즉 그것은 성별에 구애됨 없이 상대로부터 사랑받는 관계성 자체를 희구하는 욕망이라고 바꿔 말할 수 있을 것이다. 이성애주의를 초월할 뿐 아니라 남녀의 성별이분법마저 탈피하고 있는 퀴어(Queer)[10]적 욕망은 구체적으로는 다음과 같은 형태로 표현된다.

---

9) 松浦理英子・星野智幸, 「對談 犬的なるものに導かれて」, 『小說 tripper』, 2007년 겨울호, 118쪽.

10) '퀴어(Queer)'라는 단어는 1980년대에 성, 신체, 욕망에 관한 다양한 약속사항이나 규범을 문제시하는 개념으로, 또한 레즈비언, 게이, 바이섹슈얼, 트랜스젠더 등 비이성애로서 카테고리화되는 이들을 집약해 지칭하는 단어로서 사용되게 되었다. 원래는 '기묘한' '변태의'와 같은 의미로 남성동성애자를 경멸적으로 지칭하는 말이었지만, 그렇게 지목된 당사자들이 전략적으로 저항의 뜻을 담아 스스로를 칭하며 재전유해서 사용하게 되었다. 게다가 1990년대에는 레즈비언, 게이 등 남녀 성별이분법에 기초한 구분에 의해 일컬어지기 일쑤였던 섹슈얼 마이너리티 문제에 대해 젠더 차이나 계급, 계층, 인종, 민족까지 포괄해 논의하는 퀴어 스터디즈(Queer Studies)가 대두하였다. 이는 이성애주의나 젠더 규범 그 자체를 새롭게 문제시하는 실천이며, 규범에 대항해 규범 자체를 분쇄하고자 하는 사상 및 운동의 총체이다. 이러한 시도가 퀴어 리딩(Queer Reading)으로 문학작품 분석에 응용되고 있다.

후사에의 상상은 (중략) 개로 변신해 아즈사의 반려견이 되는 것에
서 출발한다. 쓰다듬어주고, 브러시로 빗겨주고, 몸을 씻겨주고, 함께
산보하고, 나쓰와 공놀이를 하다가 서로 기대어 잠드는 행복 가득한
생활을 그려 보며 황홀한 공상을 즐겼다.

(『犬身』제1장, 상권 106쪽)

이렇게 주인이 "쓰다듬어주고, 브러시로 빗겨주고, 몸을 씻겨주고"
하는 개가 되고 싶다는 후사에의 '도그 섹슈얼' 욕망은 일반적 성 욕
망과는 거리가 있다. 아케오가 "그건 과연 섹슈얼리티라는 이름에
걸맞은 것인가"라고 의문시하고 "아이라면 그 정도 기분으로 만족하
겠지만"(상권, 100쪽)이라고 야유할 정도이다. 하지만 마쓰우라 문학
의 주제와 문맥에 따르면, 그것은 성기를 매개한 욕망으로부터 사람
을 해방시키는 '피부감각적 쾌락'의 발전형으로 해석 가능하다.

전술한 것처럼 마쓰우라 문학에서는 성기중심주의에 대한 부정이
일관된 주제이다. 성기 결합에 의한 쾌락 대신에 서로의 피부와 피부
를 접촉하며 친밀도를 높이는 '비성기적 피부감각적 쾌락'이 강조되
어 왔다.[11] 그렇다면 사랑해 주는 주인으로부터 애무받고 브러시로
빗겨지고 싶다는 '도그 섹슈얼' 욕망은 선행연구에서 지적한 대로 분
명히 "피부감각적 쾌락과 합치하는"[12] 것으로 해석될 수 있다. 그러
나 주의해야 할 것은 후사에가 실제로 후사로 변신해 반려견이 되자
새로운 쾌락을 발견하게 된다는 사실이다.

---

11)　百瀨奈津美,「松浦理英子『犬身』論(Ⅰ)-先行作品考察」,『ゲストハウス』, 2012.4,
　　28쪽.

12)　百瀨奈津美,「松浦理英子『犬身』論(Ⅱ)-性愛觀と人間關係の到達点」,『ゲストハ
　　ウス』, 2012.10, 36쪽.

좋아하고 신뢰하는 상대로부터 돌봄을 받는다는 것이 이토록 기분 좋은 일인가, 후사는 그저 놀랄 따름이었다. (중략) 누군가 내게 밥을 챙겨주고 위험한 짓을 하지 않도록 지켜봐 줄 때의 좋은 기분은 마음의 기쁨만이 아니라 주인이 나를 쓰다듬어주고 안아줄 때의 감각적 쾌감과 그리 다르지 않다. (중략) 사실 보살핌을 받을 때는 직접 피부를 접하지 않음에도 불구하고 가슴 두근거림이 온몸으로 퍼져서 보이지 않는 손이 몸 여기저기를 쓰다듬어주는 것 같은 기분이 된다.

(『犬身』 제2장, 상권 189-190쪽)
(밑줄은 필자에 의함, 이하 동일)

이렇게 개로 변신한 후사에는 "좋아하고 신뢰하는 상대"로부터 식사를 제공받고 보호받는 등의 "돌봄을 받는 것", 즉 피부가 직접 닿는 스킨십이 없는 "보살핌"을 누리는 것만으로도 "가슴 두근거림이 온몸으로 퍼져 나가는" 자신을 발견한다. 그렇다면 그녀의 "도그 섹슈얼"을 피부감각적 욕망으로 간주하는 것만으로는 충분치 않다. 보다 정확히 표현하자면 그것은 신뢰하는 타자로부터 따뜻한 배려를 담은 극진한 보살핌 = 케어(care)를 받고 싶다는 욕망으로 바꿔 말할 수 있을 것이다.

그러나 정작 그녀의 "도그 섹슈얼"의 내실은 그뿐만이 아니다. 개로 변신하고자 하는 후사에가 아케오와의 대화를 통해 다음과 같이 느끼고 있는 부분에도 주목해야 한다.

"……그러나 당신이 개로 지낼 기간에 내가 부지런히 보살피지요. 당신이 쾌적하게 지낼 수 있도록."
"서비스가 좋군, 하지만 나보다 아즈사 씨를 보살펴주지 않을래?"
"그건 내가 아니라 당신의 역할이지요. ……"

　아, 그렇지 라고 후사에는 깊이 깨달았다. 개가 되면 나는 내가 개로부터 받았던 기쁨을 아즈사에게 줄 수 있다. 그것이 얼마나 훌륭한 것인지 나는 안다. (중략) 대화나 성행위에 의존하지 않고 개와 인간 사이에 맺을 수 있는 특별한 관계, 마음과 마음을 직접 나눌 수 있는 교섭을 아즈사와 함께하고 싶다. 상상만으로도 후사에의 가슴은 흥분으로 벅차올랐다.

(『犬身』 제1장, 상권 131-132쪽)

　후사에는 자신이 개로 변신하면 보통의 "대화나 성행위"를 통한 교섭과는 다른 "개와 인간 사이에 맺을 수 있는 특별한 관계, 마음과 마음을 직접 나눌 수 있는 교섭"을 통해 주인 아즈사에게 훌륭한 "기쁨"과 "보살핌"을 선사할 수 있다는 생각에 흥분으로 벅차오른다. 그녀는 반려견과 주인의 관계에서 개가 돌봄을 받는 대상일 뿐만 아니라 돌봄의 주체가 될 수도 있음을 확신한다. 그 상상만으로도 그녀는 쾌락을 맛본다. 다시 말하면 일방적으로 돌봄을 받을 뿐인 수동적 입장을 바라는 것이 아니라 쌍방향적인 상호 돌봄의 관계를 욕망하는 것, 그것이야말로 그녀의 "도그 섹슈얼"의 실체이며 "개 변신욕망"의 내실인 것이다.

　그러면 후사에가 왜 이런 욕망을 가지게 된 것일까? 그 이유는 첫째, "부모님이 모두 돌아가신"(상권, 13쪽) 데다 그녀가 "외동딸"(상권, 49쪽)이어서 형제자매 하나 없다는 것을 요인으로 들 수 있다. 그녀에겐 의지할 만한 돌봄을 받을 수 있는 가족이 부재하다. 대학 시절에는 "학교 친구"들이 있었고, 또 "고향 에히메현"에 돌아가면 "약간의 친척도 살고 고교 시절의 옛 친구도 만날 수"(상권, 13쪽) 있지만 "친구다운 친구는 구키 하나밖에 없는"(상권, 30쪽) 것이 후사에의 실정이다. 그래서 후사에는 드디어 개가 되고자 마음먹었을 때 다음과 같이 생각하게 된다. "부모님도 돌아가셨으니 내가 인간세계에서 소멸한다 해도 심각하게 쓸쓸해 할 이도 없다. 그나마 구키가 조금은 아쉬워해 줄까. 그것 말고 후사에가 개로 변신하는 데 거리낄 것은 없었다."(상권, 135쪽)

최근 10년 동안 유일한 친구이자 직장 동료이기도 한 구키와 후사에의 관계는 어떠한 것일까? 후사에는 구키에게 "연정 따위 품어 본 적은 없지"(상권, 17쪽)만 과거에는 "시간 여유 있을 때 문득 실험이라도 하듯 몸을 섞은 적"(상권, 17쪽)이 몇 번인가 있었다. 게다가 여전히 구키 배꼽청소를 도와주기도 하는 친밀함을 보면 흡사 둘은 연인에 가까운 관계처럼 보인다. 그러나 이미 후사에는 "왜 나는 아직 구키를 떠나지 못하는지 미심쩍어하고" 그와의 관계에 "벌써 질렸다"(상권, 17쪽)고 느끼고 있다. 예전의 구키는 "무엇이든 금방 다른 사람에게 물어보거나 하지 않고 스스로 지혜를 궁리했고" "항상 시원시원하게 말하고 행동하는"(상권, 12-13쪽) 쪽이었지만 지금은 잡지 작업 대부분을 후사에에게 맡길 뿐만 아니라[13] 목에 난 종기의 분비물을 후사에로 하여금 처리하게 하는 등 그녀에게 극도로 의존하는 나태한 생활을 보내고 있기 때문이다. 이러한 관계는 억압 상황까지는 아닐지라도 적어도 후사에가 일방적으로 구키를 돌봐 주는 관계에 불과한 것은 분명하다. 그렇기에 후사에가 아래 인용문처럼, 설령 구키와 결혼해 "이대로의" 생활을 지속한다 해도 인생은 "쓸쓸할 것이"

---

13) 소설 도입부에서 후사에는 친구 구키가 발행하고 있는 타운잡지 『개의 눈(犬の眼)』기사의 배분작업과 교정작업을 담당하며, "이번 잡지도 구키와 후사에의 담당 페이지 배분은 구키가 전체의 삼분의 일, 후사에가 삼분의 이. 삼년간 잡지를 발행하는 사이에 배가 나오고 게으름이 버릇이 된 구키는 적극적으로 일에 임하는 후사에에게 맡길 수 있는 작업은 전부 전담시키고 자신은 손을 놓고 있었다."(상권, 11쪽)라고 서술되고 있다.

라고 상상하는 것은 놀라운 일이 아니다.

> 이대로 질질 지루하게 인간으로 살아간다면, 모양새로는 보통 사람
> 과 마찬가지로 인간 남자와 짝을 이뤄 집안을 꾸리고 가정에는 개를
> 키우며 사는 것이 바랄 수 있는 최대치의 행복일 것이다. 그것도 결코
> 나쁘지는 않다. 나쁘진 않지만 그런 행복밖에 기대할 수 없는 것이
> 쓸쓸하다. 인간으로 살아갈 나의 인생이 너무나 쓸쓸하다.
>
> (『犬身』 제1장, 상권 30쪽)

자신을 돌봐 줄 가족이 없고 결혼해도 일방적으로 남성을 돌보며
살아갈 것이 눈에 보이는 인생, 그렇게 누군가를 보살피기만 하는 여자
의 인생을 "쓸쓸하다"고 느끼고 오로지 개로 변신해 친애하는 이로부터
돌봄 받기를 바라는 후사에. 이러한 그녀의 심정에는 보살펴 줄 가족이
없는 독거 여성의 막막한 불안과 가족을 돌보는 것이 아내의 역할로
부과되어진 성별 역할 분업화가 여전히 뿌리 깊은 현대 일본 부부제도
에 대한 기피감 등이 여실히 표상되어 있다고 해석할 수 있다.

3. '가족애'의 허망함

한편 아즈사는 가족이 없는 후사에와 달리 호텔 경영을 하는 유복
한 가정 출신으로 집안의 전면적인 경제지원을 받고 있었다.

> "……내 집은 거의 부모님 돈으로 지은 집입니다. 제가 만든 도기도
> 대부분 부모님 호텔이 인수해 주고,……제 생활비는 전부 부모님이 부
> 담해 주십니다. 게다가 그렇게 하도록 부모님께 청해 준 이가 오빠입
> 니다.……"
>
> (『犬身』 제2장, 상권 301쪽)

이와 같이 아즈사는 가족으로부터 충분한 경제적 지원을 받고 있기는 하지만 이야기가 진전될수록 중학교 때부터 오빠 아키라(彬)에게 성폭행을 당했을 뿐만 아니라 어머니로부터 언어폭력 등 정신적 억압을 받아왔음이 명확해진다. 게다가 정신질환을 앓는 유약한 아버지는 이러한 상황을 외면하다 어느 날 실종되고 만다. 이렇게 암울한 억압적 상황에도 불구하고 아즈사는 "어머니와 오빠에게 터무니없이 잘못된 점이 있는 것은 알고 있지만 역시 혈육을 미워할 수는 없으니까요."(상권, 306쪽)라고 말하며, 주체적으로 오빠와 어머니에게 헌신하는 공의존(共依存, codependent addict) 관계를 지속하며 정신을 점차 갉아먹고 있다.

'공의존'이란 1980년대 미국의 알코올의존증 치료현장에서 파생된 심리학 용어로 알코올의존증 남편을 헌신적으로 보살피는 아내의 상황을 가리키는 말이다. 현재는 보다 폭넓게 자기 존재의의를 인정받기 위해 과잉의 헌신을 반복하는 행위 등에서 발견되는 특정한 의존 관계를 가리킨다. 예를 들면 남편에게 가정폭력을 당하는 아내가 스스로 자진해 폭력을 감내하고, 어머니에게 심신 학대를 당하는 어린이가 자진해 학대를 견디는 등의 관계성 등이 이에 해당한다. 공의존 관계에서 오히려 헌신적으로 행동하는 아내나 아이야말로 공의존자이며, 상호의존하는 관계를 단절치 못하고 남편과 어머니의 폭력 기호를 조장하는 결과를 초래한다고 한다.

『犬身』의 후반은 폭력적인 어머니와 오빠 그리고 그들에게 헌신을 다하는 아즈사 간에 맺어진 추하고 일그러진 공의존의 가족관계가 후사의 시선을 통해 끝없이 비춰진다. 이러한 억압적 관계와 대비되는 것이 아즈사와 후사(후사에) 간의 따뜻하고 친밀한 관계다. 아즈사와 후사(후사에)는 주인과 반려견 관계이다. 아즈사는 헌신적으로 후사를 일상적으로 보살피고, 후사는 가족에게 상처받은 아즈사의 상처를 헌신적으로 위무한다. 둘은 상호 의존하고 돌보는 관계인 셈이다. 이 관계는 상호의존적이라는 점에서 일견 공의존과 유사하다. 그러나 신뢰에 기반하고 지배와 피지배의 권력관계가 개입되지 않는 점에서 이러한 관계는 공의존과는 결정적으로 구별된다고 할 수 있다.14)

원래는 주종관계여야 할 아즈사와 후사 사이에 권력관계가 발생하지 않는 이유는 그들이 함께 공유하는 인식 때문이다. 아직 후사에가 사람이었을 무렵, 후사에와 아즈사는 다음과 같은 대화를 나누었다.

후사에가 "사람과 개의 관계는, 사람은 개를 귀여워하고 개는 사람을 신뢰해 따른다는 것 외에 달리 떠오르지 않습니다. 개를 길들이거나 일을 맡기려고 생각해 본 적은 없습니다."(상권, 75쪽)라고 말하자, 아즈사도 이에 동의하며 "개는 아무것도 하지 않아도 좋습니다. 나만 따라주기를 원하지도 않습니다. 그저 내가 귀여워하고 사랑하게 해 주기만 하면 충분합니다."(상권, 75쪽)라고 답한다. 여기서 확인되는 두 사람의 공통인식은, 사람과 개의 이상적 관계를 주종관계나 지배관계가 아니라 그저 "사람은 개를 귀여워하고 개는 사람을 신뢰해 따르는" 친애 관계로 파악하고 있다는 점이다. 이 공통인식 때문에 그녀들이 만들어가는 주인과 반려견 관계에서는 권력관계와 유사한 요소가 발견되지 않는 것이다.

---

14) 信田さよこ, 『共依存─苦しいけど、離れられない』, 朝日文庫, 2012는 공의존과 신뢰에 기초한 의존관계의 차이에 대해 다음과 같이 강조한다. "다시금 강조하고 싶은 것이 있다. 공의존은 의존이 아니라 지배라는 것을. 왜냐면 의존하는 것은 마이너스 관계가 아니기 때문이다. 슬기롭게 타자에게 의존하고 타자로부터 의존을 받는 것으로 우리들은 가족관계나 친구관계를 보다 풍요롭게 살아갈 수 있다. 같은 평면 위에 서서 타자에게 기대는 것은 편한 일이며, 누군가 기대는 것이 무겁다면 그 뜻을 전하고 살짝 거기서 벗어나면 된다. 서로 의존하는 것은 잘못된 것이 아니다."(184쪽)

이어서 아즈사의 다음 말에도 주목하고 싶다.

> "……나는 개가 되고 싶다고는 생각지 않습니다. 개와 섞이고 싶다
> 고도 생각지 않아요. 개는 저와 별개의 것이어야 한다는 느낌이 강합
> 니다."(중략)
> "개와 함께 있으면 제가 변한다고 할까."아즈사는 신중하게 단어를
> 고르고 있는 듯했다. "개와 마주하고 있을 때 저는 가장 평온하고 안정
> 된 바람직한 상태가 됩니다. 내 속의 긍정적 요소를 개가 끄집어내어
> 확장해 줍니다. 그런 점에서 제게는 개가 필요합니다.……"
>
> (『犬身』제1장, 상권 70-71쪽)

아즈사는 자신이 개가 되길 원하지 않는 이유로 자신의 "긍정적 요
소를 개가 끄집어내어 확장해 주며" 개와 마주할 때 자신이 "가장 평
온하고 안정된 바람직한 상태"가 되기 때문이라고 말한다. 여기서
아즈사 또한 후사에와 마찬가지로 가족에겐 기대할 수 없는 상호돌
봄의 관계를 '개'라는 타자와의 관계를 통해 새로이 구축하고자 함을
엿볼 수 있다.

이상에서 살펴본 바와 같이, 소설 『犬身』에 드러나는 사람과 개의
친밀 관계는 반드시 부부관계나 혈육관계 등 사람 사이의 제도화된
관계만이 최상의 관계인 것은 아님을 시사하고 있다고 할 수 있다.
바꿔 말하면 그것은 이른바 '가족애'의 허망함을 폭로하는 표상인 것
이다.

실은 이러한 주제를 담은 소설이 2000년대 들어 일본에서는 다수
출현하고 있다. 예를 들면 시노다 세쓰코(篠田節子)『도피행(逃避行)』
(2003)[15]은 쉰 살 넘은 전업주부인 여주인공이 불가피하게 살처분 당
하게 된 애완견 골든 리트리버를 지키기 위해 가출하는 이야기다. 자

신에게 냉담한 남편과 아이가 있는 집을 사랑하는 개와 함께 탈출함으로써 그녀는 결과적으로 아내와 어머니의 역할을 벗어던지고 주체적 생활을 획득하게 된다. 또한 히메노 가오루코(姫野カオルコ)의 나오키 문학상 수상작인 『쇼와의 개(昭和の犬)』(2013)[16]는 부모의 사랑을 받지 못하고 성장한 독신의 여주인공이 사람이 아니라 개와의 만남과 교류를 통해 마음의 치유를 얻는다는 이야기다.[17] 이들 소설은 여주인공이 가정에서 아내, 어머니, 딸로서의 돌봄을 받는 대신에 애완동물인 개와 새로운 돌봄 관계를 구축하고자 하는 점에서 공통된다.[18] 달리 표현하자면, 이러한 작품군은 애완동물을 기를 만큼 풍요로워진 현대 일본사회에서도 여전히 여성들을 둘러싼 부부관계나 혈족관계의 억압과 허망함이 엄존하는 한계를 암시한다고 할 수 있다.

4. '반려종'과 '돌봄의 윤리'의 교차점

『犬身』으로 돌아가 보자. "개와 나는 별개의 것이어야 한다"고 했

---

15) 첫 발표는 『女性自身』 2002년 11월 5일, 12일 합병호~2003년 6월 3일호 연재.

16) 첫 발표는 『パピルス』 2011년 6월호~2012년 10월호 연재.

17) 히메노 가오루코는 다음해 2014년에는 『쇼와의 개』를 사소설화한 장편 『근처의 개(近所の犬)』를 간행하였다. 이를 통해 작가 히메노 가오루코에게 여성과 개의 관계가 얼마나 중요한 주제인지를 가늠할 수 있다.

18) 그 외의 작품으로는 2005년에 간행된 후루카와 히데오(古川日出男)의 소설 『베르카, 짖어 봐(ベルカ、吠えないのか)』도 들 수 있다. 이 작품은 주로 근대전쟁사의 상징으로 개를 거론하는 소설이지만, 작중에서 아버지에게 버림받아 러시아에서 생활할 수밖에 없게 된 고독한 일본인 소녀와 군용견의 유대감을 묘사한 에피소드는 본 글에서 다루는 테마와 가깝게 읽힌다.

던 아즈사의 말에 다시 주목하고 싶다. 이 한마디를 통해 적어도 아즈사에게 개와의 교류는 인간 간의 교류에서는 성립될 수 없는 종류의 것임을 알 수 있다. 무너진 가족관계를 대신해 새롭게 친밀한 관계를 구축하고자 하는 그녀에게 '개'라는 타자는 필요불가결한 존재인 것이다.

그런데 이러한 관계성은 과학기술과 페미니즘을 접목시킨 저명한 사상가 도나 해러웨이(Donna Haraway, 1944~)가 2000년대 들어 사람과 개의 새로운 관계를 통해 제창한 '반려종'(伴侶種)이라는 친족 카테고리를 상기시킨다. 왜냐하면 해러웨이의 관심의 중심은 아즈사도 그러하듯이, "개는 우리들이 아니라는 사실", 즉 개가 "〈우리들이 아닌 것〉을 형상화한다"는 것에 있기 때문이다.[19]

해러웨이는 2003년의 저서 『반려종 선언(The Companion Species Manifesto)』[20]에서 반려견을 인간의 "반려종"(companion species)으로 간주하고 사회화된 "반려종"과의 공생과 공진화(co-evolution)의 중요성을 역설했다. 일반적으로 애완동물인 개, 고양이 등을 부르는 호칭으로 '반려동물'(companion animal)이라는 용어가 있지만, 해러웨이에 의하면 "반려종"이란 동물에 국한된 존재가 아니라 인간이나 사이보그, 무생물도 포섭하는 보다 광범위한 친족 카테고리라는 것이다. 해러웨이는 반려종으로서의 개는 레비나스(Emmanuel Lvinas, 1906-1995)적인 '타자', 즉 절대적인 동시에 불가지한 차이를 지니며 우리에게 윤리적 설명책임을 요구하는 타자이며, 그것은 결코 인간

---

19) ダナ・ハラウェイ, 高橋透・北村有紀子 譯, 「サイボーグ、コヨーテ、そして犬」, 『サイボーグ・ダイアローグズ』, 水聲社, 2007(원작은 2003), 225쪽.
20) ダナ・ハラウェイ, 水野文香 譯, 『伴侶種宣言−犬と人との「重要な他者性」』, 以文社, 2013(원작은 2003).

의 자기투영이나 판타지는 아니라고 주장한다. 그렇기에 사람과 개의 관계는 인간이 기대하는 "무상의 사랑 이야기가 아니라 간주체(間主體)적 세계에 머무는 방법을 찾아가는 이야기이며, 그것은 결국에는 죽을 수밖에 없는 숙명을 짊어진 관계성이 모든 생생한 세부에서 타자와 조우해 가는 이야기"라고 말한다.[21]

　이러한 주장은 『반려종 선언』의 일본어 번역자인 나가노 후미카(永野文香)의 해설에 의하면, 미국이 9.11 테러에서 아프가니스칸 침공 및 이라크전쟁으로 향하던 시기이자 사람과 사람 사이가 분단되고 폭력화하는 세계상황 속에서 인간 존재의 상처받기 쉬움(vulnerability)과 공생에 관한 윤리 본연의 자세가 새삼 문제시되었던 2000년 초 구미 사상계의 윤리학적 전회와 문맥을 같이하는 것이다. 해러웨이는 어떻게 하면 사회화된 존재들이 비폭력적, 윤리적으로 공생할 수 있을까를 고민한 끝에 "중요한 타자성"(significant otherness)을 지닌 종과 종의 조우[22]와 그들 간의 신뢰와 존경에 기초한 "종의 상호의존"[23]이라는 현실적이고 상처받기 쉽고 생생한 "사랑"의 관계에서 그 가능성을 발견하게 되었다. 그리고 그러한 관계의 모범적 예로 사람과 개의 관계를 거론한 것이다. 다소 단순화하면 그것은 사람과 개의 상관관계라는 틀을 통해 새롭게 사람과 사람 간의 관계를 되묻는 시도이다.[24]

---

21)　ダナ・ハラウェイ, 水野文香 譯, 앞의 책, 54쪽.

22)　ダナ・ハラウェイ, 水野文香 譯, 앞의 책, 125쪽.

23)　ダナ・ハラウェイ, 高橋さきの 譯, 『犬と人が出會うとき−異種協働のポリティクス』, 靑土社, 2013(원작은 2008)은 개와 인간의 관계에 대해 다음과 같이 부연한다. "종의 상호의존은 지상이라는 세계를 살아가는 게임의 명칭이며, 이 게임은 응답(response)과 경의(respect)의 둘 중 하나이어야 할 필요가 있다."(33쪽)

24)　실제로 『犬身』의 창작의도에는 이러한 해러웨이의 관점과 유사한 점이 발견된다. 마쓰우라는 다와다 요코(多和田葉子)와의 대담 「〈특별대담〉 동물이 되는 것, 이야기의 모험(〈特別対談〉動物になること、語りの冒險)」에서 "세상에는 그저 서 있는

논의를 원점으로 되돌려 보자. 『犬身』의 반려견 후사와 주인 아즈사 간의 말이 통하지 않는 이종 간의 신뢰관계는 그야말로 해러웨이가 주창한 "중요한 타자성"을 내포한 반려종 간의 관계를 표상하는 것이라고 파악할 수 있지 않을까. 더욱이 그러한 관계가 부부, 부모 자식과 같은 가족제도가 아니라 철저히 서로 돌보는 상호윤리적 관계에만 토대하고 있음에 착목하면, 그것은 미국의 윤리학자 캐럴 길리건(Carol Gilligan)이 1982년에 주창25)한 이래 오늘날까지 다양한 연구분야의 페미니스트 사상가들이 사색을 심화시켜 온 '돌봄의 윤리(Ethics of care)'의 관계와도 닮아 있다고 볼 수 있다.

'돌봄의 윤리'는 최근 페미니즘연구에서 중요시되는 개념이다. 일반적으로 근대시민사회의 도덕관에서는 자유의지를 지닌 자율적 주체(특히 지식층의 성인 남성)를 전제로 공평과 보편성을 중시하는 정의의 이념이 전통적이었다. 그러나 '돌봄의 윤리'는 그러한 정의의 이

것만으로도 사람을 온화케 하는, 존재감이 개를 닮은 사람이 있어서 저 또한 그러한 이에게서 이런저런 힘을 얻고 있기에 <u>사람이 사람을, 개가 그러하듯이 사랑하는 것은 전혀 불가능한 일은 아니라고 생각하고 싶습니다.</u>"(163쪽, 밑줄은 필자에 의함)라고 창작의도를 밝히고 있다. 또한 가와카미 미에코(川上未映子)와의 대담 「성의 주박을 넘어서-히구치 이치요 시대부터 이어지는 「여류」라는 족쇄를 초극해, 성별을 배제한 채 어떻게 여체를 묘사할 것인가?(性の呪縛を越えて-樋口一葉の時代から續く「女流」という枷を超克し、セックス拔きでいかに女體を描くか)」,『文學界』, 2008.5.에서도 『犬身』에 대해 언급하며 "건전한 사랑법이라면, 개를 사랑하듯이 인간을 사랑하는 것도 잘못된 것이 아니라고 생각한다."(177쪽)와 같이 동일한 취지의 발언을 하고 있다.

25) キャロル・ギリガン, 岩男壽美子 監譯,『もうひとつの聲-男女の道德觀のちがいと女性のアイデンティティ In a Different Voice』, 川島書店, 1986(원작은 1982). 이 저서에서 길리건은 종래의 남성중심주의적인 도덕발달론에 이의를 제기하며 애당초 여성은 남성과는 다른 방법으로 도덕적 판단을 하는 경향이 있다고 주장하였다. 길리건에 의하면, 그 방법은 정의에 기초하는 관점이 아니라 '돌봄의 윤리'의 관점에 기초하는 것이다.

념과는 달리 개개인이 결코 완전히 자율적이지 않고 항상 관계성의
그물망 속에서 상호의존하고 있음을 대전제로 각각의 구체적이고 개
별적인 문맥과 관계성을 중시한다. 그러므로 '돌봄의 윤리' 본연의
모습은 반드시 자율적 주체라고 단언할 수 없다. 돌봄을 필요로 하는
아이, 고령자, 장애자 및 주로 그들을 돌봐 주는 여성들의 요망사항
에 응답할 책임을 수용해, 그들과 같은 이른바 '사회적 약자'들도 껴
안을 수 있는 사회 구축을 위한 사고 방법으로서 페미니스트 간에 주
목되어 왔다. 최근 그것은 "의존하지 않는 자율적인 합리적 개인이
라는 허구에 의거하는 네오 리버럴리즘 정책의 한계를 드러내는"[26)]
윤리로서도 평가된다.

실제 '돌봄의 윤리' 관계로 맺어져 있는 것으로 보이는 아즈사와
후사(후사에)는 사회에서 취약한 존재인 동시에 자율적이라 부를 만
한 존재는 아니다. 일례로 아즈사는 전술한 바와 같이, 금전적으로
도 정신적으로도 친가에 의존할 뿐만 아니라 공의존 관계 속에서 오
빠의 일상적 성폭력에 노출돼 있다.

한편 애완동물인 개는 더욱 약자이다. 해러웨이가 말했듯, "인간
의 애정이 식었을 때, 인간의 편의가 우선될 때, 개가 무상의 사랑이
라는 판타지에 부응할 수 없을 때, 개는 버려지는 위험에 처하게 되
기"[27)] 때문이다. 특히 과거 2세기간 일본에서 개의 운명은 실로 가
혹하였다. 일본 개와 제국주의의 관계에 대한 뛰어난 역사연구로 알
려진 애론 스캐랜드(Aaron Skabelund)는 다음과 같이 말한다.[28)]

26) ファビエンヌ・ブルジェール, 原山哲・山下りえ子 譯, 『ケアの倫理−ネオリベラ
   リズムへの反論』, 白水社, 2014(원작은 2013), 79쪽.
27) ダナ・ハラウェイ, 水野文香 譯, 앞의 책, 60쪽.
28) アーロン・スキャブランド, 本橋哲也 譯, 『犬の帝國−幕末ニッポンから現代まで』,
   岩波書店, 2009, 79쪽.

　　사육견의 충성스러운 기질은 문명화의 인증으로 간주되어 존중받는 한편으로 인간 지배와 소유 바깥에서 떠돌며 문화의 자연의 경계가 불분명한 '개'는 박멸되었다. 그런 '개'들을 늑대, 잡종 또는 광견으로 상상함으로써 박멸이 정당화되었던 것이다.

　바꿔 말하면, 개는 인간의 관리 아래 "인간 반려종으로 사육견이 될 것인가 아니면 사람에 의해 박멸될 것인가의 두 가지 선택지 외에는 없었던"[29] 것이지만, 현재도 대부분의 일본 개는 인간의 애완동물로 가족의 일원이 될 것인가 혹은 살처분될 것인가의 양자택일이다. 말하자면 가혹한 생명정치/죽음의 정치에 내몰린 동물인 것이다.

　예를 들면 『犬身』 연재가 시작된 2004년에는 주거지가 없어 일본 전국의 동물보호센터에 수용된 개들 중에서 살처분당한 개가 그해에만 15만 5천 마리를 넘었다.[30] 전후 일본에서는 1950년에 광견병예방법이 시행되자 각 지방자치체가 철저하게 들개 구제(驅除)작업을 벌이기 시작해 1956년에는 광견병에 감염된 개가 일본사회에서 자취를 감추었다. 하지만 그 후에도 들개 박멸작업은 계속되었다. 그 때문에 현재는 도시나 교외에서 유기견을 발견하는 경우가 극히 드물다. 다시 말하면 일본 국내의 개는 거의 사육견인 셈이다. 또한 애완동물숍 등에서 유통되는 개는 순혈 혈통에 한정되므로 현재 반려견의 대다수는 순혈 혈통이다. 잡종견은 애완동물로서 시장가치가 없기에 버려지기 십상이다. 개와 함께 대표적 애완동물인 고양이가 잡종 및 들고양이로 살아가는 것이 어느 정도 허용되고 있는 데 비하면

---

29) アーロン・スキャブランド, 本橋哲也 譯, 앞의 책, 78쪽.

30) 일본 환경부(環境省) 홈페이지의 「동물애호센터의 개 인수상황(2004-2013)」을 참조하였다. (http://www.env.go.jp/nature/dobutsu/aigo/2_data/statistics/dog-cat.html)

개가 더욱 철두철미 생명 관리 및 위기 상황에 노출되어 있음을 확연히 알 수 있다.[31]

따라서 잡종견으로 보이는 후사 = 후사에[32)가 "들개로 제멋대로 살려고 해도 일본에서는 금방 보건소에 포획되어 살처분당할 것이 뻔한 결말"(상권, 30쪽)이라고 여기거나, 아즈사를 성적 학대로부터 지키기 위해 오빠 아키라에게 덤벼든다면 "살처분을 피하기 어렵다"(상권, 333쪽)고 상상하는 것은 단적으로 일본 개가 직면한 〈생명의 위기〉를 드러내는 것이다.[33)

더불어 아키라가 "개 따윈 죽여 봤자 기물손괴죄에 불과해"(하권, 263쪽)라고 단언하는 것처럼 2000년대 초의 일본 법률로는 설령 가족과 같은 애견이 억울하게 살해당했다 할지라도 기물손괴죄(3년 이하의 징역 또는 30만 엔 이하의 벌금)에 호소하는 것 외에 달리 방도가 없었다.[34) 즉 설령 가족 이상으로 소중한 개일지라도 그 생명은 사회적으로 기물 정도의 가치로만 간주되었던 것이다.

---

31) 덧붙여 일본 애완동물푸드협회 추산에 의하면, 2004년의 일본 사육견은 약 1246만 마리에 달한다고 한다. 일본 국내에 생존하는 개의 대부분이 사육견임을 감안하면, 2004년에 살처분된 개는 단순계산으로 대략 80마리 중 1마리에 이르는 것을 알 수 있다.

32) 후사는 이전에 후사에가 기르던 "흑백 얼룩무늬가 있는 잡종"(상권, 39쪽)인 애견 하트를 "쏙 빼닮은"(상권, 168쪽) 개라는 것으로 보아, 하트와 마찬가지로 잡종견일 것으로 추정된다.

33) 그 외에도 『犬身』 제1장에는 후사가 개를 보호하는 테마파크 "개가 꽃피는 마을(犬吠村)"을 방문했을 때, 팸플릿에서 "1960~70년대까지는 마을 여기저기 있던 들개가 존재를 인정받지 못해 좀처럼 찾아볼 수 없게 된 현재"(상권, 124쪽)라는 구절을 발견하는 장면이 있다.

34) 동물애호법 위반 처벌은 기물파손죄보다도 가볍기 때문에 일반적으로는 기물파손죄 적용을 받는다. 서구 국가에 비해 일본의 동물 복지에 대한 관심은 뒤처져 있기에, 2013년 개정되기 전까지 동물애호법에는 동물 복지에 대한 이념은 포함돼 있지 않았다.

이렇게 보면 오빠의 성폭력과 어머니의 억압에서 벗어나지 못해 정신상태가 악화된 아즈사도 항상 살처분의 두려움에 노출돼 있는 개 후사도 비록 레벨이 다를지언정 사회적으로 상처입기 쉬운 존재라는 점에서 공통된다.[35] 앞서 논술하였듯이 소설 후반부는 특히 아즈사와 가족의 위태로운 공의존 관계와 대비되는 형태로 아즈사와 후사의 '애정 교환'이 묘사된다. 그 광경은 후사의 눈을 통해 다음과 같이 서술된다.

> 아즈사의 불행을 알아갈수록 후사는 감상적이 되어 그냥 내버려 둘 수 없는 기분, 아즈사로부터 떨어질 수 없는 기분이 강해져 그녀를 핥거나 빗으로 빗겨지거나 하는 행위에도 절박함이 가득했다. (중략) 아즈사가 후사와의 애정 교환을 매우 소중히 여겨 마음의 버팀목으로 삼고 있다고 할까, 거의 정신적으로 기대고 있음은 후사도 느낄 수 있었다. 저토록 불행하지 않았다면 아즈사는 이만큼 나에게 애정을 쏟지는 않지 않았을까. 보통 사람이라면 이렇게 누군가 의존한다면 부담스럽게 느낄 지도 모르겠지만, 내가 매우 태연한 것은 필시 원래 영혼의 절반이 개여서 보통 인간과는 다르기 때문일 거라며 스스로 감탄하곤 했다. (『犬身』 제3장, 하권 9-10쪽)

이와 같이 아즈사와 후사, 양자의 관계는 후사가 아즈사로부터 돌봄을 받을 뿐만 아니라 가족으로부터 학대받은 아즈사가 정신적으로 후사에게 "기대고" 있고 후사가 그 상처를 성심껏 치유하려고 하는 상호 〈애정 교환〉 관계라고 할 수 있다. 이러한 관계는 단순히 주인

---

35) 마쓰우라는 『犬身』에 대해 가와카미 미에코와 나눈 대담 「성의 주박을 넘어서」 (176-177쪽)에서 "둘 다 이 세상에서 사랑받고 있는 것처럼 보이지만, 실은 그다지 사랑받지 못하는" 억압 상태에 놓여 있다는 점에서 개와 여성의 입장이 유사하다는 생각을 밝힌 바 있다.

과 반려견 간의 진심 어린 관계 수준을 넘어 상처받기 쉬운 존재끼리 서로의 필요(구체적 요구)에 상호 응답하고 함께 기대는 '돌봄의 윤리'에 기초한 관계를 표상하고 있다고 볼 수 있을 것이다.

5. 가짜 개라는 것, 퀴어인 것

여기서 새삼 주의하고 싶은 점은 아케오가 단언한 것처럼 후사는 어디까지나 "가짜 개"(상권, 184쪽)에 불과하다는 것이다. 쓰지모토 지즈루(辻元千鶴)가 지적하였듯이, 외견상은 개이지만 "후사는 인간이었을 때의 후사에의 감수성과 사고능력을 온존한, 즉 내면은 삼십 대 여성"36)에 지나지 않는다. 그러나 그것 때문에 후사는 개임에도 불구하고 상처받은 아즈사가 필요로 하는 것에 정확히 부응할 수 있다.

이 3인칭 내레이션 소설은 후사의 정체가 후사라는 것을 알지 못하는 아즈사 시점에서는 사람과 반려종 개 간의 공생 이야기로 비춰질 것이다. 다른 한편으로는 후사 = 후사에의 시점(소설의 시점인물로서의 시점)에 서면, 여성 간의 돌봄의 윤리 관계가 부각되는 이중구조를 이루고 있다. 이러한 이중성이야말로 이 개(犬)소설/변신소설의 뛰어난 점이 아닐까. 왜냐하면 이러한 이중성을 지닌 작품은 젠더화된 인간 사회에 한정돼 사고되어 온 '돌봄의 윤리'라는 사고체계와 인간과는 다른 종을 포섭하는 '반려종'이라는 사고체계를 동일한 지평에서 포착해 연동할 수 있는 계기를 우리들 독자에게 제공해 주기 때문이다.

---

36) 辻元千鶴,「松浦理英子『犬身』論－ジュネとガーネッの受容を視座として」,『言語文化論叢』, 2001.8, 61쪽.

　실은 '돌봄의 윤리'와 '반려종' 어느 사고체계든 기본적으로는 페미니즘 시점에 토대해, 폭력화하는 세상에서 취약하게 노출된 인간존재(특히, 많은 폭력에 노출된 여성들)가 살아나가기 위한 새로운 비폭력적 사회 구상을 주장하는 것은 마찬가지다. 하지만 해당 전문영역 차이 때문인지 이제까지 두 사고체계가 연관되어 고찰된 적은 없었다. 그러나 문학적 상상력이 자아내는 후사(후사에)와 아즈사의 관계는 여성끼리의 관계이면서도 사람과 개라는 '반려종' 간의 관계를 표상함으로써 '돌봄의 윤리'가 반드시 젠더화된 존재 사이의 관계에 제한되지 않는다는 것을 새로이 일깨워준 것이다.

　『犬身』이라는 텍스트는 이 부분에 대해 매우 의식적인 것으로 읽힌다. 예를 들면 아즈사의 과거의 애견 나쓰(ナツ)는 암컷이었고 개로 변신한 후사의 성별은 수컷이지만, 이러한 성별 차이가 아즈사와의 관계에서 변수로 작용하지 않는다. 수컷 개로 변신한 것에 대해 후사에 자신이 처음에 당황했던 것은 분명하다. 하지만 아케오가 "수컷 개여서 뭔가 문제가 있어?"라고 묻자, 후사에는 "듣고 보니 수컷 몸으로 변했다 해도 별로 형편이 나빠질 것도 없고 단지 수컷다움을 몸으로 표현하는 것에 대한 막연한 불안감이 있을 뿐이다"(상권, 196-197쪽)라고 생각한다. 그리고 실제 생활이 시작되자 특별히 수컷이라는 것을 불편하게 느끼지 않는다. 그 후 수컷인가 암컷인가, 즉 젠더 질서에 집착하는 아즈사의 오빠 아키라에 의해 후사는 거세당하고 말지만 그것 또한 후사의 일상과 아즈사와의 관계를 흔드는 어떤 변수도 되지 못한다.

　게다가 결말에서 한번 아키라에게 살해당한 끝에 다시 개로 전생해서 아즈사 품에 안기는 후사의 성별은 명확히 밝혀지지 않는다.

시선이 마주쳤다. 아즈사의 얼굴을 뒤덮은 애정이 빛을 발하듯이 널리 퍼져갔다. 울고 싶을 정도로 기쁜 나머지 달콤함에 가슴 아파하며 후사는 아케오의 가슴을 박차고 나와 아즈사의 품으로 뛰어들었다.
(『犬身』 마지막 구절, 하권 277쪽)

앞서 후사에가 주인의 성별에 구애받지 않는 퀴어한 "도그 섹슈얼"임을 확인한 바 있지만, 위의 결말부에서는 후사에는 더 이상 개로 변한 자신의 성별을 전혀 개의치 않는다. 아즈사 또한 반려종 후사의 성별은 어느 쪽이든 상관없다. 즉 후사(후사에)와 아즈사의 반려로서의 친밀한 관계는, 인간 관점에서는 둘 모두 여성이기에 레즈비언 관계로 보이지만 이미 그녀들 자신은 성별이분법 그 자체를 초월해 있다. 해러웨이는 『반려종 선언』에서 반려종을 "별난(퀴어한) 가족의 어린 형제"[37]로 표현하고 있다. 이에 따르면 결말에서 새롭게 시작되는 아즈사와 후사에의 관계는 이성애주의에 기초해 젠더화된 '부부' '가족'과 같은 제도나 윤리관 나아가 남녀 성별이분법에 입각해 LGBT로 제한적으로 표현되기 십상인 성적 마이너리티 표상의 고정화를 뒤흔들고 있다. 말하자면, 보다 유연한 젠더/섹슈얼리티를 포섭한 퀴어한 '돌봄의 윤리' 관계가 표상되어 있다고 해석할 수 있는 것이다.

6. 신자유주의에 대항하며

이상과 같이 『犬身』은 개와 여성의 친밀한 관계가 이성애주의에

---

37) ダナ・ハラウェイ, 水野文香 譯, 앞의 책, 159쪽.

기초한 가족애의 허망함을 폭로하는 소설이다. 그러한 의미에서 시
노다 세쓰코, 히메노 가오루코의 2000년대 소설작품과 동일한 주제
를 다루고 있다. 하지만『犬身』은 개로 변신한 후사에가 인간 여성의
내면을 지닌다는 문학적 상상력의 산물이라는 점에서 시노다와 히메
노의 소설과는 다르다. 또한 아즈사와 후사의 관계는 인간과 개의 관
계뿐만이 아니라 여성 사이의 상호의존을 전제로 한 돌봄의 윤리 관
계를 표상한다. 이렇게 개와 여성을 오버랩함으로써 현대사회에서
개별적으로 자율성을 갖기 어려운 취약한 존재들이 살아남기 위한
길, 즉 '돌봄의 윤리'를 소설은 제시하고 있다. 바꿔 말하면 자율성을
지닌 합리적 개인이라는 허구에 의거해 사회적 약자를 떼어내 버리
는 현재의 네오 리버럴리즘에 대한 이의를 제기하고 있는 것이다.

데이비드 하비(David Harvey)의『신자유주의-그 역사적 전개와 현
재(A Brief History of Neoliberalism)』에 의하면, 신자유주의는 "강력한
사적 소유권, 자유시장, 자유무역을 특징으로 하는 제도체계 내에서
개개인의 기업활동 자유와 그 능력이 제약 없이 발휘됨으로써 인류
의 부와 복리가 가장 증대한다고 주장하는 정치경제적 실천 이론"이
며 "국가의 역할은 이러한 실천에 적합한 제도체계를 창출해 유지하
는 것"으로 주장된다.38) 따라서 신자유주의 아래서는 적어도 이론상
으로는 "행동·표현·선택의 자유 등의 개인 권리나 계약의 불가침
성"이 중시되어 각 개인의 성공도 실패도 모두 사회 시스템의 문제가
아니라 각 개인의 책임-자기책임-으로 해석되게 된다.39)

---

38) デヴィッド・ハーヴェイ, 渡邊治監 譯, 森田成也・木下ちがや・大屋定晴・中村好
    孝 譯,『新自由主義ーその歴史的展開と現在 *A Brief History of Neoliberalism*』,
    作品社, 2007(원작은 2005), 10-11쪽.
39) デヴィッド・ハーヴェイ, 위의 책, 94-96쪽.

신자유주의가 일본 사회에 본격적으로 침투된 것은 2001년부터 2006년 사이의 고이즈미 준이치로(小泉純一郎) 정권 무렵으로 보는 것이 일반적이다.[40] 더욱이 중요한 것은 신자유주의가 온존된 채 가족 중심주의적 신보수주의가 2006년부터 2007년에 걸친 제1차 아베 신조(安部晋三) 정권 이후 급속히 대두된 것이다. 앞서 거론한 저서에서 하비는 미국을 예로 들어 "신자유주의가 일반 사회에 초래하는 「개인적 이익의 카오스」의 해체작용을 중화하는"[41] 역할로서, 즉 신자유주의가 야기하는 사회적 분단을 교묘히 통합하는 질서의 이데올로기로서 신보주주의가 대두된 것을 지적한다. 이를 통해 하비는 신자유주의와 신보수주의가 극도로 친화적 관계임을 고발하며 경종을 울린다. 신보수주의의 보수적 가치관의 중심은 "문화내셔널리즘, 도덕적 올바름, 기독교 신앙(단, 복음파 기독교 신앙), 가족의 가치, 태아의 생명권 등"[42]이다. 하비에 의하면 신자유주의 진행에 수반한 신보수주의 대두는 미국에 한정되는 것이 아니라 세계적으로 다발하는 것이다. 일본과 한국에 대해서도 다음과 같이 그는 언급한다.

　　내셔널리즘의 감정은 한국과 일본에서 모두 확대되고 있다. 양국 모두에서 내셔널리즘 발흥은 신자유주의의 충격으로 인해 사회적 연대라는 전통적 유대감이 파괴되는 것에 대한 반발로 파악할 수 있을 것이다.

여기서 새삼 2004~2007년이라는 『犬身』의 연재 기간이 일본에서

---

40) 渡邊治, 「日本の新自由主義ーハーヴェイ『新自由主義』に寄せて」, デヴィッド・ハーヴェイ, 『新自由主義ーその歴史的展開と現在』, 297쪽.
41) デヴィッド・ハーヴェイ, 앞의 책, 118쪽.
42) デヴィッド・ハーヴェイ, 앞의 책, 118쪽.

의 본격적인 신자유주의 진행 및 신보주주의 대두와 시기를 같이하고 있는 점에 주목하고 싶다. 이러한 시대의 문맥에서 다시 파악해 보면, 『犬身』에서 이성애주의적인 왜곡된 혈연가족과 대비적으로 그려지는 취약함을 내포한 자유롭지 못한 여성끼리의 관계 나아가 성별 그 자체를 넘어서 자유롭지 못한 존재끼리의 '돌봄의 윤리' 표상은 자율적인 개인의 자유에 입각한 신자유주의에 대한 도전일 뿐 아니라 강제이성애적 가족중심주의에 입각한 신보수주의에 대한 저항의 표상으로도 간주할 수 있지 않을까.

특히 순혈종인가 잡종인가 아니면 인간에게 유용한가 무용한가에 따라 생명의 선별대-시장가치가 있는가 없는가의 시선-위에 올려지고 태어난 순간부터 개인의 혈통 및 능력에 따라 가혹한 생명정치와 죽음정치에 지배당하는데다 인간의 돌봄 없인 살아갈 수 없는 동물[43] '개'가 엮어내는 '돌봄의 윤리'는 시장원리와 자기책임론을 기반으로 한 신자유주의 정신에 역행하는 것이다. 동시에 '개'라는 동물 변신의 문학적 상상력을 구사한 『犬身』은 이미 언급한 것처럼 개와 사람의 상호 돌봄 관계에 여성끼리의 상호 돌봄 관계를 오버랩시킴으로써 '반려종'이라는 친족 개념과 '돌봄의 윤리'를 연결해 사고하

---

43) 『犬身』에는 개들이 순혈인가 잡종인가에 따라 생명이 선별되고 있는 현재적 상황에 대한 작가의 문제의식이 드러난 에피소드가 있다. 제1장에 아케오의 안내로 후사에가 찾는 테마파크 「개들이 꽃피는 마을」은 "개와 인간의 공생" "주인 없는 개의 구제"와 함께 "줄어가고 있는 일반견 보존"을 이념의 하나로 내걸고 있다. (상권, 123-124쪽) "일반견"이란 이른바 "잡종"을 말한다. 애완동물숍 등에서 유통되는 개는 거의 순혈이며 또한 들개는 살처분되므로 "일반견 수가 격감하고 있으며" "절멸이 위태로운" 상황이기에 「개들이 꽃피는 마을」에서는 "일반견을 계획적으로 번식시키고 보존함과 더불어 일반견의 매력, 일반견이 지니는 개 본연의 성질의 훌륭함을 세상에 널리 알려간다"고 서술된다. (상권, 124쪽) 후사에가 이러한 이념에 깊이 공감해 이후 잡종 일반견으로 변신하는 배경에는 시장가치에 따라 개의 생명이 선별되는 것에 대한 비판의식이 깔려 있다고 생각된다.

는 계기를 마련하였다. 그것을 통해 '돌봄의 윤리'는 반드시 이성애자 넓게는 LGBT라는 고정적인 섹슈얼 마이너리티에 한정되지 않는 퀴어한(Queer), 즉 다양한 섹슈얼 마이너리티가 연대하는 길을 개척할 수 있는 가능성을 제시하고 있다고 해석할 수 있을 것이다.

일견 황당무계한 변신 이야기에 불과하다고 여겨질 수 있는 『犬身』은 실은 신자유주의가 글로벌하게 퍼져가고 세계 각국의 경제지상주의와 신보수주의가 크게 대두되는 지금, 세계적으로 사람과 사람 사이의 분단이 급속히 진행되는 지금이야말로 다시금 읽혀져야 할 소설임에 분명하다.

/ 다케우치 가요(武内佳代)

(번역자 : 이지형)

일본 마이너리티문학 연구의 현재와 과제

내셔널리즘, 우생사상 그리고 궁극의 문학

1. 마이너리티문학의 유동성

이 글은 일본 마이너리티문학 연구의 현황을 개관하고 그 과제의 새로운 가능성에 대해 점검하는 것을 목적으로 한다. 이를 위해 먼저 마이너리티 및 마이너리티문학을 정의한 후 일본문학 연구 전체상 속에서 그것이 점하는 좌표의 지형도를 조감해 그 의미를 추출하고자 한다. 이어 그곳에서도 상대적으로 소외된 마이너리티문학 '내부의 타자', 즉 마이너 신체성에 기초한 마이너리티의 문학을 중심으로 그 실체와 연구 가능성을 타진할 것이다.

마이너리티란 무엇인가? '마이너리티'의 정의에는 크게 두 가지 용법이 있다. 첫째는 민족이나 언어·종교 등의 기준을 거의 묻지 않고 '약자'를 그대로 '마이너리티'로 파악하는 사회학적 용법이며, 둘째는 민족이나 언어·종교 등의 면에서 다수파와 다른 특징을 지닌 소수파로 보는 비사회학적 용법이다.[1] 특히 일본에서는 '차별'당하는 '약자'라는 의미에서 마이너리티 개념을 확산·포괄적으로 정의하는

---

1) 유효종·이와마 아키코 편, 박은미 역, 「마이너리티란 무엇인가-개념과 정책의 비교사회학」, 한울, 2012, 49쪽.

경향이 강하다.2) 여기서 확인되는 것은 사회·문화·정치의 제 영역에서 마이너리티가 '따로 설명이 필요 없는 주어진 개념'으로 흔히 전제되곤 하지만 실은 그것이 결코 자명한 개념이 아니라는 사실이다. 마이너리티는 '그 집단이 속한 사회의 역사와 정치적 조건에 따라서 가변적이고 유동적인 정체성'이다. 또한 마이너리티 집단의 경계도 분명하고 고정적인 것이 아니기에 실제 마이너리티에 대한 정의와 경계는 언제나 이들과 다수 지배 집단 간의 첨예한 정치의 장이 된다.3) 주의할 점은 마이너리티 정의에서의 '소수자'가 수적인 의미에서의 '소수자'를 의미하는 것만은 아니라는 점이다. 과거 식민지 통치 아래에서 인구가 많은 토착민이 인구가 적은 통치자로부터 억압을 받았던 사실에서도 그것은 증명된다.4) 그러므로 마이너리티와 대치하며 그들을 차별·소외·억압하는 '다수'란 숫자만이 아닌 '지배'와 '주류'와 같은 의미를 포괄한 '권력'의 중심성을 함축한 말로 이

---

2) 유효종·이와마 아키코, 앞의 책, 23쪽. 이 책에서는 일본, 한국, 프랑스, 독일, 미국, 러시아, 중국 등 7개국의 '마이너리티' 개념의 특징을 정리하고 그 역사적·사회적 배경에 대해 고찰하고 있는데, 7개국의 마이너리티 개념을 한정형·확산형·회피형의 세 가지 유형으로 분류한 것이 흥미롭다. 먼저, '한정형'은 국제인권법의 '마이너리티' 규정에 기초해 민족·인종·종교·언어라는 네 가지 측면에서 다수파와 다른 특징을 지녔다고 생각하는 소수파를 '마이너리티'로 정의하는 유형으로, 독일·러시아·중국이 여기에 해당한다. 둘째, '확산형'은 민족·인종·종교·언어라는 특성을 중시하지 않고 '약자' 일반을 '마이너리티'로 정의하는 유형으로, 미국·한국·일본이 이 유형에 속한다. 마지막으로 '회피형'은 가능한 '마이너리티'라는 용어를 사용하지 않으려는 유형으로 프랑스가 여기에 해당한다. 일본과 한국은 함께 '확산형'으로 분류되고 있다는 점에서 한일의 마이너리티 논의의 연대 가능성이 다시금 확인된다고 할 수 있다.

3) 신기영, 「마이너리티 이론의 탐색―비본질적·포괄적 연구를 위하여」, 『일본비평』 제8호, 서울대 일본연구소, 2013, 23쪽.

4) 최영호, 「일본 사회의 마이너리티―같지도 않고 그다지 다르지도 않은」, 『일본비평』 제8호, 서울대 일본연구소, 2013, 8쪽.

해해야 한다.[5] 이러한 관점에서 이 글의 마이너리티 정의는 '차별당하는 약자'라는 의미로 통용되는 일본의 일반적 마이너리티 정의를 기본적으로 수용하되 그것에 내재된 가변성과 유동성 또한 함께 전제하기로 한다.[6]

마이너리티문학 정의는 당연히 마이너리티 정의와 연동된다. 마이너리티 개념 자체가 가변적이기에 마이너리티문학 또한 고정불변의 실체를 갖는 대상일 수 없다. 마이너리티와 마이너리티문학은 연동될 수밖에 없지만 그렇다고 해서 마이너리티문학이 곧 마이너리티의 문학인가라는 질문에 접한다면 답하기가 녹록치 않다. "일찍이 식민지에서 등장해 식민권력으로부터 강요된 언어에 대한 대항의식을 표현한 문학과, 대도시문화 속의 소수파 집단에 의해 구축된 문학"[7]이라는 마이너리티문학 정의에서 보듯, 그 용어에 담긴 대상은 결코 균질하지 않다. 또한 재일코리언문학, 오키나와문학, 피차별부락민문학 등 각각의 마이너리티 관점에서 잉태된 문학에 대한 개별적·산발적 연구는 있어도 이들을 포괄해 통일적 범주 내에서 사고한 일본문학 선행연구가 거의 전무하다는 사실도 '마이너리티문학'이라는 카테고리의 불확실성을 방증한다.[8]

---

5) 강우원용, 「일본 마이너리티문학의 양상과 가능성—오키나와문학과 재일한국인·조선인문학을 중심으로」, 『일본연구』 제14집, 고려대학교 일본연구센터, 2010, 206쪽.
6) '마이너리티'의 대척점에 '메이저리티' 즉 다수 혹은 주류의 존재를 상정하는 대립·긴장 구도 외에도 '마이너리티'와 '비마이너리티'로 구분하는 관점 또한 존재한다. 이 경우 마이너리티와 비마이너리티를 구별하는 결정적 차이는 다음의 두 가지다. 그 첫째는, 각 집단에 속해 있는 사람들이 그 집단을 특징짓고 있는 집단을 단위로 해 유지해온 특성을 차세대 이후에 계승할 것을 요구하는가, 아니면 거꾸로 집단을 특징짓는 '개성'의 '해소'를 요구하는가의 차이다. 둘째는, 각 집단을 단위로 한 자기재생산이 가능한가의 여부다. 유효종·이와마 아키코, 앞의 책, 428~429쪽.
7) ソニア・アンダマール 外 著, 奥田曉子監 譯, 『現代フェミニズム思想辭典』, 'マイノリティ言語と文學' 항목, 明石書店, 2000, 21쪽.

그런 점에서 "작가 주체가 다수나 중심에 대한 소수성, 차별성의 인식을 갖고 있을 것", "일본 문단의 중앙이나 다수를 향한 발신일 것", "다수 혹은 중심으로부터 마이너리티성을 인정받을 것"의 세 가지 요건을 마이너리티문학의 성립조건으로서 제시한 강우원용의 논문 「일본 마이너리티문학의 양상과 가능성-오키나와문학과 재일한국인·조선인문학을 중심으로」(2010)는 주목할 만하다.9) 강우원용은 마이너리티와 마이너리티문학의 존재성은 의미가 전혀 다르다고 주장하며, "마이너리티는 그 자체만으로도 존재 의의를 갖지만, 마이너리티문학은 주류의 언어로 표상되는 이상 독립적이지 못하고 주류와의 관계성을 배제할 수 없다"는 마이너리티문학의 이율배반적 상황을 그 주장의 근거로 든다. 다시 말하면 주류 혹은 중심의 대척점에 위치하면서도 주류의 '인정' 없이는 존재 '가치'를 가질 수 없는 것이 마이너리티문학의 숙명이라는 것이다. 이러한 주장은 마이너리티문학 현실을 반영하고 있다는 점에서 분명 수긍할 만하다. 하지만 동시에 이러한 관점에서의 마이너리티문학 정의는 필연적으로 마이너리티문학의 영역을 극도로 왜소화할 수밖에 없음을 지적하지 않을 수 없다. 주류 혹은 중심의 '인정'을 그 문학의 성립조건으로 전제하는 이상, 마이너리티문학은 중심의 구심력 아래에서 매우 선택적·피동적으로 존립할 수밖에 없기 때문이다. 주류로부터 '인정'받지 못

---

8) 일본의 논문검색사이트 'CiNii'(http://ci.nii.ac.jp/)에서 검색한 결과, '마이너리티문학'으로 키워드 검색해 확인된 논문은 10편인 데 비해 '마이너문학'의 경우는 24편이 확인된다. 여기서 확인되는 것은, 일본에서는 '마이너리티문학'보다 '마이너문학'이라는 용어를 더 빈번히 사용한다는 정황과 더불어 어느 쪽이든 그 편수가 매우 저조하다는 사실이다. 더욱이 위의 편수는 일본문학뿐만이 아니라 영미문학 분야 등의 논문도 모두 망라된 편수이다.

9) 강우원용, 앞의 논문, 207쪽.

하는 '마이너'문학은 그저 주변적 문학에 머물 뿐 결코 마이너리티문학이 될 수 없게 되는 것이다.

그런데 그 옛날, 주류의 '인정' 따윈 요원했던 페미니즘문학의 기원을 상기한다면 마이너리티문학에 있어 주류의 '인정' 이상으로 긴요한 것은 중심에 대한 긴장감 혹은 위화감에 기초한 자기 정체성(동질성)의 확인임이 환기될 것이다. 그것이 없었다면 남성 주체의 문학으로 독점되었던 이른바 '캐넌(canon)'의 전복은 없었을 것이기 때문이다. 더욱이 주류의 승인을 전제로 한 결과로서의 마이너리티문학의 실재가 재일코리언문학, 오키나와문학 등 민족·인종의 내셔널 마이너리티 또는 에스닉(ethnic) 마이너리티 카테고리에 주로 편중되어 있다는 점도 주의해야 한다.10) 결국 중심의 '승인'을 전제로 한 마이너리티문학 개념으로는 이미 그 자체가 중심의 일부가 되었기에 이제 중심의 승인 따윈 필요치 않는 페미니즘문학과 같은 중심적 마이너문학과, 여전히 제도권의 승인 여부가 불확실한 동성애문학·한센병문학 등의 주변적 마이너문학이 함께 공통의 장에서 사고될 수 있는 여지는 희박해지게 된다.

이 글에서는 이러한 문제의식에 기초해 '마이너리티문학'을 '차별·소외·배제당하는 약자의 문학'이라는 보다 유동적이고 포괄적인 의미로 정의하고자 한다. 마이너리티문학이 곧 마이너리티의 문학은 아니지만, 적어도 마이너리티의 문학은 마이너리티문학이 포섭해야 한다는 것이 이 글의 입장이다. 현재의 마이너리티문학 연구의

---

10) 1992년에 UN총회에서 채택된 '내셔널·에스닉·종교적·언어적 마이너리티에 속하는 사람의 권리에 관한 선언(마이너리티 권리선언)'에서도 확인되듯, 내셔널·에스닉 마이너리티는 마이너리티 내에서도 상대적으로 큰 위치를 부여받고 있다. 유효종·이와마 아키코, 앞의 책, 434쪽.

자장은 포스트콜로니얼문학, 디아스포라문학 등의 영역과 인접하며 주로 근대 제국의 '외부 혹은 경계'에 위치했던(위치한) 마이너리티의 문학을 중심으로 형성돼 있다. 이 와중에 정작 마이너리티문학에서 소외된 대상이 제국(혹은 '제국의 일부로서의 식민지')의 안쪽, 즉 '체재 내부의 타자'의 문학이다. 이 내부의 타자가 타자화된 주요 요인은 그(그녀)들의 '마이너 신체성'이다. 신체의 장애와 결손 그리고 특별한 성적 지향 등을 노정하는 '마이너 신체성'으로 인해 그(그녀)들은 근대국가 내부의 은밀한, 궁극의 마이너리티가 된다. 바로 한센병자, 동성애자, 신체 및 정신장애자 등이다.

이러한 관점에서 이 글은 국내의 일본 마이너리티문학 연구 성과와 한계를 재일코리언문학과 페미니즘문학을 중심으로 개관한 다음 본고의 주 과제 검토로 이행할 것이다. 먼저 근대 내셔널리즘과 신체성의 관련을 우생사상의 시좌에서 살피고, 이를 바탕으로 한센병문학·동성애문학을 마이너리티문학의 관점에서 그 연구의 가능성과 의미에 대해 검토하고자 한다. 공공연히 '신체가 곧 정신'임을 표방했던 근대 내셔널리즘이 바로 그 '신체'를 이유로 적극적으로 소외했던 마이너리티의 실체를 일본 문학을 매개로 비로소 대면하는 것이야말로 본 고찰의 목적이다.

2. 국내의 일본 마이너리티문학 선행연구 개관

2절에서는 국내의 일본 마이너리티문학 연구 성과를 재일코리언문학과 페미니즘문학을 중심으로 살핀 다음 1절에서 정의한 '마이너리티문학' 개념에 기초해 매우 제한적이나마 축적된 선행연구를 확인하고자 한다.

내셔널 마이너리티, 에스닉 마이너리티 문학을 중심으로 고찰돼 온 그간의 마이너리티문학 연구를 개관하면, 가장 두드러지는 것은 역시 재일코리언문학 연구이다. 식민지와 제국, 모국(조국)과 출신국 사이의 틈새에서 고뇌하는 존재의 불안을 자양분 삼아 자신의 경계적 정체성을 구축해 온 재일코리언의 문학은 1, 2, 3세대 각각의 차이와 연속성이 뒤섞여 투영돼 있다. 그 문학에는 근대 내셔널리즘이 주조한 제국과 식민지 문제, 민족·혈연 및 국적 문제, 언어와 정체성 문제 등이 중첩·혼재 혹은 균열된 양상으로 실존적으로 투영돼 있다. 국내에서의 연구 축적 또한 양질 공히 상당한데 탈식민주의 및 디아스포라 연구가 활성화되기 시작한 2000년대 이후 특히 연구 성과가 집중되고 있다. 재일코리언문학이라는 경계성으로 인해 관련연구가 일본문학계와 한국문학계 양쪽에서 모두 활발히 진척되는 점이 당연하면서도 특징적이다. 주요 연구대상은 김석범, 김사량, 장혁주, 김달수, 김소운, 이회성, 양석일, 이양지, 유미리 등을 중심으로 가네시로 가즈키(金城一紀), 현월, 사기사와 메구무(鷺擇萠) 등의 젊은 세대 작가들로 확장되는 추세다.

학술연구정보서비스 사이트(RISS)에서 국내학술지논문과 학위논문 대상으로 검색한 결과, 재일코리언 작가에 대한 연구논문이 작가별로 비교적 고루 산출되었음을 확인할 수 있었는데 다소 의외였던 것은 김사량 연구의 단연 풍성한 성과였다. 국내학술지논문 95편과 학위 논문 33편이라는 축적성과는 장혁주를 제외하고는 많아야 국내학술지논문이 30편에 못 미치거나 학위논문이 10편 전후에 불과한 다른 재일코리언 작가들의 그것을 압도하는 것이었다. 이양지, 김석범, 유미리 등의 관련논문이 상대적으로 다수일 것으로 짐작했던 예상을 확연히 전복시키는 결과였다.[11) 이는 김사량 관련 논문의 절반을 훌쩍 넘는 한국문학계의 풍요로운 연구 성과에 힘입은 바가 큰데, 내부적 요인으로는 조선어와 일본어 각각을 구사해 작품활동한 이중어 창작 이력, 중국 체재 및 활동을 통한 탈제국적 월경의 경험, 전시기 친일 협력활동과 그로 말미암은 죄의식, 대지주의 아들로 도쿄제국대학에 유학한 부르주아 계급성에도 불구하고 한국전쟁에서 북한군으로 참전한 균열된 이데올로기의 처절한 현실투여, 전사로 인한 드라마틱한 삶의 마감까지 그의 삶의 궤적이 노정한 궁극의 경계성, 월경성, 마이너리티성이 김사량 연구의 풍요로움을 담보한 동인이 아닐까 추측해 볼 따름이다. 한편 이중어 창작 이력과 전시기 국책 협력 등의 공통점에서 김사량과 비견될 만한 작가는 장혁주이다. 특히 장혁주는 『이와모토 지원병(岩本志願兵)』(1944)과 같은 군국소설 발표와 전후의 일본귀화 이력 등으로 인해 대표적인 '친일문학자'로 언급되는 경우가 많은데, 그와 관련된 연구 성과는 최근 두드러져 국내학술지논문 46편, 학위논문 5편이 확인된다.[12)

11) RISS(학술연구정보서비스 사이트)를 통해 검색한 선행연구의 정량적 데이터는 다음과 같다. 각각 국내학술지 논문과 학위논문의 경우, 장혁주 46편과 5편, 김석범 23편과 6편, 이회성 18편과 8편, 이양지 22편과 10편, 유미리 25편과 10편, 김달수 22편과 6편, 김소운 15편과 6편, 양석일 16편과 6편, 가네시로 가즈키 12편과 5편, 현월 20편과 2편 등이다. 이상의 결과에서 보듯, 장혁주를 연구대상으로 한 학술지논문 이외에는 수적으로 큰 차이 없는 대다수 작가들에 비해 김사량의 95편과 33편은 현격한 우위를 점하고 있음을 알 수 있다. (물론 RISS의 검색결과가 국내 연구 성과의 전모를 확인해 줄 수는 없겠으나 정보 확인의 접근성과 공용성을 고려해 RISS를 활용하였다. 검색결과 인정기준은 논문 제목명(주제목 및 부제 포함)에 검색 작가명이나 그 작가의 작품명이 명기된 경우만으로 한정하였다. 이 조건만 충족한다면 검색 작가 단독 연구 논문이 아니더라도 인정하였다. 더불어 작가명 혹은 작품명 대신에 검색 작가와 밀접히 연관되는 키워드가 제목명에서 확인되는 경우에는 예외적으로 인정하였다. 일례로, '4.3사건'과 '재일코리언문학'이 함께 제목명에 삽입된 경우에는 '김석범' 관련 선행논문으로 구분하였다. (검색일은 2014. 3.30, 이하 동일)

이러한 재일코리언문학 연구의 축적된 성과는 인식 및 문제의식의
공통항을 기반으로 그 관심 영역을 확장시키고 있다. 일제강점기 재
조일본인문학 연구, 제3세계 한국어문학 연구 등이 그 실례이다. 제
국과 식민지의 종속과 긴장, 모국어와 국적의 밀착과 배제 등 경계와
통합이 양의적으로 표상되는 이분법 구도를 넘어 내셔널·에스닉·
언어적 아이덴티티가 중첩되는 현실의 혼종성을 통찰하고 실증하는
연구는 마이너리티(문학) 연구의 문제의식을 탈식민주의 및 디아스
포라(문학) 연구에 연계해 그 내실과 외연을 증폭시키는 매우 의미
있는 실천이다. 그럼에도 동시에 신중히 고려되어야 할 지점 또한 분
명 존재한다. 구체적으로 우선 재조일본인문학 연구의 경우를 보자.
이는 제국의 바깥(외지)에서 활동한 '마이너리티적 제국인'의 경계성
을 문제시함으로써 제국/식민지, 내지/외지, 중심/주변, 메이저리티
/마이너리티의 이항대립적 인식틀의 해체 및 극복을 도모하는 의욕
적 시도이다. 하지만 이러한 연구가 문화연구 방법론이 흔히 노정하
는 '다양성'의 확인이라는 스테레오 타입의 제3의 지점으로의 결론으
로 귀결되기 마련이라는 우려를 가지게 되는 것 또한 사실이다.

이어 제3세계 한국어문학 연구의 경우, 국경을 넘어선 디아스포라
연구의 문제의식에 공명하면서도 이러한 시도가 한편으론 조국 혹은
민족에 대한 노스탤지어와 긴밀히 연동하는 '한국어'라는 내셔널한
자장으로 수렴되는 구심력하에 여전히 놓여 있지는 않는가라는 의구
심으로부터 온전히 자유롭지는 않다. 그럼에도 양자가 표방하는 문
제의식과 연구의 실천이 그것에 내포된 우려 요소 이상으로 그 연구
의 혁신적 가능성과 더욱 긴밀히 맞물려 있는 것은 분명하다.[13] 이

---

12) 장혁주 및 그의 작품을 연구대상으로 하는 국내학술지논문 46편 중 26편이 김학동
   의 논문이다.

렇게 양자의 연구는 각각 '일본어'와 '한국어'라는 근대 '국어'가 해당 영토, 즉 일본과 한국의 '바깥'에서 문학화되는 '마이너'한 양상을 추적함으로써 내셔널리즘과 디아스포라의 연동과 균열, 그리고 그곳으로부터 일탈되는 다양성과 혼종성의 실상을 심층 탐구한다는 점에서 상통한다.

이어 살피고 싶은 것은 페미니즘문학 연구이다. 여성문학과 페미니즘문학의 정의와 구분 또한 엄밀히는 간단치 않다. 다만 여기서는 다소 느슨한 잣대로 정의하고자 한다. 다시 말하면 '페미니즘문학'이라 함은 전통적 가부장제도를 더욱 정교한 국가의 관리시스템으로 확장·재구축한 근대 내셔널리즘의 억압으로부터 일탈하고자 하는 여성 해방의 욕망이 문학에 문제적으로 투영돼 있는가를 기준으로 그 여부를 가늠하고자 한다. 먼저 가능한 의문은 이런 것일 것이다. '페미니즘문학을 마이너리티문학이라 할 수 있는가'라는 문제제기이다. 에둘러 답하자면, 이 글에서 정의된 유동적인 마이너리티문학 개념의 적용을 받을 경우 페미니즘문학은 그 범주의 첫 번째 구성요소이다. 자유·평등의 근대 이념을 근대 초기 현실에서 구현하고자 한 실천적·당위적 과제가 신분해방과 더불어 남녀평등이었음은 부정할 수 없기 때문이다. 양성평등 문제는 현재까지도 여전히 사회 제

---

13) 전자의 연구로는 정병호, 후자의 연구로는 김환기의 성과가 두드러진다. 관련한 정병호의 대표 논고로는 「〈메이지(明治)문학사〉의 경계와 한반도 일본어 문학의 사정(射程)권-메이지시대 월경하는 재조(在朝) 일본인의 궤적과 그 문학적 표상-」(『일본학보』 95집, 한국일본학회, 2013), 「1910년대 한반도 내 일본어 잡지의 간행과 〈일본어 문학〉연구-『조선 및 만주』(朝鮮及滿州)의 「문예」 관련기사를 중심으로-」(『일본학보』 87집, 한국일본학회, 2011) 등을 들 수 있다. 김환기의 관련 논고로는 「재일 디아스포라 문학의 "혼종성"과 세계문학으로서의 가치」(『일본학보』 78집, 한국일본학회, 2009), 「재브라질 코리언 문학의 형성과 문학적 정체성」(『중남미연구』 30집, 한국외국어대 외국종합연구센터 중남미연구소, 2012) 등이 대표적이다.

방면에서 유효한 현실적 의제이며, 이는 바로 여성이 남녀의 성별 권력관계 구도에서 여전히 주변적 위치를 점하는 마이너리티 존재임을 증명하는 것이다. 다시 말하면 여성은 내셔널·에스닉 마이너리티 카테고리를 넘어서는 근대의 가장 대표적이자 중심적인 마이너리티 존재인 것이다.

물론 여성작가의 작품이 곧 페미니즘문학은 아니다. 관건은 남존여비라는 전근대적 인습의 굴레와 남녀성역할 분할이라는 근대적 가부장제의 구속에 이중으로 억압되어 있던 여성들의 자기권리 찾기의 절실한 내면의 목소리가 문학 텍스트에 형상화되어 있는가의 여부이다. 이러한 관점에서 국내 일본여성문학 연구 중 페미니즘문학 연구의 성과로 평가할 수 있는 결과물들을 변별해 보자. 우선 연구 성과는 히구치 이치요(樋口一葉), 다무라 도시코(田村俊子), 하야시 후미코(林芙美子), 미야모토 유리코(宮本百合子) 등 대표적 여성작가 및 작품을 중심으로 축적되어 있음이 확인된다.[14] 그 중 페미니즘 혹은 여성주의 관점에서의 연구 성과가 두드러진 것은 다무라 도시코와 미야모토 유리코이다. 이는 자립, 주체, 신여성, 저항, 젠더, 신체성, 성애, 레즈비어니즘 등 논문 제목의 키워드를 통해서도 확인된다. 이에 비해 히구치 이치요의 경우는 근대 최초의 본격적 여성작가의 선명성이 작품론적 분석을 통해 주로 강조되며, 하야시 후미코는 최

---

14) RISS 검색을 통해 확인한 결과, 학위논문의 경우에는 히구치 이치요 연구가 25편으로 다른 작가들의 10편에도 미달하는 결과물에 비해 압도적 우위를 점하고 있다. 다무라 도시코, 하야시 후미코, 미야모토 유리코 등도 모두 3편에 불과하다. 다만 현대작가 요시모토 바나나(よしもとばなな)의 경우 10편의 학위논문이 확인되는데, 여성주의 관점에서의 고찰은 부재했다. 한편 국내학술지 논문을 보면, 하야시 후미코 30편, 다무라 도시코 21편, 미야모토 유리코 17편, 히구치 이치요 15편, 요시모토 바나나 13편, 사타 이네코 11편 등의 성과가 확인된다.

근 종군 작가 체험과 전쟁협력 문제가 논의의 중심에 있다. 이렇게 보면 페미니즘 관점에서의 연구 성과가 상대적으로 빈약함이 확인되는데, 더욱 아쉬운 점은 페미니즘 관점에서 주요 남성작가 및 작품의 반여성주의 및 몰이해를 비판적으로 고찰하는 논고 또한 빈약하다는 사실이다. 나쓰메 소세키(夏目漱石) 및 다니자키 준이치로(谷崎潤一郎) 등에서 발견되는 근대일본 남성작가의 내면화된 여성혐오 혹은 여성숭배의 외형을 한 여성무시와 같은 이율배반에 대한 지적의 부재이다.15) 결국 이러한 연구의 공백은 페미니즘을 마이너리티 관점에서 문제의식으로 내면화하는 것의 불철저함에서 기인한 것은 아닐까 판단된다.

한편 이 글의 중심 키워드 '마이너리티문학'의 관점에서 일본문학을 고찰한 연구로는 전술한 강우원용의 논문과 더불어 소명선의 「마이너리티문학 속의 마이너리티 이미지-재일제주인문학과 오키나와문학을 중심으로-」(2012)가 확인된다.16) 강우원용의 논문은 한국에서 발표된 연구 중 '일본 마이너리티리문학'에 대해 가장 체계적으로 논한 성과로 평가해야 할 것이다. 특히 마이너리티 및 마이너리티리문학의 개념 정의

---

15) 매우 제한적이지만 이러한 관점의 논고가 전혀 없지는 않다. 그 일례로, 김난희 「나쓰메 소세키와 아쿠타가와 류노스케-상호텍스트성과 관련하여-」(『일본문화연구』 41집, 동아시아일본학회, 2012), 25쪽의 소세키 및 그 문학의 '여성혐오'적 성격에 대한 지적, 그리고 김영옥 「'연기'하는 여성과 '무대'로서의 가정-다니자키 준이치로의『치인의 사랑』에서 본 '탈'가정의 의미를 중심으로-」(『비교문학』 32집, 한국비교문학회, 2004), 143쪽의 근대적 남성의 '욕망' 아래 대상화되는 다니자키 문학 속 여성 캐릭터에 대한 언급 등을 들 수 있다.

16) 소명선, 「마이너리티문학 속의 마이너리티 이미지-재일제주인문학과 오키나와문학을 중심으로-」, 『일어일문학』 54집, 대한일어일문학회, 2012. 이 외에도 소명선은 「기리야마 가사네(桐山襲)론-마이너리티 문학과 한반도에 대한 시선-」(『일어일문학』 37집, 대한일어일문학회, 2010)과 같은 '마이너리티문학'을 적극적으로 표방한 관점에서 고찰한 논고를 발표하고 있다.

및 그것에 내포된 문제의식, 현재성, 가능성에 대해 심도 깊게 천착하고 있다. 다만 논문 부제에 명시되어 있듯 이 논문 또한 내셔널·에스닉 관점에서의 일본 마이너리티문학(재일조선인문학, 오키나와문학) 고찰에만 치중된 점은 못내 아쉽다. 소명선의 논문은 재일제주인문학과 오키나와문학을 포스트콜로니얼문학의 관점에서 그 가능성과 한계를 통합적으로 진단하고 있는 점이 주목할 만하다. 재일제주인문학도 당연히 재일코리언문학의 일부이긴 하다. 하지만 육지와는 분명 구별되는 제주도와 오키나와의 공간적 공통성, 즉 내부적 주변성을 통해 한국과 일본이라는 경계를 넘어 타자성 속에서 상호 동일성을 발견하고자 하는 시도가 매우 흥미롭다. 물론 이 또한 내셔널·에스닉 마이너리티 관점에 기초한 연구임은 부정할 수 없다.

그러면 '마이너 신체성' 관점에서의 마이너리티문학 연구의 내실은 어떠한가? '신체'와 '장애'를 키워드로 일본문학 선행연구를 살핀다면 신인섭의 논문 「장애 양상과 근대성을 통해본 일본근대문학연구-아리시마 다케오 문학을 중심으로」(2009)에 주목해야 한다. 신체장애(시각, 청각, 지체부자유 등)와 정신장애(트라우마, 백치 등)의 관점에서 일본근대문학을 계보적으로 훑은 신인섭의 연구는 신체성과 정신성에 함께 착목하며 양자의 분리 불가능한 상호연관성을 의식한 논고라는 점에서 특히 평가할 만하다. 다음으로는 홍진희, 「오에 겐자부로의 장애인 의식-초기와 후기 작품의 비교를 중심으로」(2009)가 확인되는데, 이 2편이 기존연구의 전부이다.[17)]

---

17) 이 외에 '마이너 신체성' 혹은 '장애' 시좌에서의 고찰은 아니지만 포괄적인 '신체성'의 관점에서 근대일본문학을 연구한 성과 중에서는 정대성, 윤송아 논문이 주목할 만하다. ①정대성, 「일본소설의 근대화와 근대의학의 관련성의 한 단면-〈몸〉/〈병〉에의 눈길들, 그 빛과 그늘」, 『외국문학연구』 제25권, 한국외대 외국문학연구소, 2007. ②윤송아, 「재일조선인 문학의 주체서사 연구-가족·신체·민족의 상관

나아가 이 글에서 세부적으로 다루고자 하는 한센병문학, 동성애
문학에 초점을 맞추면, 우선 한센병문학의 경우 김학동 「노구치 가
쿠추(野口赫宙)의 『검은 대낮(黑い眞晝)』론」(2009)이 유일무이한 관련
연구이다. 『검은 대낮』(1959)은 재일한국인 작가 장혁주(張赫宙)가 일
본 귀화 후의 필명으로 발표한 추리소설이다. 한센병 요양소 내에서
벌어진 연속 살인사건을 기점으로 한센병에 대한 사회의 차별적 인
식을 고발한 작가의 인본주의적 자세를 논문은 평가하고 있다.18) 이
어 동성애문학 관련 연구의 경우는 5편의 선행논문이 확인된다.19)
그 중 미시마 유키오(三島由紀夫) 관련 논문이 3편으로 큰 비중을 점
한다. 주목되는 것은 이혜경의 「미시마 유키오와 「호모소셜」한 욕망
-젠더 퍼포먼스를 중심으로」(2001)이다. 이혜경 논문은 '성적 주체로
인정받은 남성들간의 연대'라는 이브 세지윅(Eve Sedgwick)의 '호모
소셜(homo social)' 개념을 차용해 미시마 문학을 흥미롭게 분석하고
있는데, 국내에는 2000년대 중후반에 들어서야 영문학계를 중심으
로 세지윅의 방법론이 도입된 것을 감안하면 상당히 빠른 시점에서

성을 중심으로」, 경희대학교대학원 박사학위논문, 2011. 두 논문 모두 개별 작품론
을 넘어 일본근대문학의 단층을 부감하고자 하는 의욕적 시도라는 점에서 산발적으
로 '신체론'적 시좌를 문학론에 삽입하는 데 그친 다른 연구들과는 구별된다.

18) 김학동, 「노구치 가쿠추(野口赫宙)의 『검은 대낮(黑い眞晝)』론」, 『인문과학연구』
12권, 대구가톨릭대 인문과학연구소, 2009, 30쪽.

19) 최근 발표순으로 정리하면 다음과 같다. ①이승신, 「야마자키 도시오 「크리스마
스이브」론-동성애문학이라는 관점에서」, 『아시아문화연구』 제13권, 가천대 아시
아문화연구소, 2007.; ②김주영, 「미야모토 유리코의 『한 송이 꽃』과 『도표』-레즈
비어니즘의 가능성과 한계」, 『동일어문연구』 제20권, 동일어문학회, 2005; ③허
호, 「미시마 유키오의 문학과 나르시시즘-『금색』을 중심으로」, 『세계문학비교연
구』 제11권, 세계문학비교학회, 2004.; ④신성철, 「미시마 유키오의 『금색』론-동
성애와 페티시」, 『일본근대문학-연구와 비평』 제1권, 한국일본근대문학회, 2002.;
⑤이혜경, 「미시마 유키오와 「호모소셜」한 욕망-젠더 퍼포먼스를 중심으로」, 『일
어일문학연구』 제38권, 한국일어일문학회, 2001.

의 선진적 연구로 평가된다. 허나 전체 연구축적 면에서는 동성애문
학 분야 또한 매우 미미한 현황임은 대동소이하다.

이상의 개관을 통해 한국의 일본 마이너리티문학 연구가 재일코리
언문학으로 대표되는 내셔널·에스닉 마이너리티 관점, 페미니즘 입
장의 여성문학 연구와 같은 젠더(섹슈얼리티) 마이너리티 관점의 연
구에 크게 치중되어 있음을 명확히 확인할 수 있다. 더불어 '마이너
리티문학'이라는 시좌를 적극적으로 표방하는 연구 및 마이너 신체
성의 관점에서 접근하는 일본문학 연구 또한 매우 제한적임을 알 수
있었다. 이러한 편향된 연구 성과는 1절에서 논술한 '마이너리티' '마
이너리티문학' 정의의 편향성과 상응하는 결과라고 할 수 있을 것이
다. 다음 3절에서는 한센병문학 및 동성애문학의 가능성을 타진하는
전단계로서 마이너 신체성과 근대 내셔널리즘의 관계를 우생사상의
관점에서 살피고자 한다.

3. 마이너 신체성과 근대 내셔널리즘: 우생사상을 중심으로

신체는 곧 정신이다. 그렇기에 근대 내셔널리즘은 가정·학교·군
대·병원·요양소 등의 공간 창출을 통해 근대적 신체를 격리함으로
써 구속하고자 했다. 근대국가라는 체재 내에서 분할 관리하고자 했
던 것이다. 공간의 분할은 동시에 역할의 분할이자 통제이다. 공간
과 역할의 분할을 위해서는 마땅한 논리가 요구되었다. 근대 내셔널
리즘의 자장 속에서 그 핵심 논리의 하나로 작동했던 것이 바로 우생
학이었다.

주지하듯이 근대 국가는 '단일민족'이라는 공동체의 환상을 모태

로 구축되었다. 동일성에 대한 지향 아래 긍정 요소는 선택·개량되고 부정 요소는 소거·도태되었다. 이 때 긍정성과 부정성을 판가름하는 잣대이자 이념으로 대두된 것이 우생학이다. 우생학(eugenics)은 영국의 프랜시스 골턴(Francis Galton)에 의해 1883년 명명되고 체계화된 학문으로 선택과 배제의 원리를 토대로 탄생한 생물학의 응용과학이자 이념이다. 우생학은 유전적 요인의 통제를 통해 인간의 타고난 질을 개선하는 것을 목적으로 삼았다. 골턴은 환경 개혁을 통해 진보를 극대화한다는 계몽주의 이상을 방법론적으로 역전시켜 유전 형질의 개선을 통한 인류의 질적 개량을 이상으로 삼았다.[20] 실제로 우생학은 유전론에 기초하여 열성 형질 또는 부적자의 제거를 강조하며 계급적·인종적 차별을 정당화하는 이데올로기로서 기능하기도 했고, 이와는 반대로 환경적 개선을 통해 인간 삶의 질을 개선하려는 세력들의 이론적 근거가 되기도 했다.[21] 이렇게 과학과 이념 그리고 담론과 실천이 혼재되며 선택과 배제의 원리로 작용했던 우생사상은 근대 일본에서도 지우기 힘든 흔적을 남겼다.

여성, 신체장애자, 정신장애자, 한센병자, 동성애자 등은 근대 우생사상의 그늘 아래 마이너 신체성을 이유로 차별·소외된 대표적 마이너리티이다. 그들에게 덧씌워진 '비정상'의 굴레는 내셔널리즘이 주조·장악하고자 했던 근대적 신체와 정신으로부터 그들이 일탈하는 존재였음을 의미한다. 하지만 그들은 소외된 주변적 존재였지 '비정상적' 존재는 결코 아니었다. 우생학은 인간의 몸, 특히 사회적 약자에 대한 과학적 관리와 통제를 정당화하는 동시에 사회적 불평등을 고착화하는 이데올로기적 기능을 수행하였다. 따라서 근대인들

---

20) 염운옥, 「우생학과 여성」, 『영국연구』 13호, 영국사학회, 2005, 92-93쪽.
21) 김호연, 『우생학, 유전자 정치의 역사』, 아침이슬, 2009, 18쪽.

은 자신의 몸과 마음에 대한 외부의 시선을 내면화하게 되고 권력은
다름 아닌 개별 인간 하나하나를 통해 공고히 작동하게 된다.22)

우생학의 이름으로 근대국가 일본은 근대적 신체를 억압하고 관리
하였다. 교육, 연애, 결혼, 출산, 양육, 입영, 치료 등 삶의 모든 부분
에 우생사상이 직간접적으로 관여하지 않은 대상은 없다고 해도 과
언이 아니었다. 이른바 포지티브 우생학을 통해서는 종의 개량이 도
모되었고 네거티브 우생학을 통해서는 열성 종의 억제가 자행되었
다. 전자의 대표적 예가 모성주의이며 후자의 대표적 예가 단종법(斷
種法)이다. 그렇기에 남성보다는 여성이, 이른바 '정상적' 존재보다는
'비정상적' 존재가 더욱 우생사상이 실천되는 직접적 대상이 되었다.
여성은 문자 그대로 국민의 생물학적 재생산이라는 역할을 완수하기
위해 민족위생 혹은 민족개량을 둘러싼 우생학적 언설과 제도 속에
성·문화 등의 모든 관점에서 남성보다도 훨씬 깊숙이 포섭되었
다.23) 동성애자, 신체장애자, 정신장애자, 한센병 환자 등 마이너
신체성의 소유자들은 사회적 부적자로 판정되어 '몸'과 '정신'의 자유
가 억압되었다. 제도적 장치로서 전면적 우생 법률이 일본에서 제정
된 것은 1940년의 '국민우생법(國民優生法)'을 통해서이다. 이 법안은
전후 '우생보호법(優生保護法)'으로 개칭되어 놀랍게도 1996년까지 오
래도록 존속되었다. 하지만 그보다 훨씬 빠른 1906년에 이미 '한센
병예방법(らい予防法)'은 제정되었을 뿐만 아니라 1918-19년의 '모성
보호논쟁(母性保護論爭)'을 통해 아이를 '낳고 기르는 성역할'로서의

---

22) 미셸 푸코 저, 이규현 역, 『성의 역사1 : 앎의 의지』, 나남출판, 1990, 62-63쪽.
23) ジェニファー・ロバートーソン 著, 荻野美穂 譯, 「日本初のサイボーグ? -ミス・
　　ニッポンと優生學と戰時下の身體」, 荻野美穂 編著 『性の分割線 : 近現代日本の
　　ジェンダーと身體』, 靑弓社, 2009, 190쪽.

'모성주의'는 일본 국민에게 과학을 초월한 이데올로기로서 침투되었다.

이와 같이 우생사상은 근대 일본인의 삶과 생활에 전방위적 영향을 끼쳤다. 아쿠타가와 류노스케(芥川龍之介)의 소설 『갓파(河童)』(1927)의 한 장면은 그런 의미에서 매우 상징적이다. 상상의 동물 갓파의 태아가 자신의 출생 여부를 스스로 선택한 결과, 의사가 놓은 액체주사에 '수소가스 빠진 풍선'처럼 줄어든 산모 뱃속에서 낙태되는 장면이 그것이다. 자기선택권과 단종, 일견 양립 곤란한 두 주제를 동시에 녹여내고 있는 이 설정은 한편 그로테스크하고 한편 문명비판적이다. 다양한 층위에서 해석 가능한 이 장면에서 확인되는 한 가지 명확한 사실은 문학을 포함한 문화·사회 전반에 대한 우생사상의 전방위적 파급력이라 해야 할 것이다.

그러므로 일본 마이너리티문학에 노정된 우생사상의 그늘을 명시적으로 드러내는 것은 문학연구의 레벨을 넘어 근대 내셔널리즘과 우생학의 불온한 동거의 실태를 확인하는 작업이 될 수 있을 것이다. 동시에 주목하고 싶은 것은 우생사상이 다양한 입장과 주체에 따라 다양한 함의로 해석되고 변용될 수 있는 유연한 성격 또한 갖고 있었다는 점이다.24) 우생학이 일방적인 억압의 기제로서만 작용한 것이

---

24) 김호연, 앞의 책, 54쪽. 나치의 잔학 행위나 일제의 생체실험 등의 극단적 예에서 두드러지듯, 우생학은 우파 혹은 내셔널리즘과의 결탁 이미지로만 부각되는 측면이 강한 것이 사실이다. 하지만 우생학의 본고장 영국의 경우, 우생학은 매우 다양한 형태와 방법론을 통해 일부 개혁세력과 정치적 좌파에게도 매력적인 담론이었다. 실제 최근의 연구들은 영국의 우생학이 개혁주의 세력에게 수용되어 공중보건운동이나 산하제한운동, 모성주의, 이혼법, 불임, 매춘 등 일련의 페미니즘적 운동과도 친숙할 수 있는 과학 이론이었다는 사실을 논증함으로써 우생학 논의의 지평을 한층 넓혀가고 있다. 영국 우생학의 영향을 직접적으로 받았던 일본의 경우 또한 예외가 아니다. 그만큼 우생학의 파급력과 함의는 포괄적이었던 것이다.

아니라 때로는 '마이너' 주체에 의해 전유됨을 통해 지배 체재로 틈입해 균열을 일으키는 유의미한 도구가 되기도 했다는 점에도 주의하고자 한다.

4. 마이너리티문학 연구와 우생사상: 한센병문학, 동성애문학

마이너리티에 대한 차별·혐오·소외의 관점에서 한센병자와 동성애자는 궁극의 마이너리티라 부를 만하다. 한센병자의 신체로 수렴되는 '가시적' 마이너성, 동성애자의 성정체성에 표상되는 '잠재적' 마이너성이라는 마이너 성격의 차이에도 불구하고 양자의 신체와 정신에 가해진 근대의 억압은 가혹한 모멸의 시선 그 자체였기 때문이다. 차별의 정도를 등급화할 순 없겠지만 분명 양자는 마이너리티 중에서도 가장 주변부에 위치되어진 존재이기에 여기서 이 둘을 문학을 매개로 함께 연구의 가능성을 타진하는 것은 유의미하다.

먼저 한센병문학[25]을 보자. 한센병자의 비극은 '천형(天刑)'이라 불렸던 그 병의 다른 이름에 처절히 표상된다. 한센병문학을 거론할 때 빼놓을 수 없는 이는 바로 호조 다미오(北條民雄)이다. 그는 1930

---

25) 『한센병문학전집』을 책임편집한 소설가이자 정신과 의사인 가가 오토히코(加賀乙彦)는 전집 제1권 해설에서, '한센병자가 아닌 이들이 한센병에 대해 쓴 소설에는 종종 과도하게 병의 비참함이나 치료의 곤란함을 강조'함으로써 본의 아니게 '한센병자들의 운동에 물을 끼얹거나 병에 대한 오해를 불러일으킨 사실'이 있다는 것 등을 이유로, '한센병문학'이란 '한센병 요양소에 수용된 경험이 있는 사람들의 작품'으로 우선은 좁게 정의하고자 한다고 밝히고 있다. 그러면서 '민간에서 숨어지낸 한센병자나 환자가 아닌 이들이 환자나 병에 대해 쓴 소설'을 일단은 배제하고 있는데, 이 글에서는 보다 포괄적으로 '한센병 및 한센병자에 대해 쓴 소설' 전반을 '한센병문학'으로 정의하고자 한다. (『ハンセン病文學全集1』, 皓星社, 468쪽.)

년대에 활동한 한센병문학의 대표작가다. 차별과 격리는 역사적으로 그리고 근대 이후에도 한센병자가 감내해야 할 숙명적 고난이었다. 근대 일본은 우생학의 이름으로 '요양소'라 불린 공간에 그들을 유폐하고 '한센병예방법'을 통해 그들의 생식 활동을 원천 차단하는 단종법을 시행하였다. 한국의 한센병자 격리시설로 유명한 소록도 또한 1916년 일제강점기에 조선총독부 정책으로 설치된 공간이다. 호조 다미오의 『생명의 초야(いのちの初夜)』(1936)는 작가 자신의 발병과 요양소 수용을 체험적으로 기술한 일본의 대표적 한센병소설이다. 미지의 이계에 처음 발 디딘 두려움 가득 찬 주인공의 시점에서 죽음의 공포 속에서도 의연한 자세를 잃지 않는 한센병자의 고결한 정신이 그려진다. 호조 다미오는 23세의 젊은 나이에 『나병가족(癩家族)』(1936), 『나병요양원 수태(癩院受胎)』(1936) 등의 소설을 남기고 결국 폐결핵으로 요절하는데, 일제강점기 조선 경성에서 태어난 출생을 포함하여 근대 내셔널리즘에 포섭된 마이너 신체성을 체현하는 대표적 작가라고 할 수 있다.

한센병의 상흔은 다른 문학작품에도 뚜렷하다. 시마키 겐사쿠(島木健作)의 전향소설 『나병(癩)』(1934)과 마쓰모토 세이초(松本淸張)의 추리소설 『모래그릇(砂の器)』(1960~61) 등이 대표적이다. 『나병』에서는 한센병자인 혁명적 지식인이 끝내 전향을 거부한 채 자존감을 지키며 늠름히 옥사하는 모습이 함께 격리 투옥된 폐결핵 환자 주인공의 시점에서 묘사되며, 『모래그릇』에서는 한센병자 아버지를 둔 가계의 비밀이 탄로 날 것을 두려워한 나머지 살인을 범한 어느 천재 작곡가의 비극이 그려진다. 한센병은 전자에서 투옥된 좌파 운동가를 더욱 힘겹게 하는 이중의 공시적(共時的) 마이너 신체성으로 기능하며, 후자에서는 시간을 초월해 원죄처럼 따라붙는 통시적(通時的) 마이너

신체성으로 작동한다. 한편 2002년에 출간된『한센병문학전집(ハン
セン病文學全集)』(皓星社) 전10권은 전문 작가만이 아니라 일반 한센병
자도 망라되어 그들의 삶과 체험이 토로된 생생한 기록문학의 집대
성이라는 점에서 그 의의가 크다. 일본의 한센병문학 연구는 아라이
유키(荒井裕樹)의『격리의 문학 −한센병요양소의 자기표현사(隔離の文
學−ハンセン病療養所の自己表現史)』(2011)와 같은 최근 성과가 있긴 하
지만 아직 극히 미미한 실정이다. 이러한 연구의 저조 상황은 한국
한센병문학의 경우도 대동소이하다.26) 우생사상에 기초한 근대 일
본의 한센병 정책과 한센병소설 분석을 통해 궁극의 마이너 신체와
그로부터 비롯된 혐오와 차별 속에서 역설적으로 잉태된 불굴의 고
결함에 주목하는 작업이 긴요한 이유이다.

　다음으로 동성애문학을 살펴보자. 동성애문학을 대표하는 동성애
소설은 퀴어(queer)소설, 게이소설, 레즈비언소설 등의 영역과 겹치거
나 매우 인접한다. 또한 레즈비언, 게이, 양성애자, 트랜스젠더를 의
미하는 이니셜의 조합으로 조어된 LGBT문학에도 포괄된다. LGBT문
학 중에서 가장 큰 비중을 점하는 것은 동성애문학 그 중에서도 남성
동성애문학이다. 앞서 동성애자의 마이너성이 '잠재적'이라 칭한 것
은 그(그녀)들의 동성애 아이덴티티가 '커밍아웃(coming-out)'이라 불
리는 성정체성의 자기고백 없이는 소위 '클로젯(closet)' 상태로 가두어
진 채 잠재되어 있을 뿐이기 때문이다. 하여 동성애자는 잠재된 마이

---

26) 한센병을 다룬 한국문학 작품으로는 한센병자들이 실제 격리된 소록도를 배경으
　　로 하는 이청준의『당신들의 천국』(1976)이 대표적이다. 그 외 한센병 관련 문학으
　　로는 김동리『바위』(1936), 김성한『골짜구니의 정적』(1964), 최인호『미개인』
　　(1971) 등을 들 수 있다. 한센병자 당사자의 문학으로는 한하운의 시와 수필이 대표
　　적이다. 한센병문학 연구 성과로는 2010년대 이후 의욕적으로 일련의 시사적 논고
　　를 발표해 온 한순미의 연구에 주목할 필요가 있다.

너리티이며 그(그녀)들의 신체 또한 마이너성을 잠재적으로 내포한다. 그러나 은폐되었던 비밀이 현현될 때 그들의 위치는 궁극의 마이너리티로 전락한다.27) 동성애자는 '비정상성'을 이유로 역사적으로 뿌리 깊은 편견·차별·억압·배제의 대상이었을 뿐만 아니라 근대 이후에도 근대 과학과 규범에 입각한 남녀 간 이성애와 성역할의 경계를 내파하는 이단적 존재로서 철저히 소외되어 왔다. 동성애에 대한 사회의 시선은 질병·성적 도착·장애·변태성욕·퇴폐·타락 등 온갖 부정적 개념의 집합체이다. 이는 모두 '혐오'의 감정으로 수렴되고 그 순간 동성애자의 신체는 '비정상성'과 '비도덕'을 표상하는 과잉의 마이너 신체로 표변된다.

우생학이 '인간이라는 종의 질적 개선'을 목적으로 하는 과학이자 이념이라는 점에서 동성애는 우생학은 물론 그것을 잉태한 근대 내셔널리즘에 근본적으로 배치되는 대상이다. 왜냐하면 동성애자는 원칙적으로 '공동체 재생산'이 불가능한 존재이기 때문이다. 근대국가에서 동성애가 특히 문제시된 이유가 여기에 있다. 동성애자가 향유하는 성과 풍속의 과잉의 개방성 이상으로 결정적인 동성애의 반체제적 요소는 바로 그들이 이성과 성관계를 맺지 않고 따라서 '민족의 재생산'에 전혀 기여하지 않는 존재로 인식되었다는 점이었다. 동성애는 지극히 정치적인 문제였다. 동성애자는 남녀이분법을 깨뜨리는 존재라는 점에서 신여성과 마찬가지로 근대 내셔널리즘에 위협적 존재였다.28)

---

27) 이지형, 「일본 LGBT(문학) 엿보기-그 불가능한 가능성」, 『일본비평』 8호, 서울대 일본연구소, 2013, 193쪽.

28) 근대 독일의 남성 동성애 해방운동이 낙태 합법화를 주장하는 '모성보호협회'와 공동으로 집회를 개최하는 등 연대할 수 있었던 것도 바로 그들이 모두 근대 내셔널리즘의 '적들'이라는 점에서 한 배를 타고 있었기 때문이다. 김학이, 『나치즘과 동성

　미시마 유키오의 소설은 그런 관점에서 특히 주목되어야 마땅하다. 작가 미시마 유키오가 동성애자인가 아닌가라는 해묵은 논란과는 별도로 그의 초기 소설 『가면의 고백(仮面の告白)』(1948), 『금색(禁色)』(1951)이 동성애소설이라는 점에서는 이견의 여지가 거의 없어 보인다. 동성애 아이덴티티를 자각한 남성 주인공이 공통적으로 등장하는 두 소설에서 특히 흥미로운 것은 『금색』의 다음과 같은 설정이다. 가족에게 동성애자라는 비밀을 숨긴 채 결혼해 가면부부 생활을 하던 주인공은 아내의 임신소식에 태아의 낙태 여부를 둘러싸고 큰 고뇌에 빠진다. 그가 두려워하는 것은 동성애자인 자신에게 아이가 태어나는 것이 아니라 태어나는 아이가 자신의 형질을 물려받아 동성애 성향을 띠지는 않을까라는 점이었다.[29] 여기서 확인되는 것은 두 가지이다. 첫째는 동성애 주체의 동성애 소외이며, 둘째는 동성애 성향을 유전성으로 오해하고 있다는 것이다. 물론 동성애 성향은 유전성이 아니다. 하지만 오해의 배경에는 근대 우생사상의 몰이해에서 비롯된 유전에 대한 공포가 자리 잡고 있다. 이것은 한센병, 정신병을 필두로 동성애, 기형적 신체 등 마이너 신체성 전반에 공통적인 두려움이었다. 또한 단종법 및 격리수용과 같은 마이너 신체성의 소유자에 대한 국가적 차별 정책도 바로 이러한 몰이해와 공포에서 배태된 것이었다. 일례로 아쿠타가와 류노스케의 경우, 모계의 고질병인 '정신병'이 자신에게 유전될 것을 생전 극도로 두려워하였다는 것은 유명한 일화이다. 그렇기에 동성애 주체에게도 내면화된 우생사상의 논리를 의식적으로 설정한 미시마 유키오 소설은 우생사상과 동성애문학의 관련

애」, 문학과지성사, 2013, 15쪽.

29) 이지형, 「일본LGBT문학 시론—남성 동성애문학을 중심으로—」, 『일본연구』 제21집, 고려대 일본연구센터, 2014, 111쪽.

을 논함에 있어 매우 의미심장한 계기를 제공한다.

　한편 전쟁의 시대가 막을 내리고 전후가 되면 이른바 GHQ시대 (1945-52)가 도래한다. 오랜 전쟁에서 벗어난 해방감과 구심력 부재에서 비롯된 상실감 및 무력감이 착종되어 관능과 퇴폐 그리고 맹목적 반항심리 등으로 표출되었다는 일반적인 GHQ문화론의 관점에서 본다면, 동성애 문화는 그러한 양상을 상징하는 전형적 예로 거론될 수 있을 것이다. 나아가 GHQ 체재 아래에서의 몰주체성에 초점을 맞춘다면 미주둔군을 상대한 매춘부 여성, 즉 속칭 판판(パンパン)과 유사한 혐오스런 통속성의 체현자로 동성애자를 치부할지도 모른다. 하지만 전전과 그리 다를 바 없는 여전한 혐오의 시선에도 불구하고 동성애자들은 그들의 '일상의 자율성'30)을 역동적으로 구가하였다. 미시마의 소설 『금색』에는 동성애자들이 비밀스레 회합하는 그들만의 장소로서 카페, 찻집 등이 생생히 묘사되고 있다. 미하시 준코(三橋順子)의 『여장과 일본인(女裝と日本人)』(2008)에 의하면 그 장소들은 모두 도쿄에 실재했던 공간임을 확인할 수 있다.31) 그들은 사회의 '정상적' 규범과 이성애자들의 언어를 시종 의식하면서도 그들만의 공간에서 교제를 향유했다. 그들의 하위문화는 도덕과 품위와 같은 전통적 용어로는 포섭할 수 없는 다양성을 품고 있었으며 전쟁의 상흔은 그 속에서 망각되었다. 전후 발간된 성과학·성풍속 잡지 『기담클럽(奇譚クラブ)』(1947-75), 『인간탐구(人間探求)』(1950-53), 『아마토리아(あまとりあ)』(1951-55), 『풍속과학(風俗科學)』(1953-55) 등의 다양한 기사와 사진 및 도록 등에서는

---

30) 김학이, 앞의 책, 520쪽.

31) 三橋順子, 『女裝と日本人』, 講談社, 2008, 190-191쪽. 그 일례로 미하시는 미시마 유키오 소설 『금색』에 등장하는 게이바 '르동(ルドン)'의 모델이 젊은 날의 미와 아키히로(美輪明宏)가 보이를 담당하고 있던 긴자(銀座) 소재의 '브란스윅(ブランスウィック)'이었음을 밝히고 있다.

이질적인 것들이 동거하는 동시대의 혼종적 문화의 결들이 역동적으로
작동하는 실상을 여실히 확인할 수 있다.[32]

　이렇게 마이너리티문학으로서의 동성애문학 연구에서는 전전과 전
후를 가로지른 우생사상의 파급력을 확인하고 동시에 남녀이분법의
견고한 선을 가벼이 넘어버린 동성애 신체성의 유동성과 일상적 자율
성을 통합적 시좌에서 고찰할 수 있을 것이다. 이를 통해 전후 데카당
스를 표상하는 기호이자 실체로서 동성애자 및 동성애문학의 잠재된
마이너성을 분석하고 동성애 아이덴티티가 우생학·전쟁 등의 파시즘
적 억압을 견뎌내며 구축된 과정을 좇는 작업은 충분히 유의미하다.
더불어 동성애문학 텍스트 발굴 작업을 통해 근대 일본 동성애문학의
계보를 실체적으로 확인하는 작업 또한 병행되어야 할 것이다.[33]

5. 기로에서 마이너리티를 사유한다는 것

　이상에서 국내 일본마이너리티문학 연구 성과와 결핍을 개관하고
결핍을 보완할 새로운 가능성의 마이너리티문학으로서 한센병문학

---

32) 전후 가장 영향력 있던 성문화 잡지의 하나였던 『인간탐구(人間探求)』가 표방한
　슬로건은 바로 '문화인의 성과학지'였다. '문화'와 '성'을 함께 거론하는 것이 이채롭
　다. 또 하나 흥미로운 사실은 경쟁지 『아마토리아(あまとりあ)』의 슬로건은 '문화인
　의 성풍속지'였다는 점이다. 두 잡지를 비교하면 필진, 기획의 참신성, 기사 내용의
　다양성 및 수준에서 『인간탐구』가 한 수 위였다. 심지어 『인간탐구』 필진 중에는
　저명한 저널리스트 오야 소이치(大宅壯一, 제22호, 1952.2), 일본 자연주의문학
　및 낭만주의문학 연구의 대가 요시다 세이이치(吉田精一, 제27호, 1952.7) 등의
　이름도 눈에 띄는 것이 놀랍다. 단순 흥미 위주의 만만한 잡지가 결코 아니었음을
　알 수 있다.
33) 이지형, 「일본 LGBT문학 시론-남성 동성애문학을 중심으로-」, 106쪽.

과 동성애문학에 대해 검토해 보았다. 검토의 전제조건으로 마이너리티 및 마이너리티문학을 각각 '차별당하는 약자'와 '차별당하는 약자의 문학'으로서 유동적·포괄적으로 정의하였다. '마이너리티문학'이 곧 '마이너리티의 문학'으로 등치될 수는 없지만 '마이너리티의 문학'은 적어도 '마이너리티문학'이 포섭해야 함이 마땅하다 여겼기 때문이다.

기존 연구에서 상대적으로 풍성한 결실을 보인 영역은 재일코리언 문학과 페미니즘문학이었다. 전자는 '재일코리언'이라는 내셔널·에스닉 마이너리티가 탈식민주의 및 디아스포라 연구와 맞물려 더욱 활성화된 측면이 인정되며, 후자는 페미니즘 문제의식이 더러 철저하지 못한 경우에도 섹슈얼 마이너리티인 여성작가 및 작품 연구에 대한 관심이 최근 더욱 고조되고 있기 때문임을 알 수 있었다. 하지만 양자 모두 '마이너리티문학'이라는 시좌를 적극적으로 표방하는 것과는 다소 거리가 있었으며, 그렇기에 이 글에서는 '마이너 신체성'으로 인해 차별·소외받는 '체재 내부의 타자'인 한센병자와 동성애자 그리고 양자의 문학에 관심을 기울였다.

근대 내셔널리즘은 국민 역할의 분담에 따른 공간 창출과 분할을 통해 근대적 신체를 억압·격리하고 정신을 관리하였다. 그 핵심 논리의 하나로 기능했던 것이 우생사상이었다. 우생사상에 기초해 열성 종인 한센병자는 격리·단종되었고, 공동체의 생물학적 재생산이라는 국민의 의무를 다할 수 없는 동성애자는 혐오·차별의 대상이 되었다. 따라서 그들은 마이너리티 중의 마이너리티, 즉 궁극의 마이너리티인 것이다. 한센병자의 가시적 마이너성과 동성애자의 잠재적 마이너성이라는 차이에도 불구하고 양자의 문학이 긴밀히 연관되어 함께 논의되어야만 하는 필연성이 여기에 있다.

일본학을 포함한 인문학 전반의 현재의 위기적 상황에서 이와 같은 연구는 다음과 같은 의의를 지닐 수 있을 것이다. 첫째, 한센병자·동성애자와 같이 다양한 마이너리티 중에서도 매우 주변적 입장에 놓여 있었던 사회적 약자의 문제를 여성 및 재일코리언과 같은 중심적 마이너리티와 통합적으로 논함으로써 소외된 그들의 문제를 보편적 논의의 장으로 견인하는 것이다. 둘째, 연구 및 논의마저도 다른 마이너리티 연구에 비해 무의식적 억압의 논리가 작용했던 '금기'의 영역이 실은 동일한 차별과 소외의 역학으로 인해 근대 속에서 내쳐져 왔다는 소외의 '동일성'을 환기시키는 것이다. 셋째로는 '신체성'이라는 개념을 도입함으로써 신체장애와 같은 가시적 마이너성, 여성역할 제어로서의 모성주의와 같은 기능적 마이너성, 동성애자의 성정체성과 같은 잠재적 마이너성이 분산되지 않고 통합적으로 논의될 수 있는 담론의 기반을 조성하는 것이다. 마지막으로 마이너리티 문제가 담론 혹은 언설의 레벨을 넘어 현실의 차별 및 소외 문제와 긴밀히 접목되는 유의미한 일례를 제공함으로써 일본연구 분야에서 '연구와 현실의 소통'을 실현하는 가능성을 현실화하는 것이다. 풍요의 시기를 지나 척박한 안팎의 현실에 직면되게 된 지금 우리에게 긴요한 것은, 실은 인문학이야말로 애당초 '결핍'과 '소외'에 기초한 '마이너리티' 적 토대에서 잉태되었다는 그 시원(始原)을 환기하고 그 본연의 정신을 다시금 실천하는 자세이어야 함이 분명하다.

/ 이지형

배제형 사회와 마이너리티

현대일본문학은 어떻게 대응하고(마주하고) 있는가?

1. 몰락한 중하류층이 마이너리티를 배격하다

'마이너리티'에 대해 생각한다는 기획 취지를 들었을 때 내가 맨처음 떠올린 것은 헤이트 스피치였다. 최근 몇 년간 뉴스나 인터넷 정보를 접할 때면 목도하지 않을 수 없는 괴롭고도 불쾌한, 그러나 외면할 수 없는 일본의 현실이다.

일본에서는 2016년 6월에 헤이트스피치대책법(정식명칭 '일본 이외 출신자에 대한 부당한 차별적 언동 해소를 위한 대응책 마련에 관한 법률(本邦外出身者に対する不當な差別的言動の解消に向けた取組の推進に關する法律)')이 시행되어 바로 최근까지도 그러했던 믿을 수 없는 광경, 즉 증오표현을 퍼뜨리는 시위대를 경찰관이 '호위'해 걸어가는 광경은 보지 않아도 되게 되었다. 합법적으로 시위 신청을 했기에 혼란을 피하기 위해서 그랬다는 변명은 뒤따랐지만. 그러나 가두에서의 위협이나 차별적 언동과 같은 표면적 양상에서만 그쳤을 뿐 인터넷상의 혐오표현은 여전히 일상적으로 넘쳐나고 있다. 원인을 전혀 해소하지 않은 채 행위만을 규제하였기에 헤이트 스피치가 다른 양상으로 분출되는 것은 당연한 일이다.

현대 일본만이 아니라 다른 많은 선진국에서도 뚜렷해지고 있는 배외주의 경향-잭 영은 이것을 '배제형 사회'라 부른다[1]-에서는 마이너리티 배격 양상이 이전의 양상에서 변용된 모습을 보인다. 나는 문학연구가 다뤄 왔던 이제까지의 마이너리티 연구의 태세로는 현대의 배외주의 경향에 대해 효과적으로 대응할 수 없다고 판단한다.

단순화를 무릅쓰고 말하자면 이제까지의 마이너리티론은 열위에 놓인 소수파의 사람들이 자신의 존엄을 되찾고 사회 주류를 이루는 다수파가 그들의 가치와 공간을 인정하는 것을 목적으로 하는 아이덴티티 승인을 둘러싼 정치투쟁이었다고 평가할 수 있을 것이다. 그것은 동질성을 기준으로 타자를 수용하려고 하는 "포섭형 사회"(잭영)에서의 투쟁 형태이며 주류 사회에 대해 이질적인 것을 이질적인 대로 수용하도록 요청하는 전략이었다.

그렇지만 지금 벌어지는 사태에서는 이 소수파와 다수파 구도에 변화가 발생하고 있다. 마이너리티에 대해 헤이트 스피치를 행하는 이들은 그들 자신이 약자였거나 사회적으로 불우한 감정을 지닌 부류이기 때문이다. 미국의 공공정책 연구자 저스틴 게스트(Justin Gest)는 이러한 사람들을 "새로운 마이너리티"라고 부른다.[2] 마이너리티를 공격하는 이들은 주류파로 분류될지 모르지만, 그러나 사회적으로 상위 계층이라고는 할 수 없다. 몰락하는 중하류층이 마이너리티를 배격한다. 그것이 '배제형 사회'의 구도이다. 노동시장에서 배제되어 불안정한 생활에 몰린 주류파의 중류층·하류층 사람들이

---

1) ジョック・ヤング, 青木英男 他 譯, 『排除型社會-後期近代における犯罪・雇用・差異』, 洛北出版, 2007.

2) Gest, Justin. *The New Minority: White Working Class Politics in an Age of Immigration and Inequality*. New York, NY : Oxford University Press, 2016.

가져야 할 것들을 가지지 못한다는 박탈감에 휩싸여 그 분노와 초조감을 사회적 약자나 마이너리티 집단 그리고 특권을 지닌 이들에 대한 공격으로 표출한다.

우리들은 이 사태를 어떻게 마주하면 좋을까? 특히 문학의 문제로 마이너리티에 관한 과제에 천착해 온 문학연구자는 어떻게 이 괴롭고 불쾌할 뿐만 아니라 폭력적이고 위험하기조차 한 사태에 맞설 것인가? 이것이 나의 과제이다. 예고삼아 말하자면 초점은 소설이 지니는 감정과 경험의 '재분배' 기능이며 작품과 독자 사이를 중개하는 등장인물의 신체성이 열쇠가 된다.

2. 헤이트 스피치의 역사와 현재

헤이트 스피치가 일본 사회에서 눈에 띄게 된 것은 2009년의 '칼데론 사건' 무렵부터라고 한다.[3) 재류 자격이 없는 상태로 일본에서 일하던 필리핀 출신 칼데론 일가에 대해 중학교에 다니던 딸을 제외한 채 국외퇴거 강제명령이 내려졌다. 미디어는 이 강제명령을 비판했지만 배외주의 주장을 내걸고 가두선전활동을 벌여서 유명하게 된 '재특회(在特會)'가 탈데론 일가를 "내쫓아라"고 시위를 벌인 사건이다. 2009년의 일이었다. 이후 재특회는 도쿠시마현의 교원조합 사무소를 습격하고(2010), 피차별부락해방운동 역사를 기념하는 수평사(水平社)박물관 앞에서 차별적 가두선전활동을 벌이고(2011), 한국드라마를 과도하게 방송한다는 이유로 후지텔레비전 본사에서 데모를

---

3) 師岡康子, 『ヘイト・スピーチとは何か』, 岩波書店, 2013.

기획하는(2011) 등 활발한 활동을 펼치게 된다.

다케시마/독도, 센카쿠 열도/댜오위다오 영유권을 둘러싼 동아시아 인접국가와의 격렬한 갈등도 부채질해 2012년, 2013년 무렵에는 도쿄는 신오쿠보, 오사카는 쓰루하시 등과 같은 한국계 주민이 밀집된 지역에서 빈번히 데모행진과 가두선전활동이 열리게 되었다. 거대 미디어가 이런 활동을 추적함으로써 사회문제화하고 2013년 말에는 그해의 신조어·유행어 대상 톱 텐에 '헤이트 스피치'가 들어갈 정도가 되었다.

갓산 하지는 신자유주의 정책을 펴는 정부에 의해 새롭게 주변화되어 피해망상적인 내셔널리즘에 빠져 있는 이들을 '내부의 난민(內なる難民)'으로 명명했다.4) 하지의 논의를 바탕으로 가와바타 고헤이(川端浩平)는 "그/그녀들 [내부의 난민]은 자신들을 불안하게 하는 신자유주의 정책에 분노를 발사하는 것이 아니라 전혀 무관한 「타자」에 대한 피해망상을 배양한다"고 지적한다.5)

영의 배제형사회론, 하지의 망상내셔널리즘론이 주장하는 것처럼 이러한 양상은 특정의 역사적, 지역적 콘텍스트에 의존하는 민족차별의 문제가 아니라 (전혀 그것과 무관하다는 것은 아니지만) 고용의 유동화, 불안정화에 처한 선진산업국가의 병리이다. 따라서 분노의 타깃은 '내부의 난민'들의 동질성에서 멀리 떨어져 있는 타자라면 누구라도 상관없는 것이다. 실제로 헤이트 스피치를 비롯한 배외주의적 언동의 타깃이 되는 이들은 재일코리언만이 아니다. 중국인이나 브

---

4) ガッサン・ハージ, 『希望の分配メカニズム―パラノイア・ナショナリズム批判』, 御茶の水書房, 2008, 44쪽.

5) 川端浩平, 「排除型社會における北朝鮮バッシングをめぐるエスノグラフィ―地方都市の中小企業從業員の事例研究」, 『アジア太平洋レビュー』 4號, 2007, 50쪽.

라질인 등의 재류외국인, 아이누 및 오키나와인 등의 소수민족계 마이너리티, 나아가 피차별부락 출신자, 여성, 섹슈얼 마이너리티, 장애자, 생활보호수급자 등에게도 증오가 칼날이 향하고 있다.

3. 승인인가, 재분배인가

헤이트 스피치로 대표되는 배제형사회로 돌입한 일본의 곤란한 상황을 문학이 문제시할 때 '승인'과 '재분배'의 두 가지 개념은 유용하다.

마이너리티에 의한 투쟁은 사회적 '승인'을 둘러싼 투쟁이라고 할 수 있다. 여성이든 소수민족이든 LGBT든 "우리는 여기에 있다" "우리는 이런 존재다. 이런 우리를 인정하라"는 주장이 마이너리티 투쟁의 근본적 주장이다. 마이너리티가 사회적 '승인'을 목표로 투쟁하는 아이덴티티의 정치학인 것이다.

한편 격차사회에서 상위로 부상하지 못한 채 '하위계층화'하는 이들의 문제는 경제적·정치적 '재분배' 실패의 문제라고 할 수 있다. 이른바 버블경제의 붕괴 이후, 즉 1990년대 후반 일본의 경기는 장기침체기에 진입한다. 경제성장 정체, 재정적자, 청년실업률 등이 사회문제가 되어 버블 붕괴 이후를 '잃어버린 20년'으로 부르기도 한다. 2007~08년 무렵부터는 아마미야 가린(雨宮處凜)의 저작 『되살려라! 난민화되는 청년들』(雨宮, 2007) 등이 촉발해 비정규직 등 고용 불안정 상태의 청년들을 '프레카리아트'라는 용어로 지칭함으로써 사회문제화되었다. 같은 시기 아카기 도모히로(赤木智弘)가 발표한 논설 「마루야마 마사오를 두드려 패고 싶다, 31세 프리터. 희망은 전쟁.」(丸山眞男をひっぱたきたい

31歳フリーター。希望は、戰爭)(赤木, 2007)도 발표되었다. 빈곤이 고착화
되기 보다는 사회적 유동성을 야기할 수 있는 전쟁을 바란다는 아카기
의 도발은 큰 반향을 일으켰다.

부유한 자들은 점점 더 부유해지고 가난한 이들은 점점 더 가난해
지는 사회적 불평등을 완화하기 위해서는 부를 '재분배'하지 않으면
안 된다. 그럼에도 불구하고 일본의 상황은 격차가 더욱 확대되는 방
향으로 향하고 있다.

아이덴티티 정치학 투쟁에서 중요시되는 '승인'과 불평등한 격차
를 시정하기 위해 실행되어야 할 '재분배'는 각각 중요한 역할을 담
당한다. 그러면 '승인'과 '재분배'는 과연 양립할 수 있는가? 이 둘은
상호 딜레마 관계에 있지는 않은가? 양립하려 한다면 어떤 길을 걸
어야 하는가? 이러한 물음을 던진 이가 미국의 정치사상연구자 낸시
프레이저(Nancy Fraser)다.

흡사 분배적 정의를 위한 투쟁이 이미 의미를 상실한 것처럼 「분배
로부터 승인」으로 옮겨가는 시프트를 찬양하는 이들이 있다. 한편으
론 마치 인종적·젠더적 정의를 위한 투쟁은 「단순히 문화적」인 것이
며 분배를 지향하지는 않는 것처럼 계급의 탈중심화─이는 평등주의적
경제적 요구의 쇠퇴의 동의어라고 할 수 있다─에 대해 탄식하는 이들
도 있다. 이러한 반응이 합쳐져 양자택일적 물음과 유사한 것이 구성
된다. 계급의 정치학인가, 아이덴티티의 정치학인가? 평등인가, 차이
인가? 재분배인가, 승인인가? 이러한 문제설정은 각 요소들이 상호
배타적 선택지이며 우리는 사회적 평등과 다문화주의 중 하나를 선택
하지 않으면 안 되며 재분배와 승인은 결합할 수 없다는 것을 함의한
다. 이것은 그릇된 대립관계라고 나는 주장하는 것이다. (5쪽)

경제적 부정과 문화적 부정은 두 개로 엄밀히 분리된 영역이 아니라 대개는 겹쳐져 있으며 변증법적으로 상호보완적이다. 어떤 부류의 문화에 대해 부당한 편견을 지닌 문화적 규범이 국가나 경제에서 제도화되는 가운데 경제적으로 불리한 입장에 놓이면 공적 영역이나 일상생활에서 문화형성에 참가할 수 있는 평등성이 저해되게 된다. 그 결과 문화적 종속과 경제적 종속의 악순환이 빈번히 발생한다. (24쪽)

프레이저가 말한 것처럼 경제적 불평등과 문화적 불평등은 서로 겹쳐져 있으며 상호보완적 관계에 있다. 일본의 현황을 통해 알 수 있는 것은 경제적 불평등으로 상처 입은 이들이 마이너리티를 배격함을 통해 자신들의 사회적 공간을 확보하고 자존심을 회복하려 하며 그 결과로 문화적 불평등이 조장되는 상황이 나타나고 있다는 사실이다.

그러면 이러한 상황 속에서 일본의 현대문학은 어떻게 대응하고 있는가? 숨 막히고 관용이란 찾아볼 수 없는 이와 같은 상황을 조금이라도 풀어갈 수 있는 실마리를 문학과 문학자의 활동 속에서 찾을 수 있을 것인가?

물론 문학은 경제적 불평등과 분배의 편중을 바로잡을 수 있는 힘을 지니지 못한다. 따라서 직접적으로 '재분배'의 현실을 변화시킬 수는 없다. 하지만 경제적 '재분배'가 원활치 않는 것은 경기나 정책, 기업활동 등의 탓만은 전혀 아니다. 이쿠다 다케시(生田武志)는 빈곤 문제가 경제만의 문제가 아니라 인간관계의 빈곤에도 기인한다고 지적한 바 있다.(2008) 빈궁한 이들은 금전적 곤란을 껴안고 있는 것만이 아니다. 그/그녀들은 도움을 주고, 조언을 하고, 혜택받을 수 있는 공적 지원 등의 방도를 알려주는 주위의 인간관계가 결핍돼 있다. '승인'과 '재분배'의 문제가 서로 겹쳐져 있음을 지적한 프레이저의 논의를 환기한다면 우선은 문학에 내재된 아이덴티티 정치학 투쟁의 근간으로서의 측면은 여전히 중요할 것이다. 문학 표상을 통해 사회적 '승인'을 강화하고 그것이 '재분배'의 현실화에 영향을 미치도록 하는 방도가 있다. 또 한편으로 '관계의 곤궁'에 주목한 이쿠다의 논의를 고려한다면, 예컨대 관계성의 자리바꿈과 같은 경제 이외 측면의 '재분배'에 문학이 기여하는 길 또한 있지 않겠는가.

4. 혐오 행위에 맞서는 현대소설

그러면 구체적으로 마이너리티에 대한 혐오행위를 묘사한 소설을 몇 작품 살펴보도록 하자. 최초의 세 작품은 2013년 무렵부터 집중적으로 발생한 재일코리언에 대한 헤이트 스피치나 신체적 공격을 이야기 속에 삽입한 소설이다.

황영치(黃英治)의 『전야(前夜)』(2015)는 도쿄를 무대로 혐오행위에 맞서고자 하는 윤봉창(ユン・ボンチャン, 재일조선인)과 혐오행위 집단에 가담하게 되는 도모다 고키(共田浩規, 원래는 재일한국인이었지만 일본 귀화)를 교차시키며 일본과 한국・북한이 화해에 이르는 길을 모색하는 장편소설이다.

후카자와 우시오(深澤潮)의 『초록과 빨강(綠と赤)』(2015)도 재일코리언과 혐오시위 주제를 다루고 있다. 소설은 여러 사람들의 다양한 이야기가 들어있는 군상극(群像劇)의 형태를 취한다. 재일한국인 여자 대학생 가네다 지영(金田知英), 지영의 일본인 친구이자 한국 팝뮤직 팬인 아즈사(梓), 한국인으로 짧은 기간 동안 아즈사와 연인 관계였던 이준민(イ・ジュンミン), 일본인 중년여성으로 혐오반대시위에 투

신하게 된 요시미(良美), 재일한국인 대학원생 가네다 류헤(金田龍平) 등의 등장인물에 각각 1장씩 내용이 할애된다(지영은 2장 할애). 한국 대중문화 애호, 신오쿠보에서 벌어지는 헤이트 스피치 및 혐오반대 활동 등이 연결고리가 되어 5명 등장인물의 만남과 헤어짐, 이해와 갈등, 고충 등이 묘사된다.

2016년에 제59회 군조(群像)신인문학상을 수상하고 아쿠타가와(芥川)상 후보에도 오른 최실(崔實)의 『지니의 퍼즐(ジニのパズル)』(2016) 도 헤이트 스피치는 다루지 않았지만 북한의 미사일 발사실험 이후에 민족학교에 다니던 주인공 지니가 거리에서 폭행을 당하는 장면을 묘사하고 있다.

일본 측의 시선에서 묘사한 작품도 있다. 야나기 고지(柳廣司)의 「소토바코마치(卒塔婆小町)」(2015)는 동일본대지진 때 후쿠시마제1원자력 발전소 사고에 의해 피난생활을 할 수밖에 없게 된 젊은 엄마 다카노 야스코(高野靖子)가 혐오시위에 투신하게 되는 것을 묘사한 이야기다.

기무라 유스케(木村友祐)의 『부랑자들의 불타는 초상(野良ビトたちの 燃え上がる肖像)』(2016)은 위 작품들과 조금 각도가 상이하다. 이야기 의 중심은 불황으로 실직해 갈 곳 잃고 부랑자가 된 이들이다. 하천 변에 자리 잡고 노숙자로 살아가는 그들은 자기 집을 가진 지역주민 들로부터 점차 배척된다. 주목하고 싶은 것은 그들 노숙자 중에서도 한층 차별을 당하는 이슬람교도 미얀마인 청년 리하드(リハド)의 행 동이다. 그는 소설 클라이맥스인 강변에 불이 번지는 혼란 속에서 스 스로 방화를 자행하며 차별에 대해 복수한다. 약자가 더한 약자를 배 격하는 배제형사회가 비극을 부른다.

배외주의 풍조가 가속화되는 일본의 근 미래는 쓰시마 유코(津島佑 子)의 『반감기를 경축하며(半減期を祝って)』(2016)를 통해서도 그려진

다. 쓰시마의 상상력이 그려내는 것은 독재정권이 지배하는 거의 쇄국 상태의 일본이다. 그곳에서는 ASD-「애국소년(소녀)단」이라고 하는 14세~18세 청소년의 집단이 조직되어 극단적으로 애국적 행동을 실행한다. ASD에는 엄격한 인종규정이 존재해 야마토인종에게만 입단이 허락된다. 아이누, 오키나와, 조선, 도호쿠는 여기서 배제된다.

5. 신체가 매개하는 소설경험

앞서 소개한 작품들이 전하는 것은 '승인'을 둘러싼 투쟁이 원만치 않은 '재분배' 문제와 얽혀 있으며 또한 '재분배' 실패가 '승인' 거부로 연결되고 있다는 사실이다. 예를 들어 혐오행위에 참가하게 되는 재일한국인 청년의 굴절된 '승인' 요구의 배후에는 비정규직 노동자로서 불안정한 위치에서 일할 수밖에 없는 그의 괴로운 처지가 반영돼 있다. 혹은 원전사고의 피해자, 피난자로서 겪는 불이익과 고통이 피난처의 다른 사람들로부터 잘 이해받지 못함에서 비롯된 고립이 혐오행위 집단에 접근하게끔 젊은 엄마를 유도한다.

이쿠다 다케시는 곤궁의 배후에 '관계의 곤궁'이 있다고 했지만 마찬가지로 '재분배'의 배후에는 인간관계 배치의 미비함이 있다고 생각해야만 하지 않을까? '재분배'의 불평등을 시정하기 위해서는 경제적 지원만으론 충분치 않다. 사람과 사람을 연계하는 관계성을 풍요롭게 하여 서로 연계되지 못했던 언어를 마주치게 하고, 엇갈려서 불타오르는 감정을 달랠 필요가 있을 터이다.

소설은 이때 역할을 다한다. 사이토 준이치(齋藤純一)는 E. 테쿠로(テクロ―)의 논의를 정리하며 민주적 토의를 실행하는 공공영역에서

다양한 주장이 접목되기 위해서는 '대표'의 과정이 필요하며 거기서
유효한 것은 입장을 달리 하는 집단으로부터 정치적 지지를 얻어내는
'언어(레토릭)'라고 설파한다. 중요한 것은 이러한 서로 상이한 민주적
요구를 접합하는 언어가 "항상 「감정의 충당(카섹시스, cathexis: 번역
자)」을 수반한다"6)는 것이다.

소설은 사람들이 등장인물이라고 하는 '시니피앙'(テクロ一)에 자신
의 사고와 감정을 덧붙여 이야기세계에서 전개되는 사건을 실제와
유사하게 경험하고 그 경험을 공유하는 것을 가능케 한다. 등장인물
의 신체야말로 여기서 초점이 된다. 니시다 고조(西田耕三)는 그의 저
서『주인공의 탄생(主人公の誕生)』(2007)에서 이야기의 주인공이 현실
의 인식과 관련되는 것, 주인공은 환경 속에서 발견되어야 하는 것,
문학의 허구가 현실에 영향을 미칠 수 있음을 지적하고 있다. 독자가
등장인물의 경험을 유사하게 공유하는 이러한 장치는 메를로 퐁티
(Merleau Ponty)가 논한 자아와 타자의 지각이 서로 뒤엉키는 기구를
참조하면 더욱 명확해질 것이다. 메를로 퐁티는 "인간은 인간에게
거울"이며 "거울이란 사물을 광경으로, 광경을 사물로 바꿔, 나를 타
인으로, 타인을 나로 바꾸는 마술과 같은 만능도구"(1966)라고 주장
했다. 소설 주인공은 '거울'과 같은 역할을 하면서 주인공의 지각 및
경험, 독자의 지각 및 경험을 결부시켜 가는 것이다.

등장인물의 신체가 매개하는 경험에 의지해 우리들 독자는 서로
다른 신조를 마주치게 하며 엇갈리는 감정이 서로 맞닿도록 할 수 있
는 것이다.

---

6) 齋藤純一, 「公共的空間における政治的意思形成一代表とレトリック一」, 齋藤純
一 編, 『公共性の政治理論』, ナカニシヤ出版, 2010, 105-106쪽.

6. 고통에 공감하다: 『전야』 『초록과 빨강』 『소토바코마치』

구체적인 예를 검토해 보자. 신체와 감각 묘사에 주목하고자 한다. 첫 번째는 황영치의 『전야』이다.

> 전철을 타고 몇 번째가의 역에서 양복 차림의 이십대 남자가 둘 승차했어. [⋯] 두 사람은 내 뒤에 달라붙듯이 가까이 말없이 서 있었어. 나쁜 예감이 들었어. 어쩐지 기분이 나쁘고 두려웠지. 그런데 환승역에 다다라 서둘러 내리려 하자 오른손이 움직이지 않았어. 이상히 여겨 뒤돌아보자 남자 한 사람이 저고리 소매를 붙잡고 다른 남자가 가위로 자르고 있었어. 무서워서 목소리도 나오지 않았어. 싹둑싹둑 잘려나가는 감각이 팔꿈치에 가까워진다. 팔이 잘려나간다! 그런 생각이 들자 있는 힘껏 잡아당겨 전철 문 쪽으로 달렸어. 가까스로 문이 닫히기 전에 내릴 수 있었어. 계단을 뛰어올라가 화장실로 도망쳐 들어갔어. 저고리 소매는 갈기갈기 잘려져 있었어. 거울로 확인하니 등 쪽도 소매부터 어깨까지 모두 잘려나가 있었어. (『전야』, 81-82쪽)

주인공의 친구인 여성이 과거에 경험한 저고리절단 사건의 공포를 말하는 장면이다. "싹둑싹둑" 소리와 "잘려나가는 감각"이 생생하다. 도망쳐 들어간 화장실 거울에서 확인하고서야 "등 쪽도 소매부터 어깨까지 잘려나가 있는"것을 알게 되었다는 서술이 한숨 돌린 후 차오르는 피해자의 공포를 전한다.

다음은 후카자와 우시오의 『초록과 빨강』이다. 헤이트 스피치를 겪고 정신적 충격으로 외출도 할 수 없었던 지영이 오랜만에 시부야에 외출한 장면이다.

시부야(澁谷) 거리는 봄방학 때문인지 꽤나 혼잡했다.

가려는 숍을 향해 대각선 횡단보도의 인파를 가로질러 걸어가는데 갑자기 숨이 막혀왔다.

만약 큰 재해가 일어나기라도 한다면 엇갈려 지나가는 사람들이 관동대지진 때처럼 갑자기 나를 습격해 학살하진 않을까 라는 공포가 엄습한 것이다. 관동대지진 때 사건이 벌어진 진보초(神保町)나 가라스야마(烏山)는 여기 시부야에서 전차로 삼십 분 거리에 지나지 않는다.

게다가 신오쿠보(新大久保)에서 시위대가 "조선인을 때려죽여라"고 외치던 광경이 머릿속에 플래시백한다.

비지땀이 나는 느낌이 들자 서둘러 횡단보도를 건너 멈춰 섰다.

심호흡을 반복해 겨우 숨을 가눈다.

잠시 그대로 멈춰 서서 조금 안정되자 지하도로 내려갔다. 쇼핑을 단념하고 전철을 탔다.

그러나 이번엔 도망칠 곳도 없는 밀실 안 사람들 모두가 한국인을 증오할 지도 모른다, 나를 싫어할 지도 모른다는 생각에 사로잡혔다. 눈앞 좌석에 앉은 비슷한 또래의 여자 얼굴이 아즈사(일본인 친구)의 얼굴로 바뀌어 귀신과 같은 형상으로 "한국인 싫어" "한국인 죽어라"고 밉살스럽게 우르릉거린다.

당황해 눈을 감았지만 가슴이 벌떡거려 가까스로 손잡이를 붙들고 서 있었다.

(『초록과 빨강』, 213-214쪽)

깊은 정신적 상처가 돌연 시부야의 인파 속에서 그 모습을 드러낸다. 지식으로 알고 있었던 관동대지진 당시 조선인학살의 '기억'이 떠오른다. 신오쿠보에서 목격한 혐오시위 광경과 구호가 플래시백한다. 가슴이 두근거리고 비지땀이 배어나오고 신체가 급격히 적신호를 울린다. 공포는 증폭돼 돌아오는 전차 안에서도 일본인 승객이 공격해오는 망상에 휩싸이기 시작한다.

상상력의 전개는 반대편에서도 진행된다. 즉 혐오시위에 가담해 심한 욕설을 퍼붓는 쪽의 마음속에서다. 야나기 고지의 「소토바코마치」에서 인용한다.

> 올빼미가 울던 가라스야마는 지진으로 무너져 버렸다. 소꿉친구 앗짱은 쓰나미에 휩쓸려 실종돼 버렸다.
>
> 다른 목소리가 소음처럼 야스코의 귀를 지배한다.
>
> "방사성 요오드131. 세슘134와 137. 스트론튬90. 플루토늄239. 문부과학성은 원전사고 이후 후쿠시마현 초등학생이 학교건물과 운동장을 이용할 경우의 잠정기준치를 연간 1밀리시벨트에서 20밀리시벨트로 격상시키는 통지를 내렸다. […]"
>
> 「……나가」
>
> 야스코의 입술이 가늘게 떨렸다. […]
>
> 이 시위대 속에 있는 한 나는 보호받는다. 여기 있는 이들은 모두 내 편이다.
>
> 적은 바깥에 있다. 적은 내가 아니라 바깥사람들이다. 나쁜 것은 그놈들이다.
>
> 「조센진은 일본에서 나가−!」 […]
>
> 이제 [원전사고] 공부모임에는 나가지 않는다.
>
> 그 사람들에게 야스코와 미우[그녀의 딸]는 어차피 남일 뿐이었다. 후쿠시마에서 온 촌놈. 방사능물질이 쏟아지는 가운데 세탁물을 밖에 말리고, 아이가 먹는 식료품의 생산지도 개의치 않는 바보. 그렇게 보여지고 있었다. 그 사람들은 두 번 다시 만나지 않을 것이다. 그 대신 이제부턴 미우를 데리고 여기에 오리라. 이들 속에 있으면 나는 차별받지도 업신여겨지지도 않는다.
>
> 이 사람들은 우리 편이다.　　　　　　　　(『소토바코마치』, 143−144쪽)

7. 감정과 경험의 '재분배'

필자인 나는 중년의 남자지만 저고리가 잘려나간 젊은 여성의 공포를 공감할 수 있다. 나는 일본인이지만 시부야에서 일본인에게 습격당하지는 않을까 패닉에 떠는 재일한국인의 전율을 상상할 수 있다. 나는 원전사고의 피해자는 아니지만 피해자가 피난처에서 차별을 당하는 것에 대한 분노를 이해할 수 있다. 게다가 이것들은 소설이나 기사, 뉴스가 아니라 등장인물의 경험을 추체험하고 공유함을 통해 달성된다. 그것이 소설이라는 예술의 힘이다.

물론 그 공포는 진짜가 아니다. 나의 성별 자인은 남자이며, 국적은 일본이며, 지진 당시도 그 이후도 줄곧 나고야에 있었다. 따라서 젊은 여성의 기분을 제대로 알지 못하고 재일한국인의 심정도 알지 못하며 재난을 입은 엄마의 심정도 알지 못한다. 그러나 지금 묻고 싶은 것은 알지 못하고 알 방도가 없기 때문에 멀리할 것인가 아니면 설사 그것이 허구의 체험이고 진짜 경험이 아니라 할지라도 그 유사 경험이 가능케 하는 것으로부터 무언가를 움켜쥐려고 할 것인가, 둘 중에 어느 쪽을 선택할 것인가의 문제이다.

가산 하지는 사회를 희망의 분배시스템이라고 역설했다.

> 사회는 사회적 희망의 분배 메커니즘인 것만은 아니다. 그것은 특정한 사회적 조건의 공급을 통해 희망을 분배하는 메커니즘으로서 기능하는 것이며, 그러한 사회조건이 일단 개인에 의해 내면화되면 그의 자기보존 희망을 발동시켜 활성화를 촉진하는 것이다.[7]

---

7) ガッサン・ハージ, 앞의 책, 54쪽.

　나는 하지의 주장을 긍정하고 싶다. 그리고 문학의 언어, 문학연구의 언어는 이 희망의 '재분배'에 기여할 수 있다고 생각한다. 하지 식으로 말하자면 문학에는 감정과 경험의 '재분배' 기능이 있다. 고통을 함께하고 희망을 나누는 그러한 기능이다.

　마이너리티와 그들을 둘러싼 문학의 언어는 지금 새로이 갱신되지 않으면 안 된다.

/ 히비 요시타카(日比嘉高)
(번역자 : 이지형)

참고문헌

▎아시아 · 아프리카 작가회의와 일본 / 곽형덕

〈1차 자료〉

アジア・アフリカ作家會議日本協議會,『アジア・アフリカ作家會議東京大會』, アジア・
　　アフリカ作家會議日本協議會, 1961.

栗原幸夫,『歷史の道標から:日本的〈近代〉のアポリアを克服する思想の回路』, れんが書
　　房新社, 1989.

_____,「AA作家運動と野間宏」『新日本文學』, 新日本文學會, 1991.

〈2차 자료〉

임동욱,『세계화와 문화제국주의』, 커뮤니케이션북스, 2012.

오창은,「결여의 증언, 보편을 향한 투쟁」,『한국문학논총』72, 2016.

오자키 호쓰키 저, 오미정 역,『일본 근대문학의 상흔-구식민지 문학론』, 한신대학교
　　출판부, 2013.

곽형덕,「'大東亞' 談論と日本帝國の文學場 － 大東亞文學賞と芥川賞を中心に」,『한민
　　족문화연구』, 한민족문화학회, 2014.

小田切秀雄,「文學における戰爭責任の追及」,『新日本文學』, 新日本文學會, 1946.

五味淵典嗣,「テクストという名の戰場」,『日本文學』64, 2015.

宮城大蔵,「バンドン會議と日本のアジア復歸ーアメリカとアジアの狹間で」, 草思社, 2001.

水溜眞由美,「堀田善衛とアジア・アフリカ作家會議(1) 第三世界との出會い」,『北海道大
　　學文學研究科紀要』144, 北海道大學文學研究科, 2014.

竹內好,「アジアの中の日本」,『竹內好全集 第5卷』, 筑摩書房, 1981.

杉本達夫,「AA作家會議雑感」,『柿の會月報』, 柿の會, 1961.

Christopher J. Lee, "Making a World After Empire: The Bandung Moment and
　　Its Political Afterlives (Paperback)", Ohio Univ Press, 2010.

▎집합기억으로서의 전후 / 박이진

고자카이 도시아키 저, 방광석 역,『민족은 없다』, 뿌리와이파리, 2003.

나가에 지에 저, 양현혜 역,『일본 사회의 인간 관계』, 소화, 2005.

미나미 히로시 저, 이관기 역, 『일본인론』(上), 소화, 1999.

_____, 『일본인론』(下), 소화, 1999.

모리무라 세이이치 저, 강호걸 역, 『인간의 증명』, 해문, 2011.

박이진, 「귀환체험담의 '비극' 재현 담론 속 '반전평화주의'」, 『일본사상』 25, 2013.

아오키 다모쓰 저, 최경국 역, 『일본 문화론의 변용』, 소화, 2005.

이쓰키 히로유키 저, 박현미 역, 『청춘의 문 4 타락편』, 지식여행, 2012.

岩淵功一編著, 『〈ハーフ〉とは誰か』, 青弓社, 2014.

大澤眞幸, 『不可能性の時代』, 岩波親書, 2008.

スチュアート・ホール, 「ニュー・エスニシティーズ(New Ethnicities)」, 『現代思想』 26-4, 1998.

富貴島明, 「戦後20年間における豊かさ意識の總括」, 『城西經濟學會誌』 36, 2012.

山本敦久, 「〈ハーフ〉の身體表象における男性性と人種化のポリティクス」, 『〈ハーフ〉とは誰か』, 青弓社, 2014.

森村誠一公式サイト http://morimuraseiichi.com/?p=8716(검색일:2016.11.09.)

▌미시마 유키오 자결의 영화적 표상과 그 현재성 / 신하경

미시마 유키오·기무라 오사무 외 저, 김항 역, 『미시마 유키오 對 동경대 전공투 1969-2000』, 새물결, 2006.

미시마 유키오 저, 남상욱 역, 『미시마의 문화방위론』, 자음과모음, 2013.

足立正生, 『映畫/革命』, 河出書房新社, 2003.

鵜飼哲, 「パレスチナ連帶デモが禁止された國から」, 『IMPACTION 特集 テロルの季節』, インパクト出版局, 2014.11월 휴간호.

大島渚, 『大島渚1960』, 青土社, 1993.

_____, 『大島渚著作集 第四卷 敵たちよ同志たちよ』, 現代思想新社, 2009.

梶尾文武, 「一九六〇年代における新右翼の形成と美的テロル―三島由紀夫と橋川文三」, 『國文學解釋と鑑賞』, 2011.4월호.

小林よしのり, 『新戰爭論』, 幻冬舍, 2015.

擇木耕太郎, 『テロルの決算』, 文春文庫, 2008.

『情況』第三期 「緊急特集 若松孝二「實錄・連合赤軍」をめぐって」, 情況出版, 2008.6.

鈴木邦男, 「言論の覺悟 若松孝二監督と三島事件」, 『創』, 創出版, 2012.12월호.

中谷巖, 『資本主義はなぜ自壞したのか』, 集英社文庫, 2011.

橋川文三, 『三島由紀夫論集成』, 深夜叢書社, 1998.

_____, 「日本保守主義の體驗と思想」, 『橋川文三コレクション』, 岩波現代文庫, 2011.

パトリシア・スタインホフ, 『死へのイデオロギー日本赤軍派』, 岩波現代書店, 2003.

『表現者65 テロの元凶は資本主義と民主主義』, MXエンターテインメント, 2016.3月号.

四方田犬彦, 『テロルと映畫』, 中公新書, 2015.

若松孝二, 『若松孝二・俺は手を汚す』, ダゲレオ出版, 1982.

_____, 『時效なし』, ワイズ出版, 2004.

▌전후문학과 개별의 윤리 / 심정명

김효순, 「오오카 쇼헤이(大岡昇平)의 『포로기(俘虜記)』론−점령 하의 시대인식과 전쟁
    책임인식」, 『일본학보 79』, 2009.

노다 마사아키 저, 서혜영 역, 『전쟁과 인간』, 길, 2000.

캐롤 글룩, 「기억의 작용: 세계 속의 '위안부'」, 나리타 류이치 외 편, 『감정 기억 전쟁』,
    소명출판, 2014.

테사 모리스−스즈키 저, 김경원 역, 『우리 안의 과거』, 휴머니스트, 2006.

大岡昇平, 『俘虜記』, 新潮社, 1967.

_____, 『ミンドロ島ふたたび』, 中央公論新社, 2016.

石田健夫, 「戰場で生の意味を考える『俘虜記』」, 『「生」をめざす』, 新評論, 1989.

磯田光一, 「收容所としての戰中・戰後」, 『大岡昇平の世界』, 岩波書店, 1989.

大岡昇平, 『證言その時々』, 講談社, 2014.

_____, 『レイテ戰記(下)』, 中央公論新社, 2011.

大岡昇平・埴谷雄高, 『二つの同時代史』, 岩波書店, 1984.

大原祐治, 「書くことの倫理―大岡昇平『俘虜紀』論序說」, 千葉大學文學部, 『語文論叢 28』,
    2013.

小田實, 「平和の倫理と論理」, 『「難死」の思想』, 岩波書店, 2008.

加藤典洋, 『敗戰後論』, 筑摩書房, 2015.

川村邦光編, 『戰死者のゆくえ―語りと表象から』, 靑弓社, 2003.

佐藤卓己, 『八月十五日の神話』, 筑摩書房, 2014.

陳光興, 丸川哲史譯, 『脫帝國―方法としてのアジア』, 以文社, 2011.

鶴見俊輔・高畠通敏・長田弘, 「座談會『レイテ戰記』」, 『大岡昇平』, 小學館, 1992.

中野孝次, 「死のリアレティにおいて」, 『絶対零度の文學』, 集英社, 1976.

丸川哲史, 「二つの「生き殘ること」」, 岩崎稔他編, 『戰後日本スターディーズ2』, 紀伊國屋
    書店, 2009.

Martha C. Nussbaum, Patriotism and Cosmopolitanism, *For Love of Country?*,
    Beacon Press, 2002.

Michel de Boissieu, 「『俘虜記』におけるアイロニー」, 東京大學大學院總合文化研究科
　　言語情報科學專攻, 『言語情報科學 5』, 2007.

■ 구(舊)만주 유용자(留用者)들의 전후 / 쓰보이 히데토(坪井秀人)

NHK, 「留用された日本人」取材班, 『留用された日本人：私たちは中國建國を支えた』, 日
　　本放送出版協會, 2003.
大塚功, 「お別れに際して 元東北建設突撃隊の同志を代表して」, 『未完の旅路』刊行委員
　　會編, 『追憶大塚有章』, 1980.
大塚有章, 新版『未完の旅路』, 三一書房, 1976.
秦剛, 「『戯曲蟹工船』と中國東北部の「留用」日本人ー中日戰後史を結ぶ「蟹工船」」, 二〇
　　一二小樽小林多喜二國際シンポジウム報告集『多喜二の文學、世界へ』, 2012.

■ 가토 노리히로의 「전후후론」(1996) 재고 / 이경희

伊東祐史, 『戰後論ー日本人に戰爭した「当事者意識」はあるのか』, 平凡社, 2010.
大澤眞幸, 『戰後の思想空間』, ちくま書房, 1998.
小熊英二, 『「民主」と「愛国」ー戰後日本のナショナリズムと公共性ー』, 新曜社, 2002.
加藤典洋, 「還相と自同律の不快」, 『群像』, 1986.9.
＿＿＿＿, 「これは批評ではない」, 『群像』, 1991.5.
＿＿＿＿, 『敗戰後論』, 筑摩書房, 1997.
＿＿＿＿, 『戰後的思考』, 講談社, 1999.
＿＿＿＿, 『さようなら、ゴジラたち』, 岩波書店, 2010.
＿＿＿＿, 『沖縄からはじめる『新・戰後入門』』, 言視舎, 2016.
柄谷行人, 『〈戰前〉の思考』, 文藝春秋, 1994.
＿＿＿＿, 『憲法の無意識』, 岩波書店, 2016.
川村湊, 「湾岸戰爭の批評空間」, 『戰後批評論』講談社, 1998.
小屋敷琢己, 「〈ナショナリズム〉と〈ナショナルなもの〉のあいだ」, 『一橋研究』26(1), 2001.4.
高橋源一郎, 『文学なんかこわくない』, 朝日出版社, 1998.
高橋哲也, 『戰後責任論』, 講談社, 1999.
竹内好, 『竹内好全集』(7), 筑摩書房, 1981.
竹田靑嗣, 『世界の輪郭』, 国文社, 1987.
太宰治, 「散華」, 『新若人』[『太宰治全集』(6), 筑摩書房, 1956], 1944.3.
＿＿＿＿, 「トカトントン」, 『群像』[『太宰治全集』(8), 筑摩書房, 1956], 1947.1.

西島建男, 「「歷史主体」論爭」, 『朝日新聞』, 1997.05.17.

花崎育代, 「核戦争の危機を訴える文学者の声明と大岡昇平」, 『日本文學』 55(11), 2006.11.

吉本隆明, 「転向論」, 『現代批評』 1, [『芸術的抵抗と挫折』, 未來社, 1972.], 1958.11.

_____, 「自立の思想的拠点」, 『展望』 [『自立の思想的拠点』 德間書店, 1982], 1965.3.

〈座談會〉柄谷行人·淺田彰·西谷修·高橋哲也, 「責任と主体をめぐって」, 『批評空間』, 1997.4.

〈座談會〉吉本隆明·加藤典洋·武田靑嗣·橋爪大三郎, 「半世紀後の憲法」, 『思想の科學』, 1995.7.

■ 점령기 일본 '가스토리 잡지(カストリ雜誌)' 연구의 현재 / 이시카와 다쿠미(石川巧)

井川充雄, 『戦後新興紙とGHQ 新聞用紙をめぐる攻防』, 世界思想社, 2008.

猪野健治, 『東京闇市興亡史』, 草風社, 1978.

江藤淳, 『閉された言語空間−占領軍の検閲と戦後日本』, 文春文庫, 1989.

王子製紙, 『製紙業の100年: 紙の文化と産業』, 日本経営史研究所, 1973.

大久保久雄·福島鋳郎 監修, 『戦後初期の出版社と文化人一覧 第4巻』, 金沢文圃閣, 2005.

木本至, 『雑誌で読む戦後史』, 新潮選書, 1985.

今日出海, 「下積みの時代」, 『月刊読売』 8月号, 1947.

斉藤夜居, 『カストリ考 : 肉体小説と生活風俗より見た戦後のカストリ雑誌』, 此見亭書屋, 1964.

十条製紙株式会社, 『十条製紙社史』, 十条製紙株式会社, 1974.

荘司徳太郎·清水文吉 編著, 『資料年表日配時代史−現代出版流通の原点』, 出版ニュース社, 1980.

日本出版協会, 『出版社·執筆者一覧』, 日本出版協会事業部; 訂補版, 1951.

羽島知之, 『カストリ新聞−昭和二十年代の世相と社会』, 大空社, 1995.

長谷川卓也, 『《カストリ文化》考』, 三一書房, 1969.

春山行夫 編, 『雄鶏通信』, 雄鶏社, 1945.11.15.

福島鋳郎, 「カストリ文化考」, 『毎日新聞』 夕刊, 1975.9.5.

_____, 『新版戦後雑誌発掘−焦土時代の精神』, 洋泉社, 1985.

山岡明, 『カストリ雑誌にみる戦後史−戦後青春のある軌跡』, オリオン出版社, 1970.

山本明, 『カストリ雑誌研究−シンボルにみる風俗史』, 中公文庫, 1998.

吉田敏和, 『紙の流通史と平田英一郎』, 紙業タイムス社, 1988.

▌일본 1968과 임협영화의 동행과 종언 / 이영재

〈기본자료〉

『東京新聞』

『キネマ旬報 女優 藤純子』

『キネマ旬報 任侠藤純子 おんなの詩』

『映畵芸術』

『映畵年鑑 1966年版』, 時事通信社, 1967.

〈논문 및 단행본〉

린 헌트 저, 조한욱 역, 『프랑스혁명의 가족 로망스』, 새물결, 1999.

미시마 유키오·기무라 오사무 외 저, 김항 역, 『미시마 유키오 對 동경대 전공투 1969-2000』, 새물결, 2000.

송인선, 「반역하는 단카이(團塊)-전공투(全共鬪)와 일본의 대중사회」, 『현대문학의 연구』 50, 한국문학연구학회, 2013.

이영재, 「야쿠자들의 패전, 공동체와 노스탤지어 - 1960년대 도에이(東映) 임협(任俠) 영화를 중심으로」, 『일본학』 41권, 동국대일본학연구소, 2015.

허버트 J.갠스 저, 강현두 역, 『대중문화와 고급문화』, 삼영사, 1977.

荒井晴彦, 『爭議あり』, 靑土社, 2005.

李英載, 『トランス/ナショナルアクション映畵 : 冷戰期東アジアの男性身體·暴力·マーケット』, 東京大學出版會, 2016.

上野千鶴子·加納實紀代, 「対談 フェミニズムと暴力-"田中美津"と"永田洋子"のあいだ」, 加納實紀代責任編集, 『リブという〈革命〉: 近代の闇をひらく』, インパクト出版會, 2003.

小熊英二, 『1968』, 新曜社, 2009.

大島渚, 「『日本の夜と霧』虐殺に抗議する」, 編·解說四方田犬彦, 『大島渚著作集 第三卷』, 現代思潮新社, 2009.

齊藤綾子, 「緋牡丹お竜論」, 四方田犬彦·鷲谷花編, 『戰う女たち--日本映畵の女性アクション』, 作品社, 2009.

絓秀實, 『革命的な, あまりに革命的な-「1968年の革命」史論』, 作品社, 2003.

佐藤忠男, 『日本映畵思想史』, 三一書房, 1970.

俊藤浩滋(聞き手 山根貞男), 『任侠映畵傳』, 講談社, 1999.

笠原和夫, 『破滅の美學』, 幻冬社, 1997.

笠原和夫・荒井晴彦・絓秀實, 『昭和の劇-映畵脚本家・笠原和夫』, 太田出版, 2002.

竹內洋, 『丸山眞男の時代』, 中公親書, 2006.

松尾尊兌, 『日本の歷史21 國際國家への出發』, 集英社, 1993.

三島由紀夫, 「『總長賭博』と『飛車角と吉良常』のなかの鶴田浩二」, 『映畵芸術』(『三島由起夫映畵論集成』(1999), 山內由紀人編, ワイズ出版, 1969.3.

春日太一, 『仁義なき日本沈沒-東宝VS東映の戰後サバイバル』, 新潮社, 2012.

內藤誠, 「日本映畵とやくざ, あるいは‘不良性感度映畵’の時代」 黑擇清・四方田犬彦・吉見俊哉・李鳳宇編集, 『日本映畵は生きている スクリーンのなかの他者』, 岩波書店, 2010.

橋川文三, 『日本浪曼派批判序說』, 講談社, 1998.

山根貞男, 『活劇行方』, 草思社, 1984.

四方田犬彦, 『大島渚と日本』, 筑摩書房, 2010.

楠本憲吉, 「やくざ映畵の現代的考察」, 楠本憲吉 編, 『任侠映畵の世界』, 荒地出版社, 1969.

山下耕作, 『將軍と呼ばれた男 映畵監督山下耕作』, ワイズ出版, 1999.

渡邊武信, 『ヒーローの夢と死 映畵的快樂の行方』, 思潮社, 1972.

山田宏一, 『日本侠客傳-マキノ雅弘の世界』, ワイズ出版, 2007.

Tasker, Yvonne, 「Fists of Fury: Discourses of Race and Masculinity in Martial Arts Cinema」, 『Asian Cinemas: A Reader and Guide』, Eds. Dimitris Eleftheriotis and Gary Needham, Edinburgh University Press, 2006, pp.437-456.

▌버마에 관한 문학적 재현 / 조정민

강우원용, 「남방징용 작가의 ‘제국’과 ‘개인’의 시선-다카미 준의 두 여행을 중심으로」, 『일어일문학연구』 67집, 한국일어일문학회, 2008.2.

사카이 나오키 저, 최정옥 역, 『일본, 영상, 미국』, 그린비, 2008.

세가와 마사히토 저, 정금이 역, 『버마와 미얀마 사이』, 푸른길, 2008.

요시노 타카오 저, 노상래 역, 『문학보국회의 시대』, 영남대학교출판부, 2012.

神谷忠孝, 「南方徵用作家」, 『北海道大學人文科學論集』 20號, 北海道大學, 1984.

神谷忠孝・木村一信編, 『南方徵用作家-戰爭と文學』, 世界思想社, 1996.

高見順, 『敗戰日記』, 文系春秋, 1991.

_____, 『高見順全集 19』, 勁草書房, 1974.

竹內好, 『竹內好全集 14』, 筑摩書房, 1981.

竹山道雄, 『昭和文學全集 28』, 小學館, 1989.

中野聰, 『東南亞細亞占領と日本人』, 岩波書店, 2012.

長谷川潮, 『子どもの本に描かれたアジア・太平洋−近・現代につくられたイメージ』, 梨の
　　　木舍, 2007.

松本常彦・大島明秀, 『九州という思想』, 九州大學大學院比較社會文化研究院, 2007.

矢野暢, 『日本の南洋史觀』, 中央公論社, 1979.

▎재일코리언 김학영의 문학과 현세대의 '벽' / 김환기

김학영 저, 하유상 역, 「자기해방의 문학」, 『얼어붙은 입』, 화동, 1977.

유숙자, 『在日한국인 문학연구』, 月印, 2000.

이한창, 「재일교포 문학연구」, 『외국문학』, 열음사, 1944.

히라노 겐 저, 고재석・김환기 역, 『일본근대문학사・하』, 동국대학교출판부, 2000.

金鶴泳, 「恐怖の記憶」, 『統一日報』, 1979.6.16.

_____, 「凍える口」, 『金鶴泳作品集成』, 作品社, 1986.

中村光夫, 『明治文學史』, 筑摩書房, 1985.

志賀直哉, 『暗夜行路』, 新潮社, 1993.

竹田靑嗣, 「金鶴泳」, 『「在日」という根據』, 筑摩書房, 1995.

鄭早苗, 「在日韓國・朝鮮人の宗敎と背景」, 『韓日傳統文化の比較硏究』, 龍谷大學佛敎
　　　文化硏究所, 1998.

▎페미니즘적 시각에서 본 틴즈 러브(Teens Love) 만화의 가능성 / 김효진

김효진, 「후죠시는 말할 수 있는가? '여자' 오타쿠의 발견」, 『일본연구』 45집, 한국외국
　　　어대학교 일본연구소, 2011.

_____, 「레이디스 코믹이 재현하는 여성의 일상 − 3.11 동일본대지진의 사례를 중심
　　　으로 −」, 『일본학보』 98집, 한국일본학회, 2014a.

_____, 「요시나가 후미의 '오오쿠'(大奧)−역사적 상상력과 여성만화의 가능성」, 『일
　　　본비평』 11호, 서울대학교 일본연구소, 2014b.

上野千鶴子・水無田氣流, 『非婚ですが, それが何か!? 結婚リスク時代を生きる』, ビジ
　　　ネス社, 2015.

藤本由香里, 『快樂電流』, 河出書房新社, 1999.

堀あきこ, 『欲望のコード：マンガに見るセクシュアリティの男女差』, 臨川書店, 2009.

牧田翠, 『戀愛統計〜完全版〜』, 自主出版同人誌, 2016.

溝口彰子, 『BL進化論』, 太田出版, 2015.

守如子, 「性的欲望の主體としての女子 ： 女性向け性表現を中心に」, 2010.

『日本教育社會學會大會發表要旨集錄』62, http://ci.nii.ac.jp/els/contents11000935
　　8262.pdf?id=ART0009891787
よしながふみ, 『あのひととここだけのおしゃべり』, 太田出版, 2007.
Shamoon, Deborah, "Office Sluts and Rebel Flowers: The Pleasures of Japanese
　　Pornographic Comics for Women" *Porn Studies*, Duke University Press, 2004.

▌마쓰우라 리에코 『犬身』의 가능성 / 다케우치 가요(武內佳代)

アーロン・スキャブランド, 本橋哲也譯, 『犬の帝國-幕末ニッポンから現代まで』, 岩波書
　　店, 2009.
キャロル・ギリガン, 岩男寿美子監譯, 『もうひとつの聲-男女の道德觀のちがいと女性の
　　アイデンティティ *In a Different Voice*』, 川島書店, 1986.
ダナ・ハラウェイ, 高橋透・北村有紀子譯, 「サイボーグ、コヨーテ、そして犬」, 『サイボー
　　グ・ダイアローグズ』, 水聲社, 2007.
ダナ・ハラウェイ, 水野文香譯, 『伴侶種宣言-犬と人との「重要な他者性」』, 以文社, 2013.
ダナ・ハラウェイ, 高橋さきの譯, 『犬と人が出會うとき-異種協働のポリティクス』, 靑土
　　社, 2013.
辻元千鶴, 「松浦理英子『犬身』論-ジュネとガーネッの受容を視座として」, 『言語文化論
　　叢』, 2001.8.
デヴィッド・ハーヴェイ, 渡邊治監譯, 森田成也・木下ちがや・大屋定晴・中村好孝譯, 『新
　　自由主義-その歴史的展開と現在 *A Brief History of Neoliberalism*』, 作品社,
　　2007.
信田さよこ, 『共依存-苦しいけど、離れられない』, 朝日文庫, 2012.
ファビエンヌ・ブルジェール, 原山哲・山下りえ子譯, 『ケアの倫理-ネオリベラリズムへの
　　反論』, 白水社, 2014.
松浦理英子, 「親指ペニスとは何か」, 『親指の授業時代』下, 河出書房新社, 1995.
松浦理英子・星野智幸, 「對談 犬的なるものに導かれて」, 『小説 tripper』, 2007년 겨울호.
松浦理英子・川上美映子, 「性の呪縛を越えて-樋口一葉の時代から續く「女流」という枷
　　を超克し、セックス抜きでいかに女體を描くか」, 『文學界』, 2008.5.
百瀨奈津美, 「松浦理英子『犬身』論(Ⅰ)-先行作品考察」, 『ゲストハウス』, 2012.4.
＿＿＿＿＿＿, 「松浦理英子『犬身』論(Ⅱ)-性愛觀と人間關係の到達点」, 『ゲストハウス』,
　　2012.10.
渡邊治, 「日本の新自由主義-ハーヴェイ『新自由主義』に寄せて」, デヴィッド・ハーヴェ
　　イ, 『新自由主義-その歴史的展開と現在』, 作品社, 2007.

http://japanknowledge.com (검색일: 2017.1.18.)

http://www.env.go.jp/nature/dobutsu/aigo/2_data/statistics/ dog-cat.html (검색일: 2017.1.18.)

▌일본 마이너리티문학 연구의 현재와 과제 / 이지형

강우원용, 「일본 마이너리티문학의 양상과 가능성-오키나와문학과 재일한국인·조선인 문학을 중심으로」, 『일본연구』 제14집, 고려대학교 일본연구센터, 2010.

강태웅, 「우생학과 일본인의 표상-1920-40년대 일본 우생학의 전개와 특성」, 『일본학연구』 제38집, 단국대 일본연구소, 2013.

김주영, 「미야모토 유리코의 『한 송이 꽃』과 『도표』-레즈비어니즘의 가능성과 한계」, 『동일어문연구』 제20권, 동일어문학회, 2005.

김학균, 「『당신들의 천국』에 나타난 한센병의 은유 고찰」, 『한국현대문학연구』제36권, 한국현대문학회, 2011.

김학동, 「노구치 가쿠추(野口赫宙)의 『검은 대낮(黒い眞畫)』론」, 『인문과학연구』 12권, 대구가톨릭대 인문과학연구소, 2009.

김학이, 『나치즘과 동성애』, 문학과지성사, 2013.

김호연, 『우생학, 유전자 정치의 역사』, 아침이슬, 2009.

김환기, 「재일 디아스포라 문학의 "혼종성"과 세계문학으로서의 가치」, 『일본학보』78집, 한국일본학회, 2009.

미셸 푸코 저, 이규현 역, 『성의 역사1 : 앎의 의지』, 나남출판, 1990.

소명선, 「마이너리티문학 속의 마이너리티 이미지-재일제주인문학과 오키나와문학을 중심으로-」, 『일어일문학』 54집, 대한일어일문학회, 2012.

_____, 「기리야마 가사네(桐山襲)론-마이너리티 문학과 한반도에 대한 시선-」, 『일어일문학』 37집, 대한일어일문학회, 2010.

신기영, 「마이너리티 이론의 탐색-비본질적·포괄적 연구를 위하여」, 『일본비평』 제8호, 서울대 일본연구소, 2013.

신성철, 「미시마 유키오의 『금색』론-동성애와 페티시」, 『일본근대문학-연구와 비평』 제1권, 한국일본근대문학회, 2002.

신인섭, 「장애 양상과 근대성을 통해본 일본근대문학연구-아리시마 다케오 문학을 중심으로」, 『일어일문학』 제43집, 한국일본어문학회, 2009.

염운옥, 「우생학과 여성」, 『영국연구』 13호, 영국사학회, 2005.

유효종·이와마 아키코 편, 박은미 역, 『마이너리티란 무엇인가-개념과 정책의 비교사회학』, 한울, 2012.

윤송아, 「재일조선인 문학의 주체서사 연구–가족·신체·민족의 상관성을 중심으로」, 경희대학교대학원 박사학위논문, 2011.

이승신, 「야마자키 도시오 『크리스마스이브』론–동성애문학이라는 관점에서」, 『아시아 문화연구』 제13권, 가천대 아시아문화연구소, 2007.

이지형, 「일본LGBT문학 시론–남성 동성애문학을 중심으로–」, 『일본연구』 제21집, 고려대 일본연구센터, 2014.

_____, 「일본 LGBT(문학) 엿보기–그 불가능한 가능성」, 『일본비평』 8호, 서울대 일본연구소, 2013.

이혜경, 「미시마 유키오와 『호모소셜』한 욕망–젠더 퍼포먼스를 중심으로」, 『일어일문학연구』 제38권, 한국일어일문학회, 2001.

정대성, 「일본소설의 근대화와 근대의학의 관련성의 한 단면–〈몸〉/〈병〉에의 눈길들, 그 빛과 그늘」, 『외국문학연구』 제25권, 한국외대 외국문학연구소, 2007.

정병호, 「〈메이지(明治)문학사〉의 경계와 한반도 일본어 문학의 사정(射程)권–메이지 시대 월경하는 재조(在朝) 일본인의 궤적과 그 문학적 표상–」, 『일본학보』 95집, 한국일본학회, 2013.

최영호, 「일본 사회의 마이너리티–같지도 않고 그다지 다르지도 않은」, 『일본비평』 제8호, 서울대 일본연구소, 2013.

허호, 「미시마 유키오의 문학과 나르시시즘–『금색』을 중심으로」, 『세계문학비교연구』 제11권, 세계문학비교학회, 2004.

홍진희, 「오에 겐자부로의 장애인 의식–초기와 후기 작품의 비교를 중심으로」, 『일어일문학연구』 제70집, 한국일어일문학회, 2009.

荒井裕樹, 『隔離の文學–ハンセン病療養所の自己表現史』, 書肆アルス, 2011.

加賀乙彦, 「『ハンセン病文學全集1』解說」, 『ハンセン病文學全集1』, 皓星社, 2002.

ジェニファー・ロバートソン著, 荻野美穂譯, 「日本初のサイボーグ? –ミス・ニッポンと優生學と戰時下の身體」, 荻野美穂 編著, 『性の分割線：近現代日本のジェンダーと身體』, 靑弓社, 2009.

ソニア・アンダマール外著, 奧田曉子監譯, 『現代フェミニズム思想辞典』, 'マイノリティ言語と文學'項目, 明石書店, 2000.

三橋順子, 『女裝と日本人』, 講談社, 2008.

■ 배제형 사회와 마이너리티 / 히비 요시타카(日比嘉高)

赤木智弘, 「「丸山眞男」をひっぱたきたい—31歳、フリーター。希望は、戰爭。」, 『論座』140, 2007.1.

雨宮処凛, 『生きさせろ！―難民化する若者たち』太田出版, 2007.

綾目廣治, 『反骨と變革―日本近代文學と女性・老い・格差』, 御茶の水書房, 2012.

綾目廣治・大和田茂・鈴木斌編, 『經濟・勞働・格差―文學に見る』, 冬至書房, 2008.

生田武志, 「極限の貧困をどう傳えるか―經濟の貧困と關係の貧困と（釜ヶ崎から世界へ）
　　―」, 『フリーターズフリー 2』, 2008.12.

岡和田晃, 「〈アイヌ〉をめぐる狀況とヘイトスピーチ ：一向井豊昭「脱殻（カイセイエ）」から
　　見えた「伏字の死角」」, 『すばる』32卷9號, 2017.2.

越智博美・河野眞太郎編著, 『ジェンダーにおける「承認」と「再分配」―格差、文化、イス
　　ラーム』, 彩流社, 2015.

加島正浩, 「「非當事者」にできること―東日本大震災以後の文學にみる被災地と東京の關
　　係」, 『JunCture 超域的日本文化研究』第8號, 2017.

川端浩平, 「排除型社會における北朝鮮バッシングをめぐるエスノグラフィ―地方都市の中
　　小企業從業員の事例研究」, 『アジア太平洋レビュー』4號, 2007.

姜誠, 「「在日化」するニッポン（前編）―周縁化される非正規雇用勞働者たち」, 『すばる』31
　　卷5號, 2009.5.

木村友祐, 『野良ビトたちの燃え上がる肖像』, 新潮社, 2016.

桐野夏生・伊たかみ, 「對談「格差」をどう描くか」, 『文學界』61卷8號, 2007.8.

ウィリアム・E・コノリー, 『プルーラリズム』, 岩波書店, 2008.

齋藤純一, 「公共的空間における政治的意思形成―代表とレトリック―」, 齋藤純一編, 『公
　　共性の政治理論』, ナカニシヤ出版, 2010.

佐藤宗子, 「「子どもの貧困」は児童文學を利用しうるか―物語の「貧困」消費をこえて」, 『日
　　本児童文學』56卷2號, 2010.3

篠原章, 「沖縄基地反対運動に組織的スパイ」, 『月刊HANADA』9號, 2017.2.

杉田俊介, 「ロスジェネ芸術論1」, 『すばる』36卷8號, 2008.8. 同2, 32卷4號, 2010.4。
　　同3, 32卷9號, 2010.9. 同4, 33卷5號, 2011.5.

津島佑子, 「半減期を祝って」, 『群像』71卷3號, 2016.3.

內藤千珠子, 『愛國的無關心――「見えない他者」と物語の暴力』, 新曜社, 2015.

崔實, 『ジニのパズル』, 講談社, 2016.

中西新太郎, 「ライトノベルは格差社會をいかに描くか」, 『日本児童文學』56卷2號, 2010.3.

西田耕三, 『主人公の誕生――中世禅から近世小説へ――』, ぺりかん社, 2007.

西山利佳, 「「子どもの貧困」に効く児童文學」, 『日本児童文學』56卷2號, 2010.

ガッサン・ハージ, 『希望の分配メカニズム―パラノイア・ナショナリズム批判』, 御茶の水
　　書房, 2008.

樋口直人, 『日本型排外主義―在特會・外國人参政權・東アジア地政學』, 名古屋大學出

版會, 2014.

日比嘉高, 「登場人物の類型を通して作者は何を語るか――私小説を起点に」, 日本近代文學會關西支部編, 『作家/作者とは何か――テクスト・敎室・サブカルチャー』, 和泉書院, 2015.

黃英治, 『前夜』, コールサック社, 2015.(初出은 『コールサック〈石炭袋〉』 76-81, 2013. 8~2015.3.)

深澤潮, 『綠と赤』, 實業之日本社, 2015.(第一章은 『紡』 10號, 2014年Winter。第二~六章은 文芸WEBマガジン 『ジェイ・ノベル プラス』 2014.6~2015.2 配信)

ナンシー・フレイザー, 『中斷された正義―「ポスト社會主義的」條件をめぐる批判的省察』, 御茶の水書房, 2003.

ナンシー・フレイザー, アクセル・ホネット, 『再配分か承認か?―政治・哲學論爭』, 法政大學出版局, 2012.

松岡千紘, 「ヘイト・スピーチについて―日本におけるレイシズムの隆盛とその背景」, 『季報唯物論硏究』 125, 2013.11.

メルロ=ポンティ, 『眼と精神』, みすず書房, 1966.

師岡康子, 『ヘイト・スピーチとは何か』, 岩波書店, 2013.

梁英聖, 『日本型ヘイトスピーチとは何か――社會を破壞するレイシズムの登場』, 影書房, 2016.

安田浩一, 『ヘイトスピーチ―「愛國者」たちの憎惡と暴力』, 文藝春秋, 2015.

柳廣司, 「卒塔婆小町」, 『オール讀物』, 2015.10。이후 『象は忘れない』, 文藝春秋, 2016.

ジョック・ヤング, 『排除型社會――後期近代における犯罪・雇用・差異』(靑木英男他譯), 洛北出版, 2007.

Gest, Justin. *The New Minority: White Working Class Politics in an Age of Immigration and Inequality.* New York, NY : Oxford University Press, 2016.

찾아보기

초출알림 (게재순)

아시아·아프리카 작가회의와 일본 | 곽형덕
이 글은 『日本學報』 제110집(한국일본학회, 2017.2), 53-73쪽에 게재된 동일 제목의 논문을 재록한 것이다.

집합기억으로서의 전후 | 박이진
이 글은 『日本學報』 제110집(한국일본학회, 2017.2), 75-94쪽에 게재된 동일 제목의 논문을 수정 가필한 것이다.

미시마 유키오 자결의 영화적 표상과 그 현재성 | 신하경
이 글은 『비교일본학』 제41집(한양대 일본학국제비교연구소, 2017.12), 63-96쪽에 게재된 「미시마 유키오 자결의 영화적 표상과 그 현재성-와카마쓰 고지(若松孝二) 『1125 자결의 날(1125 自決の日)』과 헌법개정-」을 바탕으로 가필 수정한 것이다.

전후 문학과 개별의 윤리 | 심정명
이 글은 『日本學報』 제110집(한국일본학회, 2017.2), 135-154쪽에 게재된 동일 제목의 논문을 재록한 것이다.

구(舊)만주 유용자(留用者)들의 전후 | 쓰보이 히데토
이 글은 『日本學報』 제110집(한국일본학회, 2017.2), 1-20쪽에 게재된 동일 제목의 논문을 단행본 형식에 맞춰 일부 수정한 것이다.

가토 노리히로의 『전후후론』(1996) 재고 | 이경희
이 글은 『日本學報』 제110집(한국일본학회, 2017.2), 95-114쪽에 게재된 동일 제목의 논문에 약간의 수정을 가한 것이다.

점령기 일본 '가스토리 잡지(カストリ雜誌)' 연구의 현재 | 이시카와 다쿠미
이 글은 『日本學報』 제110집(한국일본학회, 2017.2), 21-51쪽에 게재된 동일 제목의 논문을 단행본 형식에 맞춰 일부 수정한 것이다. 이 글의 제1장은 필자가 이전에 발표한 「점령기 후쿠오카(福岡)의 제지·인쇄·출판」(『市史硏究ふくおか』 제9호, 2014.3)과, 제2장은 「가스토리 잡지 이문(異聞)」(『東京人』, 2015.9)과 일부 내용이 중첩된다.

일본 1968과 임협영화의 동행과 종언 | 이영재
이 글은 『日本學報』 제111집(한국일본학회, 2017.5), 265-292쪽에 실린 동일 제목의 논문을 수정한 것이다.

버마에 관한 문학적 재현 | 조정민

이 글은 『日本學報』 제98집(한국일본학회, 2014.2), 285-299쪽에 게재된 동일 제목의 논문을 수정 보완한 것이다.

재일코리언 김학영의 문학과 현세대의 '벽' | 김환기

이 글은 『일본학』 제19집(동국대 일본학연구소, 2000.11), 244-263쪽에 게재된 논문 「김학영 문학과 '벽'」을 가필 수정한 것이다.

페미니즘 시각에서 본 틴즈 러브(Teens Love) 만화의 가능성 | 김효진

이 글은 『일본연구』 73호(한국외국어대 일본연구소, 2017.9), 33-59쪽에 게재된 논문 「여성향 만화장르로서 틴즈 러브(Teens Love) 만화의 가능성 – 후유모리 유키코의 작품을 중심으로 – 」를 단행본 취지에 맞게 수정 및 보완한 것이다.

마쓰우라 리에코 『犬身』의 가능성 | 다케우치 가요

이 글은 한국일본학회 제94회 국제학술대회(2017.2) 기획특집 〈마이너리티와 문학・문화 –젠더, 신체〉 세션에서 발표한 원고를 가필 보완한 것이다.

일본 마이너리티문학 연구의 현재와 과제 | 이지형

이 글은 『日本學報』 제100집(한국일본학회, 2014.8), 61-78쪽에 게재된 동일 제목의 논문을 수정 보완한 것이다.

배제형 사회와 마이너리티 | 히비 요시타카

이 글은 한국일본학회 제94회 국제학술대회(2017.2) 기획특집 〈마이너리티와 문학・문화 –젠더, 신체〉 세션에서 발표한 원고를 수정 보완한 것이다.

집필자 소개 (게재순)

곽형덕
광운대학교 박사 후 연구원 재직 중. 일본근현대문학 전공으로 일본문학 번역가 및 연구자로 활동. 저서로 『김사량과 일제 말 식민지 문학』(2017)이 있고, 번역서로는 『한국문학의 동아시아적 지평』(오무라 마스오), 『어군기』(메도루마 슌) 등이 있다. 일본문학을 동아시아 및 비서구 세계문학적 관점에서 고찰하는 작업을 진행 중에 있다.

박이진
성균관대학교 동아시아학술원 재직 중. 문화표현론, 비교문학을 전공했다. 최근에는 아베 고보를 포함하여 식민지 출신 귀환 작가들의 일본 문학 내에서의 위상 정립과 동아시아적 지평에서의 귀환자 문학에 관심을 갖고 연구하고 있다.

신하경
숙명여자대학교 일본학과 재직 중. 일본대중문화 전공. 일본영화를 중심으로 일본대중문화를 폭넓게 다루고 있다. 최근에는 서브컬쳐 비평, 그리고 과학기술과 SF적 상상력에 특별히 관심을 기울이고 있다.

심정명
건국대학교 아시아콘텐츠연구소 재직 중. 내셔널리즘과 일본 현대소설에 대한 연구로 오사카대학에서 박사학위를 받았으며, 오키나와 문학, 재난과 전쟁의 기억, 현대 일본의 대중소설 등을 주로 연구하고 있다.

쓰보이 히데토(坪井秀人)
일본 국제일본문화연구센터(国際日本文化研究センター) 재직 중. 일본근대문학·문화사 전공. 주로 근대일본어시의 전개, 일본문학의 신체·감각 표상, 전후 일본문화사 다시 쓰기 등의 주제에 관심을 갖고 활발한 연구를 계속해오고 있다.

이경희
한림대학교 일본학연구소 재직 중. 전공은 일본근현대문학으로 일본낭만파, '근대의 초극' 담론을 연구해 왔으며 최근에는 가토 노리히로의 전후론, 포스트제국의 고지라담론으로 연구를 확장하고 있다.

이시카와 다쿠미(石川巧)
릿쿄(立教)대학 문학부 재직 중. 일본근대문학·대중문화 전공. 20세기 중반에 간행된 다양한 미발굴 일본어 잡지와 수록 작품에 관한 연구를 진행하고 있다. 대표 저서로는 『高度経済成長期の文学』(2012), 『幻の雑誌が語る戦争』(2018) 등이 있다.

이영재

한국외국어대학교 박사 후 연구원 재직 중. 저서로는『제국일본의 조선영화』(2008),『トランス/ナショナルアクション映画』(2016)가 있으며, 현재는 1970년대 동아시아 B급영화의 전세계적인 유통에 관심이 있다.

조정민

부산대학교 한국민족문화연구소 재직 중. 일본 근현대문학 전공. 일본 문학의 심상지리와 공간감각을 오키나와를 비롯해 남태평양과 같은 동남아시아 전역으로 확장하여 '지역성'을 키워드로 연구하고 있다. 저서로『오키나와를 읽다』(2017)가 있다.

김환기

동국대학교 일어일문학과 재직 중. 동국대일본학연구소 소장. 일본근현대문학 전공으로 최근 코리언 디아스포라문학 연구에 심혈을 기울이고 있다. 대표저서에『시가 나오야』(2003),『재일 디아스포라 문학』(2006),『브라질/아르헨티나 코리안문학 선집』(2013) 등이 있다.

김효진

서울대학교 일본연구소 재직 중. 문화인류학을 전공했으며 오타쿠문화를 중심으로 한 현대 일본의 대중문화 및 젠더 정치학을 연구하고 있다. 주요 저서로『젠더와 일본사회』(공저, 2016),『女性マンガ研究』(공저, 2015) 등이 있다.

다케우치 가요(武内佳代)

니혼(日本)대학 국문학과 재직 중. 일본근현대문학 전공으로 젠더론 관점에서 여성문학, 여성잡지, 미시마유키오 문학에 대한 연구를 활발히 진행하고 있다. 대표 저서로는『昭和前期女性文学論』(공저, 2016),『混沌と抗戦ー三島由紀夫と日本、そして世界』(공저, 2016) 등이 있다.

이지형

숙명여자대학교 일본학과 재직 중. 일본근현대문학을 전공했으며 최근에는 일본 한센병 문학, LGBT문학, 노년문학 등 마이너 신체성을 이유로 소외·차별되어 온 마이너리티의 문학을 '신체소외서사' 관점에서 연구하고 있다. 신체 대체 혹은 신체 확장의 관점에서 트랜스/포스트휴머니즘에도 관심이 있다.

히비 요시타카(日比嘉高)

나고야(名古屋)대학 인문학연구과 재직 중. 일본 근현대문학·문화 전공으로 최근에는 출판 문화, 이민문화 등에 역점을 두고 연구를 진행하고 있다. 정부 주도의 일방적 대학구조개혁에 대한 비판적 입장에서 저술 및 연대활동에도 적극적이다. 최근 저서로는『文学の歴史をどう書き直すのか』(2016),『いま、大学で何が起こっているのか』(2015) 등이 있다.

한국일본학회 기획총서2-문학편

일본 전후문학과 마이너리티문학의 단층

2018년 2월 27일 초판 1쇄 펴냄

펴낸이 한국일본학회
발행인 김흥국
발행처 보고사

책임편집 이경민
표지디자인 오동준

등록 1990년 12월 13일 제6-0429호
주소 경기도 파주시 회동길 337-15 보고사 2층
전화 031-955-9797(대표)
      02-922-5120~1(편집), 02-922-2246(영업)
팩스 02-922-6990
메일 kanapub3@naver.com / bogosabooks@naver.com
http://www.bogosabooks.co.kr

ISBN 979-11-5516-780-9 93830
ⓒ 한국일본학회, 2018

정가 28,000원